다정한 신뢰를 가진 ＿＿＿＿＿＿ 에게

돌아오는 것이기에, 지금 이 순간 다정할 것.

결국 언젠가 후회와 아픔이 되어 내게로 다시

내가 다정하지 못했던 그 모든 시간의 기억들은

다정한 신뢰

내게 다정한 신뢰를 주는 사람은
언제나 내게 다정한 사람이었습니다.

김지훈 작가

이 책을
시작하며..

안녕하세요, 지훈입니다. 정말 오랜만의 신간이네요. 다들 안녕하셨는지요. 그동안 참 많은 크고 작은 일들을 보내며, 차마 글로써 독자 여러분들을 만날 자신이 없었던 것 같습니다. 그래서 제 마음을 먼저 다스리는 시간을 오래도록 가지고, 그 결과 되찾은 저의 온전함으로 다시 이렇게 인사드리게 되었습니다. 제가 아닌 마음을 저의 책에 담는다는 건 저에게는 허락되지 않는 일이었습니다. 그래서 제 책에 담고자 하는 마음이 또한 제가 되기 위해서 얼마간의 시간이 필요했습니다. 늦어서 죄송합니다. 그럼에도 언제나 기다려주신 독자분들의 마음에 정말 감사드립니다. 그리고 이 책이 그 기다림에 대한 소중한 보답이 되어주길 진정 소원합니다.

언제나 그랬듯, 덮고 나서 끝나는 이야기가 아니라 저의 책은 여러분들에게 덮고 나서 진정 시작이 되는, 그런 이야기이길 바라겠습니다. 그러니까 여러분의 마음에 진정 소중한 무엇인가를 전해주는 진심이 되어주기를.

여러 차례의 강연회 요청이 그간 저와 함께했었습니다. 크고 작은 강연회 요청이 있었고, 지난 5년이라는 시간 동안 저는 그 모든 강연회 요청을 거절했었습니다. 어떤 강연은 하고, 어떤 강연은 하지 않는 것은 공평하지 않았기 때문입니다. 또한 오직 글로써 독자분들에게 닿고 싶다는 제 마음의 신념을 지키기 위해서이기도 했습니다. 그리고 그건, 한 가지 일에만 집중을 해야 하는 성격인 제가 강연회까지 완벽하게 해내고자 마음먹는다면, 독자분들과 소통하고 글을 쓰는 시간을 온전히 지켜낼 수 없을 것 같아서였습니다.

제 마음을 정말로 아프게 했던 건, 보수는 적었지만 저를 정말로 간절하게 찾아줬던 도서관이나 학교 강연회였습니다. 그래서 원래 집필하고 있던 책을 덮어두고, 먼저 이 책을 완성하고자 마음먹게 되었습니다. 제 모든 반려의 메일에 담았던, 언제나 더 소중한 글로 보답하겠다고 했던 그 약속을 이 책이 꼭 지켜주기를 바랍니다. 제가 강연을 하지 못했던 그 마음을, 그러니까 이 책이 대신하여 가득 채워줄 수 있기를.

그런 제 마음이 있었기에 이 책은 여러분에게 제가 만약 강연을 했었더라면 어떤 이야기를 하게 되었을까, 를 바탕으로 완성한 책입니다. 그리고 여태까지 제 글이 '성장'이라는 마음 안에서의 공감과 위로에 보다 중점을 둔 것이었다면, 이 책은 '성장'이라는 마음 안에서의 치유와 해결에 더욱 초점을 두고 쓴 책이라고 저는 생각합니다. 해서 여러분이 그저 이 책을 읽음으로써, 그러니까 읽기만 했을 뿐인데도 보다 다정하고도 성숙한 마음을 가지게 될 수 있길 바란다는 제 마음의 진심을 가득 담아서 완성하였습니다.

이 책을 쓰는 내내, 제 마음에는 사랑과 평화가 함께했습니다. 저는 매일 명상을 했고, 제 마음의 온전함을 다시 찾고 완성하기 위해 노력했습니다. 그 마음들을 이 책에 담기 위해선, 먼저 그런 제가 되어야 할 필요가 있다고 생각했기 때문이었습니다. 그것이 작가로서 독자 여러분들에게 제가 지켜야 할 최소한의 예의일 거라고 저는 언제나 믿고 있기 때문입니다.

그래서 저의 첫 책인 〈용기를 잃지 말고 힘내요〉를 쓸 때의 그 마음을 되찾기 위해 노력하는 시간들을 보냈고, 이 글을 쓰는 내내 저라는 사람은 충분히 그런 사람이었다고 저는 확신합니다.

그러니까 사실, 이 책을 쓰는 내내 저는 행복했습니다. 여러분을 위해 이 글을 쓰고, 또한 여러분에게 공유하고, 그 결과 여러분의 감사를 받는 것은 저에게 있어 큰 감동이 되었기 때문입니다. 그래서 이 책은 저와 여러분이 함께 완성한 책인 것 같습니다. 여러분이 보내주신 다정한 마음이, 분명 이 책에도 더 좋은 영향력을 행사하였을 거라고 저는 확신하기 때문입니다.

어떤 분에게는 마음의 빛이 된다는 이야기를 들었고, 어떤 분에게는 치유가 된다는, 하루의 행복이 된다는 이야기를 들었습니다. 하루의 삶을 버티는 이유가 된다는 이야기를 들었고, 제가 건강해서 계속해서 오래도록 글을 써줬으면 좋겠다는 이야기를 들었습니다. 그것만으로 저는 더 이상 바랄 것이 없었습니다. 제가 더 이상 무엇을 더 바랄 수 있을까요?

그래서 이 책은 사실 저에게 있어 완성까지 닿기도 전에 이미 완성된 책이었습니다. 이미 제 마음은 완성되었고, 하여 더 이상 목표할 게 없었기 때문입니다. 그러니까 이 책의 결과와 상관없이 저는 이미 채워졌고, 그래서 그 자체로 이 책은 저에게 있어 유일하게 과정만으로도 이미 성공한 책이 되었습니다.

제가 이 책을 쓰는 내내 받았던 그 모든 감사와, 그리고 제가 이 책을 쓰는 내내 함께했던 제 마음 안의 행복과 평온함, 그리고 평화, 거기에 더하여 다정함과 진정한 자존감, 성공에 대한 확신, 그런 것들이 여러분들의 마음에 하나의 작은 물결이 되어주기를 바랍니다. 그것들이 여러분의 마음에 고스란히 닿아, 여러분에게 또한 그런 '느낌'과 '마음'을 진정 전해주게 되기를 소원합니다. 제가 행복한 사람이어서, 여러분이 이 책을 읽는 내내 그 행복함의 영향을 받기를, 하여 이 책을 읽는 내내 여러분의 마음에 저의 글이 다정한 영향력을 일으킬 수 있기를 바랍니다. 그래서 이 책의 물결이, 여러분의 삶에 작은 변화를 일으키고, 그 작은 변화가 끝내 여러분의 여정을 행복으로 물들일 수 있기를 바랍니다.

내가 행복한 사람이 되면, 그 자체로 내 주변에 있는 사람들까지도 그저 행복해진다는 말을 저는 참 좋아합니다. 그리고 이 책이 여러분들에게 그런 책이 되어주길 바랍니다. 그러니까 제가 이 책을 쓰는 동안 정말 행복했기 때문에, 여러분들 또한 이 책을 읽는 내내 정말 행복해질 수 있기를.

언제나 여러분의 행복과 마음의 안녕을 소원하는 제 마음이 이 우주에 영원토록 남아 여러분의 여정을 지켜주기를 진심 다해 바라고 소원하며,

김지훈 작가 올림.

오늘 하루, 내게 주어진 것들에 하나둘 감사해보세요. 이렇게 됐으면 좋겠다, 저렇게 됐으면 좋겠다, 또는 이건 이렇게 됐으면 안 됐어, 저건 저렇게 됐으면 안 됐어, 하고 욕망하거나 불평하는 대신에요. 우리는 주어진 수많은 것들의 소중함은 잊은 채 아주 작은 몇 개의 불만만을 바라보며 스스로를 아프게 할 때가 많아요. 그러니 오늘만큼은 조금 더 감사해보시길 바랍니다. 마음이 편안해지실 거예요. 그렇게 부디 평온하고, 예쁜 하루 되시기를.

내가 마주하게 될 오늘은, 어제까지 있었던 내 모든 아픔과 그 아픔을 통한 후회로 인해 더욱 큰 성숙과 함께하는 오늘이기를. 그렇게 오늘의 나는, 더욱 온전하고 다정한 마음으로 나 자신과 타인들을 마주할 수 있기를. 하여 용서하지 못한 것이 있다면 더욱 용서함으로써 무엇보다 나 자신의 행복을 위한 용서를 배워나가기를. 그렇게 치유받고, 치유받음으로써 꿋꿋이 행복하기를. 그렇게 지난 시간의 아픔을 통해 성숙한 나이기에, 그 아픔이라는 삶의 선물에 이제는 감사하며, 하여 비로소 행복하며, 그렇게 과거의 나보다 더욱 진실한 사랑을 품은 내가 되어있기를. 그렇게, 진정한 자존감이 있기를.

1

지금
이 순간의 행복.

내가 지금 행복하지 않은 유일한 이유는, 내가 행복하지 않기를 스스로 마음먹고 있다는 것이 다입니다. 지금 이 순간, 모든 욕망과 분노와 원망과 자기연민을 내려놓음으로써 우리는 행복할 수 있습니다. 그러니, 나의 행복을 위해서 기꺼이 그렇게 하시겠습니까?

우리의 마음은 때로 그걸 누구보다 잘 알면서도 스스로 행복하지 않기 위해 애를 쓰기도 합니다. 행복의 근원은 오직 내 안에 있는 것인데, 그것이 바깥에 있는 것이라 끊임없이 투사하면서 말이죠. 그러니까 저 사람이 내게 이렇게 해주면 나는 행복할 거야, 이러한 상황이 내게 펼쳐지면 나는 행복할 거야, 라고 사고한 채 끝없이 외부에 나의 행복을 투사해놓고는 그것에 기대고 의존하는 것입니다. 그래서 원망할 일도, 탓할 일도 많이 생기는 것이죠.

하지만 행복은 절대적으로 내 마음 안에 있는 것이기에, 그러한 외부로의 환상은 결코 충족될 수 없으며, 하여 그것을 멈추지 않는 한 우리는 절대로 행복한 사람이 될 수는 없을 것입니다. 그러니 일시적인 만족감과 진정한 행복을 혼동하지 마십시오. 그리고 이제는 세상에게 주었던 행복의 주권을 내게로 되찾아오겠다고, 지금 이 순간 다짐해보시길 바랍니다. 행복하고 싶다면, 지금 이 순간 행복을 선택하면 되는 것입니다. 정말로 그것이 다입니다. 행복에는 그것 이외의 다른 조건이나 이유가 전혀 필요하지 않기 때문입니다.

그러니 나의 행복을 방해하는 모든 외부로의 투사를 멈춤으로써 오직 지금 행복하시길 바랍니다. 지금 누군가를 미워하고 있다면, 그 사람을 이제는 완전히 용서한 채 내 마음 안에서 떠나보내겠다고 마음먹는 것이죠.

하지만 여전히 당신의 마음이 그러한 일들 앞에서 저항하고 있다면, 그렇게 아직은 여전히 기꺼이 그렇게 하겠다고 쉽게 마음먹어지지가 않는다면, 당신은 아직은 행복할 준비가 되지 않은 것입니다. 그러니까 아직은 스스로 행복해지고 싶지가 않은 것입니다. 하여 당신은 조금은 더 불행에서 머물며, 그것에서부터 더 많은 것들을 배워야만 할 것입니다. 진정한 행복에 간절해질 때까지 아직은 시간이 조금 더 필요한 것이죠.

모든 것이 무너질 만큼 아프고 불행해지는 순간, 우리는 때로 모든 것을 내려놓은 채 완전히 다른 사람이 된 듯 행복해지기도 하는데, 그건, 내 마음이 정말 진심으로 아프고 싶지가 않아서, 불행하고 싶지가 않아서 이제는 오직 진실한 행복만을 향해 완전히 간절해졌기 때문에 일어나는 일이라고 할 수 있을 것입니다. 그러니까 조금은 더 당신이 아픔에서부터 배울 것이 남아있는 것일지도 모르겠습니다.

어쨌든 저는 그 모든 당신의 경험과 배움을 지켜보고 응원하겠으며, 무엇보다 그 모든 과정 안에서 당신이 무르익고 성숙하고 있다는 것을 알기에 그 모든 배움의 완성을 진심으로 소원하겠습니다. 하지만 그럼에도 당신이 지금 이 순간 당신의 마음 안에 태초부터 영원히 있었던 그 행복을 찾고 발견할 수 있기를, 하여 기꺼이 행복을 선택하겠다고 이제는 마음먹을 수 있기를 또한 바라겠습니다. 부디, 당신이 행복하기를.

2.

논쟁하는
마음에 대하여..

이 세상에는 논쟁하는 것을 즐기는 사람들이 더러 있습니다. 그리고 저는 당신에게 그런 사람들과 가급적이면 가까이서 함께하지는 말라고 조언하고 싶습니다. 그들은 당신의 에너지를 갉아먹고 소진시킬 것이기 때문입니다.

'진실한' 사람은 결코 논쟁하지 않습니다. 빼딱한 마음으로 하나의 주제에 대해 따지려고 하지도 않습니다. 그 마음이 자신의 자아를 해칠 거라는 걸 알기에, 그러한 마음을 내려놓고 그러한 순간들을, 상황들을 피해나가는 지혜를 오직 선택할 뿐입니다.

그러니 하루 종일 하나의 감정과 주제를 내려놓지 못해 끝없이 나에게 말하고, 그것에 대한 답을 구하고 강요하는 사람들을 피하세요. 어떠한 답을 해도, 그들은 결코 만족하지 못할 것입니다. 왜냐면 그들에게 중요한 것은 '진실'이 아니라, 그저 '논쟁하는 마음' 그 자체이기 때문입니다. 그리고 그러한 것은 우리의 삶에 어떠한 소중한 가치도 지니고 있지 않은 것입니다.

그러니 만약 당신에게도 그러한 성향이 있다면, 내려놓도록 노력해보세요. 논쟁하기보다 다정하게 이해하는 것, 그것에 골몰하기보다 그저 아름다운 세상의 한편을 바라보는 것, 그것이 나를 더욱 다정하고 행복한 사람으로 만들어준다는 것을 명심하면서요. 무엇보다 당신의 주변이 당신으로 인해 지치고 소진되기보다, 더욱 충전되고 행복해지길 바라는 그 진정한 사랑을 마음에 품어보세요. 그 사랑이 옳고 그름을 따지려고 하는 그 감정적인 탐닉으로부터 끝내 당신을 구원해줄 것입니다.

당신에게 늘 아니라고 하는 사람, 늘 불평하는 사람, 늘 삐딱한 마음으로 당신의 마음을 헤집는 사람, 그런 사람들은 결코 '당신'이 좋아서, 그러니까 당신이라는 사람 자체를 진정 아끼고 소중히 여기기에 당신과 함께하고 있는 것이 결코 아니라는 것을 잊지 마시길. 하여 당신이 오직 당신에게 진실로 다정한 사람들과 함께 오직 행복한 관계만을 맺기를.

3

보다 높은
의지 ..

내가 내 마음속에 품은 의지와 뜻이 이 세상을 위한 것인지, 오직 나 자신을 위한 것인지를 늘 살피며 내 마음을 정돈하시길 바랍니다. 우리가 오직 '나'의 이익을 위해 이 세상을 살아갈 때 우리는 많은 한계를 지니게 됩니다. 그리고 그러한 마음은 언제나 우리의 마음 한편에 공허함을 안겨주게 되지요. 하지만 세상을 위한, 나와 함께 살아가는 사람들을 위한 '사랑'으로써 우리가 우리에게 주어진 순간을 마주할 때 우리는 쉽게 지치지 않을 것이며, 또한 우리의 마음은 언제나 행복으로 가득 차 있게 될 것입니다.

그러니 그 기쁨이 나의 일 안에 흘러들어갈 수 있도록 다정한 마음을 품어보시길 바랍니다. 언제나 나는 사람들의 행복과 평화를 위해 노력하고 있다는 그 순수한 기쁨과 자존감이 당신을 지켜줄 것입니다. 사람들 또한 당신의 그러한 예쁜 의지에 감사한 마음을 품게 될 것이고요. 그렇다면 나에게 진심으로 감사하는 사람들이 많을수록, 내가 외부적으로도 또한 더욱 성공할 수밖에 없게 될 것이라는 것은 어쩌면 당연한 결과이지 않겠습니까.

당신은 당신에게 기쁨과 행복을 주는, 하여 당신이 감사하게 되는 곳을 찾아갈 것입니까, 아니면 더욱 큰 공허와 불만족을 당신에게 안겨주고, 또 당신의 마음에 원망이 생기게 할 만큼의 불친절한 곳을 찾아갈 것입니까. 만약 당신이 만든 상품이나 서비스, 혹은 당신의 꿈이 진실로 사람들의 마음을 더욱 행복하게 만들어주는 것이라면, 그렇다면 그때의 당신은 성공하기보다 실패하는 것이 더 어렵지 않겠습니까.

하지만 내가 만약 나의 사적인 이득만을 위해서 무엇인가를 한다고 했을 때, 그때는 나와 함께 일하는 사람들, 혹은 나의 것을 찾아와주는 사람들, 그 모두가 나로 인해서 오직 많은 스트레스를 받은 채 지치게 될 것입니다. 나는 내 욕심을 위해 그들을 더 많이 이용해야만 할 것이기 때문입니다. 그리고 그 마음은 '적당히' 하는 법을 모르지요. 그렇다면 그런 내 곁에서 누가 나를 위한 진심으로 일을 하겠습니까. 나의 것을 통해 감동을 받고 두 번 세 번이고 나를 찾아와주겠습니까.

그래서 나의 인간성이 존중받고, 나라는 사람을 타인들이 좋아해 줘야 우리는 비로소 진정으로 성공할 수 있게 되는 것입니다. 내가 품은 뜻이 이 지구와 인류를 위한 뜻인데, 그렇다면 나와 함께하는 사람들 또한 '나'를 위해 일을 하는 것이 아니라 이 세계를 위해 일을 하는 것이 될 텐데, 그렇다면 그때는 나의 동료들 또한 얼마나 큰 사명감과 보람을 가진 채 진심으로 일을 하게 되겠습니까. 하여 그것이 끝내는 위대한 성공을 창조해내게 되는 것입니다.

내가 하는 일이 오직 이 세상을 위한 일이라면, 그것이 세상에게 또한 꼭 필요한 일이 되지 않겠습니까. 하여 내가 만든 그것을 나를 통해 접하는 이들은 그로 인해 '행복'과 '편의'를 누리게 되지 않겠습니까. 그렇다면 그들은 당연히 나의 단골 고객이 될 것입니다. 그렇지 않나요?

하지만 내가 오직 나의 사적인 이득만을 위해 무엇인가를 했다면, 사람들은 분명 나에게 실망하게 되는 부분이 생길 것입니다. 그리고 사람은 자신을 실망시킨 상품, 혹은 사람에게는 결코 두 번 찾아가는 법이 없습니다. 그렇기 때문에 그 성공은 결국 일시적인 것이 될 것이고, 하여 조금만 길게 본다면 '실패'의 조각에 불과했다는 것을 우리는 알게 될 것입니다.

그러니 나의 행복을 위해서도, 나의 성공을 위해서도 우리는 다정한 사람이 되어야만 하고, 또 이 세계를 위해 봉사하는 사람이 되어야만 한다고 저는 믿습니다. 언제나 지속 가능한 것, 사람들이 두 번 세 번이고 나를 믿고 찾아오게 만드는 것, 그것은 다름 아닌 '사랑'을 우리가 우리의 마음속에 품을 때라야 비로소 가능해지는 것이니까요.

그러니 언제나 당신이 사랑과 다정함으로 임하길 바랍니다. 그 다정함으로부터 타인을 행복하게 하고, 그 행복으로 인해 위대한 성취를 창조해내는 당신이기를.

4

단순함..

자, 오늘은 여러분에게 시간 부자가 되는 법을 알려드리겠습니다. 감정에 탐닉하는 시간을 줄이십시오. 감정에 탐닉하는 시간이란 무엇일까, 하는 의문이 생기실 것입니다. 그렇다면 아침에 거울을 보며 내 얼굴에 신경을 쓰는 시간을 조금 더 줄여보십시오. 누군가를 원망하거나 어떤 일에 대해 화가 나는 생각에 골몰하는 시간을 줄여보십시오. TV나 유튜브, 스마트폰으로 즐기는 오락거리에 탐닉하는 시간을 줄여보십시오. 친구들과 과하게 수다를 떠는 것을 즐기는 시간을 조금 더 줄여보십시오.

행복한 삶은 단순한 것입니다. 우리의 마음이 산만하고 지나치게 욕망이나 감정에 탐닉하고 있을 때, 단순한 삶이란 지루한 삶을 뜻하는 것이 되겠지만, 사실 단순한 삶이란 그 무엇보다 행복과, 그리고 진실과 함께하는 진정한 기쁨이 있는 삶입니다. 아침에는 명상을 해보세요. 명상이 어렵다면 제 유튜브 채널에서도 북명상을 올리고 있으니 함께해보셔도 좋습니다. 하루 10분의 명상을 도와줄 것입니다(광고도 없는 완전한 무료입니다!).

조금 더 내 안에 있는 행복을 발견하는 것, 그것은 언제나 우리의 마음이 고요할 때라야 가능한 것입니다. 만약 당신이 당신의 삶에서 일정 부분의 감정 소모와 오락, 수다 등에 탐닉하는 시간만 줄여도, 아마도 당신은 당신의 몸과 마음이 훨씬 더 건강해지는 것을 느끼실 수 있을 것입니다. 그러니 우리의 몸과 마음을 온전히 느끼는 시간을 늘려보세요.

당신의 삶이 지금보다 조금만 더 단순해져도, 당신의 삶은 훨씬 더 풍성해질 것입니다. 어쩌면 그때는 몇 가지 일을 동시에 하고도 시간이 남게 될지도 모릅니다. 책을 읽을 시간이 늘어날 것이고, 보다 당신의 삶을 가치 있게 만드는 시간이 늘어날 것입니다. 그림을 그리거나, 사진을 찍는 취미를 가질 수도 있겠죠.

저는 작가이자, 마케터이자, 편집자이자, 회사의 대표이자, 디자이너이자 제작자입니다. 피아노 대회에서 대상을 받은 적도, 춤 대회에서 우수상을 받은 적도 있지요. 그리고 부모님의 사랑스러운 아들이자 형의 동생이기도 합니다. 하루에 한 번은 부모님과 통화를 합니다. 사람들은 이것이 불가능할 거라고 여기지만, 저는 어떤 회사에서 여러 명이 모여서 하는 일들을 혼자서 거뜬히 해내죠. 고요함 안에서 한 가지 일에 온전히 집중하는 방법을 당신이 터득한다면, 당신 또한 혼자서 그 누구보다 많은 일들을 제대로 해낼 수 있게 될 것입니다.

그러니 당신의 마음을 단순하게 정리하는 방법을 배우십시오. 당신이 이 단순함 안에서 진정한 기쁨을 발견할 줄 알게 될 때, 아마도 당신은 전에는 느껴보지 못했던 행복과 즐거움을 느끼게 될 것이고, 그것이 진정한 기쁨이라는 것을 또한 알게 될 것입니다.

테레사 수녀님께서 살아온 삶이 얼마나 단순했는지, 그녀의 책을 읽어보아도 좋습니다. 그녀에게 있어 단순함이란, 그 무엇보다 큰 소중함이자 행복이었지만, 우리는 그것을 가난, 혹은 지루함으로 오해하곤 하죠. 아마도 여러분이 보내고 있는 대부분의 시간 안에, 진정한 '여러분'이 있는 시간은 그다지 많지 않을지도 모릅니다. 우리의 마음은 언제나 다른 곳에 가 있을 것이고, 하여 그 마음은 너무나도 산만해서 마음이 우리에게 무엇을 이야기하고 싶은지조차 알 수 없을 때가 많을 것이기 때문입니다. 그렇다면 그 안에 어떤 진실과 행복이 있겠습니까.

그러니 그 모든 산만함이라는 먹구름을 거두어내고, 이제는 오직 진실한 당신, 그러니까 당신 자신을 온전히 느끼고 바라볼 줄 아는 진짜 당신과 함께해보시길 바랍니다. 그렇게, 당신이라는 존재의 빛을 되찾으시길 바랍니다. 하여 보다 더 행복하고 풍성한 삶을 누리시길 바랍니다.

제가 다른 출판사나 협력사와 미팅을 할 때, 사람들은 저에게 힘들지는 않냐고 묻곤 합니다. 저는 제 삶을 즐기기 때문에 힘들지 않습니다. 그리고 저는 저의 일을 효율적으로 처리할 줄 알기에 그렇게 일을 하고도 시간이 충분히 많이 남습니다. 어떤 일이든, 그 일에 온전히 집중할 때 우리는 군더더기 없이 일하는 법을 익히게 되고, 하여 금방이면 능숙해지기 때문입니다.

제가 몇 명의 직원과 함께하냐고요? 저에게는 단 한 명의 직원이 있습니다. 그리고 저희는 하루에 두 시간이 넘는 시간을 함께 밥을 먹고 제가 직접 끓인 커피를 마시며 얼마간의 대화를 하는 데 쓰죠. 그런데 회사가 어떻게 돌아가냐고요. 글쎄요, 그 정도만 해도 우리는 충분히 많은 일들을 해낼 수 있습니다. 그리고 저는 직원이 이 회사를 다니며 행복했으면 좋겠다는 생각이 늘 있기에 무리해서 일을 시키고 싶은 마음도 딱히 없습니다. 그래서 늘 좋은 복지에 대해 신경을 쓰고, 월급이 넉넉한지에 대해서도 신경을 쓰는 편입니다.

하지만 또한 그 균형이 온전한 것인지, 직원의 성숙에 이바지하는 것인지에 대해서도 늘 신중하게 고려하는 편입니다. 직원의 행복을 고려한답시고, 하루에 한 시간만 일을 하게 하고 많은 월급을 주는 것은 직원의 행복을 오히려 망치고 온전함을 훼손하는 일이 될 수도 있는 거니까요. 어쨌든 회사의 복지는 직원의 자부심입니다. 다른 사람들이 모두 입사하고 싶어 하는 회사에서 일하는 것만큼 자랑스러운 일이 어디에 있겠습니까.

만약 여러분이 회사를 운영하고 있는데, 직원에게 하루에 한 시간이라도 더 일하게 하고, 월급은 조금이라도 덜 줘야 회사가 운영이 될 거라고 생각한다면, 당신의 회사는 결코 성공하지 못할 것입니다. 그 정도밖에 안 되는 회사가 될 것입니다. 그 조금을 아껴야만 성공을 하는 회사라면, 어떻게 성공할 수가 있겠습니까. 그리고 충분한 실력이 있는 직원들이 그 회사를 위해 일하고자 모여들겠습니까.

저는 그렇게 생각하지 않습니다. 아주 조금의 사소한 차이가, 큰 결과를 만들어낸다고 믿습니다. 그러니 당신에게는 아주 작은 것일 수 있는 마음이, 직원에게는 아주 큰 마음이 될 수도 있다는 것을 잊지 마세요. 만약 당신의 마음이 작고 인색해서 직원에게 많은 것을 아낀다면, 당신이 아끼는 만큼 직원 또한 당신과 회사에게 아끼는 사람이 되고야 말 것입니다. 그것을 잊지 마세요.

가끔 저의 직원은 스스로 야근을 하곤 하는데, 정말로 일이 즐겁고 행복하기 때문에 하는 것이니 말리지 말라는 말을 저에게 합니다. 그리고 저는 처음에는 그러한 것이 걱정됐지만, 그것 또한 직원의 성숙이며, 또한 잠재력을 실현하는 데서 오는 기쁨과 행복임을 이제는 알기에 그저 존중하고 기특하게 생각하게 되었습니다.

저는 직원의 복지를 염려하고, 직원은 회사가 잘 되길 염려하고, 그렇게 서로가 통제하고 압박하지 않아도 우리는 서로의 행복을 자연스럽게 염려하고 있는 것입니다. 그것이 바로 다정함이 작용하는 방식입니다. 그러니 내가 나의 이득을 위해 무엇인가를 강요함으로써 상대방을 압박하지 마세요. 내가 아끼고 강요하는 만큼 상대방도 나에게 아끼고 저항하게 될 테니까요.

그저 내가 먼저 다정하게 행동하고 좋은 환경을 만들어주면, 그렇게 나를 향해 마음이 열릴 수 있도록 내가 먼저 그러한 마음들을 기울이면, 상대방 또한 더욱 나에게 진심이 되는 것입니다. 그리고 그 진심을 이길 수 있는 것은 이 세상에 아무것도 없는 것이죠. 정말로 그렇지 않나요?

어쨌든 저는 저의 일이 즐겁습니다. 즐기는 자를 이길 수 없다는 말, 많이 들어보셨죠. 저는 저의 일을 즐기고, 저의 일을 사랑합니다. 그래서 저의 노력에는 한계가 없습니다. 컴퓨터 게임을 쉬지 않고 할 수 있는 것처럼, 저는 저의 일을 쉬지 않고 할 수 있는 것입니다. 일 년 삼백육십오일 밤낮을 내내 그렇게 일할 수 있는 것입니다. 그러고도, 하루에 좋은 음악과 함께 직접 내린 커피를 마실 수 있는 시간이 있고, 책을 읽을 시간이 있고, 독자분들의 댓글에 다정하게 답글을 다는 시간이 있고, 30분 정도 운동을 할 시간이 있고, 아침저녁으로는 명상을 할 시간이 있습니다. 직원과 세상 돌아가는 이야기에 대해서도 짧게 대화를 할 시간이 있고, 그렇게 수다를 떠는 시간도 충분히 있죠. 그리고 자기 전에는 좋아하는 웹툰을 볼 시간도 있습니다. 어떻습니까. 충분히 여유롭지 않습니까.

그리고 저는 이러한 생활에 충분히 만족하고, 또 충분한 행복을 느끼고 있습니다. 그 사이에 제가 무엇인가에 탐닉하고 있다면, 글쎄요. 아마도 저는 이 모든 것들 중 어느 하나도 제대로 해내지 못하게 될 것입니다.

많은 사람들이 저의 이러한 일상이 매일 연속되는 것을 두고 지루할 거라고 생각하곤 하지만, 저에게도 많은 것에 탐닉하던 시간이 있었습니다. 그리고 저는 지금의 제가 더욱 온전하고, 균형 잡혀 있으며, 하여 매일 새롭게 맞이한 오늘이 가장 행복한 오늘이라고 확신합니다. 제가 이토록 열심히 일만 하며 저의 일을 사랑하는 시간들 사이사이에는 이 세상과 생명에 대한 사랑과 감사 또한 함께하고 있기 때문입니다.

식물을 기르고, 언제나 식물이 잘 자라는지, 햇빛이나 물이 부족하지는 않은지를 살펴보는 정성, 그리고 햇볕이 잘 드는 날에는 빨래가 잘 마르겠다며 빨래를 돌리는 기쁨, 비가 오는 날에는 식물들에게 비를 맞게 할 수 있겠다는 설렘, 그 모든 사랑과 감사가 저의 이 하루 안에 함께하고 있는데, 제가 어떻게 지루할 수가 있겠습니까.

매일 글을 쓰고, 그 글로써 독자분들과 함께 행복을 나누고, 하여 감사하다는 말들을 독자분들로부터 들으며 제 마음이 언제나 채워지고 있는데, 제가 무엇을 향해 결핍을 느낄 수 있겠습니까. 제가 하고 있는 일을 함께 사랑해주는 직원이 있고, 또 매일 저를 진심으로 사랑하고 걱정해주는 가족과 통화를 하며 저의 하루를 공유할 수 있는데, 저에게 외로움을 느낄 틈이라는 게 어디에 있을까요.

그래서 저는 꾸준합니다. 이 일상을 정말로 꾸준히 살아갑니다. 그리고 저는 그 꾸준함이야말로 사랑이자 아름다움이라고 생각합니다. 내가 하는 일을 잠깐 했다가 지루해하지 않고, 늘 꾸준하게 이어나갈 수 있게 하는 것, 그건 제가 저의 하루에 대해 진실로 감사하고 사랑하지 않으면 불가능한 일이기 때문입니다. 그래서 저는 이 세상의 모든 꾸준함을 존경하고, 경이로움을 품으며, 하여 아름답고 감동스럽게 바라봅니다. 부지런히 살아가고 사랑하는 것, 그 꾸준함 속에야말로 진정 위대한 아름다움이 깃들어있는 것이기 때문입니다.

그러니 일상 안에서 행복해지는 법을 배워보세요. 정말로 행복은 거창한 것이 아닙니다. 복잡한 것도 아니며, 나의 머리를 자극하는 무엇인가에 탐닉해야만 느낄 수 있는 환상에 사로잡힌 상태도 아닙니다. 그저 매일을 감사와 사랑으로 보내는 것, 그 꾸준한 일상 안에서 싹트는 기쁨인 것이죠. 이 모든 것이 너무나도 단순명료하지 않습니까.

　내가 이 단순한 진실과 함께할 때, 나는 다른 사람들이 쉽게 해내지 못하는 일들을 쉽게 해낼 수 있게 될 것입니다. 그것이 사랑이든, 일의 능률이든, 그 무엇이든 간에요. 그리고 그런 저로 인해 저의 주변까지도 행복과 다정함으로 물들게 되는 것입니다.

　그러니 단순하게 살아가는 법을 배우고, 그 단순함 안에서 이 삶의 진실을 배워보시길 바랍니다. 당신의 마음 안에는 훨씬 더 깊은 사랑이 싹을 피워낼 것입니다. 하루의 시작을 명상으로 열고, 하루의 마무리를 주어진 것들에 대해 감사하는 것으로 닫는 것도 아주 좋은 방법입니다.

　그리고 사람들을 대할 때 조금 더 다정하게 대하고자 노력해보십시오. 다정함이 꼭 말로써 하는 표현을 뜻하는 것은 아닙니다. 그 사람의 행복에 대해 염려하는 것, 그 마음 자체가 다정함입니다. 그러니 오늘 내 주변에 있는 사람들을 염려해보십시오. 그들이 오늘 하루, 충분히 행복한지를 살펴보십시오. 그것만으로 충분합니다. 이미 그 다정한 의도를 마음에 품는 순간, 당신은 그들을 행복하게 하는 사람이 되어있을 테니까요.

　그러니 단순함 안에서 행복해지는 방법을 배워보시길 바랍니다. 단순함이 지루함이 아니라, 진정한 즐거움이라는 것을 알아가보시길 바랍니다. 언제나 진실은 단순한 것이고, 우리가 진실과 함께할 때, 그 진실이 우리를 행복으로 이끌어줄 테니까요. 부디 당신의 마음이 언제나 평온하기를 바랍니다. 단순한 진실과 함께 늘 평화로우며, 또한 무한하기를 바랍니다. 그렇게 무엇보다 당신에게는 언제나 진실한 행복이 함께하기를.

5

건강 ..

　우리가 이 세상을 경험할 수 있도록 해주는 우리의 육체에 대해 감사하는 마음으로 건강에 또한 신경을 쓰시길 바랍니다. 비타민을 챙겨 먹으십시오. 그리고 근육을 풀어주세요. 근육은 폼블러(EPP로 된 것이 좋습니다)와 마사지볼 이 두 개만 사용해도 머리끝부터 발끝까지 스스로 풀지 못하는 근육은 없습니다(네이버 검색창에 '힐러 블로그'라고 검색을 하시면, 어떤 근육을 어떻게 마사지해야 하는지 자세히 설명해주시는 분이 계십니다. 그 블로그 내부의 검색창에 내 아픔에 대해 검색해보세요. 예를 들어, 왼쪽 어깨, 오른쪽 팔, 두통, 이런 식으로 키워드를 검색하시면 됩니다. 저도 우연히 알게 되었는데 많은 도움을 받았습니다). 그렇게, 언제나 몸을 부드럽게 해주세요.

　그리고 음식을 먹을 때는 꼭꼭 씹어서 드세요. 우리가 때로 음식의 맛을 음미하지 않은 채 우걱지걱 먹을 때는, 그것은 음식을 먹는 것이 아니라 나의 식욕을 탕진하는 일이 될 뿐입니다. 이럴 때는, 내가 아니라 나의 식욕이 음식을 먹고 있는 것이다, 라는 표현이 적합할 것입니다. 그리고 그때의 우리는 음식을 먹은 뒤에 만족과 행복을 느끼기보다, 죄책감과 자기혐오를 느끼게 되고, 그것은 우리의 몸과 마음을 해하는 행위일 것입니다.

　그러니 먹을 때는 다음에 먹을 것을 미리 집지 마세요. 수저와 젓가락을 내려놓고, 내 입안에 있는 음식을 모두 먹은 뒤에 다음 음식을 집도록 하세요. 이러한 습관을 기르게 되면, 평소보다 먹는 양은 줄지만 포만감은 빨리 생길 것이고, 자연스럽게 소식하게 되실 겁니다. 또한 음식의 맛을 더욱 풍부하게 느끼실 수 있을 것입니다.

그리고 언제나 스트레스를 조심하세요. 우리의 육체에 생기는 아픔은 우리의 육체가 우리에게 보내는 신호일 때가 많습니다. 그 신호를 잘 듣지 못해 끝내 병을 악화시킨 채로 병원에 가면, 의사는 우리에게 생긴 그 몸의 문제를 우리의 몸에서 없애기 위해서 우리 몸의 일부를 절단해버릴 것입니다. 그러니 내 소중한 몸이 아프기 전에 미리 예방하시길 바랍니다.

내 마음의 문제로 인해 육체에서 병이 생겼다면, 그것을 치료한 뒤에도 또다시 같은 병이 생길 확률이 생깁니다. 그러니 내 마음의 어떤 사고방식이 내 몸에 이러한 문제를 일으켰을지를 자문해보고, 그 사고방식을 변화시키도록 노력해보세요. 그렇게, 신체적, 정신적으로 내 몸을 치료하기 위해 할 수 있는 모든 노력을 기울여주세요. 우리의 몸이 아플까, 하는 두려움에서 우리의 몸을 보살피기보다, 우리의 몸을 아끼고 사랑하는 마음에서부터 보살펴주시길 바랍니다. 두려움은 때로 몸에 대한 과도한 집착을 낳게 할 것이고, 그것은 또한 우리에게 육체에 대한 과한 탐닉을 일으키게 할 것이기 때문입니다.

매일 찾아오는 밤에는 누워서 내게 주어진 것에 대해 감사하는 시간을 가지며 잠들도록 하세요. 그것이 우리의 마음을 평온하게 해줄 것이고, 하여 깊은 수면을 할 수 있도록 도와줄 것입니다. 잘 자는 것만큼 건강에 있어 중요한 것은 없습니다. 그리고 매일 햇볕을 쬐며 30분 정도는 걸으시길 바랍니다. 이때는 내 몸을 감싸는 바람과, 내 발자국이 바닥과 닿는 감각을 최대한 느끼며 걸으면 좋습니다. 그것이 우리의 몸과 마음을 행복하게 해줄 것입니다.

여러분이 100억 자산을 가진 부자여도, 만약 여러분이 건강하지 않다면 하루하루가 불편할 것입니다. 그러니까 이때는 아무리 부자여도, 돈 한 푼 없는 건강한 사람보다 더 불편하게 하루하루를 보내게 될 것입니다. 그러니 내 욕망을 성취하기 위해서 내 몸을 해치지는 마시길 바랍니다. 꾸준히 오래도록 우리가 일할 수 있게 해주는 것은, 다름 아닌 우리의 건강이니까요. 그러니 그 건강의 소중함에 대해 늘 간직하고, 내가 지금 건강하다는 사실에 또한 감사하면서 하루하루를 보내도록 해보십시오. 여러분이 이 삶에 있어서 가장 마지막 성숙의 관문을 지나기 전까지, 여러분에게 있어 건강은 아주 중요한 것입니다. 그러니 건강하십시오.

저에게는 세 권의 책을 쓰는 동안, 제 건강에 대해서는 단 한 번을 신경 쓰지 않았기에 모든 것을 그만두어야만 했던 시기가 찾아왔었습니다. 오랜 시간 불면증에 시달렸고, 또 저에게는 여전히 용서하지 못한 많은 일과 사람들이 있었고, 거기에 더하여 예민함과 정화되지 않은 감정들이 있었죠. 하지만 저는 오직 저의 일에만 집중하고 신경 썼습니다. 건강 따위! 하면서 말이죠. 그때의 저는 그게 시간이 아까운 행동이라고 생각했습니다. 운동하는 시간에 조금 더 일을 하고 싶었던 것이죠. 그럼에도 제 몸은 오래도록 자신의 역할을 충실하게 해냈다고 저는 생각합니다. 아파도 그 이전에 이미 아팠어야 했던 제 몸인 것이죠.

하지만 그럼에도 힘겹게 제 건강을 지켜주고 있었던 제 소중한 몸이 이제는 저에게 신호를 보내기 시작한 것입니다. 더 이상은 안 되겠어. 이제는 네가 나를 건강하게 돌보지 않으면 내가 아파버릴 테니까 알아서 해! 하고 말이죠. 그리고 저는 그때가 되어서야 건강하게 사는 것에 또한 많은 정성을 기울이게 되었습니다.

아프기 전에 이미 제가 그런 사람이었다면 참 좋았을 텐데 말이죠. 그래서 이건, 사실 제 몸에게 많이 미안한 부분입니다. 그래서 우리 모두는 우리의 몸에게 사과할 필요가 있는 것입니다. 조금 더 다정하게 대해주지 않아서 정말 미안해. 하고 말입니다. 어쨌든 제 생각에 우리의 몸은 우리가 이 삶으로부터 그저 받은 소중한 선물입니다. 그러니 우리에게는 그것을 소중하게 다루고 지킬 의무가 있는 것입니다.

제가 비로소 저의 몸에게 다정해지기 시작했을 때, 20kg가 쪘던 몸무게가 다른 어떤 운동도 하지 않고 그저 꼭꼭 씹어먹기, 하루에 30분 걷기, 명상하기, 탐닉하지 않기, 충분한 시간 동안 숙면하기, 이것만으로 몇 달 만에 쑥 빠져버렸습니다. 이제 제 몸이 건강을 향해 나아가기 시작한 것이고, 하여 다시 건강하던 이전의 몸으로 돌아가기 시작한 것이죠.

저는 다른 무엇보다도 제가 제 몸을 아끼고 사랑하기 시작했다는 그 다정한 마음이 저의 건강을 회복하는 데 있어 가장 큰 도움이 된 부분이었다고 생각합니다. 그러니까 제가 저 스스로의 몸을 아끼고 사랑하는 그 다정한 마음이 다른 어떤 운동과 건강요법보다도 저를 빠르게 치유로 이끌어준 것이죠. 그래서 저는 우리의 몸을 그저 소중히 여기고 사랑하기 시작하는 것만으로도 많은 부분에서 좋아질 수 있다고 생각합니다.

그러니 내 몸을 아끼고 사랑해주세요. 사실, 그 다정한 마음의 표현으로써 우리는 자연스럽게 운동이든 건강요법이든, 그러한 보살핌을 실천하게 될 것입니다. 그러니 먼저 내 몸을 아껴주고 사랑해주세요. 우리가 언젠가 내 육체와의 동일시를 완전히 포기하고자 기꺼이 마음먹게 되는 그 순간까지, 우리의 육체는 우리에게 소중한 것입니다.

제가 여기에 적은 내용들은 아마도 건강에 대한, 아주 기본적인 내용이 될 것입니다. 이 글은 단지 여러분이 스스로의 몸을 왜 아껴야 하는지에 대한 이유를 쓴 것에 불과한 것인 거죠. 그러니 여러분께서는 추가적으로 자신의 몸을 건강하게 만드는 더 많은 것들을 할 수 있을 것입니다. 또한 여러분의 성향에 맞는 자신만의 건강관리를 찾아서, 제가 말한 것과는 다른 자신만의 건강법을 찾으실 수도 있을 것입니다.

그것이 무엇이든, 건강과 함께하도록 하세요. 나 자신의 건강에 대해 신경 쓴다는 것은 내 몸을 내가 아끼고 사랑하고 있다는, 내 몸에 대한 나의 다정한 표현이라는 것을 잊지 마세요. 그렇게, 나에게 다정하십시오. 저처럼 몸을 혹사시킨 뒤에야 그것을 깨닫는다면, 그건 이미 너무나도 아픈 뒤일 것입니다. 물론 때로 그러한 것이 필요하긴 합니다. 저에게 있어 그 아픔은 제가 첫 책을 쓰기 전의 순수한 마음을 향해 다시 나아가도록 저를 이끌어줬으니까요. 그런 다정하고 사랑스러운 삶을 향해 제가 다시금 정렬할 수 있도록 저를 이끌어줬으니까요.

어쨌든 모든 아픔에는 이유가 있는 것이지만, 이왕이면 아프지 않는 것이 좋다고 봅니다. 아파서 깨닫기 전에 여러분께서 저의 이 글을 통해 미리 깨닫고 스스로의 몸을 더욱 사랑해주게 된다면, 제 생각에 그보다 좋은 건 없을 것 같습니다. 또한 내 몸과 마음을 모두 잘 돌보고, 그 밝은 에너지로 하루를 마주하고 사람들을 대하는 것만큼 나에게, 그리고 나의 주변 사람들에게 긍정적인 기운을 전해주는 일도 없답니다.

그러니 언제나 여러분에게 건강과 행복이 함께하기를 진심을 다해 소원합니다. 부디 당신이 나 자신에 대한 다정함과 사랑의 표현으로써, 삶으로부터 그저 받은 선물인 내 몸을 애정 다해 보살피고 아껴주기를.

6

일의 즐거움 ..

지금 하고 있는 일을 그저 좋아함으로써, 그 일을 하시길 바랍니다. 그것이 취미든, 나의 주된 업무든, 나의 생활 습관이든, 그 무엇이든 간에요. 내가 하는 일을 즐기는 것은, 우리의 삶에 많은 기쁨을 가져다줍니다. 또한 나를 지치지 않게 해주는 소중한 원동력이 되어주기도 하죠. 내가 억지로 무엇인가를 할 때보다, 좋아해서 할 때 그 일을 더욱 능동적으로 하게 될 것이라는 건 너무나도 당연한 것이니까요.

내가 하는 일 앞에 그 어떤 장애와 시련이 찾아와도, 이 일을 내가 정말로 사랑할 때는 그것을 기꺼이 극복해나가게 됩니다. 좋아하지 않는다면 사실 그러한 시련 앞에서 금방 포기하게 되겠죠. 그러니 좋아한다는 건, 그만큼 내가 이 일을 소중히 여기고 있다는 것이고, 이 일의 성취에 대해 내가 내 마음 안에 어떠한 간절함을 품었다는 말이 됩니다. 하여 우리가 그 의지로 나아갈 때, 우리는 정말로 많은 것들을 해낼 수 있게 됩니다.

그러니 내가 좋아하는 일을 하십시오. 좋아하는 일이 없다면, 지금 하고 있는 일을 좋아하도록 해보십시오. 그것이 매일 아침에 당신을 더욱 개운하게 만들어줄 것이고, 더욱 설레게 만들어줄 것입니다. 그리고 그 기쁨이 당신이 그 일을 하고 있는 동안 당신의 잠재력을 마음껏 펼칠 수 있게 도와줄 것이고, 하여 당신은 더욱 창의적으로 일하게 될 것입니다. 그리고 내가 나의 일을 그저 좋아해서 할 때는, 우리는 우리의 일을 두고 논쟁할 필요가 없어집니다.

예를 들어서 내가 요가를 하고 있다고 칩시다. 그리고 내 친구는 헬스를 하고 있는 것이죠. 이때 서로가 서로의 운동을 그저 좋아하기보다 그것에 집착할 때, 그 둘은 무엇이 더 좋은 운동인지에 대해서 논쟁을 해야만 할 것이고, 그것은 서로의 감정을 끝내 상하게 만들 것입니다. 그래서 "나는 이게 좋아서 이걸 해."라고 말하는 것은, 그러한 논쟁이 우리의 삶에서 일어나지 않게 해주는 소중한 지혜이기도 합니다.

내가 교회를 다니는 게 좋아서 교회를 다닌다고 할 때 대부분의 상식적인 사람들은 나의 종교 생활을 존중할 것이지만, 내가 교회를 다니는 게 '옳아서' 교회를 다닌다고 말할 때는 그것이 왜 옳고 그른지에 대해서 말다툼을 해야 하게 될지도 모르는 것이죠. 왜냐면 우리가 '옳다'라고 말할 때, 그것은 다른 것은 '틀린' 것이 됨을 포함하는 말이 되기 때문입니다. 그래서 자신의 것이 틀린 것으로 취급받았다고 느끼게 된 상대방은 자신의 것을 또한 지키기 위해 방어적인 자세를 취하게 될 것이고, 하여 우리는 그것을 두고 공격과 방어를 끝없이 주고받아야만 하게 되는 것이죠. 그리고 그 논쟁의 시간이 길어질수록 서로는 서로로부터 더 많은 상처를 주고받게 될 것이고, 그와 함께 서로의 가치는 심하게 훼손된 채일 것입니다.

하지만 그럼에도 결론이 난다면 다행이겠지만 이러한 논쟁이 전혀 실효성을 가지고 있지 않은 이유는, 사실 모두 다 자신의 것이 '옳다'라고 생각하기에, 그 생각 자체를 내려놓고 말하기 전까지 계속해서 자신의 것만이 옳고, 상대방의 것은 오직 틀린 것이라고만 치부하고 있을 뿐일 것이기 때문입니다.

그렇다면 이러한 식의 논쟁이라는 것은 얼마나 무의미하고 무가치한 일인 것이겠습니까. 남는 건 너덜너덜해진 서로의 마음뿐일 것입니다. 그런데도 사람들은 여전히 이러한 논쟁을 끝없이 하고 있으며, 심지어 타인들을 선동하여 단체 대 단체의 싸움으로까지 몰고 가고 있기도 한 것입니다.

실제로 그런 사람들이 많아서, 종교는 늘 논쟁과 함께이기도 합니다. 그런데 가만히 생각해보세요. 진정 내가 아끼는 것이 있다면 하늘에 두어야지 그것을 땅에 둔 채 논쟁거리로 만드는 것은 그것을 스스로 훼손시키는 일이 아니겠습니까. 그러니 내가 소중히 여기는 그것을 내 마음 안에 고이 모셔둔 채 내 마음의 하늘에서 지키십시오. 그러면 내가 아끼는 것이 남에게 훼손당할 일은 이제 더 이상 일어나지 않을 것입니다.

그러고는 "이게 내 마음을 편하게 해줘서, 즐겁게 해줘서 한다."라고 말하는 지혜를 배워보도록 하세요. 당신의 주변에 있는 사람들이 모두 상식적인 사람들이라면, 이제 당신은 더 이상 논쟁을 하느라 감정을 소모하지 않아도 될 것입니다. 당신이 소중히 여기는 것이라면, 다른 사람들에게 존중받도록 해야지, 그것을 더욱 싫어하게 하는 편견을 심어주게 해서는 안 되는 일이지 않겠습니까.

어쨌든 당신은, 당신이 하는 일을 그저 즐기시길 바랍니다. 그 일을 진정 즐기고 사랑할 때, 이 세상의 그 무엇도 당신의 성취를 막아서지 못할 테니까요. 그저 즐거워서 할 때는 이 일을 하고 있고, 할 수 있는 것 자체가 보상이 될 텐데, 그렇다면 그 무엇이 나를 막아설 수 있겠습니까. 이제 다른 외부적인 보상은 오직 덤으로 주어지는 것이라 여겨질 뿐이기에, 당신은 오직 감사하며 나아갈 수 있을 것입니다. 감사하기에 또한 행복할 수 있을 것이고요.

그렇게, 당신의 삶 안에서 당신이 선택한 그 일을 그저 사랑함으로써, 당신이 그 안에서 오직 행복과 기쁨으로 나아갈 수 있기를 저는 바랍니다. 하여 당신의 일 '때문에' 당신이 지치는 것이 아니라, 당신의 일 '덕분에' 당신의 하루하루가 보다 더 행복해지기를. 그렇게 더욱 무한하게 성취할 것이며, 무엇보다 당신은, 그 성취에 오직 감사할 뿐이기에 그저 소탈하게 행복할 수 있을 뿐이기를.

7

올바른 종교 생활 ..

진실에 이르는 길은 여러 가지라고 했지만, 진실은 오직 하나라고 했습니다. 그러니까 대부분의 종교들이 사실, 같은 진실에 대해서 이야기를 하고 있는 것입니다. 그리고 그건 바로, 용서와 사랑입니다. 그러니 그 뜻을 실천하는 사람이 되도록 노력해보세요. 그러니까 자신의 성향에 맞게 종교를 가지고, 그 종교의 뜻을 바르게 실천하는 것이 올바르고도 건강한 종교 생활이라고 할 수 있을 것입니다.

내 종교의 뜻과 가르침은 용서와 사랑인데, 도대체 왜 다른 종교를 미워하는 것입니까. 그저 나는 내가 갈 길을 가면 될 일입니다. 당신이 배를 타고 있다면, 그 배는 당신의 종교가 될 것입니다. 그것이 불교일 수도 있고, 기독교일 수도, 천주교일 수도 있겠죠. 그리고 당신이 마침내 그 배를 타고 어디론가 항해를 시작했다면, 당신의 올바르고도 안전한 항해를 위해서 당신에게는 등대의 빛을 따라가는 것이 오직 필요할 것인데, 그 등대의 빛이란 것이 바로 그 종교의 가르침이라고 할 수 있을 것입니다.

그리고 등대 자체는 예수님이나 부처님과 같이 그 종교를 창조(사실, 그분들이 종교를 창조한 게 아니라, 그분들은 오직 가르침만을 펼쳤고, 사람들이 그 가르침을 보다 잘 따르기 위해 종교를 만들었다고 말하는 것이 보다 정확한 표현일 것입니다)하신 분들이 되는 것이죠. 만약 여기서 당신이 등대 자체를 향해 항해를 한다면, 당신의 배는 곧 침몰하게 될 것입니다. 쾅, 하고 등대와 부딪히게 되는 것이죠. 그래서 그것은 당신이 믿는 종교를 만든 분들의 진정한 뜻이 아닐 것입니다.

그러니 등대 자체가 아니라 등대가 가리키고 있는 빛을 따라 항해를 하시길 바랍니다. 그 말인즉, 당신이 믿고 있는 종교의 가르침을 배우고, 그 가르침을 당신의 삶에 적용함으로써 오직 실천하시길 바랍니다. 여러분이 드라마를 볼 때, 여러분은 누가 주인공이고, 또 누가 악역인지를 누구보다 재빠르게 알아차리실 수 있을 것입니다. 그러니까 여러분의 마음은 무엇이 진실이고, 또 무엇이 거짓인지를 이미 너무나도 잘 알고 있는 것이죠.

그렇다면 진실한 마음가짐이라는 것이 무엇이겠습니까. 그건, 더욱 다정하고, 더욱 너그럽고, 더욱 용서하고, 더욱 사랑하는 사람이 되고자 주어진 삶 안에서 하루하루 노력하는 반듯한 마음가짐이라고 할 수 있을 것입니다. 그런데 왜 그렇게 누군가를 미워하고, 이 세상의 많은 사람들을 적으로 두려고 하십니까. 그러지 마십시오. 그저 진실을 따라간다면 당신은 분명 행복에 이르게 될 것입니다.

그러니 오직 진실과 함께하는 사람이 되시길 바랍니다. 그러니까 당신은 오직 등대의 빛을 따라 올바른 항해를 하는 지혜로운 사람이십시오. 나와 종교가 다르다고 해서 누군가를 미워한다면, 그건 그 자체로 이미 당신이 빛이 아니라 등대 자체를 향해 나아가고 있다는 것을 뜻할 것이고, 하여 그건, 당신의 배가 제대로 된 항해를 하고 있지 않다는 증명이 될 것입니다.

그러니 저는 당신이 부디, 건강하고 올바른 상식을 지닌 채 종교 생활을 하게 되기를 바랍니다. 그렇게 당신의 종교가, 오직 당신을 더욱 진실하고 행복한 사람이 되도록 이끌어주는 하나의 통로가 되어주기를 진심으로 소원합니다. 그러니까 오직 빛의 안내에 따라서, 당신이 꼭 행복이라는 목적지에 안전하게 도착하기를. 하여 그 모든 여정의 길 끝에서, 우리 모두가 오직 웃으며 만나게 되기를. 꼭 그런 날이 오기를.

8.

좋은 사람..

우리가 좋은 사람이 될 때, 우리는 비로소 '좋은' 역할자가 됩니다. 그러니까 우리가 좋은 사람일 때, 그때야말로 우리는 좋은 교사가 되고, 좋은 지도자가 되고, 좋은 친구가 되고, 좋은 남편, 좋은 아내가 되는 것입니다. 그러니 무엇보다 먼저, 좋은 사람이 되시길 바랍니다. 당신이 좋은 사람이 되고 나면, 당신은 자연스럽게 좋은 역할자가 될 수밖에 없을 것입니다. 그러니 그 전과 후를 바꿔서 노력하지 마세요.

좋은 사람이란, 아마도 미워하기보다 조금 더 이해하는 사람, 할 말이 있어도 분노를 담은 채 하기보다 다정하게 말할 줄 아는 사람, 자신의 욕망을 위해 타인을 이용하기보다 보다 높은 뜻을 위해 자신의 욕망을 헌신할 줄 아는 사람, 타인의 말에 공감할 줄 알고 귀를 기울일 줄 아는 사람, 편견으로 사람을 대하기보다 그 사람을 통해 자신의 편견을 내려놓기 위해 노력하는 사람, 자신의 삶에 대해 불평하기보다 조금 더 감사할 줄 아는 사람, 거짓말을 즐겨 하기보다 진실한 사람, 집착하고 통제하기보다 편안하게 해주는 사람, 타인에게 변화를 바라기보다 자신의 마음을 가꿈으로써 자신이 세상을 바라보는 시선을 변화시키기 위해 노력하는 사람, 내가 행복함으로써 타인에게 또한 행복을 전해주는 사람, 내가 옳다고 믿는 것을 강요하기보다 타인의 옳음을 또한 존중할 줄 아는 사람, 말 한마디를 기분 나쁘게 해서 타인의 하루를 예민하게 만들기보다 예쁜 말로 타인의 하루에 힘이 되어주는 사람, 자주 인상을 쓰기보다 자주 웃는 사람일 것입니다.

그렇다면 당신은 지금 좋은 사람입니까. 만약 당신이 좋은 사람이 아니라면, 당신은 타인을 아프게 하는 '역할자'가 될지도 모릅니다. 그러니 먼저 좋은 사람이 되기 위해 노력하시길 바랍니다. 무엇보다 그 과정 안에서 당신이 행복해질 것입니다. 그렇게 꼭, 예쁜 향기가 나는 우리 모두이기를.

9

털어놓는 것에 대해서..

내게 있는 안 좋은 일을 누군가에게 털어놓는 것이 좋을지, 아니면 홀로 삭이는 게 좋을지, 우리는 때로 고민하곤 합니다. 제가 입대를 하여 훈련병이 되었을 때, 우리 모두는 힘들었지만 부모님께는 힘들다는 이야기를 편지에 쓰지 않았는데, 그것은 부모님께서 우리를 염려하고 걱정하시느라 밤에 주무시지 못하는 것은 아닐까, 그것이 걱정되어서였습니다. 그리고 그것은 다름 아닌 우리의, 부모님에 대한 사랑의 한 표현이었던 것이죠. 이처럼 우리가 진정 누군가를 사랑할 때, 우리에게는 때로 말하지 않는 것이 생기기도 합니다. 그래서 그럼 내 고민은 상대방에게 절대 털어놓으면 안 되는 것이냐고 묻는다면, 그게 꼭 그렇지도 않습니다.

중요한 것은 우리가 무엇인가를 말하는 자세에 있는 것이기 때문입니다. 편지로만 무엇인가를 전해야 할 때는 우리 모두 부모님께 괜찮다고만 말했지만, 훈련소 생활이 끝나고 부모님께서 첫 면회에 오셨을 때 우리는 이래서 힘들었니, 저래서 힘들었니 하고 그제서야 털어놓기 시작했죠. 그리고 그때는 우리의 이야기를 듣는 부모님께서도 걱정하시기보다 웃으면서 들어줄 수 있었던 것입니다.

그래서 저는 우리가 상대방에게 무엇인가를 이야기할 때는 상대방의 감정을 또한 배려해야 한다는 것, 그 예쁜 다정함을 지닌 채 언제나 관계를 마주해야 한다는 것, 하여 상대방의 행복을 또한 고려할 줄 알아야 한다는 것, 그러한 태도의 중요성에 대해서 말하고 싶습니다.

그러니까 당신이 만약 누군가를 향한 당신의 마음에 가득한 원망을 상대방에게 털어놓고 싶다면, 당신은 그것을 털어놓기 전에 당신이 그것에 대해 충분히 차분하고도 다정하게 이야기할 수 있을지에 대해 먼저 생각할 줄 알아야만 할 것입니다. 그러니까 만약 당신이 그것에 대해 상대방에게 아직은 차분하게 말할 자신이 없다면, 일단은 당신의 감정을 먼저 정화하고, 그 크기를 줄이고 나서 말하는 것이 저는 좋다고 봅니다. 왜냐면 당신의 언어에 담긴 부정적인 감정은 상대방에게 또한 좋지 않은 영향을 줄 것이고, 하여 그것은 상대방의 하루에도 예민함을 만들어낼 수 있을 것이기 때문입니다.

그러니 당신이 상대방을 진실하게 아끼고 사랑하고 있다면, 하여 상대방의 행복을 또한 고려하고 배려하고자 하고 있다면, 당신은 상대방의 기분을 또한 살피고 생각할 줄 알아야 하는 것입니다. 당신 혼자 편하자고 상대방을 불행하게 만든다면, 그건 관계 안에서의 다정함이 아니라 관계 안에서의 이기심이 될 뿐이기 때문입니다. 그러니 이기적이기보다 다정하십시오. 상대방의 귀와 마음을 또한 예쁘게 지켜줄 줄 아는 사람이 되십시오. 그 다정함이 관계 안에서의 당신과 상대방을 모두 행복하게 만들어줄 것입니다.

함께하며 서로는 서로로부터 더욱 위로를 받을 수 있게 될 것이고, 그렇게, 힘들 때면 서로가 서로에게 찾아가 서로의 이야기를 털어놓으며 서로에게 기대고 의지할 수 있게 될 것이고, 하여 그 다정함으로부터 우리는 서로가 서로에게 예쁜 힘이 되어주는 관계를 이어나가게 되는 것입니다. 그건 우리가 살아가는 데 있어 얼마나 큰 든든함을 우리에게 전해주는 일일까요. 그러니 당신 또한 상대방에게 그 든든함을 전해주는 사람이 되십시오.

그러니 털어놓을지 말지에 대한 저의 답은 둘 다 예스입니다. 말하는 것은 좋지만, 적어도 차분하게 말할 수 있을 때까지는 홀로 먼저 그것을 다루고, 그 뒤에 말할 줄 아는 다정한 인내심이 우리에게는 필요한 것이죠. 내가 분노하며 이런 일이 있었어, 라고 말하는 것과 내가 적당히 속상해하며 이런 일이 있었다, 라고 말하는 것은 상대방에게 닿을 때 너무나도 크게 차이가 나는 것이 되기 때문입니다. 전자는 상대방이 내 이야기를 듣기보다 그 자리를 피하고 싶게 만들겠지만, 후자는 정말 속상했겠다, 하며 상대방이 내 이야기에 더욱 귀를 기울이게 만들어주겠죠.

그러니 먼저 내 감정을 다스리는 법을 배워보세요. 하여 적당한 속상함과 함께 털어놓으며, 상대방에게 더욱 사랑받는 사람이 되십시오. 당신이 적당할 줄 알 때, 상대방은 당신의 이야기를 들으며 당신을 귀엽다고도 생각할 수 있을 것입니다. 그래서 당신이 상대방의 기분을 위해 당신의 감정 앞에서 조금만 더 다정하게 인내할 줄 아는 사람만 되어도, 그로 인해 당신의 관계는 더욱 즐겁고 풍성해질 수 있는 것입니다. 더 많은 것을 나누게 되고, 더 많이 연결되게 되는 것이죠.

그리고 그러한 모든 수준들을 지나 언젠가의 당신이 더욱 성숙하고, 하여 당신의 성숙이 마침내 무르익게 되었을 때는 이제 당신은 말할 것이 딱히 없게 될 것입니다. 그때의 당신은 사실 원망할 세계를 더 이상 바라보지 못할 만큼 모든 것을 용서한 채일 것이기 때문입니다. 그래서 용서할 대상도 없습니다. 하여 털어놓을 만한 원망이나 고민도 없는 완전한 평화 안에서 오직 존재하고 있겠죠. 어쨌든 그 투명하고도 맑은 시선에 닿는 것이, 지금의 당신에게 요구되는 노력은 아닐지도 모릅니다. 모든 수준에는 점차적으로 거쳐 가야 할 단계와 수준이 있는 거니까요.

그러니 하나만 명심하세요. 내가 상대방을 진정 사랑한다면, 나는 상대방의 기분을 먼저 생각하게 될 것이고, 그렇게 그들의 행복을 염려하고 걱정하는 사람이 될 것이라는 것을요. 그것만 명심해도 당신은 더욱 많은 분노와 원망을 힘들이지 않고도 내려놓을 수 있게 될 것입니다. 하여 타인에게 보다 더 선하고 다정한 영향을 주는 사람이 될 것입니다.

이 세상에 내 고민이나 아픔을 공유하고 그것에 대해 털어놓을 사람이 없다는 것은 어쩌면 외롭고 쓸쓸한 일일지도 모릅니다. 그래서 내 감정을 털어놓는 것은 우리의 삶에 있어서 없어서는 안 되는 일이기도 합니다. 하지만 당신이 만약 그 털어놓음 앞에서 충분히 다정하지 못해 당신의 정화되지 않은 감정을 너무 여과 없이 털어놓게 될 때는, 상대방이 그것으로 인해 당신을 더욱 멀리하게 될지도 모르는 일이고, 하여 그때는 털어놓은 것의 결과 역시 외로움과 쓸쓸함이 될 수도 있는 것입니다. 왜냐면 그때의 당신은 당신이 편하기 위해 상대방을 불편하게 하는 이기심과 함께했기 때문입니다. 그러니 어느 정도까지는 스스로의 마음을 잘 다스리고, 그렇게 내 감정을 먼저 정화한 뒤에 말하는 방법을 배워보시길 바랍니다. 그 다정함이, 그 다정한 인내가, 당신이 이 세상과 관계로부터 스스로 고립되지 않도록 당신 자신을 지켜줄 것이라고 저는 확신합니다.

그러니 언제나 나를 먼저 다스리고, 나에게서 예쁜 변화와 성숙을 이루어내고자 하는 사람만이 많은 사람들로부터 더욱 사랑받고 존중받을 수 있다는 걸 명심하세요. 있는 그대로 사랑받고 싶다면서, 있는 그대로 사랑받을 만하지 못할 만큼 미성숙하게 존재하는 건 하나의 고집이자 억지가 되는 것일 뿐이라는 것을 잊지 마세요. 그러니 저는 당신이 있는 그대로 충분히 사랑받을 만한 사람이라 여겨질 만큼의 다정하고도 차분한 인내를 지닌 사람이 되기를 바라겠습니다. 그렇게 당신이, 오직 당신 자신의 예쁜 성숙으로부터 진정 사랑받기를. 하여 꼭, 예쁘고 다정한 관계를 맺길.

10

진정한 자신감.

우리가 스스로에 대해 진정한 자신감이 없는 사람일 때, 우리는 외부적인 상징에 기대에 그 자신감을 채우려는 이루어질 수 없는 시도를 하고서는, 그러한 행위 자체에 중독이 된 채로 살아가곤 합니다. 내부의 결핍을 외부를 통해 채우려는 헛된 시도를 하며 살아가는 것이죠. 그리고 그러한 것에는 끝이라는 게 없습니다. 해서 그건 오직 밑 빠진 독에 물 붓기가 되는 것입니다. 왜냐면 그러한 삶의 방식에는 끊임없는 '비교'가 필요하기 때문입니다. 내가 외부적으로 더 높은 사람, 멋진 사람, 잘 나가는 사람이 되기 위해서는 언제나 나보다 그렇지 못한 타인이 필요한 것이죠. 그래서 그건, 진정 최고라서 최고인 것이 아니라, 내가 어떤 사람보다 위에 있기 때문에 최고라고 느끼길 바라는 작고도 왜소한 마음의 일부분일 뿐입니다.

하여 그때의 우리는 그 모든 외부적인 상징에도 불구하고 우리의 내면 안에 자신을 진정 최고라고 여길 줄 아는 그 진정한 자신감을 소유하고 있지 않을 것이고, 해서 우리의 내면에는 여전히 '최고'가 결핍되어 있을 것이고, 그래서 제 생각에 그건 아무리 많은 외부를 가지고 있다고 한들 진정 최고라 결코 일컬을 수 없는, 그러니까 최고의 언저리에도 닿을 수 없을 만큼의 결핍된 상태, 낮은 내면의 수준일 뿐인 것입니다.

내가 부자라는 것을 느끼기 위해서 나보다 덜 부자인 사람이 필요하고, 그리고 그런 사람들에게 나의 부를 과시하는 행동이 필요하고, 그렇게 상대방을 주눅 들게 함으로써 우쭐대는 과정이 필요하고, 하지만 그 모든 시도의 끝에도 나보다 더 부자인 사람은 이 세상에 여전히 너무나도 많은 것이죠. 그래서 그건, 안에서부터 최고가 되지 못했기에 타인에게 상처를 주는 사람으로서 존재하는 미성숙한 존재의 방식입니다. 타인을 누르고, 타인의 위에 서고, 타인을 이용하고, 그런 식으로 자신을 높이려고 하는 미성숙함과 함께 살아가는 존재의 방식인 것이죠.

하지만 이 세상 최고 부자가 아니더라도, 그럼에도 자신의 내면에 부를 진정 소유한 사람은 결코 과시하지 않습니다. 타인이 혹여나 자신의 부에 의해 기가 죽을까 봐 염려하기 때문에 외부적으로는 더욱 검소한 모습을 보이고자 오직 노력할 뿐이죠. 훗날 사람들이 그 사람의 부에 대해 우연히 알게 되었을 때는, 그 사람이 그렇게 부자였어? 하고 놀랄 만큼, 그 사람은 그저 자신의 삶 안에서 평범하게 살아가고 있을 뿐입니다. 그리고 그건 안에서부터 부를 진정 소유했기 때문에 오직 가능한 일인 것입니다. 저는 그 진정한 소유, 채워짐, 스스로의 완성, 수준 높은 만족, 그러한 것이야말로 진정한 자신감이고, 자존감이라고 확신합니다.

그래서 우리가 여전히 내부적으로 결핍되어 있기에 외부를 통해 그 결핍을 채우고자 하는 그 모든 행위들은 사실, 우리의 삶에 있어 전혀 '무익'한 것입니다. 왜냐면 그때는 안에서부터 충족되지 못해 외부적으로 더욱 '있어' 보이기 위한 노력을 우리는 끝없이 하게 될 것이고, 또한 그것에 과도하게 집착할 테지만, 그럼에도 우리는 여전히, 그 모든 노력 이전과 달라진 것 하나 없이 결핍된 채일 것이기 때문입니다.

그래서 그건, 외부를 통해 내부적으로 진정 자신감 없는 자신의 상태를 숨기기 위해 애를 쓰고 억지를 부리고 있을 뿐인, 한낱 헛된 망상의 시도에 불과한 것입니다. 해서 그건, 애써 얻은 가짜 힘에 의존하여 일시적이고도 허황된 자신감을 채우고, 하지만 그럼에도 진정한 자존감이 없어 여전히 하루하루 그런 가짜 상징들로부터 에너지를 공급받기 위해 외부의 상징에 끝없이 집착하고, 하여 오직 외부에 자신의 자존감을 내던진 채 그것에만 의존할 뿐인, 정말로 진정한 나의 '자아'가 없는 자존감 결여의 상태인 것이죠.

그래서 그때의 우리는 언제나 더 많은 것을 필요로 하는 사람이 됩니다. 그리고 그 '더 많이'에는 끝이 없습니다. 그래서 그건 정말이지 밑빠진 독에 물 붓기가 되는 것입니다. 해서 그때의 우리에게는 우선적으로 물을 붓는 것이 아니라, 그 물을 담을 튼튼하고도 건강한 하나의 내부적인 틀을 갖추는 것이 필요할 것입니다. 그러니까 진정한 자존감이 필요한 것이고, 타인과 비교할 바 없이 나인 채 나의 소중함을 알고 존중할 줄 아는, 그 안에서부터의 자신감이 필요한 것입니다. 내가 진정 성숙하고 자존감 있는 사람이라면, 우리는 외부의 상징을 전혀 필요로 하지 않게 될 것입니다. 왜냐면 그때의 우리에게 있어 그런 건 이제 진실로 그저 '무익'한 것으로만 느껴질 뿐일 것이기 때문입니다.

내가 옷을 사는 이유가 부자처럼 보이기 위해서가 될 수도 있다는 건, 그래서 사실 흥미진진한 이야기입니다. 내 개성을 표현하는 수단이 아니라, 오직 더 부유하고 더 가진 사람처럼 보이기 위해서가 될 수도 있다는 것 말이죠. 그렇다면 이때의 내가 가질 수 있는 개성은 오직 하나, '자존감 없음'이 될 뿐일 것입니다. 하여 제 생각에 그건 오직 나의 가짜 자신감과 나의 거짓 자아를 외부의 상징에 기대어 더욱 부풀리고자 할 뿐인 그 결핍되고도 나약한 자신의 지금 상태를, 스스로 더욱 부추기는 그 오류의 무한한 반복을 스스로 선택하고 또 확정 짓는 일입니다.

해서, 그렇게나 자신감 있어 보이던 사람이 명품 옷, 명품 가방, 비싼 차가 없을 때는 여전히 밖을 제대로 나가지도 못하고, 사람들의 눈도 제대로 마주치지 못하는 것입니다. 그래서 그들이 대체로 기대고 의존하는 것이 바로 '비싼 사치품'입니다. 그렇다면 그들이 비싼 사치품을 두르고 나서는 사람들을 어떻게 바라보게 될까요. 바로, '우월함'을 통해서 바라보게 됩니다. 그래서 저는 그게 정말로 하나의 가치도 없는 거짓 자신감이라고 확신하는 것입니다.

사람들을 바라보는 눈빛에 '다정함'이나 '존중', '사랑'이 담겨 있는 것이 아니라, 우월함이 담겨 있다는 건 정말로 미성숙한 상태를 뜻하는 것이기 때문입니다. 그것이 있을 땐 우월하고, 그것이 없을 땐 더없이 초라해지고, 그런 것이죠.

그래서 사실 제가 그런 사람들을 만나게 되었을 때, 저는 그런 사람들이 때로 굉장히 안쓰럽게 보이기도 합니다. 저에게 환심을 사기 위해서 그들이 하는 말이란 대체로 내 차는 얼마짜리야, 난 어제 얼마를 벌었어, 이런 것들이기 때문입니다. 그런 것이 없으면 상대방에게 호감을 얻는 것조차 불가능하다고 여길 만큼, 그건 내부적으로 자신이 없는 상태인 것이죠. 그래서 그들은, 너 옷 예쁘다, 가 아니라 너 옷 얼마짜리야, 라고 저에게 묻는 것입니다.

제가 만났던 그 사람이 입고 있던 정장과, 마치 일수를 하러 나온 것처럼 느껴지게 하는 루이비통 클러치백과, 구찌 클리퍼, 그런 것들이 그 사람의 외모와는 정말로 매치가 잘 안 되어서 오히려 그것이 자신을 패션 감각이라곤 제로에 가까운 사람처럼 느껴지게 만들고 있는데, 그 사람에게는 그것이 오직 '멋'인 것이죠. 그러니까 그 사람에게는 가장 비싼 것들을 입는 게 가장 잘 입는 것이 되는 것입니다. 차라리 비싸지만 예쁘고, 코디 또한 예쁘게 했다면 얼마나 좋았겠습니까.

그는 루이비통과 구찌의 모델 중에도, 이게 루이비통이고 구찌다, 라는 것을 가장 잘 표현해주는 큼직한 로고가 박혀있는 것만을 고르고 고른 것 같았습니다. 어쨌든 제 생각에 그건, 패션을 포기하는 행위 같았습니다. 오히려 자신의 옷들이 타인들로 하여금 자신을 더욱 보잘것없고 부담스럽게 느껴지게 만들고 있는 것이었죠. 그래서 저에게 그 사람은, 그저 스스로 자신이 없어 타인의 시선에 쩔쩔매고 매달리는, 그런 식의 조급하고 목마른 사람처럼 느껴질 뿐이었습니다.

사실, 옷이라는 것은 나의 개성과 성향을 표현해주는, 그러니까 나의 내면을 드러낼 수 있는 하나의 예쁜 표현방식이라고 저는 생각합니다. 그래서 저는 제가 좋아하는 색, 좋아하는 디자인, 좋아하는 원단, 그런 것들이 있고, 저는 옷을 통해 제 내면에 있는 귀엽고 사랑스러운 면들을 더욱 표현하는 걸 즐깁니다.

하지만 우리가 자신감 없는 사람일 때는 옷이 하나의 개성을 표현하는 수단으로써 기능을 하는 것이 아니라, 오직 나의 자신감 없음을 가리기 위한 수단으로써 기능하게 되는 것입니다. 그래서 이때는 개성보다는 이건 '비싼 것이다'를 상징하는 로고가 더욱 중요해지는 것이죠. 그런 세계의 관점에서는 오직 싸구려와 명품, 이 두 가지만이 존재할 뿐입니다. 자신의 내면이 저렴해지든 말든 그런 것은 관심 밖인 것이죠.

그리고 또한 그들은 자신의 그러한 시선으로 타인을 끝없이 판단하며 살아갑니다. 저 사람, 나보다 싼 걸 입고 있네, 하면서 거짓 자존감인 우쭐함만을 채우며 살아가는 것이죠. 여기서의 진실은, 그들은 진정한 자신감이 없기에 자신의 자아상을 부풀려주는 외부의 상징만을 오직 구하며 살아가고 있을 뿐이라는 것입니다. 그래서 그들은 타인에게 우쭐댈 줄은 알지만, 진실로 다정하게 구는 법은 없습니다.

저는 집을 오가며 곧 무너질 것 같은 오래된 원룸 건물에서 억 소리가 나는 자동차가 주차되어 있는 것을 보는 일이 자주 있습니다. 그들에겐 자신의 하루를 보호해주고 휴식을 취할 집보다 그 차, 즉 외부로부터 보여지는 그 '상징'이 더 중요한 것입니다. 월세보다 훨씬 비싼 유지비를 힘겹게 지불하기 위해 집은 최대한 안락하지 않은 곳이어야 합니다. 그래서 집에서 하는 대부분의 취미, 운동 등은 이미 포기해버린 지 오래입니다. 집에 있는 걸 좋아하는 저로선 굉장히 안타까운 일이 아닐 수 없습니다.

보다 온전하고 건강한 마음가짐에서는 그러한 생활이 균형이 맞지 않은 것처럼 느껴질 것입니다. 몇 년 전 서울로 이사를 하며, 꽉 막힌 시내를 운전하는 것보다 대중교통을 이용하는 것이 빠르고 편리할 것 같아 차를 처분한 저로서는 더더욱 그렇게 느낍니다.

그래서 우리가 삶을 살아가는 데 있어서 우리에게는, 나에게 진정 필요한 것과 그렇지 않은 것을 구분할 줄 아는 지혜를 지니는 것이 정말로 중요한 것입니다. 지금 당신이 그토록 바라고 욕망하는 것이 당신에게 정말 필요한 것입니까. 스스로에게 물어보십시오. 아마 당신의 내면은 그 답을 이미 알고 있을 것입니다.

우리를 더욱 아름답고 멋지게 만들어주는 것은 외부의 무엇인가가 아닌 우리의 내면입니다. 하여 우리가 비로소 진정 내면이 아름다운 사람이 되었을 때, 그때부터 우리는 그 아름다움을 외부로 또한 표출할 수 있게 되는 것입니다. 그러니까 그것이 예술이든, 나의 개성이든, 옷이든, 자동차든, 집이든, 그것이 무엇이든 우리는 외부의 것들을 통해 내 내면의 아름다움을 표현하게 될 것입니다. 외부의 것으로 나의 내면을 가리고 숨길 때와는 반대로 말이죠.

나만의 감성으로 나를 꾸미게 되고, 해서 그때는 사실 내 외부를 꾸미는 일이 '나는 이런 성향을 지니고 있는 사람이야'라고 사람들에게 느끼게 해주는 하나의 표현방식이 되는 것입니다. 귀여운 사람은 귀엽게 입고, 자신만이 생각하는 아름다움에 대한 취향이 있는 사람은 그 아름다움을 표현하는 수단으로써 어떠한 디자인의 옷을 선택해서 입게 되는 것이죠.

　그래서 그건 '감성적'입니다. 해서 그러한 감수성 하나 없이 오직 상징 자체에만 급급한 채 살아가는 사람들은 사실, 그런 감성적인 사람들의 기준에서는 오히려 부담스럽게 느껴질 뿐인 것입니다. 사진을 찍을 때도, 큼직하게 로고가 달린 가방을 사두고는 그것만이 딱 보이게 찍는 것이 그들의 유일한 취향인 것입니다. 아마 사진을 찍는 행위 자체가 간직이나, 그것을 통해 나의 상태, 나의 개성을 표현하는 것이라기보다는 오직 '과시'에만 목적을 두고 있는 것일 것입니다. 만나는 사람도 과시를 위해 만나고, 뭐 그런 식인 것이죠.

　그래서 그건 굉장히 재미없고 지루한 삶의 방식입니다. 내가 뭘 할 때마다 과시를 하고 생색을 내야 한다면, 그건 정말인지 귀찮은 일이기 때문입니다. 나만 귀찮으면 다행인데, 주변 사람들까지 귀찮게 하기 때문에 곤란한 것입니다.

　그래서 내면이 성숙한 사람들에게는 그런 식으로 외부의 상징에 탐닉한 채로 살아가고, 또 그러한 시선으로 사람들을 판단하는 사람들과 함께하는 시간은 진실로 지치고 고단한 시간이 됩니다. 즉, '무익'한 시간이 됩니다. 당신은 당신과 함께하는 사람들과 얼마나 가치 있는 시간을 보내고 있으며, 또 얼마나 자주 무익한 시간들을 보내고 있습니까. 당신이 사람들을 그 외부의 상징에 빗대어 판단하고 있는 만큼, 당신은 진정 아름다운 사람입니까. 이것을 늘 스스로에게 물어보며 나아가십시오. 그때의 우리는 비로소 우리가 걷는 길 위에서 보다 아름답고도 다정하게 존재할 수 있을 것입니다.

　그리고 아마도 저는 당신의 내면이 아름다워지기 전까지, 당신과 개인적으로 가까워지는 일은 별로 시도하고 싶지가 않을 것 같습니다. 왜냐면 당신의 눈에는 너무나도 많은 먹구름이 드리워져 있어 당신은 저의 눈동자를 바라보지 못할 것이기 때문입니다. 해서 그것이, 아마도 당신과 함께하는 동안 저를 자주 고독하게 만들 것이기 때문입니다. 사람은 누구나 나의 외부가 아닌, 그 모든 외부 뒤에 있는 진정한 나를 바라봐주는 눈빛에 간절한 법이고, 하여 그 눈빛이 나를 향해 부재할 때는 공허함을 느끼게 되기 마련이니까요.

저의 주변에는 실제로 그런 사람이 있었습니다. 나의 재산은 얼마야, 어때, 정말 부자지, 넌 얼마나 버니, 뭐 그런 식으로 존재하는 사람들 말입니다. 그리고 저는 속으로 말했습니다. 당신이 얼마를 벌든, 내 알 바가 아니야. 왜냐면 나는 내일부터 당신과는 모르는 사이일 거거든, 하고 말이죠. 그런 외부의 상징으로 관계를 유지하려고 하고, 또 유지할 수 있다고 믿고 있는 것은 사실 얼마나 웃긴 일입니까. 그것으로 사람들의 환심을 사려고 하는 것은 또 얼마나 미성숙한 삶의 방식입니까.

사실 그렇게 해서 내가 지켜낼 수 있는 인간관계란, 내게 돈을 빌릴 목적이 있는 사람밖에 없을 것입니다. 그리고 그때가 되면 어떻게 거절하겠습니까. 내가 그렇게나 자랑했는데 말입니다. 그래서 그건, 스스로가 자초한 일입니다. 그래서 그때의 나에게 남은 유일한 선택지란, 오직 외롭고 쓸쓸하게 살아가는 일뿐인 것입니다.

어쨌든 외부의 상징을 중요시 여기는 사람과 함께하는 시간이란 것은 대체로 또한 외부적으로 치중되어 있을 수밖에 없을 것입니다. 그러니까 그 안에는 서로에게 진심으로 다정하게 대하고자 하는 식의 '내부적인' 것은 일체 결여되어 있는 것입니다. 그때는 조용한 곳에서 서로의 이야기에 귀를 기울이는 게 중요한 일이 되는 게 아니라, 사람이 많은 곳에서 자신들의 상징을 자랑하고 뽐내는 것만이 오직 중요한 일이 될 테니까요. 함께하는 내내 서로는, 비싼 식당에 가서 사진 한 장 찍어서 사람들에게 자랑해야지, 이러한 생각만이 머릿속에 가득할 뿐인 것이죠.

정말로 그건, 얼마나 진심이 결여되어 있는 삶인지 모르겠습니다. 그래서 실제로 돈은 많지만 자신감이 없는 사람들은 사실 안쓰러운 사람들인 것입니다. 자신의 운전 기사에게 평생 상처로 남을 만큼의 독한 말을 하고는, 자신은 그래도 되는 사람이라 여기는 그런 상태는 얼마나 안타까울 만큼 제한된 상태이겠습니까. 그게 세 살짜리 꼬마 아이가 한 것이 아니라 서른이 넘고 마흔이 넘은 어른이 한 일이라면, 정말로 그건 얼마나 속상한 일인 것이겠습니까.

그런 사람들과 단 하루라도 같이 있는다면, 아마도 당신은 스트레스를 너무 많이 받아 몸져눕게 될 것입니다. 그들은 결코 다정할 줄 모르고, 존중할 줄 모르고, 친절할 줄 모르고, 사랑할 줄 모르기 때문입니다. 그래서 그들 또한 자신에게 진실로 다정한 사람, 자신을 진실로 존중해주는 사람, 자신에게 진실로 친절한 사람, 자신을 진실로 사랑해주는 사람이 자신의 곁에 없는 것이죠. 그들이 맺는 관계 안에는 오직 서로에 대한 우쭐함과 멸시의 주고받음만이 있을 뿐입니다.

그래서 그들은, 우리가 상식적으로 이해하기엔 너무나 어긋나고도 먼 곳에 있는 것입니다. 그들과 우리가 함께하게 될 때는, 어떻게 저런 행동을 할 수 있지? 라고, 그래서 우리는 속으로 자주 되묻게 될 것입니다. 그래서 그들에게는 그렇게 자랑하고 다녔는데도 여전히 사람들에게서 진심 어린 '칭찬' 한 번 제대로 받아보지 못한 채 오직 손가락질만 받는 경우가 많은 것입니다.

우리가 진정 존경하는 사람이란, 외부적으로 엄청나게 많이 가진 사람이 아니라, 내부적으로 보다 완성된 사람이기 때문입니다. 그래서 우리는 외부적으로 많이 가진 사람을 부러워하고 질투할 순 있어도, 그들이 진정 존경받을 만한 내면을 지닌 사람이 아니라면 그들을 결코 존경하지는 않는 것입니다.

그러니 먼저 내면이 아름다운 사람이 되시기를 바랍니다. 또한 당신은 당신의 내면에서부터 최고가 되었기에, 다른 무엇이 아니라 오직 그 '최고임'으로부터 사람들에게 존경받는 사람이기를 바랍니다. 그러니까 당신이 진정 최고고, 그 최고를 진정 소유한 사람이라면 당신은, 그 자체로 채워지는 사람이라는 것을 잊지 마십시오. 왜냐면 누군가가 당신을 최고라 칭하고 있기 때문에 당신이 진정 최고가 되는 것은 아니기 때문입니다. 그저 내가 진실로 만족하기에 당신은 최고인 것입니다.

그때가 되면 당신은 1등보다 행복한 2등일 것이고, 1등보다 존경받는 2등일 것입니다. 오히려 1등이 당신을 두고 속으로 계속해서 경쟁할 수는 있겠죠. 언젠가 1등 자리를 뺏기게 될까 봐 불안해하면서 말입니다. 하지만 그런 것이 다 무슨 소용이겠습니까. 당신은 이미 당신의 내면에서부터 만족하고 있으며, 또한 당신의 삶으로부터 당신의 가치를 진정 실현하고 있는 사람일 텐데.

그래서 1등은 당신을 눈여겨보지만, 당신은 1등에게 별다른 관심이 없을 것입니다. 그렇다면 그 둘 중 누가 더 최고인 것이겠습니까. 그러니 당신이 행복한 1등이 될 수 없을 것 같다면, 저는 차라리 당신이 행복한 2등이 되기를 바랍니다. 우쭐해야만 하고, 하지만 여전히 자신감이 없고, 그래서 더 과시해야만 한다면, 그렇게 상대방에게 계속해서 위화감을 심어줘야만 한다면, 그런 것이 이 세상에서 1등이 살아가는 방식이라면, 당신은 차라리 이 세상에서 가장 다정하고 아름다운 2등이 되어 그저 행복하십시오. 그 안에는 언제나, 당신의 자존감이 함께할 것입니다.

하여 그때의 당신은 진정 자신감 있기에 당신의 외부가 지금 어떻든 사람들의 눈을 바라본 채 미소지을 수 있을 것입니다. 그들의 눈을 다정하게 바라봐줌으로써 그들에게 또한 행복을 전해줄 수 있을 것입니다. 그리고 제 생각엔 그것으로 된 것입니다. 더 이상 바랄 게 또 뭐가 있겠습니까.

그렇게 내가 먼저 나를 진정 사랑하기에 우리의 마음에 싹트는, 그 내면에 있는 진정한 자신감과 사랑으로부터 당신이 세상을 마주하게 되기를 바랍니다. 하여 언젠가, 우리가 서로의 예쁜 두 눈동자 안에서 서로의 진정한 가치를 알아보고 사랑하게 되는 날이 꼭 오기를 바랍니다. 하여 당신은, 당신의 밖에 있는 그 무엇에도 불구하고 충분히 소중한 사람이라는 것을 언제나 간직한 채 나아가기를 바랍니다.

그 자존감으로부터 보호받고, 또 사랑하고 사랑받는 당신 존재이기를. 그렇게 당신은 오직 안에서부터 채워지는 사람일 것이며, 하여 그것으로부터 행복한 사람이기를. 그러니까 당신은 저에게 있어, 마음이 예뻐서 더 알아가고 싶다는 맘이 들게 하는 그런 예쁜 사람이기를.

여담으로 당신이 외부의 상징에 의존하고 집착할 때 생기는 일.

1. 돈 계산할 일이 많아진다(내가 그렇게나 많이 자랑을 하고 다녔기 때문에).

2. 돈 빌려줄 일이 많아진다(언제나 돈이 많고 돈을 잘 쓰는 사람인 양 굴었기 때문에).

3. 내가 힘들어도 동정받지 못한다(이미 내가 그 누구보다 멋지고 부유한 사람인 척하며 돌아다녔는데, 어느 누가 나를 불쌍하게 여겨주겠는가).

4. 끼리끼리 놀게 된다(내가 먼저 상대방의 겉모습만을 중요하게 생각했기에, 나 또한 나의 겉모습만을 중요하게 여기는 사람들과만 함께하게 될 것이다. 그래서 나는 언제나 외로울 것이다).

5. 성숙하지 못한다(자신의 내면에 관심을 기울이지 않는 사람은 결코 성숙할 수 없다).

6. 성숙하지 않기에 행복할 수가 없다(행복은 우리의 내면이 성숙한 정도와 정비례하는 것이다).

7. 아무리 채우고 채워도 나는 외롭고 공허한 사람일 것이다(내가 나의 외부를 채우고자 노력했던 적은 있어도, 나의 내면을 채우고자 노력한 적은 없기에 나의 내면은 언제나 비워져있는 상태일 것이다).

8. 자신감을 얻기 위해 그토록 많은 것을 구매하고 치장했지만 여전히 나는 자신감 없는 사람일 것이다(내 내면이 자신감이 있을 만큼 아름답지 않다는 걸 언제나 스스로도 알고 있기 때문에).

9. 이대로 살아가다간 내가 맺을 관계, 결혼, 그것이 무엇이든 그 모든 것들 안에 진심이 담겨 있지 않게 될 것이다(내가 진심으로 상대방을 대하지 않고, 오직 나의 무엇인가를 얻고 취하기 위해 상대방을 대했기에, 상대방 또한 자신의 것을 주되, 나를 자신의 무엇인가를 위해 이용할 수단으로밖에 생각하지 않을 것이다).

10. 내가 웃을 때, 나의 내면은 여전히 웃지 않을 것이다(나의 웃음은 언제나 겉으로 얻는 이득에 관한 웃음이었을 것이다. 그리고 그것은 진정한 웃음이 아닐 것이고, 나를 진정 행복하게 해주는 웃음도 아닐 것이며, 하여 그 웃음의 의미가 내 내면의 진정한 만족감을 뜻하는 것도 아닐 것이기 때문에 나의 마음은 정말인지 단 한 번도 활짝 웃은 적이 없을 것이다).

11

행복에 대하여 ..

행복이란 내가 지금 가지고 있지 않은 것을 바라고 원할 때 나타나는 것이 아니라, 내가 이미 가지고 있는 것을 바라고 원할 때 나의 내면에서 빛 발하는 가치입니다. 하여 우리가 그 마음에 대하여 언제나 간직한 채 나아간다면, 우리는 삶의 어느 순간에도 곧장 행복한 사람이 될 수 있을 것입니다.

그렇다면 내가 이미 가지고 있는 것이란 무엇일까요. 그건, 내 마음에 있는 '감사할 줄 아는 마음', '사랑할 줄 아는 마음', '용서할 줄 아는 마음'과 같은 오직 다정한 마음들이라 할 수 있을 것입니다. 억만장자가 되길 바라는 목표가 당신을 결코 진정 행복하게 만들어줄 수가 없는 것은, 그것은 당신의 내면에 이미 있는 마음이 아니기 때문인 것이죠. 반대로 지금 조금 더 감사하고 사랑하고 용서하겠다고 마음먹는 것이 당신을 지금 이 순간 곧장 행복하게 만들어줄 수밖에 없는 것은, 그것은 당신이 오직 그렇게 하겠다고 마음먹는 그 순간 당신이 당신의 마음 안에서 발견하고 찾을 수 있는, 이미 당신의 내면에 내재되어 있는 가치이기 때문입니다.

그러니 지금 조금 더 감사해보세요. 감사할 것이 얼마나 많은지 모릅니다. 우리는 우리가 숨을 쉴 수 있게 해주는 산소에게도 감사할 수 있을 것입니다. 그리고 조금 더 사랑해보십시오. 당신이 지금 당신의 눈앞에 있는 사람을 지금 이 순간 그저 사랑 가득한 눈빛으로 바라보게 될 때, 당신은 사실 처음부터 영원히, 그 무엇이든 있는 그대로 사랑할 수 있는 힘을 지니고 있는 사람이었다는 것을 알게 될 것입니다. 또한 그 사랑이, 당신의 가슴을 설레게 하고 있다는 것을 당신이 느낄 수 있다면, 그것은 곧 다른 누군가가 아니라 그 자체로 이미 나 자신을 사랑하는 일이라는 것을 당신은 깨닫게 될 것입니다.

그러니 오직 조금 더 감사하고, 사랑해보십시오. 그렇게 당신의 행복을 찾고, 그 행복을 더욱 완성해보십시오. 그렇게 하겠다고 마음먹는 순간, 당신은 이미 1초 전의 당신보다 더 행복한 사람이 된 채로 존재하게 될 것입니다.

거기에 더하여, 조금만 더 이해하고 용서하도록 해보십시오. 무엇보다 당신이 당신에게 주어진 원망을 세고 따지는 일은, 무수히 많은 에너지와 시간과 감정을 쏨에도 그 무엇도 변화시킬 수 없는 것이지만, 그럼에도 그것은 오직 당신을 아프게 하는 것만은 해낼 수 있을 것입니다. 그것에 대해 충분히 이해해보십시오. 그러니까 그건, 당신을 아프게 하는 것 이외에 다른 무엇도 해낼 수 없는 '무가치'한 일인 것입니다.

그렇다면 당신은, 계속해서 당신 스스로를 아프게 하실 셈입니까. 언제까지 그렇게 하시겠습니까. 원망이란 것은 우리가 내려놓지 않는다면 우리가 셀 수 없이 많이 해도 여전히 부족한 것이지만, 용서는 오직 단 한 번만 하면 되는 것입니다. 그러니 용서하십시오. 그것이 무엇이든, 당신 자신을 위해서, 당신 자신을 아끼고 사랑하는 그 마음에서부터 용서하겠다고 각오해보세요. 이제는 원망에 대해서는 잊고, 새로운 삶을 살아가는 것입니다. 그 한 번의 용서가, 끝없는 원망보다 당신의 삶에 훨씬 더 소중하고 가치 있는 것들을 더 많이 가져다줄 것입니다.

그러니 미움을 용서를 배울 계기이자 기회로 삼으십시오. 사실, 당신이 지금 미워하고 있는 그 사람은, 오직 당신에게 용서를 가르쳐주기 위해 찾아온 것이고, 하여 그것은 당신이 꼭 통과해야 할 하나의 수업이자 과제인 것입니다. 그러니 당신에게 용서를 가르쳐주기 위해 찾아온 그 사람을 향해 당신은 사실 감사할 필요가 있을 뿐입니다. 당신이 그것에 대해 이해한다면, 당신에게는 용서가 보다 쉬워질 것입니다.

또한 그렇게 용서했음에도, 계속해서 당신에게 용서할 거리를 제공하는 사람들도 있을 것입니다. 하나의 용서를 완성했는데, 곧 또다시 새로운 용서 거리를 당신에게 가져다주는 것이죠. 그런 사람들은 마지막으로 한 번만 더 용서한 뒤에 기꺼이 멀리하십시오. 그들은 언제나 당신의 몸과 마음을 상하게 만들 사람들입니다. 그러니 그 사람을 통해 용서를 배우고 당신에게 주어진 용서를 완성하되, 결코 함께하진 마십시오. 그러니까 용서하고 사랑하되, 특별한 관계에는 놓이지 않는 지혜를 배워보십시오.

예를 들어서 당신이 어릴 적 동물 백과사전에서 늑대에 대해서 보았다고 칩시다. 당신의 순수한 마음은 그 늑대를 충분히 사랑할 수 있을 것입니다. 하지만 그렇다고 해서 초원으로 가서 그 늑대를 마주하시겠습니까. 그리고 그 늑대를 쓰다듬어보시겠습니까. 아마도 늑대는 당신을 물 것입니다. 그리고 당신의 생명을 위협할 것입니다. 그것이 바로 용서하고 사랑하되, 또한 함께해서는 안 되는 이유입니다.

때로 성숙하지 못해 여전히 원시적이고 동물적인 사고방식을 지닌 이들이 있습니다. 그러니까 이 세상에는 누군가를 힘으로 눌러야 하고, 누군가를 지배해야 하고, 누군가를 이용해야 하고, 무엇인가를 혼자서 독차지해야만 하는 사람들도 있는 것입니다. 그런 사람들을 피하십시오. 용서하고 사랑하되, 함께하진 마십시오. 그들은 함께하는 내내 당신의 마음을 갉아먹고 소진시킬 것이며, 또한 당신의 성숙을 막은 채 당신을 미성숙으로 더욱 끌어내릴 것입니다.

그들과 함께할 때마다 당신의 마음 안에 늘 원망이 자리 잡게 되는 이유가 바로 그것입니다. 그들은 당신이 아무리 용서해도, 매일 당신에게 새로운 원망 거리를 가져다주는 사람들이기 때문입니다. 그러니 마지막으로 딱 한 번만 더 용서하고, 그들을 당신의 동물 백과사전 안에 넣어버리십시오. 그리고 그 사전을 펼칠 때만 그들을 사랑하고 사랑스럽게 바라보되, 당신은 이제 그들에게 결코 손을 내밀지는 않을 것입니다. 아시겠습니까. 그 지혜가, 당신과 당신의 마음을 지켜줄 것입니다.

세상에는 여전히 다정함 대신에 '힘'을 우선시하고, '힘'을 더 신뢰하는 많은 사람들이 있습니다. 왜냐면 '힘'은 즉각적이고 빠른 결과물을 가져다주기 때문입니다. 하지만 그만큼 쉽게 파멸하는 것이 또한 힘의 특징입니다. 우리는 교과서에서부터 그 힘의 끝이 어떠했는지에 대해 배워왔습니다. 그리고 그 힘을 통해 많은 이들의 마음을 다치게 한 사람을 또한 우리는 잘못된 사람, 미성숙한 사람이라 배워왔지요.

테레사 수녀님의 사랑 안에 그러한 힘의 속성이란 게 도대체 어디에 있습니까. 하지만 그녀의 향기는 그럼에도 전 세계에 아름다운 영향력을 행사하고, 또한 그녀가 죽은 뒤에도 우리는 그 향기를 여전히 간직하고 따르고자 합니다. 저는 그것이 바로 다정함이고, 사랑이며, '진정한 힘'이라고 확신합니다. 그러니 당신은, 더디더라도 진정한 힘과 함께 나아가시길 바랍니다. 그리고 그 진정한 힘은 외부에 있는 것이 아니라 태초부터 영원히, 처음부터 끝까지, 언제나 당신의 내면에 없었던 적이 없는 진정 당신의 것이니, 언제든지 마음먹고 이용하시길 바랍니다.

당신이 그것을 더 자주 이용하며 살아가게 될 때, 당신은 그것이 늘 당신 자신의 내면에 있는 것임을 깨달아 더욱 쉽게 찾고 발견할 수 있게 될 것입니다. 하여 당신은, 당신의 내면에 있는 그 진실한 힘을 매 순간 이용하는 하나의 '습관'을 지닌 사람이 될 것입니다. 그리고 그 습관이, 끝내 당신을 영원한 행복 앞에 데려다주게 되는 것이죠. 그것이, 나의 내면에 있지 않은 것을 바라고 원하는 것이 아니라, 나의 내면에 이미 있는 것을 바라고 원할 때 우리가 진정 행복한 사람이 되는 이유입니다.

그러니 지금 이 순간 조금 더 감사하고, 사랑하고, 용서하도록 해보세요. 당신이 기꺼이 그러겠다고 마음먹을 때, 당신은 그 즉시 그렇게 할 수 있습니다. 그러니 그렇게 하지 않으려는 그 모든 저항을 이제는 내려놓고, 기꺼이 그렇게 하는 당신이 되기를 바라겠습니다. 그렇게 부디, 당신이 오직 진정한 행복과 함께하기를.

12

다정한 자신감..

우리는 우리 자신이 상대방에게 진정 좋은 사람이라는 자신감이 없을 때, 그 관계 안에서 상대방에게 집착하는 사람이 됩니다. 그리고 상대방에게 스스로가 좋은 사람이라 믿는 그 자신감이 없다는 것은, 내가 나 자신을 스스로 좋은 사람이라고 확신하고 있지 않을 때 나타나는 자존감 부재 현상이라고 할 수 있을 것입니다. 그래서 그건, 스스로가 좋은 사람이라 스스로 확신할 수 있을 만큼의 진정한 자신감이 스스로의 내면에 깃들어 있지가 않아서 상대방을 자꾸만 통제하거나 억압하는 형식으로 내 곁에 붙잡아두고자 오직 애쓰고 있을 뿐인 결핍의 태도와 다르지 않은 것입니다.

하지만 그 모든 통제의 시도에도 불구하고 그때의 우리는 상대방을 결코 내 곁에 붙잡아두지 못하게 되는데, 왜냐면 상대방을 향한 우리의 통제심은 상대방의 마음에 오직 저항감과 압박감만이 생기게 할 뿐, 그 외에 다른 어떤 것도 해낼 수가 없는 미성숙한 태도에 불과한 것이기 때문입니다. 그래서 집착으로부터의 통제는, 붙들고 움켜쥐려 할수록 상대방을 내게서 더욱 밀어내게 할 뿐인 모순의 방식이며, 하여 결코 이루어질 수 없는 환상인 것입니다.

그러니 관계를 통제하고 움켜쥐고자 하는 그 헛된 시도 앞에서 시간을 낭비하기보다, 그저 좋은 사람이 되고자 노력하십시오. 그때는 내가 애쓰지 않아도 상대방이 내 곁에 머무르고자 오직 노력하게 될 것입니다. 왜냐면 상대방에게는 이제 내 곁에 머무를 이유는 셀 수 없을 만큼 많지만, 내 곁에 머무르지 않을 이유는 정말로 딱히 없는 것이 되었을 것이기 때문입니다. 그러니까 그때의 상대방은, 나만큼 자신에게 충분히 잘해주고, 자신에게 충분히 다정하고, 또 함께할 때 자신을 충분히 더 행복하고도 가치 있게 만들어주는 사람은 이 세상에 더는 없을 거라고 자연스럽게 확신하고 있게 된 것입니다. 그렇다면 그때는 상대방에게 있어 굳이 내 곁에서 떠나갈 이유라는 게 진실로 어디에 있겠습니까.

그러니 먼저 스스로에게 좋은 사람이 됨으로써, 오직 다정한 자신감으로 관계를 마주해보십시오. 그 전에 관계를 개선하기 위해 우리가 하는 모든 노력들은 오직 겉도는 노력이 될 뿐이고, 하여 우리는 자주 실패하게 될 것입니다. 내가 나에게 좋은 사람이 아닐 때, 우리는 대체로 상대방을 통제하거나 변화시킴으로써 그 관계를 유지하고자 애쓰게 되기 때문입니다. 해서 그러한 끝없는 통제의 시도 끝에 상대방은 결국 내게 지쳐서 떠나가게 되는 것이죠. 내가 상대방의 있는 그대로를 바라봐주지 못하고, 하여 그 모습들을 계속해서 예쁘게 바라봐주지 않는데, 어느 누가 내 곁에서 기꺼이 함께하고자 하겠습니까.

그렇다면 당신은 스스로가 좋은 사람이라고 확신할 수 있을 만큼 충분히 다정하고도 자존감 있는 사람입니까. 그러니까 당신은, 충분히 많은 것에 감사하고 있으며, 또한 충분히 많은 것들을 용서하고자 노력하고 있으며, 해서 충분히 많은 것들을 이해하고 사랑하고 있는 사람입니까. 그렇다, 라고 자신 있게 대답할 수 없다면 이 질문 앞에서 그렇다, 라고 말하는 것에 있어 충분히 자신감이 있어질 때까지 당신의 온전함을 더욱 완성해보십시오. 그렇게 내가 먼저 나 자신에게 진정 좋은 사람이 되어줌으로써, 상대방에게 또한 다정할 수밖에 없는 사람이 되십시오.

그것만으로도 우리는 대부분의 관계 문제를 치유할 수 있게 될 것이고, 하여 그 관계를 오래도록 지켜낼 수 있게 될 것입니다. 내가 성숙한 사람이 된다는 건, 그러니까 진정 온전하고도 좋은 사람이 된다는 건, 내 존재의 습관이, 그 습관으로부터의 선택이, 이제는 이해와 사랑, 다정함이 되었다는 것을 뜻하는 것이기 때문입니다. 그래서 이때는 좋은 사람, 다정한 사람으로 존재하지 않는 것이 불편하고 나와 맞지 않아서 그렇게 존재할 수밖에 없게 되는 것이죠.

한 번 생각해보십시오. 스스로의 마음에 미움만을 담는 것보다, 스스로의 마음에 이해와 사랑만을 담는 게 더욱 나 자신을 위한 다정함이 아니겠습니까. 그렇다면 내가 나에게 좋은 사람이 되기 위해서 나는, 내 마음 안에 무엇을 담는 사람이어야 하겠습니까. 그래서 내가 나에게 좋은 사람이 된다는 것은, 이제는 외부 세계를 삐딱하게 바라보거나 외부를 향해 내 마음속 불만을 투사하는 일을 그만두고, 오직 이 세상의 예쁘고 다정한 면만을 바라보겠다고 스스로 다짐하는 일입니다. 왜냐면 내가 그 시선을 바로잡지 않을 때, 나는 자꾸만 욕망과 분노, 증오와 미움과 같은 부정적인 감정들을 내 마음 안에 담게 될 것이고, 하여 그게 결국은 나 자신을 아프게 할 것이기 때문입니다. 내가 나를 행복하게 하는 게 아니라, 내가 나를 오직 불행하게 만들고 있다면, 그게 어떻게 해서 스스로에게 좋은 사람이 되어주는 존재의 방식이라 할 수 있겠습니까.

그래서 내가 나에게 좋은 사람이 되어준다는 것은, 나의 눈을 통해 내 마음에 담길 이 세상에 대한 내 감정이 오직 예쁨이고 다정함일 수 있게 세상을 바라보는 나의 시선을 바로잡아나가는 일이라고 할 수 있을 것입니다. 그것만큼 내가 나 자신에게 다정하고도 좋은 사람이 되어주는 존재의 방식은 없기 때문입니다.

그리고 또한 그것을 우리에게 더욱 가능한 일로 만들어주는 것이 바로 '용서'입니다. 우리는 이 삶의 마지막까지도 이 용서의 과업을 완성하지 못해 여전히 누군가를 미워하고 있을지도 모릅니다. 하지만 그럼에도 끝없이 노력해야만 합니다. 왜냐면 우리가 이 세상에 태어나 살아가는 이유가 사실 용서를 통해 진정한 사랑에 닿아가기 위해서이며, 그 성숙의 과제를 오직 완성하기 위해서이기 때문입니다. 그러니 그 존재의 이유와 목적을 잊지 마십시오.

전생과 환생을 믿는 종교에서는, 내가 전생에서 누군가에게 가했던 고통을 내가 이번 생에서 똑같이 겪음으로써 그것을 갚고, 또한 그것이 잘못된 행동이었음을 내가 몸소 겪어봄으로써 진정 깨닫고, 그로부터 전생의 나 또한 그 잘못을 저질렀던 적이 있기에 이번 생에서 나에게 그러한 행동을 한 사람을 용서하고, 하여 그 '잘못된 행동' 자체를 내가 용서함으로써 내 전생의 잘못까지도 스스로 용서하는, 그 모든 용서의 완성을 위해서 우리가 환생하여 다시 태어났다고 말합니다. 그리고 환생은 언제나 우리의 선택으로 인해 일어난 것이라고 말합니다.

그러니까 신께서 우리에게 물으신 것이죠. "환생할래? 말래?", 라고. 그리고 우리는 대답한 것입니다. "환생해서 내가 그때 그 사람에게 했던 그 행동에 대해 책임을 지고 싶어요. 해서, 내가 그에게 저지른 그것과 똑같은 것을 나 또한 다른 누군가로부터 겪게 될 때, 그때의 나는 그 사람을 기꺼이 용서하는 사람이 되고 싶어요. 그래서 나는, 그런 식으로밖에 존재하지 못했던 나 자신의 지난날에 대해서도 스스로 용서하는 사람이 되고 싶어요. 그 용서의 자격을 얻고 싶어요.", 라고 말입니다.

그리고 전생과 환생에 대해서는 크게 언급한 적이 없으셨던 예수님께서도 용서는 일곱 번에 일흔일곱 번 만큼 하라고 하셨습니다. 그러니까 사실, 끝없이 완벽하고도 완전하게 용서하라고 하신 것이죠. 그리고 우리가 용서를 해야만, 우리 또한 용서를 받을 수 있다고 하셨습니다.

저는 우리가 그렇게까지 완전한 용서는 해내지 못하더라도, 우리의 삶 안에서 펼쳐지는 나와 타인들의 사소한 실수 정도는 용서할 필요가 있고, 또 그것을 해낼 필요가 있다고 생각합니다. 그 정도는 해낼 줄 알아야 하는 것입니다. 왜냐면 그 용서를 통해 우리는 비로소 스스로에게 좋은 사람이 될 수 있기 때문입니다.

그러니까 우리는 오직 용서를 통해서만 세상의 예쁜 면들, 행복하고 아름다운 면들을 더욱 내 마음에 담을 수 있게 되고, 하여 그로부터 스스로를 더 자주 웃게 해주는 스스로에게 다정한 사람이 될 수 있는 것입니다. 왜냐면 우리가 조금 더 용서하는 사람이 될수록, 우리는 우리의 내면에 있는 오류를 외부에 투사하기보다 조금 더 있는 그대로의 세상을 바라볼 수 있게 될 것이고, 하여 그 용서로부터의 다정한 시선이 우리가 보다 더 진실한 사랑 가까이에 다가설 수 있도록 우리를 이끌어줄 것이기 때문입니다. 그리고 딱 그만큼 우리는 우리 자신에게 좋은 사람이 되는 것입니다.

당신의 귀에 대고 험하고 악한 소리만을 하는 사람이 당신에게 좋은 친구입니까, 아니면 당신을 향해 예쁘고 다정한 말을 해주는 사람이 당신에게 좋은 친구입니까. 그렇다면 나 자신에게 어떤 세상을 들려주고 보여주는 '내'가 나 자신에게 스스로 좋은 사람이라고 할 수 있겠습니까. 그러니 오직 용서를 통해 당신은, 당신이라는 존재 자체가 이 세상의 예쁘고 아름다운 면들을 당신 자신에게 더 많이 보여주고 들려주게 해주는 하나의 통로가 되게 함으로써 당신 자신에게 스스로 좋은 사람이 되어주십시오.

그러니까 당신의 눈과 귀를 통해 당신의 마음에 들어오는 세상의 모든 것들이 오직 예쁨이고 다정함일 수 있게 당신 자체가 맑고도 투명한 시선을 지닌 사람이 되어보십시오. 그 모든 노력으로부터 당신이 비로소 스스로에게 좋은 사람이 되었을 때, 그때의 당신은 타인에게 또한 이미 좋은 사람이 되어있을 것입니다. 당신은 당신의 마음 안에 있는 삐딱한 시선을 이제는 용서를 통해 바로잡았을 것이고, 하여 타인에게서 단점을 찾고 골몰하던 과거의 행동 방식을 더 이상은 취하고 있지 않을 것이기 때문입니다.

그리고 그 다정함이, 다정한 시선이, 앞으로도 당신으로 하여금 상대방을 보다 더 온전하고도 완전하게 사랑할 수 있도록 당신을 내내 지켜주고 이끌어줄 것입니다. 그래서 그때는 당신이 좋은 사람이라서, 다정한 마음을 지닌 사람이라서 상대방 또한 당신의 곁에서 함께하게 되는 것입니다. 그것이 바로 다정한 자신감으로부터의 관계 치유입니다. 먼저 내가 나에게 좋은 사람이 되는 것, 그러기 위해서 나에게 주어진 성숙과 온전함을 보다 완성하며 나아가는 것, 하여 이제는 보다 아름답고 예쁜 방식으로 세상을 바라볼 줄 아는 내가 되는 것, 그래서 상대방을 또한 더욱 있는 그대로 사랑할 수밖에 없는 내가 되는 것, 해서, 그 다정한 자신감으로부터 관계를 지켜내고 이어가는 것, 바로 이런 것이죠.

이제 당신은 더 이상 누군가를 향해 집착하고 강요할 필요가 없을 것입니다. 당신은 당신 자신이 좋은 사람이라 스스로 확신할 수 있을 만큼의 다정한 자신감을 지닌 채 오직 다정하게 타인을 마주하고 있을 뿐일 것이고, 해서 이제 타인에게는 당신의 곁을 떠나갈 이유라는 것이 진정 존재하지 않을 것이기 때문입니다. 오직 스스로에게 자신감 없는 사람만이 타인을 통제하려 하고, 타인에게 집착하고, 타인을 조종하려 하고, 그 모든 왜곡된 시도들로부터 타인을 붙들어두려고 할 뿐입니다. 그래서 우리 모두에게는 이 세상을 보다 있는 그대로 바라보기 위한 용서로부터의 다정한 노력이 요구되어지고 있는 것이죠.

사실 당신이 보고 있는 것은 현재가 아니라 당신이 쌓아온 과거의 찌꺼기들일 뿐입니다. 그래서 용서는 언제나 나의 과거를 내려놓는 일이기도 합니다. 누군가의 있는 그대로를 바라본다는 것이 진정 의미하는 바가 무엇이겠습니까. 그것은 과거의 경험들로부터 내게 형성된 옳고 그름에 대한 관념들, 하여 오직 그것을 통해 사람들을 바라보고 정의내려왔던 나 자신의 묶인 태도들, 이제는 그것들을 내려놓고, 그저 사람들의 지금 이대로의 모습만을 바라보고자 노력하는 오직 지금 이 순간만의 시선을 뜻하는 것이 될 것입니다.

그러니 당신이 집착하고 있었던 과거의 옳고 그름들, 그리고 그것들을 타인에게 투영하여 세상을 바라보곤 했던 그 모든 왜곡된 시선들, 그것들을 이제는 내려놓음으로써 그 모든 것 뒤에 있는 지금 이 순간의 상대방만을 마주해보시길 바랍니다. 그런 식으로, 당신이 먼저 맑고 깨끗한 시선을 지닌 사람이 되고 난 뒤에는 이제 당신은 더 이상 세상에게서 부정적인 면들을 바라보지 않게 될 것입니다.

무엇인가가 당신에게 안 좋은 '무엇', 나를 화나게 하는 '무엇'이었다면, 이제는 그저 있는 그대로의 그것 자체가 되는 것이죠. 하여 이때부터는, 판단은 더 이상 내 몫이 아닌 것이 됩니다. 이 세상의 옳고 그름에 대한 모든 판단은 이제 세상과, 사람들과, 신의 몫이 된 것이죠. 하여 이때의 당신은 무엇인가가 옳은 것이고, 그른 것이라서 그것을 선택하고 하지 않고가 아니라, 그저 그것이 당신 자신의 선하고도 진실한 방향성과 일치하기 때문에 그것을 선택할 뿐입니다. 사랑하는 게 옳아서 사랑하는 게 아니라, 사랑하는 게 나 자신의 상태와 수준 안에서 느끼기에 너무나도 당연하고 편안한 것이기 때문에 오직 사랑을 선택할 뿐인 것이죠.

하여 당신은 이제 옳고 그름이라는 세상의 관점과 당신 자신의 심판자적인 시선으로부터 영원한 자유를 얻은 채일 것이고, 또한 구원을 얻은 채일 것입니다. 하여 그 자유와 구원이 당신의 마음 안에 하늘나라를 임하게 할 것이고, 해서 그때의 당신은 당신의 천국을 더욱 확정 짓게 되는 것이죠. 그건 얼마나 큰 자유며, 또한 행복이자 평화이겠습니까.

그러니 당신은 당신의 행복을 위해서라도, 당신의 하늘나라와 천국을 위해서라도 이 세상의 옳고 그름에 대해서는 판단하지 마십시오. 당신이 어느 정도의 수준에 도달하고 나면 당신의 판단은 더욱 명료하고도 진실한 것이 되어있을 것이며, 또한 객관성을 갖춘 판단이 되어있을 것입니다. 하지만 그전에 당신이 하고 있는 모든 판단은 대체로, 높은 진실로써의 판단이 아니라 당신의 사적인 이득에 관련한 판단일 것입니다. 그러니까 그건, 무엇인가가 내게 이득이 되고 아니고에 대한 판단일 것이고, 이득이 안 되기 때문에 미워하고 이득이 되기 때문에 좋아하는 식의 얄팍한 판단일 것입니다.

그래서 이때의 판단은 이 세상의 진실에 대한 정확한 판단이 아니라, 오직 당신의 사적인 이득에만 유리하게 기울어진 판단이 될 뿐일 것입니다. 그러니까 이때의 당신은, 진실로 당신에게 좋은 것이 무엇인지, 무엇이 당신에게 진정한 이득이 되는 것인지를 여전히 제대로 알지도 못한 채 판단을 일삼고 있을 뿐인 것이죠. 그래서 이때는 오직 진실하기보다, 이득을 위해 잠시 거짓을 선택하는 판단 또한 당신에게는 가능한 선택지가 되는 것입니다. 그러니까 남을 속여서라도 돈만 많이 벌 수 있다면, 그게 가장 옳은 거야! 라고 말하면서 당신 자신만의 옳음으로 어떠한 상황을 판단하게 되는 것이죠.

해서 그건, 이 세상의 가장 높은 진실과 결코 정렬될 수 없을 만큼 멀리 떨어져 있는 내 나름의 미성숙하고도 이기적인 판단이 될 뿐이며, 하여 내가 미성숙하고 이기적인 만큼 진실의 빛에서 오직 멀리 떨어져 있을 뿐인 어둠의 판단에 불과한 것이 되는 것입니다. 그러니 당신이 당신의 사적인 감정에 대해서는 완전히 배제한 채 이 세상의 가장 높은 진실에 의해서만 판단할 수 있게 되기 전까지, 당신에게는 판단보다 용서를 통한 성숙이 오직 필요할 뿐일 것입니다. 그 모든 성숙을 통해 당신이, 이 세상의 가장 높고도 진정한 이득에 대해서 진정 알게 되었을 때, 그때야 비로소 당신의 판단은 오직 진실로부터의 판단이 될 것이고, 하여 당신 자신의 성숙에 대한 책임을 또한 지켜주는 판단이 될 수 있을 것이기 때문입니다.

하여 이때의 판단은 더 이상 세상의 판단이 아닐 것이기에 당신은 이제 판단으로부터 묶이지 않게 되는 것입니다. 그러니까 당신은, 판단함으로써 판단 받는 자가 아니라, 판단함으로써 세상과 당신 자신을 더욱 지키는 다정한 사람으로서 존재할 수 있게 되는 것이죠. 그래서 저는 오직 그것만이 진정 성숙하고도 완전한 판단이라고 확신합니다. 그러니까 만약 테레사 수녀님께서 무엇인가에 대해 판단했다면, 그건 테레사 수녀님 자신의 사적인 이득에만 오직 유리하게 기울어진 판단이 아니라, 다름 아닌 세상의 선에 기여하는 판단일 것이고, 해서 그건 성숙하고도 완전한 판단이라 할 수 있는 것이죠.

어쨌든 우리가 우리 자신의 '사적'인 이득에 얽매인 판단을 기꺼이 포기한 채 존재할 수 있게 되기 전까지, 우리에게 필요한 삶의 태도는 판단이 아니라 오직 용서라 할 수 있을 것입니다. 그러니 우선적으로 더욱 용서하는 마음을 훈련해보십시오. 그 용서를 통해 당신 자신에게 먼저 스스로 좋은 사람이 되어줌으로써 타인에게 또한 진정 좋은 사람이 되어주십시오. 하여 오직 그 다정한 자신감으로부터 당신이 마주하고 있는 모든 관계들을 지켜내는 사람이 되시길 바랍니다.

명심하십시오. 판단은 나의 몫이 아니라는 것을. 만약 옳지 않은 방식으로 세상을 살아가는 사람들이 있다면, 그들은 당신이 판단하지 않아도 세상 사람들 모두가 이미 그들을 미워하고 있을 것이기에 당신까지 그들을 미워할 이유는 없는 것입니다.

환생을 믿는 종교에서는 그 모든 것이 또한 그들이 고스란히 갚아야만 하는 그들의 업이 될 것이기에 우리까지 그것에 대해서 판단할 필요는 없다고 말했으며, 구원을 믿는 종교에서는 그 모든 선택으로 인해 끝내 그들은 그들 스스로 지옥에 이르게 될 것이기에 우리까지 그것에 대해서 판단할 필요는 없다고 말했습니다. 그게 무엇이든, 우주의 공명정대함에는 결코 세지 않고 넘어가는 일이란 없는 것입니다. 그러니 우리가 판단하지 않아도, 그들의 행동은 고스란히 우주에 기록될 것이며, 하여 그것은 결국 그들 자신이 갚아야 할 영원한 책임이 될 것이기에 우리에게 필요한 건 판단이 아니라, 오직 연민 어린 시선이 될 뿐인 것입니다.

왜냐면 그들은 사실 불쌍한 사람들이기 때문입니다. 그러니까 그들은 그들 자신이 무엇을 하는지 진정 모른 채 그러한 행동을 일삼고 있는 것이죠. 그래서 그들의 무지를 오직 용서하여주시옵소서, 라는 기도가 있는 것입니다. 해서, 그 '무지'에 대해서 우리가 판단할 것은 없는 것입니다. 그러니까 그들의, 그 모든 선하지 않은 행동들은 사실 그들이 고스란히 갚아야 할 그들 자신의 영원한 책임이 될 것이기에, 우리에게는 그들의 무지를 안타깝게 여길 필요가 있을 뿐인 것이죠.

어쨌든 지옥에 가서 벌을 받아야만 하는 것이고, 어쨌든 다시 태어나게 된다면 아주 열악한 환경에서 태어나 그것을 고통으로부터 갚아나가야만 하는 것입니다. 그러니 그건 사실 얼마나 불쌍한 일입니까. 사실 너무 불쌍해서 밥이라도 한 끼 사줘야 하는 일입니다. 다음 생에 다시 태어나면 정말 고생 많이 할 텐데 이거라도 먹고 힘내! 라고 말하면서 말이죠. 혹은 이 다음에 죽어서 지옥에 가면 정말 많이 힘들 텐데 이게 조금이라도 너를 든든하게 채워줬으면 좋겠어! 라고 말하면서 말이죠.

그러니 당신은 판단하기보다 오직 용서하십시오. 미움보다는 연민을 품도록 해보십시오. 그 용서와 연민을 통해 당신 자신에게 더 예쁘고 아름다운 세상의 한 면을 보여주는, 스스로에게 진정 다정하고도 좋은 사람이 되어주십시오. 그러니까 이건 이래서 잘못된 거고, 저건 저래서 잘못된 거야! 라고 말하며 늘 화내고 판단하는 식으로 당신 자신의 마음을 스스로 아프게 하기보다, 오직 스스로에게 다정한 사람이 되어주십시오. 그것을 위해, 이 세상의 예쁘고 아름다운 풍경과 소리에만 오직 눈과 귀를 맞춰보십시오. 용서가 당신의 그것을 도와줄 것입니다. 나쁘고 잘못된 것 대신에 더욱 있는 그대로의 예쁘고 아름다운 세상을 우리에게 바라보게 해주는 것이 바로 용서이기 때문입니다.

사실 모든 것이 당신 내면의 투사입니다. 그래서 용서가 하는 일이란, 오직 당신의 마음 안에 있는 부정성들을 치유하고 정화하는 일이 될 것이며, 하여 당신은 그 모든 다정하지 않은 면들을 용서를 통해 진정 초월함으로써 이제는 투명하고도 맑은 시선과 함께 존재하며 살아가게 되는 것입니다. 해서 당신은 비로소 이 세상과 사람들의 있는 그대로를 보다 진실한 눈과 마음으로 사랑할 수 있게 되는 것이죠. 그러니까 그 진실한 사랑을 가능하게 해주고, 하여 당신과 함께하는 사람이 이제는 당신으로 인해 더욱 행복하게 존재할 수 있게 해주는 것, 그것이 바로 용서인 것입니다. 그렇다면 우리에게는 그것만으로도 용서를 통하지 않을 이유는 없는 것입니다.

그럼에도 용서가 어렵다면, 이것 하나만 미리 알아두세요. 당신은 아직 용서가 당신에게 그 어떠한 이득도 없는 그저 타인에 대한 무한한 자비심이라고만 생각하고 있을 것입니다. 그러니까 받는 것 없이 오직 주는 마음이라고만 생각하고 있는 것이죠. 그래서 당신에게는 굳이 용서를 해야 할 만한 이유라는 게 없는 것입니다. 나에게 득 되는 것 없이 오직 타인의 득을 위해서 그것을 하기엔, 그건 정말로 굳이라고 느껴질 것이기 때문입니다. 하지만 용서를 통해 오직 행복한 사람이 되는 것, 그것이 바로 가장 높은 관점에서의 이득 추구입니다.

그러니까 미워함으로써 타인을 벌주고, 그런 식으로 대가를 치르게 하는 것이 이득이 아니라, 오직 마음의 평화와 함께 행복한 자가 되는 것, 그것이 바로 이 지구 상에서 우리 인류가 추구하고 취할 수 있는 가장 큰 이득인 것입니다. 당신이 보다 용서함으로써 비로소 판단의 태도로부터 자유를 얻게 된다면, 하여 그러한 당신 자신의 제한되어 있던 이전 시선들로부터 구원을 받게 된다면, 그것이야말로 당신에게 있어 가장 큰 이득이 아니겠습니까. 그 시선이 당신을 행복하게 해줄 것이고, 그 마음이 당신에게 오직 평화를 가져다줄 것인데, 그렇다면 당신에게 있어 용서를 망설일 이유라는 게 도대체 어디에 있겠습니까.

만약 당신이 오직 당신 자신의 행복을 먼저 생각할 줄 아는, 무엇보다 자기 자신에게 진정 다정한 사람이라면, 그래서 당신은 기꺼이 용서하는 사람이 될 것입니다. 왜냐면 용서는, 나에겐 득이 없지만 오직 타인에게는 득이 되는 무한한 자비심이 아니라, 사실 그 누구보다 나 자신에게 가장 큰 이득이 되는 오직 나 자신을 위한 다정함이기 때문입니다. 그러니 용서가 어렵다면, 이것을 기억해보십시오. 용서는 사실, 당신 자신의 가장 큰 이득인 당신 내면의 평화와 행복을 위해서 하는 것일 뿐, 상대방을 위해 하는 것이 아니다, 하는 것이요. 그것이 당신의 용서를 도와줄 것입니다.

마침내 당신이 당신에게 주어진 용서를 완성하게 되었을 때, 그때의 당신은 누구보다 당신 자신에게 다정한 사람이 된 채일 것입니다. 왜냐면 당신은 이제 당신 자신의 평화와 행복을 가장 먼저 생각할 줄 아는 스스로에게 다정한 사람이 되어있을 것이기 때문입니다. 그래서 당신은, 예전에는 좋은 사람으로 존재하는 법을 몰라서 상대방을 아프게만 하는 사람이었는데, 이제는 좋은 사람으로 존재하지 않는 법을 몰라서 상대방을 행복하게 해줄 수밖에 없는 사람인 것입니다. 당신이 이미 그런 존재가 되었다면, 이것에 더해서 더 이상 무엇이 더 필요하겠습니까.

그러니 당신은, 오직 용서를 통해 당신 자신을 먼저 치유하고, 그 치유를 통해 끝내 다정한 자신감을 당신의 내면에 확보한 채 이 삶을 살아가는 사람이길 바라겠습니다. 그 자존감이 당신을 영원히 지켜줄 것입니다. 덤으로, 당신이 사랑하는 사람을 또한 함께 지켜줄 것입니다. 그건 정말로, 야, 너 진짜 이따위로 행동할래? 이렇게 안 하면 나 진짜 다 부수고 던져버릴지도 몰라! 라고 말하던 내가, 이제는 그럴 수도 있지, 그런데 우리 천천히 이렇게도 해보는 게 어때? 그게 내 생각에 너를 더 행복하게 해줄 것 같은데. 그러니까 함께 해보자, 내가 도와줄게, 라고 말하는 내가 되는 일이기 때문입니다.

그저 당신은 조금 더 용서하는 사람이 되었을 뿐인데, 모든 것이 자연스럽게, 정말로 알아서, 그저 더 선하고 예쁜 균형을 향해 나아가게 되는 것입니다. 그래서 그 성숙의 기쁨, 더 좋은 사람으로서 존재한다는 자존감, 내 안의 다정함으로부터 싹트는 행복, 그것이 바로 용서 그 자체의 보상인 것입니다. 이 세상에 그보다 더 큰 보상이 어디에 있겠습니까. 그렇다면 그것이 왜 가장 큰 보상처럼 우리에게 느껴지겠습니까.

그건 바로, 이 세상의 가장 높은 관점에서 우리 자신에게 가장 이득이 되는 것이 바로 우리 자신의 행복이기 때문입니다. 돈과 명예와 관계에 대한 소유와 같은 것들이 아니라 오직 진정한 행복 말입니다. 그러니 그 지고의 진실과 함께 정렬되어보세요. 그러니까 오직 당신 자신의 행복만을 추구해보세요. 나 자신의 사적인 이득을 추구하는 이기심 대신에 다정함을, 진실함을, 사랑을, 용서를, 이해를 선택함으로써 말입니다. 그렇게 당신은, 당신 자신이 행복한 사람이라서 타인에게 또한 행복을 전해줄 수밖에 없는 진실로 다정한 사람이기를 바랍니다.

하여 당신의 마음 안에는 오직, 언제나, 영원히, 다정한 자신감이 함께하고 있기를. 그 다정함으로부터 오직 당신의 관계를 지켜내고, 또한 당신 자신을 스스로 행복하게 해주는, 그런 예쁜 당신이기를.

13

분노에 대해서..

우리가 무엇인가에 대해 분노심을 느낄 때, 우리는 그 분노가 일어나는 정확한 근원이 무엇인지도 모르는 채 분노할 때가 많습니다. 해서 우리는 외부의 '무엇인가'가 나를 화나게 만들었어, 그것 때문에 화가나! 라고 끝없이 생각하며 분노의 모든 원인을 외부로 투사하기 일쑤지만, 사실 분노가 우리에게 일어나는 유일한 원인은 오직 우리의 미성숙이며, 하여 분노의 유일한 근원, 그것이 일어나는 단 하나의 지점은 바로 우리의 내면 안에 있는 것이라 할 수 있을 것입니다. 그러니까 우리는, 우리의 마음 안에 있는 정화되지 않은 '분노' 그 자체로 인해서 화를 내게 되는 것입니다. 우리의 마음 안에 있는 화의 양만큼, 정확히 그만큼만 우리는 화를 외부로 표출하게 되는 것이죠.

그래서 이런 저런 것 때문에, 라고 말하는 우리의 마음속 모든 목소리는 사실 착각이자 오해입니다. 만약 당신이 어떠한 병에 걸렸을 때, 그 병의 원인에 대해 잘못 진단한 의사에게 가서 계속해서 진료를 받는다고 가정해봅시다. 아마 당신의 병은 낫기는커녕 시간과 함께 더욱 심해지게 될 것입니다. 초기에 원인을 제대로 찾아 치료했다면 벌써 나았을 간단한 병이 이제는 심화되어 목숨을 위협할 만큼의 거대한 병이 되어버렸을지도 모르는 일이죠. 분노의 극복과 초월 또한 이와 다르지 않은 것입니다.

우리가 분노의 원인, 그 근원을 제대로 파악하지도 못한 채 오직 다른 것만을 건드리는 것은 그래서 시간을 낭비하는 일이 될 것입니다. 내 마음속의 미성숙이 정확한 원인인데, 자꾸만 외부를 바꿔보고자 노력하는 것이 이에 해당하는 것이죠. 그러니 오직 진정한 원인만을 바라보고, 그것에 대해서만 마음을 쏟으세요. 우리가 그렇게 할 때만이 우리는 분노를 극복할 수 있게 될 것이고, 극복함으로써 더욱 다정한 사람이 될 수 있을 것입니다.

우리가 우리의 마음 안에서 부정적인 감정이 싹트는 원인이 오직 바깥에 있다고만 믿을 때, 우리는 우리의 힘을 바깥에 넘겨준 채 오직 외부의 노예가 되어 살아가는 것이나 다름이 없을 것입니다. 그때의 우리는 이렇게 생각하게 되겠죠. 나를 제외하고 내 바깥의 모든 것이 변하게 되었을 때, 그때야말로 내 화가 사라질 수 있는 유일한 순간이야, 하고 말입니다. 그리고 우리가 그것만이 진실이라 착각하는 오류를 산더미처럼 쌓아가게 될 때, 우리는 늘 바깥에 의해서 우리 자신의 감정이 결정되게 하는 의존적이고도 자존감 없는 사람이 되어 이 삶을 무기력하게 살아가게 될 것입니다. 또한 그때는, 모든 원인을 바깥에 투사하였기에 나의 분노를 정당화하기도 더욱 쉬워진 채일 것입니다. 쟤가 이래서 화를 낼 수밖에 없었어, 그러니까 내가 화를 내는 건 어쩔 수 없었던 거야. 만약 쟤가 이렇게 바뀐다면 참아볼 만은 하겠지. 이런 식이 되어버리는 것이죠. 어쨌든 저 자식이 나를 화나게 '만든 거야!' 라고 끝없이 외치면서 말입니다.

만약 그러한 당신의 사고, 주장이 사실이라 한들, 그 사람이, 이 세계가, 그러니까 당신을 둘러싼 이 모든 외부가 당신을 위해서 변해주겠습니까. 진실로 바깥이 변할 수 있는 것이었다면, 당신은 진작에 이미 행복한 사람이 되었을 것입니다. 그래서 지금의 당신은 이미 화를 낼 만한 그 어떤 것도 찾지 못하는 무한한 평화의 상태 안에 있어야 할 것입니다. 이미 당신이 원인이라고 생각했던 바깥의 모든 것이 당신을 위해 변했을 테니까요.

하지만 당신이 바깥을 변화시키고자 해왔던 그 무수히 많은 노력과 시도에도 불구하고 바깥은 여전히 변함없이 그대로이기에 당신은 지금도 당신에게 화를 유발하는 상황과 사람들을 마주하고 있는 것입니다. 그렇게나 화를 내고, 그렇게나 변화를 강요했는데도 당신이 변화시킬 수 있었던 건 딱히 없었던 것이죠. 그렇다면 그 무의미한 노력과 감정 소모를 언제까지 해야 그것에 대해 진정 깨달으시겠습니까.

그러니 이제는 바깥을 변화시키고자 끝없이 시도하는 그 오류에서부터 벗어나, 오직 당신의 내면만을 변화시키고자 마음을 기울이십시오. 그것이 더욱 빠르고 합리적인 방법이며, 또한 진정 변화를 이끌어낼 수 있는 유일한 시도일 것입니다. 해서 당신이 당신의 내면을 변화시키지 않는다면, 당신은 계속해서 당신을 화나게 만드는 상황을 마주할 수밖에 없을 것입니다. 왜냐면 당신의 마음 안에 있는 '분노'가 외부 세계에 그 자신을 투영하여 당신에게 끊임없이 지금 이 세계가 화를 낼 만한 세계처럼 보이게 만들 것이기 때문입니다.

그래서 언제나 당신의 마음 안에 있는 그 화를 다스리는 것이 가장 먼저입니다. 당신의 마음 안에 여전히 분노가 있는 한, 당신은 분노해야 할 만한 상황을 어떻게든 찾아서 자신의 분노를 투사할 것이고, 그렇게 기어이 그 분노를 표출하고야 말 것이기 때문입니다.

그러니 당신의 분노에게 더 이상 먹이를 주지 마세요. 그것을 굶주리게 하고, 그것이 아무리 배가 고프다고 당신에게 외쳐도 더 이상은 영양분을 공급하지 마세요. 그렇게 그것이 서서히 당신의 마음 안에서 죽어 사라지게 하세요. 더 이상은, 이것 때문이니 저것 때문이니 하며 당신의 미성숙을 정당화하지 마십시오. 오직 당신의 '미성숙'만이 분노의 유일한 원인임을 지금 이 순간 받아들여버리십시오.

당신이 그것을 끝내 받아들이지 않는다면, 분노는 계속해서 당신을 통해 자신의 먹이를 찾기 위해 당신의 눈과 귀를 가릴 것이고, 하여 당신으로 하여금 계속해서 화를 낼 만한 상황을 찾게 함으로써 자신의 배를 채울 것입니다. 당신은 분노에게 에너지를 공급하고, 하여 분노는 당신을 통해 계속해서 배를 채운 채 당신의 마음 안에서 생존하고, 그렇게 서로가 서로를 도와주며 공생하는 식으로 살아가게 되는 것이죠.

어쨌든 그런 식으로 에너지를 공급받은 분노는 당장에는 배가 불러졌기에 휴식을 취할 것이지만, 또다시 배가 고파지기 시작할 때면 곧장 당신을 유혹하기 시작할 것입니다. 그것이 그냥 무한 반복된다고 보시면 됩니다. 그렇다면 그러한 세계 안에서 당신이 진정 행복할 수 있겠습니까.

그러니 당신의 마음 안에 있는 분노의 목소리를 이제는 듣지 마십시오. 그것에게 당신의 진정한 힘을 넘겨주지 마십시오. 오직 그것을 배제한 채 평온함만을 추구하는 사람이 되십시오. 그 모든 거짓 목소리에 넘어가기보다 당신의 온전함을 지켜내십시오. 분노의 목소리는 언제나 너무나도 달콤할 것입니다. 저 사람 때문이라고 말하면 네 탓은 아무것도 없어. 그러니까 네가 실패한 것도, 네가 불행한 것도 모두 저 사람에게 미뤄. 그럼 얼마나 편하니. 하고 끝없이 우리에게 속삭일 테니까요.

정말로 저 사람 때문이야, 하고 말하는 순간 우리는 당장에 내 문제는 없다, 라고 합리화하고 정당화할 수 있기 때문에 일시적인 마음의 편안함을 얻을 수는 있습니다. 그것을 통해 또한 우리는 위로를 받을 수도 있겠죠. 그 작고도 작은 한순간의 위로와 편안함에 당신이 만족하겠다면 당신을 말리지는 않겠습니다. 하지만 진정한 평화, 진실한 행복, 그 누구도 탓하지 않을 수 있는 내면의 단단함, 그러한 자존감을 당신이 소유하고 싶다면 이제는 분노에게 먹이를 주는 일을 기꺼이 그만두십시오.

늘 아무것도 하지 않은 채 남 탓만을 하며 나태하게 사는 사람이 위대한 성취를 해내는 것을 보신 적이 있습니까. 내가 성공하지 못한 이유는 부모님 탓이고, 내가 태어난 나라의 탓이고, 이 친구 저 친구의 탓이고, 하는 식으로 사고하는 사람이 어떻게 해서 무엇인가를 이루어낼 수 있겠습니까. 그렇기 때문에 누군가에게 자신의 책임을 미루고 전가하는 것은 진정한 편안함이 아니라, 나태함에서 오는 잠깐의 마취 상태에 불과한 것입니다.

그러니 탓하기보다 책임지는 사람이 되십시오. 모든 선택은 오직 내 의지와 허락, 동의하에 이루어진 것입니다. 그 사람이 당신에게 무엇인가를 권유했다고 해도, 당신이 끝내 선택하지 않았다면 당신은 그것을 하지 않았을 것이기 때문입니다. 그래서 사실 이 세상에 탓할 것은 아무것도 없습니다. 그렇기에 내 감정은 오직 내가 챙겨야 하는 내 것인 것입니다. 그것이 성숙하고도 온전한 사람들이 이 세상을 살아가는 방식입니다.

그러니 마음 안에 분노가 있어서 분노를 해야만 하는 사람인 채 존재하기보다 마음 안에 분노가 없어서 화를 낼 일이 없는 사람이 되십시오. 그렇게 될 때까지 끝없이 노력하십시오. 처음에는 힘들지도 모릅니다. 하지만 끝끝내 당신은 해낼 것이고, 그 과정 안에서 서서히 좋아질 것입니다. 그리고 그 좋아짐 자체가 선물이자 보상이 되어줄 것입니다. 늘 분노할 때는 몰랐지만, 분노에서 서서히 벗어나기 시작할 때는 분노하지 않아도 되는 세상이, 그 마음이 얼마나 평온하고 기쁜 상태인지를 당신은 끝내 알게 될 것이기 때문입니다. 그 행복 안에서 살아가는 것,

그러니까 그것이 그 자체의 보상인 것입니다.

그러니 언제나 명심하십시오. 모든 분노는 환상이라는 것을요. 당신이 누군가에게 할 말이 있다면, 분노 없이도 충분히 말할 수 있을 것이고, 그렇게 다정하게 이야기했음에도 말이 안 통하는 사람이라면 그저 멀리하면 되는 것이라는 것을요. 해서 끝없이 당신을 화나게 만든다고 당신이 정의하고 있는 사람과 그럼에도 계속해서 당신이 스스로 함께하길 선택하고 있다는 건, 굳이 분노하기 위해서 그 사람과 함께하는 것이 될 뿐이라는 것을요. 그래서 사실 그 어떤 분노도 정당화될 수 없고 합리화될 수 없는 것입니다. 왜냐면 그 모든 것이 전적으로 당신의 선택이었으며, 또한 다른 누군가는 당신과 완전히 같거나 비슷한 상황 안에서도 분노하지 않은 채 다정하게 구는 것을 선택할 수도 있었을 것이기 때문입니다.

그러니 단정 지어도 좋습니다. 모든 분노는 정당화고 합리화일 뿐 결코 현실적이고도 객관적인 이유가 있어서 일어나는 것이 아니라는 것을요. 그러니 오직 다정함과 다정함이 통하는 세상 안에서 다정하게 살아가십시오. 당신의 마음 안에 분노가 거의 없어질 때쯤이면, 당신을 둘러싼 세상이 이미 그렇게 변해있을 것입니다.

당신은 보다 다정함으로써 사람들에게 편안함을 전해주는 사람이고 싶습니까, 아니면 늘 화내고, 신경질적으로 굴기에 사람들에게 불편함을 전해주는 사람이고 싶습니까. 아마 당신은 다정하고 싶을 것입니다. 건강하고 온전한 상식이 있는 사람이라면, 모두가 그러고 싶을 것이기 때문입니다. 그렇다면 당신은, 당신의 다정함을 분노의 순간적인 유혹 앞에서 저버리거나 포기하지 마십시오. 당신이 외부를 탓하기 시작할 때, 그건 당신의 힘 전부를 당신의 외부에 스스로 넘겨주는 꼴이 되는 것이며, 하여 그때의 당신은 당신의 성숙과 자존감을 스스로 포기한 사람인 채 이 세상을 마주하고 살아가게 될 것입니다.

그러니 당신은, 탓하기보다 당신의 자존감을 스스로 지켜내는 사람이십시오. 결국 이 세상에서 당신을 지켜줄 수 있는 유일한 것이 바로 당신의 자존감입니다. 그저 자존감이 높은 사람이라서 당신은 외부의 어떤 상황 앞에서도 상처받지 않을 수 있는 힘과 자유를 지니게 될 수 있기 때문입니다. 그렇다면 그 자존감을 한낱 분노와 탓하는 미성숙 앞에서 포기해야만 하겠습니까. 그렇게 당신 내면의 진정한 힘 전부를 외부에 넘겨준 채 나약하고도 왜소한 사람으로서 살아가야만 하겠습니까.

모든 문제의 원인을 나에게서 찾고, 하여 나를 바꾸어 나아가는 사람만이 성숙의 자격을 얻을 수 있는 것입니다. 하여 진실한 행복의 문 앞에 닿을 수 있는 것입니다. 그러니 작고 나약한 사람으로 존재하기보다 빛이 나는 위대한 사람으로 살아가십시오.

매사에 외부를 탓하고, 외부에 불평불만을 투사하는 사람을 당신도 본 적이 있을 것입니다. 그리고 당신은 그 사람의 그 작은 마음의 그릇을 느꼈을 것이고, 해서 당신은 그를 결코 존경할 수 없었을 것입니다. 당신이 분노하고자 할 때, 당신이 선택하는 것이 바로 그것입니다.

그러니 존경받을만한, 함께 있을 때 우러러보게 되는 빛나는 사람이 되십시오. 스스로의 마음 안에 자존감을 소유하고 있는 사람, 그러니까 자신의 감정을 스스로 다스릴 줄 아는 사람, 오직 그런 사람만이 빛이 날 수 있고, 그 빛을 통해서 존경과 사랑을 받을 수 있는 것입니다. 그저 함께하는 것만으로도 상대방을 고쳐시켜줄 수 있을 만큼의 진정한 힘이 있는 것, 그것이 바로 성숙으로부터의 자존감이기 때문입니다. 그러니 당신 또한 그 자존감을 소유한 사람이길 바랍니다. 그러기 위해 하루하루 노력하며 나아가는 사람이길 바랍니다. 그 모든 노력을 뒤로한 채 남 탓을 하며 나태한 위로를 받는 사람이기보다 말입니다.

당신이 당신의 자존감과 성숙, 다정함과 온전함을 분노보다 더욱 우선시하는 사람일 때, 당신은 기꺼이 그 행복의 완성을 위해 분노를 포기하는 사람이 될 것입니다. 그러니 분노가 당신의 마음 안에서 세상을 탓할 준비를 하는 순간, 당신이 되고자 하고 이루고자 하는 성숙이 무엇인지를 기억하십시오. 분노할래?, 아니면 그럼에도 다정할래? 라고 삶이 당신에게 묻고 있는 것입니다. 그 질문 앞에서 이제 당신은 당신 자신의 성숙과 온전함을 지키는 선택을 하면 되는 것입니다.

그와 관련된 도서, 그러니까 더욱 내 마음의 힘을 되찾게 해주는 책을 읽는 것 또한 도움이 될 것입니다. 당신에게 맞는 작가를 찾고, 그 뒤에는 그 사람의 모든 책들을 읽어보십시오. 그리고 그 책을 몇 번이고 읽고 또 읽어보십시오. 그렇게 당신이 그 책에 담긴 작가의 마음을 당신의 마음 안에 진정 간직하게 되었을 때, 그때는 그 책의 구절이 당신에게 필요한 순간마다 떠올라 당신을 지켜주기 시작할 것입니다. 그러니까 그건, 판단하고자 하는 마음이 드는 그 순간에 예수님의 판단하지 말라, 라는 구절이 떠올라 판단으로부터 당신을 지켜주게 되는 것과 같은 것입니다. 그러니 당신의 마음을 더욱 성숙하게 이끌어주는 책과 함께해보세요.

하루 만에 한 권의 책을 끝까지 다 읽을 필요는 없습니다. 그저 음미하면서 조금씩, 그렇게 감동과 함께 읽는다면 한 페이지, 아니 한 구절로도 충분할 것입니다. 그 한 구절이 당신의 삶을 영원히 바꿔주는 강력한 한 구절이 될 수도 있을 것이기 때문입니다. 그때 당신은 그 문장 앞에서 멈추어 서게 될 것이고, 그렇게 그 문장을 계속해서 곱씹으며 더욱 새기게 될 것입니다. 어쩌면 며칠 동안 그 한 문장과 함께하게 될지도 모릅니다. 그리고 마침내 그 감동이 당신의 마음을 영원토록 지켜주고 이끌어주게 되는 것이죠. 그러니 좋은 책과 함께하시길 바랍니다.

분노와 욕망을 더욱 내려놓게 해주는 책으로는 에크하르트 톨레의 〈삶으로 다시 떠오르기〉, 라는 책이 있는데, 개인적으로 저에게 많은 도움이 되었던 책입니다. 고등학생 때 처음 만나 정말 새까맣게 때가 타도록 읽고 또 읽은 책입니다. 그때는 〈NOW〉라는 이름의 책이었는데, 지금은 〈삶으로 다시 떠오르기〉로 제목이 바뀐 것 같습니다. 개인적으로 저는 에크하르트 톨레의 책 중에는 그 책만이 좋았습니다. 꼭 그 책이 아니어도 좋습니다. 당신만의 성향에 잘 맞고, 당신의 마음 안에 성숙하고자 하는 다정한 의지를 꺼내어주는 책이라면 그게 무엇이든 좋습니다.

어쨌든 그러한 책들이 당신의 분노를 정화하고 돌보는 데 많은 도움을 줄 것입니다. 사람과는 달리 책은 당신이 선택해서 고를 수 있는 것이기 때문입니다. 그러니 좋은 책, 당신의 마음에 선한 영향력을 가져다주는 책과 함께하십시오. 결국 당신이 행복하지 않다면, 이 세상의 다른 것들이 다 무슨 소용이겠습니까.

당신은 아무것도 없이 이 세상에서 태어났고, 결국 모든 것을 두고 이 세상을 떠나가게 될 것입니다. 만약 당신이 환생을 믿는다면, 사실 당신은 모든 것을 두고 이 세상을 떠나가게 될 것이지만, 또한 당신의 마음만큼은 유일하게 지닌 채 떠나게 된다는 것에 대해 이해할 수 있을 것입니다. 그러니 이 삶을 통해 당신이 이루어낼 수 있는 가장 최선의 예쁜 마음을 기르십시오. 오직 그 마음만이, 다음 생에 당신이 고스란히 지닌 채 태어나게 될 유일한 당신의 소유입니다.

당신이 환생을 믿지 않더라도, 당신이 천국과 구원을 믿는다면, 당신의 마음 안에 있는 하늘나라를 위해 더욱 예쁜 마음을 기르도록 노력해보세요. 하늘나라는 오직 네 마음 안에 있다고 했고, 재물은 오직 하늘에 쌓아두라고 했습니다. 하여 우리가 우리의 마음 안에 천국을 품을 때, 우리가 마주하고 있는 매 순간이 우리에게 있어 천국이 되어줄 것입니다. 예수님께서는 온유한 자에게 복이 있다고 말씀하셨습니다. 그러니 분노하는 울퉁불퉁함 대신에 온유하게 존재하는 유연함, 그 둥그스름함을 선택함으로써 하늘의 축복을 받는 사람이 되십시오.

또한 분노는 오직 당신의 선택일 뿐, 그것에 다른 이유는 없다는 것을 명심하십시오. 해서, 분노할 수밖에 없었어, 와 같은 말들은 모두 합리화이자 정당화가 될 뿐일 것입니다. 분노할지 하지 않을지, 지금 이 순간에도 그것은 오직 당신의 선택에 달려 있는 것입니다. 그러니 그 선택지 앞에서 기꺼이 더 예쁘고 다정한 선택을 하는 당신이 되시길 바랍니다. 하여 부디 행복하십시오. 행복을 향해 당신이 걸어가는 그 모든 성숙의 발걸음 안에서 당신의 삶이 보다 더 찬란하게 빛날 것이며, 또한 아름답게 꽃 필 것입니다.

결국 모든 것은 왔다가 갑니다. 그 모든 사라지는 것들 중에서, 그 모든 지나가는 것들 사이에서, 오직 당신의 마음만이 사라지거나 지나가지 않은 채 남아있을 유일한 당신의 소유입니다. 그러니 당신은 오직 당신의 마음만을 다정하게 가꾸어나가십시오. 그 모든 과정 끝에서 우리가 지니게 될 가장 최고의 다정함, 그것에서부터의 행복, 오직 그것을 위해 우리는 이 땅에서 태어나 살아가고 있는 것임을. 하여 당신은 부디, 당신 자신의 존재로부터 행복한 사람이기를.

14

빛과 어둠.

우리의 마음 안에 빛이 부재할수록 우리는 살아가며 마주하는 경험들을 통해 더욱 많은 고통을 받게 됩니다. 그러니 언제나 빛이 있기를 소원합니다. 당신의 마음 안에 어둠은 있을 수 없습니다. 어둠이란 실재하지 않는 것이기 때문입니다. 만약 어둠이 실재하는 것이라면, 어둠을 빛 가까이에 들고 갔을 때 빛이 어두워져야 할 것입니다. 하지만 빛 가까이 다가서는 순간 어둠은 빛에 의해 오직 소멸된 채 빛 그 자체에 귀속될 뿐입니다. 그래서 그것은 어둠이 아니라 사실은 빛의 부재인 것입니다. 그러니 당신의 마음 안에 만약 빛이 부재하다면, 그래서 당신의 마음이 어둡다면, 하여 많은 고통과 뒤섞인 채 지금이 불행하다고 느끼고 있다면, 당신은 그저 빛을 통해 당신 자신의 마음을 더욱 밝히면 되는 것입니다.

실재하지 않는 것은, 실재하는 것을 이길 수가 없습니다. 왜냐면 그것은 애초에 존재한 적이 없는 환상이기 때문입니다. 그래서 어둠이든, 고통이든, 그것이 무엇이든 그러한 것들은 우리가 만들어낸 허상에 불과한 것입니다. 그러니 더 이상은 존재하지 않는 비실재에 당신의 환상을 투영하지 마십시오. 그것이 실재인 양 믿은 채 계속해서 당신의 믿음을 두텁게 쌓아나가는 오류를 저지르지 마십시오. 오직 진실만을 바라보고, 진실만을 신뢰하십시오. 그러니까 그저 빛을 비추십시오.

그렇다면 빛이란 무엇입니까. 빛은 바로 사랑입니다. 따라서 우리는, 우리의 마음 안에 사랑이 부재할수록 감정적으로 더욱 고통받는 사람이 되고야 마는 것입니다. 그러니 오직 사랑을 품으십시오. 사랑을 의도하십시오. 그 사랑을 마음 안에서 키워나가기 위해 용서를 통하십시오. 당신이 완전한 용서에 끝내 닿아 오직 진정한 사랑과 함께하게 되었을 때, 그때의 당신은 더 이상 용서할 세상을 바라보지 못할 만큼 빛 그 자체가 되어있을 것입니다. 하여 그때는 용서 또한 당신의 환상이었음을 당신은 진정 알게 될 것입니다.

그래서 그때까지의 당신이 용서하는 것이란 사실, 당신 바깥의 무엇인가가 아니라 당신 내면의 오류가 만들어낸 환상인 것이며, 하여 당신은 용서함으로써 오직 용서를 받는 자가 되는 것입니다. 어둠으로부터의 구원, 왜곡된 시선과 관점으로부터의 자유, 그 모든 것들로부터의 진정한 치유는 오직 용서를 통해서만 이루어질 수 있는 것이기 때문입니다. 해서 그게 용서함으로써 용서를 받는다는 말의 진정한 의미인 것입니다.

그러니 용서함으로써 더욱 빛과 하나가 되십시오. 그 빛에 가까이 다가선 진실한 사랑을 하십시오. 진실한 사랑이란, 나 자신의 사적인 이득보다 상대방의 행복을 더욱 우선시하는 다정한 태도가 될 것입니다. 그러니까 상대방이 나를 통해서 행복해질 때 나 또한 비로소 행복해지는 것, 그것이 바로 진실한 사랑의 속성인 것입니다.

그러니 잘 보이기 위해, 누군가의 마음을 얻기 위해, 나 자신의 사적인 이득을 취하기 위해 다정하게 구는 것은 높은 관점에서의 사랑이 아닙니다. 그건 타인과 내가 더욱 분리되어 있다고 믿는 데서부터 오는 작고도 옅은 빛의 마음에 불과한 것입니다. 그러니 당신은, 당신의 사심을 채우기 위해 사랑이란 이름의 거룩함을 함부로 빌려 쓰는 사람이지는 마십시오. 오직 진심으로 상대방의 행복을 염려하는 진실한 사랑만을 하고자 의도하십시오. 그때의 당신은, 실망하는 법을 잊게 될 것입니다.

또한 우유부단함에서 오는 어쩔 수 없는 다정함을 사랑이라 오인하지도 마십시오. 그것이 결코 사랑이 될 수가 없는 것은, 그건 오직 나의 마음 안에 원망만을 쌓게 할 뿐인, 내 내면의 자존감 없는 상태에서 비롯된 거짓된 친절의 태도에 불과한 것이기 때문입니다. 해서 그건, 나의 자존감 없음과 미성숙에 의해 강요된, 사랑의 발 끝에도 닿을 수 없을 만큼의 억지스러운 다정함에 불과한 것이죠.

이것에 더하여 당신은, 상대방의 이기심에 당신의 마음을 헌신하는 순진함과, 혹은 상대방에게 아첨하기 위해 당신의 마음을 헌신하는 당신 자신의 욕망을 또한 사랑이라 오해하지도 마십시오. 누군가가 만약 자신의 욕망과 이기심을 채우기 위해 당신에게 도움을 청했다면, 그리고 만약 당신이 그것이 온전한 요구가 아님을 알면서도 그들의 요구에 응한다면, 그건, 그들의 얼굴에 진실한 미소가 아닌 오직 욕망의 채워짐에서부터 오는 얄팍한 미소만을 띠게 할 수 있을 뿐일 것이고, 그렇다면 그것이 어떻게 해서 사랑일 수가 있겠습니까.

해서 그때의 당신은 그들로 하여금 당신을 더욱 이용하고자 마음먹게 하는 더 큰 욕망으로의 탐닉만을 부추기게 될 뿐일 것이고, 하여 그들의 마음 안에는 어둠이 더욱 확장될 채일 것입니다. 그래서 그들이 그때 띠는 미소는 빛이 있는 미소가 아니라 자신의 사적인 욕망이 충족되었음에 기뻐 발작하는 일시적인 공허한 만족감에 불과한 것입니다. 이게 바로 상대방의 이기심에 당신 자신의 마음을 헌신하는 순진함의 태도인 것입니다. 그러니까 그건, 야, 나 저거 좀 훔치려고 하는데 망 좀 봐줄래? 라는 상대방의 요구에 당신이 기꺼이 응하는 것과 같은 것이죠.

그렇다면 상대방에게 아첨하기 위해 상대방에게 나의 마음을 헌신한다는 것은 무엇일까요. 그건, 상대방의 마음에 들어 그로부터 무엇인가를 취하기 위해 당신이 그 사람의 잘못된 선택에 기꺼이 동참하는 것과 같은 것입니다. 그러니까 회사의 대표에게 잘 보여서 승진하기 위해 회사의 대표가 회사의 돈을 횡령하는 것을 돕고 감추는 데 일조하는 것이 이에 해당하는 것이죠. 그 결과 당신은 승진할 것이고, 대표는 비자금을 쌓게 될 것이지만, 그것이 어떻게 해서 서로를 향한 진실한 '사랑'이라고 부를 수 있는 것이겠습니까. 그건 그저, 당신은 당신의 사적인 이득을 취하기 위해 거짓에 당신 자신의 마음을 헌신한 것일 뿐이고, 대표는 자신의 욕망을 채우기 위해 당신을 이용한 것일 뿐인, 오직 서로의 이기심에서부터 비롯된 거래이자 이용이 될 뿐인 것입니다.

그래서 자기 자신의 욕망을 채우기 위해 선택한 헌신은, 언제나 우리에게 그릇된 욕망의 성취로부터 비롯된 탐닉과 끝없는 공허함만을 가져다줄 수 있을 뿐, 우리를 결코 진정 행복하게 만들어주지는 못하는 것입니다. 왜냐면 그 안에는 자신이 진정 좋은 사람, 반듯한 사람, 올바르고 다정하게 살아가고 있는 사람이라 스스로 확신할 수 있을 만한 진정한 자존감이라는 것이 결핍되어 있을 것이기 때문입니다. 부모는 자신의 아이가 잘못된 길을 향해 가고 있을 때, 자신의 아이를 위한 사랑으로 그 아이가 바른 길을 향해 나아갈 수 있도록 오직 마음을 쏟을 뿐, 자신의 아이가 잘못된 길로 더욱 빠져드는 것에 축복과 응원을 쏟으며 자신의 아이에게 아첨하지는 않습니다. 그래서 사랑은 상대방의 '진실한 행복'만을 오직 염려하는 높은 책임감과 함께하는 다정함입니다.

그렇다면 내가 나 자신을 진정 사랑한다는 것이 또한 의미하는 바가 무엇이겠습니까. 그건 나 자신에게 거짓된 만족감보다, 진실함을 선택함에서부터 오는 진짜 자존감을 선물함으로써 나 자신이 스스로 좋은 사람이라 확신한 채 이 삶을 오직 행복하고도 다정하게 살아가게 해주는 일이 아니겠습니까. 그러니 사랑한다면, 당신 자신과 상대방이 진실로 행복한 사람일 수 있도록 이끌어주십시오. 그래서 사랑은, 때로 엄격하고도 단호한 면과 함께하는 것입니다. 그것이 때로 상대방을 서운하게 만들 수도 있겠지만, 사랑은 그 사적인 서운함 앞에서 그럼에도 진실을 포기하지 않을 수 있는 용기 있는 다정함이기 때문입니다.

그러니 용기가 있으십시오. 사랑하되, 순진하지는 마십시오. 당신이 용기 없는 사랑을 할 때, 당신은 상대방의 미성숙에까지 당신의 마음을 쏟게 될 것이고, 그 결과 둘 모두가 더욱 거대한 어둠 안에 갇힌 채 오직 불행할 수 있을 뿐일 것입니다. 그러니 상대방을 사랑한답시고 상대방의 이기심에 당신의 마음을 헌신함으로써 그 사랑을 증명하고자 하지 마십시오. 상대방의 이기심 앞에서 단호하게 거절할 줄 아는 사람이십시오. 그리고 그 거절 앞에서 순진한 죄책감을 가지지 마십시오.

진실한 사랑은 결단코 죄책감과 함께하는 법이 없습니다. 죄책감은 어둠의 속성이지 빛의 속성이 아니기 때문입니다. 그러니 타인의, 빛에서부터 멀리 떨어져 있는 제안을 거절하는 것 앞에서 당신이 죄책감을 가질 이유는 없는 것입니다. 그러니까 당신의 올바른 양심과 당신 자신의 온전한 감수성을 통해, 그리고 상대방의 행복을 진정 염려하는 그 높은 책임감을 통해 당신이 상대방을 거절하는 것은, 오직 사랑의 한 표현이자 상대방을 향한 다정함이 될 수 있을 뿐이기에, 그것 앞에서 당신이 죄책감을 가져야 할 만한 이유는 진실로 없는 것입니다.

그러니 당신은, 오직 용기 있는 사랑을 하십시오. 진정 상대방을 위한 것이 무엇인지를 구별하는 지혜를 살아가며 당신에게 펼쳐지는 매 순간의 경험들을 통해 길러 나가십시오. 그렇게 당신은 오직 사랑이라는 빛을 통해 당신의 마음 안에 드리워져 있는 어둠들을 소멸시키고, 하여 빛 그 자체의 진실과 함께 행복하시길 바랍니다.

때로 당신의 행복에 질투를 하여 당신을 끌어내리려고 하는 사람들 또한 당신은 이 여정을 통해 만나게 될 것입니다. 그러니 양의 탈을 쓴 늑대를 조심하십시오. 당신이 여전히 순진하고도 우유부단한 사람일 때, 당신은 때로 상대방의 온전하지 않은 의도 앞에서도 기꺼이 모든 마음을 다해 당신의 친절을 나눠주고자 하는 사람일 것입니다. 하지만 당신의 그 친절은, 상대방에겐 오직 좋은 먹잇감이 될 뿐일 것이고, 해서 그들은 끝없이 당신을 이용하기만 할 것이고, 그 결과 당신은 결국 어둠으로 다시 추락하게 될 것입니다.

그러니 온전하지 않은 타인들과 함께하지 마십시오. 그러니까 그들을 사랑하고 용서하되, 그들을 거절하는 데 있어 죄책감을 가지지는 마십시오. 사랑하고 용서하는 것과, 함께하는 것은 언제나 구분되어야 한다는 것을 이 삶의 모든 여정 안에서 반드시 간직한 채이십시오.

그러니까 당신의 예쁘고 다정한 노력을 비난하는 사람들을 당신은 또한 마주하게 될 것입니다. 그때마다 기억하십시오. 예수님께서도 십자가에 못 박히셨다는 것과, 테레사 수녀님께서도 그녀를 미워하고 공격하는 사람들 사이에 언제나 둘러싸여 있었다는 것을요. 그분들의 속상함에 비해 당신의 것은 작은 것이 될 것입니다. 그러니 그럼에도 흔들림 없이 나아가십시오.

당신이 떳떳하다면, 그러한 비난 앞에서 당신은 오직 굳건할 수 있을 것입니다. 하여 그때의 당신은 타인들의 공격으로부터 상처받기보다 그 공격을 비껴나가게 될 것입니다. 왜냐면 그러한 공격은 사실 상대방의 미성숙한 마음을 상징하는 것일 뿐, 결코 합리적이고 현실성 있는 공격이 되지는 못하는 것이기 때문입니다. 그래서 그건, 진실한 비판이 아니라 스스로의 미성숙에서부터 비롯된 비난이 될 뿐인 것입니다. 그렇다면 당신이 그것에 일일이 반응할 이유라는 게 어디에 있겠습니까.

비난의 특징은 그 안에 '분노'를 품고 있다는 것이 될 것이며, 그래서 비난은 사실 상대방을 위한 조언이나 권유가 아니라 분노 그 자체를 위한 마음의 왜곡된 표현이 될 뿐인 것입니다. 그러니까 그건, 자신이 분노하기 위해서 비난할 만한 상대를 찾아서 비난하는 것일 뿐인, 스스로의 미성숙함을 세계에 대고 스스로 증명하는 일이 될 뿐인 것이죠. 자신의 마음에 있는 그릇되고 왜곡된 시선을 타인에게 투사하며 자신의 미성숙함을 끝없이 정당화하면서 말입니다. 하여 이는 미성숙한 자신의 입장에서는 진실한 사랑을 결코 이해할 수 없기 때문에, 자신에게는 그것이 결코 불가능한 것이기에 자신의 그러한 한계를 타인에게 투사하는 것과 다르지 않은 것입니다.

예를 들어서 어떤 남자가 어떤 여자에게 사람 대 사람으로서 진실로 친절하고 다정하게 대하고 있다고 가정해봅시다. 하지만 여전히 마음 안에 정화되지 않은 분노와 욕망이 무수히 쌓여있는 미성숙한 사람이 그러한 모습을 보게 되었을 때는, 그게 남자가 여자를 오직 어떻게 해보기 위해서 그렇게 하고 있는 것처럼만 보일 뿐인 것이죠. 해서 그 사람은 그 자신의 미성숙함을 투사하여 그 남자의 다정함을 깎아내리며 비난하게 되는 것입니다. 그러니까 결국 그건, 자기 자신의 한계와 미성숙을 그에게 투사함으로써 자기 자신의 마음에 든 것이 무엇인지를 세상에 되비치는 일일 뿐인 것이죠. 너는 나쁜 사람이야, 라고 말하면서 자신의 마음 안에 있는 나쁨을 오직 증명하면서 말입니다. 어쨌든 그것이 바로 우리가 진실로 온전하고 떳떳할 때 타인의 비난 앞에서 결코 휘둘리거나 상처받을 필요가 없는 이유입니다.

그러니 오직 꿋꿋하십시오. 예수님께서는 의를 위해 핍박받는 자들에게 복이 있나니, 천국이 그들의 것이라고 하셨습니다. 그러니 당신은 오직 천국을 소유한 자로 존재하면 되는 것입니다. 어느 시점에 당신이 마주하게 될 수도 있는 일련의 상황 앞에서, 부디 당신에게 저의 조언이 떠올라 당신을 지켜주게 되기를 바랍니다.

조금 더 쉽게 예를 들어 볼까요. 제가 회사를 운영하며 직원의 복지에 대해 신경을 쓴답시고 담배와 술을 법인 카드로 구매할 수 있게 허락한다면, 아마도 그건 제 생각에 온전한 판단이 아닐 것 같습니다. 그래서 만약에 직원이 그러한 것을 법인 카드로 결제했다면, 저에게는 직원에게 그것에 대한 책임을 묻고 그러한 행동을 바로잡을 의무가 있는 것입니다. 하지만 제가 만약 그러한 것을 말하는 것에 있어서 죄책감을 느낀다면, 그래서 그러한 것을 방치하게 된다면, 그건 순수한 사랑이 아니라 오직 순진함이 될 뿐인 것입니다.

그러니까 제가 직원을 사랑한답시고 그저 그것을 감싸주고 직원에게 그러한 것을 오히려 장려한다면, 제 생각에 그건 사랑이 아니라 직원의 '이기심'에 저의 마음을 헌신하는 그릇된 순진함이 될 뿐인 것이죠. 그래서 저는 밥이나 음료, 직원의 건강을 위해 필요한 선물을 해주긴 해도, 그런 것을 사주지는 않습니다.

그런데 여기서 만약 직원이 저에게 '술과 담배'를 사주지 않는다며 저를 비난한다면, 저에게 있어 그 비난에 휘둘리고 상처를 받아야 할 필요나 이유라는 것이 있겠습니까. 저에게 그건 상처받을 이유도, 상대할 가치도 없을 만큼의 비상식적인 태도로 느껴질 뿐일 텐데 말입니다. 그렇다면 제가 그러한 비난을 거절하는 것에 있어 눈이라도 깜빡해야겠습니까. 저는 그렇게 하는 것에 있어 아무런 죄책감도, 마음의 고민도 가지지 않을 것 같습니다.

그리고 우리에게 그러한 것들을 올바르게 판단하게 해주는 것이 바로, 우리 자신의 마음에 있는 '온전함'인 것입니다. 이 세상에는 해야 할 것, 그리고 하지 말아야 할 것, 그런 것들이 있는 것이고, 우리가 온전해질수록 우리는 그러한 것들이 무엇인지를 보다 정확하게 구분할 수 있게 되는 것이죠. 그러니까 누군가가 내게 야, 저기 가서 저것 좀 훔치자, 라고 말했을 때, 그래, 가 아니라 그러지 말자, 혹은 최소한 나는 그것에서 빠질게, 그것을 망설임 없이 가능하게 해주는 것이 바로 우리 자신의 온전함인 것입니다.

　그러니 언제나 온전한 감수성을 더욱 길러나가십시오. 당신의 온전한 감수성이 어느 정도의 수준에 닿게 되었을 때, 이제 당신은 무엇인가에 대한 온전한 판단을 하는 것에 많은 시간을 쓰지 않게 될 것입니다. 이렇게 해야지, 저렇게 해야지, 하는 것 앞에서 즉각적으로 온전한 판단을 하는 것이 가능해지는 어떠한 지점에 당신은 끝내 도달하게 될 것이기 때문입니다.

　그래서 우리에게는 우리가 마주하는 모든 삶을 통해서 그 온전함을 더욱 배우고 갖추어나갈 의무와 책임이라는 게 있는 것이라고 저는 생각합니다. 왜냐면 그 온전함이 우리를 어둠에서부터 더욱 지켜줄 것이기 때문입니다. 우리가 더욱 반듯하게 행동할 수 있게 우리를 더욱 인도해줄 것이기 때문입니다. 그러니 온전함이 있으십시오. 언제나 온전하십시오. 당신이 온전할 때, 그때는 당신의 온전함이 알아서 당신의 마음 안에 있는 어둠을 더욱 소멸시키고, 당신의 마음을 더욱 밝게 비춰주는 생각과 행동들을 당신에게 선물해줄 것입니다. 또한 당신의 외부에 있는 어둠으로부터도 당신을 지켜줄 것입니다. 그러니까 저 사람은 피해, 저 사람의 저러한 제안은 거절하는 게 맞아, 하고 우리에게 즉시 알려주는 것이죠. 그것만으로도 이미 우리에게는 온전해야 할 이유가 충분한 것 아니겠습니까.

　당신을 어둠으로부터 지켜주는 것, 그렇게 당신이 더욱 큰 다정함과 함께 살아갈 수 있도록 당신을 당겨주고 끌어주는 것, 그게 바로 당신의 마음 안에 깃든 온전함이고, 하여 그 온전함으로부터 당신은, 진실과 거짓에 대해, 빛과 어둠에 대해, 사랑과 사랑이 아닌 것에 대해 구분하고 판단하는 데 있어 더 이상 시간이 필요하지 않은 사람이 되어갈 것입니다. 그러니 매사에 온전함으로써 온전한 감수성을 더욱 지니도록 하십시오.

오늘 한 번 더 온전하면, 당신은 오늘, 어제보다 더 온전한 사람이 된 것입니다. 그렇게 하루하루를 더해 서서히 빛과 함께 더욱 정렬해나가십시오. 그 빛이 더욱 커질수록, 어둠에 대해서는 당신이 딱히 신경 쓰지 않아도 어둠이 알아서 당신의 곁에서 사라지게 될 것입니다. 방 안에 불이 켜졌을 때, 그 순간 즉시 방 안의 모든 어둠이 소멸된 채 환해지는 것처럼요.

그러니 언제나 빛과 함께하는 온전함을 지닌 채, 그 온전함에 의해서 살아가시길 바랍니다. 그렇게, 당신이 가는 길이 언제나 온전함으로부터 보호받길. 하여 당신이, 언제나 빛과 함께하기를, 오직 진실한 사랑을 하기를. 그 모든 것들로부터 당신은, 당신 내면의 빛은, 오직 타인들을 따뜻하게 비춰주고 그들의 행복을 또한 더욱 고취시켜줄 수 있을 뿐이기를. 그러니까 언제나, 빛이 있기를.

15

성공에 대하여..

우리는 그 무엇보다 성공하고 싶다고 말하지만, 정작 실제로는 성공하기 위한 노력은 아무것도 하지 않은 채 자신이 실패한 이유를 외부에 놔둬놓고 오직 그것만을 탓하며 하루하루를 살아갈 때가 많습니다. 성공하기 위해 나는 그 어떤 변화의 시도도 하고 있지 않는데, 그럼에도 바깥의 모든 것이 나를 위해 변해주기만을 바라면서 말이죠. 하지만 그래서는 제 생각에 성공하기란 쉽지 않을 것 같습니다. 당신은 당신의 성공을 위해 얼마나 노력했습니까. 당신은 당신의 꿈 앞에서 얼마나 간절했습니까. 주말이고, 밤낮이고 없이 당신은 당신의 꿈을 위해 헌신한 적이 있습니까. 있다면, 그 노력을 얼마나 꾸준하게, 또 끈기 있게 해봤습니까.

만약 당신이 진정 당신의 꿈을 사랑한다면, 당신은 성공할 수밖에 없을 것입니다. 왜냐면 그때의 당신은, 당신이 걷고자 하는 길 앞에 놓이는 무수히 많은 장애들을 당신 자신의 꿈을 위해 기꺼이 극복해나가게 될 것이기 때문입니다. 내가 진정 무엇인가를 사랑할 때, 우리는 우리의 앞에 무엇이 찾아왔든 그것을 기꺼이 초월하고 뛰어넘게 됩니다. 왜냐면 사랑하기 때문입니다. 그리고 사랑 앞에는 불가능이라는 게 없습니다. 그래서 우리가 성공하지 못한 것에 이유가 있다면, 그건 우리가 성공할 만큼 우리 자신의 꿈을 충분히 사랑하지 않았다는 것이 유일한 이유가 될 것입니다.

그러니까 우리의 꿈과 성취, 그것보다 우리가 사랑하고 있는 것이 너무나도 많았던 것이죠. 이것도 사랑하고, 저것도 사랑하고, 하지만 그 모든 것들 중 어느 하나도 기꺼이 포기하지는 않는 것입니다. 유일하게 포기하는 것이 있다면 그것이 바로 성공입니다. 그렇지 않습니까. 성공을 빼놓고는 아무것도 포기할 수 없는데, 하지만 정작 자신이 성공하지 못했다며 외부를 탓하는 건, 그래서 우리의 성공하지 못한 상태를 더욱 부추기는 일이 될 뿐 그 이외에 기여하는 바는 없을 것입니다. 드라마를 보는 것도 사랑하고, 영화를 보는 것도 사랑하고, 데이트를 하는 것도 사랑하고, 술을 마시는 것도 사랑하고, 누군가를 미워하고 또 탓하는 것도 사랑하는데, 유일하게 성공에 대한 노력만큼은 쉽게 포기하는 것이죠.

사실 성공은 단순한 것입니다. 그러니까 성공은, 내가 마음에 품은 그 한 가지 일에만 오직 마음을 쏟고, 그 외의 잔가지들에 대해서는 잊는 단순함인 것이죠. 그리고 그 단순함이 바로 우리의 나아감 자체를 하나의 사랑으로 만들어주는 정성인 것이고, 하여 우리는 그 사랑으로부터 진정 성공에 닿게 되는 것입니다. 그래서 우리가 진정 성공하고자 한다면, 우리에게 더 이상의 잔가지는 없어야 할 것입니다. 특히 감정적인 잔가지들, 이를테면 누군가에 대해 부정적인 감정을 품고 그것에 탐닉하는 상태들, 그러한 것들을 이제는 진정 초월한 채 성숙하고도 온전하게 존재할 줄 알아야만 하는 것이죠. 나에게 그러한 감정적인 잔가지들이 많을 때, 내가 어떻게 해서 나의 일에 최선의 사랑을 담을 수가 있겠습니까.

그래서 제 생각에 성공에 있어 가장 중요한 것은 바로, 성공할 만한 사람이 되는 것, 그것입니다. 하여 우리가 만약 비로소 성공할 만한 사람이 되었다면, 우리는 성공하게 될 것입니다. 그때는 성공과 함께 존재하지 않는 법을 몰라서 성공할 수밖에 없는 것이죠. 왜냐면 그때의 나는 내가 무엇을 하고 있냐에 관계없이 이미 성공할 만한 사람인 채 존재하고 있을 것이기 때문입니다.

하지만 우리는 언제나 그것의 순서를 바꿔서 노력하고 생각하는 것을 좋아하곤 하죠. 먼저 성공할 만한 사람이 되기보다, 그저 바깥에 있는 성공을 계속해서 찾아 헤매는 식으로 말입니다. 그래서 그때의 우리는 오직 우리가 성공할 만한 사람이 아니라서 성공하지 못한 것인데도 자꾸만 바깥만을 탓하게 되는 것입니다. 하지만 진정 모든 원인은 우리의 내부에 있는 것입니다. 그것에 대해 지금 충분히 이해하십시오. 내 내부가 먼저 변하고 아름다워질 때, 오직 그것으로 인해 우리의 외부 또한 변하게 되는 것이고, 하여 그것이 우리가 진실로 성숙하며 나아가야만 하는 이유라는 것을요.

어쨌든 성공할 만한 사람이 되는 노력에는 바로 지금 이 순간의 노력이 들기 때문에 그것에는 다소 귀찮은 부분이 존재하긴 합니다. 그래서 우리가 흔히 선택하는 것이 바로 즉각적이고도 노력이 덜 드는 방법들인 것이죠. 그러니까 로또도 해보고, 주식도 해보고, 그것이 뭐든 쉽게 돈을 벌 수 있겠다 싶은 건 다 해보는 것입니다. 하지만 그렇게 해서 정말 당신이 로또에 당첨됐다면, 그러한 것이 당신의 삶에 어떠한 진정성과 가치를 가져다줄 수 있겠습니까. 당신에게는 그것이 진정한 성공이 될 수 있습니까. 당신을 진정 보람 있게 하고, 당신을 행복하게 하며, 당신 스스로 자긍심을 가지게 해주는 그런 '가치'가 그 안에 진정 있을 수 있다고 생각하십니까. 저는 그럴 수 없다고 확신합니다. 그건 그저 '돈'만 많은 상태일 뿐, 결단코 진정한 성공이 될 수는 없는 것이니까요.

어쨌든 당신이 진정 내적으로 성공을 소유한 사람이 아니라면, 당신은 쉽게 벌어들인 그 돈들을 금방 탕진하게 될 것입니다. 쉽게 들어온 만큼 쉽게 나간다는 건 제 생각에 우주의 진리 중 하나입니다. 그리고 그건, 그만큼 거기에 담길 수 있는 우리의 마음이 가벼웠기 때문일 것입니다. 그러니까 진정한 노력, 진정한 성취, 나의 꿈과 재능을 위한 사랑, 하루하루의 극복과 초월, 그런 것들이 그곳에는 전혀 존재한 적이 없었던 것이죠. 그러니 당신은 오직, 안에서부터 성공하는 사람이 되십시오. 그것이야말로 당신을 진정 행복하게 해주는 이 세상에서 유일하게 가치 있는 성공이 되어줄 것입니다.

저는 오 년이라는 시간 동안 저의 꿈을 위해 제가 할 수 있는 모든 것을 다했다고 생각합니다. 친구들이 친구들과 함께 놀 때 저는 꿈과 함께 놀았고, 친구들이 사고 싶은 무엇인가를 살 때 저는 그 돈을 저의 꿈을 위해 아낌없이 썼습니다. 저에게는 주말과 휴일이 있었던 적이 없습니다. 출근과 퇴근이 있었던 적도 없습니다. 저의 시간을 통제해주고 제가 더 노력할 수 있도록 저를 강제하는 사람도 없었습니다. 밤과 낮도 없었습니다. 그리고 그 모든 무한한 노력을 저에게 가능한 것으로 만들어준 것이 바로 제 꿈에 대한 저 자신의 진실한 사랑이었다고 저는 생각합니다. 그래서 제 생각에 당신이 지금 조금 힘들다고 포기한다면, 당신은 당신의 꿈을 그만큼 좋아하지 않는 것입니다. 지금 눈앞에 보이는 성과가 당장에 없다고 이건 아니라고 생각한다면, 당신은 당신의 꿈을 사랑하고 있는 것이 아니라 그 성과를 사랑하고 있는 것일 뿐입니다.

그래서 저는 적어도 성공이란 주제 앞에서는 성공할 만한 사람과 성공하지 않을 만한 사람, 이 둘만이 존재한다고 생각합니다. 성공할 만한 사람은, 자신이 무슨 일을 하든 그 일 안에서 자신에게 주어진 성공을 오직 완성해낼 것이기 때문입니다. 그리고 그건, 그 성공 자체를 위해서가 아니라 자신의 일 자체를 위해 그 누구도 하지 못할 하루하루의 정성을 다하며 나아가기 때문에 오직 가능해지는 일이라고 저는 생각합니다. 그리고 사실 그러한 과정에 대한 보상으로써 성공이 그저 주어지는 것일 뿐인 것이죠. 이것이 제가 거꾸로 노력하려 하지 말라고 말한 이유입니다.

만약 당신이 외부의 무엇인가를 위해, 그 수단으로써 당신의 꿈을 가질 때, 그때의 당신은 언제나 공허할 것입니다. 저는 그래서 당신이 외부의 무엇인가를 가지게 되었을지, 가지게 되지 않았을지, 그것에 대해서는 알지 못합니다. 하지만 그때는 당신이 외부의 무엇인가를 가졌다 해도 저는 당신을 진정 성공한 사람이라고 생각하지는 않을 것 같습니다. 왜냐면 여전히 당신은 무엇인가가 결핍되어 있을 것이고, 그래서 더 많은 외부의 상징들을 필요로 하며 그러한 것들을 좇아 추구하고 있을 것이기 때문입니다. 하여 그때의 당신에게 있어 만족이란 일시적인 것이 될 것이며, 저에게 있어 그러한 성공은 진정한 성공이 아니기 때문입니다.

진정 성공한 사람은 자신이 성공한 줄도 모르는 채 성공하는 사람들입니다. 왜냐면 여전히 그들은 그저 하루하루 자신에게 주어진 순간들 앞에서 최선을 다해 나아가고 있을 뿐인데, 그래서 정작 자신의 하루에는 달라진 것이 아무것도 없는데, 그래서 그때는 오직 사람들이 자신을 찾아와 성공한 사람이라고 부르고 있는 것일 뿐이기 때문입니다. 그래서 그들은 그들 자신의 성취에 취하는 법이 결코 없습니다. 더 많은 것을 좇고, 그러한 외부의 상징들에 탐닉하는 법도 없습니다. 해서 자신의 성공을 과시하려고 하는 사람들은 자신의 내면에 진정한 자신감이 없고, 또한 여전히 무엇인가가 결핍되어 있기에 그러한 외부의 것들을 통해 존중받고자 헛되이 시도하는 하나의 자존감 없는 사람들일 뿐입니다.

그래서 만약 당신이 그런 사람이라면, 저는 당신이 억만장자여도 당신을 성공한 사람이라 여기지는 않을 것 같습니다. 당신을 부러워하고 존경하기보다, 저는 당신을 안타깝게 여기게 될 것 같습니다. 왜냐면 그럼에도 불구하고 당신은 여전히 불행한 사람일 것이기 때문입니다. 여전히 작고 왜소한 사람일 것이기 때문입니다. 그러니까 당신은 단 한 번도 성공을 당신 자신의 내면에 진정 소유해본 적이 없는 사람일 것이기 때문입니다. 그래서 그때의 당신은 아직도 여전히, 성공을 좇아 성공의 진정한 근원이 아닌 오직 외부에 탐닉하고 있을 뿐인 것이죠. 이미 성공을 진정 소유한 사람이라면, 도대체 무엇을 위해 그토록이나 성공에 대한 발작을 가진 채 치열하게도 그것을 좇고 또 좇고 있겠습니까.

그러니 온전함과 진실한 가치로 성공하십시오. 저에게 있어서는 그저 저의 글을 통해 누군가가 위로를 받는다면, 그것이 오직 단 하나의 유일한 성공의 기준이 될 것입니다. 제가 나중에 나이가 들어서 80살이 되었을 때, 저의 귀엽고 씩씩한 10대나 20대의 새로운 독자들이 저의 책을 마침내 사랑하기 시작하고, 하지만 제가 이제는 이 삶을 마감해야 하는 때가 와서 그것을 준비함으로써 더 이상 글을 쓰지 않게 되었을 때, 그리고 언젠가 제가 죽음을 통해 이 삶을 마침내 졸업하게 되었을 때, 그때 그 친구들이 더 이상 저의 새로운 글들을 보지 못해 아쉬워한다면, 하여 그것에 대해 정말로 서운하고 아쉽게 느낀다면, 저는 그것을 작가로서 저의 생에 있어 가장 큰 만족이자 최고의 성공이라 여길 것 같습니다.

제 글이 언제나 기다려지고, 그것을 통해 함께 무엇인가를 느끼고, 그리고 그 무엇인가는 언제나 마음에 소중하게 닿는 변화의 힘이 있는 빛이 되고, 그래서 저의 책과 저라는 존재가 다음이 계속해서 기다려지게 되는 그런 하나의 '선물'이 되어주는 것이라면, 저는 제 역할과 책임, 그리고 저의 몫을 다했다고 안심한 채 이 세상을 떠날 수 있을 것이기 때문입니다.

저의 글을 읽고 치유와 빛을 얻었다는 독자들의 메시지를 들을 때마다, 저는 이루 말할 수 없는 보람과 행복을 느낍니다. 그리고 그 순간 저는 그 누구보다 성공한 사람으로서 존재하는 것입니다. 그러니까 성공을 진정 소유하게 되는 것입니다. 다른 무엇으로도 충족할 수 없는 행복과 안에서부터의 만족감, 그것을 저는 바로 이 지점에서 느끼게 되는 것이죠. 그렇다면 그것이 자존감과 함께하는 성공이고, 행복과 함께하는 성공이고, 존재의 성장과 함께하는 성공일 텐데, 더 이상 제가 무엇이 부족하다고 여기겠습니까. 다른 무엇을 더 필요하다고 여기겠습니까.

그래서 저는 그 순간 이 세상에서 가장 부자가 와도 꿀릴 것이 전혀 없는 것입니다. 네가 그렇게 부자라고? 그래 알겠어, 그래서 뭐? 이렇게 되는 것이죠. 그런 것에는 이제는 더 이상 관심이 없는 것입니다. 그게 내적으로 완전히 충족된 성공이며, 외부의 그 무엇에도 불구하고 진정 자신감 있는 성공이 아니겠습니까. 진실로 가치 있으며, 그 무엇에도 불구하고 흔들리지 않는 단단한 성공이 아니겠습니까. 그것이 성공이 아니라면 다른 무엇을 성공이라 정의할 수 있겠습니까. 저는 그보다 더 수준 높은 성공이란 것은 감히 상상할 수조차 없을 것 같습니다.

비로소 진정 안에서부터 채워졌을 때, 우리는 그 사이의 어떤 지점들 안에 있는 '돈'에 대해서는 더 이상 생각하지 않게 될 것입니다. 제가 얼마나 벌었냐 하는 건 이제 중요하지 않습니다. 왜냐면 그것이 저의 성공을 측정하는 기준이 되지 않음을 저는 분명하게 알고 있기 때문입니다. 제가 엄청나게 많은 돈을 벌고도, 여전히 저의 글을 읽고 행복해하는 독자를 단 한 번도 만나지 못했다면, 저는 여전히 작은 사람일 것입니다. 그러니까 여전히 자신감 없고, 여전히 결핍되어 있고, 여전히 더 많은 것을 필요로 하는 사람인 것이죠. 그, 스스로 충족됐다고 여기지 못하는 상태가, 그렇다면 어떻게 해서 성공의 기준이자 정의가 될 수 있겠습니까.

만약 그저 돈을 많이 버는 것이 당신이 정의내리는 유일한 성공의 기준이라면, 당신은 '돈'을 벌기 위해 당신의 '양심'을 어기는 일 앞에서도 서슴없는 사람인 채일 것입니다. 그리고 그것이 제가 말한, 자신의 꿈을 그저 외부적인 성취를 위한 수단이자 도구로 여기는 상태가 될 것입니다. 그래서 꿈 앞에서 진실할 수가 없는 것입니다. 자신의 꿈이 어떻게 생겨먹었든, 사실 관심도 없는 것입니다. 꿈 앞에서 실현하고자 하는 가치 따위는 이제 안중에도 없게 된 것입니다. 그곳에, 어떻게 해서 진정한 성공이란 게 있을 수 있겠습니까. 무엇인가를 통달했고, 무엇인가를 초월했고, 무엇인가를 극복했다는 그 내면의 꽉 차오르는 만족감이 여전히 부재한데, 그러니까 그것을 어떻게 성공이라 부를 수 있겠습니까.

그때의 당신은, 오직 무의식적 죄책감 때문에 힘들어하고 있을 뿐일 것입니다. 당신이 그것을 느끼지 못할 만큼 충분히 뻔뻔한 사람이라 하더라도, 당신의 마음이 그 죄책감을 느끼지 않는 것은 아니기 때문입니다. 그러니 적어도 물질적인 성공을 위해 스스로의 마음을 죄책감으로 얼룩지게 하는 일은 없기를 바랍니다. 당신이 만약 그렇게 해서라도 외부를 쫓고 추구해야 한다고 생각하고 있다면, 적어도 당신은 부자가 될 수는 있겠지만 결코 성공을 자기 자신의 내면에 진정 소유한 사람이 될 수는 없을 것입니다.

저는 그래서 당신이 당신의 꿈을 통해서 더욱 많은 이들이 행복해지기를 바라고 있는 사람이라면, 당신이 무조건적으로 성공하게 될 것이라고 봅니다. 왜냐면 당신의 그 예쁜 바람으로부터 시작된 당신의 꿈은 당신이 마주하는 세계를 향해 그것을 천천히 실현해나갈 것이기 때문입니다. 그리고 그 마음으로 인해 실현된 당신의 꿈이 마침내 사람들을 행복하게 해줄 것이기 때문입니다. 이미 그것만으로도 당신은 사실 충분히 성공한 사람인 것입니다. 당신의 꿈이 이미 완성됐고, 또한 실현되었으니까요.

그래서 당신이 부자가 되어있겠냐고요. 저는 당신이 하루하루를 충분히 풍족하게 살아가는 것에는 문제가 없을 만큼이 되어있을 거라고 봅니다. 그 이상이 되겠냐고 묻는다면, 그건 당신의 꿈이 타인들을 얼마나 행복하게 해주고 있느냐, 오직 그것에 달려있는 것이라고 저는 생각합니다. 왜냐면 당신의 꿈을 통해 행복해진 사람은 자신의 행복을 위해 당신을 끊임없이 찾을 수밖에 없을 것이기 때문입니다. 그리고 주변 사람들에게 또한 그 행복을 공유하고 나눌 것이고, 하여 그 사람의 주변 사람들 또한 그것을 통해 행복해질 것이기에 당신의 꿈을 찾게 될 것이고, 그렇다면 당신이 부자가 되고 싶지 않더라도 그때의 당신은 이미 부자가 된 채이지 않겠습니까.

그러니 당신이 부자가 되고 싶다면 당신의 꿈에 더욱 충실하고, 그 꿈을 통해 더욱 온 인류에 이바지해보세요. 어느 순간 당신은 외부적인 보상에 대해서는 잊게 될 것이지만, 외부적인 보상은 당신을 잊지 않은 채 반드시 당신에게 찾아올 것입니다. 제가 생각하기엔 그렇습니다. 왜냐면 어느 순간, 당신은 당신을 향해 쏟아지는 감사함의 표현에 둘러싸여 그 자체로 충족되어지고 있을 것이기 때문입니다. 그리고 그것은 사실 그 어떤 외부적인 노력으로도 이루어낼 수가 없는 일이기 때문입니다. 그건 정말로, 당신은 그저 당신이 좋아하는 무엇인가에 최선을 다하고 있을 뿐인데, 사람들이 알아서 당신에게 찾아와 감사하다고 말하고 있는 상황인 것이죠. 오히려 당신의 것을 찾아준 사람들에게 당신이 감사해야 할 입장인데, 반대로 당신이 감사를 받고 있는 것입니다. 해서 그것이 당신을 자주 울릴 것이고, 당신의 가슴을 따뜻하게 채워줄 것이며, 그래서 사실 그때에 이르러서 당신은 더 이상 외부적인 것에 대해서는 생각하고 있지 않을 것입니다. 그 지점에서 그것은 더 이상 중요한 것이 아니기 때문입니다.

　하지만 그렇다고 해서 외부가 당신을 잊겠습니까. 그 상태에서는 당신이 바라지 않아도, 외부가 당신을 찾아와 당신을 저 높은 곳까지 끌어올릴 것입니다. 왜냐면 그때는 당신의 내면이, 성공하지 않을 수가 없을 만큼 이미 성공 그 자체가 된 채일 것이기 때문입니다. 해서 그 당신의 완성된 내면이 당신의 외부를 또한 그렇게 될 수밖에 없게 만드는 것이죠. 그래서 당신은 그저 진정 최고가 되었기에, 오직 최고가 된 바로서 성공한 사람일 것이고, 하여 그때의 당신은 진정 성공을 소유한 사람이 되는 것입니다. 그곳에는 이제 더 이상의 결핍은 존재하지 않습니다. 모든 만족감과 행복, 완성된 자아, 그로부터의 자존감, 오직 그것만이 존재할 수 있을 뿐입니다.

　그러니 외부에 대해서는 잊으십시오. 외부가 당신을 알아서 찾아오게 될 수밖에 없을 만큼 매력적인 사람이 되십시오. 그 매력을 위해 자존감이 있으십시오. 또한 매사에 진실할 것이며 최선을 다해 진심이십시오. 그 정성과 사랑을 당신이 걷고 있는 매 순간의 길 위에 담으십시오. 그렇게 당신의 발걸음 하나하나가 하나의 예술이자 사랑의 통로가 되게 하십시오. 그때는 당신이 찾아다니지 않아도, 사람들이 당신에게 찾아올 것입니다. 그래서 당신은 이제 실패하고 싶어도 실패할 수가 없습니다. 그러니 그저 최고를 추구하고, 최고가 됨으로써 세계에 봉사하는 사람이 되십시오.

　당신의 것이 이 세상 모든 사람들에게 편의와 감동을 줄 만큼의 최고가 되었다면, 그래서 사람들을 진실로 행복하게 해주는 무엇인가가 되었다면, 그때의 당신은 진정 성공할 수밖에 없을 것이고, 해서 그 성공에 담긴 가치야말로 우리가 추구할 수 있는 가장 최고의 가치가 되는 것이 아니겠습니까. 그렇다면 그때의 당신이 더 이상 무엇을 더 바랄 수 있겠습니까. 당신은 이미 그 자체로 충족되고 완성되었을 것입니다. 해서 당신은 성공을 진정 소유한 자인 채 존재하고 있을 것입니다. 그래서 그 성공은 행복과 함께하는 성공일 것입니다. 당신의 양심과, 당신의 온전함을 맞바꿔야만 취할 수 있는 성공이 아니라, 오직 온전함으로부터의 자존감 있는 성공인 것이죠.

그래서 당신은 또한 당신 자신의 성공을 통해 더욱 진실한 자존감을 소유한 사람이 될 것입니다. 그러니까 당신은 당신이 좋은 사람이라는 그 자신감을 포기하지 않고도 성공한 몇 안 되는 사람일 것이고, 하여 사람들은 당신을 존경할 것입니다. 당신의 성공에서부터 배우고, 당신의 존재에서부터 아름다운 영감을 받을 것입니다. 그래서 당신은 당신 내면의 자신감을 더욱 확보한 채 나아가게 될 것입니다. 이것이 바로 성공할 수밖에 없는, 성공할 만한 사람의 상태인 것입니다. 그렇다면 우리가 추구할 만한 성공 중에, 이보다 더 수준 있는 성공이 있겠습니까.

또한 당신은 여기에 더해서, 당신이 당신의 꿈을 실현해나가고 있는 과정 안에서 당신에게 찾아오는 신호들 앞에서 충분히 민감하게 느끼는 사람이 되어볼 수도 있을 것입니다. 언제나 실패에는 신호가 있습니다. 자신의 가게에 온 손님이 이쑤시개가 없냐고 물었을 때, 성공한 식당은 그 손님이 다음에 방문하였을 때는 이미 이쑤시개를 갖춘 채일 것입니다. 그러고는 오늘은 이쑤시개가 필요 없으세요? 하고 친절하게 물어보겠죠. 해서, 당신이 당신의 고객을 위해 충분히 민감하고, 하여 충분히 그들의 요구를 반영하는 사람일 때, 당신은 그들을 만족시킬 수밖에 없을 것입니다. 그리고 그 만족감이 그들로 하여금 당신을 계속해서 찾을 수밖에 없게 만드는 것이죠.

그러니 주어진 신호들 앞에서 충분히 민감할 줄 알고, 그 섬세함으로 당신의 고객들을 만족시키십시오. 당신에게 한 번 실망한 고객은, 당신이 그 다음에 어떤 좋은 상품을 만들더라도 당신에게는 결코 두 번 다시는 찾아오지 않을 것입니다. 그래서 모든 사람을 만족시킬 수는 없겠지만, 그럼에도 모든 사람을 만족시키기 위해 우리는 우리가 할 수 있는 최선을 다해야 하는 것입니다. 그러니 언제나 '돈'이 아니라 사람들의 '마음'을 먼저 생각하는 것, 그것이 바로 진정한 성공이 있을 자리라는 걸 잊지 마십시오.

그리고 당신이 아무리 최선을 다해도 결코 만족하지 못하는 사람들 또한 있을 것입니다. 그리고 그들은 당신이 무엇을 어떻게 해도, 결코 당신에게 만족하지 않을 것입니다. 오직 당신에게 계속해서 더 많은 것을 요구하면서 말이죠(그들은 만족하는 법을 몰라 무엇에도 만족하는 법이 없습니다!). 그래서 제 생각에, 당신은 그들을 피해야만 할 것입니다. 당당하게 당신에게는 저의 제품을 제공하지 않을 것입니다, 하고 말할 줄 알아야만 할 것입니다. 왜냐면 그들은 당신의 소중한 꿈을 누릴 자격이 없는 사람들이기 때문입니다. 당신이 제공하는 가치를 전혀 알아보지도 못한 채, 오직 자신의 내면에 있는 불평불만만을 털어놓을 수단으로써 당신의 것을 생각하고 있을 뿐인 것이죠. 하여 그들로부터 당신의 소중한 꿈을 지키는 것, 그것 또한 꿈을 위해서 당신이 할 수 있고, 또 해야만 하는 당신의 최선에 포함이 될 것입니다.

해서 당신에게는, 고객의 요구가 온전한 것인지 아닌지를 구분하는 지혜 또한 필요할 것입니다. 그러니 그 지혜를 기르기 위해 당신은, 당신에게 주어진 매 순간의 삶을 오직 최선을 다해 온전하게 살아가십시오. 그저 당신이 진실로 온전한 사람이 되었을 때, 당신은 그것에 대해 충분히 잘 느낄 수 있게 될 것입니다.

저는 독자들이 저에게 다는 댓글 안에서도 그들의 마음을 느끼곤 합니다. 이 사람이 온전한 사람인지 아닌지, 그 정도는 느끼는 것이죠. 어쨌든 독자들의 그러한 마음이 저에게도 순간적으로 전해져서 어떠한 기분을 자아내기도 하는 것입니다. 우리는 말을 해야만 우리의 마음이 상대방에게 전해질 수 있다고 믿지만, 사실 모든 마음이 말하지 않아도 다 전해지고 공유되는 것입니다. 왜냐면 우리는 하나이기 때문입니다. 말로는 서운하지 않다고 하고 있지만, 실제로 상대방의 마음이 서운한 게 맞는 것이라 우리가 분명하게 느끼고 있을 때, 우리는 모두 상대방의 마음을 '서운함이다', 라고 추정할 것입니다. 그렇지 않나요? 그러니 더욱 온전함으로써 사람들의 마음을 더욱 느끼는 사람이 되십시오.

당신이 만약 80% 정도의 고객들을 행복하게 하고 만족시키는 일에 성공했다면, 저는 당신이 앞으로도 계속해서 더 성공할 수 있을 거라고 생각합니다. 만약 당신이 초심을 잃지만 않는다면요. 어쩌면 너무나도 간단하고 당연한 이야기지만, 많은 사람이 또한 놓치고 모르는 척하는 부분이 이 부분입니다. 바로 온전함과 양심, 그리고 진실한 책임감과 같은 것 말입니다. 그러니 일시적인 이득을 위해 그 가치들을 포기하지 마세요. 제가 그러한 것을 느끼는 것처럼, 저의 독자들 또한 저의 댓글에 대한 온정성을 모두 느끼고 있는 것입니다. 그러니까 제가 건성으로 댓글을 달면, 독자들은 그 즉시 그것을 느끼는 식인 것이죠.

그래서 저는 SNS 상에서 저의 책을 구매한 분들에게 감사의 인사를 전하러 갈 때, 하루에 몇백 명이 넘는 사람들에게 모두 직접 댓글을 씁니다. 복사 붙이기는 절대 하지 않는 것이죠. 왜냐면 진심인지 아닌지는, 모두에게 본능적으로 느껴지는 것이기 때문입니다. 나라는 사람은 그것을 모르는 듯 보여도, 나라는 사람의 가슴은 이미 그것을 다 느끼고 있는 것이죠. 그러니까 사람들은 모두 그것들을 느낍니다. 그래서 사람들이 그것을 느끼지 못할 거라고 생각한다면, 그건 큰 오산입니다. 친절하지 않은 식당, 반찬을 아끼는 식당, 그런 것을 느끼지 못하는 고객은 없습니다.

그러니 그것이 무엇이든 당신이 그것에 대해 진실했는지 아닌지는 그것을 사용하는 고객 대부분이 느낄 거라고 이미 확신한 채로 그것에 임하세요. 그 마음으로 최선을 다할 때, 당신은 끝끝내 80% 정도의 고객을 만족시키는 일에 성공할 것입니다.

하지만 그럼에도 당신은, 결코 100%가 될 수는 없을 것입니다. 그러니 100%가 아님에 대해서 실망하지 마세요. 제 생각에, 이 세상에는 무엇을 해줘도 불평만 하는 사람들이 있고, 그들은 그 불평 자체를 위해 살아가는 사람들이기 때문에 그들이 접하는 무엇이든 그들에겐 불평을 표현할 적당한 대상이 될 뿐일 것입니다. 하지만 당신이 고객들의 모든 불평을 그런 식으로 여긴 채 합리화하는 것은 문제가 될 것입니다. 그래서 당신에게는 온전함에 대한 섬세함과 민감성을 기를 필요라는 게 있는 것입니다.

당신이 그것을 기를 때, 당신은 정말로 그것을 더 잘 느끼는 사람이 될 수 있기 때문입니다. 이게 이 사람이 진짜 불평만 하는 사람이라서 불평을 하는 것인지, 아니면 정말로 나를 위한 조언으로써 권유를 하는 것인지, 그런 것들을 그저 순식간에 당신의 가슴이 알게 되는 식으로 말이죠. 그러니 매 순간마다 온전함으로 임하십시오. 그 과정 안에서 당신의 온전함은 온전함에 대한 민감성을 더욱 가지게 될 것이고, 하여 당신은 마침내 온전한 직관을 지니게 된 채일 것입니다.

그리고 당신의 성공은 언제나 당신의 내면에 있는 것이라는 것을 또한 잊지 마십시오. 당신이 성공할 만한 사람이 되면, 당신은 성공할 것입니다. 당신의 의술이 최고라면, 당신이 성공한 의사가 되는 것은 당연한 결과이지 않겠습니까. 그때는 전 세계에서 당신을 찾아와 당신을 귀찮게 할지도 모릅니다. 성공 따위 저리 가! 라고 외쳐도 성공이 당신을 계속해서 찾아와 귀찮게 구는 것이죠. 그러니 먼저 성공을 추구하지 말고, 먼저 최고가 되는 것을 추구하시길 바랍니다.

그게 당신이 성공할 만한 사람이 되는 진정 유일한 방법입니다. 최고가 되는 것, 그리고 그 최고의 기술과 재능으로 사람들을 행복하게 해주는 것, 그리고 그 모든 과정 안에서 최선의 온전함으로 임하는 것, 그러니까 그것이 성공하는 데 필요한 모든 것입니다. 제 생각에는 그렇습니다. 그리고 그때의 성공은, 그 크기가 작은 것이든 큰 것이든, 모두가 하나같이 가치 있고 아름다운 성공이 될 것입니다.

그렇다면 당신은, 당신의 꿈 앞에서 진정 최고가 되기 위해 지금 이 순간 얼마나 많은 정성과 노력을 쏟고 있습니까.

16

좋은 관계 ..

　좋은 관계란, 서로가 다정하고 예쁜 태도로 서로를 마주하여 함께함
으로써 상대방의 하루를 더욱 기분 좋게 해주는 관계입니다. 그저 서로
가 맺어지고 함께하고 있을 뿐인데, 서로로 인해서 서로의 하루가 더욱
고취되고 그 하루 안에 사랑이 가득 담기게 되는 것이죠. 그러니까 좋은
관계란, 언제나 상대방을 어떻게 더 행복하게 해줄까를 염려하고 걱정
하는 다정한 관계입니다.

　우리가 누군가를 진정 사랑할 때, 우리는 그 사람이 술을 마신 다음
날에는 그 사람의 속이 걱정되어서 숙취에 도움이 되는 음식을 준비할
것입니다. 그렇지 않나요? 정말로 그건, 상대방이 변비에 걸려서 고생
을 하고 있을 때면 다음 날 아침에 짠, 하고 식탁 위에 변비에 도움이 되
는 음식이 차려져 있는 식인 것입니다. 상대방이 밤에 아파서 잠을 잘
자지 못한다면, 나 또한 그것이 걱정이 되어서 잠을 제대로 자지 못하는
것이죠. 해서, 어떻게 해야 상대방이 빨리 나을 수 있을지, 그리고 마음
이라도 편안할지를 우리는 상대방이 자기 자신을 걱정하는 것보다 더
염려하고 걱정하고 있는 채일 것입니다. 그런 식으로, 서로의 건강과 행
복을 언제나 챙기고 염려하는 것, 그것이야말로 진실한 사랑이고, 하여
그 사랑이 언제나 서로의 곁에서 함께하는 관계, 그 관계야말로 진정 좋

은 관계라 할 수 있을 것입니다.

우리는 우리의, 평소에 그렇게 씩씩하던 강아지가 아파서 곧 죽을 듯한 표정으로 낑낑거리고 있을 때면, 새벽에라도 일어나 밤새 문을 여는 동물 병원에 찾아갈 것입니다. 왜냐면 우리는 우리의 강아지를 사랑하기 때문입니다. 그리고 그 사랑이 일시적이지 않고 꾸준하게 서로를 향해 함께하는 관계(진실한 사랑은 순간적으로 일어나는 감정적인 발작과는 구분되어야 하는 완전히 다른 상태입니다. 그리고 그것을 구분하는 기준이 바로 '꾸준함'인 것입니다), 그러니까 나 자신의 다정함과 온전함을 내가 어느 정도 완성했기에 언제나 그러한 마음으로 서로를 마주할 수 있는 관계, 그것이 바로 진실로 서로가 서로를 사랑하는 다정한 관계인 것입니다.

그렇다면 당신은 지금, 어떠한 마음으로 상대방을 마주하고 있나요. 상대방을 통해 오직 나 자신의 사적인 이득을 취하기 위해서 상대방과 함께하고 있는 것은 아닌가요. 그러니까 상대방과 함께함으로써 내가 가질 수 있는 우쭐함과 자부심을 채우기 위해서, 혹은 성적인 욕망을 충족시키기 위해서, 혹은 지금 당장의 외로움 앞에서 도망가기 위해서, 혹은 우리에게 주어진 유일한 존재의 이유와 목적인 성숙할 책임 앞에서 최선을 다하기보다 나 자신의 미성숙을 보다 편안하게 표출할 수 있을 만한 적당한 대상과 함께 감정적인 부정성에 끝없이 탐닉하기 위해서, 그렇게 영원히 나태하게 미성숙하게 존재하기 위해서, 뭐 그런 식의 사적인 이득을 취하기 위해서 상대방과 함께하고 있는 것은 아닌가요. 그것이 무엇이든, 당신과 상대방이 서로를 향해 진실한 사랑을 쏟고 있지 않다면, 서로는 서로로 인해서 오직 고통받고 불행할 수 있을 뿐일 것입니다.

그러니 오직, 서로를 진실하게 사랑하십시오. 그때의 둘은 함께함으로 인해서 더욱 행복해질 수밖에 없을 것입니다. 하지만 만약 둘이서 서로를 진실하게 사랑하지 않은 채 서로가 서로의 사적인 이득을 서로로부터 채우기 위해 오직 서로를 이용하고 조종하고 있다면, 그런 식으로 서로에게 집착한 채 서로를 자신의 방식대로 통제하고자 하고 있다면, 하여 서로가 서로에게 사랑이기보다 이기적인 채라면, 서로는 서로와 함께함으로써 더욱 불행해질 수밖에 없을 것입니다. 그때의 둘은 정말이지 매일 아침과 밤마다 전쟁을 치르게 될 것입니다. 그렇다면 그건 나의 소중한 인생을 얼마나 낭비하는 일이 되겠습니까.

그러니 당신은 당신이 마주하고 있는 관계 안에서 오직 진실하게 상대방의 행복을 염려할 수 있을 만큼의 성숙하고도 다정한 사람이십시오. 그런 당신이라서 그런 상대방을 만나십시오. 그때는 당신이 매일 밤 걱정으로 잠을 자지 못할 때, 당신이 사랑하고, 또한 당신을 진정 사랑해주는 그 사람이, 당신은 잘 해낼 거예요, 라는 말 한마디를 당신에게 건네주면, 그 순간 당신은 그 즉시 없던 용기가 생겨서 당신에게 주어진 시련을 극복하게 될 것입니다. 그게 진실한 사랑이 우리에게 가져다주는 힘입니다.

내가 나의 아픔을 털어놓았는데, 상대방이 내 아픔에 대고 잔소리만을 쏟고 있다고 상상해보세요. 아마 당신은 힘을 얻는 대신에 스트레스와 예민함만을 더욱 얻은 채로 다음 하루를 더욱 무겁고 힘들게 마주하게 될 수밖에 없을 것입니다. 그러니 섬세하게 상대방의 감정을 살필 줄 아는 사람이 되시고, 당신 또한 당신에게 그런 사람과 함께하십시오. 내가 삶에서 느끼는 민감성과 그 사람이 느끼는 민감성이 어느 정도는 일치해야 비로소 둘은 좋은 관계를 맺을 수 있을 테니까요.

그러니 나와 감수성이 잘 맞아서 대화가 잘 통하고, 하여 대화를 할수록 위로와 치유를 얻게 되는, 그런 사람과 함께하시길 바랍니다. 당신이 세계를 바라보는 방식은 다정함인데, 상대방이 세계를 바라보는 방식은 분노라면, 그때의 둘은 결국 삐걱거리게 되고야 말 테니까요.

해서, 당신이 당신과 정말로 마음이 잘 맞는 다정한 사람을 비로소 만나게 되었다면, 하여 서로가 서로를 향해 오직 진실한 사랑을 기울이고 있다면, 그보다 당신에게 소중한 인연이 될 사람은 없을 것이니 세상에서 가장 귀하고 소중하게 사랑하시고, 무엇보다 다정하고도 예쁘게 사랑하시고, 그렇게 하루하루 서로의 사랑을 더욱 키워나가시길 바라겠습니다.

　그런 사람을 당신이 만났을 때, 당신은 아마 시간을 초월하는 사랑을 하게 될 것입니다. 그러니까 몇 시에는 뭘 하고, 몇 시에는 뭘 해야 해, 와 같이 하루의 일정에 따라 무엇인가를 하는 사랑이 아니라, 무엇을 하든 그저 함께라서 행복하기에 따로 계획을 세우지 않아도 되는, 그런 사랑을 하게 될 것입니다.

　우리가 시간에 얽매이는 사랑을 할 때, 아마도 우리는 자주 싸우고 다투게 될 텐데, 그건 시간이라는 게 언제나 우리를 예민하게 만드는 구석이 있는 것이기 때문입니다. 그러니 서로가 서로의 곁에서 그저 함께 머물며 서로를 바라보고, 또 서로의 내면에 대해 이야기를 하는 것만으로도 오직 행복한, 그 시간을 초월하는 사랑이라는 것은 얼마나 다정하고도 자유로운 사랑이겠습니까.

　그러니까 몇 시까지 영화관에 도착해야 했는데 네가 오래 준비하느라 늦었잖아! 그것 때문에 오늘 하루를 다 망쳤어! 라는 말을 시작으로 싸움이 시작되는 시간에 얽매이는 사랑이 아니라, 비록 늦었지만 영화관까지 가는 시간마저도 서로가 서로에게 오직 다정함과 행복이 되어주고 있을 것이기 때문에 그저 함께하고 있다는 사실만으로 이미 밖을 나오게 된 이유와 목적 따위는 더 이상 중요하지가 않은 그런 사랑 말입니다.

　그러니 함께하는 시간의 결과가 아니라, 함께하는 시간의 '과정'이 소중해서 결과 따위는 생각도 나지 않을 만큼의 진실하고도 다정한 사랑을 하시길 바랍니다. 그때가 되면 언제, 무엇을 하느냐는 이제 더 이상은 중요하지 않을 것입니다. 하여 이제는 그저 지금 서로가 서로와 함께하고 있다는 것만이 가장 중요한 것이고, 그런 서로를 서로가 놓치지 않고 다정하게 바라볼 수 있다는 것만이 서로를 가장 행복하게 하는 일이 되는 것입니다. 그래서 누구 때문에 늦었는지, 누구 때문에 하루를 망쳤는지, 와 같은 잘못의 주인공을 찾고 따지는 일은 더 이상은 중요하지가 않은 것입니다.

왜냐면, 진실한 사랑 앞에서 그러한 것들은 너무나도 사소한 것들이 되기 때문입니다. 그러니까 우리가 이미 성숙하고도 다정한 사람이 되었을 때는, 그 먼지보다 작은 것들에 서로의 목숨을 걸고 서로의 감정을 상하게 할 만큼 우리는 더 이상 이 삶 안에서 진실로 중요한 것이 무엇인지에 대해 모르고 있지 않은 채일 것이기 때문입니다. 해서 그때의 우리는, 시간을 생각하며 시간을 낭비하기보다, 오직 시간 안에서 서로를 사랑하느라 시간에 대해서는 완전히 잊은 채일 것입니다.

그러니 당신의 사랑은 오직 서로가 서로의 행복을 염려하고 걱정할 뿐이기에 서로에게 진실로 다정하기만 한 사랑일 것이며, 하여 시간을 넘어설 만큼의 진실한 가치가 함께하는 그런 사랑이기를. 해서, 그 예쁨과 평온함이 언제나 서로의 곁에서 함께하고 있는, 그런 좋은 관계이기를.

그리고 여담으로, 좋은 관계를 맺기 위한 조언들.

1. 변화를 바라지 말 것. 내가 아무리 타당하고 옳은 생각으로 상대방에게 변화를 바라더라도, 상대방은 자신의 지금 상태가 최선이기 때문에 그렇게 존재하고 있는 것일 뿐이기에 스스로 더 좋은 상태가 있음을 깨닫기 전까지는 결코 변하지 않을 것이라는 걸 깨달을 것. 그걸 깨

닫지 못해 내가 변화를 바라기 시작할 때, 상대방은 오직 압박감과 있는 그대로를 사랑받지 못하고 있다는 상처만을 받을 수 있을 뿐일 것이고, 하여 그때부터 관계는 불행의 늪에 빠져 악순환의 연속이 되기 시작하는 거니까. 그러니 내 기준에서 아무리 상대방이 부족하게 느껴져도, 상대방의 입장에서는 자신의 최선을 다하고 있는 것이기에 그 최선을 서운하게 만들지 말 것. 그저 다정하게 바라봐주고 기다려줄 것.

2. 있는 그대로 사랑받을 만한 사람이 될 것. 내가 여전히 성숙하지 못해 늘 예민한 사람이거나, 쉽게 화를 내는 사람이거나, 늘 우울한 사람이면서 세상이 나를 있는 그대로 사랑해주지 않는다며 세상을 탓하고 원망만 한 채 스스로 고립되길 선택하는 건, 자신의 미성숙에 대한 정당화이자 합리화가 될 뿐이며, 하여 그건 정말로 나 자신의 행복을 위해 기꺼이 성숙하고자 노력하는 의지 앞에서 내가 너무나도 나태해서 저항하고 있을 뿐인 오류에 불과한 것이라는 걸 깨달을 것. 내가 진정 나 자신을 사랑하고 아끼는 사람이라면, 나는 무엇보다 스스로에 대한 다정함으로 더 좋은 사람, 더 행복한 사람이 될 필요가 있는 것이고, 해서 그 다정한 노력 끝에 비로소 더욱 있는 그대로 사랑받을 만한 내가 되어가는 거니까. 그러니 언제나 최선을 다해 성숙하기 위한 노력 앞에서 또한 소홀하지 말 것.

3. 있는 그대로를 사랑하되, 있는 그대로를 사랑할 만하지 않은 사람과는 함께하지 말 것. 그러니까 나와 수준이 너무 달라서 너무나 다른 생각, 감정을 가지고 있는 사람과 특별한 관계에 놓이는 순진함의 오류를 반복하지는 말 것. 나는 내게 주어진 용서를 완성하고 싶은 사람인데 상대방은 꼭 복수를 해야만 한다고 생각하는 사람이라면, 그 둘은 서로가 나아가고자 하는 방향성이 너무나도 다르기 때문에 결코 서로의 있는 그대로를 사랑하기가 쉽지 않을 것이며, 하여 둘의 관계는 끝내 행복으로 완성되기는 어려울 테니까. 그러니 언제나 있는 그대로를 사랑

하되, 함께하는 것 앞에서는 오직 신중할 것. 나에게 용서할 만한 거리를 계속해서 가져다주는 사람이라면 마지막으로 한 번만 더 용서하고 더 이상 함께하지 말 것.

그리고 더 이야기하자면, 4. 세상의 법칙에 얽매이지 말 것. 남자는 이래야 하고, 여자는 이래야 하고, 직원은 이래야 하고, 대표는 이래야 하고, 학생은 이래야 하고, 선생은 이래야 하고, 이런 식의 세상의 법칙에 내가 더 많이 얽매인 사람일수록, 나는 상대방을 사랑하는 일 앞에서 더욱 많은 한계를 지닌 사람이 될 뿐이라는 것을 명심할 것. 그러니 오직 하늘의 법칙에 따를 것. 함께하는 과정 안에서의 다정함과 용서, 그리고 사랑의 완성, 그것만이 오직 하늘의 법칙이라는 것에 대해 충분히 간직할 것. 세상의 먹구름이 나의 시선에 너무나도 많이 껴있을 때, 나는 투명하고도 맑은 있는 그대로의 아름다움을 바라보지 못하는 사람인 채일 것이고, 그건 너무나도 슬프고 속상한 일이 될 테니까. 이 세상 너머에는 내가 생각하는 것 이상의 예쁨과 아름다움과 사랑이 너무나도 많을 텐데, 내가 나만의 옳고 그름이라는 편견에 갇혀 살아갈 때는 평생 그 천국을 단 한 번도 눈에 담지 못한 채 살아가게 될 수도 있는 것이니까. 해서 그건 사실 살아가는 일이 아니라 죽어가는 일이나 마찬가지인 것이니까. 그러니 세상 안에서 살아가되, 세상 안에 속한 자가 되기보다 세상을 오직 초월한 자가 될 것. 그러기 위해 땅의 법칙보다는 하늘의 법칙을 따르는 사람일 것. 그러니까 나는 언제나 성숙한 마음가짐에 대해 공부하는 사람일 것이며, 또한 이 삶 안에서의 그 성숙의 완성을 무엇보다 가장 우선시하는 사람일 것.

5. 언제나 행복을 우선시할 것. 내가 다른 무엇보다 오직 나와 상대방의 행복을 우선시할 때, 그 마음이 내게 무한한 다정함과 인내심을 가져다줄 수 있을 테니까. 그러니까 나는, 누군가를 미워하는 것보다 용서

하는 것이 더 행복이기에 용서를 선택하는 사람일 것이며, 예민하게 구는 것보다 다정하게 구는 것이 더 행복이기에 다정함을 선택하는 사람일 것. 하여 언제나 관계 안에서의 행복을 가장 먼저 생각하는 사람일 것. 그때의 나는 그 누구보다 다정하고도 너그러운 사람이 될 수 있을 것이고, 그 평화가 나와 나의 곁에 있는 사람들을 또한 더욱 행복하게 만들어줄 테니까. 그러니 지금 곁에 있는 사람과 함께하고 있는 이 시간에, 나와 상대방이 가장 행복하게 존재하기 위해서 나는 어떤 방식으로 존재해야만 할까? 라는 질문을 스스로에게 하는 습관을 가질 것. 그 순간 답이 떠오를 것이고, 그 답은 언제나 다정함일 테니까. 그러니 내게 가장 먼저가 언제나 행복인, 그런 사람으로서 존재할 것.

17

자존심 대 자존감..

우리의 내면에 자신을 진정 존중하고 사랑하는 자존감이 없을 때, 우리는 오직 우리의 자존심만을 더욱 부풀리고자 헛되이 노력하는 사람이 되고야 맙니다. 그리고 그건, 자기 자신의 내면 안에 진정한 자신감이 결핍되어 있기에 오직 겉으로 보여지기에 더 강하고 센 사람처럼 느껴지고자 애쓰는 것일 뿐인 오류에 불과한 것입니다. 그래서 사실 자존심이 강한 사람은 실제로 강한 사람이 아니라, 불안하고 두려움이 많은 연약한 사람들인 경우가 많습니다. 동물들은 자신이 위험에 처했을 때 상대방을 위협하기 위해 몸을 부풀립니다. 불안하고 두렵기 때문입니다.

그래서 우리에게는 내면에서부터 진정 자신감 있는 사람이 됨으로써 자존심이 강한 사람이기보다, 그저 다정한 사람이 될 필요가 있는 것입니다. 불안해하고 두려워하기보다, 우리가 안정과 신뢰를 통해 그저 상대방을 사랑하는 사람일 때, 그때야 비로소 우리는 보다 더 다정한 사람이 되고, 하여 그 다정한 자신감을 내면에 소유한 채 보다 더 다정한 사랑을 하는 사람이 될 수가 있는 것이기 때문입니다.

그러니까 사실 다정함이 자존심보다 더 강한 것입니다. 누군가가 나의 눈을 쳐다보기만 해도 나를 방어하기 위해서 그 사람에게 공격적인 태도를 취하는 것이란, 사실 얼마나 내면에 두려움과 불안함이 많을 때 발생하는 태도인 것이겠습니까. 다정한 세계에서는 서로의 눈을 바라보는 것이 서로를 향한 존중과 사랑을 뜻하는 게 될 뿐일 텐데 말이죠.

그래서 자존심이 강한 사람들은 타인의 사랑을 제대로 받아들이는 일에도 또한 서툰 경우가 많습니다. 타인이 나를 약하게 봐서 나를 함부로 대하면 어떡할까, 하는 두려움과 불안함을 언제나 스스로의 내면에 지니고 있는 채로 타인을 마주하기 때문입니다. 그래서 상대방의 사랑을 제대로 받아들일 수가 없는 것입니다. 마찬가지로 상대방을 진실하게 바라보고 사랑할 수도 없겠죠.

그러니 저는 여러분이 여러분의 마음에 지닌 자존심을 더욱 내려놓기를 바랍니다. 하여 안에서부터 진정 채워졌기에 외부를 향해 더 이상 스스로의 내면에 있는 불안함과 결핍, 두려움을 투사하지 않아도 되는 진정 자존감 있는 사람이기를 바랍니다. 그러니까 저는 당신이 오직 스스로 완성된 채 행복한 사람이기를 바랍니다.

당신이 자존심을 내려놓을수록, 당신은 타인과 더욱 열린 마음으로 대화를 할 수 있게 될 것이고, 그로 인해 타인과 당신은 더욱 하나로 연결된 관계를 맺게 될 것입니다. 당신이 믿고 있는 옳음과 타인이 믿고 있는 옳음이 다를 때, 그것이 당신의 옳음이 공격받고 있음을 뜻하는 것이 되는 것은 결코 아니기 때문입니다. 해서 당신이 당신의 자존심을 내려놓은 채 그것을 공격으로 먼저 받아들이지만 않는다면, 서로는 서로의 옳음을 더욱 존중하고 이해할 수 있게 될 것입니다. 달라도 서로를 존중하고, 또 서로로부터 존중받을 수 있는 관계, 그리고 그것이 진실로 다정한 관계입니다.

그러니 내가 옳다, 라며 상대방을 제압하려고 하지 마세요. 그것을 통해 상대를 통제하려고 하거나 당신의 옳음을 또한 강요하려고 하지도 마세요. 차라리 그저 피하십시오. 힘에는 언제나 힘이 따르기 때문입니다. 그것이 작용 반작용의 법칙입니다. 당신이 힘으로 밀면, 반대쪽에서도 당신의 힘과 똑같은 크기의 힘으로 당신을 미는 것이죠. 그래서 상대방을 당신이 힘으로, 그러니까 자존심으로 대할 때, 상대방 또한 당신을 향해 힘을 쓸 수밖에 없게 되는 것입니다. 당신의 통제에서 벗어나기 위해서라도 힘을 써야만 하는 것이죠.

당신이 여태 당신의 높은 자존심으로 상대방과의 관계를 맺어왔다면, 당신의 관계는 늘 그런 식이었을 것입니다. 미는 쪽이 있고, 치열하게 버티는 쪽이 있고, 그런 식이었던 것이죠. 그래야만 관계가 유지가 되기 때문입니다. 그렇다면 그건 얼마나 고단하고 스트레스투성이인 관계입니까. 그러니 그러는 대신에 오직 다정함으로 상대방을 따뜻하게 안아주면 어떻겠습니까. 서로가 서로에게 힘을 쓰고 그것에 저항하며 관계를 유지하는 대신에, 그저 서로를 다정하게 바라봐주고 사랑해줌으로써 관계를 유지시켜 보는 것이 어떻겠습니까.

당신이 불안하고 두려움이 많은 사람일 때, 당신은 상대방을 의심해야만 할 것이지만, 당신이 그저 스스로 온전한 사람일 때는 상대방을 신뢰할 수 있습니다. 그러니까 이제 당신은 더 이상 언제 터질지 모르는 화산처럼 울퉁불퉁하게 존재하지 않아도 되는 것입니다. 공격과 방어에서부터 벗어나 이제는 이해와 신뢰를 통할 것이고, 하여 진실로 열린 관계를 맺게 될 것이기 때문입니다.

그러니 상대방에게 당신 내면에 있는 그 자존감 없음에서 비롯된 부정적인 감정들을 더 이상 투사하지 마십시오. 그저 온전하십시오. 만약 당신에게 해가 되는 관계라면, 울퉁불퉁한 감정에 의해서가 아니라 오직 합리성과 온전함으로 그 관계를 피하면 되는 것입니다. 그리고 그것이 보다 성숙한 사람의 태도가 될 것입니다.

저에게 많은 사람들이 묻습니다. 제가 말하는 관계는 이 세상에 존재하지 않는 환상일 뿐이지 않냐고 말입니다. 하지만 저희 부모님께서 하시는 사랑이 저에게 그래왔고, 저희 형이 하는 사랑이 그랬습니다. 저의 어머니와 아버지께서는 여전히 손을 잡고 다닙니다. 어머니는 여전히 아버지를 아이처럼 사랑스럽게 바라보고, 아버지는 어머니를 향해 책임과 신뢰를 다합니다. 어머니께서 실수를 하실 때, 아버지께서는 어머니를 예쁘게 바라보며 쓰다듬어주십니다.

저희 형으로 말할 것 같으면, 원래 남자 형제들은 싸우는 경우가 많고, 특히 동생은 형에게 맞는 경우가 많습니다. 하지만 저는 형에게 단 한 번도 맞아본 적이 없습니다. 형은 제가 아까워서 때리지 못한다고 합니다. 그것이 어디 육체적인 폭력뿐이겠습니까. 저는 형에게 언어적으로도 상처가 될 만한 공격이나 표현을 받아본 적이 없습니다. 형은 언제나 저를 이해하고자 했고, 하여 언제나 저에게 다정할 뿐이었습니다.

그러니 제가 다시 대답하겠습니다. 여러분의 마음에 있는 '그럴 수 없는 한계'를 투사하여 세상을 바라보지 마십시오. 세상에는 당신이 결코 이루어낼 수 없을 거라 생각하는 그것을 넘어 훨씬 더 다정하고 예쁜 관계를 맺고 있는 사람들이 많이 있습니다. 그러니까 그건 당신의 마음이 아직 성숙하지 못해 그러한 관계를 인정하지 않는 것에 불과한 것입니다. 그러니 마음을 여십시오. 당신에게도 그런 다정한 관계가 충분히 시작될 수 있고, 그것은 또한 가능한 일이 될 수 있는 것입니다. 해서 당신이 마음을 열고 먼저 다정한 세계에 대해 인정한다면 당신에게도 그러한 다정한 세계가 마침내 펼쳐지기 시작할 것입니다.

저는 매일 어머니와 아버지께 전화를 해서 그들의 안부를 묻고, 오늘 하루, 그들의 기분이 어떠했는지를 살피며, 또한 사랑한다는 말을 전합니다. 저희 형과도 늘 연락을 하며 서로가 서로를 응원합니다. 그러니 당신도 당신의 가족에게 그런 사람이 되어보십시오. 당신의 가장 가까

운 친구, 연인에게 그러한 존재가 되어보십시오. 그러기 위해서, 당신의
마음 안에 있는 다정함을 먼저 발견하고 찾아보십시오.

　　언제나 멀리 있는 사람을 사랑하는 일이란 우리에게 있어 그리 어
려운 일이 아닙니다. 그러니까 그들을 향해 연민을 품고, 하여 따뜻한
손을 내밀고자 하는 것은 지금 우리의 곁에서 우리와 함께하고 있는 사
람들에게 그렇게 하는 것보다는 훨씬 쉬운 일입니다. 그래서 진정 어려
운 사랑은 가장 가까이 있는 사람을 사랑하는 일입니다(우리는 언제나 해
보지 않은 것에 대해서는 쉽게 생각하는 경향이 있습니다). 해서 당신이 마침
내 당신과 가장 가까운 사람들에게 다정하기 시작할 때, 당신의 사랑은
언제 어디서나 다정할 수 있다는 검증을 받은 것이나 다름이 없을 것
입니다.

　　그러니까 제 말은, 저 멀리 아프리카에 있는 가난하고도 불쌍한 아
이들이 텔레비전에서 나올 때, 당신이 그들을 도와주고 사랑해주고 싶
은 마음을 품기란 참 쉽다는 말입니다. 하지만 정작 당신의 주변에 있
는 사람들을 미워하느라 당신이 바쁘다면, 그것이 다 무슨 소용이겠습
니까. 그러니 가장 먼저 당신이 지금 마주하고 있는 그 관계 안에서부
터 노력하십시오. 힘 대신에 다정함을 선택하고, 이기려 하는 대신에 이
해하고자 하십시오.

　　명심하십시오. 힘은 또 다른 힘을 낳는다는 것을. 그러니까 당신이
누군가를 힘으로 제압했다면, 지금 당장에는 그가 당신의 말을 따르는
것처럼 보여도, 그는 그 자신의 마음속에 당신을 향한 적대심을 품었을
것이고, 하여 그 적대심이 언젠가는 결국 당신에게 고스란히 되돌아오
게 되는 것입니다. 해서 그것은 결코 승리일 수가 없는 것입니다. 당신
에게 언제 공격받을지 모른다는 불안감만을 가지게 할 수 있을 뿐인 그
것이 어떻게 진정한 승리가 될 수 있겠습니까.

독일과 일본이 결국은 승리하지 못했다는 것을 기억하십시오. 일본이 우리를 힘으로 눌렀을 때, 그 힘이 얼마나 많은 '저항하는 힘'을 낳았는지를 기억해보십시오. 우리는 정복당했지만, 우리의 내면은 결코 정복당한 적이 없었던 것입니다. 더하여 간디의 비폭력 운동에 대해 공부해보십시오. 언제나 자존심이라는 거짓 힘보다 다정함이라는 진짜 힘이 결국은 승리한다는 것을 당신은 알게 될 것입니다.

그러니 저는 이제는 당신이 자존심 대신에 오직 다정함으로 사람들을 마주하고, 하여 그들과 진실로 마음을 열고 하나가 되는, 그런 연결된 관계를 맺기를 바랍니다. 그렇게 무엇보다 진실하게 사랑하고, 또한 진실한 사랑을 받을 줄 아는 당신이기를. 그러니까 의심하는 대신에 신뢰할 수 있기를. 불안함 없이 상대방을 다정하게 마주하는 것에 있어 전혀 거리낌 없을 수가 있기를. 그렇게 서로가 서로의 치유이자 안식처가 되는, 그런 관계를 당신이 맺어나가기를. 그러기 위해 당신의 내면에, 진정한 자존감이 있기를.

18

온전함..

저는 당신이 온전함으로써 당신에게 주어진 삶에 대해 진실한 책임을 다하는 사람이길 바랍니다. 온전함이란, 다정하지 않은 삶의 태도들을 결코 스스로 허용할 수 없는 내면의 양심이라고 저는 생각합니다. 그러니까 누군가는 스스로 허용할 수 있는 일들, 이를테면 폭력이라든지, 폭언이라든지 하는 것들을 온전한 사람이라면 결코 스스로 허용할 수가 없는 것입니다.

온전하지 않은 이들은 누군가가 미울 때면 그 사람을 실제로도 때릴 수가 있겠지만, 온전한 이들은 아 한 대 때리고 싶다, 라고 말로는 하지만 진짜? 라고 누군가가 물으면 아니, 말이 그렇다는 거지, 사람을 어떻게 때리냐, 하고 대답하는 식인 것이죠. 어떠한 이유가 있어서 그렇게 하고, 하지 않고가 아닙니다. 그저 스스로의 온전함이 무르익었기 때문에 그렇게 하고 하지 않고가 그 즉시 정해지는 것일 뿐입니다. 그러니까 이때는 법이 두려워서 살인을 저지르고 저지르지 않고를 결정하는 것이 결코 아닌 것입니다. 타인의 시선을 과하게 의식하고 있기 때문이 아니라, 어떠한 제제가 두려워서가 아니라, 진실로 나 자신의 양심이 그것을 허용하지 않기 때문에 그렇게 하지 않는 것일 뿐인 것입니다.

정말로 그렇지 않나요? 내 온전함이 그것을 허용하지 않기 때문에 누군가를 살인할 수가 없는 것입니다. 도둑질을 할 수가 없고, 바람을 필 수가 없는 것입니다. 그래서 그것에는 이유라는 게 없습니다. 그저 당연하게 그렇게 하지 않을 뿐인 것이죠.

그러니 저는 당신이 더욱 온전함으로써, 이 삶을 살아가며 당신에게 주어지는 의무들 앞에서 진실로 그 책임을 다할 수 있기를 바랍니다. 그렇게 주어진 삶을 통해 온전함을 더욱 키우고 배우는 당신이 되기를 바랍니다. 이를테면 내가 나의 욕심을 위해서 거짓말을 하고 이득을 봤다면, 그 일에 대해서 충분히 후회하십시오. 그리고 그 후회를 통해서 온전함을 배우십시오. 그 후회가 아팠기 때문에 당신은 그 일을 다시는 저지르지 않게 될 것입니다.

그래서 저는 하나의 삶에서 자주, 그리고 충분히 후회할 줄 아는 사람이 그만큼 더 많이 성숙한다고 생각합니다. 물론 그 후회란, 자신이 선하지 않았던 것에 대한 후회가 되어야 한다는 조건이 있을 것입니다. 만약 내가 그때 그 자식을 죽이지 않은 것을 후회하고 있다면, 그것은 성숙을 향해 나아가는 후회는 아닐 것이기 때문입니다. 그러니까 내가 온전하지 못했던 일들에 대해 후회하는 사람만이 더욱 큰 온전함을 향해 성숙해나갈 수 있는 것이죠. 또한 더 자주 후회한다는 것은, 그만큼 삶의 경험들을 통해 더 많은 것들을 배우고 있다는 것이 될 테고, 해서 더욱 빠른 속도로 자신의 온전함을 찾아가고 있다는 뜻이 될 것입니다.

몇 년 전에는 때리지 않고 그저 말로 할 걸, 이라고 후회했기에 더 이상 폭력을 허용하지 않고 말로써 화를 털어내는 사람이 되었는데, 지금은 아니다, 말로도 그러지 말아야겠다, 하고 후회하며 이제는 그저 이해하고 용서하도록 해보겠다고 마음먹는 것입니다. 그렇게 살아가는 시간을 더해가며 더 많은 후회와 함께 더 빨리 온전함을 향해 나아가게 되는 것입니다. 그러니 후회라는 성숙의 증거이자 발자취에 감사하는 법을 배워보세요. 그 예쁜 마음이 당신이 하나의 후회에 너무 오래도록 머물러 있지 않을 수 있게 또한 도와줄 것입니다.

후회에 너무 오래도록 머물러 있는 것은 후회 안에 있는 죄책감에 탐닉한 채 그 부정성을 스스로 즐기는 미성숙의 상태일 뿐이기에 결코 건전한 삶의 태도가 되지는 못할 것입니다. 왜냐면 후회하기보다 성숙하는 것이 중요한데, 그때의 당신은 성숙하지는 않은 채 오직 후회만을 되풀이하고 있을 것이기 때문입니다. 그래서 그때의 후회란, 당신의 소중한 삶을 갉아먹을 뿐인 자기 연민으로의 과도한 탐닉이 될 수 있을 뿐인 것이죠. 그러니 지금의 후회를 통해 다음의 후회를 줄일 수 있도록 오직 성숙하며 나아가십시오.

변화 없이 후회만 하는 것은 우리를 알코올 중독자로 만들어버릴 수는 있을지언정 그 외에 우리의 삶에 기여하는 바는 전혀 없을 것입니다. 그러니 진실로 후회하고, 다시는 그 후회를 반복하지 않기 위해 오늘 하루를 마주하십시오. 저는 그것이 온전함이고, 온전한 삶의 습관이라고 생각합니다.

여러분이 여러분의 온전함을 키울수록, 여러분은 삶의 모든 면에서 더욱 행복해지실 것입니다. 여러분의 관계가 좋아지고, 여러분의 일이 좋아지고, 여러분의 하루가 좋아질 것입니다. 당신이 애쓰지 않아도, 당신의 내면에 있는 온전함이 알아서 당신의 삶이 건강하고 안전한 균형을 유지하도록 끝없이 조절해줄 것이기 때문입니다.

사자는 다른 동물을 죽여야만 스스로가 생존하지만, 사슴은 그 무엇도 죽이지 않고 생존합니다. 사슴은 풀을 먹고 살지만, 그 풀도 뿌리 끝까지 먹지 않으며, 사슴이 풀을 먹은 뒤에 눈 배변은 또다시 영양분이 되어 풀을 더욱 자라나게 합니다. 풀이 더욱 자라기에 비가 더 자주 오게 되고, 비가 더 자주 오기 때문에 풀이 더욱 잘 자랍니다. 그래서 사슴은 끝없이 생존하면서 또한 생존시킵니다. 해서 사슴은 오직 원원하는 삶을 살아갈 수 있을 뿐인 것입니다.

그렇다면 여러분은 사자처럼 생존하고 계십니까, 아니면 사슴처럼 생존하고 계십니까. 여러분은 무엇을 허용하고, 무엇을 허용하지 않는 사람입니까. 여러분은 얼마나 온전한 사람입니까. 그리고 또한 온전하기 위해서, 여러분은 여러분 각자의 삶 안에서 얼마만큼의 노력을 기울이며 나아가고 있습니까. 이것을 언제나 스스로에게 물어보며 나아가시길 바랍니다. 이 질문의 습관이 당신의 온전함을 급속도로 키워줄 것입니다.

그렇게, 당신의 삶이 온전함으로 인해 지켜지고, 온전함으로 인해 건강하며, 또한 온전함으로써 행복하기를 바랍니다. 그 온전함이, 당신을 둘러싼 모든 세계를 향해 행복을 물들일 테니, 당신의 온전함은 사실 이 세상 전체의 행복에도 이바지하게 될 이 지구를 위해 당신이 줄 수 있는 가장 소중하고도 귀한 선물이라는 사실 또한 언제나 간직한 채 나아가시길.

19

잘잘못에 대해서 ..

우리가 사람들과 관계를 맺는 것을 보면, 때로 잘잘못을 따지기 위해서 관계를 맺는 것인지, 서로와 함께하며 서로가 더욱 행복한 사람이 되기 위해서 관계를 맺는 것인지, 그것이 헷갈릴 만큼 우리는 잘잘못을 따지는 것 자체에 중독이 되어있는 것처럼 보입니다. 하지만 잘잘못을 따지는 것이 관계에 있어서 아무런 중요성도 지니고 있지 않은 것은, 실제로 우리가 잘잘못을 따질 때 우리는 진실로 무엇이 옳은지를 밝히기 위해서라기보다, 오직 말다툼에서 이김으로써 상대방에게 기득권을 행사하기 위해서 잘잘못을 따지는 경우가 더 많기 때문입니다.

그래서 서로는 계속해서 지지 않기 위해 그럼 이건, 그럼 이건, 하고 서로의 작고도 작은 티 하나라도 더 찾아내고자 애쓰며 끝없이 서로에게 상처를 주게 됩니다. 그런데 이 말다툼에 결국 승자가 존재하지 않는 것은, 당장에는 진 쪽이 있다고 해도 진 쪽은 나에게 '복수심'을 품었을 것이라는 사실 때문입니다. 그러니까 진 쪽은 다음 말다툼 때는 꼭 이겨야겠다는 마음으로 상대방의 잘잘못에 대해서 더욱 찾아보고 머릿속으로 탐구하는 식으로 존재하게 되는 것이죠. 그래서 이때부터는 함께하는 시간이 서로의 잘잘못을 찾고자 서로가 서로에게 혈안이 되어있는 식으로 퇴색되어 버리는 경우가 많습니다.

어쨌든 나의 승리는 곧 새로운 공격을 낳을 것이기에 그것이 실제로는 결코 승리일 수가 없는 것입니다. 그렇다면 지금 당장에는 이겼으니 내 마음은 편해졌을까요? 그렇지 않을 것입니다. 왜냐면 이겼을 것이지만, 아 이 말도 더할 걸, 아주 짓밟아 놓는 건데, 하는 식으로 여전히 내 마음은 분노하고 있을 것이기 때문입니다. 그게 아니라면 우쭐대며 역시 넌 나한테 안 돼, 넌 내 아래야, 와 같은 자만심에 취해있을지도 모르죠. 그것도 아니라면, 그 말은 너무 심했던 거 같아, 하며 죄책감에 젖은 채 자책하고 있을지도 모르죠. 그것이 무엇이든, 승리의 기쁨보다는 부정성으로의 탐닉만이 오직 나와 함께하고 있을 텐데, 그렇다면 그게 어떻게 해서 진정하고도 영원한 승리라고 할 수 있는 것이겠습니까.

해서 진정한 승리란, 그 무의미하고도 무가치한 싸움을 이제는 영원히 멈추는 것, 그러니까 이 모든 부정성의 주고받음을 내가 먼저 양보하고 이해함으로써 멈추고, 오직 그 다정함으로부터 관계 안에서의 행복을 회복하기 시작하는 것, 그것이라고 할 수 있을 것입니다.

잘잘못을 따지고, 끝내 상대방을 힘으로 누름으로써 내가 취하게 되는 자만심이라는 것은, 나의 자존감을 고취시켜주는 게 아니라, 나의 잘못된 자아상과 왜곡된 오류만을 오직 부풀릴 수 있을 뿐인 하나의 병적 망상이자 오류에 불과한 것입니다. 그러니까 그건, 내면에 여전히 자존감이 없어서 잘못된 방식으로 자신을 부풀리고 키우고자 끝없이 애쓰고 있을 뿐인 거짓의 추구에 불과한 것이죠.

하지만 그 모든 거짓된 발악에도 불구하고 스스로의 내면은 여전히 비어있을 것이기에 그것을 통해 우리가 얻을 수 있는 것이라고는 공허함과 쓸쓸함의 지옥밖에 없을 것입니다. 그래서 그때의 우리는 더 많은 가짜 승리를 구하게 되고, 그러한 식의 무의미한 반복을 끝없이 이어가게 되는 것이죠. 그러한 삶의 방식이, 존재의 태도가, 그렇다면 어떻게 해서 진정 승리한 삶이라고 할 수 있는 것이겠습니까.

그러니까 내가 이겼다고 느껴놓고도 여전히 상대방을 향해 분노하고 있으며, 또한 그 미운 감정을 여전히 스스로 컨트롤하지 못할 만큼 미성숙해서 계속해서 그 늪 안으로 스스로 빠져들고 있다면, 그것이 어떻게 해서 진정한 승리 안에 있는 꽉 차오르는 만족감을 대체할 수 있는 것이겠습니까. 곧 있으면 찾아올 상대방의 복수에 여전히 불안해하고 두려워하고만 있어야 하는데, 그렇다면 그것이 어떻게 해서 승리한 자의 마음이라 할 수 있는 것이겠습니까.

그래서 진정한 승리는, 상대방의 마음에 오직 나를 향한 '다정함'을 심어주는 것이라 할 수 있을 것입니다. 힘으로부터의 승리는 상대방의 복수심으로 인해 나를 향한 또 다른 공격만을 낳을 수 있을 뿐이지만, 다정함으로부터의 승리는 상대방으로 하여금 나를 향한 또 다른 다정함을 품게 하는 진정한 승리의 방식을 따르는 것이기 때문입니다. 내가 먼저 다정했기 때문에, 그것에 고마움을 느낀 상대방이 나에게 또한 다정함으로 보답하는 식인 것이죠.

그러니 진실로 하나의 관계 안에서 함께 성숙하며 나아갈 수 있는 그런 행복한 관계를 맺고 싶다면, 이제는 더 이상 잘잘못을 따지지 마세요. 어쨌든 어느 한쪽이 먼저 그만둬야 합니다. 그리고 저는, 그 역할을 자처하는 사람이 당신이길 바랍니다.

그때는 내가 미안했어, 라고 말할 줄 아는 것, 그것이 바로 다정함입니다. 그러니까 그건, 옳고 그름을 넘어서서 그게 네 기분을 상하게 했다면, 그것 하나만으로 나는 너에게 충분히 미안해, 라고 생각할 줄 아는 겸손한 마음가짐인 것이죠. 사실 모든 연인, 부부들이 관계로 인해 고통받는 것 또한 이 미안하다는 말을 서로에게 하려고 하지 않기 때문입니다. 정말 그렇지 않나요? 대부분의 사람들이 그렇다는 건, 정말로 대부분의 사람들이 자신의 성숙에는 전혀 관심이 없다는 말이 되기도 하는 것입니다. 그래서 저는 여러분이 그 대부분에 속하지는 않기를 바랍니다.

그러니 당신은, 미안하다는 말을 할 줄 아는 겸손하고도 다정한 사람이십시오. 그렇게 당신은, 주어진 이 삶 안에서 충분히 스스로의 성숙에 대해서도 관심을 가지며 나아가는 사람이십시오. 무엇보다 당신이 당신의 성숙과 행복에 가장 큰 우선순위를 두고 살아가는 사람일 때, 당신에게 있어 옳고 그름이란 것은 정말로 사소하고도 사사로운 것이 될 것입니다. 그래서 그때의 당신은 그것에 더 이상 집착하지 않을 것이고, 하여 그것을 물고 늘어지며 상대방과 끝없는 싸움을 이어가지도 않게 될 것입니다. 그렇다면 그것이야말로 당신에게 진정한 자유와 행복을 선물해주는 승리의 방식이 아니겠습니까.

어쨌든 이제 당신은 상대방의 마음을 상하게 하기보다 상대방의 마음을 풀어주는 사람인 채 존재하게 되는 것입니다. 그래서 당신을 향한 상대방의 마음이 풀리게 되었다면, 이제 상대방은 당신에게 맛있는 밥을 해주든, 재밌는 영화를 보여주든, '기꺼이' 그렇게 하고 싶은 마음을 품게 되겠죠. 당신의 다정함에 대해 고마운 마음이 들 테니까요. 그렇다면 당신에게 있어서도 괜히 싸우고 나서 침이 든 커피를 받는 것보다, 상대방이 기분 좋게 해주는 맛있는 밥을 먹는 것이 더 큰 이득이 되는 것 아니겠습니까. 그러고는 이제 당신은 흥얼거리며 맛있는 밥을 하고 있는 상대방에게 가서, 내가 도와줄 건 없어? 하고 다정하게 묻는 식이 되는 것이죠. 그것만으로도 오늘 밤 당신과 상대방은 세상 그 무엇보다 행복한 밤을 함께 보내게 될 것입니다. 자기 전 서로를 향한 분노를 계속해서 곱씹으며 잠들 때와는 완전히 다르게 말이죠.

그렇다면, 충분히 그럴 수 있는데, 왜 기꺼이 그렇게 하지 않는 것입니까. 매 순간이 선택의 연속입니다. 당신은 이제 어떤 선택을 하시겠습니까. 그러니 지금 이 순간 상대방과 당신 사이에 놓인 일련의 상황들 앞에서 당신이 할 수 있는 최선의 성숙과 다정함을 바탕으로 선택하십시오. 그 작은 각오와 선택이, 당신의 세계를 완전히 바꿔놓게 될 것입니다.

그러니 당신은, '기꺼이' 상대방에 대한 당신의 분노와 기득권을 포기함으로써 상대방에게 충분히 다정한 사람이 되어주시길 바랍니다. 그렇게 하고자 하는 데서 오는 모든 저항을 '기꺼이' 내려놓은 채 그렇게 하시길 바랍니다. 자존심이 밥 먹여주냐, 라는 말이 있는데, 제 생각에 다정함은 우리에게 밥을 먹여주는 경향이 있습니다. 그것도 아주 맛있는 밥이요!

그러니 다정하십시오. 당신이 어느 정도 다정한 사람이 되고 나면, 잘잘못을 따지는 것 자체가 이제는 당신을 진절머리 나게 만드는 무의미한 일로 여겨지게 될 것입니다. 예전에는 잘잘못을 따지는 것을 내려놓지 못해 스트레스를 받았는데, 이제는 잘잘못을 따지고자 하는 내 내면의 목소리가 나에게 스트레스를 주는 것이죠. 잘잘못을 따지고, 상대방의 마음에 상처를 주는 것, 이제는 그게 내 마음을 불편하게 만드는 것이 되었기 때문입니다. 그게 나를 아프게 하고 상대방을 또한 충분히 아프게 만든다는 것을 이제는 느낄 수 있는 내가 된 것입니다. 그리고 그 '성숙' 자체가 바로 다정함의 보상입니다.

그러니 오직 다정하십시오. 그 뭣도 아닌 자존심 때문에 인류가 오랜 시간 동안 전쟁의 역사 속에 있었다는 것을 잊지 마세요. 그리고 우리는 그러한 전쟁이 남기고 간 참혹한 비극에 대해서도 충분히 배워왔습니다. 그래서 저는 자존심은 모든 인류가 내려놓아야 할 하나의 무조건적인 과제라고 생각합니다. 그러니 당신은 그 과제를 철저히 완성하십시오. 당신의 그 작은 물결이 분명 큰 물결이 되어 인류의 평화에 이

바지할 것입니다. 당신이 씩씩거리며 깃발을 들고 시위하는 것보다는 더 많은 이바지를 할 것이라고 저는 확신합니다.

그저 당신의 삶 안에서 당신 내면의 평화와 온전함, 그리고 다정함을 최선을 다해 지키고 완성해나가는 것, 그것이 바로 인류 전체를 진정 끌어올릴 만큼의 진실한 힘이 있는 유일한 것이기 때문입니다. 간디가 만약 총과 칼을 들고 싸웠다면, 우리는 간디로부터 무엇인가를 배우고 영감을 받지 않았을 것입니다. 그렇게 우리가 배우고 실천하고 싶은 '진실' 하나가 인류의 역사 속에서 영원히 사라지게 되었을 것입니다. 그러니 무엇이 진정 힘 있는 것이겠습니까.

그 모든 것 이전에 당신은, 무엇보다 당신 자신을 위해서 그렇게 하십시오. 당신의 행복과, 당신의 안녕과, 당신이 맺고 있는 그 관계 안에서의 평온함을 위해서 그렇게 하는 것입니다. 그게 당신을 보다 더 행복하게 해줄 것인데, 그렇다면 도대체 무엇을 위해서 스스로 불행을 선택하겠습니까.

그럼에도 만약 기꺼이 그렇게 하는 것에 있어 저항이 밀려온다면, 지금 내가 나의 불행함 자체에 스스로 중독이 되어있고, 그것에 에너지를 공급하고 있으며, 또한 그것으로부터 에너지를 공급받고 있다는 것을 그 저항을 통해 충분히 느껴보세요. 당신의 마음에 당신 자신의 행복과 성숙을 완성하는 일에 대한 스스로의 저항이 있음을 충분히 느끼고, 하여 그것에 대해 스스로 인정하는 것, 그것만으로도 당신의 저항감은 서서히 해체되기 시작할 것입니다. 그러니 그곳에서부터 기꺼이 부정성에 대한 중독과 탐닉을 내려놓으시길 바랍니다.

결국 불행은 오직 내가 스스로 선택한 것들의 결과이기 때문입니다. 그렇다면 그 불행의 대가를 얼마나 더 치러야 우리는 기꺼이 우리 자신의 불행을 포기하고자 마음먹게 될까요. 그러니 명심하십시오. 내가 불

행한 이유는, 내가 스스로 불행을 선택하고 있는 것 이외에 다른 이유
는 없다는 것을요. 저는 그것에 대해 당신이 지금 이 글을 통해서 충분
히 깨닫고 배워서, 오직 지금 이 순간부터 진실한 행복을 향해 나아갈
수 있기를 진심으로 바랍니다. 그러니 당신이 태어나 살아가고 있는 유
일한 이유와 목적에 대해서 결코 잊지 마십시오. 그것은 바로 당신 자
신의 행복을 완성함으로써 타인에게 또한 행복을 전해주는 당신이 되
는 것입니다. 그 성숙이 바로 당신이 존재하는 유일한 이유인 것입니다.

그러니 태초부터 영원히 그래왔던, 단 한 번도 지워지거나 사라진
적이 없었던, 그 존재의 이유를 망각하지 마십시오. 그 어떤 부정성의
유혹 앞에서도 잊지 마십시오. 하여 당신은, 상대방이 이렇게 변해야 내
가 행복해질 거야, 상황이 이렇게 변해야 내가 행복해질 거야, 라고 말
하는 자이지 마십시오. 그저 당신이 행복해지고 나면 그때야 비로소 상
대방이 당신으로 인해 행복해지기 시작하는 것입니다. 하여 내 행복으
로 인해 상대방이 행복해졌기 때문에 상대방 또한 나에게 자신의 행복
으로 보답하는 것입니다. 그것만이 유일한 진실입니다.

그러니 당신이 먼저 행복한 사람이 되십시오. 다정함으로써 상대방
을 기쁘게 해주는 사람이 되어보십시오. 순간의 자존심 때문에 부풀러
오르지 마시고, 순간의 자존심 때문에 상대방을 억누르려 하지 마시고,
그렇게, 영원한 다정함으로 상대방과 나란히 존재하십시오. 위가 있고
아래가 있는 것은 동물적인 것입니다. 강한 짐승이 약한 짐승을 지배하
고, 그리고 강한 짐승은 언제나 자신에게 도전하는 짐승을 상대해야 하
고, 그런 식인 것이죠. 어쨌든 그것은 동물적이고 원시적인 삶입니다.

그러니 저는 당신이 오직 성숙과 함께하는 보다 인간적인 삶을 살
아가길 바랍니다. 위와 아래가 아니라, 옆에서 나란히 존재한 채 서로를
밀어주고 당겨주는 관계, 그것이 다정함과 정렬된 관계이고, 진정한 행

복과 함께하는 관계이기 때문입니다. 그러니 관계 안에 있는 당신 자신의 자존심과 기득권을 '기꺼이' 포기한 채 당신은 오직 다정함과 행복을 선택하는 사람이십시오.

당신이 먼저 다정할 때, 그 다정함을 통해 당신을 아래로 보고 짓누르려고 하는 사람들 또한 있을 것입니다. 왜냐면 그들은 동물적이기 때문입니다. 그러니 그런 사람들을 피하십시오. 그들은 다정함의 진정한 힘을 오직 '나약함'으로 본 채 당신을 이용할 수단으로 삼을 것입니다. 그리고 그런 사람들은, 당신이 함께해야 할 만한 그 어떠한 가치와 의미도 지니고 있지 않은 사람들일 것입니다. 왜냐면 이제야 당신은 다정하겠다고 마음먹었는데, 그 사람들은 당신의 그 다정한 각오에 대해 계속해서 혼란을 심어줄 것이기 때문입니다. 그러니 당신에게 '이게 정말 맞는 걸까' 하는 의문을 계속해서 심어주는 사람들과는 함께하지 마십시오.

돼지 목에 진주라는 말이 있습니다. 그리고 그건, 그 가치를 모르는 사람들에게 당신의 소중한 것을 주었을 때, 그 사람들은 그것을 오직 훼손시킬 수 있을 뿐이기에 그들에게는 그것을 결코 주지 말라는 뜻이 담긴 말입니다. 당신이 사자 굴 안에서 실컷 다정해 봐야, 당신에게 돌아오는 것은 먹다 남은 뼈밖에 없을 것입니다. 해서, 배가 너무 고파진 당신이 어느 날 용기를 내어 맛있는 살을 한 번이라도 먹어봐야겠다, 하고 마음먹는 날에는, 으르렁거리며 저리 안 꺼져? 라는 경고가 날아오는 식인 것이죠. 그러니 다정하되, 또한 다정한 그룹 안에 속하십시오.

예수님께서는 "거룩한 것을 개들에게 주지 말고 진주를 돼지들에게 던지지 말라. 그것들이 발로 그것을 짓밟고 되돌아서 너희를 물어뜯을지도 모른다." 라고 말씀하셨습니다. 그 말의 뜻을 지금, 충분히 이해하십시오. 아무리 좋은 말과 진실한 말도, 아무리 다정하고 친절한 태도도, 그것을 느끼지 못하는 사람들에게는 그 가치가 닿을 수 없는 것입니다. 그러니까 제 말은, 그들에게 그건 그저 어? 너 참 다정한 사람이구나, 그래서 너 지금 얼마 가지고 있니? 라고 물어보게 하는 태도가 될 뿐이라는 것입니다.

그러니 저는 당신의 다정함과 당신의 소중한 가치가 그것 자체로 닿을 수 있는 사람들과 당신이 함께하기를 바랍니다. 그렇게 당신의 관계가 온전함과 진실함 안에서 오직 평온함으로 채워지길 바랍니다. 그러기 위해서, 미워하지 않고 용서하되, 함께하지는 않는 지혜를 당신이 또한 언제나 배워나가시길 바라겠습니다. 언제나 순수하되, 순진하지는 마시길 바라겠습니다. 그러니까 저는 당신이 주변 환경에 따라서 깨끗해질 수도, 오염될 수도 있는 순진한 물이기보다, 그 무엇이 들어와도 당신 그 자체인 '물'로써 세상을 바라볼 줄 아는, 온전하고도 자존감 있는 그 자체의 순수한 물이길 언제나 바라겠습니다. 그렇게, 거짓과 진실을 구분할 줄 아는 충분한 자존감과 온전함이 당신과 언제나 함께하고 있기를 소원하겠습니다.

부디 당신이 맺을 모든 관계 안에는 예쁜 미소와 포근함만이 함께하기를. 관계로부터 치유받고 관계로부터 위로를 얻는, 그런 관계를 당신이 만들어나가기를. 무엇보다 당신이 먼저 그 다정함의 시작이 되어주기를. 그렇게 당신은, 당신 자신이 행복한 사람이라서 당신의 주변까지도 행복으로 물들이는, 그런 예쁜 향기가 나는 사람이기를. 또한, 무엇보다 당신 스스로의 행복을 위해서 당신이 다정함을 선택하기를. 당신이 다른 무엇보다도 당신 자신의 행복을 위하고 우선시하는 사람일 때, 당신은 그 행복을 확정 짓기 위해서라도 다정할 수밖에 없을 것이고, 하여 오직 다정할 테니까. 그러니 그 무엇보다 당신은, 당신 자신에게 스스로 다정한 사람이기를. 그러니까 당신은, 스스로 불행한 자이기보다, 스스로 행복할 줄 아는, 그런 사람이기를.

20

관계 치유.

　우리가 함께하고 있는 관계 안에서 서로가 서로를 원망하는 것만큼, 그 관계를 불행하게 만드는 일은 없다고 저는 생각합니다. 우리가 원망을 다루는 일에 서툴러서 그것을 제대로 다루지 못할 때, 그 원망의 싹은 점점 자라나 거대한 응어리가 될 테고, 하여 우리는 우리가 함께하고 있는 그 사람을 향한 원망 때문에 내 삶의 행복을 느낄 수가 없을 만큼 원망 그 자체의 노예가 되어버리곤 하기 때문입니다.

　사랑하지만, 원망합니다. 그래서 기꺼이 헤어짐을 마음먹을 수는 없지만, 또한 원망을 포기할 수도 없습니다. 그 사람은 저의 완벽한 이상형이 되기에는 많은 부분에서 부족합니다. 제가 그 사람을 행복하게 해주고자 할 때에도 많은 까탈스러움과 예민함이 존재하는 사람입니다. 그러니까 그 사람은 이렇게 하는 게 맞는데, 자꾸만 다른 쪽으로 가고자 합니다. 그래서 저는 자꾸만 화가 나고, 또 그 사람이 자주 밉습니다. 하지만 그 사람은, 그럼에도 제가 사랑하는 사람입니다. 홧김에 멀어질 것을 생각해도, 함께하는 아픔보다 멀어지는 아픔이 더 큰 것 같으니까요.

　지금 이 글을 보고 당신의 마음에 떠오른 사람이 있을 것입니다. 그리고 제 생각에 그 사람이 바로, 당신이 용서해야 하고, 용서를 배워야 할 사람입니다. 그리고 치유해야 하고, 치유함으로써 행복한 관계를 맺어나가야 할 사람입니다.

진실한 사랑은 고통 없는 사랑입니다. 해서, 서로가 사랑한다면서 그 관계 안에 고통이 존재한다면, 그건 사랑이 아니라 집착입니다. 미워하지만, 그럼에도 멀어질 수 없다면, 당신은 그 사람이 아니라 당신 자신의 미움을 사랑하고 있는 것입니다. 그러니 그 사람을 진실하게 사랑하시겠습니까. 아니면, 그 사람을 향한 내 미움을 사랑하시겠습니까. 이 관계 안에서 행복하시겠습니까. 아니면 이 관계 안에서 끝없이 서로에게 고통을 주며 불행하시겠습니까.

모든 것이 당신의 선택입니다. 그리고 당신이 기꺼이 진실한 사랑을 하겠다고 마음먹을수록, 하여 그 사랑을 위해 당신 자신의 이기심을 기꺼이 헌신하겠다고 마음먹을수록, 관계는 보다 회복되고 치유를 향해 나아가게 될 것입니다. 왜냐면 이제는 이 관계 안에서의 행복이 당신에게 있어 무엇보다 중요한 과제가 되었을 것이기 때문입니다. 그러니까 고통이 가져다주는 미묘한 즐거움보다, 기득권을 행사함으로써 당신이 가질 수 있는 우쭐함보다, 그것이 무엇이든 그러한 부정성으로의 탐닉보다, 이제는 완성된 평화와 진실한 행복만이 당신에게 있어 가장 중요한 한 가지가 되었을 것이기 때문입니다.

저는 함께하며 성숙을 향해 나아가는 사랑만이 영원이라는 가치를 포함할 수 있는 유일하고도 진실한 사랑이라고 생각합니다. 그 '성숙'이 없으면, 서로가 영원히 함께하더라도, 그게 그 함께하는 시간 안에서 서로가 서로를 영원히 사랑하고 있다는 것을 뜻하지는 않을 것이기 때문입니다.

그렇다면 함께하며 성숙을 향해 나아가는 관계란 어떤 관계일까요. 그건 끊임없이 서로를 통해 배우고, 서로를 고쳐시켜주며, 서로에게 힘과 응원을 주는 관계라고 할 수 있을 것입니다. 해서 우리가 비로소 그런 관계 안에 놓일 때, 우리는 삶의 무수히 많은 시련 앞에서도 그저 서로와 함께하고 있다는 사실 하나만으로도 그 모든 힘듦을 거뜬히 이겨낼 수 있는 사람이 될 것입니다. 그게 바로 진실한 사랑이 우리에게 주는 힘이자 가치입니다.

그래서 저는 모든 부정적인 관계는 치유되어야 하고, 모든 뒷걸음치는 관계는 성숙을 향해 나아갈 필요가 있다고 생각합니다. 그리고 생각보다, 관계 안에서 서로가 함께 노력할 때, 그 관계는 쉽게 치유되고 긍정적으로 나아가는 경향이 많습니다. 그렇다면 우리는 어떤 노력을 할 수 있을까요.

제 생각에는 가장 먼저, 서로가 서로의 하루에 대해 알아주는 습관을 기를 필요가 있을 것 같습니다. 그러니까 당신에게는 매일 아침 당신을 위해서 맛있는 밥을 해주는 아내의 사랑을 알아줄 필요가 있는 것입니다. 그 알아줌이 없으면, 아내는 하루 종일 당신에게 서운한 감정을 느끼고 있는 채일 것이고, 하여 당신에게 그 서운함을 표현하게 될 테니까요. 내가 아침에 밥을 해주는 걸 알아줘, 라고 직접적으로 말하진 않더라도, 어쨌든 아내는 그것에 대해 어떠한 신호를 가진 표현을 하기 시작할 것입니다. 그저 넘어갈 수 있는 나의 작은 실수 앞에서도 크게 불평하고 잔소리를 하는 것으로라도 말입니다. 그리고 하루 종일 가정을 위해서 열심히 일을 하고 있는데, 그 남편의 고생을 아내가 알아주지 않을 때는 남편 또한 아내에게 서운함을 느껴서 마음과 말의 문을 닫게 될 것입니다.

어쨌든 저는 그 무심함이 관계를 부정적으로 변질시키는 하나의 가장 큰 원인이라고 생각합니다. 예쁜 소품을 들여서 집을 인테리어했는데, 상대방이 그것을 알아주지 않는 것입니다. 하루 종일 고생했는데 말이죠. 그래서 어때? 라고 물어봤는데, 그저 아무런 감정 없이 어, 예쁘네, 하고 다른 일을 하는 것입니다. 그게 사람을 서운하게 하는 무심함

입니다. 그리고 사실 남편이 이렇게 무심한 것에는 어제 자신의 고생을
알아주지 않은 아내에 대한 서운함이 포함되어 있는 것일 수도 있겠죠.

어쨌든 이런 식이라면, 이제 이 관계는 서로의 무심함에 대해 끝없
이 사소하게 복수하고, 또 복수하는 관계가 되어버리고 말 것입니다. 요
즘에는 맞벌이 부부도 많아지고, 남자와 여자 모두 가정과 일을 함께 분
업하여 하는 시대가 되었기 때문에 그것에 맞는 섬세함과 알아주는 마
음이 필요할 것입니다. 어쨌든 저는 이러한 무심함이 관계를 일차적으
로 안 좋게 만드는 요소 중 하나라고 생각합니다. 환하게 웃으며, 정말
예쁘다, 라고 말해줬다면, 그 알아줌 하나로도 상대방은 세상을 다 가진
듯 행복해하기만 해도 됐을 텐데 말이죠. 걱정 가득한 표정으로 오늘 하
루도 정말 고생했겠다, 그치, 하며 한 번 꼭 안아주는 것만으로도 상대
방은 행복함에 겨워 나를 모든 진심을 다해 기꺼이 사랑하고자 마음먹
게 되었을 텐데 말이죠.

그래서 알아주는 것이 중요한 것입니다. 그러니 알아주십시오. 알
아주지 못해 상대방에게 서운함이 쌓이게 하지 마십시오. 그 서운함이
끝내 나를 향한 마음의 인색함을 만들게 될 것이고, 해서 상대방은 나
의 작은 실수 하나도 그냥 지나치지 못해 예민하게 구는 사람이 되어버
릴 것입니다. 그러니 섬세하게 알아주고, 알아주지 못했기에 생기는 상
대방의 신호 앞에서 충분히 민감하게 느낄 줄 알고, 하여 늦게라도 그것
에 대해 진심으로 표현할 줄 아는 사람이십시오. 그것 하나만으로도 당
신은, 상대방에게 값비싼 선물을 하는 것보다 훨씬 더 좋은 관계를 이어
나갈 수 있게 될 것입니다.

우리 모두는 어른이지만, 여전히 어린 아이 같은 면이 있습니다. 그
래서 여전히 알아주길 바라고, 해서 그것이 충족되지 못했을 때는 서운
함을 느끼곤 하는 것이죠. 그것은 순수한 면이라고 저는 생각합니다. 하

지만 어른이기 때문에 아이처럼 솔직하게 자신의 감정을 표현하지는 못할 때가 많습니다. 그리고 그건, 그것이 떼쓰는 것처럼 보여서 자신이 성숙하지 못한 사람으로 여겨질까 봐, 하는 걱정 때문에일 것입니다. 그래서 울고, 떼쓰고, 화를 내고, 무엇인가를 던지기보다, 말문을 닫은 채 서운해하는 것으로 표현하게 된 것이죠.

하지만 그보다 나은 제안이 저에게 있습니다. 그건 바로, 아이처럼 정화되지 않는 감정들로 거세게 표현하는 것도, 시큰둥하게 말문을 닫는 것도 아니라, 그저 차분하게 당신의 서운함을 표현할 줄 아는 다정함과 함께하는 것입니다. 그러니 당신은 알아주되, 상대방이 당신의 것을 알아주지 못했을 때는 다정하게 그것에 대해 표현할 줄 아는 사람이십시오. 서로가 서로에게 그런 노력을 하십시오. 분명 관계가 훨씬 더 좋아질 것입니다.

지금 상대방이 당신에게 알 수 없는 이유로 무심하게 굴고 있다면, 혹은 알 수 없는 예민함으로 당신을 쏘아붙이고 있다면, 그건 당신이 당신도 모르게 상대방의 무엇인가를 알아주지 못했다는 신호입니다. 그러니 내가 무엇을 알아주지 못했을까, 하고 생각하는 습관을 가져보십시오. 관계가 훨씬 더 사랑스러워지고 좋아질 것입니다. 서로가 서로에게 더욱 섬세해질 것이고, 서로가 서로를 더욱 섬세하게 배려할 수 있게 될 것입니다.

그리고 서로 함께 명상을 10분 정도 하는 것도 아주 좋습니다. 저의 유튜브 채널에 있는 북명상 컨텐츠와 함께 명상을 해도 되고, 그게 무엇이 됐든 간에 하루에 10분 정도는 명상을 함께 해보십시오. 그리고 그 명상의 시간이 끝난 뒤에 서로를 마주하고 바라봐보십시오. 바라본 뒤에는 서로에게서 단점, 혹은 나를 서운하게 했던 과거, 나를 화나게 만들었던 과거에 대해서 생각하기보다 서로의 예쁘고 사랑스러운 점만을 오직 찾기 위해 서로를 바라보겠다고 마음속으로 의도하십시오. 그 의도를 마음에 품는 그 즉시, 당신은 이미 상대방을 더욱 사랑하고 있는 채일 것입니다.

그리고 그렇게 떠오른 상대방의 예쁘고 사랑스러운 점들, 상대방에게 내가 고마운 점들, 그런 것들을 서로에게 다정하게 표현해보십시오. 당신이 그런 것을 표현하는 것에 있어 오글거려 하거나 꺼려한다면, 당신은 평생 그 관계를 회복하지 못할 것입니다. 그러니 표현하는 사람이 되십시오. 다정하게 표현할 줄 아는 사람들은 언제나 다정한 관계를 맺고 이어갑니다. 그래서 남자도, 여자도 모두 표현할 줄 알아야 한다고 저는 생각합니다. 그러니 서로의 눈을 바라보며 사랑해, 라고 말하며 서로를 쓰다듬어주고, 서로에게 고마운 점들에 대해 다정하게 표현해보십시오. 하루에 30분(10분 명상 후 20분 정도) 정도는 그런 시간을 가질 수 있게 하루의 일과를 재구성하십시오. 그게 자기 전이라도 좋습니다.

제 생각에, 당신이 자기 전에 그러한 시간을 가진다면 아마 둘은 다시 신혼부부처럼 서로를 사랑하게 될 것입니다. 그저 습관적이고, 나의 성욕을 해소하기 위해서가 아니라 서로를 진정 사랑하는 마음이 가슴에서부터 쏟아지기에 그 사랑의 표현으로써 관계를 가지게 될 것입니다. 죄책감과 공허함만이 남는, 관계를 가진 후에는 다시 뒤돌아서 자는, 그런 사랑 없는 관계에서 벗어나 이제는 관계 후에 더욱 풍성해지고 채워지는, 그런 만족감이 가득한 '사랑'을 하게 될 것입니다. 그리고 서로는 서로를 꼭 안고 자거나, 손을 잡고 자거나, 어쨌든 서로의 체온을 느끼며 자게 될 것입니다.

남자는 여성성이 있는 남자가 되어야 하고, 여성은 때로 남성성이 있는 여자가 되어야 한다고 저는 생각합니다. 둘은 서로에게서부터 배워야 합니다. 남자는 섬세함을 배워야 하고, 여자는 묵직한 책임감에 대해서 배워야 합니다. 때로 남자들은 모든 것을 말하지 않을 때가 많습니다. 혼자서 삭이고 처리할 수 있는 감정은 혼자서 처리하고자 하는 경향이 있는 것이죠. 하지만 그것이 상대방을 신뢰하지 않기 때문에 그런 것은 결코 아닙니다. 그저 남성으로 태어났기 때문에 그러한 면이 있는 것일 뿐입니다. 그러니 당신이 여자라면, 남자의 그런 면들에 대해서 배우고 이해하십시오.

그리고 여자는 말을 함으로써 감정을 푸는 경향이 있습니다. 아마도 말하지 않으면, 그 감정을 평생 묵혀둔 채 다른 것으로 남자를 괴롭힐 것입니다. 하지만 말하는 순간 해소합니다. 그래서 들어줄 줄 알아야 합니다. 말이 많다고 귀찮아하면 말을 아예 하지 않게 되어버릴지도 모르기 때문입니다. 그러니 그 말들을 '쓸데없는 말'로 치부하지 마십시오. 당신이 생각하기에 정말 객관적으로 쓸데없는 말처럼 여겨질지라도, 여자들에겐 그게 중요한 것입니다.

그저 다르게 태어난 것입니다. 그래서 서로가 서로를 이해하고, 서로의 것들에 대해서 충분히 배워야만 하는 것입니다. 그러지 않을 거면서 함께 산다는 건, 제 생각에 굳이 왜 함께 사는지 모르겠다는 결론입니다. 여자의 말이 쓸데없는데, 왜 쓸데없는 말을 하는 사람과 평생을 같이 삽니까. 쓸데없다며 원망하기 위해 같이 사는 것입니까. 남자가 무심하다고 싫어하는데, 왜 무심한 사람과 평생을 같이 삽니까. 무심하다고 원망하기 위해 같이 사는 것입니까.

태어나면서부터 남자와 여자는 다르게 생긴 신체를 가지고 태어납니다. 그래서 그 몸에는 서로와는 다른 호르몬이 분비되고 있는 것이죠. 해서 서로에게는 애초에 다르게 태어난, 다를 수밖에 없는 부분들이 어쩔 수 없이 존재하는 것입니다. 그러니 그 다른 부분들을 존중하고, 이해하고, 그 다른 것에서부터 배워보도록 하십시오. 그렇게 맞춰가는 것입니다. 그게 아니라면 이 세상엔 남자만 있거나, 여자만 있어야만 했을 것입니다. 그러니 다른 성에서부터 배우고, 그렇게 서로를 이해함으로써 하나로 더욱 연결되는 관계를 맺으십시오. 그것 또한 당신에게 주어진 성숙의 과제입니다.

당신이 평생 남자의 관점으로만 살거나, 여자의 관점으로만 살거나, 그렇게 한다면 당신은 아마 결코 높은 수준의 성숙에는 닿지 못할 것입니다. 그건 너무나 제한적이고, 하여 열려있지 못한 마음이기 때문입니다. 그러니 상대방의 성에서부터 배우고, 그 다름에 대해 충분히 이해하고 존중할 줄 아는 사람이 되십시오. 어쨌든 둘은 다를 수밖에 없어서 다른 부분이 있는 것입니다. 그렇다면 그것의 어디가, 무엇이 잘못된 것이라 할 수 있겠습니까.

또한, 그냥 그렇게 사는 거지 뭐, 저 사람을 위해 나도 변할 마음이 없고, 저 사람도 평생 변하지 않을 사람이야. 그러니 노력 따위는 개나 줘버리라지 뭐! 라고 말하는 사람이지 마십시오. 저는 당신 둘이 함께 함으로 인해 보다 더 다정하고 행복한 사람이 될 수 있다고 생각합니다. 하지만 당신이 그렇게 말하는 순간, 그저 평생 그렇게 살아야만 하는 것입니다. 그렇다면 그건 얼마나 아쉽고 안타까운 일이겠습니까.

그러니 치유하고 회복하십시오. 서로가 서로의 다른 성에서부터 배우고, 자신 또한 그러한 면을 발달시켜 보십시오. 내가 가지고 있는 것들로만 우리는 상대방을 이해할 수 있습니다. 그래서 남자도 여성성을, 여자도 남성성을 배우고 지녀야만 더 좋은 관계를 맺을 수 있는 것이라고 저는 확신합니다.

당신이 남자라면, 이제 더 이상 우는 것을 부끄러워하지 마십시오. 제가 만약 결혼을 한다면, 저는 제 아내의 품에 안겨서 자주 울 것입니다. 이런 일이 있었는데, 저런 일이 있었는데, 하면서 속상하다며 머리를 쓰다듬어달라고 말할 것입니다. 그렇게 한동안 다정한 품에 안겨서 울고 나서는 모든 것이 치유가 된 듯 다시 씩씩하게 살아갈 것입니다. 그게 어떻게 해서 부끄러운 것입니까.

제가 연애를 할 때, 여자들은 저의 그런 면들을 좋아해주고 더 사랑해줬었습니다. 그게 남자답지 못하다고 싫어하는 여자는, 적어도 제 인생에서는 만나보지 못했습니다. 오히려 특별하게 생각해줬고, 그래서 저를 더 소중하게 여기고 사랑해줬을 뿐입니다. 저는 여자들의 네일이나 헤어스타일이 바뀐 것을 알아보고 표현해줬고, 그러니까 작은 변화도 놓치지 않고 표현해줬고, 여자들은 저의 그런 섬세함을 좋아해줬었습니다. 남자가 뭐 이따위로 섬세하고 난리야, 라고 말하는 여자는 정말로 단 한 번도 만나보지 못했습니다. 모두 저의 섬세함에 감동을 받았고, 감사함을 표현했습니다. 그건 정말로, 그저 오늘은 빨간색 립스틱을 발랐네? 라고 말했을 뿐인데, 하루 종일 싱글벙글 웃으며 다정한 표정과 말투로 저를 대하는 식이었던 것이죠.

제 생각엔 그게 여자입니다. 그래서 그걸 알아봐주고 말해주지 못하면, 아마 남자는 날카로운 눈초리를 여자로부터 하루 종일 받아야 할지도 모릅니다. 자신은 무엇이 문제인지, 여전히 영문도 모르는 채 말이죠. 그러니 당신이 남자라면, 변화에 대한 민감성과 섬세함을 길러보십시오. 더 이상 우는 것을 부끄럽게 생각하지 마십시오.

사실 저는 남자지만, 귀엽다는 말을 듣는 것을 좋아합니다. 왜냐면 사람이 누군가를 진정 사랑할 때는 그 사람이 귀여워 보이기 때문입니다. 당신이 사랑하는 강아지를 보면, 아마도 당신은 강아지를 귀엽다고 생각할 것입니다. 엄마는 자신의 아이가 귀엽다고 생각합니다. 그리고 그 아이가 수염이 덥수룩하게 난 아저씨가 되고 나서도 엄마는 여전히 자신의 아이가 귀엽다고 생각하고 있는 것이죠. 그래서 저는 귀엽다는 말을 참 좋아합니다. 그건 누군가를 진정 사랑할 때만이 느낄 수 있는 순수한 감정 그 자체이기 때문입니다.

그러니 귀여운 사람이 되십시오. 애교를 부릴 줄 아십시오. 그게 당신의 마음을 훨씬 더 부드럽고 다정하게 만들어줄 것입니다. 당신이 남자라면, 저는 당신이 그러한 면들을 조금씩 배워나가야 한다고 생각합니다. 멋지고 남자다운 사람이 되어서 뭐 합니까. 그건 당신을 더욱 힘들게만 할 뿐입니다. 남자다운 척을 너무 많이 했기 때문에 무거운 것을 들 일도 더 많이 생기고, 몸의 어디가 안 좋아서 아파도 어디가 아프다고 말도 잘 못 하게 되는 것이죠. 어디가 안 좋아? 라고 상대방이 물으면 아니, 나는 남자라서 괜찮아, 남자잖아! 라고 대답해야 할 것입니다.

저는 어디가 아프면 같이 병원에 가주면 안 되냐고 묻곤 하는데, 그건 제가 평소에 남자다운 척을 많이 하지 않았기 때문에 가능한 일입니다. 그런데 만약 제가 남자다운 척을 많이 했었다면, 제가 암에 걸렸을지라도 병원 따위는 당연히 저 혼자 가야만 할 것입니다. 속으로는 두렵지만, 겉으로는 두려워하지 않는 것이 남자니까요! 그래서 남자다워서 좋은 것이 무엇입니까. 마음에 쌓이고 쌓인 감정들이 나를 고독하고 아프게만 만들 뿐일 것입니다.

그러니 털어놓고 표현하는 법을 배우십시오. 우는 방법을 배우십시오. 만약 당신이 울음을 여태 참아온 사람이라면, 당신이 펑펑 울고 나서는 이전과는 완전히 다른 새로운 세상을 마주하게 될 것입니다. 세상이 이렇게나 가볍고 아름다운 것이었다고? 하며 놀라게 될지도 모르죠. 그러니 잊지 마세요. 진정 강한 것은 부드럽고 다정한 것이라는 것을요. 경직되고 자부심 강한 것은 약하고 두려움 많은 내면에서 생겨나는 왜소함에 불과한 것이라는 것을요.

그러니 이제는 진정 강한 사람이 되십시오. 당신이 진정 강할 때, 당신은 모든 생명을 고쳐시켜주는 사람이 될 것입니다. 해서 이제 당신에게는 당신의 곁에서 누군가가 자주 속상하고 아파하게 되면 어떡하지,

하는 걱정 같은 것은 전혀 필요가 없는 것이 될 것입니다. 왜냐면 이제는 당신의 곁에 있는 모든 이들이 당신으로 인해 오직 더 행복한 사람이 된 채 자주 웃고 있을 뿐일 테니까요.

제 생각에 여자들은, 사랑하는 능력은 남자보다 훨씬 더 뛰어난 것 같습니다. 하지만 때로 사랑이 앞서서 남자의 사기를 꺾는 일이 종종 있습니다. 예를 들어서 그건, 남자가 이런 일이 있어서 힘들었다고 말할 때, 그 즉시 여자는 오늘 밤엔 뭐 먹을래? 라고 묻는 식인 것입니다. 그건 정말 사랑하기 때문에 맛있는 것을 해주고 싶은 마음일 것이고, 남자가 힘들어 보이기 때문에 그런 식으로라도 위로를 해주고 싶은 마음일 것입니다. 하지만 적어도 남자가 봤을 때, 여자의 그런 방식은 자신의 '이런 일'에는 딱히 관심이 없네, 하고 느껴지게 할 뿐일 것입니다. 그래서 그게 남자의 사기를 자주 꺾습니다.

이러한 이해로 인해 저는, 여자에게는 조금 더 남자의 '일'에 관심을 가져주는 것이 필요하다고 생각합니다. 사실 남자가 일 이야기를 하는 것에 대해서 당신에게 마음의 문을 닫는다면, 남자는 당신과 많은 이야기를 하지 않게 될지도 모릅니다. 왜냐면 일 이야기만큼 남자에게 있어 중요한 주제란 없는 것인데, 이제 남자는 당신에게 일 이야기는 하지 말아야겠다고 마음먹게 되었으니까요. 그래서 그건 정말로, 앞으로 남자가 당신과는 할 이야기가 거의 없게 될 거라는 걸 뜻하는 것이 될 수도 있는 것입니다.

그래서 집에 늦게 들어오게 되는 것입니다. 당신과 이야기하는 것보다 직장 동료들과 이야기하는 것이 더 즐거우니까요! 그게 더 위로가 되니까요! 그러니 이야기를 잘 들어주십시오. 제 생각에 남자는 여자의 일상 이야기를 잘 들어주고, 여자는 남자의 일 이야기를 보다 잘 들어주면 좋을 것 같습니다. 서로가 관심을 가지고 있는 부분이 때로 조금씩 다를 수 있기 때문입니다.

남자는 여자가 친구 이야기를 할 때 무관심할 수도 있는데, 그 친구에 대한 이야기들을 앞으로는 자신의 일 이야기라 생각하고 들어주십시오. 그저 속상한 표정 한 번 지으며, 아 정말 그랬어? 라고 말하며 이야기를 들어주기만 해도, 여자는 기분이 좋아져서 하루 종일 당신에게 자신의 이야기를 털어놓으며 당신의 손을 만지작거릴 것입니다.

여자는 일 이야기보다 남자가 자신의 친구 이야기를 할 때 공감을 더 많이 해주는 사람이 될 텐데, 일 이야기를 들어줄 때도 친구 이야기처럼 재미있게 들어주고, 공감해주고, 속상한 표정도 지어주십시오. 참 고생이 많았다, 하며 걱정 어린 표정으로 바라봐주는 것만으로도 남자는 정말로 그 즉시 해소가 될 것입니다. 그러고는 다시 씩씩하게 세상을 살아가게 되는 것입니다. 그리고 당신을 더욱 사랑하게 되고, 또한 당신에게 더욱 의지하게 될 것입니다.

제 생각에는 이처럼 서로가 서로에 대해서 더욱 알아주고, 표현하고, 서로의 다름을 이해해준다면 더 이상은 서로가 서로를 사랑하면서 서로로부터 고통받는 일은 없을 것입니다. 이게 하루아침에 되는 일은 아닐 것입니다. 그러니 꾸준히 노력하십시오. 사랑은 순간적일 발작이 아니라, 꾸준하고도 잔잔한 노력입니다. 그러니 함께 노력하십시오. 그렇게 사소한 습관들을 바꾸어나가십시오.

서로를 마주하던 여태까지의 습관이 서로를 아프게 하는 습관이었던 경우가 많았던 것입니다. 그러니 하나의 작은 습관만 바꿔도 서로는 서로를 더욱 행복하게 해주는 사람이 될 것입니다. 서로에게 보다 더 다정해지고, 다정한 것만으로 끝이 나는 게 아니라 서로를 더욱 공감하게 되고, 서로에게 귀를 기울여주게 되고, 이해하게 되고, 그런 식으로 서로에게 힘과 응원이 되어주는 관계, 그러니까 정말로 함께할만한 가치가 있는 관계가 되어갈 것입니다. 그러니 노력하십시오.

또한 저는 서로가 서로로부터 용서하는 법을 더욱 배울 필요가 있다고 생각합니다. 그러니 미운 점, 안 좋은 점을 찾기보다, 더욱 용서하십시오. 그러고는 좋은 점들을 바라보고, 바라봄으로써 고쳐시켜주십시오. 자신이 사랑받고 있다고 느끼는 아이는 자신이 어떻게 해야 사랑을 받는지, 다른 어떤 아이보다 잘 파악하고 그렇게 행동합니다. 그렇게 더 애교 넘치고 사랑스러운 아이가 되어갑니다. 그러니 서로의 마음 안에 여전히 존재하고 있는 서로의 그 아이들에게, 기꺼이 그런 사람이 되어주십시오. 그렇게 상대방의 사랑스러움과 애교를 꺼내고 드러내주는 서로가 되십시오.

서로가 그런 습관을 지닌 채 서로를 대할 때, 저는 그 사랑은 영원히 꺼지지 않는 불꽃이 될 것이라고 확신합니다. 그렇게 서로는 영원을 향해 나아가게 되는 것입니다. 영원히 서로를 사랑하고, 또 사랑하게 되는 것입니다. 그렇게 이 지구의 여정이 끝날 때까지 두 손을 맞잡고 함께 성숙해나가게 되는 것입니다. 저는 오직 그것만이 진정 서로를 사랑하는 다정한 관계라고 생각합니다.

그러니 오직 그 진실에 의거하여 상대방을 사랑하십시오. 거짓된 방식들, 오류들, 당신 자신만의 욕망과 이기심, 환상들은 이제 쓰레기통에 과감하게 버려버리십시오. 나 자신의 환상이 아니라 상대방의 진실한 행복만을 추구하고 염려하는 것, 서로가 서로에게 그러한 사랑을 기울이는 것, 오직 그것만이 유일하게 진실한 사랑이라는 것을 잊지 마십시오.

실제로 저희 어머니와 아버지께서 관계가 좋지 않을 때 제가 어머니와 아버지께 따로 전화를 해서 서로의 이야기를 들어주고, 위로해주고, 그리고 난 뒤에 한 조언들이 바로 이러한 것들입니다. 여러분이 아마 우리 부모님께서는 이러한 것이 문제였다, 하는 이야기를 저에게 듣는다면 그건 정말이지 굉장히 사소한 일처럼 들리실 것입니다. 저 정도면 그냥 엄청 잘 지내는 거 아니야? 라고 생각할 수도 있겠죠. 하지만 보다 높은 관점에서는 사소한 것이란 존재하지 않습니다. 그러니까 큰 서운함이든 작은 서운함이든, 그것들 모두가 하나같이 똑같은 서운함일 뿐입니다.

아무튼 저희 가족은 그렇습니다. 저희 형이 아버지께 서운한 게 있으면 저는 그게 너무 걱정이 돼서 밤에 잠을 자지 못하는 것이죠. 그래서 저는 서로의 마음이 풀릴 수 있도록 그 사이에 서서 중재자 역할을 해야만 하는 것입니다. 저희 형과 저 사이에 아주 작은 서운함이 있을 때에도, 어머니께서는 가슴이 아파서 서로를 풀어주기 위해 최선을 다할 것입니다. 그리고 그 다정함이, 서로를 더욱 아끼고 사랑하는 다정한 가족이 되도록 계속해서 나아가게 하는 것입니다. 그래서 저는 언제나 이 가족의 구성원으로서 마지막에 태어난 것에 대해 늘 감사하며 살아갑니다. 제 인생에 가장 잘한 것이 있다면 그것이 바로 저희 가족의 막내로 태어난 것이라고 저는 생각합니다.

어쨌든 그런 것입니다. 어머니와 아버지 사이에 사소한 서운함이 있으면, 그리고 제가 그것을 느꼈다면, 저는 그것에 대해 훌륭한 중재자가 되어야만 하는 것입니다. 어머니의 이야기에 공감하고 위로하며, 하지만 아주 다정하게 이렇게도 해보자고 말하는 것이죠. 왜 제가 최대한 다정하게, 그리고 어머니의 이야기를 모두 다 공감하고 위로해 준 뒤에 무엇인가를 해보자고 이야기를 하는 것이냐면, 이렇게 해보자고 말할 때 그것을 제안받은 상대방의 자존심이 상하면 그 사람은 그것을 절대 하고자 마음먹지 않을 것이기 때문입니다.

그러니까 아버지 때문에 지금 당장 서운해하고 있는 어머니에게, 어머니가 먼저 이렇게 해보시면 어때요? 라고 말하면 지금 서운해하고 있는 사람 입장에서는 내가 왜 그래야 하는데? 가 될 수도 있는 것이죠. 잘못은 쟤가 했는데 내가 왜 먼저 그래야 하냐고! 하면서 말입니다. 그래서 우리는 최대한 훌륭한 중재자가 되어야 합니다. 아무리 좋은 마음으로 중재를 해도, 우리가 지혜롭지 못하면 그건 결과적으로 이간질이 되어버릴 수도 있기 때문입니다.

어쨌든 어머니에게 이런 식으로 해보자고 말한 뒤에, 저는 아버지에게는 무엇을 해달라 딱히 말하지 않습니다. 그게 티가 나면 아버지께서도 서운해질 수 있기 때문입니다. 그러니까 아버지께서는 제가 어머니만 챙긴다고 생각하게 될 수도 있는 것이죠. 어쨌든 그게 아버지를 외롭게 하면 안 되기 때문입니다. 아버지의 짐은 언제나 무거운 것인데, 거기에 외로움의 짐까지 더해지면 안 되는 것이니까요. 그저 아버지에겐 별말 없이 안부를 묻고, 그러다가 아주 많은 이야기들 사이에서 자연스럽게 나는 아버지가 어머니한테 참 다정한 아버지라서 정말 자랑스럽다, 이런 이야기를 티 나지 않게, 진심을 가득 담아서 하는 것이 다입니다. 남자한테는 그것만으로 충분합니다.

아무튼 제가 중재를 할 때, 어머니는 말했습니다. 이것만큼은 아버지가 변하지 않을 거라고 말이죠. 왜냐면 지금 당장에는 서운하고, 또 서운함이 앞서기 때문에 그저 그렇게 생각해버리는 것입니다. 사실 바로 그래볼게, 라고 하는 건 방금 서운해한 입장에선 또 민망한 일이 될 수도 있는 것이니까요. 그래서 저는 어머니께서 이미 마음이 다 풀렸다는 것을 알지만, 그럼에도 어머니께서 풀리지 않았다고 생각하고 들어주고 말하는 것입니다. 그래야 어머니께서 민망하지 않게 저의 부탁을 들어줄 테니까요.

그래서 저는 어머니께 어머니가 딱 세 번만, 어머니의 속마음을 아버지에게 다정하고도 차분하게 표현하고, 그러고도 아버지가 안 변한다면 나도 더 이상 말하지 않겠다. 하지만 세 번만 해보자, 그럼 내가 어머니가 사고 싶다고 했던 그걸 사주겠다, 이렇게 말했습니다. 그걸 사주는 조건이, 아버지에게 요즘 아버지의 이런 태도 때문에 어머니가 상처받는다는 걸 차분하고 다정하게 말하는 것이었던 것이죠. 그리고 그건, 세 번이 필요하지도 않았습니다. 아버지는 그 즉시 다른 사람이 되었으니까요. 아, 나도 모르게 가지고 있었던 습관이었다, 미안하다, 앞으로는 안 그럴게, 이렇게 어머니에게 말하고는 진짜 변한 것입니다.

그리고 그건 애쓰는 것도, 강요에 못 이겨 그런 척하는 것도 아니라 진짜 가슴으로부터의 변화인 것입니다. 가슴에 닿게 말했기 때문에 실제로 가슴이 변한 것이죠. 언성을 높이며 넌 변해야 한다! 이걸로는 절대로 바뀔 수가 없었던 것들이 그저 진심으로 이야기하는 순간 바뀌는 일이 되어버린 것입니다. 왜냐면 강요하는 순간 상대방은 압박감을 가진 채 튕겨 나가버릴 것이기 때문입니다. 그때부터는 서로 자존심 대 자존심의 싸움을 끝없이 이어가야만 하게 되겠죠. 그래서 우리는 상대방의 자존심을 상하지 않게 나의 마음을 전달할 줄 알아야만 하는 것입니다.

어쨌든 사실, 저희 아버지는 온전한 사람이었고, 하여 어머니가 진심으로 자신의 마음을 털어놓으면 아버지는 그것에 대해 충분히 마음 아파할 줄 아는 사람이라고 저는 믿었기 때문에 세 번이 필요하지 않을 거라는 것도 이미 알고 있었습니다. 하지만 한 번 만에 바뀔 거다, 라고 말하면 어머니께서 제 말을 믿어주기나 했겠습니까. 그래서 안 될 거라는 어머니의 편을 들어주는 척, 세 번만 해보자고 말한 것이었죠. 그리고 실제로 아버지는 바로 변했고, 해서 어머니는 저에게도 선물을 받고, 또 아버지를 더욱 믿고 사랑하게 되는 더 큰 선물도 받고, 그렇게 된 것입니다. 그게 단 일주일 만에 일어난 변화입니다.

그러고 나서 저는 어머니께 말씀드렸죠. 아버지가 어머니를 위해서 변해줬으니까, 어머니는 아버지에게 일적으로 힘이 되는 이야기를 많이 해줬으면 좋겠다, 라고 말이죠. 당신의 일이 너무 자랑스럽다. 당신의 고생이 너무 감사하다, 이런 이야기들 말이죠. 그리고 어머니와 아버지에게 따로 전화를 해서 두 분의 감정을 체크했습니다. 글쎄, 저의 전화를 받는 목소리부터가 달라져 있더군요. 그냥 서로 함께하면서 더 사랑하니까, 매 순간이 행복한 것입니다. 매일 붙어있는 서로가 서로로 인해 행복하다면, 그건 그냥 매일이 행복해지는 일인 것이니까요.

하지만 우리는 때로, 매일 붙어있는 서로를 너무 자주, 그리고 깊게 미워하기에 매일을 고통 속에서 사는 경우가 또한 너무나도 많습니다. 그렇다면 당신의 매일 하루는 어떻습니까. 당신과 함께하는 사람으로 인해 더욱 행복한 매일을 마주하고 있습니까. 아니면 그 반대입니까. 만약 당신이 맺고 있는 그 관계가, 서로로 인해서 혼자일 때보다 더 불행하다고 느껴지는 관계인 것 같다면, 이제는 그 불행에서 서로가 회복될 수 있도록 둘이서 함께 노력해보십시오. 충분히 변할 수 있고, 또 좋아질 수 있습니다.

저는 당신과 함께하고 있는 상대방이 서로를 위해 그러한 노력 자체를 하고자 하는 마음이 애초에 없는 사람이라면, 더 이상 함께하지 않는 것이 맞는 것이라 생각합니다. 실제로 그것이 불가능한 사람들도 있습니다. 모든 사람이 그건 아니라고 해도, 자신은 그게 맞다고 똥고집을 부리는 사람들도 있는 것이죠. 그러고는 자신의 아집대로 살아갑니다. 사람들에게 상처와 고통을 주면서, 자신은 그게 옳다고 믿은 채 살아가는 것이죠.

그러니 당신이 함께하고 있는 상대방에게 있어 당신에게 상처를 주는 어떠한 행동, 습관이 있는데, 그게 정말로 변할 수 없을 만큼 그 사람이 온전하지 않은 사람이라면, 그걸 판단하고 그것에 대한 선택을 하는 것 또한 오직 당신의 몫이 될 것입니다. 분명한 건 그런 사람과 내가 함께하며 평생을 고통받게 된다면, 그건 내가 나에게 지켜야 할 최소한의 의무(무엇보다 나 자신을 위해서 행복한 사람이 되기 위해 노력해야 하는 나 자신에 대한 다정한 의무)조차 지키지 못하는 일이 되어버릴 것이고, 해서 그건 사실 그 누구보다 나에게 가장 미안해야 할 일일 것입니다.

그래서 온전함이 중요한 것입니다. 온전함이고 뭐고 이미 결혼하고 함께 오래 살아가고 있다면, 그것 또한 신중하지 못했던 당신의 선택이었던 것이니 과거는 잊으십시오. 그러고는 앞으로 어떻게 할지만을 생각하십시오. 그리고 내 안에 있는 미움의 응어리 때문에 실제로 상대방은 온전한데, 내가 그 온전함을 바라보고 인정하지 않으려고 고집을 부리는 경우도 있으니 스스로의 마음에 대해 먼저 정직하게 관찰해보십시오.

저는 최소한, 마음에 온전함이 있는 사람이라면, 그런 둘이라면, 둘은 어느 순간에도 더욱 성장할 수 있고, 더 사랑하는 관계를 만들어나갈 수 있다고 확신합니다. 그러니 포기하지 마세요. 서로를 용서하고, 서로를 더욱 사랑하십시오. 서로로부터 용서를 배우고 사랑을 배우십시오. 서로의 다른 성에 대해 보다 더 이해하고자 노력하고, 그것을 진정 이해함으로써 존중해주십시오. 서로의 다름에 더욱 귀를 기울이고, 더욱 맞춰가는 마음으로 대화를 해보십시오. 그것만으로 저는 거의 모든 연인과 부부 사이가 이미 좋아져 있을 거라고 확신합니다.

하지만 그 모든 것에 앞서, 아마도 서로는 서로를 먼저 용서해야만 할 것입니다. '기꺼이' 그렇게 해보고자 마음먹기 위해서는 서로가 여태 서로에게 상처 주고 상처를 받았던, 그 모든 과거를 용서할 필요가 있는 것이니까요. 만약 용서하지 않으면, 내가 그 사람을 위해서 왜 그래야 하는데? 라는 마음이 끊임없이 올라와 그 노력의 시도 앞에서 저항하게 될 것입니다. 그래서 그 미움 안에서 평생토록 머무르게 되는 것이죠. 그렇다면 당신에게는 아직은 미움에서부터 배워야 할 것이 많이 남아 있는 것입니다. 조금 더 미워하고, 아파하고, 불행할 필요가 있는 것입니다.

그럼에도 저는 당신의 그 수업이 되도록 빨리 끝나길 바라겠습니다. 너무 오래도록 그 안에서 배우다 보면, 어느새 우리는 할머니 할아버지가 되어있을 것이고, 그때는 이미 아까운 우리의 삶을 거의 다 산 뒤일 것이기 때문입니다. 이미 소중하고 아름다운 생애는 거의 다 보내고 나서인 것이죠. 하지만 그때라도 느끼고 그렇게 된다면 저는 다행이라고 생각할 것입니다. 죽기 전까지 평생 하나의 성숙도 이루어내지 못한 채 삶을 마감하는 사람들도 정말로 많기 때문입니다.

그러니 하나만 명심하세요. 현명한 사람은 다른 사람의 경험으로부터도 배우고 성숙하는 사람이고, 영리한 사람은 자기 자신의 경험에서만 배우고 성숙하는 사람이며, 하지만 어리석은 사람은 그 무엇에서도 배우지 못하고 그 자리에 머무르는 사람이라는 것을요. 그러니 어리석기보다 현명하십시오. 무엇보다 성숙은, 당신 자신의 행복을 위해 당신이 스스로에게 줄 수 있는 가장 최고의 선물이라는 것을 잊지 마세요.

그러니 지금 이 순간, 충분히 서로를 용서하십시오. 기꺼이 그렇게 하겠다고 마음먹으십시오. 저 사람이 먼저 나에게 이러지 않으면 나도 안 할 거야, 라며 자존심으로 버티기보다, 먼저 다정하게 손을 내밀어 봐주세요. 어쨌든 둘 중 한 명이 먼저 시작해야 하는 것입니다. 그러지 못하면, 평생 미움과 함께 그렇게 살아야만 하는 것이죠. 그러니 새로 시작할 필요가 무조건적으로 있는 것입니다. 그래서 저는 용서가 관계를 치유하고, 또 관계를 회복시키는 가장 첫 번째 노력이 되는 것이라고 생각합니다.

그러니 저는 당신이 과거에 대해서는 용서를 통해 잊고, 그 관계 안에서 새로운 다정함들을 처음부터 다시 쌓아갈 수 있기를 바랍니다. 상대방을 위해서 내가 이렇게 노력이라도 해보려면, 우선 상대방을 향한 나 자신의 미운 감정이 없어야 하는 것 아니겠습니까. 그러니 기꺼이 용서하십시오. 무엇보다 나를 위해서 그렇게 하는 것입니다. 그게 도무지 억울해서 안 되겠다면, 상대방에게 함께 노력하자고, 차분하고 다정하게 이야기를 해서 둘이서 서로를 동시에, 그리고 함께 용서하시길 바랍니다.

왜냐면 제 생각에 아직은 한쪽만 용서하고 한쪽은 용서하지 않는다면, 기꺼이 용서한 한쪽 또한 갑자기 억울해져서 괜히 다시 미워하게 될 가능성이 있기 때문입니다. 내가 너 따위를 위해서 먼저 이렇게나 노력했는데, 너는 아직도 저렇게 고집을 부리고 있네! 주제를 알아야지! 방귀 뀐 사람이 큰소리 친다더니! 하면서 말이죠. 어쨌든, 그럼에도 불구하고 용서하는 사람이십시오. 그것이 어떤 방법이 되었든, 서로만의 방법을 찾아서, 서로를 함께 용서하십시오. 서로를 용서하지 못하면, 그 서로에게는 새로운 시작도 없을 것입니다. 그러니 소중한 이 삶을 서로를 미워하느라 낭비하지는 마시길 바랍니다. 함께 행복하기에도 모자란 이 삶의 순간들이라는 것을 잊지 마시길 바랍니다.

해서 저는 부디, 당신 둘이서 함께하는 모든 순간 안에 '성숙'이 함께하고, 그 성숙으로 인해 서로가 서로를 영원히, 어제보다 오늘 더 사랑하게 되기를 두 손 모아 바라겠습니다. 꼭 그렇게, 서로가 함께하는 매 순간이 서로에게 고통과 아픔이기보다, 행복과 위로가 되어주기를. 그렇게 둘은, 평생을 손을 잡고 걸으며 서로를 이 삶의 마지막 순간에도 다정하게 바라보는, 그런 예쁜 사랑을 이어가기를. 부디 그렇게, 진짜 사랑하기를.

21

다정한 습관 ..

언제나 스스로의 행복에 대해 염려하고, 또한 보다 행복한 사람이 되기 위해 노력하는 마음가짐은 다름 아닌 자기 자신을 위한 다정한 습관에서부터 비롯되는 것입니다. 내가 불행하면 가장 아플 사람이 바로 나 자신이기 때문에, 나 자신을 아끼고 사랑하는 그 다정함에서부터 우리는 우리의 행복에 더욱 관심을 기울이게 되는 것이기 때문입니다.

그러니 오늘 하루, 당신 자신이 어떻게 더 행복한 사람이 될지를 늘 생각하고 고민해보십시오. 그리고 그 하루의 고민을 오늘부터 영원까지 이어가서, 그것이 당신이 하루하루를 살아가고 마주하는 태도이자 습관 그 자체가 되도록 해보십시오. 당신 스스로를 향한 그 다정함이, 끝내 당신을 더욱 행복한 사람으로 만들어줄 것입니다.

그래서 행복한 사람이 된다는 것은 사실, 나 자신을 무엇보다 아끼고 사랑하는 사람이 되는 것과 같은 일입니다. 그리고 그 사랑이 하나의 습관으로 굳어질 때, 우리는 언제나 나 자신과 외부를 향해 상냥한 표정을 짓게 되는 것이죠. 그러니 당신 자신을 어제보다 오늘 더 사랑하도록 해보세요. 스스로에게 더 상냥한 표정을 지은 채 활짝 웃으면서 말이죠.

어제 이런 일 때문에 아프고 불행했다면, 오늘은 그 불행에 더 골몰하는 대신에 그것을 오직 내려놓고 더 아름다운 세계에 집중함으로써 나의 행복에 더욱 신경을 쓰는 것, 그것이 바로 나 자신을 향한 진실한 사랑이자 다정함이라 할 수 있을 것입니다. 그래서 그러한 다정한 습관을 지니고 있는 사람들은 언제나 자신이 마주하고 있는 삶 앞에서 스스로 행복의 균형을 맞춰나가게 되는 것입니다. 자신이 조금이라도 불행하다고 느낄 때는 그 불행에 스스로를 내던져둔 채 방치하기보다, 어떻게 해서든 그 불행의 늪에서 빠져나와 행복을 되찾기 위해서 노력하는 식으로 말이죠. 오늘 내가 누군가를 향한 미움 때문에 마음의 불편함을 겪고 있다면, 그 불편한 마음을 안쓰럽게 여기며 미움 자체를 정화하고 내려놓기 위해 노력하면서 말입니다. 그렇게 끝내 주어진 용서를 완성하며 나아가는 것입니다. 그렇다면 오늘 하루만이 아니라, 오늘을 무수히 많이 더한 언젠가의 오늘 앞에서는 누가 더 큰 행복을 마음에 쌓아둔 채이겠습니까.

그러니 다정한 습관을 지금 이 순간부터 지니십시오. 그렇게, 하루하루의 선물과 보물들을 쌓아나가 이 세상에서 가장 행복한 사람이 되십시오. 지금, 제 물음에 대해 고민하고 답하는 것에서부터 시작해보세요. 당신은, 지금 당신 자신을 얼마나 많이 사랑하고 있습니까. 지금, 행복하십니까. 만약 그렇지 않다면, 나 자신의 행복에 대해서 지금 이 순간 얼마나 많은 정성과 관심을 기울이고 있습니까. 당신을 지금 불행하게 만들고 있는 것은 무엇입니까. 어떤 상황, 어떤 사람이 당신을 아프게 하고 있습니까. 그리고 당신은 그것에서부터 자신을 지키기 위해 얼마나 노력하고 있습니까. 혹시, 더 원망하고, 더 미워하고, 더 큰 불만을 품음으로써 오늘 하루를 어제보다 더욱 거대한 불행함 안에 스스로 가두어두고 있는 것은 아닙니까.

그렇다면 오늘은 오직, 행복을 선택하십시오. 당신 자신을 향해 충분히 다정한 사람이 되십시오. 당신의 내면 안에 언제나 상냥한 태도를 지니고 있음으로써, 그 상냥함이 당신 자신과 외부를 향해 표현되게 하십시오. 이 나쁜 자식, 저 나쁜 자식, 이 나쁜 세상, 저 나쁜 세상, 이라며 끝없이 생각하며 상냥하지 않은 생각들로 당신 자신의 내면을 가득 채우기보다 말이죠. 그러니까 당신을 화나게 하는 상황이 있다면 그저 피해가는 지혜를 키우십시오. 그것 앞에서 버틴 채 끝없이 분노를 곱씹는 것은, 그것을 극복하게 도와주기는커녕 당신에게 더 큰 분노만을 가져다줄 것입니다.

저는 위층의 사랑스러운 아이가 쿵쿵거릴 때, 그 아이가 활발하게 자라나는 것을 응원하는 마음으로 그저 지켜봅니다. 그리고 제가 다른 무엇인가에 집중을 해야 할 땐, 세탁기를 돌리거나, 백색소음을 틀어서 그 소리를 분산시키곤 하죠. 그것으로 충분합니다. 하지만 제가 그 소리에 대해 부정적인 상황으로 인식한 채 속으로 곱씹고 골몰하게 될 때는, 아마도 저는 그 아이를 미워하게 될 것입니다. 그리고 그 미움의 결과에 대해서 또한 책임을 져야만 하겠죠.

그래서 저는 제가 참을 수 있는 것과 참지 않아야 하는 것에 대해서 언제나 신중하게 생각하는 편입니다. 그러니까 제가 만약 윗집에 가서 아이가 너무 쿵쿵거린다고 지적을 하게 되었을 때는, 그 결과로 아이는 집에서 의기소침한 채 지내게 될 것이기 때문입니다. 그때부터는 쿵쿵거리는 순간 엄마에게 혼이 날지도 모르는 일이죠. 그것이 언제나 미움의 결과에 대해서도 우리가 충분히 고려하고 생각할 줄 알아야만 하는 이유입니다.

그러니까 우리에게는 언제나 말한 뒤에 생길 수 있는, 상대방이 그것에 대해 조심하게 되면서 내가 느끼게 될 속상함과 후회 또한 미리 생각해볼 필요가 있는 것입니다. 그래서 제가 선택한 최선은 조심해달라고 말하는 것이 아니라, 혼자 참은 채 분노를 곱씹는 게 아니라, 그저 잠시 다른 음악을 트는 것이었습니다. 아이가 하루 내내 뛰어놀지는 않으니까요.

그리고 저의 그러한 선택은 바로 저 자신에 대한 다정함에서부터 나온 것이었다고 저는 생각합니다. 제가 제 마음 안에 스트레스나 분노할 거리를 심어둘 때는, 그것이 다름 아닌 저 자신을 아프게 하는 행동이 될 수 있을 뿐임을 저는 알고 있기에, 저는 저 자신에 대한 다정함으로 최선을 다해 다정한 결과를 만들어내기 위해 노력했던 것이기 때문입니다.

그런 식으로 제가 다정해서, 다정한 습관을 지니고 있는 사람이라서 오직 세계를 다정하게 바라보고 인식할 때, 그렇게 하고자 노력하는 사람일 때, 저는 외부의 수많은 스트레스로부터 또한 오직 자유로운 사람일 수 있을 것입니다. 그래서 자신의 마음이 아프거나 불행하거나 하는 것에 대해 크게 관심을 가지지 않는 스스로에 대한 다정한 습관이 없는 사람들은 외부의 상황 앞에서도 더욱 취약한 채로 존재할 수밖에 없는 것이죠. 그렇다면 다정함과 분노, 그 둘 중 무엇이 더 강한 것이겠습니까. 한쪽은 스스로를 외부로부터 흔들리지 않게 지켜주는 것이고, 한쪽은 스스로가 언제나 외부에 의해 흔들리도록 방치하는 것이 될 텐데 말입니다.

그렇다면 지금 당신은, 당신의 마음 안에 무엇을 키우고 있으며, 또 무엇으로 당신 자신의 마음을 가득 채우고 있습니까. 그리고 당신이 채워둔 그것은 당신 자신을 진정 위하는 것들이 맞습니까. 저 사람을 원망해야만 내 속이 후련할 것 같아서 원망하고 있다면, 그 결과로 당신의 속이 후련해지고 있습니까. 아마 속이 더 뒤집어지고, 마음엔 더 큰 원망만이 자리 잡은 채일 것입니다. 그래서 저는 부정성은 절대로 같은 부정성으로는 극복할 수가 없는 것이라고 생각합니다. 하여 그저 긍정성을 선택하는 것, 그것이 유일한 해결책이라고 확신합니다.

그러니 원망하는 대신에 그저 당신 자신을 행복하게 해주는 일을 하십시오. 당신 스스로를 위해서 그 원망을 내려놓도록 노력해보십시오. 명상을 하거나, 마음의 치유에 도움이 되는 책을 읽는 것도 좋습니다.

그것이 무엇이든, 노력한다는 것 자체가 바로 다정함입니다. 그리고 그 다정함이 언제나 당신의 곁에서 함께할 때, 그게 바로 당신을 행복하게 만들어주는 다정한 습관인 것입니다.

그러니 당신은 언제나 스스로에게 다정함으로써 스스로의 행복을 염려하는, 무엇보다 당신 자신에게 스스로 다정한 사람이기를 바라겠습니다. 우리가 누군가를 진실로 사랑할 때, 우리는 그 사람의 행복에 대해 당연히 염려하지 않겠습니까. 그렇다면 당신은, 당신 자신을 지금, 충분히 사랑하고 있습니까.

22

최고로서의 성공 ..

그 누구와 비교해도 비교가 되지 않을 만큼 뛰어난 사람이 되십시오. 당신이 당신의 꿈 앞에서, 당신이 임하고 있는 분야 안에서 그 누구보다 최고가 될 때, 당신의 성공은 보장될 것입니다. 그때는 당신이 당신의 성공에게 귀찮으니까 제발 저리 가! 라고 애원해도 성공이 당신을 가만히 내버려 두지 않을 것입니다. 그러니까 최고가 된다는 것은, 나의 재능으로 타인을 행복하게 해주고, 또 타인에게 감동을 주는 일입니다.

저는 저의 머리를 자를 때, 저의 머리를 최선을 다해서 예쁘게 잘라주는 미용사에게 저의 머리를 맡길 것입니다. 왜냐면 그것에 저의 한 달 동안의 행복과 불행이 걸려있을 것이기 때문입니다. 거울을 볼 때마다 예쁜 머리를 보고 웃을 수도 있고, 거울을 볼 때마다 제 마음에 차지 않는 머리를 보고 우울해질 수도 있는 거니까요. 만약 후자가 된다면, 저는 머리가 다시 자랄 때까지 모자를 쓰고 다녀야만 하겠죠. 그렇다면 당신은, 당신의 재능으로 사람들을 행복하게 해주는 사람입니까. 아니면 불행하게 만드는 사람입니까.

그러니 최고가 됨으로써 타인들의 마음을 기쁘게 해주십시오. 당신이 임하고 있는 그 분야 안에서 당신이 할 수 있는 최대한의 잠재력을 실현함으로써 오직 최고가 되고, 그리하여 당신이 비로소 최고로서 존재할 때, 당신은 당신의 존재함만으로 사람들에게 행복을 전해주는 사람이 될 것입니다. 그래서 그때는 당신의 존재가 사람들에게 기쁨을 주는 '선물' 그 자체가 되는 것이죠. 그것이 다입니다.

당신이 당신의 소중한 무엇인가를 맡길 수 있거나, 기꺼이 당신의 돈을 지불하고도 하나의 아까움도 느끼지 않을 수 있는 사람, 혹은 상품은 무엇입니까. 그건 아마도 최고로서 존재하고 있는 사람이거나, 혹은 그 최고로부터 만들어진 상품일 것입니다. 그러니까 당신은 당신의 치아를, 오직 돈을 벌기 위해서 문제가 없음에도 문제가 있다고 속이는 치과 의사에게 맡기기보다, 문제가 있음에도 최대한 오래 쓸 수 있도록 살려주는 유능한 치과 의사에게 맡기고 싶을 것입니다.

그러니 최고가 되십시오. 또한 그 최고의 재능을 바탕으로 사람들을 행복하게 해주십시오. 저는 제가 머리를 자를 동안에 제 눈을 감고 모든 것을 미용사에게 맡겨도 저의 머리를 예쁘게 잘라주는 미용사에게 평생 갈 것입니다. 그 사람이 미용실을 멀리 옮겨도, 저는 그 사람에게 갈 것입니다. 왜냐면 그 사람이 저에게 행복을 주는 사람이니까요. 그래서 그때는 미용사가 제발 좀 오지 마, 라고 말해도, 어떻게 그래요, 제 머리는 소중한데, 당신에게 머리를 자르고 나면 제가 행복해지는데, 라고 말하며 저는 미용사를 귀찮게 할 것입니다. 그리고 그 안에, 위대한 성공의 법칙이 있는 것입니다.

당신이 요리사라면, 당신은 당신의 고객들에게 최고의 음식을 선사함으로써 그들을 행복하게 해줄 책임이 있는 것입니다. 당신이 패션 디자이너라면, 당신은 당신의 옷을 통해서 당신의 옷을 입는 사람들을 행복하게 해줄 책임이 있는 것입니다. 이 옷을 입으면 내가 더 예쁜 사람이 된 것 같아. 정말 행복해, 라고 말하게 만드는 책임 말입니다. 해서 그때가 되면, 당신이 성공에 대해서는 잊어도, 성공이 당신을 잊지 않을 것입니다.

아무리 멀리 있는 음식점이라도, 그곳에 최고가 있다면 우리는 줄을 서서 기다릴 것입니다. 그것이 최고가 된다는 것의 진정한 의미입니다. 내 재능을 통해서 타인들을 행복하게 해주는 것, 오직 그 행복으로 인해 사람들로 하여금 나를 찾게 하는 것, 바로 그것인 것이죠. 그렇다면 이 때에 이르러서 당신을 성공하게 만든 것이 무엇이겠습니까. 당신의 외부겠습니까, 당신의 내부겠습니까.

많은 사람들이 성공은 외부적인 것이라고 말하지만, 저는 성공은 철저히 내부적인 것이라고 생각합니다. 바로 당신의 존재, 그것이 성공의 유일한 근원이기 때문입니다. 그저 당신이 그곳에 있음으로 인해서, 그곳에 있기 때문에, 그러한 당신의 존재에 의해서 성공은 오직 완성되어지고 이루어지는 것입니다. 당신이 최고로 친절하고, 최고로 섬세한 웨이터가 된다면, 당신이 일하는 음식점은 당신으로 인해서 그저 성공하게 되는 것이죠. 그래서 사람들은 당신을 직원으로 쓰기 위해 경쟁하게 될 것입니다. 쟤가 오기만 하면 글쎄, 매출이 이만큼 뛴다니까, 라고 말하면서 말이죠.

그렇다면 그곳에 어떤 외부적인 것이 있었나요. 오직 내부적인 것, 그 존재함만이 있었습니다. 그리고 그것 하나만으로 성공이 완성되어진 것입니다. 진실로 내가 존재하는 방식이, 내가 하루를 마주하는 습관이, 그 내면의 태도와 내가 내 마음 안에 품고 있는 그 모든 내부적인 것들이 마침내 무르익어 성공을 창조하고 완성한 것이죠. 그렇게 우리는, 우리가 마음 안에 품은 성공을 오직 외부로 표현할 수 있을 뿐인 것입니다.

제가 웨이터로 일할 때, 저는 제 월급의 두 배 이상을 팁으로 받았었습니다. 굳이 대리운전을 부르지 않고 저보고 대리를 해달라고 조르던 사람도 있었죠. 저와 조금이라도 더 같이 있고 싶다는 게 그 이유였습니다. 저는 그곳의 웨이터로 있으면서, 사람들을 행복하게 해주는 사람이었던 것입니다. 저는 그저 제가 할 수 있는 한 최고로서 존재했고, 그저 최선을 다해서 친절하고 다정했으며, 또한 섬세하게 그들의 요구에 먼저 반응했을 뿐이었습니다.

그리고 그건, 아 지금쯤이면 이게 더 필요하겠구나, 들어가 보니 바닥이 조금 춥네, 온도를 높여드려야겠다, 고기를 조금 태우시는 것 같으니 한 번 뒤집어줘야겠다, 이런 것이었죠. 항상 방에서 나오기 전에는 웃으며 더 필요한 건 없으세요? 라고 물었습니다. 그리고 이걸 더 달라고 하면, 이미 비워져 있는 다른 반찬까지 함께 드렸죠. 제가 어떤 식당에 갔을 때, 저는 반찬을 아끼는 주인의 인색함을 느끼고 나서는 그 식당에는 두 번 다시 가지 않았다는 것을 기억했기 때문입니다.

그리고 벨이 울리면, 저는 밝고 큰 목소리로 네, 라고 말하며 제가 그 벨 소리를 들었다는 것을 표현했습니다. 건배사가 필요한데 색다른 게 없냐고 물을 땐, 멋지게 셰익스피어의 한 문장을 읊어드렸죠. 제가 없는 날에는, 제가 없어서 실망하는 손님이 있을 만큼 저는 최선을 다했습니다. 그저 글을 쓰기 위해 필요한 돈을 마련하느라 잠깐 일하는 것일 뿐인데도 저는 제가 할 수 있는 최선을 다했던 것입니다. 왜냐면 저는 최선을 다하지 않으면 안 되는 사람이었기 때문입니다. 무엇을 하든, 대충하면 안 되는 사람이었던 것이죠. 그것이 무엇이든, 나태함은 편안함이 아니라 나를 더 불편하게 할 뿐이라는 것이 저의 기본적인 생각이었습니다.

하루 종일 나태하게 있을 때, 그게 과연 저를 행복하게 해줄까요. 사실 제가 그래 본 적은 없지만, 저에게 그건 생각만 해도 버티기가 힘든 일이 될 것 같습니다. 하지만 어떤 사람은 최선을 다하는 것을 더 버티기 힘들어하죠. 그렇다면 누구에게 있어 성공이 당연한 것이 되겠습니까. 그렇다면 성공이 당연한 쪽에게 있어서, 그 성공의 유일한 근원이 되었던 것은 무엇입니까. 그건 정말로 하나의 상태이자 습관이었을 것이고, 하여 오직 내부적인 것이었을 것입니다. 그러니 먼저 성공할 만한 내부를 지닌 사람이 되세요. 당신이 그런 사람이 되었을 때, 당신은 성공할 수밖에 없을 것입니다.

　만약 당신이 외부에만 급급한 사람이라면, 당신은 많은 돈을 벌고도 여전히 최고가 되지 못했다는 공허함과 죄책감에 시달리게 될 것입니다. 책을 쓰고 광고를 해서 책을 엄청나게 팔아 놓고는, 독자들에게는 욕을 먹는 것이죠. 이따위 책을 사게 하다니! 하고 말입니다. 그래서 여기저기를 기웃거리며, 남의 글을 베끼는 사람이 되고야 마는 것입니다. 실제로 저는 그런 사람들을 많이 봤습니다. 제가 여기에 그 사람들의 이름을 나열한다면, 아마도 독자분들은 놀랄 것입니다. 아 그 책이 이런 책이었어? 하고 말이죠.

　하지만 저는 그러한 것에 대해서, 심지어 저의 글을 베낀 사람에 대해서도 저의 독자들에게 단 한 번도 말해본 적은 없습니다. 제가 그러한 욕구가 아예 없는, 완성된 성인군자는 아니었기 때문에 순간적인 충동조차 없었던 것은 아닙니다. 하지만 그러한 충동 위에는 언제나 그보다 높은 온전한 책임감이 있었습니다. 제가 그러한 이야기를 공유함으로써 단 한 사람이라도 누군가를 미워하게 된다면, 저는 그것에 대해 책임감을 느껴야만 할 것이고, 그래서 지인들에게 털어놓고는 혼자 내려놓고 마는 것이죠. 그것이 자신의 성공에 대한 진실한 책임감이라고 저는 생각합니다.

　자신의 영향력을 책임지지 못해 한순간에 추락한 사람들을 저는 많이 봐왔습니다. 그들은 자신의 내부를 컨트롤하지 못해서 정말이지 한순간에 실패로 추락하고 말았죠. 그러니 모든 것이 내부적인 것입니다. 제가 하나부터 열까지, 저의 불만과 저의 우쭐한 점에 대해 독자분들에게 생색을 내야 한다면, 글쎄요, 아마도 저의 책은 오래도록 꾸준히 사랑받는 스테디셀러가 되지는 못했을 것입니다. 저의 인성이, 제가 책에 담은 진심까지도 깎아 먹게 되었을 것이기 때문입니다. 그래서 우리에게는, 우리의 재능을 또한 스스로 온전히 지켜내야만 하는, 존재에 대한 책임 또한 있는 것입니다.

제가 만약에 화를 참지 못해 누군가를 때리고 교도소에 가는 일이 있었더라면, 지금의 제가 여전히 글을 쓰고 있겠습니까. 그리고 제 글을 읽어주시는 분들이 있겠습니까. 그러니 자신의 소중한 재능을 스스로의 성숙이 뒷받침해주지 못해 끝내 실패로 연결되는 사람이지는 마십시오. 나의 재능을 나의 인격이 깎아먹지 않도록 하는 것 또한 재능의 일부이자 내 재능에 대한 온전한 책임의 실현인 거니까요.

그러니 명심하세요. 사람들은 한 번 실망한 것에는 두 번 다시는 눈길을 주지 않을 거라는 것을요. 그래서 우리가 하는 사업은 사실 물품과 돈의 교환이 아니라, 엄밀하게 말하면 진심과 진심의 교환인 것입니다. 내가 진심으로 만든 무엇인가를, 누군가가 구매를 하고 나서 진심으로 행복과 감사함을 느끼게 될 때, 그것이야말로 서로가 만족하는 진정한 승리의 방식이기 때문입니다.

해서 우리가 그 진심을 교환하는 일 앞에서 성공적이게 되었을 때, 이제 그곳에서 '돈'이라는 것은 사실 부수적인 것이 됩니다. 내 '돈'을 주고 이것을 구매했다는, 그러한 '돈'에 대한 사실은 잊게 되는 것이죠. 그리고 그것을 만들고 공급한 사람 또한 자신에게 돌아오는 그 진심 어린 감사의 표현에 의해서 '돈'에 대해서는 잊게 되는 것입니다. 그때는 아, 정말 보람차다. 내가 최선을 다했다는 것을 알아주는구나. 앞으로도 최선을 다해야겠다. 오직 이러한 마음만이 남게 될 테니까요.

그래서 이러한 방식에는 두 번이 있고, 세 번이 있습니다. 그렇다면 그 두 번과 세 번을 있게 한 것은 무엇입니까. 바로, 진심과 진심의 연결입니다. 소비자는 감동을 잊지 않고 기억했기에, 잊지 않을 만큼의 감동이 있었기에 공급자를 두 번 찾게 되는 것입니다. 그리고 공급자는 그두 번 찾아줌을 당연시 여기지 않고 감사히 여길 줄 알기에 소비자에게세 번째로 보답하는 것입니다. 왜냐면 공급자에게는 자신의 매출에 대한 책임이 아니라, 고객의 진심을 지켜야 한다는 유일한 책임이 있을 뿐이기 때문입니다.

그래서 만약 우리가 오직 돈만을 최우선으로 삼은 채 나아간다면, 우리는 언제나 한 번에 만족해야만 하는 사람이 될 것입니다. 이 사람들에게 한 번, 그리고 저 사람들에게 한 번, 이런 식이 되어야만 하는 것이죠. 같은 사람에게 두 번은 없습니다. 그래서 오직 돈과 돈의 교환만이있을 뿐입니다. 해서 그것은 정말이지 어느 누구도 진심으로 행복하게해줄 수가 없는 방식인 것입니다. 하여 그곳에는, 여전히 자신은 최고가 아니라는 것에 대한 열등감과, 그 열등감을 오직 외부의 상징으로 덮으려고 하는 낮은 자존감의 시도만이 존재할 수가 있을 뿐일 것입니다.

해서 최고가 되고, 그 최고인 바에 대해서 최선을 다해 온전한 책임을 다하는 것, 저는 그것이야말로 진정한 성공의 방식이라고 확신합니다.

우리가 사적인 이득을 너무나도 우선시하게 될 때는 시야가 좁아질수밖에 없을 것입니다. 해서 그때의 우리는, 그저 가까이 있는 이득만을바라보게 되고, 또 추구할 수밖에 없게 되는 것이죠. 그러니까 그건, 김지훈 작가의 이 글이 인기가 많으니까, 우리 책에 실린 글인 것처럼 속여서 광고해보자, 그럼 내일은 매출이 조금 더 오르지 않을까? 이렇게생각하게 되는 식인 것입니다. 그리고 그러한 순간적인 충동을, 오직 사적인 이득에만 얽매여 있기에 참지 못하게 되는 것이죠.

그게 실제로 어떤 작가가 운영하는 출판사에서 한 일입니다. 작가가 오직 돈을 위해서 그러한 일을 했다고 하면 믿어지시겠습니까. 그리고 그는 행복이란 이런 것이고, 자존감이란 이런 것이고, 돈을 밝히는 것은 좋지 않고, 뭐 그런 글을 썼습니다. 어쨌든 그러한 일이 저에게 걸렸을 때는, 일단 죄송한 척 사과하자, 그럼 봐주지 않을까? 이런 식이었습니다. 사실 진심인지 아닌지는 다 느껴지는 것인데 말이죠.

그래서 어쩌면 그들은 불쌍한 사람들입니다. 그래서 저는 그들을 놓아줬습니다. 자신들의 실수가 무엇인지조차 모르는 사람들이었기 때문입니다. 자신들의 이득 앞에서 그러한 실수와, 실수에 대한 결과, 그 책임에 대해서는 보려고 하지조차 않는, 볼 수조차 없는 제한적인 사람들이라는 것이 느껴졌었기 때문입니다.

그리고 저는 또한 그들의 그러한 행동에 대해 독자들에게 이러쿵저러쿵 말하지도 않았습니다. 저의 친한 지인들, 그리고 가족에게조차 말하지 않았습니다. 제가 독자들에게 말했다면, 아마도 그들에게 심각한 타격을 주는 것에는 성공했을 것입니다. 제가 독하게 마음을 먹었다면, 어쩌면 그 사람이 글을 영원히 쓰지 못하도록 만들 수도 있었을 것입니다. 하지만 저는 그렇게 하지 않았습니다. 그들에게도 자신들의 실수를 느끼고 바로잡을 몇 번의 기회가 더 필요한 것이고, 저에게도 그들을 통해 용서를 배울 필요가 있었기 때문입니다.

그날 밤, 홀로 밤을 지새우고 있는 저 스스로를 바라보면서, 저는 그렇게 생각했습니다. 어쨌든 용서하지 못하면 내가 아프다. 그들이 나에게 무엇을 했든, 그리고 내가 그들에게 무엇을 할 계획이든, 일단은 용서한 뒤에 하는 것이 맞다, 하고 말이죠. 그리고 용서했습니다. 용서를 한 뒤에는 사실 그것에 대해 딱히 아무런 생각이 들지 않게 돼서 아무것도 하지 않았지만요.

제가 만약 그들을 용서하지 않았다면, 그래서 제가 그것을 사람들에게 알리고, 그렇게 그들을 어떻게 해서든 망하게 하고자 마음먹었다면, 아마도 어떤 이들은 저를 위해서 그들을 비난할 것이고, 어떤 이들은 저에게 실망을 하게 되었을 거라고 저는 생각합니다. 그리고 저를 통해서 사람들이 누군가를 미워하게 된다면, 저는 끝내 모르는 척하겠지만 사실 저의 마음은 죄책감으로 물들게 되었겠죠. 그리고 제가 저의 글을 통해 행복과 치유를 얻는 단 한 명의 독자에게라도 실망감을 안겨준다면, 앞으로 제가 어떤 글을 써도 그 한 명의 독자에게는 제 글이 더 이상 행복한 가치가 되지는 않을 것입니다.

그래서 결과적으로 용서를 한 것에 대해서 저는 잘했다고 생각합니다. 그건, 제가 진심으로 사랑하고 있는 제 꿈에 대한 제 진실한 책임감을 실현하는 행동이었다고 저는 생각합니다. 그리고 이 일을 통해서 저는, 저 자신의 개인적인 감정보다 꿈 앞에서의 책임을 더욱 우선시할 줄 아는 것, 그것이 저를 더욱 나은 사람으로 만들어준다는 것을 배웠습니다. 그래서 어쩌면 그들에게 저는 감사해야 하는 입장인 것입니다. 나에게 용서할 거리를 가져다줘서 고마워, 하고 말이죠. 고맙다며 케이크라도 하나 보내줄 걸 그랬습니다. 하지만 그들은 매일 저의 SNS 계정을 염탐하며 혹시라도 제가 그 사실에 대해 폭로를 할까 두려워하고 있을지도 모르겠군요. 도스토예프스키의 죄와 벌처럼 말이죠.

어쨌든 그들은 그들이고, 저는 저입니다. 그리고 그들에게는 그들만의 성공이, 저에게는 저만의 성공이 있는 것입니다. 여러분께서는 누가 더 성공한 사람이라고 생각하십니까. 만약 적어도 이 둘 중에서는 저라고 생각한다면, 여러분에게 있어서도 이미 성공은 '돈'과는 크게 관련이 없는 것이 된 것입니다. 이미 꿈 앞에서 최고로서 존재하고 싶다는 설레임이 마음에 가득한 채일 테니까요.

그곳에서부터 시작하십시오. 우리에게는 우리가 마주한 매 순간을 통해 오직 성숙하며 나아가야 한다는 유일한 인간적인 책임만이 있을 뿐입니다. 그러니 내가 마주하고 있는 사랑과 관계 안에서, 내가 마주하고 있는 나의 꿈 앞에서, 내가 마주하고 있는 나의 삶 앞에서, 오직 최선을 다해 성숙한 사람이 되고자 하루하루를 보내시길 바랍니다. 당신이 그 유일한 목적과 의무와 완전한 정렬을 이루게 될 때는, 아마도 내면의 기쁨과 자존감이 당신이 공허함과 외로움을 느낄 틈이 없을 만큼 당신을 행복하게 해줄 것이고, 하여 그것이 그 자체의 보상입니다. 그리고 그때의 당신은 이미 외부적인 보상에 대해서는 잊은 채일 것입니다.

당신이 외부적인 보상에 대해서 급급할 때, 당신은 때로 수단과 방법을 가리지 않게 될 것입니다. 그리고 그때의 당신은, 아마도 눈앞에 놓인 그 작은 이득 때문에 당신의 영원한 이득을 놓치게 될 것입니다. 바로 행복한 사람으로 존재하는 영원한 이득 말입니다. 그러니 먼 길을 돌아가지 마십시오. 그저 더디더라도 당신의, 타인들을 행복하게 해줄 거라 믿는 그 가치를 서서히 실현하며 나아가면 됩니다. 그 예쁜 과정 안에는 당신의 행복이 함께할 것입니다.

그렇게 당신은, 당신의 꿈과 함께 자라날 것입니다. 나는 열심히 내 꿈을 마주하고 있을 뿐인데, 그와 더불어 내 자존감까지 함께 높아지는 것이죠. 그것은 정말이지 일석이조라고 저는 생각합니다. 그러니 꿈과 삶과 사랑, 그 모두 앞에서 당신은, 당신의 '성숙'할 책임에 대해서 최선을 다해 온전히 임하십시오. 그 나아감 안에서 당신은 세 마리의 토끼를 모두 잡게 될 것입니다. 그리고 그때는, 당신이 쳐다보지도 않았던 네 번째 토끼 또한 당신에게 껑충 뛰어와 당신을 따라다닐 것입니다. 바로 외부적인 성공이라는 이름의 토끼 말입니다.

그러니 잊지 마세요. 나는 오직 나의 내부를 쫓았을 뿐인데, 외부가 알아서 나를 쫓아오고 있는 것, 그것이 바로 진정한 성공이 있는 자리

라는 것을요. 해서, 그 자리를 차지하는 당신이 되기를 바랍니다. 그렇
게 네 번째 토끼가 알아서 당신을 쫓아오게 하시길 바라겠습니다. 그리
고 그때, 당신은 관심조차 없어 이름도 몰랐던 그 토끼를 마침내 발견
하고는, 넌 누구야, 이름이 뭐야, 하고 묻게 될 것입니다. 그러니 그 진
정한 성공을 끝내 이루어내는 당신이기를. 무엇보다 그 모든 과정 안에
서 당신이 행복하기를.

23

감사하는 마음

오늘은 진정 감사하는 마음에 대한 저의 생각을 조금 풀어보고자 합니다. 나에게 주어진 지금에 오직 감사한다는 것은, 사실 온전한 집중을 뜻하는 것이라고 저는 생각합니다. 지금 내가 마주하고 있는 현재의 순간들에 대해 전혀 불만을 품지 않은 채 감사하는 것, 그건 지금을 온전하고도 완전하게 살아가는 일이니까요. 해서 우리가 지금에 온전히 집중하지 못할 때, 그러니까 감사하지 못할 때, 우리는 우리의 바깥 세계를 향해 끝없이 시선을 돌리게 됩니다. 혹은 나의 이런저런 생각에 골몰한 채 그것과 하나가 되기도 하죠. 하지만 우리가 우리에게 주어진 지금 이 순간에 대해 진정 감사할 때, 그때의 우리는 오직 완전한 침묵과 함께하게 될 것입니다.

사실 침묵이란, 완전한 고요함이 아니라 또 하나의 새로운 소리라고 저는 생각합니다. 그래서 우리는 침묵의 소리를 들을 수 있는 것입니다. 그리고 그 고요하고도 아름다운 소리를 듣기 위해서는 우리가 지금에 온전히 감사하는 상태여야만 하는 것입니다. 만약 내가 지금 이 순간에 대해 감사하지 못한 채 존재하고 있다면, 그때의 우리는 여러 가지 산만함들과 함께 방황하게 될 것이기 때문입니다. 그래서 그때는 그저 영화 한 편을 볼 때도 나의 산만함 때문에, 그러니까 지금에 만족하지 못하는 그 마음으로 인해서 영화를 보게 되는 것이죠. 그리고 그건, 지금 이 순간에 대해 내가 전적으로 감사하고 있지 못하고 있기에 계속해서 불만족스러운 마음으로 다른 것에 탐닉하고자 끝없이 애쓰는 것과 다름이 없는 것입니다.

그렇게 우리는, 끊임없이 우리에게 자극이 되는 무엇인가를 찾아 나서게 됩니다. 따라서 지금에 감사하지 않으려고 하는 그 불만이 우리의 내면에 존재할 때, 우리는 우리의 마음에 침묵의 소리가 아니라 다른 소리를 채우게 되는 것입니다. 그렇다면 당신은, 지금 당신 자신에게 주어진 지금 이 순간에 대해 얼마나 감사하고 있습니까. 그리고 또 얼마나 많은 불만을 가지고 있습니까. 혹시 지금 이 순간에 온전히 존재하는 것에 대한 저항으로 너무나도 많은 외부에 탐닉하고 있는 것은 아닌가요. 혹은 당신 자신의 어떠한 생각 하나를 끝없이 곱씹으며, 그 감정 자체에 탐닉하고 있는 것은 아닌가요. 그렇게 지금의 결핍에서부터 벗어나기 위해서 더 많은 결핍과 공허함을 창조하고 있는 것은 아닌가요. 스스로에게 한 번 물어보는 시간을 가져보세요.

한 가지 일에 몰두한다는 것은, 그래서 그 순간에 진정 감사할 줄 아는 사람만이 할 수 있는 것이라고 저는 생각합니다. 우리가 그 순간에 충분히 감사하지 못할 때, 우리는 그 순간을 받아들이거나 즐기지 못한 채 불만을 품게 될 것이고, 그래서 이런저런 다른 것들을 필요로 하게 될 것이기 때문입니다. 그러니 주어진 지금에 대해 온전히 받아들임으로써 내가 마주하고 있는 모든 순간에 나 자신의 감사가 흘러가도록 해보세요. 내가 무엇인가에 집중을 하고 있다는 건, 내가 지금에 오직 감사하고 있다는 하나의 다정한 표현이니까요.

그러니 내가 마주하고 있는 지금 이 순간에게, 또 사람들에게 그 다정한 표현을 하며 존재하도록 해보세요. 삶이 더욱 즐거워지고 풍성해질 것입니다. 우리가 감사하지 못해 하던 불만족의 상태들, 예를 들어서 폭식을 한다든지, 오락거리에 과도하게 빠진다든지, 어떤 하나의 생각에 사로잡힌 채 그 생각에 골몰하는 식으로 생각의 지배를 받는다든지, 이런 것들이 자연스럽게 사라지게 될 것입니다. 여전히 우리의 삶에 '재미'와 '오락'은 있겠지만, 이제 우리는 우리 자신을 공허하게 할 만큼 그것들에 탐닉하지는 않은 채일 것입니다. 아까 든 예로 영화를 볼 때도 지금에 만족하지 못하는 마음에서부터 영화를 보게 되는 경우도 있다고 했는데, 이제는 영화를 보는 것이 우리의 오롯한 선택이 되며, 하여 우리는 영화를 진정 집중한 채 즐길 수 있게 될 것입니다. 그저 침묵이 두려워 영화를 통해 지금 이 순간을 회피하고자 영화를 보는 것이 아니라 말이죠. 그리고 그 온전함 안에는 언제나 진정한 행복이 함께하고 있을 것입니다.

그러니 지금에 온전히 감사하는 연습을 해보세요. 그것에 서툴다면 명상하는 법을 배워보세요. 사실 명상을 한다는 건, 지금 이 순간에 대한 나의 완전한 감사를 삶을 향해 표현하는 행동이라고 저는 생각합니다. 오직 침묵의 소리와 함께 지금 이 순간에 대해 온전하고도 완전하게 집중하는 시간이 바로 명상의 시간이니까요. 그래서 완전한 침묵, 즉 지금에 대한 완전한 감사는, 나의 내면에서 지금을 회피하고자 한다거나, 지금 이 순간에 온전하게 존재하는 것에 대해 저항한다거나 하는 마음이 없을 때라야 비로소 완전하게 가능해지는 일인 것이고, 또한 우리는 명상을 통해 그 마음에 더욱 쉽게 접근할 수 있게 되는 것입니다.

우리의 마음속에 지금 이 순간에 있는 그대로 존재하는 것에 대한 불만이 있을 때, 우리는 다음 순간이 찾아오기를 계속해서 기다리며 존재하게 될 것입니다. 지금을 지루하게 느끼게 되고, 지금을 고통스럽게 느끼게 되는 것이죠. 그래서 아, 싫증 나, 하고 말하게 되는 것입니다. 그래서 감사하는 마음은 우리에게 지금을 더욱 느끼게 해주고, 따라서 우리를 더욱 살아있게 만들어주는 생명의 활기찬 박동입니다. 아 도대체 이게 언제 끝날까, 라는 생각을 하게 하는 대신에 매 순간순간에 우리의 진심을 더욱 담을 수 있게 해주는 것이죠.

그래서 그때의 우리는 우리의 하루 안에 더욱 큰 몰입과 집중을 담은 채 나아가게 됩니다. 그리고 그 집중과 몰입은, 우리를 시간과 공간을 넘어서게 하는 무아지경 상태의 황홀함 안으로 데려다주곤 하죠. 지금이 몇 시인지에 대해서, 지금 내가 어디에 있는지에 대해서 완전히 잊은 채 존재하게 되는 그 완벽한 평화의 상태 안으로 말입니다. 그리고 그것이야말로 우리에게 순간에 존재하고 있다는 무한한 행복과 기쁨, 진정한 만족감, 더하여 가득 찬 성취감과 같은 것들을 가져다주는 것입니다. 그러니까 아침에 일어나 자기 전까지 무엇인가에 집중을 하고도 우리를 전혀 지치지 않게 해주는 것, 그것은 바로 우리의 마음 안에 있는 살아있음에 대한 행복과 감사인 것입니다.

그렇다면 당신의 지금은 어떤가요. 평소에 무엇인가를 할 때, 끊임없이 폰을 만진다든지 하는 것으로 지금 이 순간에 온전히 존재하는 것에 대한 불만을 표현하고 있지는 않은가요. 당신은 지금, 당신에게 주어진 지금 이 순간을 회피하고자 얼마나 많은 노력을 기울이고 있나요. 단 한 순간이라도 침묵하지 못해 산만함과 함께 방황하고 있는 것은 아닌가요. 그렇다고 한다면, 그 회피와 저항, 탐닉의 상태가 진정 여러분의 내면에 행복과 자존감을 가져오고 있나요?

한 번 스스로의 마음에 귀를 기울여보세요. 나 자신이 여태 느껴왔던 공허함과 갈증들을 느껴보고, 또한 그것들이 내 마음을 얼마나 소란스럽게 만들어오고 있었는지를 한 번 바라봐보세요. 그러고는 그 안에 오직 감사함을 가득 채워보세요. 고요함 안에서 침묵의 소리에 귀를 기울여보는 것입니다. 진정한 평온함의 파도가 당신에게 밀려올 것입니다. 그러니 그 무한한 침묵의 소리를 들으며, 오직 그 침묵의 소리를 배경 삼아 이 세상의 소리를 들어보세요. 당신의 마음이 산만해서 거의 듣지 못했던 당신의 숨소리, 바람 소리, 새벽 소리, 그 모든 생명의 소리들이 당신의 곁을 언제나 가득 채우고 있었다는 것을 당신은 이제 알아차리게 될 것입니다. 그리고 그것이 바로 지금 이 순간에 대한 완전한 감사입니다.

우리는 언제나, 우리가 듣고 싶을 때마다, 듣고자 마음먹을 때마다 그 침묵의 소리를 들을 수 있어야만 합니다. 그러니 침묵의 소리와 함께한 지금 이 순간을 기억하십시오. 그 어떠한 저항도 없이 지금 이 순간에 대해 감사했으며, 또한 그 감사를 삶을 향해 표현했던 이 다정한 순간을 잊지 않은 채 간직하고 있으십시오. 그리고 살아가는 매 순간에, 그리고 당신이 필요할 때면 언제든지, 이 온전한 집중을 담기 위해 노력해보세요. 특히 당신의 마음이 산만해질 때마다, 공허에 물들어 허덕이는 순간마다, 어떠한 결핍으로 인해 방황할 때마다 그렇게 하십시오. 삶의 질이 더욱 높아지고 풍성해질 것입니다.

자연의 소리를 듣는다는 것, 나의 볼을 스치는 바람을 느낀다는 것, 그 모든 것이 감사함의 표현입니다. 그렇다면 당신은 길을 걸을 때, 충분히 감사하며 걷고 있습니까. 아니면 걷는 순간에 대해 불만을 품은 채 걷고 있습니까. 그러니까 걷는 순간에 온전히 집중하지 못한 채 얼마나 많은 다른 것들로 걷는 순간을 지우고 있습니까. 만약 여러분이 걷는 행위 자체에 감사한다면, 여러분은 그저 걸을 것입니다. 여러분의 두 발이 땅과 키스를 하는 그 감각과 소리를 이제는 듣게 될 것이고, 그 사이에 있는 모든 자연의 소리와 자연의 맞닿음을 느끼고 있는 채일 것입니다.

산은 산이요, 물은 물이라는 말이 있죠. 여러분이 지금에 온전히 감사할 때, 여러분은 이제 산 그 자체를, 물 그 자체를 바라볼 수 있게 될 것입니다. 그 있는 그대로의 아름다움을 이제는 감상할 수 있게 될 것입니다. 그것이 어디 산과 물뿐이겠습니까. 우리는 우리 앞에 서 있는, 우리가 마주하고 있는 우리의 소중한 곁 또한 더욱 온전히 바라볼 수 있게 될 것입니다. 얼마나 많은 불만이 '진짜 그 사람'을 바라보지 못하게 가려왔던 걸까요. 그렇다면 그 모든 것 뒤에 있는 그 사람의 진짜 모습을 바라보는 건 오직 그 사람에게, 그리고 지금 이 순간에 대해 내가 진정으로 감사할 때라야만 가능한 일이지 않을까요. 그리고 그것이야말로 진정한 사랑의 눈길이라 할 수 있는 것이 아닐까요.

그렇다면 당신은, 상대방과 함께하는 순간에 온전히 감사해본 적이 있나요. 늘 머릿속으로는 다른 무엇인가를 생각하거나, 아니면 상대방과 함께 다른 외부적인 재밋거리에 탐닉하거나, 그런 식으로 그 순간을 지워왔던 것은 아닌가요. 우리가 누군가와 함께하는 순간에도 충분히 감사한 채로 존재할 수 있을 때, 그때야 비로소 우리는 서로의 외로움이나 공허함 때문에 누군가가 필요한 관계가 아니라, 완성된 서로인 채 더욱 서로를 채워주는 관계를 맺게 될 것입니다. 그러니 감사와 함께 존재하는 법을 배워보십시오.

제 생각에 그것을 도와주는 운동 중에는 '요가'가 있습니다. 제가 오랜 시간 요가를 해보면서 느낀 건, 요가는 우리에게 삶에 대해서 가르쳐주는 수업이라는 것이었습니다. 그러니까 요가는 단순히 우리의 몸을 바르게 교정해주는 운동이 아니라, 호흡과 함께 내가 하고 있는 동작에서 오는 아픔을 온전히 받아들일 수 있게 해주는 운동이며, 그것을 통해 저항하지 않은 채 감사하는 마음을 배우게 해주는 운동이며, 하여 그것이야말로 요가의 진정한 목적이자 마음인 것이죠.

요가를 하며 우리가 어떤 동작을 취할 때, 우리는 그 동작을 함에서부터 오는 통증을 회피하지 않습니다. 그저 온전히 호흡하며 그 통증 바라볼 뿐이죠. 그렇게 어느 시점부터는 더 이상 인상을 찌푸리지 않게 됩니다. 오직 미소와 함께 그 통증을 바라볼 수 있게 되는 어떤 지점에 끝내 닿게 되는 것이죠. 그러니까 그때는 통증에 '불만'을 품지 않은 채 오직 통증과 '하나'가 되는 식으로 존재하는 게 가능해지는 것입니다. 그리고 그 '하나 됨'이 저는 이 삶을 살아가는 일과 같다는 생각을 자주 했었습니다.

우리의 삶에도 또한 얼마나 많은 고통이 있습니까. 하지만 그 모든 순간들을 그저 판단하지 않고 바라볼 때, 우리는 그 삶의 물결과 하나가 될 수 있습니다. 여전히 파도를 멈출 수는 없지만, 그 파도를 타는 법을 배울 수는 있는 것이죠. 그리고 그때의 우리는 이 삶의 모든 고통들을 그저 미소와 함께 바라볼 수 있게 될 것입니다. 그러니까 그 모든 삶의 시련들과 완전히 하나가 된 채로 존재할 수 있게 되는 것이죠. 해서, 단 하나의 불만도 품지 않은 채 전적으로 감사하는 상태에 끝내 닿게 되는 것입니다. 그 받아들임을 가능하게 해주는 것, 그것이 바로 제가 생각하는 요가입니다.

그래서 저는 요가를 많은 이들에게 추천하곤 했습니다. 하지만 사실, 우리가 어느 성숙의 지점에 끝내 닿게 되었을 때는 더 이상 요가를 할 필요는 없을 것입니다. 왜냐면 요가는 하나의 마음을 얻게 해주는 수업이라고 저는 생각하는데, 우리가 그 마음으로 삶 자체를 살아가게 될 때는, 이제 우리의 삶 자체가 이미 요가가 되어있을 것이기 때문입니다. 그렇게 하나의 들숨과 날숨, 그 자체가 되는 것이죠. 그 마음을 배우게 해주는 것, 그 성숙에 더욱 닿게 해주는 것, 그것이 요가입니다. 그래서 우리가 그 마음을 끝내 배우고 완성하게 되었을 때는, 더 이상 요가를 하지 않아도 이미 우리의 삶 자체가 요가가 되어있을 것입니다. 삶의 고통이 찾아올 때, 우리는 그때마다 자연스럽게 호흡을 하며 그것을 미소와 함께 바라보고 있을 테니까요. 요가의 마음을 우리의 모든 삶에 또한 적용하면서 말이죠.

그러니 요가를 한 번 배워보시는 것도 추천해드립니다. 요가에 있어 동작의 완성은 중요하지 않다고 저는 배웠습니다. 그 동작을 향한 과정이 오직 중요한 것이라고 배웠죠. 그러니 서툴러도 부끄러워하지 않아도 됩니다. 아마도 저보다 뻣뻣한 요가 수행자는 이 지구상에 별로 없을 테니까요. 그 모든 과정 하나하나가 사실은 완벽한 하나의 동작이라는 것을 당신은 어느 순간에는 꼭 알게 될 것입니다. 그리고 그걸 알게 되고 나면, 그것을 당신의 삶 안에도 마찬가지로 적용할 수 있게 될 것입니다. 그러니까 육체적인 아픔뿐만이 아니라, 마음의 아픔에도 호흡과 함께 하나가 되는 '요가'를 적용하고 있는 당신을 발견하게 될 것입니다. 그런 식으로 마음의 산만함 앞에서도 당신은 요가를 하게 될 것이고, 그러다 보면 당신은 당신 자신의 삶을 더욱 즐기는 사람이 되어있을 것입니다. 그렇게 당신에게 주어진 삶 자체에 대해 더욱 감사하는 사람이 되어있을 것입니다.

하여 당신은, 당신의 삶이 비록 당신의 요가 동작처럼 완벽하게 완성되지는 않은 채일지라도, 그 모든 완성을 향해 나아가는 그 과정 자체가 사실 또 다른 하나의 완성이라는 것을 배우게 된 채일 것입니다. 그러니 저항하지 않은 채 지금을 미소와 함께 있는 그대로 바라보고 느끼는 그 받아들임, 그 요가의 마음을 이제는 당신의 삶에도 고스란히 적용하고, 그렇게 당신에게 펼쳐진 삶 자체를 요가 매트로 깔아보십시오. 그리고 그 위에서 모든 삶을 오직 있는 그대로 받아들이겠다는 마음으로 요가를 해보는 것입니다. 그때는 정말 당신이 존재하고 살아가는 매 순간이 요가이자, 예배이자, 기도이자, 사랑이자, 하나의 예술 그 자체가 되어있을 것입니다.

그러니 그 아름다움으로 당신의 삶을 흠뻑 물들여보세요. 그렇게, 저항하지 않은 채 오직 받아들이는 법을 배워보세요. 머릿속의 온갖 잡념들 사이에 있는 단 하나의 침묵을 찾아 그 침묵의 소리를 듣는 방법을 배워보세요. 그것이 우리를 또한 더욱 '진실'하게 살아가도록 이끌어줄 것입니다.

만약 제가 저의 작품을 쓰면서 온갖 잡념들로 가득하다면, 저는 제가 그것에 제 모든 진심을 담았다고 말할 수는 없게 될 것입니다. 그렇다면 진심이 담기지 않은 무엇인가가 과연 사람들의 마음에 닿아 아름다운 울림을 만들어낼 수 있을까요. 만약 김연아 선수가 피겨를 하면서 온갖 잡념으로 가득 차 있었다면, 우리가 김연아 선수의 아름답고도 예쁜 피겨 동작들을 보면서 눈물을 흘리는 순간들을 마주하게 되었을까요.

생활의 달인이라는 프로그램을 다들 보신 적이 있을 것입니다. 그 프로그램을 보면, 모두가 자신의 일에 온전히 집중을 하고 있으며, 그래서 우리는 그들이 하는 동작과 행위 자체를 하나의 예술로써 바라보게 됩니다. 그러니 요리를 하든, 물건을 나르든, 구두를 닦든, 그것이 무엇이든 그 모든 순간순간들은 그 자체로 하나의 경이로운 예술이 될 수 있는 것입니다. 그러니 당신 또한 당신의 일을 함에 있어서 '진실한 마음', 그 진심을 가득 담아서 임하도록 해보십시오. 그것이 우리의 삶 자체를 하나의 완성된 요가 동작, 혹은 하나의 예술 작품이 되게 해줄 것입니다.

하여 그것이, 우리의 삶을 바라보는 많은 이들에게 또한 예쁜 감동을 주게 될 것입니다. 나는 그저 최선을 다해 지금을 살아가고 있을 뿐인데, 사람들은 나의 그러한 모습들을 바라보면서 행복과 감동을 느끼게 되는 것이죠. 나는 정말로 그저 온전히 나의 것에 대해 최선을 다해 집중하고 있었을 뿐인데 말입니다. 그건 정말로 저것 봐, 저것 봐, 정말 대단하지 않아? 하면서 사람들이 당신 앞에 몰려드는 식이 되는 것입니다. 그리고 그건, 이제는 내가 존재하는 방식이 일종의 경이로운 순간 그 자체가 되어 하나의 감동을 주는 예술 작품으로써 굳어지고 있기에 그렇게 되는 것입니다. 그러니까 그저 내가 존재하고 살아가는 이 순간의 방식과 습관이, 다른 사람들에게 감동과 경이로움을 느끼게 해주는 하나의 아름다움이 되어버린 것이죠. 그리고 그러한 식의 예쁜 감동을 전해주는 것만큼 이 세상을 향한 아름다운 봉사 또한 없을 것입니다.

저에게는 시험 문제를 풀면서 언제 다 풀지, 하며 그 순간을 지루해하게 되는 순간, 그러니까 그 순간순간이 아니라 마지막에 닿을 그 끝을 생각하는 순간 집중력을 잃은 채 온진한 진심을 담지 못하게 되었던 경험이 있었습니다. 그래서 저는 그 경험을 통해서 마지막 시험 문제를 다 풀기 전까지 온전한 집중력을 잃지 않기 위한 연습을 했었습니다. 끝을 생각하기보다 오직 순간순간에 최선을 다하는 연습을 한 것이죠. 그리고 그 연습이 저에게 몰입하는 방법을 알려줬기에, 저는 무엇이든 최선의 진심을 다해 임하는 습관이 생기게 되었습니다. 그래서 무엇을 하든, 저는 보다 빨리 이해하고, 빨리 외우고, 빨리 능숙해지게 되고, 빨리 적응할 수 있게 되었다고 생각합니다. 그리고 그렇게 온전히 집중하는 시간이 저에게 또한 더욱 큰 성취감과 행복을 가져다준다는 것을 알게 되었죠.
제 친구 중에는 도서관에서 하루 종일 열심히 앉아 있는 친구가 있었습니다. 그러니까 그 친구는 정말로 공부를 하는 척 열심히 앉아만 있는 친구였습니다. 그리고 그 친구는, 자신은 늘 열심히 하고 있는데 노력에 비해 성적이 오르지 않는다며 불평을 하곤 했었죠. 그래서 저는 친구에게 사실 넌 열심히 하고 있는 게 결코 아니라고 말해줬었습니다. 그말을 들은 친구는 당연히 억울해했죠.
제 생각에 열심히 한다는 건, 진심으로 무엇인가에 집중을 하고 진심을 담는 일인 것이고, 해서 사실 그건 우리를 제법 귀찮게 하는 일이 기도 합니다. 이걸 이해하려고 하고, 이걸 외우려고 하면, 그때부터는 머리를 써야 하기 때문입니다. 하지만 친구처럼 앉아서 책을 펼치고는 있지만 그 안에서 오직 나태하게 다른 생각을 하거나, 혹은 아무런 생 각이 없거나, 그런 식으로 그저 글을 읽기만 하는 건, 아니 글을 읽고 있 는 척만 하고 있는 건, 그에 비해서는 매우 간편한 방식인 것이죠. 귀찮 지도 않을 것이고, 거기에 더해서, 어쨌든 공부를 열심히 했다는 마음 이 들기에 죄책감을 가지지 않을 수도 있을 것입니다. 하지만 제 생각 에 그것이 우리의 실력 향상을 보장하지는 않을 것입니다. 단, 이렇게 시간을 투자했는데, 아무런 성과도 없다니 말이 돼! 라는 식의 억울함 은 보장될 수도 있겠죠.

그래서 저는 친구에게 이 한 페이지를 통째로 외워보라고 조언해줬 습니다. 그리고 친구는 당연히 말도 안 된다며 기겁했죠. 그러니까 끝내 그 친구는 그런 노력을 하지 않았습니다.

제 생각에 그건, 진짜 공부를 하는 것에 대한 두려움이자 불만의 표 현이었습니다. 친구에게는 공부하는 것을 온전히 즐기고, 그것에 감사 하고, 그것을 받아들이는 것에 대한 저항이 있었던 것이죠. 하지만 만 약 그 친구가 공부하는 것, 혹은 그것이 무엇이든 그 일을 하는 것 자체 를 온전히 받아들일 줄만 알았었더라면, 제 생각에 친구는 그 모든 불 만족에서부터 오는 저항을 진정 초월할 수 있었을 것입니다. 그래서 그 때부터는 무엇인가를 하는 척 다른 것을 하고 있는 게 아니라, 오직 그 행위 자체에 모든 진심을 쏟은 채 존재할 수 있게 된 채였을 것입니다.

그리고 그때가 되면 사람들은 친구에게 이렇게 묻곤 했겠죠. 어떻게 너는 하루 종일, 그걸 몇 년 동안 쉬지 않고 할 수 있는 거야? 지치지도 않니? 하고 말이죠. 사실 그러한 상태에 있는 당사자에게는 그 상태가 무엇인가를 하고 있는 동시에 또한 완전히 쉬고 있는 것이기도 한데 말입니다. 그러니까 무엇인가를 하면서, 또한 동시에 이완되어있는 것이죠. 그렇게 오직 즐기고 있을 뿐인 것입니다. 그리고 그 즐거움을 세상을 향해 끝없이 표현하고 있기에 사람들 또한 그 모습을 호기심을 가지고 바라보게 되는 것이죠. 쟤는 좀 이상한 것 같아. 우리랑은 좀 다른 것 같아. 어떻게 일을 하면서 즐거워하는 것 같지? 이런 식으로 말입니다.

사실, 일을 하든, 무엇을 하든, 그 상태가 되면 즐기게 될 것입니다. 친구와 수다를 떠는 일조차도 훨씬 더 즐기게 될 것입니다. 그저 길을 걷는 것조차 즐기게 되고, 어쨌든 지루함 자체가 나의 내면에서 사라지게 되는 것이죠. 그리고 저는 그것이야말로 진정 살아가는 일이라고 생각합니다. 모든 순간 안에 내 모든 진심을 담아서 존재하는 일 말이죠. 진정 모든 순간을 받아들였기에, 이제는 그 안에 있는 고통에 대해 저항하기보다 온전히 느끼게 되었을 것이고, 해서 그때는 이 일이 나를 즐겁게 하는 것이 아니라, 나라는 존재가 그 어떤 일 안에서도 즐거움을 찾는 게 가능해진 채인 것입니다. 그러니까 이제는 그 존재의 상태로서의 즐거움을 모든 순간 안에 흘러들어가게 할 수 있게 된 것이죠. 해서 그때는, 모두가 존재하는 시간은 같지만, 나의 시간에 담겨있는 존재의 농도와 깊이와 밀도는 다른 사람들의 것과는 차원이 다른 게 되어 있을 것입니다.

이제 우리는, 그래서 지금이 지루해서 무엇인가를 하게 되는 상태를 진정 넘어선 채일 것입니다. 그러니까 지금이 너무나도 불만족스러워서 무엇인가를 해야만 한다고 여기는 것이 아니라, 우리는 그저 온전히 지금 이 순간을 즐기고, 느끼고, 음미하고, 그렇게 살아가고 있을 뿐일 것입니다. 그렇다면 그것이 훨씬 더 생명력 있는 존재함이 아니겠습니까. 나를 위한, 훨씬 더 행복하고 다정한 삶의 방식이 아니겠습니까.

다시 돌아와서 말하자면, 아마도 그때 끝내 머리를 쓰는 일 앞에서 나태함으로 도망쳤었던 제 친구는, 지금쯤이면 한 가지 일에만 집중하고 몰두해야만 해낼 수 있는 일보다, 여러 가지 일을 동시에 하면서도 충분히 해낼 수 있는 일을 하고 있을 것 같습니다. 전화를 받으며, 타자를 치며, 동시에 오늘 밤엔 무엇을 먹을지에 대해서도 충분히 생각할 수 있는 그런 일 말이죠. 그러니까 그럴 수 있는, 그 정도의 집중력만을 요구하는 일을 하고 있을 거라는 게 제 생각입니다. 언제나 머릿속은 분주한데, 그 안에 부지런한 집중은 없는 것입니다. 여기저기를 떠도는 나태한 상념들만이 빼곡히 차 있을 뿐인 것이죠. 그러면서도 여전히 이렇게 말할 것입니다. 나보다 열심히 사는 사람은 없는데, 왜 나는 이 모양인 거야! 하고 말입니다.

그리고 저는 제가 예전에 했던 말을 또다시 친구에게 하게 될 것입니다. 이렇게 해보면 어때, 하고 말입니다. 그러면 친구는 또다시 그게 말이 돼? 나는 절대 그렇게는 못 해, 라고 저에게 대답하고야 말겠죠. 그렇다면 계속해서 지금 이 순간에 온전히 존재하는 것에 대한 불만족을 삶을 향해 스스로 표현하고 있는 그 친구에게, 삶이 무슨 이유로 좋은 것을 가져다주겠습니까.

그러니까 우리가 만약 산만한 상태에서도 충분히 해낼 수 있는 일을 하고자 한다면, 우리는 집중하지 않아도 되고, 또 지금에 감사하지 않아도 충분할 것입니다. 대신 그 일이 하나의 아름다운 작품이자 사람들을 울리는 경이로운 예술 그 자체가 되게 하지는 못할 것입니다. 영화를 보면서, 햄버거를 먹으면서, 친구와 카톡을 주고받으면서, 머릿속으로는 온갖 다른 생각을 하면서, 그렇게 최선을 다해서 지금에 불만을 품은 채 그 불만을 온 세상을 향해 표현하며, 그러니까 만약 우리가 그런 마음으로 무엇인가를 한다면 말이죠.

사실 만약 제가 그런 상태에 있다면, 저는 제가 어떤 일 한 가지라도 제대로 해낼 수 있을지 의문입니다. 그럴 수 있는 일이 이 세상에 몇 개나 될지도 모르겠네요. 어쨌든 이 세상 안에서의 제 경쟁력은 매우 낮아진 채일 것이기에 저는 더 이상 위대한 실현을 꿈꾸지는 못할 것입니다.

그래서 저는 당신이 이 삶이라는 바다 '안'에서 그런 식으로 존재한 채 허우적대기보다, 이 삶이라는 바다 '위'에서 오직 미소 지은 채 파도를 타는 사람이 되기를 바랍니다. 그렇게 당신의 삶 안에는 공허함과 우울함이 자랄 틈이 없기에 당신이 오직 행복할 수밖에 없기를 바랍니다.

지금 이 순간에도 당신을 감싸고 있는 이 무한한 침묵의 소리를 느껴보십시오. 하여 우리가 어떠한 소리를 들을 수 있는 것 또한 이 침묵이 있는 '덕분'이라는 것을 이해해보십시오. 사실 우리의 삶 안에서 유일하게 움직이지 않는 영원한 소리가 바로 이 침묵입니다. 중력이 언제나 존재하는 힘인 것처럼, 침묵 또한 언제나 존재하는 소리인 것이죠. 그래서 그것이 우리의 삶에 있는 유일한 배경 음악이고, 사실 그 배경 음악 덕분에 우리는 다른 소리가 생길 때 그것을 들을 수 있는 것입니다.

그러니 우리에게 그 모든 아름다운 소리를 들려주는 침묵 그 자체에 감사해보십시오. 그 감사의 표현으로써 지금 이 순간을 더욱 살아가고, 지금 이 순간에 더욱 진심을 담아보십시오. 하여 그 다정한 감사의 표현을 통해 당신이라는 존재 자체가 하나의 경이로운 예술 작품이 되게 함으로써 사람들에게 행복과 감동을 전해주는 하나의 통로가 되게 해보십시오. 당신이 무엇을 하든, 당신이 그것에 담을 모든 정성과 사랑과 온전한 집중과 감사를 통해 그것이 하나의 예술 작품이 되게 하는 것입니다.

그때가 되면, 당신은 진실로 초월적으로 존재하게 될 것입니다. 시간을 초월하고, 공간을 초월하고, 오직 나라는 존재함만이 모든 것을 지배하는 어떠한 지점에 닿게 될 것입니다. 시간에 대한 압박도, 공간에 대한 불만도 사라지게 되는 그곳에 말입니다. 그리고 그 무한한 상태가 당신에게 새로운 행복과 즐거움을 선물할 것입니다. 그러니 명심하십시오. 그저 내가 있고, 내가 있기 때문에 지금이 존재하고, 하여 우리가 그것에 감사하기 때문에 우리는 지금 이 순간에 대해 오직 온 진심을 다해 충실하고자 하는 것일 뿐이라는 것을요.

그러한 이유로 우리는 이제, 우리에게 주어진 이 모든 순간순간들을 결코 허투루 보내지 않을 것입니다. 하여 우리가 담고 있는 이 존재의 진심이, 우리가 마주하고 있는 이 모든 시간에 담을 밀도와, 채도와, 농도와, 깊이와, 그 모든 것들을 최고치로 끌어올리게 될 것입니다. 하여 이제 우리는, 남들이 평생토록 해도 느끼지 못할 무엇인가를 단 한 시간만에도 느낄 수 있게 될 것입니다. 그러니 지금 이 순간에 대해 진심으로 감사해보십시오. 당신의 인생 전체가 풍성해질 것입니다.

무엇보다 그렇게, 당신을 아프게 했던 산만함이라는 먹구름을 이제는 거두어냄으로써 당신이 오직 빛과 함께하게 되기를. 그렇게, 눈부시게 빛나는 빛, 그 자체가 당신이 되기를.

24

욕망에 대하여 ..

오늘은 우리로 하여금 우리에게 주어진 삶을 제대로 누리지 못하게 방해를 하는 욕망이라는 감정에 대해서 이야기를 해보고자 합니다. 이는 제가 주관적으로 실천하고, 경험하고, 또 저의 삶에 적용한 방법으로, 여러분에게도 분명 큰 도움이 될 거라고 생각합니다. 이 글을 쓰기에 앞서 어쩌면 특허 신청을 먼저 해둬야 할지도 모르겠습니다. 어쨌든 제 생각에 우리는, 욕망을 잘 컨트롤하지 못해서 수동적으로 우리에게 주어진 삶을 살아가게 되는 경우가 많은 것 같습니다. 쉽게 말해서, 우리가 선택이라고 생각해왔던 많은 일들이 사실은 우리의 온전한 선택이 아니라, 욕망의 힘에 의해 오직 강요된, 그러니까 그것의 지배를 당해서 나의 힘 밖에서 어쩔 수 없이 해왔던 그런 식의 선택들이었던 경우가 많은 것입니다. 그러니까 그건, 필요에 의해서 선택하는 수준을 넘어서 그게 없으면 안 될 것 같은 충동성과 함께 수동적으로 무엇인가를 하고 있는 상태인 것이죠.

그리고 이미 그때에 이르러서는, 여러분들은 여전히 그것이 자신의 선택이라 믿고 싶겠지만, 사실 그건 이제 더 이상 여러분들의 선택이 아닐 것입니다. 이미 의식의 차원에서 그것을 다루기에 그건 너무나도 커져버린 채일 것이기 때문입니다. 그러니까 그건, 계속해서 어떠한 생각이 끝없이 하나의 이미지 형태로 나를 찾아오고, 나는 그 생각에 나의 욕망을 끝없이 주입하고, 하여 너무나도 거대해진 그 이미지 덩어리를 이제는 나 자신의 선택이라 믿은 채 오직 그것과 하나가 된 채로 마치 꼭두각시 인형처럼 나는 그것을 하고 있게 되어버린 식인 것이죠.

해서, 우리가 그 이미지를 온전히 바라보고, 또 그것에 담긴 우리의 욕망을 정화한 채로 그것 앞에서 우리 자신의 오롯한 선택을 할 수 있게 되기 전까지, 그건 더 이상 우리의 온전한 선택이라 할 수는 없을 것입니다. 그건 정말로 문득 치킨이 떠오르고, 피자가 떠오르고, 명품 가방이 떠오르고, 고급 세단이 떠오르는 식으로 계속해서 우리를 유혹하는 식일 것이고, 그리고 그때는 사실 이미 우리는 그러한 이미지들과 하나가 된 채로 그저 그것에 의해서 살아가게 되어버린 채일 것입니다.

여기서 중요한 것은, 우리가 우리 자신의 온전한 선택이 아니라 욕망에 의해 강요된 채 무엇인가를 하게 되었을 때, 그때의 우리는 '죄책감'과 함께하게 된다는 것입니다. 그러니까 그것을 한 뒤에는 아, 하지 말았어야 했는데, 하고 그 즉시 나를 스스로 꾸짖게 되는 죄책감이 따라오는 것이죠. 그리고 우리는 그 죄책감을 통해서 우리가 하지 말았어야 하는 행동에 대해 스스로 벌을 줌으로써 어쨌든 혼냈으니까 됐어, 와 같은 식의 정당화를 얻게 되고, 해서 그러한 악순환을 계속해서 반복하게 되는 것입니다.

어쨌든 저는 그러한 삶의 방식, 습관이 결코 건강한 삶이자 습관은 아니라고 생각합니다. 왜냐면 죄책감은 나를 '벌 받아 마땅한' 사람으로 여기는 기제인데, 사실 그와는 반대로 우리의 본질은 언제나 '사랑받아 마땅한' 존재인 것이고, 앞으로도 그 진실은 영원히 변하지 않을 것이기 때문입니다.

그래서 죄책감은 우리를 아프게 합니다. 죄책감은 사랑받아 마땅한 나에게 스스로 벌을 주는 형태를 띤 오류이고, 하여 그것은 우리 자신의 본질을 우리가 스스로 잊게 만드는 자기기만만을 오직 키울 뿐인 미성숙한 태도에 불과한 것이기 때문입니다. 그러니까 죄책감은, 아 그때 그건 했으면 안 됐는데, 이런 머저리 같은 자식! 하고 계속해서 자기 자신을 스스로 꾸짖게 하는 잘못된 습관을 우리에게 형성시킴으로써 우리의 마음 안에 자존감이 아니라 오직 자기혐오만을 더욱 강화시키는 오류의 방식인 것입니다. 만약 그러한 죄책감으로 우리가 변할 수 있었다면, 우리는 이미 천사가 되어 하늘을 날고 있었을 것입니다.

언제나 제가 말했듯, 부정성은 부정성으로 극복할 수 있는 것이 아닙니다. 그래서 그저 부정성 대신에 긍정성을 선택하는 것, 그것이 바로 올바른 습관이자 지혜로운 삶의 태도라고 저는 확신합니다. '나를 위해' 무엇인가를 구매했다면, 사실 그것은 사랑받아 마땅한 나에게 주는 선물이 되어야 할 것입니다. 그렇지 않나요? 그래서 결과적으로 같은 것을 구매했더라도, 그것에 담긴 우리의 마음이 부정성에 의한 것이었냐, 긍정성에 의한 것이었냐에 따라 우리 삶의 행복은 크게 달라지는 것이 될 수밖에 없는 것입니다.

그러니 당신은 오직 사랑으로써 당신 자신에게 선물을 주는 사람이기를 바랍니다. 우리가 무엇인가를 하는 근원이 오직 나 자신을 향한 다정함이자 사랑이 될 때, 그때야 비로소 우리는 더 이상 죄책감이라는 오류에 스스로 빠져들지 않을 수 있을 만큼의 진정한 자존감을 우리 자신의 내면에 소유한 채일 것이기 때문입니다. 하여 그때는 내가 나 자신에게 준 선물에 대해 그저 감사함으로써 그것을 오직 누리게 될 것이며, 그 결과 우리는 우리의 삶을 더욱 즐기고 사랑하게 되는 것이죠. 그 소중한 행복을 완성하기 위해서, 우리에게는 먼저 우리에게 죄책감이 들게 하는 '욕망'에 대해서 보다 섬세하게 이해할 필요가 있는 것이고, 그 이해로부터 그것을 또한 완벽하게 해체할 필요가 있는 것입니다.

우리에게 끝없이 죄책감이 들게 하는 것들, 이를테면 과식과 충동구매, 과소비, 과도한 성행위와 같은 것들, 아마도 이러한 것들이 우리의 삶에서 우리가 흔히 마주치게 되는 욕망으로부터 강요된 행위들일 것입니다. 해서 그러한 것들은 우리의 온전한 선택에서부터 행해진 것이 결코 아닐 것이며, 그로 인해 우리는 그러한 것들을 접하며 죄책감과 함께하게 되는 것입니다. 예를 들어서 과식을 하고는, 아 또 과식했네, 내일부터는 아예 굶어버리는 것으로라도 벌을 주든 해야겠어! 하고 말하게 되는 것이죠. 그러고는 내일이 되면 또다시 과식을 하고 있는 자신을 발견하는 식인 것입니다. 그것이 그냥 무한 반복되는 것이죠. 그래서 우리의 마음 안에는 이제 나 자신을 끔찍하게 미워하게 되는 자기혐오와 죄책감만이 남게 되는 것입니다.

그리고 우리가 엄청난 절제력으로 그것들을 억제하는 데 성공했다고 해도, 그건 말 그대로 '억제'일 뿐 진정한 자유가 있는 '선택'이라 할 수는 없을 것입니다. 그건 그저 스스로를 꾸짖으며 참는 것에 불과한 것이죠. 마음 안에는 여전히 식욕이 왕성한데 애써 참는 식으로 말입니다. 침을 흘리면서 안 돼, 안 돼, 하고 끝없이 말하면서 말이죠. 그래서 그것은 진실로 참는 것일 뿐, 진정한 초월은 결코 아닐 것이며, 하여 진정 자유로운 삶 또한 아닌 것이라고 저는 확신합니다. 그래도 차라리 억제하는 것이라도 성공한다면 우리는 죄책감을 느끼지는 않아도 될 것입니다. 그래서 저는 인내심이 많은 사람이 그렇지 않은 사람보다는 훨씬 더 자존감이 높은 사람이라고 생각합니다.

하지만 우리는 적당히 자존감이 높은 사람이 되기보다, 지금 이 순간 오직 행복하게 존재할 수 있는 사람이 되고 싶을 것입니다. 해서 우리가 진정 행복한 사람이 되기 위해서 우리는 우리 자신의 욕망을 정화하고, 그렇게 함으로써 우리의 마음 안에 있는 욕망의 크기 자체를 줄일 필요가 있는 것입니다. 그저 욕망이 작아지는 것만으로도 우리는 우리

에게 찾아오는 욕망의 이미지 앞에서 더욱 쉽게 인내할 수 있게 될 것이
고, 그보다 욕망이 더 작아지게 되면 이제 우리는 더 이상 인내할 필요
조차도 없는 어떠한 지점에 닿은 채일 것이기 때문입니다. 그리고 그때
는 죄책감도, 자기혐오도, 참아야 한다는 스트레스도, 더 이상은 우리의
마음 안에 존재하고 있지 않을 것입니다. 그렇다면 그것이야말로 우리
가 진정 원하는 자유이자, 평화이자, 행복이 아니겠습니까.

그렇다면 우리의 마음 안에 있는 욕망은 어떻게 해야 그 크기를 줄
일 수 있는 것일까요. 그건, 욕망이 내게 찾아오는 순간 그 욕망을 바라
봄으로써 가능합니다. 그리고 그러기 위해서는 우선적으로 욕망과 하
나가 된 채 욕망의 꼭두각시 인형처럼 살아가는 상태에서 벗어나 오직
나인 그대로 존재하고 있을 것이 요구되어집니다. 그리고 그것을 가능
하게 하는 '분리'를 만들어내는 것이 바로 '바라봄'인 것입니다.

욕망하는 내가 있다면, 그 욕망을 지켜볼 수 있는 또 다른 나 또한
있습니다. 데카르트는 나는 생각한다, 고로 존재한다, 라고 말했지만 사
실 나는 존재한다, 고로 나는 나 자신의 생각을 지켜볼 수가 있는 것이
다, 라는 그보다 더 성숙한 관점이 있는 것입니다. 그러니까 우리의 마
음 안에는 두 사람의 내가 있는데, 하나는 욕망하는 나, 생각하는 나이
고, 다른 하나는 그 욕망과 생각들을 바라보고 지켜볼 줄 아는 나인 것
입니다. 그리고 아마 지금의 당신은 욕망하는 내가 전부이거나, 그것이
훨씬 우세한 상태(그러니까 욕망하는 나를 진짜 나라고 생각하고 있는 상태)일
텐데, 그 우세함을 이제부터는 다른 한쪽으로 밀어주는 것, 그것이 바
로 우리에게서 욕망이 서서히 줄어들게 하는 유일한 방법인 것입니다.

그러니까 그건, 욕망하는 나를 '바라봄'으로써 욕망하는 나와 그 욕
망을 지켜보는 나 사이에 분리를 만들어냄으로써 서서히 내가 욕망을
지켜보는 '나'로서 더욱 존재하게 하는 방식을 따르는 것입니다. 일단

지켜보는 것만으로도 욕망은 그 크기가 줄어드는 경향이 있습니다. 해서 욕망하는 마음이 떠오르는 순간, 그 이미지가 우리에게 찾아오는 순간, 우리가 그것을 그 즉시 바라보고 내려놓는다면, 우리는 서서히 욕망에 사로잡힌 상태에서부터 벗어나게 될 것입니다. 그러니까 여기서의 문제는, 이미지 자체가 아니라, 그 이미지에 우리가 주입하고 있는 '욕망'의 양인 것이고, 하여 그 이미지 앞에서 우리가 더 이상 욕망을 주입하지 않을 수 있을 만큼 온전할 때, 우리는 우리 자신의 욕망들을 진정 극복하고 초월할 수 있게 되는 것입니다.

그리고 그때의 우리는, 이제 그러한 식으로 나를 찾아오는 이미지들 앞에서 이렇게 말할 수 있게 될 것입니다. 음, 이건 아니야 다음에, 혹은 이건 좀 괜찮은데, 이걸로 하자, 이런 식으로 말입니다. 그리고 그건 진실로 우리의 마음 안에 있는 욕망의 양이 상당히 많이 줄어들었거나, 거의 없을 때라야 가능해지는 일인 것입니다.

그래서 내가 더 자주 욕망해왔고, 또한 그 욕망에 의해 여태 행동해왔었던 사람이라면, 지금은 내 마음 안에 욕망의 크기가 아주 거대해져 있는 채일 것이고, 하여 처음에는 그것을 내려놓기가 조금 힘겨울 수도 있을 것입니다. 이걸 내려놓으라고? 말이 돼? 이렇게 말하며 마음이 끝없이 저항할지도 모르는 일이죠. 그리고 사실 그건 우리의 진짜 목소리라기보다 욕망이 우리의 마음에 들러붙어서 우리인 척하며 말하는 가짜 목소리라고 할 수 있을 것입니다.

그래서 처음 한 번은 제법 힘든 싸움이 될 수도 있는 것입니다. 언제나 나인 줄 알았던 욕망이 내가 아님을 느끼는 데 성공해야만 하기 때문입니다. 하지만 한 번, 두 번 내려놓으면서부터 서서히 욕망 자체가 작아지기 시작하면 세 번, 네 번은 결코 처음처럼 힘들지는 않을 것입니다. 왜냐면 그때는 이제 욕망과 나라는 사람의 마음이 일치한 것이라 믿는 오류가 진실에 의해 서서히 벗겨지고 있는 채일 것이기 때문입니다.

그러니 우선 욕망하는 '나'를 바라보는 훈련을 하십시오. 그리고 그 훈련에 가장 적합한 수련이 바로 명상입니다. 명상은 우리로 하여금 이 세상과 나 자신의 마음을 더욱 지켜보는 자로서 존재하게 만들어주기 때문입니다. 그러니 가장 편안한 자세로 앉아서 눈을 지그시 감은 채 내 마음의 소리를 들어보세요. 이런 마음, 저런 마음이 있을 것입니다. 그 것을 바라보는 연습을 계속해서 해보세요. 아무런 판단도 하지 않은 채, 그저 그런 내 모습들을 바라봐보세요.

그렇게 바라보다 보면, 내 마음 안에는 '욕망'하는 마음의 소리와 그 것을 묵묵히 지켜보는 '나', 이 둘이 함께 공존하고 있다는 것을 당신은 알아차리게 될 것이고, 이미 그 앎만으로도 욕망은 당신의 마음 안에서 그 힘을 서서히 잃어가게 될 것입니다. 그러고는 그 바라보는 나로서 이 삶을 살아가도록 해보십시오. 그러니까 삶의 어떤 순간에도 문득 바라 봐보는 것입니다. 만약 당신이 어떠한 일을 하고 있다면, 일을 하고 있 는 당신 자신을 바라보고, 당신이 무엇인가를 먹고 있다면, 먹고 있는 당신 자신을 바라보고, 그런 식으로 말이죠.

그 훈련이 어느 정도 완성되고 나면, 이제는 욕망에 의해서 그저 탐 닉할 때와는 달리 서서히 온전함으로 무엇인가를 하고 있는 당신 자신 을 발견하게 되는 순간이 올 것입니다. 그리고 그때는 욕망에 의해서 무 엇인가를 하는 것이 얼마나 산만하고 나를 현기증 나게 하는 상태였는 지를 당신은 또한 진정 느낄 수 있게 될 것입니다. 욕망에 의해 너무나 도 거대해진 나 자신의 생각과 이미지들, 그 에너지 덩어리들을 이제는 미소와 함께 그저 바라보면서 말이죠.

그래서 내가 마음만 먹으면 언제든지 '바라보는 나'로서 존재할 수 있도록 스스로의 마음을 훈련하는 것은 언제나 큰 도움이 됩니다. 그러고 나서 우리에게 욕망이 다시 찾아올 때, 그때는 그 즉시 그것을 바라보고, 바라보면서 느끼며, 하지만 이제는 그저 다른 것을 하는 것이죠. 청소를 해도 좋고, 설거지를 해도 좋고, 당신이 흡연자라면 흡연을 해도 좋습니다. 그것이 무엇이든 다른 것을 하십시오. 그러고 나면 욕망의 크기가 서서히 줄어들기 시작할 것이고, 하여 이제 당신은 온전한 당신만의 선택을 할 수 있는 어떠한 지점에 닿게 되는 일에 성공할 것입니다. 그저 다른 것을 하는 동안 이미 당신을 옭아매던 욕망은 그 자체로 현저히 작아진 채일 것이고, 해서 이제는 모든 것이 당신의 온전한 선택이 될 수 있는 것이죠. 그것을 할지 말지, 하는 것을 이제는 진실로 선택할 수 있게 되는 것입니다.

그래서 내려놓는 일에 한 번 성공하면, 그 다음은 쉽습니다. 왜냐면 한 번 내려놓을 때마다, 욕망은 그 크기가 서서히 작아지기 시작할 것이고, 하여 이미 작아진 욕망을 내려놓는 일은 이제 크게 어려운 일은 아닐 것이기 때문입니다. 그러니 이 연습을 계속해서 해보십시오. 성공할 때도 있고, 실패할 때도 있을 것입니다. 결과에 대해서는 신경 쓰지 않아도 됩니다. 왜냐면 그 과정 안에서 이미 당신은 당신의 마음을 더욱 잘 바라보는 사람이 되어가고 있을 것이기 때문입니다. 적어도 당신은 이제, 당신의 마음에서 일어나는 목소리가 진정 '필요'에 의한 것인지, 아니면 '욕망'에 의한 것인지 정도는 느끼고 바라볼 수 있게 되었을 것입니다. 그 이미지를 둘러싸고 있는 감정이 무엇인지를 이제는 느낄 수 있게 된 것이죠. 그것만으로 충분히 좋습니다.

어쨌든 모든 것은 찰나의 순간입니다. 그 찰나를 포착할 수 있느냐 없느냐의 싸움인 것이죠. 그리고 당신은, 당신이 연습하고 있는 이 모든 과정 안에서 그 찰나를 더욱 잘 포착하는 사람이 되어가고 있는 것입니다. 그러니 실망하지 마십시오. 이것을 또한 해내겠다는 '욕망'으로, 이것을 해내지 못했다는 '죄책감'을 느낀다면, 이런 연습이 또한 무슨 소

용이겠습니까. 형식만 달라졌을 뿐, 당신의 마음이 하는 그 습관과 고리
는 여전히 이토록 같은데 말입니다. 그러니 당신에게 스스로 실망하기
보다 당신 자신을 언제나 더욱 격려해주시길 바랍니다.

제 생각에 이 훈련을 가장 잘할 수 있도록 도와주는 책이 에크하르
트 톨레의 〈삶으로 다시 떠오르기〉라는 책입니다. 그러니 이 책을 한 번
읽어보시는 것도 좋습니다. 그렇게 당신이 만약 스스로의 욕망을 온전
히 바라볼 수 있게 되고, 하여 그것과 하나가 되기보다 분리가 된 채로
존재할 수 있게 된다면, 당신은 이제 삶의 무수히 많은 선택지들 앞에
서 오롯이 당신 자신만의 선택을 할 수 있는 사람이 된 채일 것입니다.
그러니 언제나 선택은 욕망과 하나가 된 내가 하는 것이 아니라, 욕망과
분리가 된 채 그것을 바라보는 나로서 해야 한다는 것을 잊지 마십시오.
그것이 진정한 나이자, 우리가 이 삶을 통해 찾아가고 있던, 하지만 까
마득히 잊어왔었던 진짜 나인 것이니까요.

그러니 이제는 더욱 나답게, 나로서 살아가십시오. 그러니까 당신
자신의 마음에 품고 있는 것들이 당신에게 진정 필요한 것인지 아닌지
를 더욱 구분할 줄 아는 지혜로써 선택할 줄 아는 당신이십시오. 나를
더욱 느끼고, 내 감정을 더욱 살피고, 하여 내 마음 안에 있는 것들에 지
배되기보다 그것들 위에 선 채로 온전한 나만의 선택을 하며, 그렇게 더
욱 자유롭게 살아가는 것입니다. 그 온전함이, 당신이 더욱 반듯하고 자
존감 있게 살아가도록 당신을 지켜줄 것입니다.

또한 이 훈련을 통해서 욕망의 크기를 줄이는 데 성공했다면, 다른
감정에도 똑같이 이 훈련의 방식을 적용하여 그 크기들을 줄여보십시
오. 당신이 자주 분노하는 사람이라면, 사실 그것은 당신이 분노를 하는
것이 아니라 분노라는 감정에 의해 당신이 분노할 수밖에 없게 되어버
린 것이 맞습니다. 그러니 그 분노를 온전히 바라보고 또한 느끼면서 분

노와 당신 사이에 하나의 공간을 만들어내고, 그렇게 이제는 분노와 더욱 분리가 된 채로 분노 대신에 다른 것들을 선택해 보는 것입니다. 마땅히 선택할 다른 것이 없다면 일단은 그저 가만히 있어도 좋습니다. 그저 지켜보기만 해도, 서서히 분노가 당신의 마음 안에서 사라지고 지나가고 있다는 것을 당신은 알아차리게 될 것입니다. 그리고 그때의 당신은, 나는 이제 분노하지 않아도 된다는 것을, 분노하지 않을 수 있다는 것을 진정 알게 될 것이고, 하여 이제 당신은 더욱 다정한 자신감과 함께 세상을 살아가게 될 것입니다. 그 어떤 상황 안에서도 나는 다정할 수 있다는 그 진정한 자신감과 함께 말이죠.

당신의 마음 안에 분노가 많을 때, 당신은 아마 분노를 할 만한 상황만을 찾아서 분노를 하는 사람일 것입니다. 해서 그때의 당신은, 만약 분노를 할 만한 상황이 딱히 없을 때는 그냥 이유 없이 화를 내버리는 식으로까지 분노의 지배를 받은 채로 존재하고 살아가고 있을 것입니다. 그리고 정말로 그건, 이 세상의 모든 것들이 나를 너무 화나게 해! 라고 말하면서 그저 화를 내버리는 식으로 존재하는 것과 다름이 없는 것입니다. 어쨌든 그것이 분노가 작용하는 방식입니다. 그러니 저는 당신이 분노를 내려놓음으로써 보다 다정한 세상을 마주하게 되기를 바랍니다. 욕망을 내려놓음으로써 더욱 풍족하고 감사한 세상을 마주하게 되기를 바랍니다.

모든 것은 결국 내 마음 안에서 일어나는 것입니다. 내 마음 안에 있는 감정들을 우리는 바깥 세상을 향해 투사한 채, 그것이 진짜 현실인 양 믿어버리는 경향이 있는 것입니다. 그러니 내 마음을 돌보고, 내 마음을 온전하게 컨트롤할 줄 알아야만 우리는 이 삶을 더욱 즐기면서 살아갈 수 있게 될 것입니다. 하여 그때야말로 우리는 비로소 '진짜' 현실을, '진짜' 나로서 살아가게 되는 것입니다. 그러니 내 마음을 바라보고, 내 마음을 살피는 연습을 계속해서 하며 나아가시길 바랍니다.

어쩌면 이 삶의 마지막 순간까지 우리에게는 그러한 연습이 필요할지도 모릅니다. 하지만 그 연습이 결코 헛되지는 않을 것입니다. 그 모든 과정 안에서 당신은 보다 더 온전하고, 균형 있고, 다정하며, 성숙한 사람이 되어갈 것이기 때문입니다. 그러니 그럴 수 있는데도 그러지 않는 것을 선택하지 마십시오. 그렇게 하고자 하는 데서 오는 모든 저항을 내려놓고 기꺼이 그렇게 하는 사람이 되십시오.

당신의 마음 안에 있는 욕망의 양이 일단 줄어들게 되면, 당신은 더 이상 억제하거나 죄책감을 가질 필요도 없이 그저 당신이 해야만 한다고 믿어왔던 일들을 딱히 하지 않아도 괜찮은 사람이 되어있을 것입니다. 이 연습이, 당신에게 그 자유를 선물해 줄 것입니다. 이것이 있어야만 내가 행복할 수 있을 거라는 그 집착과 환상을 넘어, 그 무엇에도 불구하고 나는 충분히 행복한 사람이라고 느끼게 해주는 그 마음의 자유를 말입니다. 그러니 포기하지 마십시오. 이것이 진정한 행복을 포기할 만큼 내게 가치가 있는 것인가? 하고 언제나 스스로에게 물어보며 나아가십시오. 정말로 당신이 붙든 채 내려놓지 않으려고 끝끝내 고집하고 있는 그것이, 당신 자신의 행복을 포기할 만큼 당신에게 가치가 있는 것이 맞습니까?

대체로 욕망은 한 가지 큰 욕망에 관한 것입니다. 그리고 그 하나의 큰 욕망에서부터 파생된 수많은 형태의 다양한 욕망들이 있는 것이죠. 그러니까 하나의 큰 욕망이 있고, 그것에 의해 식욕이든, 성욕이든, 그 모든 욕망이 생겨나게 되는 것입니다. 그러니 당신이 욕망을 정화하기 위해 하는 모든 연습들은 다른 작은 것들을 다루는 일이 아니라, 그 하나의 큰 욕망을 다루는 일이 될 것입니다. 그러니까 당신이 식욕을 다루고 있어도, 그것은 사실 욕망 전체를 다루고 있는 일이 되는 것이며, 하여 그것 하나만 잘 다루게 돼도 당신은 이제 다른 모든 것들까지도 잘 다룰 수 있게 되는 것입니다.

그러니 지금 당신을 사로잡고 있는 그 하나의 욕망에서부터 시작하십시오. 그것에서부터 자유로운 사람이 되어보십시오. 하여 그 연습 끝에 식욕의 크기가 작아지게 되면, 당신은 이제 음식의 온전한 맛을 음미할 수 있게 될 것입니다. 성욕의 크기가 작아지게 되면, 당신은 이제 관계 안에서 온전히 하나됨을 느끼게 될 것이고, 하여 그 진실한 사랑만을 관계를 맺으며 오직 표현하게 될 것입니다. 오직 '욕망'을 위해 그것을 하는 것이 아니라, 이제는 '그것' 자체를 위해 그것을 하게 되는 것이죠. 그러니까 식욕을 위해 먹거나, 성욕을 위해 관계를 가지는 탐닉이 아니라, 당신은 이제 그저 그 순간을 더욱 느끼고, 즐기고, 음미할 줄 아는 온전함과 함께하게 될 것입니다.

그러니 당신이 하나가 되어 존재해야 할 것은, 욕망이든 분노든, 그러한 것들이 아니라 바로 당신이라는 존재 그 자체인 것입니다. 그 진짜 당신과 당신이 비로소 하나가 될 때, 그것이야말로 바로 진정한 하나 됨이라 할 수 있는 것이기 때문입니다. 그리고 그때가 되면 당신은 무엇을 위해 지금을 사는 게 아니라, 오직 지금을 위해 지금을 살아가게 될 것입니다. 하여 그 성숙의 과정 안에서 당신이 추구하던 나머지 외부의 것들은, 당신이 집착하거나 욕망하지 않아도 당신을 자연스럽게 따라오게 될 것입니다. 그러니 부정적인 감정에 의해서가 아니라, 온전한 진짜 당신인 채, 그 존재로부터, 그 존재에 의해서 무엇인가를 하는 당신이 되기를 바랍니다.

우리는 우리가 우리의 외부를 통제할 수 있으며, 하여 원한다면 얻을 수 있을 거라고 여기지만, 사실 우리가 그것을 어떻게 통제할 수 있겠습니까. 그래서 삶은 통제하는 것이 아니라 받아들이는 것이고, 목표는 끊임없이 그것을 욕망하고 바라는 것이 아니라 지금을 살아감으로써 그것에 닿아가는 것이 되어야 하는 게 맞는 것입니다. 그러니 당신이 진정 원하는 것이 있다면 '진짜 당신'의 마음 안에 그것을 품으십시오. 그리고 그저 다정하게 주어진 하루하루들을 살아가십시오. 그저 방향만을 정해놓고 당신은 열심히 노를 젓는 것입니다.

만약 당신이 노는 젓지 않으면서 계속해서 어떤 방향만을 그저 바라만 보고 있다면, 혹은 방향 없이 노만 젓고 있다면, 당신은 결코 위대한 정착지에 도착할 수는 없을 것입니다. 그러니 무엇인가를 진정 이루기 위해서는 방향을 정하고, 그곳을 향해 하루하루를 '진심으로' 살아가는 게 필요할 뿐입니다.

그리고 당신은, 그곳을 향해 당신이 나아가는 동안에 당신에게 몰아치는 파도의 높낮이와 세기, 날씨까지는 어떻게 할 수 없을 것입니다. 그러니 그러한 것들은 통제하는 것이 아니라 당신이 받아들여야 하는 부분인 것입니다. 그렇게 당신이 비로소 그러한 것들을 받아들이며 나아갈 때, 마침내 당신은 오직 평화와 기쁨과 함께 나아가게 될 것입니다. 그러니까 "아, 오늘은 비가 오네, 비 때문에 하루를 다 망치겠어." 라고 말할 일은 이제 더 이상은 없게 되는 것이죠. 그러니 우리는 그저 하루하루에 충실하면 되는 것입니다.

그것이 우리의 꿈이든, 우리의 내적 성숙이든, 우리의 사랑이든, 그것이 무엇이든 우리는 우리가 가야 할 방향만을 정할 수 있는 것입니다. 그러니 그 과정 안에 있는 작은 세부적인 것들이 어떻게 되었으면 좋겠다고 욕망하지 마십시오. 그러는 대신에 받아들이고, 오직 최선을 다해 당신에게 주어진 삶의 과제들을 완수하며 나아가십시오. 그렇게 성숙과 함께 익어가는 것입니다. 그렇게 나아가는 어떠한 길 위에서, 당신은 그 성숙이 사실은 당신에게 주어진 유일한 과제였다는 것을 또한 알게 될 것입니다. 그리고 그저 당신의 마음 안에 있는 욕망의 양을 줄이는 것만으로도, 당신은 이제 더욱 풍성한 삶을 살아가게 될 것입니다.

그러니 욕망을 정화하는 데 썼던 이 방식을 다른 모든 부정적인 감정에도 함께 적용시켜 보십시오. 그걸로 당신이 극복해내지 못하는 부정성은 없을 것입니다. 그것을 잘 해내기 위해 명상을 통해 훈련하시고, 그렇게 노력하여 끝내 당신이 당신 자신의 자유를 되찾게 되기를 바라겠습니다. 하여 당신의 하루하루가 보다 큰 자유 안에서 오직 자존감이 있을 것이며, 또한 그 안에는 '진짜 당신'이 숨 쉬고 있을 것이며, 하여 그렇게, 무엇보다 당신이라는 존재 자체가 더욱 큰 행복을 향해 나아가게 되기를 바랍니다.

해서 당신은, 꼭 있는 그대로의 당신 존재를 되찾고 회복하기를. 그리하여 당신은, 단 하나의 진짜 당신, 그 유일한 자아와 함께 오롯이 당신에게 주어진 삶을 살아가기를. 또한 그 모든 과정 안에는 진정한 자존감과 자유가 당신과 언제나 함께하고 있기를.

추가적으로 이야기를 덧붙이자면, 만약 욕망이 아예 없으면 나는 옷도 사지 않고, 성관계도 맺지 않고, 그렇게 아무것도 없이 살아가야 하나요, 라고 당신은 물을 수도 있을 것입니다. 그리고 제 대답은, 그렇지 않습니다, 입니다. 그때의 우리는 그것을 여전히 하되, 더욱 즐기면서 하게 될 것입니다. 예쁜 옷을 사는 것이 이제는 나의 욕망에 의해서가 아니라, 나를 위해, 나를 사랑하는 마음으로 내게 주는 선물이 되는 것이죠. 어쨌든 소중한 나를 예쁘게 꾸미고 단정히 하는 것은 나 자신의 존재에 대해 감사하는 마음으로도 할 수 있는 행동이니까요.

그래서 중요한 것은 우리로 하여금 그것을 선택하게 하는 밑바탕이 되는 감정이 무엇이었냐 하는 것이지, 우리가 그것을 할지, 하지 말아야 할지가 되는 것은 결코 아닌 것입니다. 어쨌든 우리가 주의를 기울일 필요가 있는 부분은, 우리에게 죄책감을 갖게 하는 모든 것 앞에는 '과한'이라는 형용사가 따라온다는 것이죠. 과한 식탐, 과한 소비, 과한 성욕, 이런 것들 말입니다.

그래서 저는 우리가 우리 자신의 욕망을 정화해나가기 위해 하는 모든 노력들은, 그러한 식의 '과한'이라는 형용사를 서서히 지워나가는 일이라고 생각합니다. 하여 '적당하고 균형 잡힌', '사랑스럽고 소중한'이라는 형용사로 이제는 그 모든 행위의 밑바탕이 되는 감정들을 대체해 나가는 것이죠. 해서 이제는, 상대방을 오직 진실하게 사랑하기 때문에 그 다정함에서부터 상대방과 하나가 되고 싶어서 관계를 가지게 되는 것입니다. 나를 사랑하기 때문에 나에게 맛있는 음식을 먹여주게 되는 것이고, 나를 사랑하기 때문에 예쁜 옷을 입혀주게 되는 것입니다.

하여 그때는, 우리 자신의 그 모든 온전함으로 인해 우리의 삶 자체가 더욱 다정해진 채일 것입니다. 어제까지는 내 것만을 충족시키기 위해 관계를 가졌는데, 이제는 상대방의 기쁨과 행복을 고려하게 되는 것이죠. 너에게 좋은 것, 네가 기뻐하는 것, 정확히 그곳에 나의 진정한 기쁨과 행복이 또한 존재하고 있었다는 걸 이제는 진정 알게 되었기 때문입니다. 욕망에 눈이 멀어 보지 못했던 그 소중함들이 이제는 하나둘 드러나고 빛나기 시작하는 것이죠.

그러니 여태 해왔던 모든 것들을 똑같이 하십시오. 하지만 그것을 하고자 당신에게 마음먹게 했던 그 밑바탕의 감정과 의도를 바꾸어나가십시오. 이제 당신은 더 이상 죄책감과 함께하지 않아도 될 것입니다. 그것만으로 충분합니다.

그리고 잊지 마십시오. 당신은 '벌 받아 마땅한' 존재가 아니라 '사랑받아 마땅한' 존재라는 것을요. 태초부터 영원히, 당신은 그렇지 않은 적이 없었다는 것을요. 그러니 스스로에게 벌을 주기보다 스스로를 더욱 다정하게 사랑해주는 당신이 되기를 바랍니다.

또한 그 크기가 커서 우리가 스스로 어떻게 할 수 없는 감정들로 인해서 우리가 무엇인가를 할 때, 그것은 우리 자신의 오롯한 선택이 결코 아니라는 것을 이제는 앎으로써 그 선택권을 내게로 다시 옮겨오는 것, 그것이 진정한 자유라는 것을 잊지 마십시오. 그러니까 무분별함 대신에 분별력 있는 자유와 함께하십시오.

어쨌든 우리가 어떠한 성숙의 시점에 닿게 되었을 때, 역설적으로 우리는 때로 모든 일 앞에서 죄책감을 가지는 사람이 되곤 합니다. 돈을 버는 것, 섹스를 하는 것, 음식을 먹는 것, 거절하는 것, 그것이 무엇이든 이게 맞는 것일까, 하는 혼란과 함께하는 시기를 맞이하게 되는 것이죠. 그런 식으로 우리는 성숙해나가는 노력 앞에서 되려 진정한 자존감과는 반대되는 태도를 지니게 되고, 하여 거절을 아예 하지 못하게 되고, 거절하는 것 앞에서 과도한 죄책감을 느끼는 사람이 되기도 하는 것입니다.

하지만 그럼에도 우리에게는 세상을 살아가며 꼭 해야 할 것과 굳이 하지 않아도 될 것들이 분명하게 있는 것입니다. 극단적으로 말해서, 만약 누군가가 자신이 곧 살인을 저지를 거라며 당신에게 도움을 처했을 때, 당신은 그것을 도와주지 않은 것에 대해 죄책감을 가질 것입니까. 그러니 그 모든 것이 당신 마음 안에 있는 '온전함'으로부터 선택되어진 것이라면 그것은 마땅한 것입니다. 그리고 그 온전함이, 당신이 거절해야 하는 것인지 아닌지, 그리고 그 사람에게 이걸 말해야 하는 것인지 아닌지, 혹은 무엇인가를 선택해야 하는 것인지 아닌지를 더욱 지혜롭게 구분할 수 있게 해줄 것입니다. 그러니 지금 당신이 선택할 수 있는 당신 자신의 최선의 '온전함'을 믿으십시오. 그리하여 당신의 선택이 진정 온전함과 정렬되어 있는 것이라면, 당신은 옳은 일을 한 것이고, 마땅한 일을 하고 있는 것일 뿐입니다. 그러니 그것에 대해 죄책감을 가지지 마십시오.

언제나 모든 것이 선택입니다. 그리고 우리는 성숙함으로써 더 좋은 선택을 하게 되는 것입니다. 그 좋은 선택을 하기 위해서, 우리 모두에게는 더욱 '성숙'한 사람이 될 책임이 있는 것일 뿐입니다. 내가 한 지금의 선택이 많은 사람들을 행복하게 할 수도, 아프게 할 수도 있는 것이니까요. 그러니 언제나 최선을 다해 가능한 많이, 당신 자신을 포함한 모든 생명들을 행복하게 해주십시오. 그것으로 충분합니다.

그래서 그게, 그러니까 당신이 더욱 성숙한 사람이 되고 온전한 사람이 된다는 것이 당신이 아무것도 선택하지 않아야 한다는 뜻이 되는 것은 결코 아닌 이유입니다. 아시겠습니까. 그러니까 욕망을 정화한다는 것이, 당신이 앞으로 아무것도 하지 말아야 한다는 것을 뜻하는 게 되는 것은 결코 아닌 것입니다. 당신의 마음 안에 있는 분노를 정화한다는 것이, 당신이 다른 사람의 온전하지 않음을 거절하지 않아야 한다는 것을 뜻하는 것 또한 결코 아닌 것입니다.

때로는 화를 내야만 하는 상황도 있는 것입니다. 중요한 건 그게 오직 화에 의해서였나, 아니면 온전한 내 선택에 의해서였나, 하는 것에 달려있는 것이죠. 이 세상에는 화를 내지 않고는 결코 소통이 불가능한 사람들도 있는 것입니다. 예를 들어서 옆에 있는 나라가 계속해서 우리의 국민을 위협하고, 우리에게 미사일을 쏴댄다면, 우리는 그들이 알아들을 만한 방식으로 우리의 뜻을 알릴 필요가 있는 것입니다. 그게 우리가 때로 화를 선택했음에도 죄책감을 가지지 않아도 되는 이유입니다.

왜냐면 그건, 우리가 우리의 온전함으로 고민해봤을 때, 지금은 화를 내는 것이 최선이라 판단되기 때문에 화를 선택한 것일 뿐인 합리성에 의거한 것이기 때문입니다. 다정하게 말해서 되는 사람이 있고, 다정하게 말해서는 끝도 없이 내가 만만한 사람이 될 뿐인 사람도 있는 것입니다. 그래서 성숙한 사람을 만나는 것이 중요한 것이고, 성숙을 향해 함께 나아갈 수 있는 사람을 만나는 것이 중요한 것입니다. 하지만 어쩔 수 없이 그러한 상황을 피하지 못했을 때는 최선을 다해 '올바른 선택', '좋은 선택'을 하면 되는 것입니다.

그러니 좋은 선택을 하시고, 온전한 선택을 하십시오. 그 '선택'을 하는 것 자체에 죄책감을 가질 필요는 없는 것입니다. 그저 당신 자신의 마음 안에 있는 다정함과 사랑으로써 어떠한 선택을 하면 되는 것이죠. 겉으로는 화를 내고 있지만 당신의 마음은 여전히 다정할 수도 있는 것입니다. 어쨌든 때로는 화를 내는 것이, 우리와 같은 방향으로 가고 있지 않은 사람들에게 우리가 할 수 있는 우리 자신의 '최선의 지혜'가 될 수도 있는 것입니다.

저의 이 말들이, 언젠가 당신을 향해 반드시 찾아오게 될 그 마음속 혼란으로부터 당신을 꼭 지켜주기를 바랍니다. 그렇게 당신의 여정이 더욱 안전할 수 있게 이끌어주기를 바랍니다. 그러니 중요한 건 언제나 선택 자체가 아니라, 선택을 하게 한 우리의 의도와 그것의 밑바탕이 되는 감정이라는 것을 잊지 마십시오. 정말로 그것만으로 충분합니다. 그러니 앞으로도 계속해서 당신이 하던 것을 하십시오. 하지만 이제는 더욱 성숙하고 온전한, 그 진짜 당신인 채 그것들을 하며 나아가면 되는 것입니다. 그렇게, 당신이 꼭 진정한 자유와 함께 행복하기를.

25

행복의 근원..

우리가 행복하다고 말할 때, 우리가 느끼는 그 행복의 근원은 정확히 우리의 마음 안에 있는 것입니다. 비록 당신은 바깥의 무엇인가로 인해서 지금 당신이 행복한 것이라고 생각하고 있을지는 몰라도, 당신이 그 행복을 느끼고 있는 근원과 위치는 오직 당신의 마음 안이라는 사실에는 여전히 변함이 없는 것입니다. 그러니 정확히 그곳에서부터 행복한 사람이 되십시오. 이것 때문에, 또 저것 때문에 행복하고 불행한 사람이 아니라, 당신이라는 존재 그 자체의 근원으로써 당신이 행복한 사람일 때, 당신의 행복은 그 무엇에도 흔들리지 않을 것입니다.

그러니 그 영원한 행복을 위해서, 당신 자신의 행복의 기준을 낮춰보십시오. 다른 것을 더 바라고, 또 그것이 이루어져야만 당신이 비로소 행복해질 거라는 기대는 오직 내려놓은 채, 그저 당신에게 이미 주어져 있는 것들에 대해 감사해 보는 것입니다. 그렇게 끝없이 이미 나인 것들에 대해 감사하며 나아가다 보면, 당신은 당신이 이렇게 살아있고, 또 존재하고 있다는 그 사실 자체만으로도 무한하게 감사할 줄 아는 사람이 되어있을 것입니다. 그리고 그때가 바로, 당신의 영원한 행복이 완성되어지는 순간입니다.

바깥에 의존하는 행복은 언제나 일시적이며, 또한 말 그대로 의존적일 뿐입니다. 그래서 당신이 만약 당신의 외부에 당신의 모든 행복의 근원을 넘겨둔 채 오직 그 안에서만 행복을 구하는 환상에 사로잡혀 있다면, 당신은 그 거짓 신념들을 계속해서 스스로 부풀리고 있는 것이며, 하여 당신은 그것에 의해 너무나도 쉽게, 그리고 자주 휘둘리는 사람으로서 존재할 수밖에 없을 것입니다. 그러니까 그때의 당신은, 어떤 사람이 당신을 기분 나쁘게 쳐다봤다는 이유 하나만으로 당신의 하루를 망쳐버리고, 하여 하루 종일 예민하게 굴게 되는 자존감 없는 사람이 되어버린 채일 것입니다.

해서 당신의 그러한 행복의 기준을 충족시키기 위해서는, 모든 사람이 언제나 당신을 향해 웃고 있어야만 할 것이고, 또 당신의 이기심에 군말 없이 봉사하고 있어야만 할 것인데, 그것이 정녕 가능한 것이겠습니까. 그리고 그 결코 이루어질 수 없는 환상이 우연히 충족되었다 하더라도, 여전히 당신은 행복한 사람으로 존재하는 방법을 몰라 곧이어 또 다른 환상을 만들고 부풀리고만 있을 뿐일 것입니다. 하여 그때의 당신은, 정말로 그 일시적인 충족과 곧이어 따라오는 결핍, 그리고 그것들로 인한 불행, 오직 그 늪에 빠진 채로 영원히 허우적거리고만 있을 뿐일 것입니다.

그러니까 그때의 당신은 일시적인 것에서만 행복을 아주 잠깐 공급받는 그 가짜 행복에 오직 만족할 수 있을 뿐일 것이며, 하지만 그러한 만족감이라는 것은 사실 결코 당신의 마음을 꽉 채워줄 수 있을 만큼의 진정한 기쁨이 될 수는 없는 것이며, 해서 당신은, 계속해서 더, 더, 더, 를 외치며 더 많은 일시적인 만족감에 탐닉하게 된 채일 것이며, 그래서 당신은, 그러한 식의 탐닉, 하지만 곧이어 따라오는 공허함, 해서 새로운 가짜 행복, 이 세 가지 상태를 무한하게 오가는 오류 자체에 중독이 된 채일 것입니다. 그로 인해 당신은, 오직 가짜 행복이라는 그 환상에만 의지한 채 부실하게 살아가는 사람이 되고야 마는 것입니다. 그러니 그 환상, 즉 우상을 더 이상 숭배하지 마십시오.

당신이 여태 여전히 자신이 행복한 사람이 아니라는 것을 알면서도 계속해서 그러한 거짓 행복을 추구해왔던 것은, 그것이 당신이 아는 유일한 행복이었기 때문일 것입니다. 그렇다면 이제는, 오직 지금 이 순간에 그저 행복한 사람이십시오. 그러니까 이제는, 당신이 행복해서, 행복한 사람이라서, 그 내면에 있는 행복 자체를 다른 곳을 향해 또한 투사함으로써 이 모든 세계로부터 진정 행복을 느낄 줄 아는 당신이 되는 것입니다. 그때는 진실로 당신이 행복한 사람이라는 것 이외에, 행복에 다른 이유는 전혀 필요하지 않을 것입니다. 그래서 당신은 이제 지금 당신에게 주어진 모든 것들에 대해 오직 감사하고 만족할 줄 아는 그 영원한 평정심을 당신 자신의 마음에 지니고 있는 채일 것입니다. 그리고 그것이야말로 외부의 그 어떠한 것에도 결코 흔들리지 않는 진정한 자존감의 상태라고 저는 확신합니다.

하지만 그럼에도 당신은, 그 흔들림 없는 행복의 상태 안에서도 여전히 무엇인가를 '선택'하며 살아가야만 할 것입니다. 그러니까 당신은, 여전히 당신이 만나야 할 사람, 만나지 않아도 될 사람, 당신이 해야만 하는 일, 하지 않아도 되는 일, 그런 것들을 선택하며 나아가야만 하는 것이죠. 왜냐면 그것 앞에서 무분별해지는 순진함은 언제나 당신의 행복을 위협하는 것이기 때문입니다.

어쨌든 당신은 이미 행복한 사람이 되었기에, 이제는 더욱 잘 선택하게 될 것입니다. 왜냐면 더 이상 외부적인 것들이 당신의 행복을 좌지우지할 수 없다는 것을 당신은 이제 진정 알고 있는 채일 것이기 때문입니다. 그래서 그 어떠한 결핍의 투사나 의존도 없이, 딱 당신 그 자체로 당신에게 필요한 것들만을 당신은 보다 잘 선택할 수 있게 되는 것이죠. 너무나도 외로워서 누구라도 만나야 하던 상태일 때의 당신이 때로 누구를 만날지에 대해 신중하지 못하던 것과는 전혀 다르게 말입니다.

그러니 이제는 서로의 행복을 존중하고, 서로의 온전함을 존중하고, 하여 함께하며 서로가 보다 더 완성되어질 수 있는 그런 관계를 향해 나아가십시오. 당신이 지금 이 순간에 진실로 결핍 없이 행복하다면, 당신의 선택에 더 이상의 잔가지는 없을 것입니다. 그러니까 이제는 진실로 누가 돈이 많아서, 혹은 예뻐서, 잘 생겨서, 몸매가 좋아서, 와 같은 식의 당신 자신의 결핍된 마음들로 인해 누구를 만날지 말지 하는 것을 선택하지 않아도 되는 것입니다. 그러한 잔가지에 더 이상 미련이나 집착을 가지지 않을 만큼 이제는 당신 자신이 온전히 행복한 사람이 되었기 때문입니다.

그러니 지금 이 순간, 이 자리에서 행복하되, 하지만 여전히 선택하며 살아가십시오. 왜냐면 당신이 그저 행복할 사람일 때, 하지만 그럼에도 여전히 순진한 사람일 때, 그때는 당신의 행복을 질투하고 공격하는 사람조차도 당신은 때로 구분하지 않은 채 그저 기꺼이 함께하고자 할 수도 있는 것이기 때문입니다. 해서 그 결과 당신이 그런 사람들과 함께하게 되었을 때, 그들은 당신의 근원 자체를 악의적으로 공격하며 끌어내리고자 끝없이 시도할지도 모르는 것입니다. 그러니까 그들은 끊임없이 당신으로 하여금 시험에 들게 할 것입니다. 그러니 스스로 시험에 빠지지 마십시오. 당신 자신을 아끼고 사랑하는 마음으로 당신은, 그것을 그저 지나가는 지혜를 선택할 줄 아십시오.

그러니까 당신의 행복을 스스로 충분히 존중하십시오. 그리고 그 존중감에서부터 여전히 선택하며 살아가는 것입니다. 무엇을 해야 할지, 무엇을 하지 말아야 할지를 말입니다. 그렇게 당신 자신의 행복을 지키고, 당신 자신의 근원을 지켜내십시오. 지금 당신에게 당신 자신의 행복을 포기하게 하는 행동들, 혹은 당신의 행복을 끝없이 흔드는 사람들,

그것은 무엇입니까. 이것에 대해 스스로에게 늘 물어보며 나아가십시오. 그게 당신의 행복을 더욱 견고하게 지켜줄 것입니다.

당신이 진정 자기 자신에게 다정한 사람이라면, 당신은 그것을 기꺼이 피해갈 것입니다. 그러니까 당신은 자기연민, 원망, 분노, 욕망, 그것이 무엇이든, 그 모든 부정성으로부터 당신 자신을 지켜낼 것입니다. 그러니 충분히 다정하되, 여전히 순진하지는 마십시오. 그러니까 저는 당신이 선과 악에 대해서 아예 모르는 순진한 사람이기보다, 선과 악에 대해서 그 누구보다 잘 알지만 그럼에도 유혹받지 않을 수 있는 견고하고도 지혜로운 사람이길 바랍니다.

당신 자신의 근원 자체를 공격하는 당신의 습관은 무엇입니까. 그것이 분노든, 욕망이든, 원망이든, 그 무엇이든 이제는 그것으로부터 당신을 스스로 구원해내십시오. 오직 그런 마음으로 하루하루를 살아가십시오. 또한 당신에게서 자꾸만 부정적인 감정을 이끌어내는 사람들을 단호하게 거절할 줄 아십시오. 그것만으로 당신은 충분히 행복하고 또 영원히 행복할 것입니다. 당신은 이제, 당신의 근원에 있는 그 행복을 발견하고, 그곳에서부터 행복할 줄 알며, 또한 그 행복을 지킬 줄 아는 사람이 되었기 때문입니다. 그러니 당신에게 미움을 조장하고, 분노를 조장하고, 자기 연민을 조장하고, 욕망을 조장하는, 그러한 사람들의 유혹들로부터 또한 당신 자신을 스스로 지켜내시길 바랍니다.

당신이 때로 너무나도 행복해서 순진해질 때, 당신은 때로 그만큼 쉽게 유혹에 빠지게 될 것입니다. 그리고 그 순간 당신은 당신의 근원 자체를 송두리째 잃어버리게 될지도 모르는 것입니다. 당신의 주변에 있는 누군가가 당신에게 자, 행복은 이 세상에 있는 모든 다양한 여자들과 매일 밤 자보는 것에 있는 거야, 정말로 그것 또한 경험이고 추억이 아니겠어? 라고 말하는 것이죠. 그리고 정말로 당신이 순진할 때는, 그 말이 그럴듯해 보이는 것입니다. 해서 그 찰나의 순간에 당신이 순진할 때, 당신은 당신 자신의 근원 자체를 상실하게 될 것입니다. 그리고 당신이 그토록이나 힘겹게 찾아냈던 그 진실한 행복이라는 근원에 접근하는 방법을 이제 당신은 오래도록 망각하게 될 것이고, 그렇게 긴 시간 동안 또다시 방황하게 될 것입니다.

그러니 언제나 지혜롭게 판단하고, 신중하게 살피십시오. 지금 이 자리에서 행복하되, 끝까지 그 행복을 지켜내십시오. 먼저 된 자가 되었지만, 훗날 나중된 자를 부러워하게 되는 일로부터 당신 자신을 스스로 지켜내는 것입니다. 제 생각에 그것이 당신이 알아야 할 모든 것입니다. 그러니 당신 자신의 근원에서부터 행복하되, 그 근원을 잘 지켜내시길 바랍니다. 당신이 행복하고 싶으면, 그저 지금 이 순간 행복하면 되는 것입니다. 그리고 지금 이 순간의 행복을 영원토록 지켜내면 되는 것입니다. 정말로 그것이 다입니다.

그러니 부디 당신은, 당신이 행복한 사람이라서 행복한 사람이길. 그러니까 당신이라는 존재, 그 근원에서부터 행복할 것이며, 하여 그 행복으로 인해 모든 것에서부터 행복한 당신이길. 다만, 그 모든 것에서부터 당신이 행복하되, 또한 그 모든 것 앞에서 순진하지는 않을 수 있기를. 그러니 당신이 결코 해서는 안 되는 것들을 구분해주는 지혜가, 언제나 당신의 곁에서 당신의 행복을 지켜주기를. 그렇게, 당신이 오직 선의 편에 선 채로 영원히 행복하기를.

26

진실한 사랑 .

　우리는 우리가 성숙한 만큼, 정확히 그만큼만 상대방을 사랑할 수 있습니다. 그러니 최선을 다해서 내게 주어진 삶 안에서 성숙을 완성하며 나아가십시오. 우리가 여전히 성숙하지 않은 사람일 때, 그때는 우리가 할 수 있는 사랑이라는 것이 그만큼 제한적인 것이 되기 때문입니다. 그러니까 그건, 내가 여전히 원망이라는 감정의 틀 안에 있는 사람이라서 늘 누군가에게 나 자신의 마음 안에 있는 원망을 투사해야만 하는 사람이라면, 그 원망이 내가 하는 사랑 안에도 불가피하게 포함되는 식인 것입니다. 해서 그때의 우리는 서로를 원망하기 위해 서로와 함께하는 식의 거짓 사랑만을 오직 주고받으며 서로를 아프게만 할 수 있을 뿐인 것이죠. 그것이 어디 원망뿐이겠습니다. 욕망, 분노, 자만, 그것이 무엇이든 우리의 주된 상태가 그러한 부정성과 정렬되어 있을 때, 우리는 딱 그만큼의 시선으로만 상대방을 사랑할 수밖에 없는 것입니다.

　쉽게 말해서, 부정성을 어둠이라 가정하고, 긍정성을 빛이라 가정했을 때, 우리의 마음 안에 있는 빛의 양만큼만 우리는 상대방에게 사랑의 빛을 방사할 수가 있는 것이죠. 그러니까 어떤 사람이 만약 빛보다는 어둠 쪽으로 더 많이 기울어져 있는 상태라면, 그 사람은 상대방에게 폭행을 행사하면서도 나는 너를 사랑한다고 말하고 있는 식일 것입니다. 그리고 믿기지 않겠지만, 진실로 그 사람에게는 그게 진심으로 상대방을 사랑하는 방식인 것입니다. 그래서 자신은 정말로 상대방을 사랑하고 있다고 믿고 있을 것이며, 해서 정말로 너를 사랑한다고 말하고 있는 것이죠.

하지만 저는 강아지를 발로 걷어찰 수 있는 사람이 하는 사랑한다는 말은 진실로 사랑일 수가 없을 거라고 확신합니다. 왜냐면 우리는 우리가 '사랑'이 된 만큼, 정확히 그만큼만 사랑할 수 있기 때문입니다. 사랑은 그래서 우리가 우리에게 주어진 성숙을 완성한 만큼 무르익는 것이고, 아름다운 빛을 내는 것입니다. 그것이 지금 우리가 처해 있는 우리 자신의 성숙한 위치에 따라서 우리가 사랑이라 일컫고 있는 그 사랑의 농도와 크기, 밀도가 확연하게 차이가 나는 이유입니다.

제가 군대에 있을 때, 저의 몇몇 선임들은 취사장에 문을 잠그고 그 안에 고양이 몇 마리를 가둬둔 채 군화로 고양이를 차고 때리고, 그런 식으로 고양이에게 겁을 주며 고양이가 죽을 때까지 괴롭히는 것을 즐기고 있었습니다. 그 고양이가 죽으면, 또 새로운 고양이에게 그렇게 하고, 그렇게 그저 '재미'로 한 생명을 죽이는 것을 즐기고 있었던 것이죠. 그리고 제 말은, 고양이에게 '그럴 수 있는' 사람들이 자신이 사랑한다고 말하고 있는 사람에게 할 수 있는 사랑이란, 사실 자신에게는 사랑이겠지만 그게 상대방에게는 고통이 될 수밖에 없다는 이야기입니다. 여러분에게는 고양이를 발로 차고 괴롭히고 죽이는 일이 재밌고 즐거운 일입니까. 아마도 여러분은, 하루 종일 정말로 지루해서 죽고 싶을 지경이 되어서도 그게 재밌다고 느끼지는 않을 것입니다. 하지만 어떤 사람들에게는 그게 재밌는 것입니다. 그리고 그게 그 사람들의 수준이고, 영역인 것입니다.

그래서 저는 그 수준이 한 차원을 넘어 다른 차원으로 성숙하기 전까지, 그 사람들은 결코 변하지 않을 거라고 생각합니다. 어쨌든 고양이에게 그렇게 할 수 있는 영역에서 할 수 있는 사랑이란, 제 생각에 그다지 사랑의 모습을 취하고 있지는 않을 것 같습니다. 그건 정말로 빛보다는 어둠에 가까운 것일 테고, 하여 그들은 그 어둠 사이의 미세한 틈 밖으로 삐져나오는 빛만큼만 누군가를 사랑할 수가 있을 뿐인 것이죠. 완전히 빛이 차단된 나무 방 안에서 바깥의 빛을 보기 위해 송곳으로 구멍을 뚫는 것입니다. 그러면 딱 그 구멍의 크기만큼 빛이 들어오게 되겠죠. 그러니까 그들은 정확히 그만큼만 누군가를 사랑하고, 또 사랑할 수가 있는 것입니다.

또한 동시에 그 사람들의 속마음을 들여다보면, 그들은 정말 최선을 다해 자신이 할 수 있는 최대한의 진심으로 상대방을 사랑하고 있는 것입니다. 하지만 그들이 할 수 있는 최선의 사랑이, 딱 거기까지인 것이죠. 사랑한다면서 상대방에게 폭행을 행사하고, 사랑한다면서 상대방을 통제하고, 사랑한다면서 상대방에게 집착함으로써 고통을 주고, 사랑한다면서 상대방에게 오직 상처가 되는 말들을 하고, 늘 원망하고 싸우고, 뭐 그게 그들이 말하는 사랑인 것입니다. 그렇다면 여기에 더해서, 더 이상 무슨 말이 더 필요하겠습니까.

강아지를 사랑한다면서 강아지를 때리고, 뭐 그런 것입니다. 상대방을 내 욕망을 위해 이용하면서도 상대방을 사랑한다고 말하고 있는 것이죠. 성관계를 가지고, 동영상을 찍고, 타인들에게 공유하고, 하지만 자신은 상대방을 진심으로 사랑하고 있다고 말하고 있는 것입니다. 그것이 정말로 그 사람들에게는 자신이 할 수 있는 '가장 최선의 큰 사랑'인 것입니다. 그래서 우리는 성숙한 사람을 만나야 하고, 그보다 먼저 스스로 성숙한 사람이 될 필요가 있는 것입니다.

내가 빛이 들어오지 않는 방 안에 있을 때, 그때는 바깥에서 상대방이 내게 아무리 큰 빛을 비춰주더라도 나는 그게 큰 빛인지 아닌지를 결코 가늠할 수가 없을 것이기 때문입니다. 그래서 우리는 또한 우리가 성숙한 만큼만 상대방의 성숙한 사랑을 느끼고 받아들일 수가 있는 것입니다. 그리고 그것이 우리가 결국에는 끼리끼리 만나게 되는 이유이기도 합니다. 우리는 자신의 수준보다 그저 조금 더 위아래에서만 관계를 맺을 수 있을 뿐이지, 결코 그것을 보다 더 멀리 초월하지는 못할 것이기 때문입니다.

그러니까 내 마음 안에 있는 주된 감정이 욕망이라면, 그때의 나는 결코 순도 100%의 이타적인 마음으로 누군가를 사랑할 수는 없을 것이고, 또한 누군가가 내게 100%의 이타적인 마음을 기울여줘도, 그때의 나는 그 사람의 의도를 의심할 수밖에 없는 것이죠. 저 사람이 왜 내게 잘해줄까? 뭔가 이상해. 이렇게 생각하면서 말입니다. 그래서 저는 우리가 더 다정한 사랑, 더 진실한 사랑을 주고받기 위해서는 그 무엇보다 스스로 성숙한 사람이 될 필요가 있다고 생각합니다. 우리가 성숙한 만큼, 우리는 성숙한 사랑을 상대방에게 기울일 것이고, 또한 우리가 성숙한 만큼, 우리는 상대방의 성숙한 사랑을 있는 그대로 받아들일 수 있게 되는 것이기 때문입니다.

그러니 하루하루를 오직 성숙하기 위해서 살아가십시오. 사실 당신이 성숙하게 되면, 사랑뿐만이 아니라 당신의 삶, 당신의 일 앞에서도 당신은 그만큼 더 성숙한 사람이 된 채일 것입니다. 내가 그만큼의 빛이 되었으면, 당연히 나는 내가 마주하는 모든 것 안에 그만큼의 빛을 방사하게 될 것이고, 하여 나는 그 모든 것 안에서 그 예쁜 빛을 풍기고 있는 채일 것이기 때문입니다.

그러니까 내가 친절하고 다정한 데에는, 내가 친절하고 다정한 사람이라서, 라는 이유밖에 존재하지 않는 것입니다. 정말로 내가 다정한 사람이라서 우리는 다정할 수밖에 없는 것입니다. 누군가의 행복을 위해 무엇인가를 해놓고, 그 사람이 그런 내 마음을 알아줬으면 좋겠다, 하는 마음이 아니라, 그때의 우리는 정말로 내가 다정한 사람이라서 그 다정함으로 상대방을 마주할 수밖에 없는 것이죠. 그래서 그때의 우리에게 있어 상대방이 내 다정함을 알아주고 말고는 사실 내 관심 밖의 일일 것입니다.

그러니까 우리가 마트에서 물건을 구매하면서 계산대에 있는 직원에게 친절하게 감사하다고 말하는 것에는, 진실로 그 다정함이 나의 습관이라는 것 이외에는 다른 이유가 존재하지 않는 것입니다. 하지만 누군가는 고기를 사서 구워 먹고는, 그 고기가 비렸다면서 다 구운 고기 몇 개를 싸 들고 와서는 그것을 던지며 환불을 해달라며 고함을 지르고 있겠죠. 그건 그냥, 서로의 상태에서 서로가 할 수 있는 최선이 다른 것일 뿐입니다. 나에게 최선은 이건데, 저 사람의 최선은 저것인 것이죠.

고기를 다 먹긴 했지만, 사실 고기가 비렸기 때문에 환불을 해주는 게 당연한 거 아니야? 하지만 그럼에도 환불을 안 해줄 수도 있으니 처음부터 화난 모습을 보여줘야겠어, 뭐 이런 식의 생각이 그 사람에게는 당연한 상식인 것입니다. 그게 그들의 오랜 습관이자 하나의 당연한 상태가 아니라면, 그들이 그토록 화를 내며 큰 소리를 지르는 것에 다른 어떤 이유가 있겠습니까. 정말로 그들은 그렇게 행동해야만 하는 사람이라서 그렇게 행동하고 있는 것일 뿐입니다. 그게 그 사람에겐 옳은 행동이고, 당연한 행동이고, 해서 그렇게 하지 않는 게 이상한 것이기 때문입니다. 그래서 우리가 다정한 데에는 사실 다른 이유가 없습니다. 그저 내가 다정한 사람이라서 다정할 수밖에 없는 것이죠.

아침에 폐지 줍는 할머니께서 지나갈 때는, 집에 있는 요구르트라도 하나 챙겨줘야만 내 마음이 편해지는 것입니다. 그리고 그런 걸 누구한테 자랑하겠습니까. 그때는 사실 그렇게 해놓고, 그렇게 한 것조차 이미 잊은 채일 것입니다. 왜냐면 그건 그저 나의 당연한 일상이자 상태일 뿐이기 때문입니다. 그래서 자신이 다정했던 걸 하나부터 열까지 세고 생색을 내는 건, 다정함의 상태가 아니라 사실은 우쭐함의 상태인 것입니다. 왜냐면 내가 그때 다정했던 건, 오직 그 다정함을 자랑하고 우쭐댐으로써 우쭐함이라는 감정적인 이득을 취하기 위해서에 불과했던 것이기 때문입니다.

그래서 모든 사람에게 좋은 사람이 결국 나에게도 좋은 사람이 되는 것입니다. 조금 더 쉽게 말하면, 모든 사람에게 다정하지만 오직 나에게만 야한 사람, 그게 우리가 만나야 할 가장 이상적인 연애, 혹은 결혼 상대일 것입니다. 그러니 지금 당신이 삶을 마주하고 있는 당신 자신의 주된 의도가 무엇인지를 점검해보십시오. 만약 당신이 어떠한 일을 하고자 한다면, 그 일을 하고자 하는 당신의 '의도'는 무엇입니까. 그것에 대해 스스로에게 물어보고 정직하게 대답해보십시오.

만약 오직 돈이라면, 당신의 주된 감정은 욕망일 것입니다. 만약 더 우쭐대기 위해서라면, 당신의 주된 감정은 자만심일 것입니다. 그런 식으로 당신의 상태를 추적해보십시오. 당신은 지금 당신과 함께하고 있는 그 사람에게서 무엇을 원하고 있으며, 또 무엇을 얻고 있습니까. 그러니까 당신이 그 사람과 함께하는 주된 '이유와 목적'은 무엇입니까. 그리고 당신은 대체로 어떠한 감정을 지닌 채로 상대방과 함께하고 있습니까.

많은 이유들이 있을 것입니다. 외로우니까, 혹은 성욕을 해소하기 위해서, 혹은 이 사람을 곁에 두면 내가 더 잘나 보여서, 혹은 자기 연민과 함께하고 있다든지, 분노와 원망과 함께하고 있다든지, 뭐 그 모든 것들을 동시에 다 가지고 있는 최악의 상태로써 함께하고 있다든지, 그럴 것입니다. 만약 당신이 그러한 '부정성'을 바탕으로 관계를 맺고 있다면, 당신에게는 최선을 다해 하루하루 성숙한 사람이 됨으로써 그 부정성에서부터 오직 스스로를 구원할 것이 요구되어지고 있는 것입니다. 그러니 이제는 오직 성숙만을 선택하십시오. 그 성숙이 반드시 당신을 불행으로부터 구원할 것이며, 하여 당신의 행복과 당신이 맺을 관계 안에서의 행복을 또한 보장해줄 것입니다.

왜냐면 당신이 성숙할수록 당신은, 상대방이 나로 인해 웃는다면 그것 자체로 나도 행복해지는 마음, 상대방이 나로 인해 아파하기보다 나로 인해 더 행복한 사람이 되었으면 좋겠다는 마음, 상대방을 그저 바라만 보고 있을 뿐인데도 상대방이 귀엽고 사랑스럽게 느껴지는 마음, 서서히 그런 식의 긍정적인 마음들을 당신 자신의 마음 안에서 키워가게 될 것이기 때문입니다. 정말로 그러한 예쁜 마음들이 다른 부정적인 감정들보다 더 우세한 상태가 되어갈 것입니다. 이제는 당신의 성숙, 그 빛에 의해서 당신의 마음 안에 있는 어둠들이 오직 소멸되어가고 있는 채일 것이기 때문입니다.

그러니 최선을 다해 성숙하십시오. 당신의 삶에 있는 모든 부정성을 기꺼이 배제한 채 긍정성만을 선택함으로써 오직 긍정성과 나란히 하도록 하십시오. 당신이 아직 미성숙한 사람이라면 당신에게는 믿기 어려운 말이 될 수도 있겠지만, 진정 성숙한 사람은 모든 부정적인 감정을 거의 느끼지 않습니다. 그러니까 상대방에게 폭언, 폭행을 한다고? 그게 말이 돼? 이런 식인 것입니다. 성관계를 가지고 나서 그것을 친구들에게 어땠는지 이야기한다고? 그게 말이 돼? 이런 식인 것이죠.

왜냐면, 그러한 것들은 그저 허용되지 않는 부정성이기 때문입니다. 안 하려고 안 하는 게 아니라, 그게 허용되지 않기 때문에 하지 않는 것입니다. 그건 정말로 자신의 상태와는 너무나도 멀리 있는 것이기 때문입니다. 당신이 당신에게서 너무 먼 긍정성을 선택할 수 없듯, 성숙한 사람 또한 자신에게서 너무 먼 부정성을 선택할 수가 없는 것입니다. 서로에게 그 성숙의 격차라는 것이 너무나도 크게 있는 것이죠. 그래서 이 삶을 그저 생각 없이 탕진하며 살아온 사람과 성숙하기 위해 최선을 다해 온 마음과 정성을 기울이며 살아온 사람이 할 수 있는 사랑이 다른 것은 어쩌면 당연한 결과입니다. 그러니 지금부터는 당신 자신의 성숙에 온 마음을 기울여보세요.

그렇게 당신이 서서히 성숙해나가게 되면서 당신은, 그저 통화를 하다가 상대방에게 조금 건성이었던 것이 마음 아파서 다시 전화를 해서 미안하다고 사과를 하는 사람이 될 것입니다. 그 아주 사소했던 무심함이 후회가 되어서 상대방에게 사과를 하게 되는 것이죠. 어떤 날에는 누군가가 무엇인가를 실수해서 그것 때문에 그 사람에게 앞으로는 제대로 좀 해달라며 조금 짜증스럽게 말을 했다가, 곧이어 다시 전화를 해서는 아까는 내가 좀 예민했는데 어쨌든 늘 고생해줘서 고맙고, 서로 좋은 마음으로 잘 해봤으면 좋겠다, 라고 말하게 되는 것입니다. 왜냐면 그 사람에게 사소하게라도 불친절하게 굴었던 것이, 정말 사소하게라도 예민하게 굴었던 것이 이제는 내 마음을 하루 종일 속상하게 만드는 일이 되었기 때문입니다. 나로 인해 저 사람이 상처받았을까, 하는 것을 이제는 걱정하고 염려하는, 보다 다정하고도 온전한 내가 된 것이죠.

때리고, 화를 내고, 큰 상처를 주고, 그랬기 때문에 신경을 쓰는 게 아니라, 정말로 그저 사소하게 예민하게 굴었던 것이 신경이 쓰이고 속상하게 느껴질 만큼 내가 다정한 사람이 된 것입니다. 그것이 바로 보다 성숙한 사람이 관계를 마주하는 다정함입니다. 마음에 보다 더 큰 사랑을 지니고 있는 사람이 관계를 마주하는 다정함입니다. 그래서 미성숙한 사람이 하는 후회와, 성숙한 사람이 하는 후회는 이토록 차이가 큰 것입니다. 아 그때 진짜 한 대라도 더 때려서 코라도 부러뜨려 놨어야

했는데! 이런 후회를 하는 것과 다정한 후회를 하는 것은 정말로 정반대 방향에 있는 후회의 방식인 것이기 때문입니다.

그래서 일단 성숙을 향해 나아가기 시작하면, 사람은 자동적으로 매일 성숙하게 되는 경향이 있습니다. 그때는 내가 하는 하루의 후회가 비로소 다정한 후회가 된 채일 것이기 때문입니다. 해서 그때의 우리는 사소하게라도 '사랑'이지 못했던 내 태도를 후회하며 내일은 더 다정하겠다고 다짐하며 나아가게 됩니다. 그래서 우리는 그저 하루하루 더 다정한 사람이 되어갑니다. 그저 일단 성숙에 발을 들여놓기만 하면, 우리는 자동적으로 그렇게 되어갈 수밖에 없는 것입니다. 그러니 성숙을 향해 나아가십시오. 그 첫발을 내딛으십시오.

당신이 최소 어둠보다 빛에서 더 행복을 느끼는 사람이 되었을 때, 당신은 당연히 더욱 큰 빛이 되고 싶은 갈망을 느끼게 될 것입니다. 왜냐면 그게 그 무엇보다 당신 자신을 행복하게 해준다는 것을 이제는 당신 스스로가 진정 알게 된 채일 것이기 때문입니다. 그러니 당신을 어둠 안에 가두고 있는 당신 자신의 부정성 몇 개를 찾아내고, 이제는 그 대신에 그저 '빛'을 선택해보십시오. 그때의 당신은, 당신의 마음 안에는 언제나 빛이 있었다는 것을, 또한 처음부터 언제나 당신은 여태 해왔던 것보다는 더 사랑일 수 있었다는 것을, 충분히 그럴 수 있었는데, 기꺼이 그러지 않았던 것일 뿐이라는 것을 진정 알게 될 것입니다.

왜냐면 어둠은 사실 실재하지 않는 것이기 때문입니다. 그것은 그저 빛의 부재일 뿐이기 때문입니다. 그래서 빛이 다가서는 순간 어둠은 그 즉시 사라질 수밖에 없는 것입니다. 해서 당신이 그저 사랑하겠다고 마음먹는 순간, 당신의 마음 안에 있는 부정성들은 그 빛의 힘을 버티지 못한 채 사라질 수밖에 없는 것입니다. 그게 진실함의 힘이고, 빛의 힘인 것입니다. 그러니 오직 더욱 큰 빛이 당신의 마음에 깃들 수 있게, 최선을 다해 당신에게 주어진 성숙을 완성하며 나아가십시오. 그렇게 더욱 큰 사랑을 당신의 마음에 소유한 채이십시오.

당신의 마음에 더욱 빛을 가져다주는 책과 함께하는 것 또한 큰 도
움이 될 것입니다. 당신이 만약 어떤 글귀를 읽다가, 가슴에 무엇인가가
전해지는 감동을 느끼며 그 자리에서 멈춰 서게 된다면, 당신은 그 즉시
변하게 될 것입니다. 정말로 그 순간 당신은 변하게 됩니다. 왜냐면 그
글이 당신의 마음에 있는 빛을 더욱 찾아줄 것이기 때문입니다. 그리고
이제 당신은 그 빛을 소유하게 됩니다. 그래서 그저 좋은 글을 읽었을
뿐인데, 당신은 더욱 다정한 사람이 되어갑니다. 그 글이 당신의 마음에
있는 어둠의 일정 부분을 소멸시켜준 것이죠.

그리고 당신은 그 책에서 느낀 그 감동을, 그러한 내면의 변화를, 이
제 당신의 삶에 적용하게 됩니다. 그리고 일주일 정도가 지나면, 당신
은 이미 일주일 전보다 훨씬 더 성숙한 사람이 되어있는 채인 것입니다.
왜냐면 당신이 성숙을 향해 드디어 첫발을 내디뎠기 때문입니다. 그렇
게 앞으로 당신은 계속해서 더욱 큰 빛이, 더욱 밝은 빛이 되어갈 것입
니다. 자동적으로 말이죠.

그러니 좋은 책과 함께하세요. 요즘에 나오는 책 중에는, 오히려 성
숙하지 않은 마음을 장려하는 책들 또한 많이 있는 것 같습니다. 나의
마음에 빛이 되어주는 게 아니라, 내 마음에 있는 어둠을 더욱 크고 강
하게 만들어줄 만한 책들이 계속해서 출간되고 있는 것이죠. 제가 SNS
에서 우연히 본 글귀들 중에 몇 개만 짚어보라고 해도, 저는 온전하지
않은 마음이 담긴 글들을 순식간에 몇백 개는 찾아낼 수 있을 것 같습니
다. 그건 정말로, 자기 연민을 조장하고, 분노를 조장하고, 미움과 원망
을 조장하고, 그리고 사람들은 그러한 것에 폭발적으로 반응하는 식인
것이죠. 왜냐면 지금 당장에 그만한 위로가 되는 것은 없기 때문입니다.
세상이 이 지경이라 당신이 실패한 건 어쩔 수 없는 거예요! 그러니 이

세상을 욕하세요! 당신은 정말로 잘못이 없어요! 이런 식인 것이죠. 그리고 이러한 것들이 실제로 많은 사람들에게 얼마나 편안한 위로가 되어주고 있는지 모릅니다. 그걸 읽는 순간, 그러니까 그저 남에게 모든 잘못을 덮어씌우는 순간, 그 즉시 모든 게 남 탓이 되고, 내 잘못은 아무것도 없는 것이 되어버리기 때문입니다.

그러니까 당신의 마음에 어둠이 더욱 우세할 때, 만약 그때의 당신이 어떠한 책에 담겨 있는 용서라는 말을 보게 되었다면, 당신은 그 책을 아예 덮어버리고는 다시는 찾지 않을 것입니다. 말이 되는 소리를 해야지, 그래서 자기는 사람들을 그렇게 용서했겠어? 말이나 쉽지, 그건 그저 아름다운 말뿐인 가짜 이야기일 뿐이잖아! 하고 말하면서 말이죠. 왜냐면 용서한다는 건 당신에게 있어서 절대 있을 수 없는 일이고, 그래서 그때의 당신은 또한 '용서할 수 없는' 자신의 내면을 세상과 사람들에게 그대로 투사하고 있는 채일 것이기 때문입니다. 그래서 누군가가 용서를 했다고 하면, 당신에게 있어 그건 그저 뻥이 되어버리고야 마는 것이죠. 왜냐면 정말로 나는 그럴 수가 없기 때문에 그걸 도저히 믿을 수조차 없는 것입니다.

그래서 내가 변하지 않아도 되고, 나태하게 지금에 그대로 머물러도 되고, 성숙하지 않아도 된다고 말하는 책에 당신은 끌리게 됩니다. 왜냐면 세상 탓을 하는 순간, 정말로 모든 것이 편해지기 때문입니다. 그렇게 내면의 어떠한 사고과정도 거치지 않은 채 그저 모든 것을 남 탓을 하는 식으로 살아간다면, 나는 나의 미성숙한 지금에 대한 정당한 변명과 합리화를 끝없이 얻을 수 있을 것이고, 하여 성숙을 향해 나아갈 필요조차 없게 되어버리기 때문입니다.

그리고 만약 어떤 성숙한 사람이 당신의 그러한 상태를 보게 되었을 때는 음, 제가 봤을 때 당신은 그게 편하다고 생각하지만, 사실은 당신의 그 상태가 당신을 전혀 편안하게 만들어주고 있지가 않은 것 같네요, 사실 당신은 스트레스와 여전히 함께하고 있어요, 그리고 그건 결코 진정한 행복이라 할 수 없는 거예요, 그러니 미성숙함을 고집하는 당신 자신의 나태함과 성숙에 대한 모든 저항을 오직 이겨낸 채 성숙을 향해 나아가도록 해보세요, 라고 당신에게 말하게 되겠죠. 그리고 당신이 그 말을 듣게 되었을 때, 그때의 당신은 성숙한 사람을 오히려 정신 나간 사람으로 취급하게 되고, 그런 식인 것입니다.

그래서 한 발을 내딛는 것이 무엇보다 가장 힘든 일인 것입니다. 내 딛고자 스스로 마음먹게 되는 것이 가장 어려운 일이기 때문입니다. 하지만 그럼에도 당신은 한 발을, 그래서 내디뎌야 하는 것입니다. 그 한 발을 내딛지 못하면, 정말로 평생을 그러한 제한된 행복과 사랑 안에서, 하지만 그것이 모든 행복과 사랑이라 오해한 채, 그렇게 영원히 불행하게만 살아갈 수 있을 뿐일 것이기 때문입니다.

현대 사회는 지금 너무나도 많은 정보와 함께하고 있습니다. 그래서 우리는 그 많은 정보들 사이에서 무엇이 정말 우리 자신을 진실로 위한 것인지를 구분할 줄 알아야만 합니다. 왜냐면 요즘에는 정말로 우리가 더 미성숙한 사람이 되도록 장려하는 글과 정보들이 더욱 많이 흘러 넘치고 있기 때문입니다. 해서 우리는, 그런 식의 자극적인 영상과 글들을 접하며 우리의 마음 안에 있는 공허함으로부터 일시적인 탈피를 얻고, 하지만 곧이어 그 자극은 식상한 것이 되고, 하여 그 자극이 계속해서 이어지게 하기 위해서 더욱 충격적인 자극을 끝없이 구하게 되고, 그런 식으로 살아가게 되는 것입니다.

또한, 그러한 우리의 미성숙한 상태를 통해 돈을 버는 많은 사람들이 있고, 그래서 그들은 더욱 심각하고도 충격적인 자극을 매일 연구해서 우리가 그러한 것들을 더욱 쉽게 접할 수 있게 만들어주고, 그런 식인 것이죠. 우리는 자극과 공허함을 얻고, 그들은 돈과 인기를 얻고, 그런 것입니다. 그래서 더 자극적일수록, 더 충격적일수록, 그들은 더 많은 돈과 인기를 누리게 됩니다. 그리고 사람들은 그것에 호응하고, 또 그들로 하여금 더욱 자극적인 것을 볼 수 있기를 기대하고, 그러한 지경에 이른 것이죠. 그래서 우리에게 진실은 오직 지루하고 따분한 것 취급을 받은 채 뒷전이 되어버린지 오래입니다. 하지만 그 산만함과 병적인 상태, 공허함을 조금이라도 느낄 줄 아는 사람들은 얼마나 빠른 속도로 우리의 마음이 그러한 것들에 매료된 채 빨려 들어가고 있으며, 하여 금방이면 소진되는지를 또한 쉽게 느낄 수 있을 것입니다.

어쨌든 그러한 자극적인 소재를 통하여 사람들에게 충격을 줌으로써 사람들로 하여금 더욱 진실과 멀어지도록 장려하는 사람들의 그런 식의 행동들은 사실 굉장히 책임감 없는 일이겠지만, 또한 그들에게 있어 제일 중요한 건 오직 관심과 돈일 것이기 때문에 그게 그 사람들에게는 이 지구에서 생존하는 가장 최선의 방식인 것입니다. 그리고 그러한 것에는 그것에 꾸준히 반응하고 호응해주는 사람들의 책임도 있는 것입니다. 어쨌든 끼리끼리 노는 것입니다.

그러니 이러한 세상 안에서도 당신은, 당신 자신에게 주어진 성숙의 의무에 대해 오직 최선을 다하는 사람이십시오. 더 이상 자기 자신의 무지와 그 무지에서 비롯된 무분별함으로 인해서 당신 자신의 온전함과 성숙에 대한 책임을 스스로 저버리는 사람이지는 마십시오. 그 마음의 중심을 당신이 잃게 된다면, 당신은 영원히 그러한 것 앞에서 당신에게 주어진 모든 시간과 감정을 오직 낭비하게 될 것이고, 그렇게 당신은 당신에게 주어진 이 소중한 삶을 무의미하게 마감하게 될 것입니다.

그러니 당신의 마음을 지켜주는 책들과 함께해보세요. 제가 정확히 알려드리자면, 우리의 마음에 분노나, 원망, 자기 연민과 같은 부정적인 감정들을 일으키거나 부추기지 않고 당신의 마음을 진실로 편안하게 해주는 책, 그런 책이야말로 진정 온전한 책입니다. 예를 들어서 예수님의 말씀을 읽을 때, 우리는 우리의 부정성이 반응할 만한 그 어떤 말도 그곳에는 있지 않다는 것을 알게 될 것입니다. 테레사 수녀님의 책을 읽을 때도, 법정 스님의 책을 읽을 때도 마찬가지로 그럴 것입니다. 왜냐면 책은, 글을 쓰는 사람의 성숙한 정도를 반영하기 때문입니다. 그래서 부정성이 전혀 없는 사람이 쓴 글은, 읽는 사람의 부정성을 또한 전혀 건드리지 않을 수가 있는 것입니다. 그래서 당신의 온전함에 호소하는, 하지만 다소 지루할 수는 있는 책에서 당신이 만약 감동을 받을 줄 알게 된다면, 당신은 이제 당신 자신을 이 무한한 정보의 시대로부터 스스로 지켜낼 수 있게 될 것입니다.

제가 최근에 읽은 온전한 책으로는 〈팩트풀니스〉라는 책이 있습니다. 그 책은 우리가 더욱 건강하고도 균형 잡힌 사고를 할 수 있도록 우리를 더욱 이끌어주는 책입니다. 그런 식으로, 여전히 세상에는 이 세상의 아름다운 한편에 대해 연구하는 사람들이 많이 있습니다. 그리고 여러분은, 그런 사람들이 쓴 책을 읽으십시오. 제 생각에는 여러분이 직접 서점에 가서, 여러분의 감정에 호소하는 책이 아니라 여러분에게 감동을 주는, 그러니까 어떤 아름다운 문장이 여러분을 멈춰 서게 하고, 하여 계속해서 그 문장을 곱씹게 하는, 그런 책을 골라서 읽는 것이 가장 좋습니다.

그러니까 여러분을 멈춰 서게 한 다음에, 와 진짜 맞아, 정말 내가 화를 내는 게 당연한 거야! 라는 식의 마음을 일으켜서 여러분의 '감정'을 더욱 부추기는 책이 아니라, 여러분에게 아 이 세상에는 이렇게 아름다운 마음으로 살아가는 사람도 있구나, 하는 '감동'을 주는 책을 읽는 것이 좋습니다. 아, 하루하루를 이렇게 살았더라면 나는 얼마나 더 나은 사람이 될 수 있었을까, 하는 '감동'을 말입니다. 그래서 이 책을 조금 더 일찍 만나지 못했던 것이 아쉽게 느껴지는 것이죠. 그렇다면 그것으로 충분한 것입니다. 어쨌든 그 감동을 서점에서 여러분이 직접 찾고 고르는 것입니다. 왜냐면 사람마다 끌리는 것이 다를 것이고, 성숙한 정도가 조금씩 다를 것이기 때문입니다.

　만약 진짜 성숙한 사람이 있는데, 그 사람이 여러분에게 자신이 감명 깊게 읽은 책이 있다며 추천을 해줬다고 했을 때, 여러분은 그 책에 담긴 말이 무슨 뜻인지 몰라 그저 하품만 하게 될 수도 있는 것입니다. 제 생각에는 충분히 그럴 수도 있다고 생각합니다. 그러니까 여러분은 지금 당장에는 용서와 사랑에 대해서 크게 관심이 없는데, 아직은 그러한 것에 관심을 가질 수 있을 정도가 아닌데, 그럼에도 오직 그러한 내용만이 담긴 책을 여러분이 읽게 되었다면, 여러분은 정말로 그 책에서 아무것도 느끼지 못한 채 그저 하품만 하게 될 수도 있는 것이죠. 그래서 저는 자신이 골라서 읽고, 그렇게 계단을 서서히 올라가는 것이 맞는 것이라 봅니다.

　지금 이 순간에는 '성공'에 대한 책이 나를 울리게 하는 책일 수도 있습니다. 하지만 이제 당신은, 욕망에 급급해 돈만을 쫓게 하는 그런 내용이 담긴 책이 아니라, 온전하고도 건강한, 그런 성공의 방식에 대한 이야기가 담겨 있는 책을 골라서 읽는 것이죠. 그리고 그것이 당신을 자주 멈춰 서게 한다면, 그러니까 당신에게 아, 나는 돈만을 쫓아 살아왔는데, 그게 다가 아니었구나, 이렇게 성공하는 것이 정말로 의미가 있는 성공이었던 거구나! 하는 감동을 일으켜준다면, 그것으로 충분한 것입니다. 거기서부터 시작하는 것입니다. 거기서부터 한 계단씩 밟아서 올라가는 것입니다.

　중요한 건 최소한 부정적인 마음이 담기지 않은 책은 여러분들로 하여금 여러분이 더욱 성숙한 사람이 될 수 있도록 더욱 부추겨주고 이끌어준다는 점입니다. 그래서 여러분이 그런 책과 함께할 때, 여러분은 금방이면 온전한 사람이 될 수 있습니다. 그런 식으로 당신이 최소 온전한 사람이 되고 나면, 당신은 적어도 온전하지 않은 것들을 스스로 허용하지는 않는 사랑을 이제는 비로소 할 수 있게 되는 것입니다. 그러니까 예전에는 화를 내고 물건을 던지고, 그렇게 상대방에게 겁을 주면서까지 내 말을 듣게 하는 게 최선이라고 생각했었는데, 지금은 그때 그랬던 것을 오직 후회하면서 사소하게 서운함을 표현하는 식의 작은 토라짐으로 상대방에게 말하게 되는 것이죠. 그렇게 서서히 변해가고, 또 성숙해나가는 것입니다.

그래서 저는 최소한 온전한 사람이 되는 것이 가장 중요하다고 봅니다. 왜냐면 그때가 되면 여러분은 상대방과 함께 최소한 '성숙'을 향해 나아가는 관계를 맺게 될 것이기 때문입니다. 그 이전에는 서로가 서로의 부정성 안에 오직 갇힌 채로 그 감옥 안에서 함께 뒷걸음만 치는 관계를 맺어 왔었다면 말이죠. 그러니 여러분을 온전함으로 이끌어주는 책을 읽으십시오. 그런 책과 함께하십시오.

데이비드 호킨스의 〈의식 혁명〉이라는 책을 읽어보십시오. 그 책에는 우리에게 온전한 것과 온전하지 않은 것이 무엇인지를 더욱 알려주는 내용이 있고, 그것이 당신의 분별력을 더욱 키워줄 것입니다. 그리고 당신이 충분히 분별력 있는 사람이 되고 나면, 당신은 이제 더 이상은 무분별하고도 순진하게 존재하지 않아도 될 것입니다.

예를 들어서 평소에 거친 욕을 자주 하면서 여기저기에 침을 뱉으며 다니는 사람들과 당신이 함께해 왔다면, 이제 당신은 더 이상 그 사람들이 당신이 스스로 함께하길 선택할만한 사람들은 아닐 거라고 당신 스스로 충분히 인지할 수 있게 되는 것입니다. 그런 사람들이 당신에게 할 수 있는 '사랑해'라는 말에 담길 수 있는 사랑의 양은, 사실 사랑이라고 할 수도 없을 만큼 사랑이지 않을 것이라는 걸 이제 당신은 마음속 깊숙한 곳에서부터 이해하고 있게 된 채인 것이죠. 그렇게 이제 당신은 당신 자신이 온전한 사람이라서 또한 온전한 사람들과 함께하게 되는 것입니다.

이제 더 이상 비싼 차를 타고 다니고, 자부심이 넘치고, 남자다워서 말도 아주 거칠게 하고, 근육도 어마어마하게 많아서 나를 설레게 하고, 나를 아주 쉽게 주눅 들게 할 만큼 무섭고, 그런 사람이 '멋진' 사람이 아니라는 걸 당신은 진정 알고 있게 된 것이죠. 그리고 당신이 그걸 알게 된 것만으로도 당신은 당신의 삶 안에서 아주 많은 시간을 절약하게 되는 것입니다. 왜냐면 그런 사람과 함께하는 것 자체가 사실 엄밀하게 말해서 나의 시간과 나의 감정을 낭비하는 일에 불과한 것이기 때문입니다. 그건 정말로 내가 성숙하는 데 있어서, 내가 행복한 사람이 되는 데 있어서 아무런 도움도 되지 않는 무가치한 '함께함'에 불과한 것인 거죠.

서로에게 끝없이 복수하고 또 복수하고, 그러다 울고 불며 화해하고, 그 극적인 고통을 몇 년이 넘도록 반복하고, 하지만 그럼에도 알 수 없는 미련 때문에(서로가 경제적으로 얽혀있다든지, 아니면 내가 스스로 부정적인 감정에서 미묘한 기쁨을 찾는 미성숙한 사람이라든지, 혹은 상대방의 외적인 무엇인가가 나의 우쭐함을 채워준다든지, 와 같은 식의 이유들 때문에) 쉽게 마음의 결정을 하지 못하고, 그것이 요즘의 대부분의 사람들이 서로를 사랑한다면서 맺고 있는 관계인 것입니다. 그리고 적어도 저는, 당신만큼은 그러한 관계로부터 구원되기를 오직 바랄 뿐입니다.

그래서 저는 나의 부정성을 부추기는 사람에게 나 스스로 '매력'을 느끼고, 하여 그런 사람에게 끌리던 내가 이제는 더 이상 그렇지 않게 되는 것, 그것 자체가 이미 이 모든 성숙하고자 하는 노력에 대한 엄청난 보상이라고 생각합니다. 그리고 제 생각에, 이건 남자에게보다 여자에게 더 중요한 이야기입니다. 누구를 만나야 하는지, 그건 남자보다 여자에게 더 중요한 것이라고 저는 생각하기 때문입니다. 그리고 남자에게 더 중요한 것은, 스스로가 어떤 사람이 되어가는지, 바로 그것이라고 저는 생각합니다.

왜냐면 관계 안에서는 대체로 남자가 여자에게 더 많은 영향을 주는 경향이 있기 때문입니다. 그러니까 남자가 어떻게 행동할 때, 여자는 오직 속상해하는 입장인 경우가 많은 것이죠. 남자는 대체로 관계를 자신에게 맞는 방식으로 이끌어가고자 하는 경향이 있는데, 반대로 여자는 오직 이끌려 다니는 경향이 많기 때문입니다. 그래서 여자는 미성숙하고 온전하지 않은 사람과 함께하게 될 때, 그것을 홀로 고스란히 받아들이면서 고통받는 경우가 많이 있습니다. 그러니까 남녀 관계에서는 남자보다 여자가 더 순진하고 우유부단한 경향이 있는 것입니다.

자신이 좋아하는 사람이 자신에게 다정하게 말 한마디를 하면, 그 사람을 위한 사랑으로 그것이 잘못된 것임을 알면서도 일단은 그렇게 하고자 마음먹게 되는 경우 또한 그래서 흔하게 일어나는 것이죠. 그래서 사기는 남자가 더 잘 당해도, 연애나 결혼은 여자가 더 자주 실패하는 경우를 저는 많이 봐왔습니다. 남자가 정말로 다정하게 사랑하는 척하면, 그 마음에 쉽게 흔들릴 수 있는 것이 여자이니까요. 그 사람이 어떤 사람이든, 일단 끌어안아주고 함께해주고 곁에서 지켜봐주고 싶은 그러한 모성애가 여자에게는 발달되어 있는 것입니다. 물론 이건 조금 보편적인 이야기일 뿐, 그렇지 않은 관계도 많이 있을 것입니다. 어쨌든 남자와 여자는 다르고, 둘은 신체부터, 그 신체 안에 흐르는 호르몬까지 모두가 다릅니다. 그래서 저는 남자와 여자인 경우를 조금은 구분할 필요가 있다고 봅니다.

어쨌든 남자가 변하면, 여자는 쉽게 따라오는 경향이 있습니다. 그래서 여자는 남자를 잘 만나야 하고, 남자는 자기 자신을 잘 만들어나가야 하는 것입니다. 그래야 좋은 사람을 만날 수 있고, 또 좋은 사람이 될 수 있는 것입니다. 다시 말하지만, 모든 상황에서 남자와 여자가 그런 것은 아닙니다. 그러니 자신의 성향에 맞춰서 생각하고 나아가는 것이 필요할 것입니다. 어쨌든 그것을 위해 모두가 똑같은 노력을 할 필요가 있는 것이죠. 바로 성숙할 노력 말입니다. 그 노력을 통해서 더욱 내 마음 안에서 빛을 찾고, 하여 더욱 빛에게 끌리는 사람이 될 필요가 있는 것입니다.

그러니 나에게 '빛'이 되는 책을 읽으십시오. 그런 책을 읽고, 또 반복해서 읽으십시오. 당신의 마음에 어떠한 빛을 선물해주는 책을 당신이 반복해서 읽을 때, 당신은 아마 처음 읽을 때와는 또 다른 새로운 감동들을 읽고 느낄 수 있게 될 것입니다. 왜냐면 당신의 사고가 이미 그 책을 처음 읽을 때보다 더욱 성숙한 채일 것이기 때문입니다. 그래서 두 번째에는 그 책 안에 담긴 더 다양한 성숙을 읽고 느낄 수 있게 되는 것이죠. 그렇게 몇 번을 반복해서 읽으십시오. 그리고 그것을 당신의 삶에 적용하십시오. 어느 순간 당신은 당신의 수준을 초월하게 될 것입니다. 그러고 나면 그 책이 이제는 당신에게 더 이상의 감동을 주지는 않을 것입니다. 해서 그때가 되면 나에게 감동을 주는 또 다른 책을 찾아서 읽는 것이죠. 그렇게 수준을 몇 번 초월하고 나면, 당신은 이미 온전하고도 빛이 나는 사람이 되어있을 것입니다. 그러니까 당신은, 충분히 다정하게 사랑하고, 또 상대방의 다정한 사랑을 느낄 수 있는 그런 온전한 사람이 되어있을 것입니다.

그러니 책이든, 영상이든, 좋은 스승을 만나는 것이든, 그것이 무엇이든 간에, 최선을 다해 온전함과 함께하고, 하여 온전함으로써 성숙하고자 노력하십시오. 제 생각에 책보다 좋은 건, 당신을 이끌어줄 좋은 선생님, 혹은 친구, 연인과 함께하는 것입니다. 사실, 그보다 좋은 건 없습니다. 그런 사람과 함께하는 즉시, 당신은 곧장 성숙해집니다. 정말로 그건, 그런 사람과 한 시간 정도 함께 커피를 마시고 나면 당신이 변해있는 식인 것이죠. 그러고 다음에 또 한 시간 정도 함께 커피를 마시고 나면, 당신은 또다시 변하게 되고, 정말로 그런 식으로 계속해서 성숙하게 되는 것입니다.

하지만 이보다 좋은 게 없는 만큼, 이것은 또한 당신의 삶에서 쉽게 일어나는 일은 아닐 것입니다. 그래서 저는 스스로 성숙하는 방법을 당신이 터득하여 그 길을 걸어가는 것이 가장 안전하다고 봅니다. 그리고 그 예쁜 길을 당신이 걸어가는 과정 안에서, 당신은 자연스럽게 당신에게 좋은 동반자를 만나게 될 것입니다. 그렇게 당신은, 서로를 끌어주고 당겨주는 관계를 맺게 될 것입니다. 그러니 가장 먼저, 그 성숙의 과정 안에 당신의 발을 담그십시오. 그렇게 한 발을 내딛으십시오. 그것에 저항하는 당신의 마음속 모든 부정성으로부터의 목소리를 기꺼이 내려놓고, 이제는 오직 성숙을 향해 나아가겠다고 스스로 마음먹어 보는 것입니다.

정말로 당신은 그 즉시 이미 한 차원을 초월하게 될 것입니다. 그리고 그 시작으로 인해 이 삶의 끝까지 당신은 계속해서 더욱 성숙해나가게 될 것입니다. 그 노력의 보상으로 당신은 행복한 사람이 될 것이고, 더욱 다정한 사람이 될 것이고, 해서 당신은 당신의 삶에서 만날 수 있는 가장 최선의 다정한 사람을 만나게 될 것입니다. 그때는 부정성이 계속해서 부정성 안에서 맴돌며 서로를 끝없이 해하고 상처 줄 때와는 달리, 이제 당신은 관계 안에서 계속해서 서로가 서로의 다정하고 좋은 면들만을 더욱 바라봐주고 지지해주게 될 것이며, 하여 서로의 긍정성을 더욱 키워나가게 될 것입니다.

사실 이 삶에서 추구해야 할 가장 기본적인 것이 바로 이러한 식의 다정한 관계를 맺고 만들어나가는 것이라고 저는 생각합니다. 적어도 당신이 결혼을 하고, 가정을 꾸리고, 또 그 안에서 다정함, 그리고 행복과 함께하고 싶다면, 그게 가장 첫 번째인 것입니다. 그러니 최선을 다해 하루를 성숙하기 위해 살아가십시오. 당신이 일을 하는 것도, 당신이 연애를 하는 것도, 당신이 하루를 살아가는 것도, 어쨌든 오직 성숙하기 위해서 할 수도 있는 것입니다. '돈'을 벌기 위해서, 혹은 '욕망'을 채우기 위해서 할 수도 있지만, 오직 '성숙'하기 위해서 그것들을 할 수도 있는 것이니까요.

그러니 언제나 스스로를 성숙의 과정 안에 두고, 오직 그 성숙과 함께 정렬하도록 하십시오. 그 이후로는 당신의 성숙이, 당신이 알아서 앞으로 걸어가도록 잘 이끌어줄 것입니다. 당신이 하루 종일 매혹된 채 접하고 있는 이 세상의 많은 것들 중, 당신에게 진실로 필요하고 가치 있는 것은 정말로 거의 없을 것입니다. 당신이 보는 영상, 당신이 주고받는 대화, 당신 자신의 생각들, 당신이 하루의 시작부터 끝까지 탐닉하고 있는 그 모든 것들, 그것들이 정녕 당신의 행복에 기여하는 바가 어디에 있겠습니까. 그러니 더 이상 가치 없는 것들을 가치 있다고 여기는 오류에 빠진 채 당신에게 주어진 소중한 삶의 시간들을 스스로 낭비하지 마십시오.

가치가 없는 것들, 이를테면 누군가를 향한 원망, 무엇인가를 향한 욕망과 탐닉, 증오와 분노, 그러한 것들을 더 이상 스스로 가치 있다고 여기지 않는 것, 그곳에서부터 진정한 행복이 시작되는 것입니다. 그렇다면 당신은, 진실로 무엇을 위해서 그 가치 없는 것들을, 유일하게 가치 있는 행복보다 우선시한 채 숭배하고 떠받들고 있는 것입니까. 이제는 기꺼이 그 일말의 가치도 없는 것들을 당신의 마음 안에서 떠나보내십시오. 영원히 안녕, 하고 말한 뒤에는 다시는 미련을 두지 마십시오. 아시겠습니까.

그렇게, 가장 높은 수준의 성숙까지는 아니더라도, 최소 온전하고도 다정한 사람이 되는 것에는 성공하십시오. 그것을 위해, 당신의 마음을 밝혀주는 글을 읽고, 당신의 마음에 예쁜 마음을 싹트게 하는 영상을 접하고, 그런 식으로, 처음에는 다소 지루하더라도 그 지루한 것들 안에 있는 아름다움을 바라보고 느낄 줄 아는 사람이 되도록 노력해보십시오.

그렇게 당신이 오직 진실에 흠뻑 젖은 채 비로소 더욱 아름다운 사람이 되었을 때, 그때는 당신의 곁에서 당신과 함께하고자 당신을 찾아오는 모든 사람들이 또한 보다 아름다워져 있는 채일 것입니다. 왜냐면 이제 당신은 진실한 향기가 나는 사람이 되었기 때문입니다. 그래서 그것을 지루하고 따분한 향기로 느끼고 생각하는 사람은 당신을 피해갈 것이고, 그것을 오직 가치 있고 소중한 향기로 느낄 줄 아는 사람만이 당신의 곁에서 당신과 함께하게 되는 것이죠. 그렇게 진실한 향기가 나는 둘이서, 그 진실한 향기에 이끌려 서로를 알아보고, 하여 함께 맺어지는 것입니다. 그리고 그것에 실패는 없을 것입니다.

그러니 당신의 마음에 더욱 진실한 빛이 임함으로써, 당신이 하는 '사랑해'에 담길 뜻과 의미가 이제는 진실로 사랑이자, 다정함이자, 행복이기를 저는 오직 바라겠습니다. 그렇게, 서로를 다치게 하는 사랑이 아니라, 서로를 오직 행복하게 만들어주는 사랑을 당신이 하기를. 그런 당신이 되어서, 그런 사람을 마주하게 되기를. 그렇게 서로로 인해, 서로가 더욱더 예쁘고 다정하게 빛나는, 그런 사랑을 하기를.

여담으로, 둘이서 연인으로 함께하기로 결정했다면, 이 글을 프린트해서 벽에 붙여두고 매일 읽어도 좋습니다. 함께함으로써 둘의 행복이 더욱 영원히 이어지길 바라는 제 마음의 모든 진심을 다해 이 글을 써보았습니다.

둘은, 함께함으로써 오직 서로를 더욱 사랑하게 되는, 그런 다정한 사랑을 하기를. 그러니까 당신 둘은, 서로의 하루를 더욱 알아주고, 서로에게 힘과 응원이 되어주는, 그런 사랑을 하기를. 때로 예민해져서 상대방의 마음에 상처를 주는 말을 남기고는 뒤늦게 후회하기보다, 언제나 서로의 곁에서 서로가 함께하고 있다는 그 사실을 가장 소중하게 생각하기에 내 마음 안에 있는 예민함이나, 원망과 같은 것들은 그 소중함 앞에서 기꺼이 녹여내고 양보하며, 그렇게 오직 서로를 향해 감사하는 마음을 가진 채 영원히 서로를 다정하게 사랑하기를.

때로 마음처럼 노력하지 못해 한쪽이 예민해졌을 때는 다른 한쪽이 너그러움으로 용서하고 상대방의 마음이 풀리길 기다려줄 것이며, 그렇게 언제나 함께하는 것만으로도 서로에게 든든한 힘과 위로가 되어주는 사랑을 하기를. 그 마음으로 사랑해서, 이 삶의 마지막 순간까지도 서로를 바라보는 눈빛 안에 사랑이 가득 담겨 있을 것이며, 그렇게 다음 생에도 또다시 서로를 만나자고 망설임 없이 약속할 만큼의 그런 진실하고도 예쁜 사랑을 하기를. 그러니까 후회 없이 사랑하고, 무엇보다 다정하게 사랑하기를.

결코 자신의 의견과, 옳고 그름을 상대방의 행복보다 우선시하는 오류를 저지르지 말 것이며, 더 이상 그러한 무가치한 일들을 스스로 가치 있다고 생각하는 미성숙함에 머물러 있지 않기를. 그러니까 옳고 그름의 논쟁에 탐닉하며 서로의 마음을 훼손하기보다, 오직 상대방의 기쁨과 행복만을 염려할 것이며, 그렇게 둘 모두가 서로에게 그러한 다정한 습관을 지닌 채 서로를 마주하고자 더욱 노력하며 나아가기를.

내가 애지중지 키우는 강아지, 식물, 그러한 것들에게 내가 다정한 것만큼만 상대방에게 다정해도, 사실 둘의 관계 안에서는 어떠한 문제도 일어나지 않을 것이라는 걸 잊지 말기를. 그러니까 때로 말이 우리로 하여금 서로에게서 서로가 멀어지게 만드는 것이기도 하기에, 오직 서로는 예쁘고 다정한 말만을 서로에게 하기를. 또한 함께 침묵과 고요 안에서 존재하는 시간을 매일의 얼마간 가져보기를. 그렇게, 서로를 마주하는 서로의 눈빛 안에는 언제나 진실한 사랑이 가득 차 있을 것이며, 하여 그 눈빛은 상대방을 더욱 애교 있고 사랑스러운 사람으로 만들어주는 그런 눈빛이기를. 그런 눈빛과 마음으로, 서로를 영원히 사랑하고, 마주하며, 또한 함께하기를.

그저 영원히 함께만 하는 관계가 아니라, 진실로 서로를 영원히 사랑하는 그런 관계를 맺기를. 그러기 위해서 무엇보다, 각자에게 주어진, 하루하루 더욱 성숙한 사람이 되어가는 목표 앞에서도 둘 모두가 소홀함이 없기를. 결국 성숙한 사람만이 진실로 사랑할 수 있는 것이며, 하여 성숙한 사람만이 영원히 사랑할 수 있는 거니까. 그러니 오직, 서로를 진실하게 사랑하기를.

27

성숙이라는
유일한 존재의 목적..

그 어떤 부정성에도 우리가 스스로 타당성을 부여하지 않을 때, 우리는 그 즉시 그 부정성을 초월할 수 있습니다. 그러니 우리가 마주하고 있는 삶 안에서 우리에게 일어나는 일들을 더 이상 나의 부정성을 정당화하는 계기로 삼지 마십시오. 우리가 이 이유로 나는 화가 나, 속상해, 라고 말하는 것은 사실, 우리가 그 일을 오직 우리의 사적인 이득에 기여하는 것, 기여해야만 하는 것으로 여기고 있기 때문에 가능해지는 말입니다. 그러니까 우리는 어떤 것이 나의 사적인 이득을 위해 이루어지길 바랐는데, 그것이 이루어지지 않아서 내가 기대하고 바랐던 그 사적인 이득을 더 이상 취할 수 없게 되어버리자 비로소 속상한 감정을 느끼게 되는 것입니다.

그래서 사실 높은 성숙의 차원에서는 모든 속상함에 대해 그 어떠한 타당성도 부여하지 않는 것을 원칙으로 삼습니다. 그리고 그건, 어떠한 일이 일어난 것을 나의 사적인 이득에 부합하는지 아닌지에 연결 짓는 대신에 오직 나의 성숙에 기여하는 것으로 여기고 바라보기 때문에 가능해지는 일인 것입니다. 그래서 이제는 어떠한 일이 나를 속상하게 하는 원인이 되는 대신에 내가 용서하거나 내려놓는 마음을 배울 기회이자 계기가 되는 것이죠.

해서 우리가 우리 자신이 마주하고 있는 삶 안에서 일어나는 모든 일들 앞에서 오직 우리의 유일한 목적인 '성숙'과 진정으로 정렬될 때, 우리는 더 이상 우리의 삶에 우리 자신의 미성숙함에서부터 비롯된 부정성을 투사하지 않게 됩니다. 반대로 말해서 우리가 여전히 성숙이라는 목적을 위해 살아가고 있지 않을 때만, 우리는 모든 일에서 자신이 느끼고 있는 미성숙한 감정의 타당성을 찾고자 하게 되고, 그것을 또한 합리화하는 경향이 생기게 되는 것입니다. 그러니까 이것 때문에 화가 나 죽겠어! 저 사람은 무엇무엇 때문에 잘못됐어! 라고 말하게 되는 것이죠. 하지만 그 화의 원인을 정직하게 들여다보면, 결국 그것은 나의 '사적인 이득'과 연결되어 있다는 것을 우리는 쉽게 관찰할 수 있을 것입니다. 돈을 더 벌지 못해서, 어떤 사람이 나의 자존심에 아첨을 해주지 않아서, 감정적으로 나의 편을 들어주지 않아서, 뭐 그런 이유들 말입니다.

그래서 우리가 그저 더욱 성숙한 사람이 되고자 오직 마음먹을 때, 우리는 그만큼 덜 속상하고, 덜 상처받는 사람이 됩니다. 그때의 나는 진실로 모든 부정성으로부터 나를 보호해주는 그 진정한 자존감을 나 자신의 내면에 진정 소유하고 있는 채일 것이기 때문입니다. 사실, 내가 어떠한 일을 하고 있는 이유가 더 이상 나의 '사적인 이득'을 위해서가 아니라면, 이 세상의 어떤 일이 우리를 속상하게 하거나 화나게 만들 수 있겠습니까.

그래서 그때는 그저 보다 유연하고, 너그러우며, 다정하게 존재할 수 있게 됩니다. 왜냐면 그때는 내가 어떠한 일을 선택해서 하고 있는 유일한 이유가 오직 나 자신의 '성숙'에 있는 채일 것이며, 사실 우리의 삶에서 우리가 마주하게 되는 모든 일들은 또한 정확히 그 성숙이라는 목적에 기여하고 있기 때문입니다. 그래서 이제는 더 이상 헷갈릴 이유가 없게 됩니다.

사실 우리가 자존감이 낮아서 우리 자신의 사적인 이득에만 급급한 채일 때, 그때의 우리는 자주 헷갈려야만 합니다. 이게 맞나, 저게 맞나, 하고 말이죠. 조금은 불법을 섞어도 되겠지? 걸리려나? 하는 식으로 말이죠. 하지만 성숙과 정렬된 마음은 결코 헷갈려 하지 않습니다. 어떤 경우에도, 내가 선택해야 할 답은 정해져 있는 것이고, 그것은 바로 '온전함'이기 때문입니다.

그래서 우리가 사적인 이득에만 급급할 때는, 그러니까 여전히 우리에게 있어 주어진 삶을 살아가는 목적이 불분명하고 애매모호할 때는, 그 사적인 이득이 찰나의 순간 우리의 눈과 귀를 가려버리게 되는 경우가 많은 것입니다. 우리가 온전하지 않은 선택을 하도록 우리를 유혹하고 몰아붙이는 식으로 말입니다. 그래, 일단 돈을 버는 게 가장 중요한 거고, 그게 가장 이득이잖아, 하는 식의 유혹의 형태를 띤 채로 말입니다. 그래, 일단 무슨 수를 써서라도 내 성욕을 해소하기 위해서는 저 사람과 오늘 밤을 함께 보내는 게 가장 중요한 거잖아, 하는 식으로 말이죠.

하지만 여전히 갈등은 있습니다. 이게 맞나, 맞지 않나, 하는 내적 갈등이 여전히 내면에는 존재하고 있는 것입니다. 진실로 최악의 경우가 아니라면 그러한 갈등은 여전히 존재하기 마련입니다. 만약 정말로 여러분이 사이코패스 연쇄 살인마가 아니라면 말이죠! 그렇다면 이제는 그 안에 '성숙의 관점'을 넣어보십시오. 우리는 그 즉시, 더 이상 헷갈릴 이유가 없다는 것을 알게 될 것입니다. 그렇게 이제는 갈등도, 고민도 더 이상 존재하지 않는 어떠한 영역에 닿게 되는 것입니다.

그래서 우리가 성숙과 함께 나아갈 때, 우리는 보다 담담한 사람이 됩니다. 무엇을 해야 할지, 어떤 선택을 해야 할지를 이제는 정확하게 알고 있기 때문입니다. 그리고 그렇게 우리가 더욱 높은 성숙을 향해 서서히 나아가게 될 때, 우리는 '사소함'조차도 사라지게 되는 하나의 차원에 끝내 이르게 됩니다. 사소한 분노, 사소한 원망, 그것이 무엇이든 사소함조차도 허용하지 않는 어떠한 영역에 도달하게 되는 것이죠.

그러니까 용서를 했다면, 용서를 했거나, 하지 않았거나, 그 둘 중 하나만이 있을 뿐입니다. 조금만 용서했거나, 조금만 미워하고 있거나, 그런 것은 존재하지 않는 것이죠. 사이코패스 연쇄 살인마가 조금만 죽이거나, 죽일지 말지를 고민하거나, 하는 것을 허용하지 않는 것처럼 말입니다. 어쨌든 양극단이 있고, 우리 모두는 그 사이의 어느 지점 위에 서 있을 것입니다. 그리고 저는 여러분에게 어쨌든 완전한 용서를 강요할 마음은 없습니다. 왜냐면 사실 그것은 저에게도 어려운 차원이기 때문입니다. 하지만 저는, 적어도 여러분이 최소한 '성숙한 마음', '온전한 마음'을 향해 한 발을 내디딜 수는 있도록 다정하게 권유하고자 합니다. 왜냐면 그때는 진실로 모든 것이 사소해지기 시작하기 때문입니다.

내 마음 안에 있던 울퉁불퉁한 분노도 사소한 짜증 정도가 되어버리고, 내 마음 안에 있던 누군가를 향한 강하게 응어리진 원망도 사소한 서운함 정도가 되어버리고, 그런 식으로 모든 부정성이 사소해지기 시작하는 것이죠. 그리고 그 부정성이 사소해지기 시작하면서, 여러분들의 마음 안에 있는 행복은 자연스럽게 그 영역의 크기를 더욱 키운 채가 되는 것입니다. 지금은 여러분들의 마음 안에서 여전히 그 둘이 치열하게 텃세 싸움을 하고 있는 것이죠. 내가 80%를 차지할 테니까, 넌 20%만 가지고 있어! 하는 식으로 말입니다.

그래서 저는 그 텃세 싸움에서 여러분의 행복이, 여러분의 부정성을 제압하고 더 많은 땅을 차지할 수 있도록 도와줄 생각입니다. 적어도 80%가 빛이고, 긍정성이고, 온전함이고, 다정함이고, 사랑일 수 있게 말입니다. 왜냐면 그때가 되면 여러분은 이제 대체로 행복할 수밖에 없는 사람이 되어있을 것이기 때문입니다. 여전히 내 옆에서 함께하는 사람에게 서운해할 수는 있겠지만, 이제는 결코 과격함까지는 스스로 허용할 수 없는 사람이 되는 것이죠. 그래서 그때는 사실 행복하지 않는 것이 불가능할 만큼 여러분은 이미 행복한 사람이 된 채일 것입니다. 그래서 저는 이 글을 통해서 여러분이 나아가고자 하는 방향이 더욱 예쁘고 다정한 곳이 될 수 있게 여러분을 조금이라도 이끌어주고자 합니다.

그러니 매사에 '성숙한 마음'을 위해서 임할 수 있도록 해보십시오. 일을 할 때도, 그 일을 오직 나의 사적인 욕망을 이루기 위한 도구로써 생각한 채 임하기보다, 그 일을 나의 성숙을 완성할 수단으로 생각한 채 임해보는 것입니다. 진실로 그때는, 여러분의 과정에 더 이상의 실패는 존재하지 않게 될 것입니다. 왜냐면 그 일을 완성해나가는 과정 안에서 어떤 일이 찾아왔든, 우리는 그 일을 통해 정확히 성숙하게 될 것이기 때문입니다.

그래서 위기와 시련은 이제 나에게 패배를 상징하는 절망이 아니라, 나의 성숙을 더욱 완성하게 해주는 하나의 소중한 선물이자 기회로 느껴지게 됩니다. 그렇다면 우리가 오직 그런 마음으로 하루를 마주하게 될 때, 다른 무엇보다 우리 자신이 더욱 행복하게 존재하게 될 것이라는 건 사실 너무나도 당연한 것이 아니겠습니까. 해서 그때의 우리에게는 진실로 더 이상 고민할 일이 없을 것입니다. 아, 조금 속여서라도 더 이득을 봐볼까, 하는 식의 생각 자체가 완전히 사라지게 되는 것이죠.

왜냐면 그러한 식의 생각이 우리 자신의 진정한 목적과는 반대되는 생각이라는 것을 우리는 언제나 마음속 깊숙이는 알고 있었으며, 그리고 지금은 그 마음의 소리에 더욱 귀를 기울이고 있는 채일 것이기 때문입니다. 내 내면의 성숙을 위해서는 속여서라도 이득을 보는 것보다, 정직하고도 꾸준하게 나아가는 그 묵직함이 더 이롭다는 것을 우리는 언제나 이미 알고 있었던 것이죠. 정말 그렇지 않나요? 드라마를 보다가, 어떤 사람이 나쁜 사람이고 어떤 사람이 좋은 사람인지를 우리가 너무나도 잘 아는 것처럼, 사실 우리는 이미 그것에 대해 너무나도 잘 알고 있는 채였던 것입니다.

그래서 우리는 이제 우리가 이미 알고 있는 것들을 스스로 모르는 척 속이며, 자기 자신을 더 이상 스스로 기만하지 않게 됩니다. 그러니까 그때의 우리는, 우리가 우리 자신의 진정한 목적과 반대되는 방향으로 나아갈 때, 그때는 우리 자신이 여과 없이 공허함을 느끼게 될 수밖에 없을 거라는 것을 또한 완전하게 이해한 채 나아가게 되는 것입니다. 왜냐면 우리의 마음이 진정 알고 있고, 또한 바라고 향하고자 하는 곳은 언제나 성숙이었지, 그 반대편이 아니었기 때문입니다. 그래서 우리가 알고 있는 것을 모르는 체 내 마음을 스스로 속일 때, 우리의 마음은 나에게 그러지 말라고, 그러면 네가 아플 거라고, 마음속 깊숙한 곳에서부터 나에게 올바른 길을 알려주고 안내해주기 위해 공허함을 일으켜 신호를 보내왔던 것입니다.

하여 이제는 내 마음이 진실로 가고자 하는 곳과, 또한 내가 실제로 가고 있는 곳이 일치하기에 내 마음 안에 있는 모든 공허와 죄책감, 그 병든 감정들이 서서히 사라지기 시작합니다. 왜냐면 나는 죄책감을 가질 만한 일을 더 이상은 하고 있지 않은 채일 테니까요. 그래서 우리는 자연스럽게 보다 높은 자존감과 함께 서게 됩니다. 사실 자존감이 생긴 것이 아니라, 원래부터 내 것이었던 자존감을 내가 비로소 되찾게 된 것이라고 표현하는 것이 맞을 것입니다.

해서 우리가 자존감을 회복하기 위해 해야 할 일은, 자존감을 취하기 위해 애쓰는 것이 아니라, 내 자존감을 가리고 있어왔던 그 부정적인 상태들을 그저 거두어내는 일인 것입니다. 그저 내 마음을 잠식하고 있던 그 모든 부정성들을 거두어내기만 하면, 태초부터 영원히 나인 그대로였던 '사랑' 그 자체가 더욱 드러나기 시작할 것이고, 해서 우리는 우리가 스스로 상실했던 우리 자신의 진정한 근원과, 그 원래의 나를 비로소 되찾을 수 있게 되는 것이기 때문입니다. 어쨌든 그 자존감으로 인해서 우리는 외부 상황에 대해 일종의 면역력을 얻게 되고, 하여 상처받고, 상처를 주기보다 그저 다정하게 존재할 수 있게 되는 것입니다.

제가 만약 자존감이 낮은 사람이라면, 그러니까 원래의 나로부터 더욱 멀어진 채 오직 사적인 이득만을 중요시하는 사람이라면, 그리고 그때의 제가 만약 회사를 운영하고 있다면, 저는 오직 회사의 매출에만 급급한 사람일 것입니다. 그래서 저는 저의 직원에게 많은 상처를 주게 될 것이고, 직원뿐만이 아니라 제 주변의 모든 사람들에게 또한 스트레스를 주는 사람으로서 존재하고 있을 것입니다. 매일 아침마다 보고서에 찍힌 매출액을 보며 저는 예민해질 수밖에 없을 것이기 때문입니다. 그래서 그때부터는 더 일하게 만들고, 더 짜증을 내고, 직원의 무엇이든 안 좋게 보게 되고, 어쨌든 그럴 것입니다. 또한 그때는 다른 사람들 또한 내 회사의 매출, 그러니까 내 주머니 사정을 위해 이용하고자 하고만 있는 채일 것입니다. 해서 그때의 저는 어떠한 사람이 내 매출에 도움이 된다면 그 사람에게는 다정할 것이고, 도움이 되지 않는 사람이라 판단이 된다면 그 사람에게는 가차 없이 불친절하게 굴 것이고, 그러니까 그렇게 존재하고 있을 텐데, 그렇다면 진실로 그러한 삶 안에 어떻게 진정한 행복이라는 것이 함께할 수가 있겠습니까.

그래서 우리가 우리 자신의 사적인 이득, 혹은 이기적인 목적이 아니라 오직 성숙 자체에 완전하고도 명확하게 우리 자신의 목적을 두게 되었을 때, 그때의 우리는 자연스럽게 더욱 다정한 사람이 되어갑니다. 그리고 그때는 이 삶 안에서 치열하게 생존하는 것이 아니라, 그저 이 삶의 많은 것들을 누리며 살아가는 사람이 됩니다. 따뜻한 햇볕을 더욱 누리게 되는 것이죠. 사실 우리가 그저 사적인 이득에만 급급한 사람일 때, 그때의 우리는 나를 향해 쏟아지고 있는 이 햇볕이 얼마나 따뜻한지조차 전혀 느끼지 못하는 사람이 되어버리고야 말 것입니다. 시간에 쫓기고, 하지만 늘 시간이 부족하게 느껴지고, 그런 식으로 살아가게 되는 것이죠.

사실 저는 시간이 좀 많은 편입니다. 하루가 서른여덟 시간 정도는 되는 것 같군요. 왜냐면 이렇게 여유로운데도, 그렇게 쫓기는 사람들보다 더 많은 것들을 하고 있으며, 또 누리고 있으니까요. 그래서 우리는 동시에 시간을 서서히 초월하게 됩니다. 그러니까 시간에 더 이상 많이 얽매이지 않게 되는 것입니다.

운전을 할 때도, 여기저기 추월을 하며 위험하게 운전하는 사람들이 많이 있습니다. 그리고 제 생각에 그들은 자신의 생명을 아끼지 못하고, 다른 사람들의 생명조차 아끼지 못할 만큼 이기적이고 무례한 사람들입니다. 그저 더 빨리 도착하는 것에 급급하거나, 아니면 속도 자체에 취해 있거나, 그러할 텐데, 어쨌든 그들은 그러한 자신의 사적인 이득 앞에서 자기 자신과 타인들의 행복을 염려하는 마음 자체를 상실한 지 오래이기 때문입니다. 그리고 그건, 자동차라는 익명성 뒤에 숨어서 모든 사람들을 향해 신경질을 내고, 화를 내고 있는 것이나 다름이 없는 것입니다.

저는 사실 어떤 차가 제 앞에 끼어들고자 하면 모두 들어와! 하고 그것을 허용해주는 편입니다. 왜냐면 그것이 제 다정함이기 때문입니다. 그러니까 제 얼굴이 보여서 다정하고 다정하지 않은 게 아니라, 그저 제가 다정한 사람이기 때문에 저는 그렇게 할 수밖에 없는 것입니다. 그리고 그 차들은 저에게 깜빡깜빡 거리며 감사하다는 뜻을 표현하죠. 그것으로 제 하루가 보다 행복해지는 데는 충분한 것입니다. 하지만 운전을 하며 스트레스투성이인 사람들은 운전을 하는 내내 답답해하며 신경질을 내다가, 운전이 끝나고 나서도 그 기분을 그대로 안고 가는 경향이 있습니다. 자신만 그런 거면 다행인데, 다른 사람들에게까지 자신의 그러한 부정성을 공유하고 옮기는 것이 문제라면 문제인 것입니다.

그리고 그런 사람들이 운전하는 차의 조수석에 앉아 본 사람이라면, 그 사람들이 얼마나 많은 분노에 대한 타당성을 운전을 하며 찾고 있었는지를 모두 기억할 수 있을 것입니다. 저 차가 이래서 짜증 나, 저 차는 이래서 나를 화나게 해, 너무 답답해! 이런 식의 정당화 말입니다. 그리고 사실 그게 짜증을 낼 만한 이유라도 됩니까. 제 생각에 다른 모든 운전자들이 사실은 그 사람에게 짜증을 낼 만한 이유는 있을 것 같습니다. 그게 타당하다면 더 타당할 것 같습니다. 왜냐면 그 사람의 미성숙한 상태로 인해, 다른 모든 사람들이 스트레스를 실제로 받게 되기 때문입니다.

폭력적인 강아지와 온순한 강아지가 함께 살 때, 온순한 강아지는 항상 스트레스와 함께하게 됩니다. 밥을 먹을 때도 혹여나 폭력적인 강아지가 화를 낼까, 자신을 물지는 않을까, 하고 눈치를 보며 먹어야만 하는 것이죠. 그래서 한 공간에 있는 것이 편안하지가 않습니다. 늘 긴장되고, 늘 불안하고, 늘 조마조마하고, 그러한 스트레스와 함께 살아가야만 하는 것이죠. 그리고 폭력적으로 운전하는 사람들 또한 이와 같이 다른 사람들에게 스트레스를 주는 것입니다. 저리 꺼져, 안 꺼져? 하면서 뒤에서 붙어서 쪼고, 또 공간도 없는데 끼어들고 하면서 말입니다.

하지만 그럼에도 그 사람들에게는 사실 그 모든 자신의 이기적인 행동들이 타당한 것입니다. 자신의 분노와 스트레스의 모든 이유는 다른 운전자에게 있고, 하여 그들은 그들 자신의 분노는 정당하고 타당한 것이라 스스로 생각하고 있는 채일 것이기 때문입니다. 그렇다면 그 안에 어떠한 행복이 있을 수 있겠습니까. 그래서 시간에 쫓기고, 햇볕을 즐기지 못하는 상태가 바로 이 상태인 것입니다.

제 생각에 미성숙한 사람들의 하루는 스물네 시간도 아니라 열 시간 정도밖에 되지 않는 것 같습니다. 저보다는 스물여덟 시간 정도를 못 누리며 사는 것이죠. 운전을 하며, 사실 속도를 줄이는 순간 우리는 그 즉시 행복해집니다. 속도를 줄이고, 양보해주고, 햇볕을 즐기며, 그리고 그 순간 운전을 하는 시간이 우리에게 있어 곧장 행복해지기 시작하는 것입니다. 그리고 내가 성숙이라는 나의 유일한 목적과 완전히 정렬한 채 운전을 하고 있다면, 그때는 당연히 양보하는 것이 나의 성숙에 보다 기여하는 행동이 되는 것 아니겠습니까.

그래서 우리가 성숙하고자 오직 마음먹으며 나아갈 때, 우리는 비로소 운전뿐만이 아니라 우리의 모든 삶 안에서 우리 자신의 행복을 더욱 키워나가게 됩니다. 내 마음 안에 있는 행복의 영역이 점점 더 커지고 우세해짐으로써, 부정성의 영역이 그만큼 줄어들게 되는 것이죠. 이제 텃세 싸움에서 적어도 반은 행복이 차지하게 되는 것입니다. 그리고 정확히 그 반만큼, 우리는 우리 삶의 모든 영역에 걸쳐서 더 행복한 사람이 되는 것입니다. 왜냐면 행복의 근원은 오직, 우리 자신의 마음 안에 있는 것이기 때문입니다.

그러니까 무엇무엇 때문에, 무엇무엇을 통해서 내가 행복해지는 게 아니라, 그저 내가 행복한 사람이라서 우리는 어떠한 일을 하든 그 일 안에서 행복을 느끼게 되는 것입니다. 그래서 우리가 더욱 성숙한 사람이 될수록, 우리는 더 자주, 그리고 더 많이 행복한 사람이 됩니다. 그러니까 그때의 우리는 연애를 할 때도 나의 사적인 욕망, 이득을 위해서가 아니라 오직 나의 성숙을 위해서 상대방과 함께하게 될 것이고, 하여 우리는 그만큼 그 관계 안에서 보다 더 행복하게 존재하게 되는 것입니다. 오늘은 어떻게든 잘 다독여서 밤에 내 성욕을 풀어야지! 그러면 내가 행복할 수 있을 거야! 하는 식으로밖에 생각하지 못했던 내가 이제는 사실 그게 불행이고, 자신의 미성숙에서부터 비롯된 오류에 불과하다는 것을 스스로 자각하게 되는 것이죠. 그렇게 점차적으로 사적인 이득에 대한 나 자신의 욕망이 줄어듦으로써, 자연스럽게 내 마음 안에는 더욱 성숙한 마음이 깃들게 되는 것입니다.

그래서 이때는 사실 성관계도, '나'를 위해서가 아니라 '상대방'의 행복을 위해서 하게 되기 시작합니다. 상대방의 어느 지점에 상대방의 행복이 있는지를 이제는 그저 더 느끼고 알아차리게 되는 것이죠. 나 자신의 성숙으로 인해 상대방을 자연스럽게 더욱 배려하게 되었기에 그러한 것들을 더욱 섬세하게 느끼게 되는 것입니다. 왜냐면 상대방의 표정과 감정들을 이제는 바라보기 시작했기 때문입니다. 그리고 상대방이 나로 인해 행복해질 때, 그때야 비로소 내가 진정 행복해진다는 것을 이제는 진정 알게 되었기에 그것이 또한 나의 기쁨이자 만족이 된 것입니다. 그래서 이제는 진실로 보다 더 '하나'가 되는 관계를 맺게 됩니다. 그것이 성생활뿐만이 아니라 관계의 모든 차원에 걸쳐서 그렇게 됩니다.

그러니까 예전에는 내가 상대방을 위해서 무엇인가를 선물하는 것이, 나의 '돈'을 쓰는 것이었지만, 그러니까 그 '돈'을 씀으로써 상대방에게 바라는 무엇인가가 있었기에 오직 그것을 취하기 위해 선물을 한 것이었지만, 이제는 그저 상대방을 행복하게 해주기 위해서, 오직 그 마음 하나로 무엇인가를 선물하게 되는 것입니다. 그래서 머리는 덜 복잡한데, 마음은 더 행복해지는 것입니다. 덜 계산적이게 되고, 하지만 더 누리게 되는 것이죠. 상대방의 어디가 아플 때, 밤새 문을 여는 약국을 찾아서라도 약을 사게 되는 건, 그래서 정말로 그 사람을 사랑하기 때문에 오직 가능해지는 행동인 것입니다. 왜냐면 나의 사적인 이득만을 생각했을 때, 그때는 사실 내가 아픈 것도 아니고, 해서 내가 약을 사러 가는 건, 오직 나의 고생을 스스로 더할 뿐인 바보 같은 일로만 느껴질 수 있을 뿐일 것이기 때문입니다.

그렇게 우리는 그저 더 사랑하게 됩니다. 이제는 진실로 상대방의 아픔이 내 아픔이 되고, 상대방의 기쁨이 내 기쁨이 되었기 때문입니다. 진심으로 나보다 상대방을 더 챙기고 염려하게 된 것이죠. 하여 비로소 더욱 하나로 연결되는 관계를 맺게 되는 것입니다. 그래서 내가 상대방을 기쁘게 해준 게, 진실로 나 자신의 행복이 될 때, 그때는 사실 우리에게 있어 '알아주길 바라는' 마음조차도 서서히 사소해지기 시작합니다. 왜냐면 내가 무엇을 해줌으로써 사실은 내가 더 기뻤기 때문입니다. 내가 혼자서 나를 기쁘게 해주고 나서, 그걸 나에게 알아주길 바라는 게 웃긴 것처럼, 그래서 그것 또한 사실 웃긴 상태가 되는 것입니다. 왜냐면 그건 내가 나 자신에게 해준 것이나 다름이 없는 것이기 때문입니다.

그래서 서서히, 우리는 정말로 그저 사랑하게 됩니다. 나와 상대방이 더욱 분리되었다고 여기는 이기심이 아니라, 나와 상대방이 더욱 하나라고 느끼게 되는 진실한 사랑, 이타심, 오직 그러한 빛들과 정렬된 채 이제는 상대방을 바라보게 되었기 때문입니다. 그리고 그 사랑 앞에서 상대방은 더욱 애교 넘치는 사람이 되는 것이죠. 그 사랑의 눈빛 앞에서 더욱 사랑스러워지지 않는 사람은 아마도 사이코패스 연쇄 살인마를 제외하고는 거의 없을 것 같습니다. 그러니까 그 언저리의 영역에서 치열하게 생존하고 있는 사람들을 제외하고는 거의 없을 것 같습니다.

그래서 우리는 더 사랑하고, 또한 더 사랑받게 됩니다. 해서 그러한 둘은, 둘이서 '함께' 성숙을 향해 나아가고 있을 것이기에 서로의 목표는 공유되고, 그러니까 둘의 방향은 일치하고, 그래서 사실 둘이서 이미 새로운 하나가 되었고, 하지만 또한 다시 둘로 분리가 될 이유는 둘 모두에게 전혀 없는 것입니다. 그래서 둘은 더욱 영원의 색을 띠는 사랑을 하게 됩니다. 그리고 그런 사랑을 할 때는, 서로를 너무 사랑해서 한 생만으로는 모자라서 몇 생을 다시 만나 서로를 사랑하게 되는 경우도 생깁니다. 서로를 너무 미워하느라 안 좋은 카르마가 너무 많이 쌓여서 다음 생에까지도 다시 만나서 그걸 서로에게 갚아야만 하는 것과는 완전히 반대로 말이죠.

그래서 한 번 부부는 영원한 부부라는 말도 있습니다. 좋은 걸 서로에게 갚을 게 많든, 안 좋은 걸 서로에게 갚을 게 많든, 어쨌든 그런 것이죠. 그렇다면 이왕이면 서로로부터 주고받은 예쁨이 너무 많아서 다음 생에도 그 예쁜 마음들을 서로에게 갚기 위해서 함께하게 되는 것이 더 낫지 않겠습니까. 어쨌든 그렇게 우리가, 사랑 안에서도 성숙과 정렬하게 될 때, 그때의 우리에게는 더욱 큰 다정함과 행복이 함께하게 될 수밖에 없을 것입니다. 그렇다면 우리에게 있어 진실로 그러지 않을 이유라는 게 어디에 있겠습니까.

그러니 내가 마주하고 있는 모든 삶의 영역에 걸쳐서 오직 성숙하며 나아가겠다고 마음먹어 보십시오. 이 세상의 모든 목표는 실패할 수 있어도, 성숙하며 나아가겠다는 그 마음의 목표만큼은 결단코 실패할 수가 없을 것입니다. 그래서 절망은 이제 더 이상 우리가 가져야 할 몫이 아니게 됩니다. 그러니까 우리는 진실로 절망하지 않게 됩니다. 어떤 일이 찾아왔든, 이제 우리는 담담하게 그 일이 나를 찾아온 이유를 찾고 있는 채일 것이고, 하여 오직 그것 안에서 배우고, 그렇게 그것이 나를 찾아온 의미를 완성하며 나아가고 있을 뿐일 것이기 때문입니다. 그래서 실제로 우리는 그 모든 일 안에서 더욱 성숙하며 나아가게 됩니다. 해서 그 모든 일을 통해서 이제 우리는 보다 더 행복한 사람이 되어갈 수밖에 없는 것입니다. 그렇다면 그때의 우리에게 있어 더 이상 두려울 것이 무엇이겠습니까. 우리의 내면이 성숙함으로 인해 더욱 높은 자존감과 함께하고 있을 텐데, 해서 우리는 이제 두려움 대신에 오직 진정한 자신감과 함께하고 있을 텐데 말입니다.

하여 이제 우리는, 운전을 하면서도 행복할 것이며, 사랑을 하면서도 행복할 것이며, 그렇게 우리가 마주하고 있는 모든 사람들에게 또한 나의 그러한 행복과 다정한 마음들을 전해주게 될 것입니다. 고속도로에서 행복한 사람이 운전하고 있는 차를 찾아 그저 뒤에서 따라가 보십시오. 그 사람의 운전에서 당신은 그 어떠한 부정성도 느끼지 못할 것입니다. 그는 진실로 그저 햇볕을 느끼며, 타인들을 배려하며, 양보하며, 너그러우며, 여유로우며, 또한 다정한 채일 것입니다. 그리고 그 사람은 사실 운전뿐만이 아니라 다른 모든 일 안에서도 그렇게 존재하고 있을 것입니다. 왜냐면 그 사람은 자신의 마음에 행복을 더 많이 소유하고 있는 사람이기 때문입니다. 적어도 80%는 소유하고 있는 것이죠. 그래서 그는 정확히 그만큼 더 모든 영역에 걸쳐서 행복하게 존재할 수밖에 없는 것입니다.

그리고 사실, 나머지 20%는 너무나도 사소한 것입니다. 그러니까 우리가 만약 삶의 80%의 영역에 걸쳐서 행복한 사람이라면, 그 나머지 20%의 부정성은 너무나도 사소해서 그건 결코 우리의 행복을 더 이상 어떻게 하지도 못할 정도일 것입니다. 그냥 조금 서운한 감정이 드는 게 우리를 죽을 만큼 불행하게 만들지는 못하는 것처럼 말입니다. 그러니까 우리는 이제 자살에 대한 생각, 우울증, 상대방에 대한 과격하고도 폭력적인 생각과 행위들, 과도한 자기애, 자만심, 수치심, 두려움, 하루 종일 원망에 빠진 채 씩씩거리게 되는 증오, 뭐 그러한 것들은 느끼고 싶어도 느낄 수가 없게 된 채일 것입니다. 그래서 그때의 우리는 모든 영역, 모든 차원에 걸쳐서 우리 자신이 그저 행복한 사람이라서 행복하게 존재하게 되는 것입니다.

그렇다면 더 이상 무엇이 더 필요하겠습니까. 그러니 성숙한 마음을 연습하는 데 있어서 사소한 영역은 없다는 것을 명심하십시오. 그러니까 당신이 청소를 하든, 커피를 끓이든, 길을 걷든, 운전을 하든, 그것이 무엇이든 당신은 그것들 안에서 '성숙한 마음'을 연습할 수도 있는 것입니다. 그런 식으로, 당신에게 펼쳐지는 모든 일과 상황들을 그 마음을 연습하고 기르는 데에 바쳐보십시오. 그때는 진실로 당신이 행하는 모든 일이 기도이자, 예배이자, 요가이자, 하나의 예술이자, 사랑 그 자체가 되어 굳어질 것입니다.

그러니까 그 모든 일들을 당신의 사적인 이득이 아니라, 당신의 성숙을 위해 기여하는 일들로 바라봐보는 것입니다. 그 즉시 당신의 고민이 줄고, 당신의 행복이 늘어날 것입니다. 그렇다면 그때에 이르러서, 당신의 마음 안에 어떻게 하지? 와 같은 고민들이 더 이상 어떻게 생길 수 있겠습니까. 그때는 진실로 당신이 살아가는 목적이 오직 분명하고도 완전하게 '성숙' 그 자체가 된 채일 텐데 말입니다.

해서 더 이상 당신에게는, 당신의 온전함이나 삶의 목적이 불분명하고도 애매하고, 모호하고도 탐욕적이라서 세상의 고민에 빠지는 일은 없을 것입니다. 그것만으로도 얼마나 큰 평화가 당신과 함께하게 되겠습니까. 더하여 당신의 죄책감이 줄고, 당신의 자존감이 커져갈 것입니다. 왜냐면 그때의 당신은 타인들에게 더욱 다정한 사람이 되고자 오직 노력하며 나아가고 있을 뿐일 것이기 때문입니다. 그렇다면 그때에 이르러 더 이상 당신이 어떠한 죄책감을 느낄 수 있겠습니까. 더 이상 누군가를 미워하지도, 당신 자신의 이득을 위해 이용하고 있지도 않을 텐데 말입니다. 해서 당신은 오직 다정한 자신감, 그 진정한 자존감을 소유하게 된 채일 것입니다. 그래서 당신은 이제 더 이상은 죄책감과 세상을 향한 욕망 사이에서 허우적거리지 않을 것입니다. 그렇다면 그건 또한 얼마나 큰 행복을 당신에게 선물해주는 것이겠습니까.

거기에 더할 것이 또 있습니다! 또한 이제 당신의 마음 안에서는 분노나 욕망, 우울, 원망, 그러니까 그것이 무엇이든 그 모든 부정성이 사소해지기 시작할 것이고, 하여 오직 당신의 다정함만이 우세해진 채일 것입니다. 당신의 마음에 이미 행복이 확정되었는데, 그렇다면 이제는 당신에게 있어 부정성에 빠져들 만한 타당한 이유라는 것이 더 이상 어디에 있을 수 있겠습니까. 이미 완전하고, 너그럽고, 여유롭고, 다정하고도 평화로운데, 그러니까 더 이상 이 세상의 무엇이 당신에게 부정성을 강요할 수가 있겠습니까.

그래서 당신은, 더 이상은 부정성에 탐닉하지 않게 됩니다. 하여 당신은 더욱 누리고, 더욱 시간 부자가 되고, 그렇게 오직 행복하게 존재하고 있을 뿐일 것입니다. 덤으로 당신과 함께하는 모든 사람들이 또한 당신으로 인해 더욱 행복한 사람이 되어갈 것입니다. 그렇다면 당신 자신을 포함하여 당신과 함께하는 모든 이들에게 이보다 더 아름다운 선물이 어디에 있겠습니까.

그러니 당신은 오직, 당신 자신의 마음 안에 행복을 더 많이 소유한 채이십시오. 당신이 이미 이 자리에서, 지금 이 순간 행복한 사람이라면, 그러니까 그때는 더 이상 무엇이 당신을 절망시킬 수 있겠습니까. 진실로 그때는 모든 것이 사소해진 채일 것입니다. 하여 그때의 당신은 그저 햇볕을 더욱 누리며 살아가고 있을 뿐일 것입니다. 그러니까 당신의 마음이 이제는 이 세상의 어둠을 바라보고 그것에 골몰하는 대신에, 이 세상의 빛을 더욱 바라보고, 하여 그것을 오직 누린 채 그것에 더욱 감사하고 있을 뿐인 것이죠. 그게 제가 햇볕을 누린다고 말한 것의 참 의미입니다.

그러니 어둠 대신에 빛을 소유하십시오. 어둠 대신에 빛의 영역을 더욱 확보하십시오. 당신의 마음이 더욱 빛날수록, 당신은 이 세상의 모든 것 안에서 또한 더 많은 빛을 바라보고 느끼게 될 것입니다. 하여 당신의 행복은 더욱 견고해질 것입니다. 또한 이제 당신은 당신의 행복이라는 집을 모래 위에 짓는 대신에 반석 위에 짓고 있을 것이기에, 당신의 행복은 그 무엇보다 안전하고도 완전해져 갈 것입니다. 그러니 당신의 사적인 이득이라는 모래 위에 당신의 행복이라는 집을 짓지 마십시오. 그것은 작은 바람에도 무너진 채 당신을 자주, 그리고 깊게 절망하게 만들 것입니다. 그러니까 당신의 성숙이라는 반석 위에 당신이 선 채로, 오직 그 위에 당신의 행복을 쌓기 시작할 때, 그때만이 그 어떤 바람이 닥쳐와도 흔들리지 않을 수 있는 그 진정한 자존감을 당신 자신의 마음에 당신이 소유하게 되는 순간인 것입니다. 그것을 잊지 마십시오.

그러니 오직 성숙을 위해 살아가십시오. 정말로 그것이 다입니다. 진실로 성숙 이외에 다른 것들은 당신이 그것에 당신 자신의 결핍에서부터 비롯된 욕망을 투영하지 않는 이상은 전혀 가치가 없는 것들입니다. 그 어떤 매력도 없는 것들입니다. 그러니 이제는 진정 가치 있는 것만을 추구하십시오. 그렇게 행복하십시오. 당신이 행복하면, 당신의 행복으로 인해 제가 행복해지는 것입니다. 그러니 부디 저를 행복하게 해 주십시오.

그리고 저의 행복이 또한, 언제나 당신의 마음 안에서 당신 자신이 스스로 바라봐주기만을 기다려왔던 당신 마음 안의 행복을, 이제는 당신이 바라보도록 당신을 더욱 이끌어주었기를. 그러니까 무엇보다 당신이 진실로 행복하기를. 조금만 속상하고, 웃는 일이 더 많기를. 하여 당신은, 당신 자신의 마음 안에서 불행보다 더 많은 행복의 땅을 오직 소유하고 확정 지은 채이기에, 이제는 행복하지 않는 것이 불가능해서 행복할 수밖에 없는, 그런 다정하고도 예쁜 사람이기를.

28

시련이라는
하늘을 타고 나는 방법 . .

누군가가 저에게 지금 아픈 시간을 지나고 있다고 말할 때, 저는 그 아픔에는 분명 당신 자신을 위한 배움과 의미가 있을 테니 조금 더 그곳에서 머무르며 때가 무르익길 기다려 보라는 조언을 많이 하는 편입니다. 아픔이 내게 찾아온 모든 의미를 완성하고, 그렇게 끝내 찬란해질 때까지 우리는 조금 더 아파야만 하는 경향이 있기 때문입니다. 그러니 지금 당신이 아픈 시간을 보내고 있다면, 최선을 다해 그 의미를 완성하십시오. 배우고, 의미를 찾고, 그 모든 것들을 통해 성숙하십시오. 하여 당신이 비로소 그 아픔이 당신에게 찾아온 모든 이유와 의미를 완성해내는 그 순간, 그 아픔은 자신의 몫과 역할을 다했기에 이제는 당신의 곁에서 그 자리를 옮길 것입니다. 보다 정확히 말하면 아픔은 여전히 그 자리에 있는데, 당신이 그곳을 떠나게 된다는 표현이 맞을 것 같습니다.

그래서 저는 아픔이 찾아오면 언제나, 제가 할 수 있는 최선을 다해, 정말 모든 것을 다해 그 아픔을 이겨내기 위해 노력하는 편입니다. 일년이 걸리는 것도 있고, 그보다 더 오래 걸리는 것도, 그보다 더 빨리 지나가는 것도 있지만, 그 모든 아픔이 지나고 보면 나를 성숙하게 해준 선물이 된다는 것을 이제는 진정 알고 있기에 그저 최선을 다해 임하는 것입니다. 아직은 그 아픔에서 조금 더 배워야 할 것이 있고, 또 내가 찾아야 할 의미와 무르익어야만 하는 성숙이 있기 때문에 여전히 아픈 것이기 때문입니다. 하지만 어느 순간이 되면, 저는 그 아픔 앞에서 끝내 초연해지게 될 것입니다. 그때는 그 아픔이 저를 어찌하지 못할 만큼 제가, 그리고 저의 성숙이 무르익은 채일 것이기 때문입니다. 그러니까 그때는 아픔의 크기보다 제 마음의 그릇이 비로소 더 커진 채가 되어버린 것이죠. 그래서 그때가 되면 그것과 비슷한 크기의 아픔 앞에서는 더 이상 아파하지 않아도 되는 우리일 것이고, 하여 그것이 바로 아픔이 내게 주는 성숙이란 이름의 선물인 것입니다.

그리고 이러한 것에 대해 알고 있는 것과 모르는 채인 것은 아픔을 마주하는 우리 자신의 마음가짐에 있어서도 제법 큰 차이를 가지게 하는 것이 될 것입니다. 왜냐면 우리가 진정 아픔이 우리 자신의 성숙을 위해 찾아온 것이라는 걸 알게 되었을 때는, 똑같이 아프더라도 그 아픔을 바라보는 관점이 더욱 다정하고도 느긋해진 채일 것이며, 하여 이때는 보다 기쁜 마음으로 아픔을 바라보고, 또 아픔을 선물이라 여긴 채 오직 감사하고, 그런 마음들과 우리는 함께하고 있을 것이기 때문입니다. 그래서 우리는 최소, 아픔 앞에서까지 아파하는 사람은 아닐 수 있는 것이죠.

어쨌든 당신은, 당신이 할 수 있는 모든 것을 다해 아픔을 극복하기 위한 최선의 노력을 기울이십시오. 또한 당신이 감당하지 못할 만한 아픔은 당신에게 찾아오지 않는다는 것을 명심하십시오. 그렇게, 포기하지 마십시오. 당신은 분명 이겨낼 것이고, 초월할 것입니다. 그로 인해 더욱 성숙한 사람이 될 것입니다. 당신이 만약 남들과는 달리 더 깊게 아프고, 더 깊게 느끼는 사람이라면, 당신은 아마 누구보다 아플 것이지만, 또한 그만큼 누구보다 더 성숙하게 될 것입니다. 그러니 감당하십시오. 곧 있으면 더욱 눈부시게 빛날 당신의 행복을 스스로 저버리지 마십시오.

이 세상에는 평생을 잘 아프지 않은 채 살아가는 사람들도 많이 있습니다. 그리고 그런 사람들은, 평생을 조금도 성숙하지 않은 채 살아가는 사람들인 경우가 많습니다. 그러니 그 사람들의 무난함을 부러워하지 마십시오. 오히려 그들이 당신을 부러워해야 하는 것이라고 저는 생각합니다. 만약 그 사람들이 태어나자마자 어느 수준의 성숙을 타고 태어난 게 아니라면, 그건 전혀 부러워할 만한 일이 아니기 때문입니다. 그 사람들은 아마도 그만큼 오래도록 정체되어있을 것입니다.

그래서 만약 당신이 자주 아프다면, 그리고 그 아픔 앞에서 언제나 최선을 다하는 사람이라면, 당신은 또한 아픔과 극복 사이를 자주 반복하는 경향이 있을 것입니다. 왜냐면 그건 정말로 그만큼 거대한 행복이 당신을 끌어당기고 있다는 징후이기 때문입니다. 그러니까 그것은 당신의 수준이 그만큼 급속도로 어느 영역을 향해 나아가고 있다는 증거입니다. 그러니 실망하기보다 기뻐하십시오. 당신은 누구보다 귀하게 쓰일 것이고, 누구보다 많은 사람들에게 빛을 선물해주는 사람이 될 것입니다. 그러니 그 자격의 무게를 감당하십시오.

찔끔찔끔 아픈 것에 대해서, 그래서 저는 별로 좋아하지 않는 편입니다. 제가 적당히 누군가의 아픔에 위로를 전해주게 되었을 때, 그때는 그 사람이 일단은 괜찮아질 수도 있겠지만, 저는 그것이 진정한 치유라고 생각하지는 않기 때문입니다. 그러니까 그건, 그 사람이 진정 무엇인가를 삶으로부터 느끼고 배울 기회를 어쩌면 제가 빼앗는 일이 되어버릴지도 모르는 것이죠.

그러니 조금 더 아파하십시오. 괜찮습니다. 그곳에서 당신의 성숙이 차오르고 무르익을 때까지 더 아프십시오. 많은 사람들이 저에게 어떻게 해야 예쁜 사랑을 할 수 있을까요, 라고 묻습니다. 그리고 저에게는 그때마다 하는 대답이 있습니다. 더 많이 사랑하고, 더 많이 아파하고, 그렇게 배우고 느끼며, 그런 식으로 가능한 많은 경험을 해보라는 것입니다. 왜냐면 처음부터 배가 부를 수는 없는 노릇이기 때문입니다.

처음에는 외모만을 보고 사람을 만났는데, 그런 기준으로만 사람을 만났기에 자주 아프고 상처를 받다 보면 우리는 이제 내면을 더욱 중요하게 보게 됩니다. 그러고도 아프고 나면 그 내면의 깊이를 더욱 중요하게 보게 됩니다. 그런 식인 것입니다. 사랑하고, 이별하고, 아프고, 그 아픔에서부터 배우고, 그 배움과 함께 성숙하고, 그렇게 그 성숙으로 인해 더 좋은 사람을 만나게 되고, 하지만 그럼에도 또다시 처음으로 돌아와 이별하고, 그러니까 그것을 몇 번은 더 반복해야 내 성숙이 마침내 무르익게 되는 것이고, 하여 비로소 그때가 되면 나에게 아픔을 주는 사람을 내가 만나고 싶어도 이제는 만나지 못하게 될 만큼 나는 좋은 사람을 만날 수밖에 없게 되어버리는 것이죠.

그래서 저는 아파할 줄 아는 사람은 빛날 줄 아는 사람이라고 생각합니다. 그러니 더 아프십시오. 아플 수 있을 때까지 아파하십시오. 당신이 그 모든 아픔을 통해 보다 높은 성숙을 완성하고 난 뒤에는, 이제 아파하고 싶어도 당신에게는 아플 만한 일이 더 이상은 남아있지 않다는 사실을 당신은 알게 될지도 모릅니다. 아프고 싶어도, 당신의 자존감이 너무 커져서, 당신의 내면이 너무 온전해져서, 당신의 사고가 너무 깊어져서, 그때의 당신은 아파하는 방법을 완전히 잊은 채일 것이기 때문입니다. 그러니 아파할 수 있을 때 많이 아파하십시오. 괜찮습니다.

그러니까 더 예쁘게 사랑하고 싶으면, 아픈 사랑을 그만큼 더 많이 해보는 것이 도움이 됩니다. 그게 정말로 효과가 있습니다. 아무나 막 만나라는 말이 아닙니다. 최선을 다해서 내 생각에는 좋은 사람을 만나고, 하지만 처음부터 당신이 좋은 사람을 만나게 될 확률은 낮을 것입니다. 왜냐면 좋은 사람에 대한 당신의 기준이 아직은 여전히 미성숙한 채일 것이기 때문입니다. 그래서 만나다가 더 이상은 안 되겠다 싶어 헤어지고, 헤어지고 나서는 이별의 아픔에 죽을 듯이 아파도 보고, 그렇게 끝내는 그 이별을 완성해서 더욱 성숙한 내가 된 채로 이전 사랑에서 배운 그 모든 후회와 배움과 성숙을 다음 사랑에 기울이게 되고, 하지만 그럼에도 또다시 헤어지게 되고, 그것을 최선을 다해 제대로 하는 것이 필요한 것이죠.

해서 그때가 되면, 언제나 처음부터 그랬듯 당신은 여전히 최선을 다해 내게 좋은 사람을 만나고자 하고 있는 것이겠지만, 또한 이제는 그 '최선'의 기준이 높아져서 진짜 좋은 사람을 만날 수밖에 없게 되어버리는 것입니다.

사실 하나의 사랑만 제대로 해도, 당신은 다른 사람들이 열 번을 넘게 사랑해도 알지 못하는 많은 것들을 알게 될 것이고, 그렇게 당신은 그만큼 깊어진 채일 것입니다. 그게 중요한 것입니다. 제대로 사랑하고, 제대로 아파하는 것 말입니다. 그러니까 찔끔찔끔, 뭐든 적당히, 그것이 우리를 제자리걸음 하게 만드는 것입니다. 그러니 모든 것에 온 마음을 다해 최선의 진심을 기울이십시오. 당신의 사랑이든, 당신의 일이든, 당신이 그러한 마음으로 임할 때, 그때의 당신은 정말이지 급속도로 성숙해나가게 될 것입니다.

만약 당신이 차원을 초월해가는 방법을 알고 싶다면, 제가 그것에 대해 알려드릴 수는 있습니다. 이건 제가 최선을 다해서 아파보고, 또 최선을 다해서 그 아픔이 나를 찾아온 이유를 완성해보고, 또한 이러한 식의 아픔을 정말 자주 겪고 반복해본 결과로 알게 된 방법입니다. 이 방법을 알고부터는, 그래서 저는 이제 하나의 아픔에 그렇게 오래도록 머물러있지는 않습니다. 사실, 아픔이라고 할 만한 고통이 이제는 제 삶에 여전히 남아있는지도 잘 모르겠습니다.

여러분들은 믿기 힘들 수도 있겠지만, 저는 잘 지냅니다. 그리고 행복합니다. 그게 다입니다. 잘 지내세요? 네, 저는 정말 잘 지내요. 이런 것이죠. 잘 지내기는 하는데... 글쎄 말이에요, 사실은... 이런 건 없습니다. 그래서 제 안부에는 여운이 없습니다. 감정적으로 사소하게 위로받고 싶은 그런 감정적인 여운이나 자기 연민이 사실은 제게 더 이상 남아 있지는 않은 것 같습니다. 제가 완벽하게 행복하다고 말할 수는 없겠지만, 제 생각에 저는 어쨌든 행복합니다. 아마도 제 우주는 순환이 잘 되고 있는 것 같습니다.

그리고 만약 당신 또한 이 방법을 터득하게 된다면, 당신도 금세 행복한 사람이 될지도 모르는 일이죠. 그리고 그때는, 잘 지내세요? 네, 잘 지내요. 그 말이 서로에게 오간 뒤에 이제 저희는 서로에게 더 이상 할 말이 없을 것입니다. 만약 당신이 보다 진정 행복해진 채라면 말입니다. 이제는 아픔 안에 있는 그 모든 자기 연민을 진정 초월한 채라면 말입니다. 그러니까 아파하고 있는 자기 자신을 스스로 불쌍하게 여기며 타인들로부터 값싼 동정을 얻고자 시도하고, 그러기 위해서 내 아픔을 전시하고, 그런 식의, 아픔에서부터 단물을 짜내는 '자기 연민' 자체가 진실로 당신의 마음 안에서 완전히 사라진 채라면 말입니다.

충분히 극복할 수 있는 아픔 앞에서도, 그 자기 연민에 탐닉하기 위해서라도 계속해서 스스로 그 아픔 안에 있길 선택하고, 그런 식으로 그 아픔 앞에서 끈질기고도 고집스럽게 버티고, 정말로 그것이 우리가 여전히 계속해서 아픈 대부분의 이유이기도 합니다. 그렇다면 우리는 우리 자신이 얼마나 더 아파하는 꼴을 봐야, 그 자기 연민에 대한 미련을 기꺼이 털어버릴 수 있는 것일까요.

어쨌든 모든 아픔에는 이유가 있는 것이라고 했습니다. 그리고 그 아픔은 정확히 우리 자신의 성숙을 위해서 찾아온 것이라고 했습니다.

그러니까 아픔은 우리에게, 내가 여태 이렇게 살아왔다면, 이제는 저렇게 살아가 달라고 말하고 있는 것입니다. 해서 모든 아픔을 단번에 초월하는 방법은, 내가 그 아픔 앞에서 이제는 더 이상 아파하지 않는 것, 그러니까 그럼에도 행복한 채 존재하고 있는 것, 바로 그것입니다. 너무 간단해서 허탈한 심정이 드시나요? 하지만 사실이 그렇습니다. 정말로 그것이 다입니다.

당신은 그 즉시 그 아픔을 초월하게 될 것이고, 또한 그 아픔이 당신에게 찾아온 의미 또한 그 즉시 완성될 것이기에 이제 그 아픔이 당신의 곁에서 머무를 이유 또한 더 이상은 존재하지 않게 되는 것입니다. 그래서 그 아픔은 정말로 그 즉시 다른 곳을 향해, 다른 사람을 찾아서 떠나가게 됩니다. 이제 누구를 찾아가 볼까? 지금 나를 필요로 하는 사람이 어디에 있을까? 하면서 말이죠. 당신에게 아픔이 찾아온 이유와 목적이 당신에게 아픔이 찾아온 그 순간 그 즉시 완성되었기에, 이제는 그 아픔이 당신의 곁에 있을 이유가 정말로 더 이상은 존재하지 않게 되는 것입니다.

음, 예를 한 번 들어볼까요. 제가 알던 어떤 부부는 아주 다정했지만 경제적인 이유로 그 사이가 틀어진 상태였습니다. 그래서 둘은 늘 서로에게 예민했고, 서로를 탓했고, 하지만 여전히 경제적으로 잘 풀리기만을 기다리고 있었죠. 그래서 이 부부는 저에게 관계가 좋아지려면 어떻게 해야 할까요, 하고 물었습니다. 다른 사람들에게 물어보니, 투자가 잘못됐으니 투자의 방식을 바꿔보라고 했다고 하더군요. 어쨌든 그건, '경제적인 이유'로 사이가 틀어졌던 것이기 때문에 그 이유를 바로잡아보라고 권유를 해준 것이었을 것입니다. 하지만 제 눈에는 그렇게 보이지 않았습니다. 다른 답이 뻔히 보였거든요.

경제적인 이유로 사이가 틀어졌기 때문에 경제적인 이유를 바로잡아야 할 것이 아니라, '사이가 틀어진 것'을 바로 잡으면 경제적인 이유 또한 저절로 해결될 것이라는 게 제 눈에 보인 답이었습니다. 그래서 저는 서로에게 더 다정하게 대하고, 서로를 더 사랑하라고 말했습니다. 경제적인 이유에도 불구하고 두 사람은 그저 행복한 채이면 되는 것이라고 말해준 것이죠. 삶이 둘의 다정함을 경제적인 이유를 통해 시험하고 있는 것이라는 게 저에겐 분명하게 느껴졌었기 때문입니다. 어쨌든 그러한 식의 경제적인 이유로 인해서, 사랑하던 둘이 이제는 더 이상 서로를 사랑하지 않게 되었다면, 애초에 그 둘은 서로를 사랑한 적조차 없는 것입니다. 그래서 그들에겐 진실한 사랑을 더욱 배울 필요가 있었던 것이고, 또한 삶은 그들의 사랑이 진실한 사랑이 맞는지 아닌지를 시련을 통해 확인해 볼 필요가 있었던 것이죠.

그러니까 그 무엇에도 불구하고 두 사람의 마음 안에 행복과 평화가 있으며, 또한 두 사람의 사랑이 여전히 변함이 없을 때, 그때는 사실 그러한 아픔이 두 사람의 곁에 있을 이유 또한 더 이상은 없을 거라는 게 제 생각이었습니다. 경제적인 이유라는 시련이 찾아왔고, 그 시련의 이유가 두 사람의 사랑을 더욱 두텁게 하고, 또 두 사람의 행복을 더욱 견고하게 해주기 위해서라면, 지금 이 순간 그들이 즉시 그렇게 되어버릴 때, 정말로 그때는 경제적인 궁핍함이 그들의 곁에 있을 이유가 더 이상은 없는 것이니까요. 어쨌든 모든 시련은 우리의 외적인 성숙이 아니라 내면의 성숙을 위해 찾아오는 것인데, 내가 그냥 1초 만에 성숙해 버리면 진실로 그때는 그 시련이 내게 있을 이유가 더 이상은 없게 되어버리는 것입니다.

그리고 그들은 저의 조언을 철저하게 따랐고, 해서 그 노력 끝에 그 둘이 행복해지고 나서는 경제적인 이유는 이미 뒷전이 되어버린 채였습니다. 그래서 다른 사람들이 조언한 투자니 뭐니에 대해서 그들은 이제 더 이상은 걱정하지도, 신경 쓰지도 않는 듯 보였습니다. 경제적으로 더 부유하지 못했던 것이지, 경제적으로 살아가지 못할 만큼은 아니라는 사실을 그들 자신이 행복해지고 난 뒤에는 비로소 바라볼 수 있게 된 것이죠. 그러니까 '더' 부자가 되고 싶은 욕망이 행복 앞에서 해체가 되어버리고 나니 지금도 그들 자신은 충분히 넉넉하다는 것을 알게 된 것입니다. 그래서 '더' 부자이지 못한 것에 대해 서로를 탓하던 마음 또한 동시에 해소가 되어버린 것입니다.

그리고 그 결과로, 그들의 경제적인 상황이 어떻게 됐는지에 대해서는 여러분들에게 말하지는 않겠습니다. 어쨌든 둘이 행복해졌다면, 그것으로 된 것이니까요. 둘의 문제 해결과, 그로 인한 행복으로 인해서 그들이 경제적으로도 더 잘 풀리게 되었는지 아닌지는 사실 행복한 사람들이 신경 쓸 문제는 아니기 때문입니다. 이미 행복해졌는데, 그따위의 사소한 것들이 이제는 더 이상 왜 중요하겠습니까. 행복해지는 순간, 이미 그러한 것들은 우리의 관심 밖이 되는 것입니다. 그 둘에게 또한 그러한 것들이 더 이상 중요한 것으로 여겨지지 않은 것처럼 말입니다.

경제적인 상황을 '문제'로 인식하던 그들의 내면이 더 이상 그 상황을 문제로 인식하지 않는다면, 그 자체로 경제적인 문제는 이미 해결된 것입니다. 그렇지 않나요? 어쨌든 행복 이외의 다른 것들은 아무런 가치도 없는 것입니다. 그러니 더 이상 가치가 없는 것을 스스로 가치 있다고 여기는 오류에 탐닉하지 마십시오. 해서 저는, 그러한 것에 대해서는 그저 여러분들의 상상에 맡기겠습니다. 여러분들의 상상 안에서 아주 다양한 소설들이 나오길 기대하면서 말이죠.

어쨌든 제 경우에는 그랬습니다. 저에게는 여러 가지 크고 작은 아픔들이 있었었는데, 그러니까 그 모든 아픔들이 정확히 저의 성숙에 기여했던 것이죠. 정말로 하나도 빠짐없이 정확히 그랬습니다. 그래서 저는 언제나 그 모든 아픔들로 인해 지금의 보다 성숙하고 행복한 제가 있는 것이라고 생각하기에 그 아픔들에 대해 오직 감사하는 편입니다. 해서 저는 제게 찾아온 그 모든 아픔들이 저에게 주어진 성숙이라는 이름의 선물이라는 것을 이제는 의심하지 않습니다. 그게, 제가 이제는 아픔 앞에서 더 이상은 아파하지 않는 이유인 것일지도 모르겠습니다.

분명한 것은, 모든 아픔에는 정확히 내게 요청하고 있는 무엇인가가 있다는 것입니다. 메시지가 있고, 뜻이 있는 것입니다. 그래서 그것이 무엇인지를 신과 삶에게 물으며, 우리는 그저 그 의미를 찾고 완성하기 위해서 최선의 노력을 다할 필요가 있는 것일 뿐입니다. 그렇게 나아가는 어떠한 과정 안에서 우리는, 더 이상 아픔을 아픔으로 여기지 않게 될 것이고, 해서 그럼에도 불구하고 행복한 사람으로서 존재하게 될 것이고, 그렇게 우리는 아픔이라는, 시련이라는 하늘을 타고 날아다니는 법을 진정 소유하게 되는 것입니다. 그래서 그때는 아주 빠른 속도로, 아주 높은 위치에서 수준을 옮겨 다니며, 아픔이 찾아오는 그 즉시 그것을 초월한 채 이제는 다른 곳을 향해 자유로이 날아다니는 것이 가능해지는 것이죠.

여러분 또한 위와 같이 하늘을 향해 날아오르는 방법을 알게 된다면, 여러분은 이제 진실로 시련을 타고 날아다니게 될 것입니다. 시련이 여러분의 원동력이 되어 더 높은 하늘을 날게 해주고, 해서 여러분은 그 순간 그 즉시 그 아픔을 초월하게 되고, 그러니까 그 아픔을 곧장 나의 선물로 소유하고 확정 짓게 되고, 그렇게 서서히 이 세계에 있는 모든 땅들을 하늘 위에서 소유하게 되는 것이죠. 그 어떤 하늘도 이제는 당신이 가고자 하는 방향과 반대되는 방향으로 바람을 일으키지 않을 것입니다. 그건, 여태 당신이 거센 바람을 마주한 채 바람이 부는 방향으로 걸어왔다면, 그래서 힘겹고 어렵게 존재해왔다면, 이제는 그 바람을 타고 날아오르는 자가 되었기 때문입니다. 그리하여 당신의 우주는 이제 모든 면에서 순탄하게 흘러가게 되는 것입니다.

그리고 저는 그것이야말로 하늘나라를 진정 소유한 자의 마음이라고 생각합니다. 해서 이제 당신은 이 세상 그 무엇에도 당신의 마음 안에 있는 그 무한한 평화와 행복을 잃지 않을 수 있을 것입니다. 진실로 이제 당신은 그저 존재함 하나로 무한하게 행복한 자, 즉 하늘나라를 진정 소유한 자가 되었기 때문입니다.

그렇게, 이제는 나의 수준 그 자체가 된 이 하늘에서부터 내려다보이는 이 모든 아픔의 땅들을 진정 내 것으로 소유하는 것입니다. 그것이 진정한 성숙이고, 나의 수준입니다. 내 수준이 한 단계 올라가는 것, 하여 이제는 더 이상 나 자신의 아래에 있는 아픔들로부터는 얽매이지 않게 되는 것, 그렇게 진정 초월하는 것, 그러니까 그것이 아픔을 진정 소유한 자의 마음이자 성숙의 결실인 것입니다.

그래서 당신은 이제 서서히 하늘을 날아다니게 됩니다. 해서 당신의 발아래에 펼쳐져 있는 모든 땅들은 이제 당신의 소유가 된 채인 것이죠. 하여 진정 내 것이기에 당신은 더 이상 그것을 소유하기 위한 갈등과 고민과 고통을 겪을 필요조차 전혀 없게 됩니다. 아픔은 이제 아픔으로 내게 다가오지 못하고, 그렇게 당신은 이 땅의 모든 아픔을 통달한 자로서 존재하게 되는 것입니다. 그리고 그게, 모든 것이 진정 지나가는 이유이기도 합니다.

그러니 그 모든 지나가는 것들 앞에서 이제는 자유롭게 하늘을 날아다니는 자가 되어보십시오. 이 세상은 이제 당신의 영원한 행복 앞에서 당신에게 굴복하게 될 것입니다. 당신은 하늘에 있고, 세상은 땅에 있고, 하여 이제는 세상이 당신을 높이 우러러보게 되었기 때문입니다. 그렇다면 이것이야말로, 세상에 속하지 않고 초월하되, 그럼에도 여전히 세상을 살아가는 진정한 자유가 아니겠습니까. 그리고 이것이야말로, 내 마음속에 하늘나라를 소유하는 것이자, 하늘나라가 내 마음에 임하는 것이자, 하여 내 마음의 구원을 진정 이루어낸 천국의 상태가 아니겠습니까.

지금 이 순간의 천국, 그것이 당신에게 임하는 것, 저는 그것이야말로 진정한 구원의 의미라고 생각합니다. 그러니까 이 세상 모든 땅들을 진정 나의 것으로 소유함으로써 하늘을 날아다니는 자가 되는 것, 그 초월의 수준이 진정한 천국의 의미라고 저는 생각합니다. 그러니 이제는 시련을 초월하는 자가 되어보십시오. 어떤 시련이 당신을 찾아와도, 당신은 그저 행복한 사람이기만 하면 되는 것입니다. 그럼 당신을 찾아온 그 시련은, 어, 내가 잘못 왔네? 하고 그 즉시 자신의 자리를 옮길 것입니다.

왜냐면 시련은 시련이 필요한 곳에 있어야 하는 것이고, 뜻과 의미를 전해줄 수 있는 곳에 있어야 하는 것이고, 어쨌든 그게 시련이 있을 자리이기 때문입니다. 그리고 그 시련의 모든 목적은 당신에게 '행복'과 '성숙'을 선물해주기 위함인 것이죠. 하지만 당신이 이미 그 목적을 달성한 채 존재하고 있으며, 하여 그 시련이 당신을 두드릴 이유가 전혀 없는 것이라면, 그렇다면 그 시련이 당신의 곁에 있을 이유라는 게 또한 이제는 더 이상 어디에 있겠습니까. 해서, 이제 시련들 사이에서는 당신에 대한 소문이 떠돌기 시작할 것입니다. 저기는 영양가도 없고, 재미도 없는 곳이야! 하고 말이죠.

그리고 그때가 되면, 당신이 아무리 기다려도, 당신에게는 시련이 크게 찾아오지 않게 될 것입니다. 왜냐면 시련이 당신을 찾아갈 이유라는 게 그때는 정말로 딱히 없을 테니까요. 그렇게 당신은 시련을 타고 하늘을 향해 날아오르고, 그 하늘 위에서 그저 당신 아래에 펼쳐져 있는 이 모든 땅들을 소유하게 되는 것입니다.

비행기 위에서 하늘 아래에 펼쳐져 있는 모든 땅들을 바라봐보십시오. 그 순간만큼은 그 모든 땅들이 진정 당신의 것이 될 것입니다. 왜냐면 당신은 하늘에서 그 땅들을 바라보고 있으며, 그 땅들을 보고 감동을 받고 있으며, 하여 그 감동을 당신의 마음 안에 진정 소유하고 있는 채이기 때문입니다. 해서 그 땅의 땅문서를 가지고 있는 사람들보다, 적어도 그 순간만큼은 당신이 그 땅을 보다 진정하게 소유하고 있는 사람인 것입니다. 그리고 당신은 모든 시련의 땅들을 그렇게 소유하며 나아가는 것입니다. 하늘에서 내려다보며, 그 모든 아름다운 이유들을 완성한 채 이제는 오직 선물로써 간직하며, 그런 식으로 말입니다.

아픔은 이제 없습니다. 모든 아픔이 완성되었습니다. 해서 무한한 평화와, 무한한 행복만이 존재하는 그 높은 하늘에서, 당신은 그저 모든 것을 누리게 될 뿐입니다. 그렇게 당신은, 아픔을 진정 소유하는 자가 됩니다. 그러니 보다 빠르게 행복에 닿고 싶다면, 지금 이 순간 오직 행복하십시오. 정말로 그게 다입니다. 지금 이 순간 오직 행복한 사람인 채 존재하고, 또 다른 아픔이 찾아오는 순간에도 또다시 지금 이 순간 오직 행복한 사람인 채 존재하고, 그게 정말로 다인 것입니다. 하여 그것이 당신에게 차원의 문이 되어, 당신의 수준을 그 즉시 옮겨줄 것입니다.

그러니 오직 지금 이 순간 행복하십시오. 당신에게 지금의 아픔이 찾아온 유일한 이유가 그것입니다. 당신이 이러한 아픔 앞에서도 그럼에도 불구하고 행복할 줄 아는 사람이 되게 하는 것, 그 단단한 마음과 성숙을 선물로 가져다주는 것, 그게 진실로 모든 이유인 것입니다. 그럼에도 당신은, 아마 지금 이 순간 그 즉시 행복하게 존재하지는 못할 것입니다. 왜냐면 아직은 시련의 하늘을 타고 날기에, 당신에게는 조금 더 깊게 배워야 할 것들이 여전히 많이 남아있을 것이기 때문입니다.

어쨌든 당신은, 저의 행복하십시오, 라는 말을 듣고는 그 즉시 행복한 사람인 채 존재할 수 있도록 최선을 다해 지금 이 순간 행복해지기 위한 노력을 하십시오. 이 이야기를 듣지 않은 것보다는, 조금 더 빨리 그 아픔을 완성한 채 행복해질 수 있을 것입니다. 그러니 최선을 다해서 지금의 아픔에서부터 배우고, 그 아픔이 내게 찾아온 의미를 찾고, 하여 그것을 완성하십시오. 그러고 나서도 더 아프고, 또다시 더 아프십시오.

서서히 아픔이 찾아오고 난 뒤에 당신이 곧장 행복한 채 존재하게 되는 그 순간까지의 시간 소모가 줄어들기 시작할 것입니다. 그렇게 당신은 시간을 점차 초월하게 될 것이고, 하여 끝내는 시련의 하늘을 타고 날아다닐 수 있을 만큼 성숙한 사람이 되어있을 것입니다. 해서 그때의 당신은 아픔이 찾아오는 그 순간, 그 즉시 단번에 그 아픔을 초월한 채 그럼에도 행복한 사람으로서 존재하며, 그렇게 그 아픔을 진실로 단 한 순간의 시간 소모도 없이 그 즉시 진정 소유하게 되는 것이죠.

어쨌든 당신은 그 아픔이 당신에게 찾아온 크기만큼은 아파야만 하는 것입니다. 그러니 찔끔찔끔 오래도록 아프지 마시고, 많이 많이 아프고, 하여 되도록 빨리 치유되십시오. 그렇게, 더 행복하십시오. 또다시 아프고, 또다시 더 행복하십시오. 어느 순간 당신의 행복이, 당신에게 찾아오는 아픔의 크기들보다 더욱 큰 그릇이 된 채일 때, 당신은 이제 평화로울 것입니다. 그리고 그 순간은, 당신이 이 삶을 살아가는 이유 자체를, 그 모든 존재의 목적 자체를 진정 완성하는 순간일 것입니다. 그러니 그때까지는 아파도 괜찮습니다. 그때까지만 완성하면 되는 것입니다.

그러니 조금 더 많이 아프길 바라겠습니다. 왜냐면 저는 당신이 조금만 아프고, 하여 조금만 성숙하길 바라지는 않기 때문입니다. 최대한 하나의 삶 안에서 많이 아프고, 하여 더 많은 것들을 배울 수 있기를 바랄 뿐입니다. 그렇게 부디, 당신이 더욱 깊은 사람이 되기를 바랍니다. 더욱 깊게, 더욱 단단하게 행복한 사람이 되기를 바랍니다. 아픈 당신이라서 그 누구보다 눈부시게 성숙할 당신임을 너무나도 분명하게 아는 저라서, 그래서 저는 당신이 아프지 않기보다 조금은 더 아프길 바라겠습니다.

저도 많이 아팠다는 것이 위로가 될 것 같다면, 저도 정말 많이 아팠다는 것을 기억하십시오. 하나의 아픔을 겨우 완성하고, 하지만 또다시 새로운 아픔들을 마주하고, 그렇게 제 모든 정신이 거의 폭발하기 일보 직전까지 아팠다는 것을 기억하십시오. 그렇게 자주, 많이, 크게 아팠고, 그래서 제가 누구보다 빠르게 성숙해왔다는 것을 기억하십시오.

제가 쓴 너라는 계절이라는 책을 읽어보십시오. 제가 얼마나 사랑을 깊게 하고, 또 사랑 앞에서 크게 아파하는 사람인지를 알 수 있을 것입니다. 그렇다면 당신은 하나의 사랑에서 그만한 의미를 배우실 수 있겠습니까. 그게 아니라면 저보다는 덜 아픈 것입니다. 그러니 충분히 이겨낼 수 있는 아픔이라 믿고 이겨내십시오. 저보다 더 아프더라도, 그건 당신이 저보다 더 크게 될 사람이라서 더 아픈 것이니 괜찮은 것입니다. 왜냐면 우리가 오직 감당할 수 있는 아픔만이 우리에게 찾아오는 것이기 때문입니다.

그러니까 진실로 당신이 더 큰 아픔을 감당할 수 있을 만한 사람이라서 더 큰 아픔이 당신에게 찾아온 것일 뿐입니다. 당신을 진정 위대하게 성숙시키기 위해서, 하여 그 성숙으로부터 많은 이들의 아픔을 어루만지고 치유하게 하기 위해서, 오직 그 높은 뜻과 이유로써 정말로 그렇게나 큰 아픔이 당신에게 찾아온 것입니다. 그렇다면 그건, 당신을 향한 하늘의 부당한 대우가 아니라 하늘의 특별 대우인 것입니다. 당신을 미워해서가 아니라, 당신을 더 아끼고, 소중히 여기고, 사랑하고, 하여 더 귀하게 쓰고자 하기 위함인 것이니까요.

그러니 괜찮습니다. 오직 감사한 채 지금을 선물로 여긴 채 나아가도 충분할 만큼 괜찮습니다. 그리고 이 아픔 앞에서 절망하기에, 당신에게는 앞으로 당신이 감당해내야 할 더 큰 아픔들이 너무나도 많은 것입니다. 아마 앞으로 많은 시간 동안, 당신은 아픔과 극복 사이만을 반복하는 데 대부분의 시간을 써야만 할지도 모르는 것이죠. 하지만 적어도 당신이 그 아픔을 성숙의 선물로 볼 수 있다면, 당신은 안전할 것이고, 또 충분히 괜찮을 것입니다.

또한 당신은 그 모든 아픔을 초월한 뒤에도, 그럼에도 또다시 처음부터 시작해야 하는 아픔을 겪게 될지도 모릅니다. 하늘에서부터 추락해, 다시 땅에서부터 하늘까지 기어 올라가야만 하는 것이죠. 그야말로 처음 된 자가 나중 되는 순간인 것입니다. 어쨌든 그럼에도 당신이 그마저도 성숙의 시선으로 바라볼 수 있을 만큼은 되어있다면, 진실로 당신은 끝내 괜찮을 것입니다.

저에게도 그런 시간이 있었습니다. 용기를 잃지 말고 힘내요라는 책을 쓰고 있을 당시가 제가 열아홉 살 때였는데, 그때 저는 어느 정도 시련을 타고 하늘 높이 날아오른 채였다고 생각합니다. 그때 제 가슴에 있던 무한한 평화와 사랑을 누군가에게 말해도, 사실 그것을 이해하고 공감할 수 있는 사람이 별로 없을 만큼 저는 그것을 소유한 채였었습니다. 저는 그때 사실 이 세상의 성숙에 대해서 우리가 알아야 할 거의 모든 지식을 알게 되었고, 또한 제 가슴에는 저를 그저 울게 만드는 무한한 사랑이 언제나 함께하고 있었습니다. 우는 것 이외에 할 수 있는 게 아무것도 없을 만큼 저는 그저 기뻐서 울고만 있었던 것이죠.

모든 것을 소유했기에, 모든 것을 내려놓았고, 그래서 숨을 쉴지 말지조차도 고민하던 시기가 있었습니다. 숨을 쉬는 것조차도 내려놓아만 한다면, 기꺼이 그러려고 했었죠. 사실 우리는 무의식중에 숨을 쉬고 있지만, 그때의 저는 하루에 단 1초도 빼지 않고 의식적으로 숨을 쉬고 있었고, 하여 숨을 쉬는 것조차도 제가 선택하고 있는 것이라는 걸 이미 알고 있는 채였습니다. 그래서 저는 생각하는 것에 에너지가 드는 것처럼, 숨을 쉬는 것에도 그와 마찬가지로 의식적인 에너지가 든다는 것을 자각하고 있었고, 해서 저는 그 모든 저 자신의 사적인 의지를 신께 바치고 내려놓고자 했었던 것입니다.

그것과는 다른 이야기로, 어쨌든 숨을 들이마시고 내쉬는 일이 그때의 저를 상당히 힘들게 했었습니다. 숨이 제 가슴에 들어오는 순간, 그 즉시 가슴에 엄청난 전기가 흘러서 저는 울어야만 했으니까요. 정말로 그 즉시 가슴에 있는 그 뜨거운 것이 온몸을 향해 타고 흐르고, 하여 제 몸 전체가 버틸 수 없을 만큼 찌릿찌릿해지고, 그러한 일이 반복되었었습니다. 그리고 그 감각은 정말 그 무엇과 비교해도 비교할 수가 없을 만큼의 행복 그 자체였죠.

어쨌든 저는 아파서 울다가, 갑자기 그 모든 아픔을 초월하고 소유하고는, 이내 살아있다는 기적이 벅차서 울기 시작했었습니다. 그것이 몇 달간 지속되었습니다. 그리고 어느 순간, 서서히 멎어들었죠. 그리고 저는 하늘에서부터 추락해, 다시 세상을 살아가게 되었습니다. 그러니까 다시 세상에 속한 채 땅 위에서 치열하게 생존하는 사람이 된 것이죠. 아마도 가슴에 소유하고 있던 그 무한한 평화와 사랑을 이제는 상실하게 된 고통을 아는 사람들은, 저의 아픔이 얼마나 아픔 그 자체였는지를 충분히 이해할 수 있을 것입니다. 고전적으로는 영혼의 어두운 밤이라 불리는 그 지독한 공허의 아픔 말입니다.

그러니까 저는 하늘에서부터 떨어진 채 다시 처음부터 올라가야만 했습니다. 언제나 그때의 행복과 평화, 무한한 사랑이 그리웠지만, 그것이 제게 다시 찾아오지는 않았죠. 그러다 그런 적이 있었다는 것조차 잊을 만큼 저는 세상을 다시 살아가기 시작했고, 그렇게 한 계단 한 계단을 처음부터 다시 올라가야만 하게 되었던 것입니다. 내 이득을 추구하기도 하고, 그 이득 때문에 누군가를 미워하기도 하고, 그러면서 오직 이 땅 안에 속하게 된 것이죠. 밤새 분해서 잠을 자지 못했던 날들도 셀 수 없이 많았습니다. 외롭고 결핍되어 무수히 많은 탐닉으로 그것을 달래고자 했던 불면의 밤들 또한 얼마나 오래 지속되었는지 감히 셀 수가 없을 만큼이었죠. 하지만 모든 아픔에는 이유가 있듯, 저의 아픔에도 이유가 있었음을 저는 알게 되었습니다.

제가 처음 하늘을 날아올랐을 때, 그때의 저는 너무 어렸었던 것이죠. 그래서 아직은 더 배우고, 더 살아가고, 하여 더 많은 것들을 경험할 필요가 있었던 것입니다. 군대에 가서 선임을 용서하는 법도 배우고, 후임을 용서하는 법도 배우고, 돈을 많이 벌어도 보고, 또 돈이 없어서 힘들어도 보고, 저를 이용한 누군가를 몇 달 동안 저주도 해보고, 대학교에 가서는 동아리에 들어서 재밌게 놀아도 보고, 사랑을 하고, 이별도 해보고, 사회에 나와 새로운 꿈도 가져보고, 남들이 부러워할 만큼의 성공도 해보고, 하지만 남들이 결코 할 수 없을 만큼의 무한한 노력도 해보고, 뭐 그런 것이었죠. 어쨌든 그 모든 지난 시간들이 저에게 있어 없어서는 안 되는 시간이었고, 끝내 제가 더욱 단단히 행복한 사람이 될 수 있게 이끌어준 선물이었다는 것을 저는 또한 알게 되었습니다.

그러니까 제가 하고 싶은 말은, 저에게도 아픔이 있었고, 행복이 있었고, 또다시 아파야만 하는 시련 또한 있었다는 것입니다. 그러니 지금 아픈 것은 무엇보다도 당연한 것입니다. 그러니 아픔 앞에서만큼은 아파하고 절망하지 마십시오. 그저 기쁜 마음으로, 더 아프십시오. 그렇게 언젠가 우리에게 주어진 그 모든 아픔들을 우리가 초월하고, 하여 진정 소유하고 난 뒤에는 우리가 꼭 서로에게 잘 지내세요? 라고 묻는 날이 오기를 바랍니다. 그리고 아마 저희의 대답은, 그때에 이르러 진실로 서로에게 똑같을 것입니다. 그리고 그 대답 뒤에, 우리는 더 이상은 서로에게 할 말이 없을 것입니다. 그러니까 우리 모두, 그저 잘 지내고 있을 것입니다. 정말로 잘 지내고 있어서, 그런데 말이야... 는 우리 모두에게 더 이상은 없을 것입니다.

많은 것을 용서했기에 미움에 대한 이야기도 없을 것이며, 자기 연민을 초월했기에 나의 지금이 왜 불쌍한지에 대한 이야기도 없을 것이며, 많은 것을 진정 소유했기에 결핍에 대한 이야기도 없을 것이며, 많은 욕망을 넘어섰기에 서로로부터 사적인 이득을 취하기 위한 입에 발린 말들도 없을 것이며, 많은 분노를 정화했기에 서로를 향한 사소한 예민함도 없을 것이며, 겸손하기에 자만할 만한 이야기도 없을 것이며, 그렇게 모든 것이 순조로울 것이기에 우리는 오직 고요한 채 침묵할 것입니다. 하지만 우리는 또한 그 무엇보다 진실로 서로를 사랑하고, 또 서로에게 다정한 채일 것입니다. 말없이 서로를 고요하게 마주하는 것, 이 세상에 그보다 더 큰 사랑은 존재하지 않기 때문입니다.

그래서 우리는 가장 진실하고도 가장 거대한 마음으로 서로를 사랑할 것입니다. 그리고 우리는, 서로의 그 사랑을 가슴에서부터 알아차릴 것이기에 오직 미소 지을 것입니다. 그렇게 우리는, 그 무엇보다 행복할 것입니다. 진실로 그때의 우리는, 행복을 우리 자신의 가슴에 품은 채, 그 행복을 진정 소유하고 있을 것이기 때문입니다. 해서 행복하기에, 그 무엇 앞에서도 행복할 것이고, 하여 시련은 더 이상 우리에게 필요한 것이 아닐 것입니다. 그렇게 시련은, 우리를 스쳐지나갈 것입니다. 우리는 우리가 있는 이 자리에서 그저 행복할 것이고, 시련은 시련이 있어야 할 그곳에서 자신의 몫과 목적을 오직 완수하게 될 것입니다. 하여 그때는, 진실로 자, 이제 모든 아픔은 치유되었고, 모든 아픔은 완성되었습니다, 라고 우리는 비로소 말할 수 있게 될 것입니다. 그렇게 우리는, 그저 모든 것을 누리는 자가 되어있을 것입니다.

그러니 그때까지는 더 무르익고, 더 성숙하고, 하여 더 예쁘고 소중하게 피어나기 위해서 아직은 조금 더 아플 필요가 있는 것입니다. 이 삶이라는 학교에서 더 많은 수업을 이수하며, 그렇게 더 많은 것들을 배우고 공부하고 있을 필요라는 게 있는 것이죠. 그러니 이 모든 아픔과 함께 우리 모두가 그 무엇보다 아름다운 한 송이의 꽃이 되어 피어나기를 저는 오직 바라겠습니다. 하여 서로의 가슴에 그 한 송이의 꽃이 되어주고, 그 예쁜 향기로 서로를 더욱 미소 짓게 해주는 우리이기를 바랍니다.

그러니까 부디 지금은 아프되, 다가올 그때는 모든 아픔을 넘어선 그곳에서 오직 행복한 채 정말로 괜찮고, 정말로 잘 지내는 당신과 나이기를. 그 행복을 위해 지금 조금 아픈 우리이기에, 오직, 기쁜 마음으로 아파하기를. 이제 더 이상은, 아픔 앞에서까지 아파하는 우리는 아니기를. 언제나 아픔으로 찾아와, 선물로 끝나는 우리의 지금 이 순간일 것이기에.

29

죄책감에 대해서 .

　우리가 자기 자신의 양심을 스스로 모르는 척 속이는 행동을 할 때, 정확히 그때 우리는 죄책감과 함께하게 됩니다. 그러니까 이것이 잘못인 줄 속으로는 진정 알고 있으면서도, 겉으로는 그것이 잘못인 줄 모르는 척 다양한 합리화와 정당화를 만들어내고, 하여 그것 앞에서 내 마음 안의 온전한 양심을 끝내 스스로 저버린 채 그러한 식의 거짓된 행동을 비로소 하고, 정확히 그 지점에서 우리는 자기 자신이 그러기를 선택해 놓고서는 그 뒤에는 그래서는 안 되었는데, 하고 후회하며 스스로를 꾸짖는 식의 죄책감을 가지게 되는 것입니다.

　그래서 사실 죄책감은 죄책감 그 자체를 위한 자기기만적 오류와 다름이 없는 것입니다. 죄책감을 느끼게 될 만한 행동을 스스로 하고, 또 그러한 행동을 통해 자신을 사랑받아 마땅하지 못할 만큼의 못난 사람으로 스스로 만들어 놓고는, 그 뒤에는 오직 그랬던 자기 자신을 끝없이 학대하고 벌주는 식으로 우리는, 진실로 스스로 죄책감을 느끼기 위해서 그러한 식의 오류에 탐닉하고 있는 것이기 때문입니다. 애초에 하지 않았으면 될 행동을, 죄책감을 느끼기 위해서라도 자기 자신을 속인 채 하는, 그야말로 죄책감 그 자체를 위해 우리는 스스로 그 오류의 감옥에 갇히길 선택하고 있는 것이죠.

그래서 죄책감은 진실로 자신의 행복과 본질을 스스로 기만하는 식의 모순에서부터 기인한 무지입니다. 그리고 그 무지는, 우리가 '빛'과 '사랑'이라는 우리 자신의 근원을 스스로 망각하길 선택했다는 증거이기에 또한 우리를 자주 움츠러들게 만듭니다. 왜냐면 그때는 내가 빛에서부터 충분히 멀리 떨어져 있는 어둠을, 그것이 어둠인 줄 뻔히 알면서도 스스로 선택하기 위해 만들어 놓은 그 숱하게 많은 변명과 정당화에도 불구하고 나는 나 자신을 진정 떳떳한 사람이라고 전혀 확신할 수가 없을 것이기 때문입니다. 그러니까 우리는 누군가를 향한 증오와 원망, 혹은 나 자신의 사적인 이득을 위한 욕망으로부터 누군가를 이용하는 이기심, 그것이 무엇이든 그러한 내면의 어둠을 타당한 것으로 합리화하기 위해 끝없이 그것들을 정당화하고자 애쓰고는 있지만, 그럼에도 그것이 진실의 것이 아님을 우리는 또한 우리 자신의 마음속으로는 진정 알고 있기 때문에 그러한 것들이 결코 우리를 진정 자존감 있는 사람, 혹은 떳떳한 사람으로 만들어주지는 못하는 것이죠.

변명과 합리화, 정당화를 필요로 한다는 것 자체가 이미 그것들이 거짓임을 스스로 증명하고 있는 것과 다름이 없는 것입니다. 왜냐면 진실은 방어를 필요로 하는 법 없이 언제나 그 자체로 진실이기 때문입니다. 그러니까 우리가 진실로 나 자신의 어떠한 행동에 대해 깊은 속에서부터 겉에 이르기까지 모두 떳떳하다면, 우리는 그것에 대해 결단코 방어하지 않을 것입니다.

그래서 우리가 진실 자체에서 멀어진 것을 통하고 있을 때에만 우리는 방어하는 사람이 될 수 있는 것이고, 하여 그때의 우리는 우리의 어떠한 선택이 진실이 아니었음에 대해 오직 스스로 죄책감을 가질 수밖에 없는 것입니다. 그러니까 사적인 이득을 위해 허위 광고를 해서라도 돈을 번 사람은, 그래서 그 광고가 허위라는 사실을 사람들에게 결코 떳떳하게 밝히고 다니지는 못할 것입니다. 그래서 그 사람은 '돈'을 위해서라면 충분히 그럴 수도 있는 거라며 스스로에게 끝없이 합리화한 채 타인들에게 또한 먼저 방어적으로 굴게 되겠지만, 하지만 그럼에도 '돈'을 위해 그렇게 했다는 것에 대해서 여전히 마음속 깊숙한 곳에서는 당당할 수가 없을 것이고, 해서 그것이 그 사람 또한 그 행동이 거짓임을 스스로도 이미 알고 있다는 증명이 되는 것입니다.

그래서 그 사람은 밤마다 자신의 떳떳하지 않은 행동이 혹여나 걸리지는 않을까 불안해하며 움츠러들게 됩니다. 또한 자신이 잘못된 행동을 했다는 것을 스스로도 마음속 깊숙이는 알고 있기에 의식적, 혹은 무의식적 죄책감과 함께하게 되겠죠. 그것이 알면서도 모르는 척, 어둠의 것들을 스스로 선택하지 않을 수 있을 만큼 우리 자신이 먼저 온전한 사람이 되어야만, 우리가 진정 죄책감에서부터 구원을 얻을 수 있는 이유입니다. 왜냐면 진실로 우리는 무엇이 진실이고 거짓인지에 대해서 이미 너무나도 분명하게 알고 있기 때문입니다. 자신이 무엇을 변명하고 있고, 합리화하고 있고, 정당화하고 있는지만 살펴보더라도 우리는 우리가 일삼는 거짓이 무엇인지를 또한 그 즉시 알아차릴 수 있을 것입니다. 자신 또한 그것이 거짓임을 이미 알고 있기에 떳떳하지 못한 것이고, 해서 끝없이 그 거짓을 방어하고자 애쓰고 있는 것이기 때문입니다.

더하여 우리는 죄책감이 없으면 내가 나 자신의 부정성을 통제하지 못해 범죄자가 되고야 말 거야, 라는 생각에 사로잡힌 채 죄책감에게까지도 타당성을 부여하고자 애쓰곤 합니다(정말로 진퇴양난이 따로 없습니다!). 하지만 사실 부정성을 통제하는 것과 죄책감은 아무런 관련이 없습니다. 왜냐면 우리는 죄책감이라는 기제를 끝없이 사용하고 있음에도 불구하고 여전히 그러한 부정성을 우리의 마음 안에 지니고 있는 채이기 때문입니다. 밤에 음란물을 보고는 죄책감을 가지지만, 그 죄책감으로 스스로를 꾸짖는다고 해서 그것을 더 이상 하지 않게 되는 것은 아닌 것처럼 말입니다. 해서, 진실로 우리가 스스로의 마음 안에 있는 어둠 그 자체를 소멸시킬 수 있을 만큼의 빛을 지닌 온전한 사람이 되기 전까지, 우리는 여전히 어둠의 유혹 앞에서 자주, 그리고 쉽게 흔들릴 것이고, 하여 오직 취약한 채로 존재할 수밖에 없는 것입니다.

그래서 단 하나의 진실은, 그저 우리가 보다 성숙하고 온전한 사람이 되었을 때, 그때의 우리는 자연스럽게 죄책감을 가질 만한 행동을 하지 않게 된다는 것입니다. 진실로 우리로부터 하루를 마주하는 삶의 방향성과 균형, 그 태도를 진정 예쁘고 다정한 것으로 바로잡아주는 것은, 죄책감이 아니라 다름 아닌 우리 자신의 온전한 양심이기 때문입니다. 그러니까 내가 나의 잘못되고 그릇된 욕망을 내 마음 안에 전혀 품고 있지 않을 만큼의 온전한 사람이 되었을 때, 그때가 되어서야 비로소 우리는 과도한 욕망으로 인한 죄책감을 가질 필요도, 죄책감을 가지고 있음에도 불구하고 그것을 해소해야만 할 필요도 없게 되는 것입니다. 진실로 그때는 내가 나 자신의 온전한 양심을 스스로 어길 만한 행동을 전혀 하고 있지 않은 채일 것이기 때문입니다.

그러니까 내가 온전한 사람이라서 나 자신의 마음 안에 진실로 반듯하고 예쁜 생각만을 지니고 있는 채라면, 그렇다면 그때의 나에게 있어 죄스럽게 여길 무엇이 더 남아있을 수 있겠습니까. 내가 누군가를 향해 품은 진실한 다정함을, 그 사심 없는 진심을 내가 죄스럽게 여기겠습니까. 결코 그렇지 않을 것입니다. 그래서 우리는 내가 나 자신을 스스로 떳떳하다고 여길 수 있을 만큼의 온전한 사람이 아닐 때, 오직 그때만 자신에게 죄책감을 휘두르며 스스로 그런 사람이지 못한 자신을 꾸짖게 되는 것입니다. 그렇다면 온전하지 못한 자기 자신의 상태를, 또한 죄책감이라는 온전하지 못한 감정으로 극복하고자 하는 것은, 진실로 무지이자, 환상이자, 오류이자, 자기기만이 아니겠습니까. 또한 그러한 식의 결코 극복되지 않을 악순환 안에 자기 자신을 놓아둔 채 끝없는 불행을 스스로 선택하고 있는 것을, 죄책감 그 자체를 위한 행동이라고 하지 않는다면, 진실로 그것이 무엇을 위한 것일 수가 있겠습니까.

해서 진실로 분명한 것은, 우리의 마음이 진정 가고자 하는 길인 성숙과 우리가 반대 방향을 향해 나아가고자 할 때, 오직 그 순간에만 우리가 죄책감을 느끼게 된다는 것입니다. 그래서 그때는 우리가 그 죄책감을 느끼지 않기 위해 모르는 척 온갖 타당한 이유들로 그 행위를 무장하고자 애써도, 그럼에도 우리의 생각과 행동이 이미 온전하지 않은 것이었기에 그 모든 테두리 안에는 결국에는 죄책감이 있을 수밖에 없는 것입니다. 그렇다면 이제는 죄책감에 스스로 빠져들기를 선택하기보다, 죄책감으로부터 스스로 구원되기를 오직 선택해야 하는 것이 맞지 않겠습니까. 오직 나 자신에 대한 다정함으로, 그 진실한 사랑과 책임감으로써 기꺼이 그러길 선택해야 하는 것이 아니겠습니까.

그러니 이제는 빛이 있으십시오. 스스로 죄책감이라는 먹구름을 만들어 놓고는, 그 먹구름 때문에 내가 불행하다고 여기는 식의 오류에 더 이상은 탐닉하지 마십시오. 그저 당신의 마음 안에 빛이 있을 때, 당신은 오직 균형이 있을 것입니다. 온전할 것이며, 진정 자존감이 있을 것입니다. 그리고 그곳은, 죄책감이 결코 살아 생존하지 못할 만큼의 양지바른 환경일 것입니다. 그러니 당신의 마음 안에서 더 이상은 죄책감이 살아 생존하지 못하도록, 당신은 오직 빛을 품으십시오.

죄책감은 진실로 우리를 병들게 할 수 있을 뿐인 자기 파괴적인 감정에 불과한 것이기에, 우리에게는 우리 자신의 온전함과 진정한 본질인 사랑을 되찾고 회복함으로써 그 죄책감을 끝내 치유하고 극복할, 다름 아닌 나 자신을 위한 책임과 의무가 있을 뿐입니다. 그러니까 우리가 죄책감을 극복해야만 하는 유일한 이유는, 우리의 본질이 '사랑받아' 마땅한 사람이지, '벌 받아' 마땅한 사람인 것이 결코 아니기 때문입니다.

하지만 죄책감은 말 그대로 스스로를 벌주는 감정이며, 하여 그건 그 자체로 스스로를 벌 받아 마땅한 사람이라고 여기는 완전한 무지이자 오해에 지나지 않는 것입니다. 내가 잘못했으니, 나는 벌 받아 마땅해! 하는 식으로 생각하고, 나는 사랑받기에는 너무나도 잘못 살고 있고, 또 사랑받기에는 너무나도 부족하고 못난 사람이야! 하고 끝없이 되뇌는, 그런 식의 사고 형태 말입니다. 그러고는 그럼에도 사랑받을 만한 사람이 되기 위한 노력은 일절 하지 않는 것이죠. 그래서 그것이 무지라는 것입니다. 극복할 수 있는 방법이 뻔히 보이는데, 그 정답은 오직 보이지 않는 척 선택하지 않은 채 절대로 극복하지 못할 방법만을 스스로 선택하고 있으니까요.

진실로 벌 받아 마땅한 자신에게 벌을 줌으로써 그 죄의 무게를 덜고자 시도하기보다, 그저 사랑받아 마땅한 존재가 됨으로써 벌 받을 필요조차 없이 존재하는 게, 더욱 합리적이고 지혜로운 선택이 아니겠습니까. 그런데 왜, 사랑받아 마땅한 사람이 되고자 하는 마음의 노력은 전혀 하지 않으면서, 더 어렵고도 스스로를 아프게 하는 아픔과 불행만을 선택하고 있는 것입니까. 진실로 그것을 섬세하고도 정직하게 관찰해보면, 결국 내가 죄책감으로부터 미묘한 감정적인 보상을 느끼고 있는 채라는 것을 알 수 있을 것이며, 그래서 우리는 그 미묘한 감정적인 보상을 위해서 죄책감에 일종의 중독이 되어있는 상태에 놓여져 있다는 것을 또한 관찰할 수 있을 것입니다.

그게 아니라면, 지금 즉시 죄책감 대신에 사랑을 선택하면 되는 것입니다. 그러니까 그렇게 하고자 하는 데서부터 오는 그 모든 저항과 타당해 보이는 온갖 이유들 앞에서도 '기꺼이' 죄책감을 포기하고 사랑을 선택하겠다고 우리가 비로소 마음먹을 때, 오직 그때만이 우리가 우리 자신의 진정한 본질을 되찾을 수 있는 순간일 것이며, 하여 그로부터 진실한 행복에 이를 수 있게 될 텐데, 그렇다면 기꺼이, 그렇게 하시겠습니까.

아마도 당신은 여전히 저항할 것입니다. 왜냐면 아직은 스스로 선택한 그 불행 안에서 스스로 얻고 있는 그 미묘한 감정적인 즐거움을 포기하면서까지 성숙을 선택하기에, 당신의 때는 여전히 무르익지 않은 채일 것이기 때문입니다. 하지만 그럼에도 우리는 언제나 명심해야 합니다. 우리는 오직 성숙하기 위해 이곳에 태어났고, 행복을 찾기 위해 살아가고 있으며, 하여 그 목적 이외의 다른 목적에 관심을 둔 채 너무 오래 머무르기에 이 삶은 또한 너무나도 짧은 것이고, 해서 그건 너무나도 시간을 낭비하는 일인 동시에 무가치한 일이라는 것을요. 오직 성숙만을 목적으로 한 채 나아갈 때에도 우리가 진정한 행복에 닿게 될지, 그렇지 않을지, 우리는 그것에 대해서 진정 확신할 수가 없을 것인데, 그렇다면 그 외에 다른 것에 목적을 두고 살아가기에 이 삶은, 정말이지 너무나도 짧은 것이 아니겠습니까.

그래서 제가 그 시간을 절약시켜드리려고 합니다. 우선 여러분이 혹할 만한 이야기를 들고 와야겠군요. 그리고 제가 드릴 이야기는 당신이 만약 당신의 마음 안에 다량의 죄책감을 가지고 있다면, 그때의 당신은 자주 아프게 될 것이라는 이야기입니다. 스스로를 벌 받아 마땅한 사람으로 여기기에 더 자주 병에 걸리게 되는 것이죠. 왜냐면 죄는 지었고, 벌은 받아야겠는데, 그렇다면 내가 선택할 수 있을 만한 벌이라는 게 내 육체적인 아픔이 되는 것이 가장 곧장, 그리고 가장 정확하게 내가 벌을 받고 있다는 것을 스스로 인지할 수 있는 방식이기 때문입니다.

그래서 그때는 감기든 뭐든 걸려서 스스로 벌을 받게 됩니다. 그러니까 당신이 죄책감을 가슴에 품고 있을 때, 당신은 또한 신체적으로도 면역이 불균형해져서 자주 앓고, 자주 아프게 되는 것입니다. 그것이 무의식적인 것이든, 의식적인 것이든, 어쨌든 죄책감은 언제나 우리를 병들게 하는 것이기 때문입니다.

그러니 최대한 오래도록 아픔 없이 건강하게 살기 위해서라도, 죄책감 대신에 스스로를 오직 아끼고 소중히 여기는 사랑을 선택하십시오. 당신이 단 하나뿐인 소중한 존재로 지어진 것에는 다 이유가 있는 것이며, 만약 당신이 벌 받아 마땅한 사람이었다면 당신은 이곳에 태어나지도 않았을 것입니다. 만약 신이 당신을 미워한다면, 그 순간 그 즉시 당신이라는 존재는 증발될 수밖에 없는 노릇일 것이기 때문입니다. 해서 신의 전지전능함이 당신이라는 존재를 여전히 존재하게 내버려 두고 있는 것에는, 당신을 오직 사랑함으로써 당신의 성숙을 지켜보고 지지하고 있다는 것 이외에 진실로 다른 이유는 전혀 존재하지 않는 것입니다. 그래서 당신은 여전히 소중하고 사랑스러우며, 오직 그분께서 사랑만 하시는 그분의 아들이자 딸인 것입니다.

만약 당신이 벌 받아 마땅한 존재였다면, 사실 당신은 창조되지도 않았을 것이라는 게 제 생각입니다. 그러니 당신이 존재하게 된 그 순간, 이미 당신은 그 무엇보다 사랑받을 자격이 있는 사람인 것입니다. 그것을 믿으세요. 그것이 진실이라는 것에 제 모든 책임과 의무를 걸겠습니다. 하여 그것이 거짓이라면, 저는 신의 이름을 걸고 당신에게 거짓을 말한 그 모든 책임을 져야만 할 것이고, 만약 그것이 거짓이라면 저는 기꺼이 그것의 대가를 치르겠습니다.

사람들은 자신의 인간성을 신에게 투사한 채 신을 아주 인간적인 신으로 만들어 놓고는 그것을 그대로 믿어버리는 경향이 있습니다. 벌주는 신, 분노하는 신, 뭐 그런 식으로 말입니다. 하지만 우리가 상식이 있는 사람이라면, 적어도 인간도 성숙하게 되면 사람들을 벌주기보다 용서하기 위해 노력한다는 것을 잊지 않을 수 있을 것입니다. 그리고 인간도 더욱 높은 성숙의 차원에 이르게 되면 사실은 용서할 만한 세상 또한 자신의 오류였음을 깨닫게 되고, 하여 오직 있는 그대로의 아름다움만을 보게 될 뿐이라는 것과, 그로 인해 분노할 만한 세상은 태초부터 영원히 존재하지 않았다는 것을 깨닫게 된다는 것, 그것을 또한 관찰하고 간직할 수 있을 것입니다.

그러니 신에 대해 당신 자신의 나약함과 부정성을 투사하기보다, 최선의 상식으로 생각해보고자 노력해보십시오. 어쨌든 제가 느낀 신은, 진실로 그저 무한한 침묵이자 무한한 사랑 그 자체였습니다. 성령님을 통해 우리와 사랑으로 소통하시며, 우리를 오직 사랑으로 인도하시는 다정한 사랑 그 자체였던 것이죠. 그러니 벌주는 신이 있다는 것은 인간의 무지가 투사된 그야말로 인류의 역사상 가장 치명적이면서도 거대한 오류이자 환상에 불과한 것입니다.

신은 벌주지 않으며, 오직 사랑으로 모든 것에 공명정대하며, 또한 그 사랑에 대한 책임을 오직 다하고 계실 뿐입니다. 그조차 우리 인간은 결코 가슴에 담지도 못할 만큼의 거대한 사랑인 것입니다. 당신이 만약 죄인이라면, 그 죄인조차도 용서하시고 사랑하는 것이 신의 사랑인 것입니다. 사실 당신을 죄인으로 보고 있지도 않을 것이며, 또한 당신을 용서할 필요도 없이 당신을 미워한 적조차도 없는 것이 바로 신 그분의 사랑일 것입니다. 당신이 이곳에 존재하고 있음이 그 증거입니다. 그러니 그것을 믿으십시오.

벌주는 신, 분노하는 신, 부들부들 떠는 신, 그러한 신은 존재하지 않습니다. 그러니 당신이 죄책감을 가질 이유는 사실 태초부터 영원히 없는 것입니다. 당신이 무엇을 하든, 당신이 사랑스러운 사람이라는 것에는, 신께서 사랑만 하시고 오직 사랑으로 지켜보시고만 있을 뿐인 사랑 그 자체라는 것에는 정말이지 태초부터 영원히 변함이 없을 테니까요.

당신의 육체와, 당신의 마음과, 생각과, 그 모든 것들 뒤에 있는 당신의 진짜 존재는 언제나 사랑 그 자체이며, 그러니까 신은 오직 그곳만을 바라보고 계실 뿐이니까요.

당신이 신을 믿든 안 믿든, 그것은 당신의 자유이지만, 당신이 신을 믿는다면 신은 태초부터 영원히, 진실로 단 한 번도 빠짐없이 당신을 오직 사랑만 하고 계시고, 앞으로도 그럴 것이라는 것을 잊지 마세요. 당신도, 저도 감히 헤아릴 수 없을 만큼의 무한하고도 거대한 사랑으로 우리를 오직 바라보고만 계신다는 것을요. 그나마 우리가 우리 자신의 성숙을 완성한 만큼만 우리는 그 사랑을 미세하게나마 느낄 수 있을 뿐입니다. 그 미세하게나마 느껴지는 사랑 앞에서도 그저 벅차서 울 수밖에 없는 것이 그 거대한 사랑인 것입니다. 그것이 또한 테레사 수녀님께서 느끼는 신과 우리가 느끼는 신 그분의 사랑의 크기가 저마다 다를 수밖에 없는 이유이기도 합니다. 왜냐면 우리는 정확히 우리가 성숙한 만큼만, 그러니까 우리의 마음 안에서 그 사랑을 인정할 수 있을 만큼만 그 사랑을 느끼고 받을 수가 있는 것이기 때문입니다.

그래서 우리가 그러한 사랑을 받을 만한 마음의 예쁜 공간 자체가 거의 존재하지 않을 만큼 미성숙한 사람일 때, 그때의 우리는 우리 자신처럼 신을 미성숙한 존재로 만들어 놓고는 그대로 믿어버리는 식이 될 것이고, 하지만 우리가 성숙할수록, 우리의 상식 안에서 그러한 신은 진정한 신의 모습이 아니라는 생각이 또한 점차적으로 우세해지기 시작할 것이고, 하여 그때가 되면 당신은 무신론자가 될지도 모르는 일입니다. 왜냐면 많은 종교가 만들어 낸 신의 모습이 당신이 믿기에는 너무나도 미성숙한 신이기 때문입니다. 당신보다 미성숙한 신을 당신이 어떻게 믿을 수 있겠습니까. 그래서 그때에 이르러 당신은 신 자체를 부정하게 될지도 모릅니다.

하지만 신께서는 분명히 존재하시며, 그러한 신의 모습을 왜곡하고 자신들의 구미에 맞게 조정한 몇몇 종교가 믿는 신이 존재하지 않는 환상 속의 신이라는 것이 맞는 결론일 것입니다. 어쨌든 당신이 신을 믿고 안 믿고는 당신의 자유이지만, 신을 믿고 안 믿고의 차이는 당신이 자유로이 그것을 선택하기에는 너무나도 거대한 차이를 만들어내는 것이 될 것입니다. 그건 정말로, 거대한 차이일 것입니다.

그것이 어찌 되었든, 어쨌든 죄책감은 가질 필요가 없는 것입니다. 왜냐면 죄책감은 오직 당신이 만들어낸 환상에 불과한 것이기 때문입니다. 이건 잘못이고, 그래서 벌 받아 마땅해, 라는 개념이 바로 죄책감인 것인데, 사실 그러한 개념 자체가 높은 성숙의 수준에서는 흐려지고 모호해지기 시작하기 때문입니다.

안타깝게도, 그래서 신을 믿는 사람들이 그렇지 않은 사람보다 더욱 죄책감에 시달리는 경향이 많이 있습니다. 왜냐면 신을 믿지만, 벌주는 신을 믿고 있기 때문입니다. 그리고 그건, 이건 신이 봤을 때 벌 받아 마땅한 행동이다, 와 같은 이야기들을 너무나도 많이 들어왔고, 또한 그것을 단 한 번의 상식적인 의심 없이 그대로 믿어버린 결과입니다. 그래서 종교를 가진 사람들이 오히려 역설적으로 심각한 자기혐오에 시달리는 경우가 많이 있습니다. 신이 싫어할 만한 행동만을 자신이 골라서 하고 있다고 느끼기 때문입니다. 그래서 집단적으로 죄책감에 시달리며 집단적으로 병에 걸리는 경우도 많이 있습니다.

그러한 죄책감이 심해지면, 섹스를 하는 것도 죄책감이 드는 일이 되고, 돈을 많이 버는 것도 죄책감이 드는 일이 되고, 화를 내는 것도 죄책감이 드는 일이 되고, 그냥 이 세상의 모든 것이 불경하기 때문에 죄책감을 가질 만한 일이 되어버리고야 맙니다. 그래서 끝내 이 머저리 같은 내가 존재하는 것조차도 죄책감이 드는 일이 되어버리고야 마는 것이죠. 그러니까 존재함 자체가 죄책감을 가질 만한 일이 되어버리는 지

경에 이르는 것입니다. 그래서 그런 사람의 마음 안에서는 이제 '사랑'
이란 걸 도저히 찾아볼 수가 없게 됩니다.

제 생각에는 그래서 예수님께서는 아이들에게 배우라고 하신 것 같
습니다. 아이들에게는 그러한 개념 자체가 없는 순수함이 있기 때문입
니다. 그러니까 아이들에게는 섹스가 벌 받을 만한 것이고, 잘 차려진
음식을 먹는 것이 벌 받을 만한 것이고, 그러한 개념 자체가 없는 것이
죠. 하지만 경건한 인간이 되기 위해 노력하는 사람들에게는 그러한 개
념이 너무나도 많이 있는 것입니다. 그래서 예배 시간에 아이가 웃으
며 뛰어놀면, 경건한 목사는 그 아이를 꾸짖게 되는 것입니다. 어디 감
히! 하면서 말입니다. 그리고 그 눈빛과 말에는 사랑이 아닌 분노가 담
겨있을 텐데, 그렇다면 그것이 어떻게 해서 진실과 정렬된 태도라고 할
수가 있겠습니까. 만약 예수님께서 그 순간에 있었다면, 예수님께서는
아이가 아니라 오히려 목사에게 뭐라고 했을지도 모르는 일입니다. 아
이를 혼낼 것이 아니라. 그 아이의 순수함에 배우라고 말씀하시면서 말
입니다.

어쨌든 그러한 틀, 형식, 믿음 체계와 같은 것들이 우리로 하여금 너
무나도 많은 죄책감과 함께하도록 만들고 있는 것입니다. 역설적으로
사람을 미워하게 만들기도 하면서 말이죠. 그러니까 미워하지 말고 사
랑하라는 틀은 이토록이나 지키지 않으면서, 지킬 필요조차 없는 아무
짝에도 쓸모없는 틀들은 그토록이나 열심히 지키는 식으로 우리는 미
움에 타당성을 부여하곤 하는 것입니다.

그래서 안식일 날 사람을 치유하시는 예수님의 모습이 너무나도 무
례하게 비쳤던 것입니다. 제 생각에 21세기에는 예수님께서 일요일에
교회에 가지 않고 사람들의 몸과 마음을 치유하고 계신다면, 사실 그건
너무나도 무례한 일로 여겨지고야 말 것입니다. 만약 예수님께서 전혀

다른 모습으로 재림을 한다면, 그때의 예수님을 가장 힘들게 할 사람들이 바로 지금의 종교인들이 될지도 모르는 것이죠. 어쨌든 너무나도 많은 잘못된 것들을 만들어 놓고는 그대로 믿고, 그것을 통해 자신의 그 미성숙함을 합리화하고, 그런 것들을 하나의 '진실'인 양 사람들에게 이야기하고, 또한 그것을 듣는 사람들은 그것에 세뇌가 되어서 이제는 올바른 상식조차 행사하지 못하게 되고, 그런 식이 되어버린 것입니다.

그리고 제 생각에 그것은 엄청난 책임입니다. 그것이 가장 큰 책임이 있는 행동일 것입니다. 그래서 종교를 이끌어가는 사람은 그 누구보다 성숙한 사람일 필요가 있는 것입니다. 그렇게 존재할 책임이 있습니다. 어쨌든 너무나도 많은 죄책감을 자신의 마음속에 지니고 있을 만큼의 미성숙한 사람이 한 종교 단체를 이끌어가고 있는 리더 역할을 맡고 있다면, 그는 그 죄책감을 자신의 신도들에게 또한 전파하게 될 것입니다. 그리고 자신의 부족한 인간성에서 나오는 '진실'의 발끝에도 이르지 못할 말들을 진실인 양 말하며 사람들의 성숙을 향한 길 자체를 오래도록 틀어막게 될 것입니다. 그리고 그건, 어쨌든 막중한 책임이 있는 일일 것입니다. 오래도록 갚아야 할 책임이 되는 일일 것입니다.

어쨌든 만약 당신에게 종교가 있다면, 당신은 상식적으로 생각할 줄 알아야만 할 것입니다. 왜냐면 그러한 오류와 세뇌 앞에서 당신이 순수하면서도 동시에 상식적이지 못할 때, 당신은 오래도록 먼 길을 돌아가게 될 것이기 때문입니다. 해서 그것에서부터 당신은 스스로를 지켜내야만 하는 책임이 있는 것입니다. 그러니 모든 종교 단체에 성숙하고도 온전한 리더들만 있는 것은 아니라는 것을 잊지 마세요. 결국 중요한 것은 한 사람의 수준이고, 하여 그 사람의 수준이 마침내 높은 성숙에 이르게 되었을 때, 그때야 비로소 그 개인은 모든 사람의 성숙과, 사랑과, 평화만을 진실로 지지하고 안내하는 참된 리더로서 존재하게 될 것입니다. 어쨌든 그 종교라서 무조건 옳은 게 아니라, 그 종교에 있는 어떤 사람은 옳을 수도 있고, 또 어떤 사람은 그를 수도 있는 것입니다. 그 종교에 없는 어떤 사람도 옳을 수도 있고, 그를 수도 있는 것입니다. 그것을 명심하세요.

어떤 경로를 통해서든 당신이 만약 죄책감과 함께하고 있다면, 어쨌든 당신은 자주, 그리고 많이 아플 수밖에 없는 것입니다. '사랑'이라는 위대함이 아니라 '죄책감'이라는 나약함과 나 자신을 동일시한 결과로써 말입니다. 그래서 그때는 나약함의 상징인 질병과 함께하게 될 수밖에 없는 노릇인 것입니다. 하지만 그럼에도 여전히 당신은 죄책감을 기꺼이 포기하지 못할지도 모르겠습니다. 그래서 한 가지 더 당신이 혹할 만한 이야기를 해보고자 합니다.

사람들은 때로 자신의 사적인 이득을 위해 죄책감을 가질만한 일을 오히려 골라서 하는 경우가 많이 있습니다. 그러고는 자신이 온전하고도 양심적인 사람이 될 때, 그때는 내가 가난해지고 말 거야, 라는 생각으로 그러한 자신의 행위 자체를 합리화하고 정당화하곤 하죠. 하지만 제 생각에는 온전한 양심을 가진 사람이, 죄책감을 가질만한 일을 스스로 선택해서 하는 사람보다 경제적으로도 훨씬 더 부유할 수밖에 없을 것 같습니다. 그러니까 당신이 죄책감을 가질 필요가 전혀 없을 만큼 충분히 온전해도, 당신은 성공할 수 있고, 또한 부자가 될 수도 있는 것입니다. 제 생각에 죄책감이 있을 때의 당신이 어느 정도 성공했다면, 죄책감이 없을 때의 당신은 그보다는 훨씬 더 성공하게 될 것입니다.

아직은 알쏭달쏭하다면, 제가 한 가지 이야기를 해드리겠습니다. 저희 어머니께서는 제가 어릴 때 보험 회사에서 잠깐 일을 하신 적이 있습니다. 그러니까 어머니께서 보험 회사에 다니실 때, 아마도 그때가 1990년도 초였을 것입니다. 그때 어머니께서는 보험 회사에서 2년 정도 일을 했었습니다. 그리고 그때 당시에 어머니의 한 달 월급이 500만

원 정도였습니다. 일을 시작한 지 몇 개월이 채 안 되어 어머니께서는 그 월급을 받으셨고, 그때와 지금의 경제적인 차이와 남녀의 평등 조건에 대한 문화적인 차이를 감안하였을 때, 그건 정말로 엄청난 수입이었다고 할 수 있을 것입니다. 그때의 어머니께서는 고작 20대였는데 말이죠. 그렇다면 어머니께서는 그 짧은 시간 안에 어떻게 그렇게 많은 월급을 받게 되셨을까요.

그건 생각보다 아주 간단한 원칙을 무조건적으로 지킨 결과였습니다. 고객이 왔을 때, 실제적으로 정말 필요한 것만을 추천해주는 것, 그것이 어머니께서 철저하게 지킨 자신만의 원칙이었고, 그리고 그건 사실 어머니께서 온전한 사람이었기 때문에 그렇게 하실 수밖에 없어서 그렇게 한 것이었죠. 그래서 많은 보험을 들고 싶다며 고객이 찾아와도, 어머니께서는 언제나 필요한 것만을 추천해줬습니다. 만약 어머니께서 돈에 대한 욕망, 그 사적인 이득을 위해 자신의 온전함을 스스로 저버릴 수 있을 만큼의 미성숙한 사람이었다면, 어머니께서는 아마도 그렇게까지 무조건적이지는 못했을 것입니다.

하지만 죄책감을 가질 만한 일을 굳이 스스로 하면서까지 많은 돈을 벌어서 뭐 하겠냐, 하는 것이 그때 당시의 어머니의 당연한 생각이었고, 해서 어머니께서는 권할 것만 권하고, 고객이 들고 싶다고 말하는 것도 그것이 그 고객에게 실제적으로 필요한 것이라는 생각이 들지 않는다면 그것을 거절하셨습니다. 그렇게까지 들면 그건 낭비예요! 하면서 말이죠. 그리고 어떤 고객에게는, 당신은 추가적으로 가입할 만한 보험이 없네요, 이미 충분합니다, 라고 말하고는 그 고객을 그냥 돌려보내시기도 하셨습니다.

그리고 사실 그건 사람들에게 다름 아닌 '신뢰'를 심어주는 방식이었습니다. 아, 이 사람은 나를 그저 '돈벌이 수단'으로 생각하는 것이 아니라 정말로 나를 위해서 나에게 필요한 것만을 권해주는 사람이구나, 하고 생각하게 만드는 행동이었던 것이죠. 그리고 그것이 실제적으로 사람의 마음을 열게 해주는 가장 즉각적이면서도 유일한 열쇠인 것입니다.

하지만 우리는 살아오면서, 사실상 그 너무나도 당연한 것들을 실제로 경험해 본 적은 별로 없는 것입니다. 이것도 들면 좋아요, 저것도 들면 좋아요, 하는 식으로 뭐든 자신의 이익을 위해서 여러분을 이용한다는 느낌을 갖게 만드는 사람을 여러분은 더 자주 마주해왔던 것이죠. 가입을 권유하고, 그 사람의 번호를 마침내 차단해야겠다고 여러분이 끝내 마음먹기 전까지 끈질기게 여러분에게 가입을 강요하는 그런 사람들 말입니다. 여러분에게 스스로 생각하고 그것에 대해 충분히 심사숙고해볼 만한 그런 시간조차 허락하지 않는 그런 식의 조급한 사람들 말입니다.

그래서 여러분은 언제나 가슴속에 의심을 한가득 품은 채 그 사람을 대해야만 했을 것입니다. 안 그러면 호되게 당하고야 말 테니까요. 또한 가입에 대한 무언의 강요에 의해 언제나 압박감과 함께했을 테고, 그래서 그 사람을 생각만 해도 여러분은 스트레스를 잔뜩 받은 채였을 것입니다.

어쨌든 어머니의 그러한 행동들은 어머니에게는 사실 너무나도 당연한 것이었습니다. 그 당연한 온전함이, 어머니로 하여금 죄책감과 함께 일하지 않도록 어머니를 지켜주면서도 동시에 많은 사람들에게 신뢰를 심어주었고, 그렇게 그들이 어머니의 진실한 고객이 되도록 끌어당긴 것이었죠(욕망은 강요하며 압박감을 심어주는 방식이지만, 온전함은 자연스럽게 사람들을 끌어당기는 그 어떠한 부작용도 없는 오직 유일한 진실의 방식입니다).

실제로 어머니께서는 영업을 하러 회사 바깥으로 나가신 적도 딱히 없으셨습니다. 그저 회사 안에서, 늘 그렇게 전화로 상담을 하거나, 방문한 고객을 상담하거나, 찾아오는 사람에게만 그렇게 했을 뿐인데, 다른 모든 사람들이 열심히 발품을 팔아서 일하는 그것보다 어머니께서는 훨씬 더 성공적이었던 것이죠. 그리고 그건 사실 너무나도 당연한 결과였습니다. 왜냐면 어머니의 주변에는 경쟁자가 없었으니까요. 단 한 사람, 오직 어머니만이 고객에게 진실하며 온전한데, 그렇다면 고객이 누구를 찾아오게 되겠습니까. 다른 모든 사람들은 순간의 욕망에 눈이 멀어서 그 당연한 것을 그 순간에 즉시 잊어버렸고, 그래서 어머니께서는 다른 모든 보험 회사 직원들이 고객들에게 주지 못한 것을 주는 것에 성공한 것입니다. 바로 진실함으로부터의 '신뢰' 말입니다.

그렇게 어머니에게 가슴을 열게 된 고객은 자신의 주변에 있는 다른 사람들에게까지 어머니를 추천하기 시작했고, 그 주변 사람들 또한 마찬가지로 자신의 주변에 있는 다른 사람들에게도 어머니를 추천하기 시작했습니다. 해서, 어머니께서는 누구보다 수월하게 일하면서도 달에 500만 원이라는 돈을 벌게 되었던 것입니다. 그렇다면 쫓아가지 않고, 사람들이 쫓아오게 한 그 '간절함'을 만든 것이 무엇이었겠습니까. 그것은 바로 진실함, 온전함, 그리고 그것에서부터의 '신뢰'였습니다. 그것에는 진실로 경쟁자가 별로 없습니다. 그러니 제 책을 더 많은 사람들이 읽기 전에 하루빨리 그것을 실천하십시오. 경쟁자가 더 많아지기 전에 말이죠.

어쨌든 그러고 나서 어머니께서 한 선택은 퇴사였습니다. 보험 회사에서는 그것을 뜯어말렸다고 합니다. 출근을 하지 않아도 월급은 똑같이 줄 테니, 그렇게 어머니의 이름만이라도 계속해서 사용할 수는 없겠냐며 졸랐다고 합니다. 왜냐면 고객이 원하는 건, 다른 누구의 보험 상품과 추천도 아니라 바로 어머니의 진실함이었기 때문입니다. 하지만 어머니께서는 회사를 다니지도 않는데 돈을 받는 건 좀 그렇다며 역시 '진실하게' 거절하셨죠.

그리고 그렇게나 많은 돈을 벌고 계셨음에도, 또한 앞으로도 돈을 계속해서 벌 수 있었음에도, 그럼에도 어머니께서 일을 완전하게 그만 두게 되신 이유는 오직 하나였습니다. 바로, 제가 엄마가 보고 싶다며 자주 울었기 때문입니다. 엄마 어디 있어, 어디 갔어, 하면서 늘 어머니를 찾았던 것이죠. 그렇게, 아침마다 어머니께서 출근할 때면 저는 어머니의 손가락을 붙잡고 울기 시작했던 것입니다. 어디 가, 가지 마, 엉엉 하면서 말이죠. 그게 눈에 밟혀서 더 이상은 일을 할 수가 없었다고 합니다. 제가 만약 그때 조금만 더 일찍 철이 들었었더라면, 저는 우는 것을 참았을지도 모르겠습니다. 하지만 그러기에는 제가 너무나도 순수한 아기였던 것이죠.

어쨌든 제 생각엔 그래서 올바른 양심, 그러니까 온전함이 죄책감을 가져가면서까지 남과 자기 자신을 속이는 사적인 이득의 추구보다 우리를 경제적으로도 훨씬 더 풍요로워지게 만들어주는 태도라고 생각합니다. 정말 그렇지 않습니까? 그 뒤로도 어머니께서는 어떤 일을 해도 그때와 같은 원리로 인해 성공하셨습니다. 그리고 어머니께서는 지금도 여전히 일을 하십니다. 하루를 성실하게 보내고 싶다는 것이 경제적으로 충분히 넉넉함에도 일을 하는 모든 이유인 것이죠. 달동네에서 휴지를 들고 한참을 줄을 선 채로 기다려야만 아침마다 화장실에 갈 수 있었던 그 가난한 시절부터 어머니를 지금의 이 성공까지 오게 한 것, 그러니까 그것은 바로 진실함을 바탕으로 한 온전함이었던 것입니다.

간단하게 생각해서, 여러분이라면 여러분이 어떠한 업체에 무엇인가를 맡겨야 할 때, 어떤 사람에게 그것을 맡기겠습니까. 그리고 여러분이 맡긴다면, 다른 사람들도 그 사람에게 맡길 것이고, 그렇다면 그 사람이 가장 성공하게 될 것이라는 건 너무나도 자명한 것이 아니겠습니까. 그렇다면 여러분이 맡기겠다고 마음먹게 될 그 사람은, 그 업체는 온전합니까. 아니면 전혀 온전하지 않습니까. 여러분도 사실 이미 그 답을 알고 있고, 그 답을 내면에 소유하고 있을 것입니다.

일단 저라면, 온전하지 않은 업체에는 저의 무엇인가를 절대로 맡기지 않을 것입니다. 그들은 저를 재정적으로 거덜 나게 만드는 한이 있더라도, 그들 자신만 잘 되면 된다고 생각할 것이 분명하기 때문입니다. 그래서 제가 나중에 그것이 억울해서 그들을 찾아가면, 그들의 뻔뻔함에 저는 도리어 며칠 동안 잠을 자지 못하게 될 것입니다. 그래서 그들은 장기적으로 신뢰를 잃고, 고객을 잃고, 그렇게 일시적인 성공에 만족해야만 할 것입니다. 왜냐면 저와 여러분은 저희를 이용하고, 저희에게 상처를 준 곳은 다시는 찾아가지 않을 것이기 때문입니다. 찾아가지 않는 것에만 그치지 않고, 우리 주변의 친구들에게도 말하겠죠. 야, 이런 일이 있었어, 거긴 진짜 별로야, 조심해, 하고 말이죠. 그러면 저희의 친구들도 그곳에는 절대로 가지 않게 될 것이고, 친구의 친구들도 그렇게 될 것이고, 해서 신뢰를 저버린 곳이 실패할 것이라는 건 이미 정해진 사실인 것입니다. 실패는 이미 정해진 것이고, 그것이 실현되는 데까지의 시간만이 이제는 남아있는 것에 불과한 것이죠.

저에게 어떤 출판사에 원고 투고를 해야 할지 작가 지망생들이 물을 때, 어떤 곳을 하든 일단 그곳은 절대로 하지 말라고 제가 말하게 되는 곳이 몇 군데 있고, 어쨌든 그런 식인 것입니다. 그리고 저는 다시는 그곳과 계약을 하지 않을 것이고, 그들은 장기적으로 저를 놓친 손실을 감수해야만 하는 것이죠. 나중에는 눈물을 흘리며 후회를 하고 있을지도 모르겠습니다. 어쩌면 지금도 그러고 있을지도 모르는 일이죠.

확실한 건, 그들은 결코 오래가지 못한다는 것입니다. 그리고 만약 그들이 운 좋게 오래가더라도, 그들은 여전히 불행한 사람이라는 것입니다. 그러니 당신은 오직 온전하고도 진실하십시오. 그것과 함께할 때라야 더욱 위대하고도 큰 성취를 해낼 수 있게 되는 것입니다. 그러니 죄책감을 가져야만 하는 일을, 그럼에도 오직 사적인 이득을 위해 추구하지는 마십시오. 그건 나와 타인들 모두를 아프게 하는 일이 될 뿐이니까요. 성공을 보장해주지도 못하는 것 주제에 감수해야 할 것들은 또 너무나도 많은 것이 바로 온전하지 않음의 방식인 것입니다.

그러니 그저 온전하십시오. 무엇보다 당신이 온전하지 못해 여전히 다량의 죄책감과 함께하고 있다면, 당신은 돈이 많아도 죄책감을 가지고, 돈이 없어도 죄책감을 가지고, 그냥 이 세상의 모든 것들에 당신 자신의 죄책감을 투영한 채 살아가게 될 것입니다. 왜냐면 그때의 당신은 그저 돈이라는 이 종이 쪼가리 자체에도 죄책감을 가질 만한 무의식적인 연결 고리를 가지고 있는 채일 것이기 때문입니다. 그리고 돈뿐만이 아니라 사람들은, 그것이 무엇이든 이런 식의 죄책감 연결 고리를 가지고 있는 경향이 있는 것 같습니다. 섹스를 하면서도 죄책감을 가지고, 밥을 먹으면서도 죄책감을 가지고, 휴식을 취하면서도 죄책감을 가지고, 그런 식으로 말이죠.
사실, 온전한 사람에게 있어 성관계는 사랑의 완성이자, 사랑의 예쁜 표현에 불과한 것입니다. 하지만 섹스를 하는 순간, 스스로가 불경한 사람이 된 것 같은 느낌을 받는 사람들이 실제로 많이 있습니다. 죄책감을 가질 만한 성관계가 아니라, 자신이 정말로 사랑하는 사람과 하는 성관계 안에서도 말이죠.
저는 사실 하룻밤만을 함께하는 관계도, 때에 따라서는 사랑의 완성이 될 수도 있다고 생각하는 편입니다. 서로가 서로의 완성이 되어주고, 서로가 온전하며, 서로가 그 순간 서로에게 진실로 다정하며, 그렇게 서로가 서로를 충분히 배려하고 존중하고 있는 채라면, 그것은 진실로 예쁘고 다정한 사랑의 한 표현이 될 수도 있는 것입니다. 아주 높은 수준의 사랑까지는 아니더라도, 최소 온전할 수는 있는 것입니다. 하지만 서로는 관계에 묶이기보다 자유를 더욱 좋아하는 '성향'을 지닌 서로이기에 서로에게 얽매이지 않는 것을 선택하는 것이죠.

그리고 저는 그것은 충분히 아름답고도 온전한 것이라고 생각합니다. 서로가 서로를 통해 위로받고, 치유받고, 그렇게 다른 서로를 이해하고자 노력하는 과정 안에서 더욱 성숙하고, 그런 식으로 서로를 나누고 공유하는 일 말입니다. 실제로 성적으로 보다 열린 사고를 가지고 있는 나라에서는 그것에 대해 죄책감을 전혀 가지지 않습니다. 왜냐면 그건 건강한 것이기 때문입니다. 그렇다면 그것이 건강하지 않은 불경한 행동이라고 우리에게 느끼도록 강요하는 것은 무엇일까요. 우리는 무엇으로 인해 그렇게 생각하도록 세뇌된 것일까요.

어쨌든 제 생각에는 오늘부터 우리 정식적으로 연애하자, 그러니까 오늘부터 1일이야, 우리! 하는 식으로 서로가 합의하고 난 뒤에 함께하는 관계라고 해서 다 온전한 것만은 아니라고 확신합니다. 그 안에도 무수히 많은 부정성과 오직 이기적인 목적이 있을 수 있는 것이고, 그렇다면 그저 정말로 사귀는 관계라고 서로 말하고 인정했다고 해서 그것이 무조건적으로 온전하다고 말할 수는 없는 것이기 때문입니다.

그래서 그러한 온전함을 결정하는 가장 상식적인 기준은 어떠한 행위의 결과가 아니라, 그 과정에 담긴 의도가 되어야 하는 것입니다. 돈을 많이 버는 것은 사실 위대한 일입니다. 그것을 통해 사람들에게 영감을 주고, 사람들에게 희망을 주고, 사람들을 또한 고취시켜줄 수 있으니까요. 그래서 저는 모두가 성공할 수 있다면 성공할 필요가 있다고 생각합니다. 어쨌든 같은 성공이라는 결과를 가졌더라도, 그 성공을 이루어내는 과정에 있어서의 '의도'가 어떤지에 따라서 그 성공의 온전함이 결정되는 것이지, 어떤 성공이든 성공 자체가 불경하다는 건 정말로 상식적이지 않은 기준인 것입니다. 그건 그저 성공하지 않은 자신의 상태에 대한 열등감으로써 타인의 성공을 깎아내리는 것이 될 뿐인 것이죠. 그래서 저는 그것보다는 성공을 소유할 필요가 있다고 생각하고, 그것이 더욱 건강한 것이라고 생각합니다. 단, 그 성공이 정말로 진실하고도 온전한 성공인 경우에 말이죠.

누군가를 최대한 많이 속인 결과로 이루어낸 성공은 온전하지 않은 성공일 것입니다. 사실 그건 성공이 아니라, 그저 돈을 많이 번 상태에 불과한 것이라 할 수 있겠죠. 하지만 그와는 반대로 자신이 마주한 하루하루들에 대해서 최선을 다해 충실함으로써 타인들에게 행복을 전해주는, 그래서 그 과정 안에는 죄책감을 가질 만한 요소가 전혀 포함되지 않은, 그런 과정으로써의 성공은 진실로 위대하고도 온전한 성공이라 할 수 있을 것입니다. 그리고 그러한 성공의 방식이야말로 '돈'의 여부를 넘어선 진정한 성공일 것입니다.

그래서 그것이 무엇이든 중요한 것은, 결과 자체가 아니라 그 과정에 담긴 의도입니다. 그러니까 누군가와 성관계를 가졌다는 그 행위 자체가 온전하고 온전하지 않을 수 있는 게 아니라, 그 성관계를 가지고자 했던 내 의도가 어떠했냐에 따라서 온전함과 온전하지 않음이 결정되는 것입니다. 그러니 모든 것에 온전한 의도를 품으십시오. 하여 당신이 끝내 온전할 때, 당신은 서서히 당신 마음속 모든 죄책감으로부터 벗어나 진정 자유로운 존재가 될 것입니다.

그러니 돈을 사랑하고, 성관계를 사랑하십시오. 그것 자체는 아름답고 건강한 것입니다. 그것에 우리가 투영하고 있는 우리 자신의 죄책감과 왜소한 시선이 그것을 건강하지 않은 것으로 만들고 있는 것일 뿐입니다. 그러니 이제는 더 이상 이 세상에 당신 자신의 죄책감을 투영하지 마십시오. 다만, 무엇인가를 추구하고자 하는 당신의 의도가 죄책감을 가질만한 것인지 아닌지, 그러니까 충분히 온전한지 아닌지, 그것만을 스스로 살피고 점검하며 나아갈 필요가 있을 뿐입니다.

그러니까 늘 하던 일을 그대로 하십시오. 하지만 그것을 온전하고도 진실하게 사랑함으로써 그것을 누리는 사람이 되십시오. 당신이 경제적으로 더욱 풍족할 때, 당신의 하루는 그와 더불어 더욱 편해질 것입니다. 더욱 많은 의료 혜택을 누릴 수 있게 되고, 더욱 건강한 식단을 꾸릴 수 있게 되고, 더욱 많은 취미를 가질 수 있게 될 것이며, 또한 더욱 많은 사람들을 도울 수 있게 될 것입니다. 그렇다면 그것에 있어 당신이 죄책감을 가져야 할 만한 지점이 도대체 어디에 있습니까.

당신이 당신의 성공을 진정 소유한 사람이 될 때, 당신은 그저 많은 것을 누리게 될 뿐입니다. 그것을 통해 누군가에게 자신을 증명하고자 하거나, 그것을 통해 자신의 그릇된 욕망을 해소하거나, 그러한 낮은 자존감에서 비롯된 오류가 당신의 마음 안에 이제는 더 이상 존재하고 있지 않을 것이기 때문입니다. 건강한 식단, 푸른 정원이 있는 넓은 집, 나를 더욱 건강하고 행복하게 만들어주는 취미, 그것이 무엇이든 그것은 그 자체로 건전하고 건강한 것입니다. 그렇지 않습니까? 그러니 그저 누리십시오.

저는 그러한 집에서 살고 싶습니다. 그러니까 강아지를 키우고, 강아지가 정원에서 마음껏 뛰어놀 수 있는 그런 집을 소유하고 싶습니다. 그리고 제가 만약 결혼을 하게 된다면, 저는 제 아이가 층간 소음에 대해 걱정할 필요 없이 마음껏 뛰어놀며 활기차게 자랄 수 있었으면 좋겠습니다. 많은 사람들이 제가 인테리어한 집을 보고 예쁘다고 칭찬을 해줬으면 좋겠습니다. 그리고 정원에서 함께 바베큐 파티를 하며 오붓하게, 다정한 시간을 보낼 수 있었으면 좋겠습니다. 저는 제가 좋아하는, 제 내면에 있는 아름다움에 대한 감수성을 반영하는 옷을 충분히 입을 것이고, 그렇게 저를 꾸밀 것입니다. 어쨌든 저는 공과금을 걱정하지 않아도 될 만큼 풍족하게 살고 싶을 것 같습니다. 사랑하는 아내와 밤에는 제법 야한 시간을 자주 보내게 될지도 모르겠습니다. 그리고 사실, 저의 이런 생각에 제가 죄책감을 가질 만한 부분이 과연 어디에 있을지 저는 잘 모르겠습니다. 우리는 모두가 이럴 수 있다면 이럴 것입니다.

그러니 성취하고, 그것을 통해 누리십시오. 당신의 성취가 진실함으로 인한 성취였다면, 다른 모든 사람들 또한 당신의 성취를 존경할 것입니다. 그것에서 감명을 받을 것입니다. 하지만 당신이 아무리 부자여도 당신이 온전하지 않은 과정과 함께하고 있다면, 사람들은 당신을 질투하고 부러워할 수는 있어도 당신을 결단코 존경하지는 않을 것입니다. 그게 다입니다. 그러니 존경받을 만한 성공을 하고, 그 성공으로 타인의 성공에 또한 희망을 전해주십시오. 그곳에 죄책감을 가져야 할 만한 요소는 진실로 단 하나도 없을 것입니다.

당신이 진정 성숙한 사람이라면 당신은 그것을 그저 누릴 것입니다. 그것을 누리는 것에 대해 남의 눈치를 보거나, 그것을 누리는 것을 과시하고 우쭐대거나 하지 않고, 그저 자신을 사랑하는 마음으로 건강하게 그 모든 것들을 누릴 것입니다. 그러니 매사에 자존감을 기를 필요가 있겠습니다. 왜냐면 당신이 자존감이 낮을 때, 그때의 당신은 무엇을 해도 결코 누리지 못할 테니까요. 그때는 그것이 무엇이든, 당신에게는 그 모든 것이 죄책감이나 열등감, 혹은 우쭐함을 가지게 만드는 하나의 매개체가 되어버릴지도 모릅니다. 그러니 최선을 다해 당신에게 주어진 매 삶을 통해 온전함을 기르며 나아가십시오. 그러니까 당신 앞에 주어진 모든 일들을, 당신의 온전함을 실현할 계기이자 기회로 삼으십시오. 그렇게 온전한 자존감과 언제나 함께하십시오.

당신은 사랑받아 마땅한 사람인데, 자꾸만 당신에게 당신은 벌 받아 마땅한 사람이라고 말하게 하는 당신의 행동이 있는 지점은 어디입니까. 그것을 정확히 찾아내고, 그곳에서부터 시작하십시오. 어쨌든 그것 자체가 온전하지 않은 것이 아니라, 그것에 품은 당신의 의도가 온전하지 않기 때문에 당신이 죄책감을 가지게 되는 것입니다. 그러니 당신의 의도를 점검하십시오.

당신이 섹스를 하든, 돈을 벌든, 컴퓨터 게임을 하고 놀든, TV를 보든, 그것이 무엇이든 당신이 그 안에서 온전함과 함께하고 있다면, 당신은 죄책감을 가지지 않을 것입니다. 그러니까 만약 당신이 매일 밤 음란물을 보고 성욕을 해소한다면, 당신은 죄책감을 가져야만 할 것입니다. 왜냐면 그 음란물은 당신에게 충분히 죄책감을 가지게 할 만큼의 자극적이고도 온전하지 않은 영상일 것이기 때문입니다. 그리고 당신이 만약 그것에 중독이 된다면, 당신의 정신은 일정 부분 피폐해지고야 마는 것입니다. 하지만 당신이 죄책감을 가진다고 해서, 당신이 그것을 이겨낼 수 있는 것 또한 아닙니다. 그때는 그저 죄책감으로 스스로를 꾸짖고 벌주고, 하지만 그럼에도 곧이어 그러한 행위를 반복하고, 해서 다시 자신을 꾸짖고, 그러한 식의 악순환이 그저 무한 반복될 뿐일 것입니다. 왜냐면 부정성은 같은 부정성으로는 결코 극복되지 않을 것이기 때문입니다.

해서 그저 당신이 더욱 성숙하고 온전한 사람이 되었을 때, 그때야 비로소 당신은 자연스럽게 그곳에 당신의 에너지를 더 이상 소진하지 않을 수 있게 되는 것입니다. 참고 억제하는 것이 아닙니다. 정말로 관심이 없고 어떠한 유혹과 매력도 느끼지 않기 때문에 그러지 않는 것일 뿐입니다. 지금은 믿기 어려울지 모르겠지만, 그저 여러분이 더욱 온전하고 자존감 있는 사람이 되었을 때, 그때는 진실로 여러분이 애쓰고 의도하지 않아도 자연스럽게 그러한 것을 하지 않고 있는 여러분 자신을 발견하게 될 것입니다.

제 생각에 사람들이 가장 욕망하면서도 동시에 가장 죄책감을 많이 가지는 것이 바로 '돈'과 '성생활'인 것 같습니다. 그래서 저는 여러분이 그저 보다 건강하고 온전하게 그것들을 누리길 바랍니다. 그리고 그것을 누리기 위해서 여러분 스스로가 더욱 성숙하고 온전하며, 더욱 자존감이 있기를, 그런 노력과 함께 나아가길 진심으로 바랍니다.

그리고 우리에게는 컴퓨터 게임을 하고는 공부를 해야 했는데, 하고 죄책감을 가지게 되는, 놀이와 일 사이의 죄책감 또한 존재하는 것 같습니다. 하지만 또한 우리에게는 놀이와 쉼이 분명히 필요한 것이기도 합니다. 그것 자체는 건강한 것입니다. 중요한 것은 그 사이의 균형인 것이죠. 제가 하루 종일 일을 하고, 삼십 분 정도 밥을 먹으며 TV를 봤다고 했을 때, 저는 온전히 그것을 즐길 것입니다. 그곳에는 제가 죄책감을 가질 만한 지점이 전혀 존재하지 않을 것입니다. 하지만 그 반대가 되었다면 저는 아마도 죄책감을 가지게 될 것 같습니다.

그러니 당신의 자존감을 깎아내릴 만큼, 당신의 삶에서 당신이 지켜야 할 균형을 한쪽으로 너무 기울어지게 하지 마세요. 모든 것이 즐기면서 할 수 있는 것이지만, 당신이 그것에 과하게 탐닉하게 될 때는 그것은 즐기는 것이 아니라 말 그대로 탐닉하는 것이 될 뿐일 것입니다. 그래서 쉬었다는 충전이 아니라, 탐닉했다는 소진, 공허함, 죄책감으로 병든 마음과 같은 것을 느끼게 되는 것입니다.

그리고 여러분이 때로 그러한 균형을 제대로 맞추지 못하는 것은 아직 생각을 실천하는 훈련이 제대로 되어있지 않아서인 것 같습니다. 그래서 제가 그것에 맞는 훈련법을 알려드리겠습니다. 무엇이든 생각한 즉시, 그것을 실천하십시오. 빨래를 해야지, 하고 생각했다면 그 즉시 빨래를 하십시오. 당신에게 온전하지 않은 잡념이 많을 때, 당신은 빨래를 해야지, 하고 생각은 하지만 그것을 끝내 실천하지는 못하는 사람이 되고야 말 것입니다. 그 아무것도 아닌 간단한 것을 말입니다! 그러니 그 사이에 다른 무엇인가가 끼어들기 전에 곧바로 실천하십시오. 그 자체가 당신의 습관이 되도록 훈련하십시오.

온전함은 단순함 안에 있는 것이고, 해서 우리가 그러한 단순한 원칙들을 우리의 삶 안에서 잘 실천해나갈 때, 그때야 비로소 행복과 성숙이 우리와 함께하게 되는 것입니다. 그러니 단순한 원칙들을 잘 지키며 나아가십시오. 순간적인 나태함의 유혹에 의해 그 원칙을 우리가 어기게 될 때, 우리는 미루는 것 자체가 습관인 사람이 되고야 말 것이고, 해서 그때의 삶은 정말이지 피폐함의 연속이 될 것입니다. 그러니 잊지 마세요. 우리가 작은 것들을 실천해나가겠다는 나 자신과의 약속을 엄중하게 지킬 줄 아는 사람일 때, 그때야 비로소 더욱 큰 위대함과 행복, 빛이 우리와 함께하게 된다는 것을요.

어려울 게 뭐가 있습니까. 빨래를 하고, 청소를 하고, 창문을 열어 환기하고, 커피를 끓여 먹고, 샤워를 하고, 그 모든 것이 간단한 일상일 뿐입니다. 하지만 그 간단한 일상조차도 실천하기가 어려울 만큼 생각이 훈련되어 있지가 않아서 나태하게 살아가는 사람들의 경우를 또한 저는 많이 봐왔습니다. 그리고 그 나태함은 언제나 죄책감과 함께하는 것이죠. 그러니 나태하지 마십시오.

실제로 제가 친구들의 집에 놀러 갔을 때, 저는 크게 놀랐던 적이 몇 번 있습니다. 그 친구들은 며칠째 빨래를 하지 않아 늘 입던 속옷을 다시 입고, 샤워도 하지 않고, 그렇게 며칠째 집에서 TV만을 보면서 지내고 있었던 것입니다. 그게 한 친구가 아니라 각자 다른 집에서 사는 여러 친구가 정확히 같은 모습을 하고 있었던 것이죠. 그리고 그것은 건강하지 않은 것이며, 또한 제대로 된 쉼도 아닐 것입니다. 제가 그 집에 들어간 그 순간, 현기증이 날 만큼의 나태함과 탐닉의 공허함, 그 산만함들로 가득 찬 그 방 안의 에너지를 그 즉시 느끼게 되었을 정도니까요. 왜냐면 그러한 방식의 쉼은 오히려 우리를 지치게 하기 때문입니다. 충전시키기보다 갉아먹고 소진시키는 것이죠. 그리고 그러한 기운으로 가득 찬 집은 결코 편안하거나 상쾌한 기운을 풍기지 않습니다. 들어가는 순간 밖으로 다시 나가고 싶어지게 하는 기운만을 오직 내뿜고 있을 뿐일 것입니다.

저는 집에서 대부분의 시간을 보내더라도, 하루에 두 번은 샤워를 꼭 하고, 입었던 속옷은 절대 다시 입지 않으며, 빨래와 설거지도 미루지 않고, 늘 햇볕이 들어올 때면 환기를 하며, 식물들의 상태를 살피고, 언제나 집 또한 청결하게 유지합니다. 그래서 사람들이 제가 사는 집에 놀러 올 때면 모두가 그 즉시 환하게 웃게 되는 것입니다. 너무 깨끗하고 예뻐요, 너무 향기가 좋아요, 하고 말이죠. 그리고 저는 사람들을 기분 좋게 해주는 그것은 다른 무엇이 아니라 저의 온전함에 있었던 거라고 생각합니다. 제 온전함이 저의 집 안에 가득 차 있기에 사람들의 기분이 좋아질 수밖에 없었던 것이죠.

그러니 온전하십시오. 온전한 사람들은 모두가 그렇게 삽니다. 그것은 제게 있어서, 또 제가 아는 다른 온전한 사람들에게 있어서도 너무나도 당연한 일상일 뿐입니다. 테레사 수녀님께서도 언제나 부지런히 청소하고 나태하지 말라고 하셨다는 것을 잊지 마십시오. 그냥 그것은 당연한 것입니다. 그것에 대해 설명을 하는 것이 어려울 만큼 사실 그것은 당연한 하나의 상태에 불과한 것입니다. 그러니 하루를 부지런하게 보내십시오. 당신의 소중하고 사랑스러운 몸과 정신을 하루 종일 누워서 텔레비전을 보는 데만 쓴다면, 그것 또한 자신을 사랑하지 않는 행동이지 않겠습니까. 그리고 당신이 자신을 스스로 사랑하지 않는다면, 그때의 당신은 또한 당연히 죄책감과 함께하게 되지 않겠습니까.

제가 하루 종일 텔레비전만을 보지 않는 것은 진실로 그것을 참고 억제하고 있기 때문이 아닙니다. 저에게는 아마 그것이 영원히 불가능할 것 같은데, 저에겐 그게 더 어려운 일이기 때문입니다. 저는 저녁을 먹으면서 유일하게 제가 좋아하는 유튜브 방송 하나를 챙겨 보는데, 그것이 제가 접하는 영상 매체의 모든 것입니다. 그리고 그조차도 밥을 다 먹고 나면은 끄거나, 밥을 먹는 데 집중하느라 켜는 것조차 잊을 때가 많습니다. 저에게는 드라마나 영화도 어쩌다 가끔 보는 일인데, 만약 저에게 그걸 매일 몇 편씩 보라고 한다면 저는 힘들 것 같습니다. 제가 글을 쓰기 위해서 그러한 놀이에 탐닉하는 것을 억지로 참는 것이 아니라, 정말로 그건 저에게는 하기가 더 힘든 일인 것입니다. 모든 놀이에는 사실 우리의 생각보다 훨씬 더 많은 에너지가 들기 때문입니다.

당신이 섬세한 사람이라면, 당신은 누군가가 당신 앞에서 자신의 엄청난 무의식의 흐름에 대해서 털어놓을 때, 당신의 에너지가 점차 소진되고 사라져가는 것을 느낄 수 있을 것입니다. 그것은 정말로 진이 빠지는 일이기 때문입니다. 그러니 나태함에 탐닉하지 마십시오. 욕망에 탐닉하지 마시고, 감정에 탐닉하지 마십시오. 그것이 당신을 더욱 건강한 삶으로 이끌어줄 것입니다.

그것을 위해, 무엇이든 생각하는 즉시 실천하는 습관을 지녀보십시오. 그 습관이 진정 당신의 것이 될 때, 당신은 정말로 무엇이든 해내는 사람이 될 수 있을 것입니다. 그래서 해내지 못했다는 죄책감 대신에 해냈다는 자존감이 당신의 내면을 더욱 가득 채우게 될 것입니다. 그러니 해내는 사람이 되십시오. 너무나도 무가치한 다른 모든 일 앞에서, 당신이 그토록 해내고자 간절히 원하는 그것을 포기해서야 되겠습니까. 당신이 영화감독이나 드라마 작가가 될 것도 아닌데 당신의 시간을 그러한 것에 대부분 할애한다면, 그것은 정말로 당신의 삶에 있어 당신을 오래도록 제자리걸음 하게 만드는 일이 되지 않겠습니까.

그래서 그러한 것에 탐닉하고 난 뒤에 당신의 몸이 더욱 찌뿌둥해지고, 오히려 더욱 기운이 없어지는 것은 어쩌면 당연한 결과입니다. 왜냐면 당신에게 있어 그것은 진실로 쉼이 아니라 더욱 큰 에너지 소모를 일으키는 탐닉에 불과한 것이었을 테니까요. 진실의 빛 대신에 거짓의 어둠을 선택했기에 그것이 지나간 자리에는 이제 공허함과 헛헛함, 죄책감만이 남아있을 뿐인 것입니다.

제가 인도에서 온 요가 선생님이 하는 특강 수업에 참석했을 때, 그 선생님께서 수업 중에 하신 말씀이 있습니다. 그리고 그건, 요가 매트 위에 앉는 것, 그것이 다입니다, 라는 말이었죠. 그러니까 그 말은, 요가 매트 위에 앉기까지 아침에 일어나 요가원까지 가는 것이 필요하고, 그것을 하기 위해서는 그 모든 나태함과 가기 싫은 욕구를 이겨내는 것이 필요한 것인데, 그것을 이겨내고 일단 요가원에 가서 매트 위에 앉기만 하면, 어쨌든 우리는 수업이 끝날 때까지 요가를 하게 된다는 것입니다. 진실로 요가 매트에 앉기만 하면 그것으로 수업을 이수할 것은 이미 보장된 것이나 다름이 없는 것입니다.

그러니 요가 매트 위에 앉으십시오. 그러니까 빨래를 돌리고자 한다면, 세탁기 앞에 서십시오. 공부를 하고자 한다면 책상 앞에 앉으십시오. 도서관에 가서 앉으십시오. 그런 식으로 그저 단순하게 해내십시오. 사실 나태함과 싸울 필요도 없습니다. 생각하고 나서 곧장 그렇게 하면 되는 것입니다. 그건 정말 간단한 것입니다. 그리고 당신이 이 간단한 것을 배워서 끝내 당신의 습관으로 지닌다면, 당신의 하루와 당신의 인생 전체가 그로 인해 더욱 풍성해질 것입니다.

그러니 저는 당신이 죄책감과 함께하기보다 온전함과 진실함, 당신 자신의 높은 자존감과 오직 함께하기를 바라겠습니다. 그것이 당신을 더욱 누리게 해줄 것이고, 더욱 풍족하게 해줄 것이고, 더욱 건강한 몸과 마음을 가지게 해줄 것이고, 더욱 사랑스러운 사람이 되게 해줄 것이며, 또한 더욱 진실한 사랑을 하는 사람이 되게 해줄 것입니다. 그러니 오직 당신 자신을 향한 사랑으로써 그렇게 하십시오.

그저 당신이 더욱 성숙하고 온전한 사람이 되어서 당신의 수준이 지금으로부터 한 차원 이동하게 되었을 때, 그때의 당신은 자연스럽게 더욱 많은 행복과 자유를 누리고 있는 채일 것입니다. 그러니 최선을 다해 하루하루를 성숙하며 나아가십시오. 그 과정 안에서 당신은, 태초부터 영원히 사랑으로 이름 지어진 당신이라는 존재 자체의 진정한 근원과 본질을 서서히 되찾게 될 것이고, 하여 당신은 오직 사랑과 함께하게 될 것입니다. 그렇게 사랑이 아닌 것들은 자연스럽게 당신의 곁에서 떨어져 나가게 될 것입니다.

그렇게, 당신이 죄책감에서부터 벗어나 오직 진정한 자유와 행복과 함께하게 되기를. 죄책감을 느낄만한 일은 하지 않되, 죄책감을 안 가져도 되는 일에는 당신 자신의 내면에 있는 죄책감을 더 이상 투영하지 않기를. 그리고 또한 당신의 가슴에 있는 사랑을 되찾아, 그 사랑으로써 당신이 오직 신과 함께하기를. 신을 믿지 않게 되었다면 당신의 그 사랑이 당신을 신 앞으로 다시 인도해주기를. 그렇게 무엇보다, 당신의 이 여정이 가장 높고도 진실한 사랑과 함께하고, 그것에 의해 오직 지켜지기를. 그렇게 당신이 꼭, 행복하기를.

30

있는 그대로의 사랑..

서로를 있는 그대로 사랑한다는 건, 서로의 있는 그대로를 가장 진실하고도 아름답게 존중하고, 또한 그 모습 그대로에 감사할 줄 아는 마음가짐입니다. 그러니까 서로가 서로의 있는 그대로를 사랑한다는 건, 서로가 서로의 곁에서 온전하게 존재할 책임에 대해 자신이 할 수 있는 최선의 진심을 다하는 일이라고 저는 생각합니다. 그래서 그 온전함에 대한 책임을 다하지 않는 관계 안에서는 서로의 있는 그대로를 사랑하는 일이 결코 일어날 수도 없을뿐더러, 사실 그러한 관계는 진실로 서로를 사랑하는 관계라고 할 수도 없을 것입니다. 왜냐면 온전하지 않은 사람은 상대방을 진실하게 사랑하는 법을 전혀 알지 못하기 때문입니다.

그러니까 그때는 사랑한다고 말하지만, 또한 그 마음 안에 자신의 이기심을 언제나 포함하고 있는 식인 것입니다. 그래서 그러한 식의 관계는 결국 서로에게 상처를 줄 수밖에 없는 관계가 됩니다. 한쪽은 자신의 이기심으로 상대방을 이용하고, 또 한쪽은 그러한 상대방의 이기심에 자기 자신의 온전함을 포기하고, 그런 식이 될 수밖에 없을 테니까요. 예를 들어서 그건, 한쪽이 함께 밤을 보내는 아름다운 시간을 영상으로 찍겠다고 말할 때, 다른 한쪽은 그게 자신의 온전함을 지키지 않는 일이라는 것을 자신도 분명하게 알고 있으면서, 그럼에도 거절하지 못해 상대방의 그러한 이기심에 자신의 온전함을 헌신하는 식인 것입니다. 그리고 그건 사랑이 아니라 이기심으로부터의 이용이며, 사랑이 아니라 스스로의 온전함을 스스로 지키지 못할 만큼의 순진함에 불과한 것입니다.

저는 만약 저와 함께하는 사람이 저에게 온전하지 않은 요구를 한다면, 단언컨대 그것을 거절할 것입니다. 그리고 그것에 대해 순진한 죄책감을 가지지 않을 것입니다. 왜냐면 사랑은, 상대방의 이기심에 아첨하고, 온전하지 않은 상대방의 태도 앞에서까지 좋은 사람인 척 보이기 위해 구미를 맞추고자 애쓰는 낮은 자존감의 시도가 결코 아니기 때문입니다. 그건 사랑이 아니라, 진실한 사랑의 발끝에도 닿지 못하는 순진함이자 무지에 불과한 것이죠. 그래서 내가 순진함에 대해서는 상대방을 원망할 수가 없는 것입니다. 오직 내가 순진했던 것만을 나는 원망할 수 있을 뿐입니다. 모든 것이 어쨌든 나의 동의와 허락하에 이루어진 일들이니까요.

그러니 명심하십시오. 사랑은 상대방의 온전하지 않은 요구에 휩쓸리고, 그것에 또한 아첨을 하고, 하여 그런 식으로 상대방의 온전하지 않음을 더욱 부추기는 것이 아니라, 나의 온전한 중심으로 상대방 또한 온전할 수 있도록 이끌어주는 것이라는 것을요. 비록 당장에는 나의 온전함이 상대방을 서운하게 하더라도, 그럼에도 옳은 것은 옳은 것이기에 그것을 끝내 감당해내는 자존감 있는 중심이라는 것을요.

그래서 저는 서로의 있는 그대로를 사랑하라는 말을 좋아하지만, 그것에 조건을 다는 것을 또한 좋아하는 편입니다. 단, 함께하는 둘 모두가 온전한 사람일 경우에만, 이라는 조건 말입니다. 서로가 서로의 있는 그대로를 사랑하지만, 여전히 서로는 서로에게 지킬 의무와 책임에 대해서도 소홀함이 없어야만 하는 것이고, 그렇게 서로는 함께하며 오직 성숙을 향해 손을 마주 잡고 나아가야 한다는, 함께함을 선택한 것에 대한 온전함의 의무와 책임 앞에서도 최선을 다해야만 하는 것입니다. 즉, 서로가 서로에게 영원히 온전한 사람이 되어줄 것, 이라는 책임과 의무 앞에서도 서로는 서로에게 결단코 나태해서는 안 되는 것입니다.

그리고 사실 그건 온전한 사람들에게는 자연스러운 일입니다. 그래서 저는 변화는 있지만, 변함은 없기를, 이라는 말을 참 좋아합니다. 서로가 서로를 진심으로 사랑할 때 그 사랑이 더욱 선하고 예쁜 방향으로 나아갈 수밖에 없는 것은, 누군가를 진심으로 사랑한다는 말은 내가 언제나 상대방의 행복을 고려하고 있다는 것을 포함하는 말이기 때문입니다. 그래서 변함없이 서로를 사랑하지만, 그 관계는 늘 더욱 다정한 방향으로, 더욱 좋은 방향을 향해 나아가며, 그렇게 끊임없이 변해가게 되는 것입니다.

나의 어떠한 습관이 상대방에게 상처를 줬다면, 그리고 그것이 나의 온전한 판단 안에서 바뀌어야 하는 것이 맞는 것이라면, 나는 그 습관을 바꿀 필요가 있는 것입니다. 그리고 그건, 상대방이 나에게 그렇게 해달라고 강요하거나 통제하지 않아도 내가 스스로 그렇게 하는 것입니다. 왜냐면 그래야 '내'가 행복할 수 있기 때문입니다. 상대방이 나로 인해 속상하다면, 그건 내 마음을 또한 아프게 하는 일이 되기 때문입니다. 그래서 상대방에게 기쁨이 되고자 언제나 노력하는 나는, 상대방을 기쁘게 하기 위해서, 또 아프게 하지 않기 위해서 나의 그러한 습관을 기꺼이 포기하게 되는 것입니다.

누군가를 바꾸는 일이라는 게 강요해서 되는 일이었다면, 아마도 우리는 모두 하나 같이 이미 천사가 되었을 것입니다. 하지만 아무리 강요해도, 변하지 않는 건 변하지 않는 것입니다. 왜냐면 변화는 스스로가 진심으로 마음먹을 때, 오직 그때만이 진정 이루어질 수 있는 것이기 때문입니다.

그래서 사실 서로가 서로를 진실로 사랑할 때, 그 사랑에는 누군가가 개입을 하거나 조언을 할 필요가 전혀 없습니다. 그러니까 전혀 손쓸 일이 없는 것이죠. 왜냐면 둘은 서로에게 더욱 다정한 사람이 되어주기 위해 알아서 맞춰가고, 그렇게 서로를 위해 배려하고, 서로를 존중하고, 자동적으로 이미 그렇게 하고 있을 것이기 때문입니다. 온전하지 않은 사람들이 서로를 사랑한다면서 자동적으로 서로를 힘으로 억누르고 통제하며, 싸우고 헐뜯고, 그렇게 계속해서 상처를 주고 상처를 받고 있는 것과는 정반대로 말이죠.

그래서 고통이 있는 사랑은 결단코 진실한 사랑이 아니라고 저는 확신합니다. 그건, 그 당사자가 아무리 진실한 사랑이라고 말해도, 그 수준에서만 사랑이라 불릴 수 있는 것일 뿐이지, 더 나은 차원에서는 결코 사랑이라 불릴 수 있을 만한 것이 아닐 것이기 때문입니다. 누군가에게는 사랑한다면서 허용할 수 있는 상대방에 대한 폭언이, 누군가에게는 사랑한다면 결코 허용할 수 없는 일이 되기도 하는 것입니다. 그래서 서로가 온전하지 않을 때는 서로가 서로를 결코 있는 그대로 사랑할 수가 없는 것입니다.

그건 정말로 제한이 걸려있는 것과 같습니다. 제가 아직 성인이 되지 않았을 때, 그때의 제가 술과 담배를 마음껏 살 수 없었던 것처럼, 그건 정말로 제한이 걸려있는 것과 다르지 않은 것이죠. 딱 거기까지만 사랑할 수 있는 것입니다. 초콜릿과 아이스크림은 되는데, 그 이상은 안 되는 것입니다. 제가 만약 성인이 되기 전에 편의점에서 근무하는 사람에게 담배와 술을 좀 팔아주세요, 라고 말한다면, 그 사람은 저에게 아직은 많이 일러, 그러니까 어른이 돼서 오렴, 이라고 말할 것입니다. 그러니까 진실한 사랑에 대해서 이야기를 하려면 보다 어른이 돼서 오렴, 이 말이 필요한 것입니다. 왜냐면 정말로 제한되어 있기 때문에 충분히 성숙하기 전에는 그것에 대해 결코 말할 수도, 이해할 수도 없을 것이기 때문입니다.

그래서 이때는 변화는 있어도, 변함은 없기를, 이 아니라 변함은 있는데, 변화는 없는 관계를 맺게 될 수밖에 없는 것입니다. 바람도 피고 싶고, 싫증도 나고, 상대방이 내 옆에 있기만 해도 이제는 귀찮고 짜증이 나는데, 정작 자신이라는 사람은 여전히 성장하지 않은 채 그 자리에 있는 식인 것이죠. 상대방을 향한 마음은 진작에 변했는데, 자신의 변화는 여전히 전혀 없는 것입니다. 그래서 이 수준에서는 늘 상대방만을 탓하고, 상대방만이 변해야 한다고 생각하게 되어버리는 것입니다.

하지만 서로가 서로를 진실로 사랑한다면, 그 관계는 결코 제자리에 머물러 있을 수가 없을 것입니다. 그리고 싶어도 그게 되질 않습니다. 왜냐면 온전함에는 언제나 앞을 향해 나아가는 추진력이 있기 때문입니다. 계속해서 나아가야만 합니다. 어제보다 오늘 더 좋은 사람이 되어야만 하고, 어제보다 오늘 더 일적으로도 성숙한 사람이 되어야만 하고, 어쨌든 어제보다 오늘 더 무엇인가를 배운 사람이어야만 하는 것입니다. 마음 안에 언제나 그러한 성장을 향한 갈망이 있는 것입니다. 그런 사람이라서 사랑 앞에서도 계속해서 나아갈 수밖에 없는 것입니다. 어제 내가 이런 사람이라서 조금 부족했다면, 어젯밤에 그것에 대해 스스로 충분히 속상해하고는 오늘부터는 달라져야만 하는 것이죠. 왜냐면 그렇게 하지 않을 때, 나는 나에게 실망하게 될 것이기 때문입니다. 나에게 떳떳하지 못할 것이기 때문입니다. 나는 나에게 다정한 사람이고, 그래서 나의 그런 모습들 앞에서 더욱 온전한 책임을 다할 필요성을 언제나 느끼고 있는 것이죠.

어제보다 오늘 더 다정하고 좋은 내가 되는 것, 해서 더욱 행복한 오늘을 나 자신에게 선물해주는 것, 그러니까 그것만큼 스스로에게 다정한 태도가 어디에 있겠습니까. 그래서 이때는 제자리걸음을 하는 법이 없습니다. 그건 정말로 강요할 필요가 없는 하나의 자연스러운 상태이자 존재의 방식일 뿐입니다. 앞을 향해 나아가는 것, 그게 자연스러운 존재의 상태이기 때문에 그렇게 하는 것입니다. 그러니까 이때는 그렇게 하지 않는 것이 나를 더 불편하게 하기 때문에 그렇게 할 수밖에 없는 것이죠. 그래서 이들이 맺는 관계는 더욱 사랑스럽고 예쁜 방향을 향해 나아갈 수밖에 없는 것입니다. 이때는 누가 제발 그만 좀 성장하고, 그만 좀 예뻐지라고 뜯어말려도, 브레이크가 고장 난 자동차처럼 계속해서 나아가야만 하는 것입니다. 누가 제발 그만 좀 싸우고, 그만 좀 서로에게 못나게 굴라며 뜯어말려도 절대 그럴 수 없는 상태가 있듯이, 이 상태에서는 더 좋아지지 않는 것이 불가능한, 그래서 하루하루 성숙을 향해 나아가는 것이 더욱 당연한 하나의 상태이자 습관이기에 그렇게 나아갈 수밖에 없는 것입니다. 정말로 변화에 대한 통제와 강요에 의해서 변하는 게 아니라, 서로를 사랑하기에, 서로에게 더 좋은 사람이 되고 싶고, 서로에게 더 다정한 사람이 되고 싶다는 그 마음의 온전함 하나로 서로는 서로에게 자동적으로 그렇게 하고 있을 뿐인 것입니다.

많은 독자분들께서 저의 책 〈참 소중한 너라서〉에 실린, 있는 그대로를 사랑해주라는 말을 보고, 그러면 상대방이 진짜 있는 그대로를 사랑할 수 있을 만한 사람이 아닌데, 그럴 때도 제가 그 사람의 있는 그대로를 사랑해줘야만 하나요? 라고 저에게 물었습니다. 그리고 저는 그때마다 이렇게 대답하는 것입니다. 있는 그대로를 사랑할 수는 있겠지만, 그런 사람과 함께해서는 안 되죠. 라고 말입니다. 늑대와 사자와 호랑이와 멧돼지를 있는 그대로 사랑하세요. 하지만 그렇다고 그 녀석들과 함께 지내지는 마세요! 뭐 이런 것이죠. 왜냐면 사랑하는 것과 함께하는 것은 언제나 구분되어야 하는 일이기 때문입니다. 그걸 구분하지 못하는 찰나의 순진함이 우리를 언제나 온전함에서부터 아주 멀리 벗어나게 만드는 것이고, 또한 그때는 우리의 마음이 이미 너무나도 크게 훼손되어버린 채일 것이기 때문입니다.

그래서 그건 사실, 내가 나 자신을 사랑하지 않는 행동과 다르지 않은 것이 됩니다. 오직 스스로를 사랑하지 않는 사람만이 자기 자신을 스스로 내팽개칠 수가 있는 것이기 때문입니다. 그러니까 우리가 진실로 나 자신을 충분히 아끼고 사랑한다면, 우리는 그 마음 하나로 우리를 온전하지 않음으로부터 끝내 지켜낼 것입니다. 그것이 제가 온전하지 않은 사람과는 결단코 함께하지 않는 이유입니다. 그건 그저, 제가 아무리 그 사람에게 진심을 쏟아도, 그 사람은 제 진심을 이용하고자 할 뿐인 그 태도 사이에서 쳇바퀴를 도는 것과 다르지 않은 것이기 때문입니다.

그래서 저는 그들과 줄다리기를 하지 않을 것입니다. 그러니까 줄다리기를 해야만 하는 관계는 아예 맺질 않을 것입니다. 저는 이 사람을 온전함으로 끌고 가려고 하는데, 이 사람은 온전하지 않음으로 저를 계속해서 당기려고 하고 있을 뿐인, 그런 식의 관계 말입니다. 그때는 진실로 끝없이 서로가 서로에게 애를 쓰며 밀고 당겨야만 할 것입니다. 그러니까 어느 한쪽이 줄을 놓기 전까지 계속해서 서로는 서로를 향해 힘을 써야만 할 것이고, 하지만 제가 마침내 저의 에너지를 다 쓰는 바람에 힘이 빠지는 순간, 저는 그 즉시 온전하지 않음으로 추락하게 되고야 마는 것이죠.

사실, 힘쓰는 데는 그들이 선수이기 때문에 저는 그들과 싸우게 될 일이 생긴다면 도망칠 것입니다. 제가 군이 줄다리기를 하면서까지 제 힘을 증명해야만 하는 이유는 없기 때문입니다. 그 시간에 저는 카페에서 줄다리기를 할 필요조차 없는 다정한 사람들과 함께 하하호호 웃으며 수다를 떨 수도 있는 것인데 말이죠.

어쨌든 온전하지 않은 사람들은 언제나 관계를 수직적으로 생각하

고, 어떤 관계든 그런 식으로 만들어가려고 하는 경향이 있습니다. 나란
히 존재한 채 어느 한쪽을 향해 함께 걸어가기보다는 위에서 내려다보
려고 하고, 그렇게 자신과 함께하고 있는 사람이 언제나 자신을 올려다
봐야만 한다고 생각하는 것이죠.

그런 것입니다. 너는 내가 동영상을 찍는다고 하면 그렇게 해야만
해. 너는 내 말에 토를 달거나 군소리하는 일 없이 그냥 듣기만 하면 돼.
안 그러면 너는 나를 좋아하는 게 아니야. 뭐 그런 것이죠. 그렇게 서서
히 위와 아래를 만들어가고, 위에서 군림하는 것을 즐기고, 위에서 이
용하고 조종하는 것을 즐기고, 뭐 그런 것입니다. 존중하기보다 이용하
고, 배려하기보다 함부로 하고, 맞추어나가기보다 강요하고, 그러니까
넌 의견이 있으면 안 돼, 이런 식인 것입니다.

그리고 그건 정말이지 한 사람의 소중한 시간을 탕진하게 만드는 일
이라고 저는 생각합니다. 성숙하며 나아가기 위해 태어난 한 사람의 인
생이라는 시간을 빼앗고 갉아먹는 것과 다름이 없는 것이죠. 그래서 순
간의 순진함에, 순간의 거절하지 못한 죄책감에 그것을 허락하는 순간,
나는 그 사람의 아래에 놓이게 되고, 해서 계속해서 내 온전함을 그 사
람에게 갖다 바쳐야만 하는 관계가 만들어지고야 마는 것입니다. 그게
올바른 것이 아니라는 것을 알면서도 상대방을 위한 배려랍시고 그렇
게 하는 순간, 그 즉시 그렇게 되어버리는 것입니다.

왜냐면 온전하지 않은 사람은 그 배려를 결코 배려로 받아들이지
않을 것이기 때문입니다. 그저 어, 순진한 사람이네, 앞으로는 마음껏
이용하고 구슬려야지, 말을 안 들으면 겁도 주면서 말이야, 하는 식으
로 그 배려를 이용하고자만 할 뿐이겠죠. 그들은 진실로 그런 식으로밖
에 사고할 줄 모르는, 그저 제한된 상태 안에 놓여져 있을 뿐인 사람들
이기 때문입니다.

그리고 저는 그런 관계를 많이 봐왔습니다. 서로가 서로에게 상처

를 주고, 서로를 통제하고자 하고, 서로에게 끝없이 사소하게 복수하고 또 복수하고, 하지만 그럼에도 경제적으로 서로가 얽혀있다거나, 그러한 부정성에 둘 모두가 감정적으로 묘한 이득을 얻고 있다거나, 혹은 그렇게 아프면서도 그 모든 고통과 불행과 자기 연민을 스스로 미화한 채 그것에 탐닉하고 있다거나, 그래서 그 불행에서부터 스스로 벗어나고자 감히 마음먹을 엄두조차 내질 않는 그런 관계 말입니다.

그리고 진실로 그러한 관계 안에서 오랜 시간 서로와 함께하며 그 부정성에 탐닉하는 것만큼, 내게 주어진 이 소중한 시간을 스스로 낭비하는 일은 없을 것입니다. 내가 문득 정신을 차리고 난 뒤에는, 이미 너무나도 많은 시간이 지나있을 것이고, 또 너무나도 멀리 온 채일 것이기 때문입니다. 그러니 언제나 깨어있으십시오.

그래서 예수님께서는 양의 탈을 쓴 늑대를 조심하라고 말씀하신 것입니다. 그들은 결코 아름다운 열매를 맺을 수 없고, 나쁜 열매만을 맺을 수 있을 뿐이라고 말씀하신 것입니다. 그러니 그들과 함께함으로써 내가 오랜 시간에 걸쳐 맺게 될 그 소중한 열매까지 나쁜 열매로 물들게 하지 마십시오. 그러니까 나의 소중한 시간과 마음을 그들의 이기심에 헌신하며, 오직 스스로 낭비하지 마십시오.

그래서 저는 온전하지 않은 사람들에게는 그냥 고민 없이 그 사람들의 위에 서는 것을 선택하는 편입니다. 그들을 아예 아래로 눌러버리는 것이죠. 누가 위냐 아래냐 힘 싸움을 할 필요도 없이 그냥 위에 서 버리는 것입니다. 그런 식으로 그들이 제 곁에서 어슬렁거리지도 못하게 만들어 놓고는 저는 그저 제 갈 길을 가는 것입니다. 어, 나에게 사기를 치려고? 그 순간 그냥 변호사를 선임해서 내용증명을 보내버리는 것이죠. 어쨌든 그들에겐 깨갱, 이라는 소리를 들을 필요가 있는 것입니다. 제압하지 않으면 그들은 계속해서 저의 곁에서 어슬렁거릴 것이기 때문입니다. 그래서 나에게 있어 당신이라는 사람은, 아예 상대가 되질 않는 사람이라는 걸 단번에 보여줄 필요가 있는 것입니다. 이미 피하지 못했다면, 제압해야만 하는 것입니다. 왜냐면 그들이 믿고 따르는 세계가, 그들이 속한 세계가 이미 동물적인 세계이기 때문입니다. 약하면 잡아먹힐 수밖에 없는, 그런 힘과 힘의 법칙만이 작용하는 세계 안에서 그들은 오직 그 힘의 법칙만을 믿은 채 살아가고 있는 사람들이기 때문입니다.

그래서 사람들은 제가 모두에게 친절하고 다정한 사람일 것이라고 흔히 생각하지만, 사실 저의 친절함과 다정함은 '한정판'인 것입니다. 누구에게나 주는 것이 아니라, 누구에게'만' 주는 것이죠. 저는 온전하지 않은 사람들에게는 정말이지 차갑고 냉정하게 구는 편입니다. 왜냐면 제가 다정하게 구는 순간, 그들은 저에게 그들의 부정성을 여과 없이 드러낼 것이기 때문입니다. 제가 물렁물렁해 보이는 순간, 그들은 할 수 있는 최대한으로 저를 이용할 것이기 때문입니다. 제가 함께했던 출판사가 그랬고, 제가 함께했던 몇몇 협력체가 그랬습니다. 그래서 저에게는 때로 소송을 해서 아예 끝장을 내버리는 것이 필요했고, 때로 협력체의 멱살을 강하게 잡고 무릎 꿇리는 것이 필요했습니다. 그러기 전까지 그들은, 계속해서 제 곁에서 어슬렁거리며 저를 호시탐탐 갉아먹기 위해 노리고만 있을 뿐이었기 때문입니다. 진실로 저의 용서와 다정함은, 그들에게 있어 먹기 좋게 잘 차려진 한 끼 식사에 불과했던 것입니다.

왜냐면 진실로 그들은 부끄러워하는 법을 모르기 때문입니다. 그러니까 하늘을 우러러 한 점도 빠짐없이 부끄러운 행동만을 골라서 하는 사람들이 바로 그들인 것이죠. 하지만 결국 두려움이 많은 사람들, 숨길 게 많은 사람들은 진실함 앞에서 깨갱, 할 수밖에 없는 것입니다. 왜냐면 까딱 잘못했다가는 작은 불이 큰불이 될 수도 있는 것이니까요. 그러니까 제가 정말로 끝까지 가서 어디서 조사라도 한 번 들어왔다가는 그건 그들에게 있어 이제 돌이킬 수도, 감당할 수도 없을 만큼의 큰 일이 되어버리고야 말 것이기 때문입니다.

그래서 이미 어쩔 수 없이 함께하게 됐다면, 로마에 가면 로마법을 따라야 한다는 것을 저는 준수하는 편입니다. 어쨌든 힘의 세계에 들어온 이상 그 세계의 원칙을 따라야 하는 것입니다. 여기서 제가 혼자 웃으며 다정하게 군다면, 저는 그저 끝도 없이 처참하게 짓밟히게만 될 뿐인 것입니다. 화를 낼 필요도 사실 없습니다. 그저 진실하고도 온전한 이성을 보여주면, 그 강력한 한 방을 보여주면, 그 순간 그들은 깨갱, 하고 꼬리를 내릴 수밖에 없을 테니까요. 왜냐면 온전하지 않음에는 정말로 많은 불법과 잘못이 섞여 있을 수밖에 없기 때문입니다. 그래서 그들은 언제나 진실을 두려워할 수밖에 없는 것이기 때문입니다.

어쨌든 끝까지 갈 거라는 느낌을 보여주지 않으면, 그들은 끝까지 뻔뻔할 것입니다. 그런 적이 없는 척하거나, 살살 구슬려서 또다시 이용하려고만 할 뿐이겠죠. 그러니 그들이 변할 거라는, 말로 해서 알아들을 거라는 믿음은 애초에 버리십시오. 그럴 수 있는 사람들이었다면, 처음부터 그랬을 것이고, 상황이 이지경까지 오지도 않았을 것입니다. 그건 정말, 잘못은 그들이 해놓고 나만 밤에 잠을 못 자며 힘들어해야 하지만, 결국에는 그 모든 좋은 마음이 시간 낭비에 불과했다는 것을 우리에게 가르쳐 줄 뿐인 일인 것입니다. 왜냐면 내가 좋게 말하면, 그들은 끝까지 뻔뻔할 것이기 때문입니다. 적당히 세게 말해도, 끝까지 발뺌할 것이기 때문입니다. 그래서 그저 대화를 주고받는 시간마저도 아깝게 여긴 채 강하게 대처할 필요가 있는 것입니다. 내가 줘야 할 다정함은 다른 곳에다가 주고, 다정함이 안 통하는 세계에서는 그들에게 통하는 원칙에 따라서 해결하는 것이 필요한 것이죠.

물론 그게 그들에게 반성과 참회의 기회를 줄 거라는 기대는 저도 하지 않습니다. 그저 그들은 그것이 자신들에게 더 이상 이득이 되지 않을 것이라는 생각에, 그리고 진실 앞에서 자신들이 숨겨왔던 것들이 밝혀지고야 말 것이라는 두려움에, 그래서 더 큰 손실을 감수해야만 할 수도 있을 거라는 계산을 끝마쳤기에, 하여 용서를 구하며 잠시 반성하는 척하고 있는 것일 뿐일 테니까요.

진실로 지난 잘못을 뉘우치고 후회하지 못해 그것에서부터 배우지 못하는, 그러니까 두려워서 반성하는 척할 뿐인 그 상태는 그 자체로 얼마나 불행이자 지옥일까요. 상대방의 아픔 앞에서 아파하지 못하고, 해서 상대방에게 진실하게 사과조차 하지 못하는, 그러니까 끝없이 방어하고 합리화하고 정당화하고만 있을 뿐인 그 뻔뻔함의 상태는 정말 그 자체로 사실은 이 세상에서 가장 불쌍하고도 안타까운 상태일 것입니다.

어쨌든 그들에게 내가 다정하고자 할 때는, 나에게 고민이 많아지는 것입니다. 그러니 그 모든 고민을 그들에게 떠넘기십시오. 그러니까 내가 어떻게 해야 좋을까, 그것을 고민하기보다 그들이 어떻게 해야 좋을까, 하는 그것을 생각하게 만드십시오. 그리고 나서 나는 그저 두 발 뻗고 잘 자면 되는 것입니다. 그냥 할 수 있는 모든 것을 다해 강하게 조치를 해놓으면, 어쨌든 그때부터는 그들이 나를 대신해서 고민할 것입니다. 그렇게 결심하기까지가 아프고 힘든 것인데, 어차피 그 결심을 하기 전까지는 해결이 되지 않을 것이기 때문입니다.

그러니 한 번만 말로 한 뒤에 그 후로는 바로 마지막의 마지막 조치를 취하십시오. 그렇게 하고 나면 고민은 그들이 할 것이고, 그러고 나서 조만간 그들이 우리에게 좋은 제안을 가지고 올 것입니다. 그리고 그 제안 안에 이제는 서로 갈 길을 가자는 자유의 제안이 담겨있다면, 거기서부터는 더는 욕심 내지 말고 그냥 그렇게 따라주십시오.

저는 언제나 계약 해지를 해주는 즉시 그냥 봐줬습니다. 제가 그들에게 사기를 당했다거나, 그들의 거짓말로 인해 손해를 봤다거나, 그런 것에 대해서는 그저 잊었습니다. 왜냐면 제가 그들에게 강하게 대한 건, 정말로 잘잘못을 따지기 위함이 아니라 그저 그들과의 모든 관계를 깨끗하고도 완전하게 정리하기 위함이었기 때문입니다. 무엇보다 저 자신의 행복을 위해서, 제가 선택할 수 있는 가장 최선의 다정함이 그것이었던 것입니다. 거기에 더해서 또다시 잘잘못을 따지며 이해득실을 따지는 건, 제 생각에 세상의 이득을 저에게 가져다줄지는 몰라도, 마음의 이득을 저에게 가져다주지는 않을 것이라는 결론이었죠. 진실로 그들과 함께하며 받아야 하는 스트레스 상태에서 벗어나는 것, 그것이 제가 원하는 모든 것이었던 것입니다. 그런 사람들과 함께하다가, 이제는 더 이상 함께하지 않을 수 있게 된다는 건, 정말이지 우리에게 말로 표현할 수 없을 만큼의 행복과 평화, 자유와 해방감을 가져다주는 것이기 때문입니다.

이제는 진실이 통하지 않는 사람들과 더 이상 무엇인가를 함께하거나 대화를 하며 내 인생과 감정을 낭비하지 않아도 된다는 것, 그러니까 그보다 더 큰 행복이 어디에 있겠습니까. 그러니 그저 함께하지 않을 수 있다는 것에 당신의 모든 의미를 두시길 바랍니다.

어쨌든 그들은 제가 적당히 말로 할 때는 계속해서 제 곁에서 어슬렁거리며 무엇을 더 뜯어 먹을 수 있을까, 오직 그것만을 고민하고 있을 뿐이었습니다. 그래서 저에게는 그들의 원칙에 의거해서 그들이 알아들을 만하게 그들을 제게서 떨어뜨려 놓을 필요가 있었던 것입니다. 그러고 나면 이제 영원히 남남이 되는 것입니다. 그게 다입니다. 그들과 더 이상 엮이지 않는 것보다 더 큰 결과물이 이 세상 어디에 또 있겠습니까.

만약 당신이 그런 사람들과 일적으로 엮이고, 계약 관계로 엮이게 된다면, 당신은 그 기간이 끝날 때까지 스트레스를 받아야만 할 것입니다. 해서 그것이 사실은 가장 큰 손해이자 낭비인 것입니다. 그런 사람들과 사랑으로 엮이게 된다면, 그건 정말 상상하기도 싫지만, 어쨌든 그것만큼 이 세상에서 나에게 손실이 되는 일도 없는 것입니다.

그러니 잘잘못을 따지며 그들과 더 오랜 시간 엮일 필요라는 게 진실로 어디에 있겠습니까. 하루빨리 벗어나고 나는 나대로 사는 것, 그렇게 훼손된 온전함을 회복하고 다시 예쁜 마음으로 행복하게 사는 것, 그래서 그것이 나 자신을 위한, 가장 최선의 다정함인 것입니다. 진실로 행복의 관점에서 그보다 더 큰 이득은 없습니다.

어쨌든 그들은 적당히 나, 너 때문에 정말 힘들어, 그러니까 그만하자, 해서는 알아듣지를 못하는 것입니다. 아직 나는 너한테 뜯어먹을 것이 많은데, 하면서 계속해서 찾아올 뿐인 것이죠. 그것이 돈이든, 욕구의 해소든, 그 무엇이든 말입니다. 그래서 나는 헤어짐을 통보했는데, 그들은 여전히 헤어지지 못하는 경우가 많습니다. 그래서 정말 완벽하게 차단하지 않는 이상 나에게 여전히 고통을 주는 사람, 관계가 많이 있는 것입니다.

그러니 그들을 거절하는 것에 있어 순진한 죄책감을 가지지 마십시오. 왜냐면 내가 죄책감을 가질 만큼, 그들은 내게 진심이었던 적이 단한 번도 없기 때문입니다. 그렇게 그들을 내게서 멀리 떨어뜨려 놓고, 그들과의 관계를 완전히 정리하고 나면, 이제 나는 더 이상 그들과 연락을 할 필요도, 대화를 할 필요도 없게 되는 것입니다. 그리고 우리는 이제 그 사실 하나만으로도 벌써 밤에 잠도 잘 자게 되고, 하루가 개운해지기 시작하는 것이죠. 그냥 그들과 엮여있었다는 그 사실 하나만으로, 그들의 부정성이 우리에게도 옮겨왔던 것이고, 해서 우리는 하루하루를 무수히 많은 스트레스와 함께하고 있었던 것입니다. 진실로 그저 함께하는 것만으로도 우리를 지치게 하고, 아프게 하고, 우리에게 없던 분노의 감정을 다시금 꿈틀거리게 하고, 그런 사람들이 있는 것이니까요. 정말 그렇지 않나요?

그러니 최선을 다해 피하되, 피하지 못했다면 제압하십시오. 고민은 그들이 하도록 떠넘기십시오. 그리고는 남남이 되십시오. 너는 너대로 살고, 나는 나대로 살고, 그런 것입니다. 이제 서로 절대 마주치지도 말자, 하면서 말이죠.

어쨌든 제가 그것이 최선임을 알게 되기까지 얼마나 많은 거짓말에 속아왔는지 모를 것입니다. 저는 사실 거짓말을 이렇게나 아무렇지도 않게 할 수 있는 사람들이 이렇게나 많다는 것에 대해서는 정말로 전혀 모르는 채 살아왔었던 것이죠. 그래서 의심조차 해 본 적이 없었습니다. 이렇게 해준다고 말하면, 정말 이렇게 해줄 것이기에 그렇게 말하는 것인 줄만 알았던 것이죠. 하지만 세상에는 절대 해주지 않을 거면서, 해줄 마음도 없으면서, 해준다는 말을 그저 자신의 이득을 위해서 아무렇지도 않게 하는 사람들도 있는 것입니다.

그래서 저는 적응하지 못했었습니다. 상처를 받았고, 울기도 울었고, 화가 나기도 했었죠. 그래서 그들에게 진실을 추궁했고, 하지만 그들은 그런 적이 없다며 웃으며 말하고, 그냥 그것이 무한 반복됐었던 것입니다. 그건 정말로 속으로는 그걸 믿었어요? 그냥 한 말이었는데, 생각하면서 겉으로는 그런 적이 없다며 끝까지 우기는 식이었죠. 그리고 그것이 바로 그들의 방식인 것입니다. 그래서 제가 끝까지 갈 것 같으면, 그때가 되어서야 끝끝내 그런 적이 없다며 우겼던 일들이 갑자기 기억나기 시작했는지 미안하다고 사과를 하고, 하지만 그러면서도 염치 없이 한 번만 더 계약을 해주면 꼭 지키겠다고 말하고, 그러고는 세상에, 그것 또한 거짓말이었던 것이죠.

그래서 어떤 세계에서는 믿은 사람이 바보가 되는 경우도 생기는 것입니다. 정말로, 그것을 믿은 사람이 믿음에 대한 모든 위험부담을 떠안아야만 하는 것이죠. 그리고 세상에는 정말로, 자신의 사적인 이득을 위해서라면 아무렇지도 않게 사람을 이용하고, 또 거짓말하고, 구슬리고, 그런 사람들도 있는 것입니다. 우리가 절대로 할 수 없는 어떤 것을, 그들은 정말 아무렇지도 않게 할 수가 있는 것입니다.

어쨌든 마지막의 마지막까지도, 그들이 우리를 놓아주는 것은 '두려움' 때문이지 진실한 반성으로 인해서는 결코 아닐 것입니다. 더 큰 손실을 얻게 될까 하는 두려움 때문에 뉘우치는 척 우리의 마음을 풀어주고 달래주고자 하고 있는 것일 뿐인 것이죠. 그것이, 그들의 자연스러운 사고 패턴인 것이고, 하여 그들의 뇌는 그런 식으로밖에 작동하지가 않는 것입니다. 왜냐면 그게, 그들의 당연한 상태이자 수준이기 때문입니다. 바로, 온전하지 않음 말입니다. 그리고 그것이, 우리가 온전한 사람을 만나야만 하는 이유입니다.

그래서 순진해서는 안 되는 것입니다. 어쨌든, 그 모든 것이 결국 순진했던 내 책임이 되는 것이기 때문입니다. 하여 우리는 그런 사람들도 세상에 있다는 것을 알아야만 하고, 그들의 사고방식을 이해하고 있어야만 하고, 그 지혜로 그들을 피해갈 줄도 알아야만 합니다. 그걸 피하지 못하는 찰나의 순진함이 우리를 오래도록 그 일 앞에서 멈추게 하고야 말 것이기 때문입니다. 아직 성숙할 것이 이토록이나 많은데, 그 일 앞에서 많은 시간을 소모하고 낭비해야만 하게 되는 것이죠. 어쨌든 그게 용서와 지혜를 배우는 시간이 되는 것이긴 하지만 말입니다. 그러니 사랑하는 관계에 있어서도 그건 결국 함께함을 선택한 내 책임이 되는 것입니다. 늘 이용만 당했고, 늘 조종당하고 세뇌만 당했고, 늘 자기 욕심을 채우기 위해 입에 발린 말로 나를 구슬렸고, 그랬다고 원망한들 그 지난 시간이 되돌아오지는 않을 것이기 때문입니다.

그러니 최선을 다해 피하되, 피하지 못했다면 최선을 다해 떨어뜨려 놓으십시오. 그것에 대해 순진한 죄책감을 가지지 마십시오. 아무리 그 사람이 나에게 사랑한다고 말해도, 그것이 사랑인지 아닌지는 이미 내 가슴이 알고 있을 것입니다. 그 사람이 나를 진실로 사랑했다면, 나는 지금 아파하고 있지도 않을 것입니다. 만약 그 사람은 온전한데 내가 온전하지 않아 그 진실한 사랑을 받아들이지 못한 채 홀로 나 자신의 부정성을 투영하고 있는 경우가 아니라면 말입니다. 그래서 제가 언제나 피할 수 있으면 피하라고 말하는 것입니다. 미워하지 않고 사랑하되, 함께하지는 말라고 말하는 것입니다.

정말로 함께하지 않는 동안의 당신은 그 사람을 미워하지 않을 수 있습니다. 그가 당신에게 손을 대고, 또 말로써 서서히 당신을 이용하고 조종하며, 그렇게 당신의 온전함을 훼손하기 전까지는 말이죠. 그때는 사실 미워할 필요조차 없을 만큼 당신과 그 사람은 아무 사이도 아닐 것입니다. 그러니까 당신이 그 사람을 사적으로 사랑하게 되어 함께하게 되기 전까지, 당신은 기필코 안전할 것입니다. 그래서 나에게는 그런 사람들과 함께하는 것에 있어서 나 자신에 대한 최선의 다정함으로 그런 사람들을 구분하고, 또한 피해갈 책임도 있는 것입니다. 그 책임 앞에서 최선을 다해 나 자신을 지키고 사랑할 의무 또한 있는 것입니다.

그러니까 내가 나를 충분히 아끼고 사랑한다면, 나는 나를 지키기 위해서 나에게 상처를 주는 사람을 피해갈 것입니다. 그것을 거절하는 데 있어 결코 우유부단하지 않을 것입니다. 정말 그렇지 않나요? 그러니 당신 자신을 충분히 아끼고 사랑하십시오.

하지만 그럼에도 피하지 못했다면, 그때는 당신 또한 그들의 세계에서 통할 만한 원칙에 따라서 그들과의 문제를 해결하시길 바랍니다. 옆에서는 늘 미사일을 쏴대는데, 우리가 그저 맞아주면서까지 다정하게 웃으며 화났니? 하며 돈도 주고 먹을 것도 준다면, 그들이 아, 넌 정말 착한 사람이구나, 하고 그만두겠습니까. 그 순간부터는 돈을 더 뜯길 일만이 남게 될 것이고, 더하여 그들의 요구는 더욱 거침이 없어질 것입니다. 그러니 그렇게 하는 데 있어서 죄책감을 가지지 마십시오. 그것을 이해하지 못해 모든 사람에게 나의 다정한 원칙을 적용했다가는 정말로 큰코를 다치게 될 수가 있는 것입니다. 그러니 순진하지 마십시오. 그럼에도 그들을 믿어주고, 한 번 더 기회를 주는 즉시 우리는 그저 한 번 더 호구가 될 뿐일 것입니다.

그래서 지금까지의 제 경험으로는 그것이 최선입니다. 피하되, 피하지 못했을 경우에는 빠르게 정신을 차리고 진실한 힘으로 제압하는 것 말입니다. 그러고는 그들이 제가 무서워서라도 피하게 하도록 하는 것 말입니다. 당신의 벗은 모습을 상대방이 동영상으로 찍겠다고 말하는 그 즉시, 당신에게는 폰을 던져버리고 그 자리에서 씩씩거리면서 나갈 필요라는 게 있는 것입니다. 그러고 나서 상대방이 암만 입에 발린 말로 당신의 마음을 풀어주려고 해도, 그와 다시는 함께하지 않는 것을 선택할 필요가 있는 것이죠. 왜냐면 이미 그럴 수 있다는 것은, 그 사람의 수준이 그것이라는 것이며, 하여 앞으로도 계속해서 그런 상황을 만들 것이라는 가능성을 아주 많이 포함하는 일이기 때문입니다. 그러니 실제로 내가 화가 나지 않았더라도, 그때는 화가 난 척을 할 필요가 있는 것입니다. 왜냐면 그들의 세계에서는 그것만이 알아들을 수 있을 만한 대화법이기 때문입니다. 제가 다른 최선을 삶을 더 살아가며 알게 된다면, 꼭 새로운 책에 싣도록 하겠습니다.

어쨌든 당신에게 누군가가 한 번 온전하지 않게 굴었다는 것은 앞으로도 계속해서 그럴 수 있는 여지가 있는 일이라는 것을 잊지 마십시오.

온전한 사람에게는 '한 번'은 온전하지 않은데, 다음번에는 온전해야지, 와 같은 것은 없습니다. 당신에게 제가 어떤 사기를 치는 수법을 알려준다고 해도, 당신이 온전하다면 당신은 사기를 단 한 번도 치지 않을 것이고, 결코 치지도 못할 것이기 때문입니다. 그러니 이것에 대해 충분히 이해하십시오. 진실로 우리가 온전하며, 하여 그 온전한 중심으로 살아갈 때, 우리는 온전하지 않은 그 어떤 유혹 앞에서도 단 한 번의 고민도 하지 않은 채 그것을 비껴나갈 것입니다. 그 자존감으로 우리는, 우리 자신을 온전하지 않음으로부터 지켜내고, 그렇게 오직 나에 대한 책임과 의무를 다해낼 것입니다.

그래서 저는 어떠한 식의 힘 싸움이 필요 없는 다정한 관계, 그러니까 서로가 오직 온전함으로 서로를 마주하고 함께하고 있는 관계, 우리가 그러한 관계에 놓여 있을 때만 서로가 서로를 진실하게 사랑할 수가 있는 것이라고 생각합니다. 오직 그때에만 서로가 서로의 있는 그대로를 사랑해 줄 수가 있는 것이죠. 그래서 우리에게는 있는 그대로를 사랑하되, 충분히 있는 그대로를 사랑해도 될 만한 사람과만 함께할 것이며, 나 또한 상대방에게 그런 사람이 되어줄 수 있을 만큼의 온전한 사람일 것, 하는 것들이 필요한 것입니다.

왜냐면 서로가 서로의 있는 그대로를 사랑하지 않을 때, 우리는 서로의 그 사랑 없는 눈빛 앞에서 언제나 상처를 받게 될 것이기 때문입니다. 하지만 서로의 있는 그대로를 사랑하는 눈빛은 서로를 더욱 고취시켜주고 다정하게 안아주는 눈빛인 것이죠. 그래서 우리는 우리를 바라보는 그 다정한 눈빛 앞에서 더욱 애교를 부리게 되고, 또한 사랑스러워질 수밖에 없는 것입니다. 그러니까 하나는 상처를 주는 눈빛이고, 하나는 치유를 일으키는 다정한 눈빛인 것이죠. 그러니 충분히 내게 그런 사람이 되어줄 수 있고, 또 내가 상대방에게 그렇게 함에 있어서도 걱정할 필요가 없을 만큼의 온전한 사람과 오직 함께하시길 바랍니다.

만약 당신이 당신에게 다정할 수도 없지만, 당신이 다정하게 대해서도 안 되는 사람과 함께하게 되었다면, 그때의 당신은 아마 그 사람과 함께했던 상처를 극복하는 데에 아주 오랜 시간을 써야만 할 만큼 훼손되어버릴지도 모르는 일입니다. 비혼주의자가 되고 싶다는 생각이 들 만큼 그렇게 되어버릴지도 모르는 일인 것이죠. 제가 그 어떤 출판사하고도 이제 두 번 다시는 함께하지 않겠다고 마음먹게 된 것처럼요. 그러니까 당신은 온전한데, 상대방은 전혀 온전하지 않고, 하지만 그럼에도 당신이 그런 상대방과 함께하며 그 사람을 있는 그대로 사랑하고자 노력한다면 말입니다. 그러니 그건, 할 수 있다면 무조건 피해야만 하는 일인 것입니다.

그러니 오직, 그래도 될 만한 사람들과만 함께하십시오. 그게 사랑이든, 일이든, 거래처든, 그 무엇이든 말입니다. 당신이 그저 편안하고 다정하게 있어도 당신에게 오직 진실하며, 또한 당신을 존중하는 사람들도 있는 것입니다. 만약 당신이 둘 중 하나만을 골라야 한다면, 굳이 눈앞에 있는 보석을 두고 돌멩이를 집을 필요는 없는 것입니다. 그러니 진실로 온전하고도 다정한 사람들과만 오직 함께하십시오. 있는 그대로를 사랑하되, 있는 그대로를 사랑해도 될 만한 사람들과만 오직 함께하십시오. 최선을 다해서 그것을 구분하는 명민함과 신중함을 갖추십시오.

당신이 그것을 구분하지 못할 만큼 순진해서 온전하지 않은 이들과 함께하게 되었을 때, 당신은 이미 온전한 다른 모든 사람들까지도 의심해야 할 만큼 상처를 받게 된 채일 것입니다. 그게, 온전하지 않은 사람들이 온전한 사람에게 남기는 상처며 트라우마인 것입니다. 그렇게 훼손되어버리는 것입니다. 그로 인해 온전한 다른 사람들까지 의심의 눈초리로 바라봐야 할 만큼 말입니다. 그리고 그 상처를 극복하는 데에는 제법 오랜 시간이 소요될 것입니다. 머릿속으로 계속 그런 생각이 드는 것이죠. 그 자식은 정말 나쁜 자식이었어! 하는 생각들 말입니다. 그렇게 마음에 원망이 생긴 뒤에는, 그 원망을 내려놓고 치유하고, 하여 훼손된 내 온전함을 다시 회복하기까지는 정말로 많은 노력이 들게 될 것입니다. 제가 그랬었고, 저를 포함한 많은 사람들 또한 이와 비슷한 경험을 한 적이 있는 것입니다. 물론, 그로 인해서 순진함을 기꺼이 포기할 수 있게 되긴 했지만요. 물론, 아직도 여전히 포기해야 할 순진함이 제게 남아있다는 것을 가르쳐줄 이들을 또다시 만나게 될지도 모르는 일이지만요.

어쨌든 그래서 사실, 그건 정말 큰 선물입니다. 지나고 보면 정말 큰 선물이 됩니다. 아, 내가 순진했었구나, 결국 내가 순진했음에는 누군가를 탓할 수가 없는 것이구나, 하는 것을 우리에게 배우게 해주는 일이니까요. 그러고는 그 경험들로 인해서, 이제는 순진해서 무엇인가를 선택하지는 않게 되는 것입니다. 오직 나의 온전함을 바탕으로 선택하게 되는 것이죠. 어쨌든 저는 과거의 경험들을 통해서 그것을 배웠습니다. 그러니 여러분들은 저의 경험을 통해서 여러분들의 시간을 절약하고, 여러분들의 온전함을 지켜내십시오. 굳이 보석을 선택할 수 있는데, 돌멩이를 선택하는 순진한 무지의 오류를 더 이상은 범하지 마십시오.

만약 당신이 그럼에도 당신이 함께할 사람으로, 사랑할 사람으로 돌멩이를 집는다면, 당신은 그 선택, 혹은 사랑을 담보로 자주 협박받게 될 것입니다. 내가 너를 사랑해 줄 테니 넌 이렇게 행동해, 혹은 나에게 사랑받고 싶다면 넌 이런 사람이 되어야만 해, 이런 식의 감정적인 협박 말입니다. 그런 식으로 상대방은 끝없이 당신을 통해 자신의 이득을 챙기려고 하고, 당신을 통해 자신의 욕망과 이기심을 충족시키려고 하고, 그렇게 당신은 함께하는 내내 상대방의 온전하지 않음에 당신의 온전함을 헌신하고 갖다 바치게 되는 것이죠.

진실로 그러한 관계 안에 머무르는 것이 시간 낭비가 아니라면 무엇
이겠습니까. 함께하며 성숙을 향해 나아가기보다, 오직 그 반대편으로
추락하게 될 것인데, 그렇다면 그건 당신이 태어난 이유이자 살아가는
유일한 목적인 '성숙' 자체를 또한 동시에 저버리는 일이 아니겠습니까.

그래서 저는 있는 그대로 사랑한다는 말을 다르게 표현하면, 서로
의 다름을 존중하는 다정한 마음가짐이라고 생각합니다. 하지만 그것
을 존중하지 못하는 사람을 당신이 만났다면, 그러니까 예를 들어서 둘
이서 한 50일(50일 전까지는 상대방이 아직 당신이 순진한 사람인지 아닌지 몰
라서 당신을 함부로 대하고 있지 않다고 칩시다. 하지만 이제는 당신의 간을 볼 만
큼 봤고, 해서 함부로 해도 되겠다, 하는 것을 느낀 것입니다)쯤 사귀다가 함께
배달 음식을 시켜 먹은 뒤에 남은 플라스틱 용기들을 처리해야 하는 상
황이 생긴 것입니다. 그리고 그 상황에서 당신은 그것을 깨끗이 씻어서
분리수거를 해야 한다고 생각하고, 상대방은 그것을 굳이 귀찮게 그렇
게까지 해야 하는 것인가, 하고 생각하고 있는 것이죠.

거기까지는 괜찮습니다. 하지만 그때 상대방이 당신의 온전함에서
는 결코 허용할 수 없는 표현들을 당신에게 하기 시작하는 것입니다. 너
는 왜 그딴 식으로 살아? 뭐 이런 것이죠. 이 아무것도 아닌 일 앞에서
당신은 그런 식의 거친 표현을 받게 되고, 하여 그 이야기를 들은 당신
은 그 즉시 상처를 받게 되는 것입니다. 그 사랑이 부재한 눈빛 앞에서,
그 사랑이 부재한 말투 앞에서 말이죠.

그리고 그건, 상대방이 당신의 지금 상태, 지금의 성향, 지금의 습관,
지금의 배경, 이 모든 것들을 함부로 무시하고 깎아내리는 행동이라고
저는 생각합니다. 하지만 그런 식으로 끊임없이 상대방에게 상처를 주
고, 그렇게 해서까지 상대방에게 변화를 요구하는 것, 그게 또한 대부분

의 온전하지 않은 사람들이 서로를 사랑한다면서 하는 행동들인 것입니다. 사랑한다면서 상처를 주고, 사랑한다면서 강요하는 것 말입니다.

저는 그러한 것이 '사랑'을 무기 삼아서 자신의 '사랑 아닌' 것들을 상대방에게 강요하고, 그래야만 네가 나에게 '사랑받을' 수 있을 거라는 식의 협박에 불과한 것이라고 생각합니다. 흔히 어린 아이들이 그러듯, 그러한 사람들은 일평생을 성숙하지 못해 여전히 어린 아이들처럼 자신의 이기심을 보호하기 위해 떼쓰며 살아가고 있는 것입니다. 내가 하고 싶은 대로 하고자 하고, 그렇지 못할 때는 울고 불며 떼를 쓰고, 오직 그런 식일 뿐이기에 상대방의 마음을 배려하고자 하는 마음 자체가 없는 것이죠. 여전히 과도한 자기 애착의 상태에서 벗어나지 못한 미성숙, 그 이기심으로 상대방을 조종하고자 하고, 자신의 욕구가 온전한 것이든 아니든 그것을 통해 상대방을 휘두르려고 하고, 그런 것입니다.

그리고 당신은 기어이 '사랑받기' 위해 자신을 변화시켜나갑니다. 플라스틱을 깨끗이 씻어서 버리지 않는 게 탐탁지는 않지만, 그래도 상대방이 그걸 바라고, 그렇게 해야만 당신을 사랑해준다고 하니 그렇게 해 보는 것입니다. 그리고 그것으로 이미 둘은 더 이상 서로를 진정 사랑할 수 없게 되어버린 것이라고 저는 생각합니다. 앞으로도 계속해서 이런 식의 주고받음이 끝없이 이어질 것이기 때문입니다. 그보다 먼저, 이미 당신에게는 가슴 안에서 진정 변화가 일어나서 변한 것이 아니라, 통제와 억압에 의해 변하지 않았음에도 억지로 하게 된 것이 벌써부터 생겨버렸기 때문입니다. 그러니까 그게 진실로 맞는 것 같다고 당신도 이야기를 통해 인정하고 수긍한 것이 아니라, 그 모든 과정을 생략한 채 상대방의 그러한 거친 태도 앞에서 당신은 그저 굴복하게 되어버린 것이죠. 이미 그 안에는 '다정한 설득, 그로 인한 진실하고도 다정한 변화'가 아니라 '힘'이 작용해버린 것입니다. 그리고 이미 힘이 작용했기 때문에 당신은 위축되었을 것이고, 상대방은 위축된 당신을 앞으로는 더욱 쉽게 힘으로 누르게 되고, 그런 식인 것이죠.

왜냐면 그것이 온전하지 않음이 작용하는 방식이기 때문입니다. 일단 처음엔 힘들어도 힘으로 한 번 제압해 두면, 다음에는 조금만 힘을 써도 쉽게 상대방을 통제하고 억압할 수 있을 거라고 그들은 믿으니까요. 그리고 그들은 그러한 행동을 무엇보다 잘하고 있는 행동이라고 스스로 여기고 있는 채인 것입니다. 이제 당신을 힘으로 제압해 뒀으니, 이 관계 안에서는 자신이 편해질 일만 남았거든요. 오늘 밤, 친구들에게 자랑을 할지도 모르는 일이죠. 내가 이렇게 기선 제압을 완전히 해뒀다니까! 하면서 말입니다. 왜냐면 그들에게는 그것이 자신이 사랑하고 있다고 여기는 사람과 함께 존재하는 가장 최선의 방식이기 때문입니다. 바로 힘의 증명 말입니다.

그런 식으로 그들은, 오직 '힘'을 통해 자신의 이기심을 보다 쉽고 빠르게 상대방에게 해소하고자만 할 뿐입니다. 해서 억누르고, 통제하고, 자기가 하고 싶은 대로 상대방을 이용하고, 그런 식이 되는 것입니다. 상대방으로 하여금 자신의 눈치를 보게 만들고, 하여 마침내 상대방이 자신 앞에서 두려워하고 쩔쩔매는 것을 느낄 때, 그때야 비로소 그들은 자신이 잘하고 있는 것이라고 생각하기 때문입니다. 이제야 나를 존중하고 사랑해주는군, 하면서 말입니다. 그렇다면 두려워하고 눈치 보는 것을 존중과 사랑이라고 여기고 있는 그런 상태에 대고, 우리가 더 이상 무슨 말을 더 할 수 있을까요?

그래서 앞으로는 더 자주, 그리고 더 심하게, 또한 사사건건 상대방은 당신에게 화를 내기 시작할 것이고, 그렇게 당신은 늘 힘에 의해 제압당하고, 통제받고, 강요받고, 억압받으며, 하여 끝내는 그의 구미에 맞게 변해가야만 하는 사랑을 하게 되는 것입니다. 어쨌든 상대방의 그러한 방식은, 진실로 당신을 사랑하는 게 아니라, 자신의 환상과 이상을 사랑해서 그것에 맞게 당신을 바꾸려고 하는 이기심에서 비롯된 욕망의 해소에 불과한 것입니다. 그래서 이 영역에서는 누군가를 있는 그대로 사랑하는 일이 결코 일어나지 않을뿐더러, 또한 그럴 만한 성숙의 수준 자체도 되질 못하는 것입니다. 계속해서 불평하고, 계속해서 화내고, 그런 식으로 그저 자신의 미성숙을 통해 상대방의 에너지를 갉아먹고 소진시키려고만 할 뿐이겠죠.

그리고 그건, 자존감이 낮아서 자신의 생명 에너지를 스스로 충족시킬 수가 없어서 남에게서 그것을 빼앗아 기생하는 방식으로 살아가는 것과 같습니다. 그래서 온전하고도 자존감이 있는 관계는 서로가 서로에게 자신의 에너지를 나눠주면서 긍정적으로 상호작용하지만, 온전하지 않아 자존감이 낮은 관계는 서로가 서로의 에너지를 뺏고 빼앗는 부정적인 교환의 영원한 악순환만을 반복할 수가 있을 뿐인 것입니다. 그리고 그러한 통제 앞에서, 사실 당신은 눈치를 보며 쩔쩔대고 있는 것일 뿐, 그게 사랑 안에서의 다정하고도 진정한 변화는 결코 아니었기에 또한 당신은 언제나 상처와 함께하고 있는 채일 것입니다. 그리고 당신이 그렇게 변했다고 해서 그 사람이 과연 당신을 진정 사랑해줄까요. 이미 있는 그대로를 사랑할 줄 모르는 사람은, 그 방법을 모르기 때문에 상대방이 어떻게 변해도 있는 그대로를 사랑할 줄 모를 뿐입니다. 왜냐면 그 방법을 알았다면, 이미 그렇게 했을 테니까요.

그래서 그 사랑은 이미 끝이 난 것이나 다름이 없는 것입니다. 평생 그렇게 같이 살 수는 있겠지만, 그게 그 함께하는 평생 동안 서로가 서로를 사랑하고 있는 것이라 말할 수는 결코 없을 테니까요. 제 생각에, 어떠한 계기가 있어서 정말로 마음을 고쳐먹지 않은 한, 그 사랑은 이미 수명을 다한 사랑이라고 생각합니다. 그저 끝없는 악순환만이 반복될 수가 있을 뿐인 것이죠. 사랑해줬다가, 뭐라 했다가, 사랑해줬다가, 뭐라 했다가, 그래서 한쪽은 변했다가, 상처받았다가, 변했다가, 상처받았다가, 이렇게 되는 것입니다. 어떻게 해야 저 사람에게 사랑을 받을 수 있을까, 이것만을 생각하다가 평생을 사랑받지 못한 채 끝나게 되는 것이죠. 이렇게 변하라고 해서 이렇게 해봤더니, 한 며칠 동안은 좋아해주다가 또다시 이렇게 변하라고 하고, 뭐 그런 식인 것입니다.

그래서 어느 순간부터 당신은 그냥 쥐 죽은 듯이 살게 됩니다. 한 명은 쥐 잡듯이 살고 있고, 다른 한 명은 쥐 죽은 듯이 살고 있고, 그렇게 되는 것입니다. 숨죽인 듯 지내다가도 뭐 하나 눈에 거슬렸다 하면 그날로 그냥 며칠을 '경멸'이 담긴 눈빛과 함께 지내야만 할 것이기 때문입니다. 그래서 그냥 정말로 숨만 쉬고 살고 있는데, 이제는 숨만 쉬고 사는 것 가지고도 뭐라고 하는 것입니다.

솔직하게 말해서, 뭘 해도 만족시키지 못할 것입니다. 그 사람이 스스로 만족하는 법을 배우지 않는 이상, 무엇을 해줘도 그 사람은 결코 만족하지 못할 것이기 때문입니다. 그래서 사실은 자신의 마음이 변해야 하는 것인데, 평생 그걸 모른 채 살아갈 수도 있는 것입니다. 죽기 전에라도 그걸 깨닫는다면, 그건 정말 다행입니다. 어쨌든 그렇게 조심하면서 살다가, 이제 당신도 온전함의 아래로 내려왔기 때문에 총과 칼을 들게 될지도 모르는 일입니다. 어디 한 번 해봐라, 이제는 내가 당하고만 있지는 않을 테다! 하고 말이죠.

만약 아까의 분리수거를 하던 50일 때의 상황으로 다시 돌아가서 예를 든다면, 온전한 사람이라면 그럴 수도 있다, 라는 생각을 가장 먼저 했을 것입니다. 그럴 수도 있지, 라고 말하고 생각할 줄 아는 마음이 바로 상대방에 대한 가장 최소한의 다정함이기 때문입니다. 그것에는 참 많은 의미가 담겨있는 것입니다. 네가 여태까지 살아온 모든 배경과 환경, 자라온 곳의 문화, 나에게는 이것이 당연한데 너에게는 그것이 당연하게 될 수밖에 없었던 그 무수히 많은 이유들, 그 모든 이유들을 진정 바라볼 줄 알기에 너는 그럴 수도 있지, 가 되는 것이기 때문입니다. 나에게 당연한 것이, 상대방에게 또한 당연한 것이 되어야 하는 건 아니니까요. 그래서 나의 것을 당연하게 상대방에게 강요하는 건, 엄밀하게 말해서 내가 일어서서 소변을 누니까, 혹은 앉아서 누니까 상대방 또한 내가 하는 것처럼 해야 한다고 말하고 강요하는 것이나 다름이 없는 몰상식이 되는 것입니다.

어쨌든 세상에는 그러한 몰상식, 과도한 편견, 자기 애착, 오만, 그러한 것들로 상대방을 마주하는 사람들이 있고, 또 상대방이 자신에게 굽신거릴수록 상대방이 자신을 존중하고 있다고 믿는 사람들도 있는 것입니다. 하지만 그것이 결코 사랑일 수가 없는 것은, 진실한 사랑은 아낌없이 주는 마음을 바탕으로 하는 것이기 때문입니다. 그렇다면 그런 사람에게, 당신은 진실로 당신의 마음을 아낌없이 줄 수 있겠습니까. 아마도 그 사람이 잘 되지 않기를 바랄 수는 있을지언정, 결코 잘 되길 바라지는 않을 것입니다. 왜냐면 당신은 당신을 통제하고 억압하기만 하는 그 사람을 이제는 사랑하지 않을 것이고, 왜냐면 진정 그 사람은 당신에게 단 한 번도 진실한 사랑을 받을 만한 행동을 한 적이 없기 때문입니다.

사랑이라는 게 강요해서 받을 수 있는 것이었다면, 이 세상에서 가장 잔인한 사람들이 가장 많은 사랑을 받았을 것입니다. 하지만 우리는 그러한 사람들을 오직 두려워하거나 불편해할 뿐, 결코 그들을 사랑하지는 않습니다. 그러니까 우리가 진실로 존경하고 사랑하는 사람들은 언제나 우리에게 진심으로 다정할 줄 아는 사람들인 것입니다. 그래서 저는 서로의 다름을 존중할 줄 아는 마음, 그 다정함이야말로 우리로 하여금 서로의 있는 그대로를 더욱 존중하고 사랑할 수 있도록 이끌어주는 최소한의 마음가짐이라고 생각합니다. 그리고 그 다름을 존중할 줄 아는 예쁜 마음가짐이란, 결국 자기 자신에게 다정하고도 온전한 사람들만이 가질 수 있는 특권인 것입니다. 우리는 결국 우리가 성숙한 만큼, 그러니까 내가 나 자신을 진실하게 사랑하는 만큼만 상대방에게도 그러한 사랑을 줄 수가 있는 것이기 때문입니다. 해서 스스로에게 다정하지 못한 사람들만이 존중하기보다 강요하고, 이해하기보다 통제하고, 그러니까 그러한 식의 '힘'을 오직 선택할 수 있을 뿐인 것이죠.

그래서 50일 때의 그 상황에서 상대방이 만약 온전한 사람이었다면, 애초에 그런 식의 표현은 하지도 않았을 것입니다. 그저, 그래? 그럼 그렇게 하자, 하고 말하고는 그렇게 했겠죠. 그게 뭐라고 거기서 똥고집을 부리며 앉아있겠습니까. 어쨌든 더 큰 문제가 있었더라도 서로는 서로에게 상처 주는 말을 하기보다 최선을 다해 서로를 이해하고 존중하는 가운데서 하나의 가장 온전하고도 다정한 결론을 향해 나아갔을 것입니다. 그러니까 화를 내고 강요하기보다, 대화를 하며 서로를 이해하고, 그러는 가운데 서로를 존중하고 아끼는 마음으로 어떠한 선택을 다정하게 하게 되었을 것입니다.

만약 식당에서 밥을 먹고는 지갑을 안 챙겨 왔다면, 그래서 한쪽이 지갑을 안 들고 왔는데 그냥 도망갈까? 라고 했다면, 그리고 다른 한쪽이 그건 아니라고 말했다면, 어쨌든 둘은 집에서 다시 지갑을 들고 와서 계산을 하든 계좌번호를 받아와서 입금을 하든 그렇게 했을 것입니다. 그게 가장 온전한 결론이니까요. 그래서 둘 모두가 최소한 온전함을 향해 나아가고 있는 사람들이라면, 결국 그 둘은 가장 최선의 온전한 결론을 향해 나아갔을 것이고, 하여 그 결론 앞에서 고집을 부리기보다 열린 마음으로 수긍했을 것입니다. 왜냐면 그때는 무엇보다 그게 더 성숙하고도 올바른 결론이라는 걸 그들 자신도 충분히 인정할 수 있을 테니까요. 아니, 그럼 나는 귀찮으니까 네가 집에 가서 지갑을 들고 와서 계산을 하든 알아서 해! 진짜 안 맞네, 안 맞아! 라고 말하는 대신에 말이죠.

그렇게 누군가가 밀어주고, 누군가가 당겨주고, 서로가 서로의 역할을 바꿔가며 밀어주고 당겨주고 하는 것입니다. 어떤 부분에 있어서 서로가 다르다면, 그래서 모두가 동의하는 새로운 하나의 방식을 향해 나아갈 수도 있는 것입니다. 때로는 나의 것을 지킬 필요가 있고, 때로는 너의 것에서부터 배워서 나에게도 그것을 갖출 필요가 있는 것이죠. 그렇게 온전하지 않은 것들은 더욱 바로잡고, 하여 더욱 큰 온전함을 향해 함께 나아가는 것, 저는 오직 그것만이 진실한 사랑이고, 또한 영원을 향해 나아가는 사랑이라고 믿습니다. 영원히 그저 함께하고만 있는 상태가 아니라, 영원히 서로를 다정하고도 진실하게 사랑하는 상태 말입니다.

그러니 함께하는 것에는 언제나 온전한 책임과 서로에 대한 다정한 의무가 따른다는 것을 기억하세요. 함께한다는 것에는 상대방의 행복을 언제나 염려하고, 그렇게 상대방이 나로 인해 더 행복한 사람이 되게 해줄 '책임'을 느끼고, 하여 함께함으로써 상대방에게 언제나 다정하게 말하고, 또 다정하게 행동할 '의무'가 있는 것입니다. 그러니 언제나 온전하고도 다정하십시오. 그러기 위해 당신이 할 수 있는 가장 최선의 노력을 다하십시오.

또한 함께해도 될 만한 사람과, 함께해서는 결코 안 되는 사람을 구분하는 것에 있어서도 더욱 명민해지십시오. 그렇게 스스로를 지켜내십시오. 스스로를 지켜내는 것에 대해서 죄책감을 가지지 마십시오. 그러니까 온전하지 않은 것에 대해 거절하는 것 앞에서 죄책감을 가지지 마십시오. 만약 죄책감을 가져야만 한다면, 그것을 거절하지 않은 것에 대해 죄책감을 갖는 것이 오히려 더 타당하다면 타당할 것입니다. 왜냐면 내가 나를 진정 아끼고 사랑한다면, 내가 나에게 진정 다정하다면,

나는 어떻게 해서든 나의 온전함을 스스로 지켜낼 것이기 때문입니다.

그러니 오직 온전함을 바탕으로 사랑하고, 또한 사랑받으십시오. 있는 그대로를 사랑하며, 있는 그대로 사랑받으며, 하여 진실로 서로를 사랑하기에 계속해서 변화하십시오. 상대방에게 더 좋은 사람이 되고, 상대방 또한 나에게 더 좋은 사람이 되고, 그렇게 세상에서 가장 아름답고도 예쁜 둘만의 색으로 남은 삶의 여정을 물들이십시오. 그러니까 할머니 할아버지가 돼서도 두 손을 마주 잡고 서로의 이야기에 귀를 기울이며 여전히 서로를 다정하게 바라보는, 그런 사랑을 하십시오.

그러니까 영원히, 변화는 있지만 변함은 없기를. 그렇게 늘, 더욱 아름답고 예쁜 방향을 향해 나아가기를. 그 모든 과정 안에서 서로를 향한 그 사랑만큼은 언제나 한 곳에서 여전하기를. 그런 마음으로 서로가 서로를 사랑하기를. 그러기 위해 늘 더욱 성숙하고도 온전할 것이며, 또한 다정한 사람이 되어가는 일 앞에서도 결코 소홀함이 없기를. 하여 둘이서 '함께' 그 성숙에 관심을 가진 채 오직 더욱 성숙한 방향을 향해 나아가기를. 그렇게, 서로에게 '힘'을 쓸 필요 없이 서로는 그저 나란히 손을 잡은 채 한 곳을 향해 걸어갈 뿐이기를. 그렇게 영원히, 낡아지기보다는 깊어지는 사랑을 하기를. 당신이 하는 사랑이, 하게 될 사랑이, 부디 그런 사랑이기를. 그러니까 당신이 충분히 그래도 되며, 당신에게 또한 충분히 그럴 수 있는 사람과 당신이 함께하기를. 하여 두 사람의 마음에는 아까움이라는 것이 존재하지 않기를. 그러니까 모든 것을 다 줘도 아깝지 않은, 그런 사랑을 하기를.

31

진실함으로부터의
성공 ..

정말로 단단하게 오래도록 나의 성공을 지켜내고 싶다면, 오직 진실함으로 승부를 보십시오. 만약 당신이 작은 마음으로 눈앞에 놓인 일시적인 이득만을 위해 애를 쓴다면, 그것은 사람들에게 자주 실망감을 안겨주게 될 것입니다. 하지만 내가 정말로 나의 것에 대해 진실하다면, 우리는 또한 애쓸 필요가 전혀 없게 됩니다. 그러니까 그때는 상대방에게 더 이상 선택을 강요할 필요가 없게 되는 것입니다. 왜냐면 그때는 그저 나의 진실함과 투명함을 보여준 뒤에, 사람들에게 나의 것을 선택할지 말지를 전적으로 맡기면 되는 것이기 때문입니다. 선택은 이제 그들의 몫입니다. 나는 내가 그들에게 제공하는 것에 대한 진정한 자신감을 이제는 소유한 채이고, 하여 더 이상은 상대방에게 선택을 강요하거나 압박하고자 하는 태도의 필요성을 느끼고 있지가 않은 것입니다.

제가 어릴 적에, 저에게는 어머니를 따라서 즐겨 가던 옷 가게가 있었습니다. 물론 제 옷을 사러 간 것은 아니었지만, 저는 어머니의 손을 잡고 어머니께서 옷을 사러 갈 때 그곳에 따라가는 것을 좋아했었던 기억이 납니다. 왜냐면 어머니께서 가는 그 옷 가게는 저를 지치게 하지 않았기 때문입니다. 제가 어릴 때는 카드로 무엇인가를 사는 일이 잘 없었기 때문에 언제나 가게에서 무엇을 살 때면 고객은 얼마까지 해줘, 라고 말하고 사장은 그렇게까지진 안 돼, 라고 답하는 식의 주고받음이 계속되는 일이 많았고, 그것은 정말이지 저를 자주 지치게 만들었기 때문입니다.

하지만 그 옷 가게는 제가 지칠 필요가 없는 단 하나의 유일한 옷 가게였습니다. 왜냐면 그곳의 사모님은 언제나 흥정을 고려하지 않은 채 자신이 할 수 있는 최선의 진실함으로, 딱 정해진 가격에만 옷을 팔았기 때문입니다. 그리고 그건, 깎아줘, 라고 말하는 순간 다른 곳에 가십시오, 라고 대답할 수 있을 만큼의 진실함이었습니다. 그래서 우리는 다른 어디를 돌아봐도 결국에는 다시 그곳으로 돌아올 수밖에 없었습니다. 왜냐면 이미 사모님은 자신이 할 수 있는 최선의 가격에 자신의 상품을 내두었기 때문이며, 하여 그것에 있어 언제나 떳떳했기 때문입니다.

가게는 언제나 깨끗했고, 사모님께서는 잘 웃지 않으셨지만 저는 사모님께서 저를 언제나 반겨주고 좋아해 준다는 것을 알고 있었습니다. 어린아이들은 그것을 잘 느낍니다. 웃지만 나를 그렇게 좋아하지는 않는 사람과 웃지는 않지만 나를 진실로 반겨주고 좋아해 주는 사람, 그것을 그 누구보다 잘 느끼는 것이죠. 어쨌든 저의 어머니께서는 그곳에만 갔습니다. 다른 곳보다 옷도 예쁘고 깔끔했고, 잘못된 것이 있다면 고객을 탓하지 않고 처리해 주었고, 하지만 고객이 자신의 잘못을 숨긴 채 사모님에게 그것을 처리해 줄 것을 요구할 때는 언제나 환불은 해줬지만, 또한 그 고객에게는 두 번 다시 무엇인가를 팔지 않았죠.

제품의 하자나 문제를 처리해 줄 때 사모님께서는 정말로 고객을 탓하는 일이 없었습니다. 그러니까 들리지 않는 말로 중얼거리는 것도 없었습니다. 뭐 이런 걸로 찾아오고 난리래, 이런 말을 절대로 하지 않았던 것이죠. 마음으로도 하지 않았다고 저는 생각합니다. 왜냐면 그런 생각을 마음에 품었다면, 그 즉시 고객은 그것을 느꼈을 것이기 때문입니다. 어쨌든 사모님은 자신의 고객에게 그러한 마음을 결코 전해주지 않았습니다. 해드릴게요, 아니면 해드리지만 당신은 저에게 지켜야 할 최소한의 진실과 존중이 없으니 앞으로 제 고객이 되지는 못합니다. 오직 이 두 개만이 있을 뿐이었던 것이죠.

사모님께서는 한 번 그럴 수 있는 사람은, 앞으로도 계속해서 그럴 수 있는 사람이라는 것을 오랜 사업의 경험을 통해 깨달으신 것 같았습니다. 그래서 문제를 만들어서 불평하는 사람, 그러니까 진실하지 않은 사람, 그런 사람에게 무엇인가를 판다는 것은 잠깐의 이득은 가져올지라도, 장기적으로는 그보다 더 큰 손실과 에너지의 소모만을 가져오는 일이 될 뿐이라는 것을 진정 알고 있었기에 그렇게 하신 것이 아닐까, 하고 저는 생각합니다.

어쨌든 우리가 우리 자신이 줄 수 있는 가장 최선의 것을 주어도, 온전하지 않은 사람들은 그것에 있어 결코 만족하는 법이 없습니다. 왜냐면 그들의 마음 안에는 만족이라는 관점 자체가 존재하지 않기 때문입니다. 해서 그들에게는 그들 자신의 눈에 보이는 이 모든 세계가 자신의 마음 안에 있는 불평과 결핍을 투사하고 표출할 하나의 트리거가 될 뿐인 것입니다.

그래서 그곳에 있을 때, 저는 지친 적이 없었습니다. 이게 뭐가 잘못됐니, 저게 잘못됐니, 하며 사모님이 혹여나 그것을 처리해 주지 않는 것은 아닐까, 하는 것이 걱정이 되어 미리 방어하는 마음으로 큰 소리를 치는 고객도 없었고, 그럼에도 큰 소리를 치는 고객이 있을 때에는 사모님께서는 보태어 언쟁하지 않았기 때문입니다. 그 고객에게는 다시는 무엇인가를 팔지 않는 것, 그것이 다였습니다. 해줄게, 알겠으니까 조용히 계시고, 하지만 다음부터 당신에게는 옷을 절대 팔지 않아요, 이런 것이었죠.

그래서 사실 웃기는 이야기지만, 이 옷 가게에 오는 고객들은 모두가 사모님의 눈치를 봤습니다. 사모님의 눈 밖에 나면 안 되니까요. 좋은 옷을 믿고 구매할 수 있는 이 깔끔한 곳에서 자신이 다시는 무엇인가를 구매할 수 없게 될지도 모른다는 것을 생각하면, 그건 정말이지 여자들의 마음을 아프게 하는 일이었기 때문입니다.

그런 식으로, 사모님은 진실함을 바탕으로 옷 가게를 운영했고, 그 옷 가게에 오는 모든 고객에게 또한 그에 상응하는 진실을 요구했었던 것입니다. 진실하지 않은 손님은 저희는 받지 않습니다, 뭐 그런 것이었죠. 어쨌든 한 번 큰 소리를 쳐서 환불을 받아내는 것보다, 그 옷 가게에 계속 가는 것이 장기적으로 모두에게 좋은 일이라는 것에는 이견이 없었던 것 같습니다. 그것이 무엇이든, 내가 먼저 예의를 갖추어 말하면 사모님은 언제나 그것을 신속하고도 깔끔하게 처리해 줬기 때문입니다. 그래서 고객들 또한 사실 사모님에게 큰 소리를 칠 이유가 전혀 존재하지 않았던 것입니다.

그리고 사모님께서는 고객의 잘못으로 일어난 문제를 해결하는 것에 따르는 비용 또한 언제나 원가로 청구하셨습니다. 내가 대신해서 이걸 처리해 줬으니까, 인건비는 내놔! 이런 건 없었습니다. 그저 나의 고객이 되면, 이건 당연히 누릴 수 있는 보너스 혜택이다, 뭐 이런 느낌이었던 것이죠. 어쨌든 저희 어머니께서는 옷의 수선을 맡긴 뒤에는 언제나 수선집의 가격 청구서를 함께 받으셨고, 하여 혹시 더 많은 금액이 청구된 것은 아닐까, 하고 홀로 의심하거나 밤새 고민하는 일은 어머니에게 있어 일어난 적이 단 한 번도 없었습니다. 그런 일이 일어났다면 스트레스를 받아야 했었겠지만, 그런 일이 일어나지 않는다면 좋은 것도 나쁜 것도 없이 그저 우리는 우리의 일상을 살아가게 되는 것입니다. 그래서 가장 기본적인 다정함은, 상대방의 하루에 스트레스와 불행을 가져다주지 않는 것에서부터 시작하는 것입니다. 더하여 행복하게 해준다면, 그보다 좋은 것은 없겠죠.

　저는 적어도 제가 사는 동네에서는 이 옷 가게보다 잘 된 옷 가게
는 보지 못했습니다. 작은 곳에서부터 시작해서, 두 번, 세 번의 이사를
거쳤고, 하지만 사람들은 옷 가게가 어디서 어디로 이사를 가든 언제나
또다시 그곳을 찾아갔죠. 그리고 옷 가게는 점점 더 깔끔하고, 크고, 세
련된 건물로 옮겨갔고, 하지만 또한 그렇다고 해서 사모님께서 고객에
게 대하는 태도가 변했다거나 하는 일은 결코 일어난 적이 없었습니다.
　그리고 사모님께서는 언제나 자신이 파는 옷을 자신 또한 입고 있
었습니다. 길을 가다가 고객들을 마주쳐도, 사모님께서는 자신의 가게
에 진열되어 있는 옷만을 입고 계셨던 것이죠. 나는 이 옷을 너희들에
게 파는데, 그것을 통해 번 돈으로 루이비통이나 구찌를 입어, 이런 것
은 없었습니다.
　제 생각에 사모님께서는 자신이 가장 좋은 옷이라고 생각하는 옷만
을 들여오는 것 같았습니다. 그래서 그 옷을 자신도 늘 입고 다녔던 것
이죠. 내가 입을 수 있는 옷만을, 나라도 꼭 이 옷은 입을 것 같다 싶은
옷만을 오직 판매하셨던 것입니다. 그러니까 나는 줘도 안 입는다 싶은
옷은 절대 판매하지 않았던 것이죠.
　그리고 그건, 모두에게 상품에 대한 믿음을 주는 일이었습니다. 자
신이라면 절대 먹을 수 없을 것만 같은 음식을 고객들에게 제공하며 이
윤을 남기는 건, 자신이라면 절대 사용하지 않을 가습기를 고객들에게
제공하며 이윤을 남기는 건, 그래서 제 생각에는 결코 장기적일 수가 없
을 것 같습니다. 이미 거대한 기업이 그것으로 인해 무너지는 것을 저
는 몇 차례 본 적이 있습니다. 사실 이건, 보태어 설명할 필요도 없을 만
큼 너무나도 당연한 원칙이자 상식적인 원칙일 뿐인데 말입니다. 하지
만 그럼에도 사람들은 또한 순간의 욕망 때문에 그 원칙을 어기게 되

는 순간을 마주하고, 또 그것에 너무나도 쉽게 유혹받고 흔들리고 있는 채인 것입니다.

사람들은 언제나 성공에는 비밀스러운 법칙이 존재할 것이라고 생각하지만, 그래서 사실 성공에는 가장 간단하고 상식적인 법칙만이 작용하고 있을 뿐입니다. 하지만 동시에 그 간단한 것을 지키며 살아가는 것이 너무나도 어려울 뿐인 것이죠. 사실 우리는 무엇이 우리를 진정한 성공 위에 올려다 줄지, 그 답을 우리 모두의 마음 안에 이미 소유하고 있는 채인 것입니다.

그러니 그 마음의 답을 기억하고, 그것을 따라가십시오. 순간에 취할 수 있는 그 작은 것보다 당신은 더욱 크고 위대한, 결코 무너지지 않을 성취를 마주하게 될 것입니다. 그러니 나라도 꼭 여기서 옷을 사고 싶고, 여기서 음식을 먹고 싶고, 여기의 제품을 이용하고 싶을 만한 그런 최선의 서비스를 제공하는 그 투명함과 진실함으로 임하십시오. 그 모든 과정 안에서 공정하면서도 진실하십시오. 그것이 반드시 당신을 진실함으로부터의 성공 앞에 데려다줄 것입니다.

그리고 사실 이건 너무나 당연하고도 간단한 일입니다. 하지만 그럼에도 당신이 진실함으로 성공하고자 할 때, 당신의 곁에는 경쟁자가 많이 없을 것입니다. 왜냐면 많은 사람들이 순간의 유혹에 못 이겨 그것을 무너뜨리곤 하기 때문입니다. 언제 들통이 날까 불안해하면서 말이죠. 그러니 불안하지 않아도 되는 온전함과 진실함으로 나아가십시오. 그들이 스스로의 선택으로 인해 무너지는 그 언젠가의 순간 앞에서도, 당신은 오직 튼튼할 것입니다. 그렇게 하나둘, 당신의 경쟁자가 서서히 지워지고, 오직 당신의 것만이 빛난 채 우뚝 서 있게 될 날이 당신을 향해 끝끝내 다가올 것입니다. 그게 거짓의 이면이며, 또한 진실함의 진정한 힘이기 때문입니다.

그리고 당신이 그런 마음으로 나아갈 때, 당신에게는 또한 언제나 진실한 자신감이 함께하게 될 것입니다. 그 어떤 곳의, 그 누구의 것보다 나의 것이 당당하게 최고라고 말하고 권할 수 있는, 그 자신감 말입니다. 당신은 그래서 더 이상 고객들과 실랑이를 하지 않게 될 것입니다. 당신이 만든 그 최고의 것, 그 가치를 알아주는 사람들에게만 당신은 그것을 제공할 것이기 때문입니다.

왜냐면 당신의 것이 진실로 최고이기 때문입니다. 그렇다면 그것을 굳이 애를 쓰면서까지 팔아야 할 이유는 이제 당신에게 있어 더 이상은 없지 않겠습니까. 그러니까 그때의 당신에게 있어 고객들에게 구매를 강요해야 할 이유라는 게 진실로 어디에 있겠습니까. 해서 그때의 당신은 정말로 나는 나의 것을 당당하고도 진실하게 소개할 뿐, 선택은 당신의 몫입니다, 라고 말할 수 있게 될 것입니다. 그렇다면 그건 또한 당신에게 있어 얼마나 멋진 일이 되어주는 것이겠습니까.

어쩌면 당신은 지금 이미, 벌써부터 오직 진실함으로부터의 성공을 추구하고 싶어졌을 것입니다. 마음의 한 공간에서 그러한 설렘이 싹텄을 것입니다. 그리고 당신은 바로 그 지점, 그곳에서부터 시작하면 됩니다. 왜냐면 정말로 그곳, 그 지점 안에는 또한 우리가 추구해야 할 진정한 멋이 자리 잡고 있기도 하기 때문입니다.

당신이 만약 당신의 삶에서 이득을 보는 곳은 따로 두고, 하지만 당신이 자부심을 느낄 지점 또한 따로 둔다면, 제 생각에 그것이 당신을 진정 멋있는 사람으로 만들어주지는 않을 것 같습니다. 그건, 어디서 돈은 많이 벌었지만, 그것에 대해 여전히 자신감이 있지는 않아서 다른 외부의 상징들을 통해 그 자신감의 결핍을 채우고자 하는 일이 될 뿐일 텐데, 그렇다면 그것이 어떻게 해서 진정한 멋이라고 할 수 있는 것이겠습니까.

저는 그런 사람들의 눈빛 안에서 진짜 '멋'이 빛나고 있는 경우는 단 한 번도 보지 못했습니다. 사실 그런 사람들은 자신도 이미 그것에 대해서, 그러니까 자신이 진정 멋있는 사람은 아니라는 것에 대해서 충분히 인지하고 있는 채인 것입니다. 로또 1층에 당첨돼서 돈은 많이 벌었지만, 자신이 그래서 멋있는 사람이라고 말할 수는 없는 노릇이라는 것을 자신도 이미 알고 있는 것이죠. 그래서 그들은 그 멋의 결핍을 채우기 위해 자신의 겉모습을 더욱 화려하게 치장하는 일에 더욱 안달이 난 채로 살아가게 됩니다. 그러니까 여전히 그들의 마음은 그 진정한 자신감을 소유하지 못해 왜소하고도 나약한 작은 마음의 일부분에 불과한 것이죠.

그래서 진짜 멋있는 사람들은, 진정 자신의 것에서부터 빛나는, 빛날 줄 아는, 그런 사람들이라고 저는 확신합니다. 요리사는 최고의 요리사일 때 가장 멋있는 것입니다. 요리를 해서 돈은 많이 벌었지만, 여전히 최고가 아닐 때는 어디서 난 요리사야, 라고 떳떳하게 말하기는 좀 그렇게 되는 것입니다. 그래서 매사에 먼저 스스로를 방어하고자 애쓰는 사람이 될지도 모르는 일이죠. 어쨌든 그건, 돈을 많이 벌기 위해 요리를 선택해서 한 것일 뿐이지, 그게 그가 최고의 요리사가 되었다는 것을 뜻하는 게 되는 것은 결코 아닌 것입니다. 그래서 여전히 그는, 진짜 멋있는 요리사는 아닌 것입니다.

사람들은 그래서 그 사람의 사업성과 돈을 부러워할 수는 있지만, 그 사람의 재능, 혹은 그 사람 자체를 존경하지는 않게 됩니다. 어쨌든 돈을 벌기 위해서 '최고로서의 탁월함', 혹은 '절대적 진실함'은 어느 정도 포기했을 것이기 때문입니다. 그러니까 그는 그저 더 쉽게 돈을 벌기 위한 목적에 치중된 요리를 하고 있을 뿐인 것입니다. 자신의 요리를 찾아주는 고객들의 마음을 또한 진정 소중하게 여기기보다 어느 정도는 돈벌이 수단으로써 생각하기도 하면서 말이죠. 그래서 그건 제 생각에 사업적으로 뛰어난, 혹은 돈을 많이 소유하고 있는, 이라고 일컫을 수 있는 상태는 될 수 있어도, 진실로 그 이상은 아닌 것입니다. 그러니까 요리를 통해 감동을 주고, 요리를 통해 행복을 주고, 사람들의 마음 안에 있는 아름다운 구석들을 꺼내주고, 그렇게 서로가 서로에게 진심으로 감사하고, 그러기엔 아직은 많이 부족한 것이죠.

그래서 오직 최고이며, 자신의 재능에 대해 자신이 추구할 수 있는 가장 최선의 정성과 진실함으로써 나아가는 사람에게는 '진정한 멋'이라는 것이 요리를 하고 있지 않은 순간에도 여전히 함께하게 되는 것입니다. 그러니까 그 멋을 진정, 진실로 소유하게 되는 것이죠. 그렇다면 그것이야말로 진정한 멋이자 카리스마라 할 수 있는 것이 아니겠습니까. 하지만 내가 내 요리를 할 때는 여전히 왜소하고도 자신감 없는 사람인데, 그러니까 여전히 최고가 아니며, 오직 이윤만을 추구하는 장사꾼일 뿐인데, 거기서 번 돈으로 치장한 뒤에 다른 곳에서 나는 멋있는 사람이야! 라고 뽐내고 다니는 것은, 그래서 스스로 진짜 멋을 소유하지 못해 다른 것들을 통해서 그것을 증명받고자 오직 발버둥 치고 있을 뿐인, 낮은 자존감의 시도에 불과한 것입니다.

그래서 그런 사람들은 자기 스스로는 자신감이 있는 '척'하지만, 실제로는 보잘것없는 사람들인 경우가 많습니다. 뭐 하나 스스로 뽐내고 자랑하지 않으면 안 되는 것이죠. 왜냐면 그러지 않고서는 아무도 자신을 바라봐주지 않으니까요. 그래서 뽐을 내는데, 그 모습을 멋을 진정 소유한 사람이 보게 될 때는 그저 조금 촌스럽고 유치하다, 참 애쓴다, 이런 느낌을 받게 될 뿐인 것입니다. 왜냐면 최고는 그 사람의 요리를 먹지 않을 것이고, 그 사람도 자신의 요리를 먹지 않을 것이기 때문입니다. 그러니까 그 사람은 자신의 요리를 통해서 번 돈으로 최고들의 식당에 가서 그들의 요리를 먹고 있겠죠. 그렇다면 그것이 어떻게 해서 자신의 것에 대한 진실한 자신감이 있는 상태라고 감히 말할 수 있는 것이겠습니까.

그래서 그들은 가짜들에게만 인정받는 사람이 되고, 그것에만 오직 만족할 수 있을 뿐인 사람이 됩니다. 가짜들만이 자신이 두른 겉모습과 외부의 상징들에 현혹되어 자신을 최고라고 불러주거든요. 그리고 그건 정말이지 얕고 피상적인 것입니다. 얄팍하고 깊이가 없는 것이죠. 하여 그곳에는 진정한 멋과 자신감, 그런 것들이 있을 자리가 결단코 존재할 수가 없는 것입니다. 자신이 가짜라서 가짜들과만 어울릴 수 있을 뿐인 것이죠. 그리고 그건, 그런 사람들이 하는 휘황찬란한 모임에 참석해서 서로가 서로를 최고라고 불러주며 그렇게 서로가 진정 최고가 아님을 위로받고 위로해주는 식이 될 뿐일 것입니다. 나 오늘 차 뭐 샀어, 얼마 벌었어, 하면서 말이죠. 어머, 너 목걸이 예쁘다, 그거 얼마짜리야? 하면서 말이죠.

하지만 그 순간에도 진짜는, 그저 최고로서 자신의 것에 묵묵히 임하고 있을 뿐입니다. 그렇게 언제나 최선을 다하느라, 그런 모임에 참석해서 탕진할 시간과 에너지가 그들에게는 사실 존재하지도 않을 것입니다. 왜냐면 최고에게는 그런 시간이 진실로 사치이자 낭비이며, 해서 전혀 의미가 없는 일들로 느껴질 수밖에 없을 것이기 때문입니다. 사실 허세를 부리는 사람들과는 대화도 안 통할 것이고, 그래서 그들의 그런 면들에 실망을 하거나 하품을 할 수만이 있을 뿐이겠죠. 그건 정말로 내 소중한 시간과 감정과 에너지를 낭비하는 일이 될 뿐입니다. 해서 진실로 무가치하고, 무의미한 것들을 가치 있다 여기고 의미 있다 여기는 오해투성이의 관점 사이에서 오직 지루함만을 느낀 채 시계를 바라보고만 있게 될 뿐인 것이죠.

그렇다면 여러분이 서 있을 자리는 어디입니까. 여러분은 어느 쪽을 향해 가고 싶습니까. 그리고 어떤 것을 마음에 품은 채 나아가고 싶습니까. 이미 여러분의 마음은 그 답을 정했을 것입니다. 왜냐면, 무엇이 더 진실하고도 높은 수준인지, 우리는 이미 알고 있기 때문입니다. 언제나 그것에 대해 모르는 척했을 뿐이지, 그것을 잊은 적은 진실로 단 한 번도 없었기 때문입니다. 그러니 그 마음을 믿으세요. 그 방향을 향해 나아가세요. 끝내 모든 거짓이 종말하고 막을 내리는 순간에도, 당신이 선택한 진실만큼은 여전히 빛 나는 채 서 있을 것입니다.

그러니 진실함에서부터 진정 최고가 되어서, 그 최고를 소유하는 사람이 되십시오. 그곳에서부터 빛이 나는 멋진 사람이 되십시오. 그렇게 다른 것에 의존하여 '멋'을 부리기보다, 스스로가 멋진 사람이라서 진정 멋있는 사람이 되십시오. 진실로 그것만이 진정한 멋의 소유가 될 수 있을 것입니다.

그리고 일단 당신이 그것을 소유하고 나면, 당신은 모든 곳에서 또한 그것을 소유한 채일 것입니다. 그러니까 그건, 누가 어떤 옷, 어떤 차를 입고 당신 앞에 서도, 당신은 그저 자다 깬 얼굴의 잠옷 차림으로 그들을 마주하는 순간에도 여전히 멋있고 자신감 있는 사람으로서 존재하는 일입니다. 그리고 제 생각에 그들은 그런 당신을 원할 것입니다. 그들이 가지지 못한 당신의 그 '진짜'인 것들을 그들은 원할 수밖에 없기 때문입니다.

그리고 잠옷을 입은 당신이, 자다가 방금 일어나 조금 예민해진 당신이, 당신의 문 앞에 멀끔히 차려입은 채 당신을 마주하길 기다리고 있는 그 사람을 선택할지 말지는 오직 당신의 몫입니다. 그리고 그들은, 뭐 하세요? 라는 눈빛으로 자신을 빤히 바라보고 있는 당신의 그 눈빛 앞에서 쩔쩔맬 것입니다. 혹시 제가 너무 이른 시간에 실례를 했나 모르겠습니다, 하면서 말이죠.

제가 스물다섯, 여섯 살 때쯤부터였을 것입니다. 제가 사는 작은 원룸에는, 그리고 그 근처의 카페에는 언제나 저보다 훨씬 나이가 많고 외적으로 성공한 사람들이 저를 찾아왔었습니다. 저와 함께해주시죠, 하면서 저에게 최선을 다하면서 말입니다. 최고를 소유하지 못한 사람은, 최고를 소유한 사람을 통해야만 하기 때문입니다.

그러니 그저 최고가 되십시오. 당신이 정말로 진실함으로써 최고가 된다면, 그렇게 존재한다면, 당신이 굳이 애를 쓰며 그런 사람들이 있는 모임에 참석하려고 노력하지 않아도, 그런 사람들이 당신의 집 앞에 줄을 선 채 대기표를 뽑고 기다릴 것입니다. 그러니까 당신이 최고 요리사가 되면, 그때는 저희 호텔에서 요리를 해주시죠, 하고 그들이 당신을 모셔가기 위해 오직 애를 쓸 것입니다.

그게, 당신이 최고로서 존재할 때 당신에게 따라오는 하나의 권한입니다. 최고가 아닌 사람들이 당신을 통하고자 할 때, 그들과 함께할지 말지를 고민하고 선택할 수 있는 권한 말입니다.

당신이 어떤 직업을 가졌든, 그저 당신이 최고가 되면 그렇게 되는 것입니다. 그리고 그때는 당신이 직접 그것을 할지, 아니면 다른 사람들을 통해서 당신의 그것을 펼칠지 또한 오직 당신의 선택에 달린 일이 됩니다.

저는 처음에는 다른 사람들을 통해서 저의 것을 펼쳤습니다. 하지만 그것을 오래 유지할 수는 없었습니다. 저는 언제나 진실함과 함께 나아가고 싶은데, 그들은 제가 바라보는 곳과는 언제나 반대 방향을 바라보고 있었기 때문입니다. 그래서 저는 결국 저의 진실함을 지키기 위해서 독립을 하게 되었습니다. 그리고 그 과정 안에서, 그들이 저를 놓아주지 않겠다며 떼를 쓰는 바람에 독립을 하는 일에도 애를 좀 많이 썼었던 기억이 납니다.

그러니 당신이 그들과 함께 당신의 것을 실현할지 말지를 선택할 때는, 당신에게 찾아온 그 사람들의 이야기와 행동, 계약서를 꼼꼼하게 살피고, 또한 당신이 당신의 의지를 충분히 지키며 그들과 함께할 수 있을지에 대해서도 충분히, 그리고 신중하게 고려하십시오.

사실, 직접 무엇인가를 하는 건 조금 귀찮은 일이기는 하기 때문입니다. 최고들은 최고인 바에만 관심이 있기 때문에 다른 외적인 것들은 케어를 받는 것이 많은 부분에서 유리할 수도 있는 것입니다. 하지만 때로 그럼에도 당신은 선택해야만 할 것입니다. 왜냐면 당신의 의지와 반대되는 사람들과 당신이 함께하게 되었을 때, 그때의 당신은 당신의 것을 실현하는 것을 잠시 멈추어야만 하게 될지도 모르기 때문입니다. 그러니까 그것이 당신을 더욱 오래도록 제자리걸음 하게 만드는 일이 될 수도 있는 것입니다.

그러니 저에게 그것을 당신이 묻는다면, 저는 당신의 힘으로 혼자서 해보라고 권유해보고 싶습니다. 당신이 하고자 하는 모든 실현 방식들, 그 안의 작은 세부 사항들과 섬세함, 그 색깔들, 사실 그것들을 오롯이 실현하기에는 혼자인 게 좋기 때문입니다. 누군가와 파트너가 될 때는, 그 의견이 아무리 내 생각과는 달라도 나는 그 의견을 어쨌든 최선을 다해 존중하고, 또한 그것 앞에서 다정해야 할 의무라는 게 생기게 되기 때문입니다.

그러니까 그건, 제가 사인회를 할 때 책을 이미 구매한 사람들에게는 책을 또 구매하게 하는 일 없이 그냥 사인을 할 수 있도록 해달라, 라고 말하면, 그들은 이미 샀더라고 한 권 더 구매해야 책이 더 팔리는 것이니 그게 더 좋지 않겠냐, 이렇게 말하는 식인 것입니다. 어쨌든 그런 세부적인 것 앞에서 의견이 상충할 때가 많은 것입니다.

왜냐면 당신은 진실하고도 순수하게 당신의 것을 하고 싶을 것이고,

그들은 그것을 통해서 오직 이윤을 얻고 싶을 것이고, 그러니까 이미 그곳에서부터 둘의 목적이 상반되기 때문입니다. 둘이 이 일을 바라보는 관점 자체가 처음부터 달랐던 것이죠. 그러니까 당신에게는 계속해서 진실하게 최고인 바를 추구하는 것이 중요하다면, 그들에게는 당신의 그것이 얼마나 최고로서 진실함과 함께 실현이 되든, 그런 것보다는 지금 이 순간의 '돈' 자체가 오직 더 중요한 것입니다.

해서 당신이 미래를 위해서 무엇인가에 투자하고자 하면, 그들은 미래를 위해서는 당신을 위해 결코 움직여주지 않을지도 모릅니다. 당신에게는 너무나도 선명하게 보이고 그려지는 그 미래가, 그들의 눈에는 결코 보이지 않을 것이기 때문입니다. 지금 당장의 플러스와 마이너스, 그러니까 그들에게는 그것이 가장 중요할 것이고, 하여 그 사적인 이득에 대한 조급함이 그들로 하여금 그 미래를 바라보지 못하게 만드는 것이죠. 그리고 그것이 때로 당신을 많이 지치게 만들 것입니다. 당신은 지금은 이윤을 남기기보다 조금 더 고생하더라도 많은 사람들에게 '닿는' 것이 더 중요한 것이라고 생각할 수도 있겠지만, 그들에게는 지금 당장에 이윤이 나지 않으면 그건 정말로 버틸 수가 없는 일이 될 것이기 때문입니다.

하지만 그럼에도 '함께함'을 선택했기에 당신은 최선을 다해 그들에게 당신의 뜻과 의지를 설득하겠지만, 사실 그것이 그렇게 되지 않을 확률이 더 높은 것입니다. 그래서 만약 당신이 처음부터 혼자라면, 당신은 그 설득에 드는 에너지와, 하지만 설득함에도 절대 변하지 않는 그들의 태도에서 느끼는 실망감, 그것에서부터 오는 모든 소모적인 에너지들을 아낄 수 있는 것입니다.

그러니 당신이 최선을 다해 나아가고 있는 어떤 순간 안에서 누군가와 함께할지 말지를 고민해야 하는 순간을 맞닥뜨리게 된다면, 그들의 뜻이 당신의 뜻과 일치하는지를 가장 먼저 살피고, 그것을 가장 섬세하고도 신중하게 여러 차례 고려하고, 또한 그들의 모든 입장을 문서화해두는 과정이 진실로 필요할 것입니다. 왜냐면 당신이 이것에 임하는 목적과 그들이 이것에 임하는 목적은 결코 같을 수가 없을 것이기 때문입니다.

어쨌든 당신이 순수함과 진실함이라면, 그들은 당신의 그것을 통해 '이윤'을 남기는 것만이 오직 최우선의 목적인 것입니다. 그러니 그렇게 꼼꼼하게 살피는 것에 있어 죄책감을 가질 필요는 전혀 없는 것입니다. 그들이 당신을 필요로 해서 찾아왔고, 하여 당신에게는 그들을 검토해야 하는 당연한 의무이자 책임이 있는 것입니다. 그런데 당신이 만약 순진해서, 그들도 당신과 같을 거라는 생각에 그저 웃으며 그들의 말을 곧이곧대로 믿고 사인을 해버린다면, 제 생각에 그건 안전하지 않은 행동입니다.

그들이 당신과의 약속을 지킬지 아닐지, 당신의 진실함을 지켜주고자 노력하는 좋은 파트너일지 아닐지, 그것에 대해서까지는 저도 알지 못합니다. 하지만 확실하게 제가 아는 것은, 우리는 알지 못한다는 것입니다. 그래서 알지 못하는 것들에 대해서, 100% 확신할 수 없는 것들에 대해서 우리는 최선을 다해 검토할 필요가 있는 것입니다. 그렇게 최선을 다했음에도 때로 어긋나는 일이 자주 생기기도 하는 것이 바로, 이 세상에서 더불어 살아가는 일이기 때문입니다.

그러니 최선을 다해 당신 자신을 지키십시오. 순진하지 마십시오. 또한 순진한 죄책감을 가지지도 마십시오. 이것은 정말, 몇 번을 다시 말하고 강요해도 모자람이 없는 말입니다. 이 부분만이 아니라 이 세상의 모든 것에 대해서 또한 그렇습니다. 그러니까 언제나 방심은 금물입니다. 순진한 이들은 자기 자신을 지키는 일 앞에서 때로 죄책감을 가지지만, 진실로 자기 자신에게 다정한 이들은 자신을 지키는 일 앞에서 오직 자신이 할 수 있는 최선을 다할 뿐입니다. 그러니 그것을 삶의 어떤 순간 앞에서도 반드시 기억하십시오.

어쨌든 저는 결국 독립을 해서 나왔습니다. 그렇게 저만의 회사를 차리게 되었고, 하지만 저의 직원에게 아주 간절하고도 진실하게 부탁한 것이 하나 있었습니다. 그리고 그 부탁이라는 것은, 만약에 내가 양심을 지키느라 진실하지 않은 일 앞에서 그것을 할지 말지를 고민하고 있다면, 너는 내가 돈을 많이 벌 수 있도록 그런 일들은 네가 알아서 대신 좀 해줘, 라거나, 제발 좀 열심히 일해서 수단과 방법을 가리지 말고 돈 좀 많이 벌어보자, 라거나, 그런 것이 아니었습니다.

그것은, 내가 이 길을 걸어가는 어떤 순간에, 아주 잠깐의 유혹에 못 이겨 나의 온전함과 진실함을 저버린 채 잘못된 길을 향해 가고자 스스로 고민하게 되는 순간을 만약에, 정말로 만약에 내가 마주하게 된다면, 최선을 다해서 나를 말려달라는 부탁이었습니다. 그리고 저는 거기에 더해서 때로 내가 이미 그것을 정했기에 고집을 부리고, 그런 식으로 나와 의견이 다른 너에게 화를 내는 순간에도, 너는 최선을 다해서 너의 방식대로 나를 말려달라는 부탁을 덧붙였습니다.

그리고 그건, 제가 사업을 처음 해보는 것이었기 때문에 제가 어떻게 될지는 저도 알 수가 없어서 한 부탁이었습니다. 왜냐면 제가 아는 많은 출판사들이 때로 진실함 따위는 전혀 중요치 않게 여기는 것처럼 보였기 때문입니다. 실제로 작가가 직접 운영하는 어떤 출판사들 또한 서슴없이 그렇게 존재하고 있었기 때문입니다.

그래서 저는, 내가 진실할 수 있었던 것은 오직 내가 작가로서 존재하고 있었기 때문이지, 사실 내가 사업을 하게 되면 나도 그렇게 변해버릴지도 몰라, 하는 그것이 두려웠습니다. 어쨌든 저에게는 저의 회사를 최선을 다해 진실함으로 운영하고, 직원에게 또한 그런 진실한 본보기가 되어줘야 할 또 다른 새로운 의무가 생긴 것입니다. 그리고 작가로서든, 회사를 운영하는 사람으로서든, 그 모든 것에 앞서 저에게는 저의 진실함과 순수함을 지켜내야 한다는, 저라는 사람에 대한 가장 기본적이고도 인간적인 의무와 책임 또한 언제나 있는 것입니다.

그러니 그 모든 의무와 책임 앞에서 또한 소홀하지 마십시오. 그게 당신에게 있어 단 하나의 유일한 의무이자 책임이 될 때, 당신에게는 고민이 없을 것입니다. 왜냐면 그때는 고민에 대한 선택과 답이 언제나 이미 정해져 있는 채일 것이기 때문입니다. 그게 성숙하기 위해 이 삶에 태어나 존재하는 우리의, 이 세상 모든 것 위에 있는 가장 태초의 의무이자 책임인 것입니다. 그러니 그것을 잊지 마십시오. 반드시 기억하십시오.

그리고 지금까지의 제 결론은, 진실한 사람은 그것이 무엇이든 그것에 진실하고, 진실하지 않은 사람은 그것이 무엇이든 진실하지 않을 수 있을 뿐이다, 이것입니다. 그러니 진실하지 않음에는 그 어떠한 타당한 변명도 있을 수가 없는 것입니다. 지금은 이래서, 저래서, 그래서 진실하지 않음이 필요한 거야, 나중에 잘 되고 나면 그때부터 진실하면 되지, 이러한 변명은 있을 수가 없는 것입니다. 그러니까 진실함에는 협상의 여지가 없습니다.

그러니 그것이 무엇이든, 지금이 어떤 상황이든, 그저 오직 진실하십시오. 당신이 진실한 사람이라면, 당신은 진실할 것입니다. 그러니 가장 먼저 진실한 사람이 되십시오. 그리고 그것을 바탕으로 나아가십시오. 당신이 당신의 환경에 의해 진실함을 포기하지 않았던 것을, 당신은 정말로 다행이라 여기는 순간을 꼭 마주하게 될 것입니다.

그것으로 인해 당신이 외부적으로도 크게 성공하게 될지, 그렇지 않을지는 사실 당신의 역량에 달린 것입니다. 당신의 것이 정말로 최고라면, 제 생각에 당신은 성공할 것입니다. 하지만 당신이 진실하지만, 또한 여전히 최고가 아니라면, 그때의 당신은 적당히 성공하는 것에 그칠 수도 있습니다. 만약 당신이 두는 성공의 기준이 오직 외부적인 것이라면 말이죠. 하지만 내부적으로는 그 적당히를 넘어서 훨씬 더 크고 위대한 자신감과 당신은 언제나 함께하게 될 것입니다.

그리고 제 생각엔, 그것이 진짜 성공입니다. 그때는 이미 성공이 완성된 것입니다. 왜냐면 그 순간부터 당신은 진짜 멋있는 사람일 것이기 때문입니다. 진짜 빛나는 사람일 것이고, 그 멋과 카리스마를 진정 소유한 사람일 것이기 때문입니다. 그러니까 그때는 당신이 진짜라서, 그 이유 하나만으로 당신은 진짜들로부터 존중받고 존경받게 될 것입니다. 그렇다면 거기에 더해서 다른 무엇이 더 필요하겠습니까. 이제 당신은 더 이상 무엇이 있고 없어서 자신감이 있고 없는 채로 존재하는 식의 외부에 의존적인 사람이 아닐 텐데 말입니다. 하여 당신은 이제 진실로 당신의 존재 자체만으로 빛나는 멋진 사람일 텐데 말입니다.

하지만 그럼에도 여전히 외부적인 것이 더 필요할 것이라는 생각이 든다면, 그렇게 하십시오. 외부적으로도 더 많은 성취를 해내십시오. 만약 당신이 오직 진실하면서, 또한 당신의 꿈을, 그러니까 당신이 실현하고자 하는 그것을 그 진실함을 바탕으로 진실로 크게 사랑한다면, 제 생각에는 당신이 최고가 되지 못할 확률은 거의 없을 것 같습니다. 최고가 될 확률보다, 그렇지 않을 확률이 더 낮을 것 같습니다. 정말 진실하게, 진심을 다해 당신의 것을 사랑하고, 하여 그것을 그 마음을 바탕으로 실현하며 나아가고 있다면 말입니다. 그러니까 이 세상의 '진실함' 자체에 당신의 것이 기여하고 있으며, 하여 당신의 것이 많은 사람들에게 행복과 아름다움과 어떠한 감동을 전해주는 것이 되었다면 말입니다. 그래서 그때가 되면, 저는 당신이 무조건 잘 해낼 거라고 봅니다.

그러니 잘 해내십시오. 외부적으로도 더 잘 해내고 싶다면, 더 잘 해

내면 되는 것입니다. 그러니 해내는 사람이 되십시오. 모두가 아니라고 하는 순간에도, 당신이 해낼 수 있는 사람이라면 당신은 해낼 것입니다. 왜냐면 저는 그랬기 때문입니다. 안 된다고 하는 것을, 모두가 하나같이 불가능하다고 하는 것을, 저는 되는 것으로 만들었고, 또한 그들에게 저의 실현을 보여줬습니다. 그리고 제 생각에는 그것이 바로 최고들이 지닌 무한한 힘입니다. 외부에 의해서 되지 못할 거라 믿는 것이 아니라, 나의 내면에 있는 힘을 통해서 외부를 변화시켜 나가는 것, 바로 그것 말입니다.

그러니 필요하다면, 그것을 가지십시오. 소유하십시오. 제가 당신이라면, 저는 그렇게 했을 것입니다. 그러니까 만약 저에게 다른 무엇이 더 필요하다고 느꼈다면, 저는 더 노력을 해서 그것을 끝내 이뤄냈을 것이며, 하여 그것을 진정 소유하는 일에 성공했을 것입니다. 하지만 사실 저로서는 당신에게도, 저에게도 딱히 다른 무엇이 더 필요한지는 잘 모르겠습니다. 사실 저는 지금이 딱 좋고, 딱 적당하기 때문입니다. 하루하루를 살아가기에 충분히 풍족하고, 나의 성취를 많은 사람들이 사랑해주고 있으며, 더하여 지금의 제 삶에 대해 제가 진실로 완전하게 만족하고 있는 채이기 때문입니다.

우리 자신의 내면이 이미 모든 결핍을 넘어선 채로 오직 성취에 대한 만족감과 자긍심으로 가득 충족되어져 있는 상태라면, 우리는 오직 만족할 것입니다. 그리고 그 만족이 바로 이 세상에서 우리가 취할 수 있는 가장 최고의 성공입니다.

어쨌든 당신이 당신의 꿈을 성취하고, 당신이 이루어내고자 하는 바를 끝내 이루어낼 때, 그 과정 안에서 당신은 당신과 함께 동시대를 살아가는 많은 사람들의 가슴에 또한 무엇인가를 전해주게 될 것입니다. 우리는 진실함을 선택함으로써도 충분히 성공할 수 있다는 그 희망이라는 이름의 무형의 힘과 감동을 말입니다. 그러니 그러한 희망의 상징이자 표본이 되십시오. 그것으로부터 많은 사람들의 진실함을 더욱 부추기십시오. 그러니까, 당신의 것이 성공할 수밖에 없는 것이 되도록 당신이 그것을 만들어내십시오. 그것이 다입니다.

그리고 당신이 더 많은 것을 가지고 싶다면, 가지십시오. 당신이 그것을 가지겠다는데, 그것을 가지지 못하게 막는 사람이 어디에 있겠습니까. 그것을 막을 수 있는 건, 오직 당신 자신뿐입니다. 그러니까 당신을 막아설 수 있는 건, 당신의 내면에 존재하고 있는 당신 자신의 한계들일 뿐입니다. 그러니 그 한계를 초월하고 뛰어넘으십시오. 당신의 내면에 그것에 대한 한계가 더 이상 존재하지 않을 때, 당신은 비로소 그것을 당신의 것으로 소유하게 될 것입니다. 그러니 그렇게 하고 싶다면, 그렇게 하면 되는 것입니다. 최선을 다해서 말이죠.

정말로 저라면, 그리고 저에게 다른 무엇이 더 필요하다고 제가 느꼈다면, 저는 최선을 다해 그것을 소유했을 것입니다. 그것을 해내는 사람이 되었을 것입니다. 그러니까 될 수 없는 것들을, 될 수밖에 없는 것으로 만들었을 것입니다. 그리고 그러한 기적은 언제나 가능한 것입니다. 당신이 진정 당신 자신의 한계와 할 수 없을 거라 믿는 불가능을 초월한 채라면 말입니다.

그렇게 마침내 당신이 진정 한 분야에서 최고가 되고, 하여 최고로서 존재하는 방법을 알게 된다면, 당신은 또한 이제 다른 모든 분야에도 그것을 적용할 수 있게 될 것입니다. 왜냐면 당신은 성공을 진정 소유한 사람이고, 하여 성공을 소유한 사람은 이제 무엇을 하든 성공할 수밖에 없기 때문입니다. 진실로 성공에 필요한 유일한 것은 우리 자신의 존재와 성공에 대한 진정한 확신, 그것이 다이기 때문입니다. 그러니까 이제는 내가 성공할 수밖에 없을 만큼의 존재가 되었기에, 그 존재의 빛으로부터 진정 성공할 수밖에 없게 된 것이죠.

저는 저희 어머니께서 새롭게 시작하신 펜션이 잘되지 않는다는 말을 들었을 때, 그리고 그것 때문에 어머니께서 잠을 못 잔다는 말을 들었을 때, 그리고 어머니께서 그 모든 것이 경기가 안 좋아서이며, 그래서 다른 모든 펜션도 하나같이 힘들다고 저에게 말했을 때, 그저 제가 해결해드릴게요, 라고 대답했습니다. 그러고는 해결해드렸습니다. 그것을 해결하는 데 얼마나 걸렸냐고요? 정확히 이틀이 걸렸습니다. 그리고 정확히 그 주의 주말에, 펜션의 모든 방이 꽉 차게 됐죠. 어머니께서는 이제는 손님이 너무 많아서 걱정이라고 하셨습니다. 그리고 그때로부터 일 년이 채 지나가기도 전에, 어머니께서는 그 옆의 펜션까지 인수를 하셨습니다.

여전히 그 주변의 모든 곳에는 손님이 없었지만, 유일하게 어머니의 그곳에는 손님이 넘쳤습니다. 제가 무슨 마법이라도 부렸겠습니까. 정말로 그저 신경을 쓰는 것, 그것이 다였습니다. 어머니께서는 어디 업체에 광고를 맡기고, 또 어디에 맡기고, 그렇게 깨지는 돈만 한 달에 몇백만 원이 된다고 말씀하셨었습니다. 그런데도 이렇게 장사가 안 되는 건 정말로 경기가 안 좋아서인 것 같다고 하셨죠. 그 말을 듣고 저는 생각했습니다. 그들은 최고가 아니구나, 하고 말이죠. 그들이 어머니의 그 몇백만 원에 대해서 진실하게 신경이나 썼겠습니까. 자기 돈도 아닌데 말이죠.

진실로 그런 부류의 사람들에게는 받고 나면 그것으로 끝이다, 오직 그것만이 그들이 믿고 따르는 유일한 경제의 법칙인 것입니다. 그래서 그들에게 있어 그 이상의 책임은 없는 것입니다. 광고를 해달라고 할 때는 쩔쩔매다가, 돈을 받은 뒤에는 완전히 뻔뻔해지는, 그런 식인 것이죠. 그게 또한 나이가 많은 어른들이 하는 사업체에 전화를 돌려서 광고를 해주겠다고 하는 대부분의 업체가 하는 일이기도 합니다. 구슬려서 돈을 받고, 돈을 받은 뒤에는 입을 닦는 것 말입니다. 그렇다면 그곳의 어디에 '진실함'이 있겠으며, 하여 그곳의 어디에 진정한 성공이 있을 자리가 있겠습니까.

그들은 지금 이 순간 자신들이 돈을 벌었다고 생각한 채 오직 우쭐하고 있겠지만, 그 시간 안에서 진실로 장기적인 실패가 확정되고 진행되고 있을 뿐인 것입니다. 그래서 그들은 일시적인 성취에 오직 만족해야만 하는, 사실은 실패한 사람들입니다. 그들 자신은 그러한 사실을 전혀 바라보지 못하겠지만 말이죠.

어쨌든 그들이 진짜 '신경'을 쓰는 사람들이었다면, 어머니께서는 걱정하실 일이 없었을 것입니다. 그래서 제가 취한 가장 첫 번째 조치가 바로 그들에게 더 이상 돈을 주지 않는 것이었습니다. 그리고 제가 그들이 하는 모든 일들을 대신해서 하기 시작한 것이죠. 그것에 대해 공부를 하고 분석하기 시작한 것입니다. 해서 그것을 완벽하게 이해하는데, 정확히 이틀이 소요됐고, 그러고 나서는 이제 저에게 남은 일이란, 손님이 얼마나 많이 올지만을 걱정하는 일이었습니다.

저는 아주 섬세하고도 꼼꼼하게 하나하나 분석하고, 또 공부했습니다. 사실 이건, 정말로 귀찮은 일입니다. 하지만 당신이 500페이지의 빈 종이에 모든 스토리를 다 쓴 뒤에, 그것을 수십 번이 넘도록 다시 읽으며 교정하고 편집하는 일을 해본 사람이라면, 그게 귀찮게 느껴지지는 않을 것입니다. 출판사의 편집자가 정확히 세 번 다시 보는 것을, 저는 수십 번씩이나 다시 보는 것이죠.

제가 만약에 저도 백 번을 다시 보니까, 당신도 백 번은 봐주세요, 라고 편집자에게 말했다면, 그때부터는 편집자의 머릿속이 귀찮아질 수밖에 없는 것입니다. 왜냐면 그들은 그럴 수가 없기 때문입니다. 그러니까 절대로 그렇게 하려고 하지 않는 것이죠. 세 번 정도 봐놓고는, 이제 완벽해! 라고 말하는 것이 그들에게 있어 가장 최선의 노력인 것입니다.

하지만 반면에 저는 그것에 한해서 완벽한 건 없다고 생각하고 있는 것이죠. 최선을 다할 수 있을 뿐, 완벽할 수는 없는 것입니다. 왜냐면 백 번을 다시 보고, 백한 번째 다시 봐도, 그곳에는 고칠 것이 남아 있기 때문입니다. 그래서 제가 추구할 수 있는 유일한 완벽함은, 그저 내 모든 것을 다해 최선을 다하는 것, 오직 그것이 될 수 있을 뿐입니다. 어쨌든 완벽해서 여기까지만 하는 게 아니라, 이제는 됐다, 싶어서 여기까지만 하는 것이라면, 모든 사람에게 있어 이제는 됐다, 가 나오는 그 시점은 너무나도 큰 차이가 나는 것이 될 것입니다.

다시 펜션 이야기로 돌아가면, 아마 어머니의 펜션을 맡은 광고 업체들은 몇 년 동안 그것만을 해왔겠지만, 그들이 그 몇 년 동안 한 것이 제가 이틀 만에 한 것보다 완벽하지는 않았다고 저는 확신합니다. 그들은 매일 그 일을 했겠지만, 그 일을 그냥 하고 있을 뿐, 진심을 다해 그 일 안에서 '최고'를 추구한 적은 없는 것입니다. 늘 하던 대로, 그저 귀찮아하며 시간을 때우기 위해 일을 했겠죠. 퇴근 시간만을 기다리면서 말입니다. 그러니까 제 생각에 그들은 귀찮았을 것입니다. 굳이 머리를 쓰는 건 사실 너무나도 귀찮은 일이기 때문입니다.

만약 전교 1등이 와서 모든 학생들에게 자신이 1등이 될 수 있었던 비결을 공유한다면 모든 학생이 전교 1등처럼 공부를 잘하게 될까요? 여전히 모든 학생이 전교 1등이 되고 싶다고 소망은 하고 있겠지만, 그렇다고 해서 또한 모든 학생이 1등처럼 노력하지는 않을 것입니다. 왜냐면 그저 1등이 되고 싶다고 꿈꾸는 것과는 달리 실제로 1등이 되기 위해 노력하는 과정 안에는 진실로 차원이 다른 정성과 노력과 인내가 요구되어질 것이기 때문입니다.

저는 제가 지난 6년이라는 시간 동안 꾸준히 쌓아온 노력을 다른 누군가에게 며칠만 해봐라, 라고 말했을 때, 많은 사람들이 단 하루도 버티지 못한 채 포기할 것이라고 생각합니다. 그만큼 저의 최선은 그 자체로 최선이었고, 적어도 이 분야에서는 저만큼 최선을 다하면 누구나 저만큼은 무조건 될 수 있다고 말해줄 수 있을 만큼의 정성이었다고 생각합니다.

그래서 모두가 성공하고 싶다고 말하지만, 실제로 성공할 수 있는 방법을 그 모두에게 알려준다고 해도, 그 모두가 성공할 수 있는 것은 아닙니다. 성공은 진실로 단순한 것인데, 그 단순함을 꾸준하고도 우직하게 실천하고 따라가고자 하는 사람들이 잘 없기 때문입니다. 하지만 우리가 진실로 나의 것을 사랑한다면, 우리는 그것을 부지런하게 사랑할 것이며, 또한 모든 것을 다해 사랑할 것입니다. 몇 년 동안 단 하루도 빠짐없이 그것을 사랑할 것이며, 그 안에 나의 모든 정성을 기울일 것입니다. 밤과 낮의 경계도 흐려질 것이고, 평일과 주말의 경계도 흐려질 것입니다. 왜냐면 나는 나의 것을 한계 없이 사랑하기 때문입니다. 해서 그 사랑이 쌓이고 쌓여 하나의 예술 그 자체가 되고, 그 모든 과정이 하나의 예배이자 기도가 되고, 하여 마침내 사람들의 마음에 무엇인가를 전해주는 울림을 가지는 것이 될 텐데, 그렇다면 그때의 그것이 어떻게 해서 실패할 수 있을까요. 또한 자신의 것을 그만큼 사랑할 수 있는 사람이 과연 몇이나 될까요.

진실로 그 중 대부분의 사람들이 외부를 쫓느라 사랑하는 일에는 관심조차 없을 것입니다. 그래서 제가 말하는 성공의 길은 단순한 것이지만, 동시에 그것을 통하고자 하는 사람들은 결코 많지가 않은 것입니다. 진실로 단 하나의 억지도 없이 나의 것을 사랑하고, 하여 최선의 노력을 기울이는 일이란, 그것을 사랑하지 않을 때는 감히 상상조차 할 수 없을 만큼 귀찮고 따분한 일이 될 것이기 때문입니다. 모두가 똑같이 재능을 가지고 있고, 해서 모두가 똑같이 비슷한 노력을 한다고 해도 그 중에는 남들보다 훨씬 뛰어난 최고가 생기기 마련입니다. 그리고 그는 그저 노력만 하기보다 최선을 다해 그 노력의 질을 최고치로 높이기 위해 생각했을 것이고, 하여 그 생각이 그 차이를 만들어내었을 것입니다. 그리고 그러한 생각을 우리로 하여금 하게 만드는 것이 바로 그 일에 대한 진실한 애정과 사랑인 것입니다. 이 일을 정말 더 잘하고 싶다, 잘 해내고 싶다, 라고 생각하게 되는 그 사랑으로부터 우리는 그러한 최고의 노력을 기울이게 되는 것이기 때문입니다.

어쨌든 저는 단 이틀 만에 그들보다 훨씬 더 섬세하고도 완벽하게 그것에 대해 전문적이 되었습니다. 그리고 그건, 제가 저의 분야에서 최고로서 존재하기 때문에 가능했던 일이라고 저는 생각합니다. 왜냐면 최고들은, 언제나 최고의 노력을 하기 때문입니다. 제가 만약 글에 제 마음을 담는 것이 귀찮아서 출판사의 편집자에게 모든 글을 대신 쓰게 하고, 그리고 그마저도 다른 작가들의 글을 다 베낀 뒤에 조금만 변형시킨 것이고, 그렇게 일주일 만에 책을 뚝딱하고 쓰고는 그걸 팔아서 돈을 버는 것에만 집중하는 작가였다면, 저는 펜션의 문제 또한 결코 해결하지 못했을 것입니다. 왜냐면 그때의 저는 진실로 제 마음 안에 진정한 성공을 소유해본 적이 없을 것이기 때문입니다. 하지만 제가 그 모든 과정 안에서 제가 할 수 있는 모든 한계와 정성과 최선을 다해 최고가 되고, 하여 진정 성공을 제 가슴 안에 소유한 사람이라면, 저는 그 어떤 일 앞에서도 성공을 소유한 사람으로서 존재할 수밖에 없게 되는 것입니다. 진실로 성공은 내면의 꽉 차오르는 확신에서부터 오는 존재의 빛, 오직 그것으로부터 이루어지고 완성되는 것이기 때문입니다.

그래서 제가 한 일이란, 제가 제 분야에서 신경을 쓰는 것처럼, 정말 제가 할 수 있는 모든 최선과 정성을 다해 그것을 신경 쓴 것뿐이었습니다. 그리고 저는 그렇게 하면 이것이 잘 될 수밖에 없을 것이라는 아주 강렬한 확신과 함께하고 있었죠. 사실 제게 있어 그건 500쪽짜리 책 한 권을 완성하는 것보다는 식은 죽 먹기에 불과한 일이었습니다. 공부할

게 있고, 해서 공부하면 되는 일이었으니까요. 적어도 없는 것을 만들어 내는 일은 아니었으니까요.

그렇게 하루 만에 왜 펜션이 안 되었는지에 대한 답을 찾았고, 그 다음 하루 동안 그것을 다 바로잡으니, 그 주의 주말에 그 즉시 주차장이 차로 가득 차버렸습니다. 방이 없어서 돌려보내는 손님만 해도 몇 팀이 었는지 아쉬울 정도였죠. 그래서 옆집에 있는 펜션까지 인수하게 된 것입니다. 그러니까 그건, 왔다가 방이 없어서 돌아가는 손님을 조금이라도 줄이기 위해서였습니다. 그리고 사실 저에게는 그 모든 것이 너무나도 간단한 일이었습니다.

만약 여러분의 부모님께서 여러분에게 전화가 와서, 제발 그만 좀 놀고 공부 좀 해! 가 아니라, 제발 부탁인데 좀 놀기도 하면서 공부 좀 쉬엄쉬엄하면 안 되겠니?, 라고 말할 정도로 여러분이 여러분 자신의 것을 사랑하는 사람이라면, 이건 사실 누구에게나 가능한 일입니다. 그러니까 안 되는 건 없는 것입니다. 그러니까 제 말은, 외부적으로 더 많은 것을 가지고 싶다면, 그렇게 하면 되는 것이라는 말입니다. 그리고 그걸 못하게 막는 것이 있다면, 그건 오직 당신 자신밖에 없는 것이라는 말이고요. 이제 이 말의 뜻이 조금 와닿나요.

어쨌든 저는 제 분야에서 최선을 다했던 그대로 최선을 다해 신경을 썼을 뿐입니다. 음, 제가 제 분야에 대해서 얼마나 최선을 다했는지를 쓴다면, 아마 새로운 책 한 권으로도 부족하지 않을까 싶습니다. 어쨌든 모든 사람들이 안 된다고 해도, 되는 사람들은 되는 것입니다. 사실, 안 되는 것은 없기 때문입니다. 그것이 저의 법칙입니다. 국가적인 위기 안에서도 그 위기를 타고 성공하는 사람들은 여전히 성공할 수밖에 없는 것입니다. 그래서 뭐, 제가 만약 어떠한 위기 앞에서 외부를 탓했었다면, 저는 외부를 탓해야만 하는 왜소한 사람으로 남고야 말았겠죠. 왜냐면 제 내면의 한계를 제가 거기까지라 그어버렸으니까요.

하지만 진실로 위기의 순간에도 여전히 위기를 타고 날아다니는 사람들도 있는 것입니다. 그래서 그저 되게 만들면 되는 것입니다. 그건 내가 정하는 것이지, 외부가 정하는 것이 아니기 때문입니다. 만약 당신이 이것을 진정 이해한다면, 당신은 모든 곳에 또한 그것을 적용할 수 있게 될 것입니다. 그러니까 지금 이 순간, 당신이 성공을 쫓는 자가 아니라, 진정 성공을 소유하고 있는 자로서 존재할 수 있다면 말이죠.

진실로 성공은 내면의 확신에서부터 이뤄지는 것입니다. 그래서 일단 우리가 우리 자신의 내면에 진정 성공을 소유하고 나면, 이제 남은 것은 시간의 문제가 됩니다. 성공을 소유한 사람이 성공할 것이라는 건 이미 확정된 것이고, 다만 그 성공이 완성될 시기가 언제인지만이 아직 정해지지 않은 채일 뿐인 것이죠. 그리고 또한 그 시기를 당길 수 있는 유일한 방법은, 오직 나의 것에 대한 진실한 사랑이 될 것입니다.

정말로 성공할 것이라는 게 눈에 보이는 사람들을 저는 만난 적이 있습니다. 그리고 때로 그들이 미래를 걱정하는 날에 저는 그들에게 말해줬었죠. 걱정하지 마, 왜 걱정하는지는 알겠는데, 네가 성공할 것이라는 건 이미 정해진 것 같고, 아직 그 때가 다가오지 않은 것뿐이니까. 그러니 걱정할 게 뭐가 있어, 그저 최선을 다하고만 있으면 모든 게 잘 될 텐데 말이야, 하고 말이죠.

정말로 미래에 다가올 성공의 높은 파도를 감당할 마음의 준비만을 하고 있으면 될 정도로 성공 앞에 바짝 다가선 사람들이 있습니다. 그러니까 이미 성공을 소유했기에, 성공할 것이라는 건 이미 정해졌고, 하지만 아직 성공의 때가 완전히 찾아오지는 않았을 뿐인 그런 사람들 말입니다. 그리고 그런 사람들의 공통점은 정말 자신의 것을 사랑해서 하루도 빠짐없이 최선을 다해 흠뻑 젖어왔다는 것입니다. 해서 그들의 눈빛, 그들의 언어, 그들의 사고, 그들의 과정, 그 모든 것에서 성공이 확실시된 것이죠.

그러니 가장 먼저 성공을 확정 짓고, 성공을 소유하십시오. 남은 것은 시간이 알아서 해결해 줄 것입니다. 그래서 그때는 그 미래를 향해 꾸준하게 자신의 것을 사랑하고만 있을 것이 남아 있는 유일한 과제가 될 것입니다. 성공을 향해 나아가는 그 모든 과정 안에서의 진실함과 온전함, 사랑이 이미 성공을 끌어당겼고, 하여 그 자신의 내면에 성공을 이제는 완전히 소유하였고, 해서 진실로 그때는 그 내면의 성공이 외부 세계를 향해 표현되고, 물질화되고, 형상화되는 것만이 오직 남아있을 뿐이기 때문입니다.

그렇게 당신이 끝내 성공했다면, 또한 당신은 그것에 만족할 줄 아는 사람이십시오. 성공 그 자체에는 관심이 있되, 성공의 바깥에서 따라오는 외부적인 것들에는 크게 관심을 두지 마십시오. 아이러니하게 나의 것을 사랑만 하는 과정에서는 외부가 없음에도 만족하며 살았는데, 사랑의 결과로 외부를 얻고 난 뒤에는 불만족이 싹터 외부를 되려 쫓게 되는 경우도 있으니까요.

그런 식으로 만약 당신이 마음의 중심을 잃은 채 외부에 휘둘리게 된다면, 당신은 이미 외적으로는 크게 성공한 사람일지라도 서서히 당신의 마음 안에서 확정 지었던 그 성공 자체를 당신의 마음 안에서 다시 취소하게 될 것입니다. 소유했던 성공을 다시 잃게 되는 것이죠. 해서 그때부터 당신은 오랜 결핍과 우울, 공허함에 시달리게 될지도 모릅니다. 지난 노력의 결과로 아주 많은 외부를 얻게 되었음에도 이제는 내면의 의미와 가치를 상실한 채 오직 왜소하고도 나약할 뿐인 사람이 되고야 마는 것이죠.

그러니 외부에는 관심을 두지 마십시오. 당신은 여전히 지난 모습대로, 그러니까 성공하기 이전의 모습 그대로 하루하루를 살아가면 됩니다. 그게 아름다운 것이며, 당신 자신을 지켜내는 길입니다. 어쨌든 당신은 '돈'을 위해 당신의 것을 사랑한 것이 아니기 때문입니다. 왜냐면 누가 당신에게 당신의 것을 포기하는 대가로 1000억을 준다고 해도, 당신은 계속해서 당신의 것을 할 것이니까요. 그러니까 당신의 것에 대한 그 순수한 사랑을, 마지막의 마지막 순간까지 결단코 잃지 마십시오.

이 정도면 됐을까요. 더 해줄 이야기가 있을지 모르겠습니다. 여기에 더해서 한 가지 이야기를 더한다면, 기회주의자가 되지 마십시오. 그리고 만약 우리가 최선을 다해 진실함으로써 걸어가고 있다면, 우리는 이 모든 진실함의 과정 안에서 이제는 더 이상 기회주의자가 아닐 것입니다. 그러니까 기회주의자와 같은 성향으로는 결코 존재하지 못하게 될 것입니다.

실제로 제가 처음 출판사를 설립하고 어떤 인쇄소와 함께할 때 그런 일이 있었습니다. 다른 인쇄소들이 책을 한 번 인쇄할 때마다 200만 원을 남긴다면, 그 인쇄소는 1000만 원씩을 남기는 식이었던 것이죠. 저는 모든 출판사들이 다 그 정도의 견적으로 인쇄를 하고 있다는 그 인쇄소의 말을 듣고는 정말로 다 그런 줄 알았습니다. 무엇보다 제가 좋아하는 디자인의 책을 그곳에서 찍기도 했었고 말이죠. 그러니까 출판사마다 견적을 다르게 책정하고, 견적에 대해서는 잘 모르는 출판사인 것처럼 보이면 덤터기를 씌우기도 하는 그런 곳이 있을 거라고는 생각지도 못했던 것이죠. 어쨌든 방심은 금물이고, 내가 순진했음에 대해서는 남을 탓할 수가 없는 것입니다. 정말 몇 번을 이야기해도 모자람이 없는 말이죠?

저와 직원은 저희의 책들이 많이 두껍고, 그리고 컬러 인쇄인 데다가, 종이까지 좋은 종이를 골라서 저희가 책을 제작하기 때문에, 그래서 이렇게나 비싼 것이구나, 하고 그저 생각했었습니다. 그러다 언젠가는 그들에게 제가 30만 원만 할인해주면 안 되겠냐고 말한 적이 있었습니다. 하지만 그들은 그게 불가능하다고 했죠. 이번 한 번만 그렇게 해드릴게요, 하지만 다음부터는 안 될 것 같습니다, 저희도 남는 게 없어서요, 이런 식이었던 것입니다. 그래서 저는 그게 정말로 바닥을 치는 견적인 줄 알았습니다.

그렇게 몇 달을 그 인쇄소와 같이 하던 중에, 다른 인쇄소들로부터도 저희와 함께해 보고 싶다는 연락이 오기 시작했습니다. 그래서 견적을 받아 보니, 다른 인쇄소들은 모두가 하나같이 비슷비슷한 견적인데, 지금 하고 있는 인쇄소만이 유별나게 비싸다는 것을 저희는 알게 된 것입니다. 그래서 샘플 북을 찍어봤는데, 다른 곳이 퀄리티 또한 오히려 더 좋다는 것을 알게 되었죠.

그래서 저희는 인쇄소를 옮겼습니다. 그리고 그들은 제가 인쇄소를 옮기게 됐다는 것을 알자마자, 이제는 그 견적에 무조건 맞춰줄 테니 자신들과 그래도 같이 해주면 안 되겠냐고 사정하기 시작했습니다. 다른 직원에게서까지 제발 우리와 계속해서 함께해달라며 연락이 왔었죠.

30만 원도 남는 게 없어서 할인이 힘들다던 곳이, 단번에 그것의 몇 십 배가 되는 돈을 흔쾌히 할인해 줄 수 있다며 순식간에 태도를 바꾼 것입니다. 그래도 우리가 정으로 함께하고 신뢰로 함께하지 않았냐면서 말이죠. 제 생각에 이럴 때만 정이고 신뢰가 갑자기 나타나는 게 이런 부류의 사람들이 지닌 특징입니다. 어떨 때는 정과 신뢰를 코에 걸고, 어떨 때는 귀에 거는 사람들 말입니다.

그리고 저는 그것이 기회주의적인 태도라고 생각합니다. 처음에는 이랬다가, 나중에는 저랬다가, 하는 것 말입니다. 어쨌든 이건, 앞서 든 예의 옷 가게 사모님과는 너무나도 다른 상태인 것이죠. 그러니까 진실함으로 하는 상태가 결코 아닌 것입니다. 차라리 그들이 그들 자신에게는 이 견적이 어쩔 수 없는 견적이라고 말했었더라면 그게 더 나았을 것 같습니다. 어쨌든 그것이 자기네들의 원칙이고, 하여 그 원칙을 모두에게 공평하게 적용하고 있었다면 말이죠. 하지만 그들은 오직 사적인 이득을 위해 그 진실함을 저버린 것이었고, 그래서 저에게 죄송할 필요가 있었던 것입니다. 죄송해요, 죄송해요, 하고 저에게 말할 필요가 있었던 것이죠.

만약 다른 곳보다 그곳이 비싸지만, 그것에 있어 그들이 진실로 떳떳했다면, 그리고 그것에 합당한 이유라는 게 있었다면 그들을 사과할 필요가 없었을 것입니다. 그럼 다른 곳에서 한 번 해보시고, 경험해보시고, 저희의 금액이 다른 곳보다 비싼 이유를 알게 되신다면 그때 다시 함께해요, 라고 말할 수도 있었겠죠. 그래서 저는 이제는 신중하게 고민을 한 뒤에 신뢰와 진실함에 오직 중점을 둔 채 인쇄소를 옮겼습니다.

만약 제가 전에 했던 곳이 다른 어떤 곳보다 퀄리티도 훨씬 좋고, 훨씬 더 친절하고, 훨씬 더 기술적인 조언도 많이 해줄 수 있을 만큼 전문가들이었고, 더하여 훨씬 더 깔끔한 곳이었다면 그래도 저는 이해할 수 있었을 것 같습니다. 그런 서비스에 대한 대가로는 이미 견적 자체가 너무 비쌌기에 옮기는 것에는 여전히 고민의 여지가 없었겠지만, 그래도 이해는 할 수 있었을 것 같습니다. 하지만 다른 곳과 함께해 보니, 이건 뭐, 이해할 여지가 없게 되어버린 것이었죠.

그리고 지금 제가 새롭게 하고 있는 인쇄소는 그렇습니다. 저에게 견적을 보낼 때, 처음부터 자신들이 할 수 있는 가장 최선의 견적을 보내줬습니다. 그래서 다른 인쇄소들보다 처음부터 저렴했습니다. 그래서 저는 다른 인쇄소들을 거절했습니다. 왜냐면 견적 이외에 다른 부분에서는 차이가 나는 것이 없었기 때문입니다. 하지만 다른 인쇄소들은 그제서야 견적을 잘못 청구했니, 뭐를 잘못 봤니, 책 사양을 잘못 측정했니, 하면서 가격을 처음 견적보다 훨씬 더 싸게 보내주기 시작했고, 어쨌든 그러한 식의 주고받음은 언제나처럼 저를 지치고 피곤하게 만드는 것들이었죠.

그래서 저는 처음부터 진실했던 그곳을 선택했습니다. 그보다 결국에는 더 싸게 해준다는 곳도 있었지만, 저는 그런 식의 제안은 모두 거절했습니다. 그들은 어쨌든 기회주의자적인 면이 있는 것이고, 그건 언제나 나중에 뒤통수를 칠 수도 있다는 가능성을 포함하는 삶의 태도라고 저는 판단했기 때문입니다. 이제는 제가 또다시 순진해서는 안 되지 않겠습니까. 그리고 그럴 여지가 있는 일을 스스로 만들어서는 안 되는 것이지 않겠습니까. 지난 경험으로부터 배운 것이 있는데, 여전히 제가 바뀌지 않는다면, 저는 같은 일을 계속해서 마주치며 더 배워야만 하게 될 것입니다. 그래서 저는 이 경험에 대해서는 저의 배움을 완성하기로 했습니다.

이곳의 사장님께서는 저에게 이렇게 말했습니다. 저는 최선의 견적을 보냈고, 해서 이것보다 더 많은 걸 배려해달라고 한다면 저희와는 함께할 수 없을 것 같습니다. 하지만 저희와 함께하게 된다면 저희는 오래도록 신뢰를 바탕으로 할 것이고, 그래서 저희와 한 번 함께하게 된 곳들은 모두 10년이 넘도록 저희와 함께하고 있으니 그 이유를 꼭 아시게 될 것입니다, 하고 말이죠.

그리고 그 말을 듣고, 저는 어릴 적 제가 어머니와 함께 갔었던 그 옷 가게의 사모님 생각이 났습니다. 그렇다면 그것만으로 제가 이곳과 함께하지 않을 이유는 이미 없는 것이 되어버린 것입니다. 적어도 이곳은, 신뢰와 정을 코에 걸었다 귀에 거는 일은 없겠다, 하는 확신이 들었기 때문입니다.

그래서 제 생각에 제가 처음 함께했던 곳은 거기까지인 것 같았습니다. 그들은 가격 경쟁에서 그들의 욕심을 끝끝내 버리지 못해 점점 더 매출이 줄어들다가, 아 이렇게 해서는 안 되겠다 싶을 때쯤에 이르러서 야 이미 자신들과 함께해줄 출판사가 거의 남아 있질 않다는 것을 깨닫게 될 것이기 때문입니다.

제가 아까도 말했듯, 만약 이곳이 다른 곳들보다 비싼, 충분히 수긍할 만한 이유가 있었다면 저는 그것을 납득할 수 있었을 것입니다. 특별한 서비스, 자신들만의 기술력, 뭐 그런 것이 있었다면 말이죠. 하지만 다른 어떤 곳보다 특별한 것 하나가 없었고, 이들의 견적서에는 다른 어떤 인쇄소의 견적서에도 붙어있지 않는 관리비, 운반비, 샘플 제작비 등 모든 것이 더하여 붙어있었습니다. 다른 곳에서 그것에 비용을 청구하지 않는 것은, 운반과 관리는 인쇄소가 하지 않기 때문이라고 말해줬었습니다. 그러니까 그건 인쇄소가 아니라, 제본사와 배본사에서 하는 일이기 때문에 견적에 청구될 필요가 없는 부분이었던 것이죠.

거기에 더해 이들이 원가라며 말해준 인쇄비는 다른 곳의 최종 인쇄비보다도 비쌌습니다. 어쨌든 이중으로 부과되는 비용, 과다 청구되는 비용, 눈 가리고 아웅 하는 비용 등이 너무나도 많았던 것입니다. 그렇다면 그것에는 이유가 없는 것입니다. 그저 '욕심'이 많은 것이 유일한 이유라면 이유겠죠. 그런 식으로 그들은, 오직 '한 번'을 크게 남기기 위해서 그렇게 해왔던 것입니다. 하지만 그것이 어떻게 장기적으로 갈 수 있겠습니까. 다른 곳들은 한 번은 작게 남기지만 동시에 몇십, 몇백 곳과 함께하고 있을 것이며, 또한 그 모든 곳들과 장기적으로 함께 하게 될 텐데 말입니다.

그들이 저에게 했던 마지막 변명이 생각이 납니다. 그리고 그건 다른 곳들은 커서 그렇게 해줄 수 있는지는 몰라도, 저희는 작은 회사라 그렇게까지는 해주기가 힘들었다, 하는 것이었죠. 하지만 지금 저희가 함께하고 있는 곳, 그리고 견적서를 보내줬던 다른 곳들 모두가 그들의 말과는 달리 대부분 이 인쇄소보다는 규모가 작거나 비슷한 인쇄소였습니다. 그래서 그것이 말 그대로 변명이 될 뿐이었던 것입니다.

어쨌든 그들은 거꾸로 생각하고 있는 것입니다. 그러니까 그들은, 만약 어떤 회사가 크다면, 그 회사가 큰 회사라서 그렇게 해줄 수 있는 게 아니라, 그렇게 해줄 수 있어서 큰 회사가 될 수밖에 없었던 것이라는 점에 대해서는 전혀 생각하지를 못하는 것이죠. 최고라서 그렇게 해주는 것이 아니라, 그렇게 해줘서 최고가 된 것이라는 걸 전혀 바라보지를 못하는 것입니다. 왜냐면 그걸 바라보고 인정하는 순간, 그들은 자신들의 욕심을 버려야만 하게 될 것이기 때문입니다. 하지만 욕심을 버리기엔, 눈앞에 놓인 이득이 또한 너무나도 아까운 것이죠. 그래서 그런 식으로밖에 생각하지 않으며 정당화하며 합리화하는 것입니다.

어쨌든 그들은 자신들이 그렇게 하지 못하기에, 다른 이들도 그렇게 하지 못할 것이라고 생각하는 자기 자신의 한계를 다른 모든 곳에 투사하고 있을 뿐이었습니다. 그리고 그것에는 진실로 다른 이유라는 게 없습니다. 그저 그럴 깜냥이 되지 않는다는 것, 그것만이 오직 유일한 이유인 것입니다. 어쨌든 우리가 기회주의자가 될 때, 그러니까 상황에 맞게, 나의 이득에 맞게 왔다 갔다 하면서 진실함과 신뢰 없이 움직일 때, 그렇게 어떨 때는 코에 무엇인가를 걸고, 어떨 때는 귀에 무엇인가를 걸 때, 우리는 결코 오래가지 못하게 될 것입니다. 잠깐의 승리에 취해 있을 동안, 진실로 패배의 과정이 진행되고 있을 것이기 때문입니다.

하지만 진실함에는 화려하고 거대한 승리는 없을지라도, 영원한 단 한 번의 승리가 언제나 함께하고 있을 것입니다. 그러니까 진실함의 방식에서는 단 한 번의 패배도 존재할 수가 없는 것입니다. 작게 이길지라도, 무너짐 없이 튼튼하게, 진실의 지지를 받으며 영구적으로, 그렇게 오직 승리하며 나아갈 수만 있을 뿐인 것이죠. 그리고 그 작은 승리들이 모여 단 하나의 영원한 승리를 완성하는 것입니다. 그리고 그것은, 자신은 가만히 있으나, 그 무엇에도 흔들림 없이 꿋꿋하나, 다른 곳에서 나를 찾아오게 하는 힘이 있는 오직 유일한 태도입니다.

우리는 진실로 오랜 시간에 걸쳐 그러한 곳을 찾게 되었을 때, 그러니까 진실함을 바탕으로 나아가는 곳을 찾게 되었을 때, 오직 안도한 채 그곳만을 찾아가게 될 것입니다. 그곳을 만나게 되자마자, 이전에 겪었던 모든 상처들을 이제는 더 이상 생각하거나, 그 상처들로 인해 방어할 필요가 없게 되어버릴 테니까요.

사모님의 옷 가게가 다른 곳으로 이사를 갔을 때, 한 번 그곳의 고객이 되었던 사람들은 계속해서 그곳을 찾아가야만 했던 것입니다. 아니, 찾아갈 수밖에 없었던 것입니다. 그러니까 사람들이 그곳에 다시 찾아올 수밖에 없도록 사모님께서 만든 것이죠. 그렇다면 그게 훨씬 더 오래가고, 지치지 않으며, 영원하며, 또한 죄책감을 가질 필요가 없는 성공의 방식이 아니겠습니까.

그리고 저는 지금 제가 함께하고 있는 인쇄소와의 인연을 끊고 다른 곳과 함께할 마음은 아마도 영원히 없을 것 같습니다. 진실함을 바탕으로 하기 때문에 고객들과 한 번 인연을 맺으면, 그 인연을 오래도록 지켜내며 나아가고, 그래서 함께하고 있는 출판사들이 대부분 몇십 년째 꾸준히 함께하고 있다, 라는 사장님의 말을 저는 이해하게 되었기 때문입니다. 그리고 저는 또한 바로 이 지점에, 정확히 진실함으로부터의 성공이 있다고 확신합니다. 그러니 오직 진실함을 바탕으로 나아가십시오. 작고 더디더라도, 시간이 지나면 크고 위대해져 있을 것입니다.

양심이 없는 다른 어떤 곳에 우리는 우리의 중요한 무엇인가를 절대로 맡기고자 하지 않습니다. 그것이 시간이든, 우리의 소중한 감정이든, 그 무엇이든지 말입니다. 그래서 우리는 언제나 우리가 방어하지 않아도 되는 진실만을 간절히 찾고 있는 것이죠. 나를 자신의 사적인 이득을 성취할 수단으로만 보고 이용하고자 하는 사람이 아니라, 나의 행복을 진실로 염려하기에 나에게 무엇인가를 권해줄 줄 아는 그 양심이라는 이름의 진실을 갖춘 사람을 말입니다.

그래서 끝내 우리가 신뢰할 수 있을 만한 양심을 지닌 사람을 찾게 되었을 때, 우리는 우리의 모든 것을 그에게 맡기게 될 것입니다. 그리고 그는 우리로 하여금 당신이 그렇다고 말하면, 그게 맞겠죠, 라고 말할 수 있게 할 만큼의 신뢰를 주는 사람인 것이죠. 해서 당신의 꿈이, 다른 사람들에게 그런 신뢰를 받고 있는 것이 된다면, 그렇다면 당신의 꿈이 실패할 수가 있겠습니까. 사실 그때는 성공하는 것보다 실패하는 것이 더 어려운 일이지 않겠습니까.

그러니 오직 진실함으로 나아가십시오. 사람은 한 번 인간적으로 실망을 한 곳에는 결코 두 번 다시 찾아가지 않는다는 것을 잊지 마세요. 하지만 당신이 오직 진실함으로 임한다면, 당신은 사람들을 결단코 실망시키지 않게 될 것입니다. 그 떳떳함, 정직함을 바탕으로 당신이 나아갈 때, 당신은 또한 언제나 진실한 자존감과 함께하게 될 것입니다. 그렇게, 반드시 행복할 것입니다. 그게, 제가 당신에게 진실함을 권유하는 이유입니다.

하지만 그럼에도 당신이 기회주의자가 된다면, 당신은 저를 포함한 많은 사람들을 자주 지치게 만들 것입니다. 사실 그건 당신 자신을 또한 스스로 지치게 만들고 있는 일과 다름이 없는 일이기도 합니다. 왜냐면 그때의 당신은 언제나 눈치를 보고 애를 쓰며 타인들의 간을 봐야만 할 것이기 때문입니다. 그러니까 그때의 당신은 얼마를 벌 수 있을까, 이 사람에게 이게 통할까, 이런 것들을 머릿속으로 끊임없이 계산하고 생각해야만 하는 사람이 되는 것이죠. 그래서 당신은 말이 많아야 할 것이고, 듣는 사람 또한 당신에게 말이 많아야 할 것입니다. 그렇게 서로가 서로를 지치게 만드는 것이죠.

하지만 당신이 진실하다면, 당신에게는 말이 많이 필요하지 않을 것입니다. 그때는 내 것을 선택하든 말든, 그건 오직 상대방의 몫이 되기 때문입니다. 그러니까 나는 투명하고도 진실하게 나의 것을 보여주고, 선택은 그들이 하게 내버려 두면 되는 것입니다. 그리고 그때의 우리에게는 만약 누군가가 내 것을 선택하지 않는다면, 그건 사실 나의 것을 선택하지 않은 그 사람에게 안타까운 일이 되는 것이기에, 그 사람의 선택을 받지 않은 나는 아쉬울 게 전혀 없는 것입니다.

그래서 우리는 무엇보다 더욱 품위 있게 존재하게 됩니다. 애를 쓰고, 말은 많아야 하고, 어떻게든 이용해야 하고, 그렇게 해서라도 돈을 벌어야 하고, 이런 품위 없는 태도가 아니라, 오직 진실함으로부터의 품위를 지닌 채 존재하게 되는 것이죠. 그래서 당신은 고요할 것입니다. 제품에 대한 설명만을 진실하게 하겠지만, 그 이외의 품위 없는 얄팍한 말들은 이제 더 이상은 하지 않게 될 것이기 때문입니다. 그리고 그게 바로 진실한 자존감입니다. 그러니 그 자존감을 소유하십시오. 더욱 품격 있게 성공하십시오.

돈을 위해서 이리저리 왔다 갔다 하는 것이 아니라, 당신은 당신의 중심인 채 그저 존재하면 되는 것입니다. 그리고 그때는 돈이 당신을 찾아와 당신의 곁에서 왔다 갔다 할 것입니다. 그 품격 있는 태도와 자존감, 그곳에서부터 오는 떳떳함과 진실함, 그것들이 사람들을 또한 당신의 곁으로 불러들일 것입니다. 왜냐면 당신이 아닌 다른 사람과 함께할 때, 사람들은 자주 지쳐야만 할 것이기 때문입니다. 하지만 당신의 곁에서는 지치지 않아도 자신을 지킬 수 있으며, 의심하지 않아도 당신을 믿을 수 있는 것이죠.

그러니 돈을 위해 기회주의자가 되어 돈을 쫓아내지 말고, 무엇보다 나 자신의 진정한 행복과 자존감을 위해 진실한 사람이 되어 돈이 당신을 향해 찾아오게 하십시오. 그것을 거꾸로 생각하는 순간, 당신의 한계는 정확히 거기까지로 정해질 것입니다.

　지금 제 책을 읽고 있는 여러분들 중에, 제 책을 읽고 감동을 받으신 분이 있다면, 아마도 당신은 저의 다른 책들도 읽어보고 싶게 될 것입니다. 그리고 저의 새 책이 언제 나오지, 하며 기다리게 되겠죠. 하지만 제가 오직 돈을 위해서 글을 쓰느라, 정성과 진심이 가득 담긴 책이 아니라 하루 만에 뚝딱 완성할 수 있는 그런 영혼 없는 글을 썼다고 한다면, 여러분은 저의 그 책을 읽지도 않고 책장에 꽂아두게 되었을 것입니다. 해서 여러분은 광고를 보고 그러한 책을 인터넷에서 구매할 수는 있어도, 서점에서 그러한 책을 직접 펼쳐보고 구매하지는 않을 것입니다. 그래서 광고를 통해 인터넷에서 책을 구매하게 되었다면, 여러분은 주문한 그 책이 마침내 도착했을 때, 그때는 속았다, 라는 생각을 가장 먼저 하게 될 것입니다.

　여러분은 그러한 감정이 들게 하는 책을 두 권, 세 권 사실 생각이 있으십니까. 일 년이 넘게 애가 타도록 기다렸다가 그런 책을 쓴 작가의 신간이 나오자마자 바로 구매하실 의향이 있으십니까. 그리고 그 작가의 이전 책들까지 모두 구매해서 보고 싶은 마음이 생기시겠습니까. 아파하고 있는 친구에게 권하거나 선물하게 되시겠습니까. 아마 절대로 그럴 수 없을 것입니다.

　그래서 오직 '돈'을 위할 때는 한 번은 잘 될 수도 있는 것이지만, 두 번, 세 번은 힘든 것입니다. 어쨌든 영원히는 힘든 것입니다. 그리고 그렇게 해서 돈을 많이 벌었다고 한들, 그게 어떤 가치가 있겠습니까. 여전히 왜소하고 작을 뿐입니다. 여전히 멋을 소유하지 못해 다른 것에 의존하고 있을 뿐입니다. 그러니 여러분은 여러분의 내면을 진정 초월하고 소유한 사람으로서 진정 멋있는 사람이 되시길 바랍니다. 쫓아다니는 사람이 되어 품격 없는 가짜로서 존재하기보다, 진짜가 되어 그저 진실하게 빛나는 그런 멋진 사람이 되시길 바랍니다.

그때는 진실로, 성공에 대해서는 내가 잊어도 성공이 나를 잊지 않을 것입니다. 진실함은 결코 실망시키는 법이 없기 때문입니다. 사실, 진실함에 대해 실망을 하는 사람이 있다면, 그건 진실함의 문제가 아니라 실망을 한 사람에게 문제가 있다고 봐도 될 만큼, 진실함은 실망시키는 법이 없는 것입니다.

그래서 우리가 진실할 때, 그런 고객은 결코 우리의 고객이 되지는 못할 것입니다. 무엇을 해줘도 그들은 불평할 것이며, 하여 나의 진실을 그들은 오직 훼손하고자 할 뿐임을 내가 이제는 너무나도 분명하게 알기에, 나 자신이 먼저 나의 것을 그들에게 권하지 않을 것이며, 하여 그들로부터 내 것의 소중한 가치를 결단코 지켜낼 것이기 때문입니다.

그러니 최선을 다해 진실하며, 또한 그 무엇보다 최고가 됨으로써 많은 사람들에게 영감을 주십시오. 그렇게 많은 이들에게 선한 꿈과 희망을 심어주십시오. 그러기 위해 해내십시오. 그냥 성공을 해버리십시오. 그러니까 안 되는 일이라 말하기보다, 되는 일로 만드는 사람이 되십시오.

제가 어릴 때는 꿈이 '작가'인 사람이 적어도 제가 다니는 학교에는 단 한 명도 없었습니다. 그건 정말 특이하고, 또 가난한 직업이라 여겨졌었거든요. 하지만 지금은 저로 인해 작가라는 꿈을 꾸는 친구들이 정말로 많아졌습니다. 그러니 해냄으로써, 많은 이들에게 또한 '해낼 수 있다는' 희망을 전해주는 사람이 되십시오. 정말로 모든 것이 처음에는 가시밭길이었습니다. 한 명이 그 길을 걸어서 그곳을 길로 만들고 나서야 마침내 사람들은 그곳에 길이 있다는 것을 알고 그 길을 걷기 시작한 것입니다.

당신이 처음이든 아니든, 그것은 중요하지 않습니다. 어쨌든 당신이 처음이라도 해도, 당신은 해내십시오. 그리고 당신이 처음이 아니라 이미 닦여진 길을 걷는다고 해도, 당신은 오직 해내십시오. 오직 진실함으로, 또한 최선을 다해 최고의 제품, 혹은 서비스를 제공함으로써 그렇게 성취하십시오. 그렇게, 당신의 것을 누리는 많은 이들이 당신의 것을 통해서 행복해지게 하십시오. 하여 당신이 어딜 가도, 고객들이 당신을 따라다니게 하십시오. 그 정도의 최고가 되십시오.

그때는 아마 당신은 이미 성공한 채일 것입니다. 하지만 또한 당신은 이미 행복한 사람일 것이고, 진실한 사람일 것이고, 또한 진정한 '멋'을 소유한 사람일 것입니다. 그러니 저는 당신이, 진짜 '멋'있는 사람이 되기를 바라겠습니다. 그렇게 모든 곳에서 최고이며, 모든 곳에서 진정 멋지며, 모든 곳에서 진실한 자신감과 함께하는, 그런 당신이길 바랍니다.

그렇게 당신이, 그 모든 것들을 소유함으로써 초월하고, 하여 그 무엇에도 의존하지 않는 자유와 함께하는 성공을 하기를. 그것으로 인해 진정 자존감이 있을 것이며, 하여 성취는 이곳에서 하고 멋은 저곳에서 부리는 일은 없기를. 그러니까 오직 당신'인' 것, 그곳이 바로 당신이 진정 빛나고 멋있게 존재하는 단 하나의 유일한 지점이기를. 그렇게 성공하기를. 무엇보다 그렇게, 당신이 행복하기를.

32

행복과 불행..

우리는 언제나 행복하고 싶다고 겉으로는 말하면서도, 마음 안으로는 오직 행복하지 않기 위해 애를 쓰고 버티는 경향이 있습니다. 그러니 행복하고 싶다면, 행복하기 위해 애를 쓰십시오. 행복은 언제나 우리의 마음속에 있는 것입니다. 그러니 지금 이 순간 오직 행복을 의도함으로써 행복한 사람이 되어버리십시오. 그렇다면 당신이 행복해지고 싶다고 말은 하면서도, 여전히 행복하지 않기 위해 애를 쓰고 있는 당신 삶의 태도, 혹은 습관은 무엇입니까. 그것을 찾아서 내려놓으십시오. 당신의 본질이 행복이라면, 그것들을 내려놓는 즉시 당신은 곧장 행복해질 것입니다.

왜냐면 사실 행복은 성취하는 것이 아니라, 발견하는 것이기 때문입니다. 그래서 나의 본질을 가리고 있었던 것들을 찾아서 거두어내면, 언제나 그 자리에 없었던 적이 없었던 행복이 그저 드러날 것입니다. 먼지가 수북이 쌓여 잘 보이지 않던 거울을 닦아내자 태초의 그 깨끗하고 빛나는 거울로 돌아오는 것처럼요. 그러니까 당신은 사실 지금 이 순간에도 행복합니다. 다만, 그 행복을 가리고 있는 것이 너무나 많아서 당신이 행복하다는 것을 느끼고 있지 못할 뿐인 것이죠.

그래서 당신이 해야 할 일은, 무엇을 통해 행복해질 거라는 환상을 믿는 것이 아니라, 그 환상들을 거두어내고 태초부터 영원히, 언제나 내 마음 안에서 빛나고 있어왔던 그 행복을 발견하는 일입니다. 그러니 그저 행복하십시오. 언제나 당신의 마음속에서 당신이 찾아주기만을 기다리고 있어왔던 그 행복을, 지금 찾아내십시오. 그렇게 드러내십시오. 그렇다면 당신이 당신 자신의 행복을 바라보지 못하도록 당신의 마음 위에 수북이 드리워진 채로 당신의 행복을 가리고 있는 것들은 무엇입니까. 그것에서부터 시작하십시오.

그러니까 지금 당신은 무엇에 탐닉하고 있으며, 무엇을 욕망하고 있으며, 무엇을 미워하고 있습니까. 지금 이 순간, 그 모든 것들을 내려 놓으십시오. 그것들을 내려놓는 순간, 당신은 행복해질 것입니다. 왜냐면 그것들이 당신의 행복이라는 거울 위에 쌓여있는 먼지이기 때문입니다. 하지만 그럼에도 그것을 당신이 여전히 내려놓지 않는다면, 당신은 스스로 행복할 마음이 아직은 없는 것입니다. 그리고 그건, 여전히 스스로 불행을 선택하면서, 그 불행이 당신에게 가져다주는 일시적인 만족감을 진정한 행복보다 더 크고 우선시 여기는 태도가 될 것입니다.
누군가를 미워함으로써 내가 도덕적으로 더욱 옳다고 믿는 도덕적 우월감, 혹은 누군가를 미워함으로써 나의 잘못은 전혀 없는 것으로 만들 수 있는 정당화, 혹은 누군가를 미워함으로써 끝없이 스스로를 피해자로 만든 채 자기 자신을 불쌍한 사람으로 여기는 자기 연민으로의 도취, 그런 것들 말입니다. 그러니 그것들을 포기하십시오. 그것이 아무리 정당화하고 합리화할 수 있을 만한 것들일지라도, 그럼에도 당신의 행복을 위해 기꺼이 포기하십시오.
그래야만 행복할 수 있습니다. 왜냐면 어쨌든 그 모든 것들은 과거에 대한 것이고, 당신에게는 오직 지금 이 순간에 더 행복하게 존재할 당신 자신에 대한 다정한 의무와 책임이 있을 뿐이기 때문입니다. 그러니 그것들을 내려놓으라는 제 말이 화가 날 만큼 그 과거가 너무나도 큰 상처일지라도, 그럼에도 내려놓으십시오. 더 이상 과거에 당신의 힘을 넘겨주지 마십시오.

그럼에도 당신은 그것을 해내야만 하는 것입니다. 다른 무엇이 아니라 오직 당신 자신을 위해서 말입니다. 그러니까 당신이 행복하고 싶다면, 그것은 선택이 아니라 무조건 해야 할 의무가 됩니다. 그러니 진정 행복하고 싶다면, 그 의무에 책임을 다하십시오. 그럴 수 없을 것 같다는 그 모든 과거의 상처에 대한 스스로의 애착을 기꺼이 털어버리고, 이제는 오직 당신 자신의 행복만을 사랑하겠다고, 그렇게 다짐하십시오.

지금 내가 무엇인가에 탐닉하고 있다면, 그것은 현재를 살아가는 일이 아니라 현재로부터 도피하는 일이고, 도망가는 일이 될 것입니다. 그러니까 그건, 컴퓨터 게임을 몇 시간씩 하면서 내가 마주하고 있는 현재들을 지워가는 식의 탐닉에 불과한 것이죠. 그래서 그건, 지금 이 순간에 있는 무한한 고요와 침묵으로부터 도피하기 위해 다른 것에 에너지를 끝없이 쏟고 공급하고자 하고 있을 뿐인 현재로부터의 회피입니다. 그러니 탐닉하기보다 오직 지금에 감사하십시오. 당신이 진실로 지금에 감사한다면, 당신은 지금 앞에서 도망가지 않을 것입니다. 지금을 오직 누릴 것입니다.

그리고 그러한 식의 탐닉이 꼭 행동에만 있는 것은 아닙니다. 과거에 나를 화나게 했던 생각에 대한 탐닉, 무엇인가를 욕망하는 생각에 대한 탐닉, 그것이 무엇이든 그것 또한 현재에 머무르지 못해 현재를 지워나가는 식의 탐닉입니다. 지금에 감사하지 못해 자꾸만 어떠한 생각에 에너지를 공급함으로써 지금으로부터 오직 도망가고자 애쓰고 있는 것이죠. 그러니 지금 이 순간 오직 고요하게 존재하는 법을 배워보세요. 명상이 그것을 도와줄 것입니다.

그렇게 그 어떤 것에도 탐닉하지 않은 채, 그러니까 지금 이 순간에 존재하는 일 앞에서 도망가지 않은 채 오직 지금에 감사함으로써 존재하십시오. 그렇게, 당신의 마음 안에 있는, 하지만 당신의 생각이라는 먹구름에 가려져 바라보지 못했었던, 하지만 또한 언제나 당신의 곁에 있지 않은 적이 없었던 그 무한한 평화를 발견해보세요.

어쨌든 행복하고 싶다면, 지금 이 순간 행복해야 하는 것입니다. 행복하지 않기 위한 노력이 아니라, 행복해지기 위한 노력을 해야 하는 것입니다. 그러니 당신이 만약 나는 무엇무엇 때문에 불행한 사람이야, 라고 생각하고 있다면, 그 불행한 생각을 기꺼이 멈추십시오. 스위치를 꺼버리십시오. 그리고는 오직 나에게 주어진 모든 것들에 대해 그저 감사해보십시오. 감사할 것이 없다면, 존재하고 있음 자체에 감사하십시오. 존재하고 있다는 것 자체가 사실은 선물이자 기적입니다. 그러니 그 기적을 오직 누리십시오.

무엇인가에 대한 나의 끝없는 욕망으로 인해 내 마음이 산만할 때는, 그 산만함을 느낄 줄 알아야 합니다. 그것을 스스로 느끼지 못할 만큼 내가 그것과 하나가 되어있다면, 그건 정말로 마음이 불안한 상태이기 때문입니다. 그러니까 지금이 불안하기 때문에 우리는 욕망하는 것입니다. 그래서 지금에 오직 감사하며, 지금을 있는 그대로 마주할 줄 아는 사람은 결코 욕망하지 않습니다. 그저 지금을 살아갈 뿐입니다.

당신은 욕망하지 않으면 우리가 어떻게 생존할 수 있겠냐며 두려워하지만, 사실 욕망하기 때문에 우리가 생존하고 있는 것이 아니라, 욕망했음에도 불구하고 우리는 생존하고 있는 것입니다. 그러니까 욕망을 비우면, 우리는 더욱 풍성하게, 더욱 잘 생존하게 됩니다. 왜냐면 욕망은 언제나 불안함과 함께하는 존재의 방식이기 때문입니다. 그러니 욕망하지 마세요. 욕망하지 않아도 괜찮습니다. 그저 당신이 어떻게 되기를 욕망하는 대신에, 당신이 되고자 하는 미래를 사랑해보세요. 그게 욕망보다 훨씬 더 빠르고 정확하게 당신을 그 미래 가까이에 데려다줄 것입니다.

테레사 수녀님께서는 욕망하지 않았지만, 많은 기적을 순간에 이루어냈습니다. 그저 사랑의 집을 만들어서 많은 이들을 보호하고 사랑해주고 싶다고 생각하니, 절대 불가능할 것만 같았던 그 일이 이루어지고, 아이들이 빵을 좀 많이 먹었으면 좋겠다고 생각하니, 인도의 모든 학교가 갑자기 개교기념일로 바뀌어 학교로 가고 있던 그 모든 급식이 테레사 수녀님 앞으로 오게 되었죠. 욕망은 절대 이루어낼 수 없는 기적을, 사랑은 너무나도 쉽게 이루어내는 것입니다. 그리고 그 수준에 이르게 되면, 그건 기적이 아니라 일상이 됩니다.

그러니 욕망하지 않아도 괜찮습니다. 당신에게 필요한 게 있다면 주어질 것입니다. 걱정하지 마세요. 그저 최선을 다해 지금을 살아가고, 지금에 감사하며, 또한 행복한 미래를 마음에 품고 사랑하는 것, 그것이 우리를 훨씬 더 풍성하게 살아가도록 이끌어줄 것입니다.

그러니 지금 행복하고 싶다면, 그 모든 탐닉과, 원망과, 욕망을 오직 내려놓고 그저 지금 이 순간 행복하십시오. 만약 당신이 여전히 그렇게 하지 않는다면, 당신은 행복하기보다 불행하기 위해 애를 쓰고 있는 것이고, 아직은 행복보다 불행을 더 사랑하고 있는 것입니다. 그렇다면 그 불행 안에서 조금 더 배우고 무르익어야 할 필요가 있는 것입니다.

언제나 우리에게 찾아오는 문제에는 그와 동시에 답이 있습니다. 우리는 아직은 미성숙해서 그 문제 앞에서 오래도록 불행한 채 답을 찾아 헤매지만, 진정 불행에 미련이 없을 만큼 우리가 불행에 진절머리가 난 뒤라면 우리는 곧장 정답을 선택할 것입니다. 무엇 때문에 불행하다면, 그 무엇을 내려놓고, 그럼에도 불구하고 지금에 감사하는 것, 그리고 그것이 언제나 우리가 직면하고 있는 모든 문제 이면의 답인 것입니다.

하지만 우리에게는 그 답을 향해 걸어가는 시간이 여전히 너무나도 많이 필요한 것입니다. 또한 모두가 조금씩 다른 시간을 소요하며 그 답을 향해 걸어가고 있을 것입니다. 하지만 여전히, 언제나, 영원히, 그 모든 문제에 대한 답은 오직 하나입니다. 그것에는 변함이 없는 것입니다. 그러니 내가 선택하기만 하면, 우리는 그 모든 문제들을 순간에 초월할 수 있는 것입니다. 아직은 당신이 그것을 선택할 수는 없겠지만, 당신을 위해서 제가 미리 답안지를 알려드리는 것입니다. 언젠가 당신의 때가 무르익고, 당신의 마음이 충분히 준비가 되었을 때, 저의 이 말이 당신에게 떠올라 당신을 지켜주길 바라면서요. 그러니 그 '때'가 당신을 찾아오면, 당신은 그저 행복을 선택하십시오.

사실, 모든 것은 당신이 스스로 불행하기 위해 만들어놓은 환상일 뿐입니다. 그러니 그 환상을 더 이상은 숭배하지 마십시오. 문제가 찾아오는 순간, 그 즉시 답을 선택해버리십시오. 그렇게 몇 개의 과제를 더 통과하고 나면, 당신은 이미 행복한 사람이 되어있을 것입니다. 그렇게, 오직 지금 행복했으면 하고 제가 간절히 바라는 당신이, 여전히 행복 앞에서 망설이고 있다면, 그 언젠가라도 부디 꼭 행복하기를 바랍니다. 하여 모든 불행을 초월해 오직 행복만이 있는 그 천국에서, 우리가 꼭 만나기를.

33

타인과 나 ..

타인들과 비교하기보다 어제의 나와 오늘의 나를 비교하며 나아갈 때 우리는 보다 더 건강하게 행복할 수 있습니다. 타인과 나 자신을 비교하게 될 때 우리가 얻을 수 있는 것은 오직 열등감이나 허영심이 될 뿐이겠지만, 어제의 나와 오늘의 나를 비교하며 나아갈 때의 우리는 보다 진정한 자존감을 우리 자신의 내면에 소유하게 될 것이기 때문입니다.

그러니 타인과 비교하지 마십시오. 타인의 시선에 의존하지 마십시오. 당신은 지금 당신대로 충분히 가치 있고 소중한 사람이라는 것을 잊지 마십시오. 이 세상에 당신처럼 생기고, 당신의 목소리로 말하고, 당신과 똑같은 지문을 가지고 있고, 당신의 생각과 여태까지의 경험을 가진 사람은 오직 당신이라는 존재 하나밖에 없는 것입니다. 그리고 그건 그것만으로 정말이지 더할 나위 없이 아름다운 것입니다. 그러니 그 아름다움을 축복한 채 오직 누리십시오. 그 나만의 것을 통해서 더욱 빛나는 사람이 되십시오. 그게 당신을 보다 더 나은 사람으로 만들어줄 것입니다.

하지만 그럼에도 당신이 만약 타인의 시선에 크게 의존하며 살아간다면, 당신은 혼자만의 시간을 충분히 즐기지 못하게 될 것입니다. 언제나 나의 기준을 떠나서 남들이 하는 것에는 다 참여해야만 할 것이고,

그렇게 그들 사이에서 고립되지 않기 위해 애를 써야만 하게 될 것이기 때문입니다. 하지만 당신이 그저 혼자인 채로 충분히 온전하고도 굳건하게 선다면, 그때는 당신이 굳이 애를 쓰지 않아도 사람들이 여러분을 가만히 놔두지 않을 것입니다.

제가 대학교를 다닐 때, 저는 친구들과 함께 수업을 듣는 것에는 크게 흥미가 없었습니다. 저는 사회복지학과 학생인 주제에 뇌과학의 이해, 자연과학의 이해와 같은 수업을 들었고, 다른 학과의 전공 수업인 학습심리학과 같은 수업을 들었기 때문입니다. 친구들에게 있어 그건, A 학점을 맞는 것에서 멀어지는 것인 동시에 외로움을 자처하는 일이었습니다.

하지만 저는 그저 제가 좋아하고, 배우고 싶고, 더 알고 싶은 수업을 들었을 뿐입니다. 그건, 혼자서 친구들이 사는 책과 다른 책을 사고, 혼자서 다른 과 학생들이 모여 있는 곳에 가서 외롭게 수업을 듣는 일이었는데, 제가 만약 타인의 시선에 크게 의존하는 사람이었다면 저는 정말로 외로운 사람이었을 것입니다.

같은 과 친구들은 저를 약간의 괴짜로 보긴 했지만, 저는 그것에도 또한 크게 연연하지 않았습니다. 왜냐면 친구들과 함께 손을 잡고 놀기 위해서 제가 대학교에 입학한 것은 아니었기 때문입니다. 그래서 저는 오히려 다양한 과의 더 많은 사람들과도 친구가 될 수 있었습니다. 그렇다면 그게 어떻게 외로운 일일 수 있겠습니까. 어쨌든 저는 제가 좋아하는 것을 하는 걸 좋아했습니다. 하지만 저의 과 친구들은 자신이 좋아하는 것보다 모두가 함께할 수 있는 걸 더 좋아하는 경향이 있었죠.

저는 좋아하는 걸 했기 때문에 딱히 공부를 한 적도 사실은 없었습니다. 그저 제가 좋아하는 것을 하며 놀았고, 호기심이 많아서 교수님들께 또한 많은 것들을 물었죠. 그래서 제가 발표를 할 때면 언제나 교수님들이 하는 말이 있었습니다. "이 친구의 발표는 잘 들으세요. 깊이 있고 의미 있는 시간이 될 것입니다. 이해가 아주 깊은 친구예요." 이런 것이 었죠. 그게 학습심리학 교수님께서도 그랬고, 뇌과학 교수님께서도 그 랬고, 자연과학 교수님께서도 그랬고, 모두가 다른 교수님인데도 하나 같이 똑같은 말을 했었습니다.

저에게는 과제를 준비하는 시간도 하나의 놀이이자 실험이었기 때 문에 정말로 힘들었던 적이 없었습니다. 그래서 저와 함께 조가 된 친구 들은 저를 아주 좋아했었죠. 자신이 딱히 뭘 안 해도 4명분, 혹은 5명분 을 제가 혼자서 다 했기 때문입니다. 발표까지 포함해서 말입니다. 그러 고도 저의 것은 다른 친구들이 모여서 만든 프로젝트보다 훨씬 더 흥미 진진하고 우수했습니다. 그래서 남들이 합친 4명, 5명의 것을 저는 혼 자서 하고도 더 좋은 성적을 받을 수 있었습니다. 저의 학점은 올 A 학 점이었고, 저는 수석 장학금을 받으며 학교에 다녔고, 저에게는 늘 다양 한 친구들이 함께했었죠.

제가 발표까지 맡아서 했던 것은, 사실 사람들 앞에 나서서 발표를 한다는 것이 두려웠었기 때문입니다. 그게 두려워서 모두가 발표를 미 뤘지만, 저는 그게 두려웠기 때문에 오히려 발표를 제가 하겠다고 한 것 이었죠. 왜냐면 성장할 수 있는 선물 하나를 두고 그걸 외면할 수는 없 었기 때문입니다.

그래서 사실 처음 발표를 할 때는, 다행히도 그게 개인 발표였는데, 저는 준비한 것을 그저 읽기만 하는 수준에 그쳤었습니다. 사람들의 눈 도 제대로 마주치지 못했었죠. 하지만 누가 먼저 할래? 라고 물었을 때, 저는 모두가 서로의 눈을 바라보며 눈치만 보고 있을 때 당당하게 손을 들고 발표를 했습니다. 그것이 어쨌든 저도 할 수 있다는, 해낼 수 있다 는 용기를 저에게 가져다줬습니다. 그리고 조별 과제를 발표하는 시간

때는 이제 보다 자연스럽게 준비한 것을 할 수 있게 되었죠. 사람들의 눈을 바라보며 웃긴 이야기도 하면서 말이죠.

학습심리학 수업에서 발표를 할 때는, 사람은 하나의 부정적인 생각만 있어도 모든 행동에서 그것의 영향을 받게 된다, 라는 내용을 발표하는 부분이 있었는데, 저는 그것을 대변이 마려울 때를 예로 들며 설명했었습니다. 대변이 마려운 시늉을 하면서 말이죠. 예를 들어서 우리가 대변이 마려우면, 우리는 그 생각 하나에 꽂혀서 모든 행동에서 불안함을 표현하게 됩니다! 하면서 말이죠. 그리고 제가 이렇게 하면 사람들이 웃을 거라는 확신을 가진 채 그것을 했기에, 사람들 또한 큰 웃음으로 보답해줬었습니다.

어쨌든 처음에는 두려워서 읽기만 하는 것에 그쳤던 발표를 이제는 즐기게 된 것입니다. 제가 그 몇 차례의 발표를 해내기 전에, 그러니까 제가 두 번째 발표를 할 때의 저는 제가 긴장을 해서 손을 떤다는 것을 알았기 때문에 발표할 내용을 모두 외운 채로 발표를 했습니다. 무엇인가를 보면서 발표를 하려면, 떨리는 손 때문에 제가 긴장을 하고 있다는 걸 들켜야만 했거든요.

어쨌든 그 모든 극복의 노력을 통해서 저는, 이제는 하나도 떨지 않은 채 발표를 즐길 수 있게 되었던 것입니다. 그리고 그것은 저에게 어제의 나보다, 오늘의 내가 더 성숙했다는, 그 성숙의 기쁨을 누릴 수 있게 해주었습니다.

그렇다면 여러분에게 찾아온 선물 중에, 여러분이 여전히 끌어안고 있지 않은 선물은 무엇입니까. 이제는 기꺼이 그 선물을 받으십시오. 그리고 그것을 내 것으로 소유하십시오. 그 선물의 이름은 다름 아닌 성숙일 것이며, 하여 우리가 마침내 성숙할 때, 우리는 그만큼 더 자존감 있는 사람이 될 것입니다. 그리고 무엇보다 성숙하고 있다는 그 내면의 기뻠 자체가 우리에게 가장 큰 보상이 되어줄 것이기에, 우리는 그로부터 진정 행복해질 것입니다. 그 무엇과도 비교할 수 없을 만큼, 그건 행복 그 자체이기 때문입니다.

어제의 내가 발표를 하는 것이 두려웠다면, 오늘은 발표를 해내는 내가 되어보는 것입니다. 그렇게 어제의 두려움을 보다 더 초월한 오늘의 성숙을 소유하는 것이죠. 그러니 어제의 나와 오늘의 나를 비교해보십시오. 어제 내가 누군가를 미워했다면, 오늘은 그 사람을 보다 용서해보십시오. 하루하루가 더욱 진정한 기쁨과 행복으로 가득 차게 될 것입니다.

그렇다면 당신의 지금을 속상하고 아프게 하고 있는 당신의 태도, 혹은 생각은 무엇입니까. 그것을 개선하기 위해 하루를 보내보십시오. 처음에는 여전히 변화가 없는 것처럼 느껴질지라도, 당신은 끝내 그것을 극복하게 될 것입니다. 그리고 그때의 당신은 보다 더 높은 자존감과 함께하게 될 것이고, 하여 그 자존감이 매 삶의 순간에 당신을 지켜줄 것입니다.

그래서 사실 매 순간이 우리에게는 선물인 것입니다. 지금 이 순간에도, 1초 뒤의 지금 이 순간에도 우리는 선물과 함께하고 있는 것입니다. 그러니 그 선물을 스스로 포기한 채 외면하지 마십시오. 기꺼이 선물을 풀고, 그 선물을 끌어안으십시오. 그러니까 1초 전의 나보다 지금 조금 더 감사하는 내가 되어보는 것입니다. 그렇게 과거보다, 오직 지금 더 성숙한 내가 된 채로 지금을 마주해보는 것입니다. 하여 비로소 우리가 태어난 이유, 살아가는 목적이 오직 '성숙'에 있게 될 때, 그때의 우리는 진실로 영원히 실패할 수 없게 될 것입니다. 왜냐면 이 삶의 어떤 고통 안에서도 우리는 정확히 그 성숙을 이루어낼 것이기 때문입니다.

그래서 우리는 보다 덜 불안해하고, 덜 두려워하는 사람이 됩니다.

더욱 용감하고, 더욱 기특하고 예쁜 사람이 됩니다. 이미 그것만으로도 우리는 이것이 있어야만 내가 비로소 행복한 사람이 될 것이라는 그 모든 환상을 초월한 채 이미 행복한 사람일 것입니다. 그렇게, 삶의 매 순간에 놓여져 있는 이 모든 선물을 우리가 진정 바라볼 줄 알게 되면, 우리는 더 이상 결코 이루어지지 않을 환상에 에너지를 부여한 채 스스로 불행을 선택하는 오해를 저지르지 않게 될 것입니다. 그 무지로부터 오직 스스로를 구원한 채 진정한 자유를 얻게 될 것입니다.

그러니 선택하십시오. 선물을 받을지, 선물을 외면할지, 행복할지, 불행할지, 이것에 대해서 지금 선택하는 것입니다. 매 순간의 선택지가 당신에게 어떻게 할래, 라고 묻고 있는 것입니다. 그러니 그것에, 기꺼이 모범 답안을 제출하십시오. 그러니까 결국 행복은, 오직 지금 이 순간 나의 선택으로 완성되어지는 것입니다. 그러니 행복을 선택하십시오. 용서할래? 계속 미워할래?, 내려놓을래? 계속 욕망할래?, 다정할래? 화를 낼래?, 용기를 낼래? 계속 두려워하면서, 그 두려움을 합리화할래?, 그러니까 행복할래? 불행할래?, 이와 같은 이지선다를, 그러니까 삶은 당신을 향해 계속해서 던지고 있는 것입니다.

그러니 당신이 지금 마주하고 있는 질문이 무엇이든 당신이 행복하고 싶다면, 당신은 삶의 이러한 질문들 앞에서 오직 행복한 답안을 선택하고 제출하면 되는 것입니다. 오지선다도, 사지선다도 아니라 이지선다만이 있을 뿐입니다. 삶의 문제에 대한 답은 언제나 둘 중 하나이며, 그래서 그 어느 것보다도 명확하고 간단한 것입니다. 그러니 고민하지 마십시오. 당신은 이미 정답을 알고 있는 채입니다.

하지만 만약 그럼에도 당신이 정답을 끝끝내 모르는 척 불행한 답안을 선택한다면, 그건 오직 자기 자신의 불행을 스스로 선택하는 식의 자기기만이 될 뿐일 것입니다. 왜냐면 당신에게 선택을 강요하는 사람은 진실로 아무도 없기 때문입니다. 그러니까 지금 이 순간, 당신은 당신이 선택하고 싶은 대로 선택할 수가 있는 것입니다. 그러니 선택하십시오. 오직 성숙을, 행복을, 자존감을 말입니다. 당신이 그것을 선택하면, 당신은 정확히 그것을 선물로 받게 될 것입니다. 그러니 당신에게 주어진 매 순간이라는 선물 보따리를 이제는 더 이상 스스로 저버리지 마십시오.

지금, 어떤 기분이 드십니까. 방금 전까지는 고통처럼 느껴졌던 이 삶의 모든 순간들이, 이제는 선물처럼 느껴지지 않나요? 벌써부터 성숙할 생각에 설레지 않나요? 그렇다면 그곳에서부터 시작하십시오. 그리고 지금의 이 설렘을 영원히 잊지 마십시오. 무조건, 어제보다 오늘 더 행복할 것이며, 성숙할 것이며, 자존감 있는 내가 될 것입니다. 그것에 실패는 결코 없을 것입니다.

결국 한 발을 내딛는 것이 가장 중요한 것입니다. 제가 처음 저의 두려움을 마주한 것은 제가 초등학생 때였습니다. 저는 혼자서 버스를 타는 것이 두려웠는데, 하지만 끝내 한 발을 내딛지 못하고 그 두려움을 언제나 합리화한 채 자라나고 있었죠. 하지만 중학생이 되어서는 그것에 대한 모든 합리화를 내려놓고, 이제는 그것을 정면으로 마주하기로 결심한 것입니다. 그래서 저에게는 버스를 혼자 타는 것, 그것이 제 첫 번째 도전이었습니다.

제 친구들 중에는 이미 그것에 대해 도전하지 않아도 그러한 것을 자연스럽게 해내는 친구들이 많이 있었습니다. 하지만 그들이 그래서 한 발을 내디뎠는지 아닌지, 그것에 대해서는 저도 알지 못합니다. 어쨌든 저는 한 발을 그것으로 내디뎠고, 그렇게 제 마음 안에 있는 두려움들을 서서히 초월해나가기 시작했습니다. 처음에는 버스였지만, 그 다음은 택배를 보내는 것이었고, 그 다음은 체크카드를 발급받는 것이었고, 그렇게 몇 번의 도전 뒤에는 혼자서 해외여행을 다녀왔죠. 그러니까 제가 열여덟 살일 때의 방학 때 저는 미국에 혼자서 여행을 다녀왔습니다.

버스를 당연한 듯 타던 제 친구들이 당연한 듯 혼자서 해외여행까지도 갈 수 있었을지, 저는 알지 못합니다. 하지만 저는 한 발을 내디뎠고, 그렇게 성숙의 기쁨을 맛봤고, 하여 그 성숙을 소유했으며, 그래서 제게 두려움은 더 이상 두려움이 아니라 저를 더욱 성숙하게 만들어 줄 하나의 선물 보따리가 되었던 것입니다.

그래서 한 발을 내딛는 사람에게는, 자연스럽게 성숙이 영원히 진행되는 경향이 있습니다. 그러니 여러분께서도 한 발을 내디뎌보십시오. 몇 년 뒤에는 한 발을 내디딘 사람과 그렇지 않은 사람의 차이는 진실로 하늘과 땅만큼이 되어있을 것입니다.

그리고 무엇보다, 스스로의 중심을 지키십시오. 당신의 기준을 오직 당신 자신의 내면에 두십시오. 해서 당신이 좋아하는 것을, 사람들이 좋아하지 않는다고 해서 포기하지 마십시오. 당신이 하고 싶지 않은 일을, 모두가 한다고 해서 그것을 억지로 하지도 마십시오. 하고 싶지는 않지만, 모두와 함께하는 기쁨을 위해서 나의 마음을 헌신하는 것과, 외로움과 결핍, 나 자신의 미성숙에 의해서 그것에 끌려다니는 것은 다른 것입니다. 그것을 구분하십시오.

당신은 진실로 당신이 좋아하는 것을 할 필요가 있을 뿐입니다. 외로운 게 싫어서 친구들과 함께하기 위해 무엇인가를 선택하는 건, 그래서 사실 그것에서부터 오는 모든 나만의 경험들, 그 성장의 기쁨을 스스로 포기하는 일이 될 것입니다. 하지만 영원히 내 곁에 있어 줄 나의 영원하고도 유일한 친구는 바로 나 자신입니다. 그러니 타인들과 좋은 관계를 유지하기 위해서 나 자신과의 관계를 포기하는 사람이 되지는 마십시오. 내가 나와 진실로 좋은 관계를 맺고 있을 때, 그때는 타인들이 알아서 나에게 찾아올 것입니다.

그러니 쫓지 마시고, 끌어당기는 사람이 되십시오. 그리고 그건, 당신이 당신 자신과 진실로 친하게 지내며, 또한 당신 자신에게 무엇보다 스스로 다정한 사람이자 좋은 친구가 되어줄 때, 그때 당신의 마음에 있는 그 진실한 자존감이 당신을 대신해서 해내게 될 일입니다. 당신은 그저 스스로 온전하며, 스스로 완전한 사람이 되었을 뿐인데, 그때는 오직 사람들이 당신이 좋다며 당신을 귀찮게 하게 되는 것이죠. 정말로 나만의 중심을 잘 지키는 사람들에게는 그런 일이 그저 흔한 일상일 뿐입니다. 그리고 그때는 나의 온전함으로 내가 아니라고 생각하는 것을 거절할 때, 오히려 그러한 점 때문에 사람들이 나를 멀리하기보다 그럼에도 나와 더 가까이 지내고자 노력하게 될 것입니다.

그러니 애쓰지 말고, 애쓰지 않아도 해내는 사람이 되십시오. 당신이 자존감이 낮을 때는, 아닌 것을 거절하지도 못할 것이며, 거절을 했다고 해도 상대방의 기분을 상하게 만들 것입니다. 왜냐면 그때의 당신은 온전한 중심으로써가 아니라, 미성숙한 감정들로 그것을 거절하게 될 것이기 때문입니다. 그러니 그저 나와의 온전한 관계를 먼저 완성하십시오. 나머지는 성숙한 내 마음이 알아서 해낼 것입니다. 애쓰지 않아도, 당신은 그것을 해내고 있을 것입니다.

학교 축제니, 오티니, 엠티니, 저는 그런 것에 참석한 적이 없었습니다. 왜냐면 그것보다 저에게는 주말마다 보라 누나와 봉구 형과 함께 봉사를 하러 가는 것이 더 좋았거든요. 저는 언제나 주말에는 봉사를 하러 다녔었는데, 거기서 만난 보라라는 누나와 봉구라는 형은 저의 또 다른 인연이었습니다. 저에게는 여기저기 정말 많은 친구가 있었던 것 같네요.

어쨌든 제가 보라 누나와 봉구 형과 함께 배식 봉사를 하고 있던 어느 일요일이었습니다. 그리고 그날은 한 할아버지께서 복지센터에 왔었죠. 그 할아버지께서는 한쪽 눈이 없었는데, 그걸 제가 어떻게 알았냐면, 말 그대로 눈이 없었기 때문입니다. 그리고 할아버지의 한쪽 눈(눈이 없는 쪽)에서는 눈을 깜빡일 때마다 이상하고도 끈적끈적한 액체가 늘어났다 줄어들었다 하고 있었죠. 음, 솔직히 말해서 저는 온몸에 소름이 돋았었습니다. 그런 걸 처음 봤었거든요. 그리고 할아버지에게서는 악취가 너무 심하게 났었습니다. 그래서 복지센터에서 근무하는 사회복지사들은 그 할아버지에게 고함을 치며 할아버지를 쫓아냈었죠. 여기 오는 거 아니에요, 하면서 말이죠.

확인을 해보니, 우리는 이 아파트의 주민들에게만 배식 봉사를 하는 것이었는데, 그 할아버지께서는 바로 그 옆에 있는 아파트에서 온 것이었습니다. 저도 물론 할아버지를 똑바로 바라보는 게 소름이 돋을 만큼 힘들었지만, 그래도 그건 아닌 것 같았습니다. 왜냐면 그때의 제 꿈이 아프리카에 가서 평생을 봉사하며 사는 것이었는데, 그래서 사회복지학과에 입학한 것이었는데, 제 마음이 여기서 무너진다면 제가 어떻게 제 꿈을 이룰 수 있겠습니까. 저는 그렇게 생각했습니다.

그래서 저는 양해를 구하고 할아버지를 데려다주고 오겠다고 했습니다. 그러고 나서 할아버지를 부축했습니다. 하지만 속으로는 여전히 혐오감이 있었습니다. 그러니까 솔직히 이건 너무 끔찍하고 더러워! 하고 생각하고 있었던 것이죠. 그러다가 문득, 그런 저 자신의 지각과 한계가 되려 혐오스럽게 느껴지기 시작했습니다. 그래서 테레사 수녀님께서 모든 가난한 사람에게서 예수님을 봤듯이 저도 이 할아버지에게서 예수님을 바라보게 해주세요. 라고 저는 가장 진실한 목소리로 기도하게 되었습니다. 그러고는 가슴에서 이상한 전기가 찌릿, 하고 한 번 흐르더니, 그저 할아버지를 사랑하게 되었습니다. 왜냐면 예수님께서는 어떤 한 사람에게 모질게 대한 것이 결국 나에게 모질게 대한 것이고, 어떤 한 사람에게 친절하게 대한 것이 결국 나에게 친절하게 대한 것이라고 하셨거든요. 모든 사람에게 대하는 것이 결국 예수님 자신에게 대하는 것이라고 하셨거든요.

그러니까 모든 사람의 마음 안에는 예수님이 있는 것이고, 그래서 우리가 모든 사람들에게 어떻게 대하는지는 결국 예수님 자신에게 그렇게 하는 것과 같은 것이라고 예수님께서는 말씀하셨던 것입니다. 그렇게 저는 정말로 할아버지의 마음 안에 있는 예수님을 마주하게 되었습니다. 어쨌든 할아버지를 무사히 모셔다드리고 엘리베이터를 타고 내려오는데, 엘리베이터가 3층에서 멈추더니 문이 열렸습니다. 그런데 사람은 없었죠. 그러고는 벽에 적힌 파란 색 낙서들을 저는 발견하게 되었습니다. 그 벽에는 사랑, 용서, 인내, 침묵, 헌신, 이타심, 이런 단어들이 적혀 있었고, 저는 그 자리에서 그저 울기 시작했습니다. 엘리베이터를 누가 정말로 누른 것이든 아니든 그건 저에게 중요하지 않았습니다. 저는 예수님께서 저에게 그것을 보여주시기 위해 저를 이끌어주신 거라고 생각했으니까요.

제가 만약 남들이 다 재밌다며 함께 가자고 하는 것에 이끌려 이날 엠티에 갔더라면, 제 삶에 있어 이 경험은 없는 것이 되고야 말았을 것입니다. 그리고 여러분에게 이 이야기를 해주는 날도 오지 않았겠죠. 어쨌든 사랑은 때로 우리에게 기적을 마주하게 해주고, 그리고 어쨌든 저는 제가 좋아하는 것만을 했습니다.

그때 당시에 사실 저는 오라에 대해서도 관심이 많았는데, 왜냐면 저에게는 어떤 시기부터 사람들을 둘러싼 하얀색 오라가 보이기 시작했었기 때문입니다. 그래서 저는 그것이 무엇인지 알 필요가 있었던 것이죠. 그래서 저는 그것과 관련된 책들을 읽고, 그것이 제게 보이는 원인에 대해서 공부하는, 그런 시간도 보냈었습니다. 제가 열아홉일 즈음부터, 그 알 수 없는 하얀색 빛이 저에게 보이기 시작했었기 때문입니다.

제가 열아홉 살 때, 제 생각에는 그것이 성령님을 마주한 시간인 것 같은데, 어쨌든 저에게는 가슴은 뜨겁고, 눈에서는 눈물이 자꾸만 나와서 정말로 뜨겁게 우는 것 외에는 아무것도 할 수가 없었던 어떤 한 시기가 있었습니다. 그때의 제 가슴에서는 뜨겁고도 찌릿한 전기가, 말로 표현할 수 없을 만큼의 황홀한 그 감각이 계속해서 흐르며 온몸을 향해 뻗어 나가고 있었죠. 그리고 그때 이후로 오라가 보이기 시작한 것입니다. 나중에 알게 된 사실로는 그때의 제 경험이 저의 가슴 차크라가 열리는 경험이었고, 그 가슴 차크라에 있는 에너지가 제3의 눈으로 뻗어 나가 그 눈이 아주 조금 개방되었다, 뭐 이것이 제가 찾은 가장 일리가 있는 이야기였습니다.

그것이 무엇이든, 가슴에는 사랑을, 머리에는 지혜를, 그것이 저의 좌우명입니다. 저의 필통에도 그 좌우명이 적혀 있죠. 그때 벽에 적혀 있던 파란색 낙서의 단어들과 함께 말이죠. 그리고 정말로 우리가 가슴에는 사랑을, 머리에는 지혜를, 을 실천하기 위해서는 우리의 가슴(가슴 차크라)과 눈(제 3의 눈)이 열려 있어야만 하는 것입니다. 만약 당신이 누군가를 진실로 사랑하고, 또 누군가에게 진실로 지혜로운 조언을 해주려면 당신에게는 그것이 열릴 필요가 있는 것입니다. 그리고 그때, 저는 그것이 미세하게 열렸었다고 생각합니다.

제가 왜 미세하게 열렸었다고 말하냐면, 오라를 제대로 볼 수 있는 사람들은 사람들이 품고 있는 감정에 따라서 오라의 색이 달라지는 것까지도 관찰할 수가 있기 때문입니다. 하지만 저에게는 사람들을 둘러싼 하얀색 오라만이 오직 보여질 뿐이었던 것이죠. 하지만 저는, 그래서 오히려 다행이라고 생각합니다. 만약에 제가 그런 색깔들까지 볼 수 있게 되었다면, 사람들이 말로는 이런 이야기를 하고 있지만, 마음에는 그것과 전혀 다른 감정을 품고 있다는 것을 곧장 알게 되었을 것이고, 그렇다면 그게 저에게 좋은 일이 되어주지는 않았을 것 같거든요. 그랬다면 사람들에게 그만큼 실망할 일도 더 자주 생기게 되지 않았을까, 그렇게 생각합니다. 그리고 제가 사기를 당하며 인생에 대해 배울 일도 없었겠죠.

저는 정말로 그것, 그러니까 사기를 당했던 경험을 통해 많이 배웠고, 성숙이라는 선물을 받았는데, 제가 이미 그런 것들을 오라를 통해서 볼 수 있어서 미연에 방지할 수 있는 사람이었다면 저는 그 경험들을 하지 못하게 되었을 것입니다. 그때는 참 많이 아팠었지만, 지금의 저는 그 모든 경험들이 저에게 있어서 없어서는 안 되었던 소중한 경험들이었다고, 정말로 그렇게 생각하고 있거든요.

어쨌든 그 당시에 저는 그러한 신비한 경험들을 많이 했었습니다. 그리고 저는 서른이 된 지금의 저보다 그때의 제가 어떤 면에서는 훨씬 더 성숙한 존재가 아니었을까, 하고 생각하곤 합니다. 그래서 제가 살면서 자주 길을 잃을 때, 그때의 제가 썼었던 책을 다시 펼쳐보곤 하는 것이죠. 그러고는 반성을 하면서 아, 너무 멀리 왔구나, 다시 돌아가자, 하고 말하게 되는 것이죠. 제가 열아홉 살 때, 저는 정말로 행복한 사람이었으니까요.

그때의 저는 새벽에 자주 동네의 산에 올라가서 명상을 했었고, 어느 날의 이른 새벽에 제가 명상을 할 때는 어떤 스님들이 제 옆에서 함께 명상을 한 적도 있었습니다. 서너 시간쯤 지났나, 그 스님들이 저에게 명상의 깊이가 남다르다며 칭찬을 하기도 했었던 기억이 납니다. 저는 정말로 마음만 먹으면 하루 종일 한 자세로 아무런 생각도 없이 오직 침묵과 함께 존재할 수도 있었습니다. 그때는 그게 가능했습니다. 솔직히 지금은 그게 가능할지 모르겠습니다.

어떤 날에는 제 방 안에서 그 고요함과 함께하고 있던 순간에 부모님께서 밥을 먹으러 오라고 저를 불렀던 적이 있었습니다. 저는 그 무한한 침묵의 상태에서 벗어나는 것이 탐탁지는 않았지만, 오직 부모님에 대한 사랑으로 또한 그 상태에서 벗어나 함께 식사를 했었던 기억도 납니다. 정말로 숨을 쉴지 말지, 그조차도 신께 맡길지 말지를 고민하던 시기가 있었습니다. 언어는 떠오르는 순간 사라졌고, 생각은 하나의 이미지가 되기 전에 흩어졌었죠. 오직 단 하나의 의식적인 행동이 숨을 마시고 내뱉는 것이었고, 해서 그조차도 에너지가 드는 일이라는 걸 그때의 저는 알고 있는 채였던 것입니다.

그리고 그 무렵의 저에게는 또한 산책을 하다가 밤새 술을 마신 채 길거리에 누워서 고해성사를 하고 있는 아저씨를 만난 적이 있었습니다. 모두가 그 아저씨가 무서웠는지 피해갔지만, 저는 그 아저씨를 그 즉시 사랑했습니다. 정확하게 말하면 제 가슴이 그 아저씨를 사랑했습니다. 그러고 나서 저는 아저씨에게 다가가 집이 어디냐고 물었죠. 아저씨는 제 눈을 바라보자마자 그 즉시 온순해졌습니다. 그렇게 아저씨를 모셔다드리고 나니, 아저씨는 어안이 벙벙한 표정으로 저에게 천사냐고 물었었죠. 저는 사람이라고 말하며 아저씨를 한 번 안아줬었습니다. 그때는 그게 가능했었습니다.

그리고 그건, 제가 사랑하겠다고 마음먹으면 제 가슴이 뜨겁게 한 번 찌릿하고는 제 안에 있는 그 뜨거운 찌릿함을 상대방을 향해 전해주는 일이었습니다. 그리고 그때는 그것이 가능할 만큼 저는 사랑 그 자체였고, 또한 많은 것들을 내려놓은 채였습니다. 오라가 보이고, 무엇인가가 투시되어 보이고, 유체이탈을 하고, 그런 것이 사람이 성숙한 정도와 비례하는 것은 결코 아닙니다. 그게 보이든 안 보이든, 더욱 사랑에 가까워진 사람이 더욱 성숙한 사람인 것이죠.

그래서 그러한 능력에 집착을 하는 것은 시간을 낭비하는 일이라는 것을 저는 또한 알게 됐습니다. 오라가 보인다고 해서 그 사람이 성자인 것도 아니고, 오라가 보이지 않는다고 해서 성자가 아닌 것도 아닌 것이기 때문입니다. 그런 것의 여부와 관계없이, 내 가슴 안에 절대적인 사랑의 양이 얼마만큼 깃들어있느냐, 그것이 유일한 성숙의 기준이며 척도가 되어야 한다는 것을 저는 수많은 성숙의 과정을 통해 알게 된 것입니다.

그러니 중요한 건 저에게 그러한 능력이 있었다는 것이 아니라, 그때의 제 가슴에는 사랑이 엄청 많이 있었다는 것이죠. 그래서 저는 그때의 제가, 지금의 저보다 훨씬 더 높은 성숙의 수준에 있었다고 생각합니다. 더 순수하고, 더 행복한 사람이었던 것입니다. 저에게는 정말로 사랑이 아닌 모든 마음의 한계들을 내려놓고, 오직 사랑이 되고자 모든 마음을 바쳐 노력하던 그런 시기가 있었습니다. 테레사 수녀님의 사랑이 그러했듯, 저 또한 그런 사랑을 할 수 있는 사람이 되고자 무한한 노력을 기울이던 그런 시기가 있었습니다.

그래서 사람들은 그런 제가 이상하다고 생각했을지도 모릅니다. 남들이 다 하는 연애도 안 하고, 집에서는 성스러운 음악을 틀어놓은 채 명상이나 하고, 모두가 클럽에 가서 놀 때는 봉사를 하러 다니고, 또 모두가 함께 수강 신청을 할 때는 혼자서 남들이 수강 신청에 실패해서 어쩔 수 없이 듣게 되는 수업을 찾아서 듣고, 그렇게 친구들이 다 어울려서 함께할 때 저는 제가 하고 싶은 것만 하고, 뭐 그랬었으니까요.

하지만 그럼에도 저에게는 언제나 좋은 친구들이 많이 있었습니다. 제가 군대에 갈 때는 서울에서 울산까지 내려와 저를 위해서 울어주는 친구들도 있었고, 저에게 편지를 써주는 친구들도 많았죠. 자신이 좋아하는 것을 하는 것은, 그래서 특이한 것이 아니라 특별한 것입니다. 그것은 내가 무엇을 좋아하는지, 그 누구보다 내가 가장 잘 알고 있기 때문에 그것 앞에서 명확할 줄 아는, 나 자신에 대한 다정함이기 때문입니다. 그래서 그것은 세상과 사람들의 말과 눈빛에 의해서 내 것을 포기하지 않을 줄 아는 확고한 자존감입니다. 그저 나는 나이고, 나에게는 나만의 삶이 있고, 하여 나만의 삶에서 내가 살아가고 싶은 삶만을 나는 오직 살아가는 일인 것이죠.

그래서 저는 다른 사람들보다 훨씬 더 풍성하고 다채로운, 저만의 경험들을 많이 하면서 살아왔다고 생각합니다. 제가 쓰는 글 안에는 그래서 저만의 풍성한 경험들이 담겨 있는 것입니다. 저의 풍부한 감정, 풍부한 경험, 풍부한 생각, 그런 것들 말이죠. 그래서 여러분들은 저의 책을 읽고 있는 것입니다. 왜냐면 제 책이 특별하다고 느끼니까요.

그러니 남들과 비교하지 않아도 정말 괜찮습니다. 타인의 시선에 너무 의존하지 않아도 정말 괜찮습니다. 그저, 내가 가고자 하는 길 안에서 나만의 경험을 하십시오. 그 안에서 배우고, 그 안에서 성숙하십시오. 그렇게 모두가 가진 색깔이 아닌, 나만의 색을 더욱 찾고, 그 색으로 빛나십시오. 모두가 적당한 회색이 되기 위해 노력할 때, 나는 완전한 하얀색이 되기 위해 노력해 보는 것입니다. 그리고 그건, 진실로 특이한 게 아니라 특별한 것입니다. 세상에 저처럼 신기한 경험을 해본 사람이 몇이나 있겠습니까. 그래서 저는 제가 더 풍부하고 다양한 글을 쓸 수 있게 되었다고 생각합니다.

그러니 특별한 사람이 되어보십시오. 내가 찾지 않아도, 사람들이 나를 찾게 될 것입니다. 왜냐면 사람들이 자신의 수준에서는 결코 할 수 없는 선택들을, 그때의 나는 나의 풍부한 경험들과 그로 인한 배움, 그 성숙을 통해서 기꺼이 초월한 채 당연한 듯 선택하며 살아가고 있을 것이기 때문입니다. 그리고 그 당신만의 성숙한 색이, 사람들로 하여금 당신에게 찾아오도록 만드는 것입니다.

그러니 모두가 술을 먹기 때문에 술을 먹고, 모두가 클럽에 가기 때문에 클럽에 가고, 그런 식으로 타인에게 이끌려 다니며 모두가 하기 때문에 나도 해야 할 것 같아서 그것들을 할 필요는 없는 것입니다. 내가 정말로 그것을 경험해 보기 위해서, 내가 좋아서 그러는 것이라면 물론 괜찮습니다. 그러니 무엇보다 중요한 것은 나는 오직 나만의 중심으로 나만의 색을 지닌 삶을 만들어 가는 것입니다.

그렇게 우리는 더욱 많은 경험들을 내 영혼의 나이테에 새겨가게 될 것입니다. 그렇게 나의 영혼은 더욱 풍성해질 것입니다. 어쨌든 모두가 하기 때문에 나 또한 그걸 다 하고자 한다면, 나에게는 내 것을 할 시간이 그만큼 줄어들 수밖에 없는 것입니다. 그러니 나만의 중심으로 살아가도 정말 괜찮습니다. 그게 삐딱한 중심이 아니라 다정한 중심이라면 말이죠. 나는 솔직한 사람이라면서 타인에게 상처 주는 말들을 함부로 하는 사람들도 있습니다. 하지만 그건 솔직한 태도가 아니라 자신의 미성숙함 앞에서 뻔뻔하게 구는 태도에 불과한 것입니다. 해서 나만의 중심으로 살아가는 것이 결단코 자신의 미성숙과 이기심을 합리화하는 태도가 되어서는 안 되는 것입니다.

그러니 더욱 성숙하고도 다정한 중심을 내가 내 안에 언제나 지니고 있는 채라면 나는 괜찮고, 잘하고 있는 것입니다. 그러니 그 다정한 중심 안에서, 내가 하고자 하는 모든 것들, 내가 좋아하고 관심 있는 모든 것들을 해보세요. 동시에 어제의 나와 오늘의 나를 비교하며 나아가 보세요. 어제 내가 조금 미워한 사람이 있었다면, 오늘은 그 사람을 조금 더 용서해보면서 말이죠. 그 중심으로 당신이 나아갈 때, 당신은 이제 애쓰지 않게 될 것입니다. 하지만 사람들은 당신의 곁에 머무르고자 오직 애를 쓰게 될 것입니다. 나랑만 친하게 지내, 하면서 질투를 할지도 모르는 일이죠.

어쨌든 그 자존감으로 당신이 나아갈 때, 진실로 당신은 애쓰지 않아도 될 것입니다. 당신은 그저 최선을 다해서 당신의 삶을 살아가고 있을 뿐인데, 당신의 자존감이 알아서 당신을 지켜주고, 또 당신을 위해 외부 세계를 당신에게 가장 좋은 것으로 만들어주고, 그런 식으로 당신을 대신해서 일하고 있을 것이기 때문입니다. 그러니 나를 위해서 가장 진실하고도 좋은 사람이 되어줄 나 자신에게, 무엇보다 내가 먼저 진실하고도 좋은 사람이 되어주십시오. 그러기 위해 무엇보다 스스로에게 다정하십시오.

나에게 다정한 사람은, 타인에게 또한 다정할 수밖에 없습니다. 왜냐하면 나의 마음 안에 있는 것만을 우리는 우리의 말과 행동으로 오직 내보낼 수가 있는 것이기 때문입니다. 내 마음 안에 다정함이 이토록이나 많기 때문에 내가 다정한 말, 다정한 행동을 하게 될 것이라는 건 사실 너무나도 당연한 것이죠. 해서 당신이 다정하지 않으면서 당신의 중심으로 살아가게 될 때, 당신은 이기적인 사람이 되고야 말 것입니다. 당신이 하고 싶은 대로 모두가 따라주길 바라는 어린아이와 같은 사람이 되고야 말 것입니다.

그러니 나만의 다정한 중심을 지키는 것과 이기적인 사람으로 존재하는 것을 또한 언제나 구분하십시오. 타인의 시선을 의식하지 않는다는 것은 내가 더 이상 타인에게 의존하거나 집착하지 않아도 될 만큼 온전한 존재가 되었다는 말이지, 그것이 타인을 배려하지 않은 채 함부로 해도 된다는 말이 되는 것은 결코 아니기 때문입니다.

그러니 나만의 '다정한' 중심으로 살아가십시오. 어제의 나와 오늘의 나를 비교하며 더욱 성숙을 향해 나아가십시오. 타인의 시선에 의존하느라 내가 살아갈 삶의 가치들을 저버리지 마십시오. 모두가 가진 색들과 하나가 되기보다, 나만의 색으로 빛나는 사람이 되십시오. 그래서 흔한 사람이 아니라, 특별하고도 간절한 사람이 되십시오. 당신이라는 사람은 이 세상에서 오직 유일한 존재라는 것을 잊지 마십시오. 그래서 당신은 소중한 사람입니다. 그러니 그 소중함을, 그 아름다움을 누리십시오.

이 세상에서 오직 유일한 당신이, 그 유일함을 포기한 채 모두와 같은 사람이 되고자 노력하는 것은 사실 거꾸로입니다. 그러니 당신은 정확히 그 반대로 노력해야 합니다. 왜냐면 당신이 이 세상에서 오직 유일한 존재로 태어난 것에는, 그마다의 높은 뜻과 이유가 있어서이기 때문일 것입니다. 그러니 당신만의 특별함으로 이 세상을 향해 봉사하고, 또한 그것을 통해 더욱 많은 사람들이 행복한 삶을 살아갈 수 있도록 당신 자신의 재능을 더욱 개발하며 나아가십시오. 그 마음으로 당신이 하루하루를 살아갈 때, 남들이 십 년이 지나도 이루지 못할 성숙을 당신은 단 몇 달 만에도 이루어낼 수 있을 것입니다.

그렇게 당신은 더욱 깊고 그윽한 존재가 될 것입니다. 당신에게는 뭔가 다른 구석이 있는 것이죠. 세상을 바라보는 관점, 세상을 바라보는 시선, 그런 것들이 보통 사람들과는 묘하게 다른 것입니다. 그래서 사람들은 당신을 찾게 될 것입니다. 당신이 그들을 찾지 않아도, 그들이 당신을 찾을 것입니다.

그러니 지금 외롭지 않기 위해 애쓰는 사람이 되기보다, 당신의 영원한 친구인 당신 자신과 잘 지내는 당신만의 방법을 찾아보십시오. 당신이 외로워서 누군가와 함께할 때는 함께하고 있음에도 불구하고 여전히 외로워야만 할 것입니다. 그래서 당신이 해야 할 일은 어떤 사람이든 만나서 그 외로움을 피하는 것이 아니라, 자신의 외로움을 바라보고 그것을 다정하게 극복하는 일이 될 것입니다.

당신의 곁에 있는 사람들 중 어떤 이들은 여전히 당신의 곁에 남을 것이고, 또 어떤 이들은 당신의 곁에서 떠날 것입니다. 그리고 당신의 곁에 남은 누군가 또한 당신과 영원히, 일 분 일 초도 빠짐없이 그 매 순간들을 함께하지는 않을 것입니다. 하지만 당신은, 당신 자신과 매 순간의 일 분 일 초도 빼놓지 않고 영원히 함께일 것입니다. 그러니 나 자신과 친해지는 방법을 배우십시오. 당신이 그것을 알게 되면, 당신은 이제 외로워하는 법을 잊게 될 것입니다. 해서 당신이 외롭지 않은 사람이 되었기 때문에, 이제 당신은 다른 누군가와 함께하는 순간에도 결단코 외롭지 않을 것입니다.

그래서 그때는 '진짜' 함께하게 될 것입니다. 그러니까 함께함을 자신의 외로움과 결핍된 마음들로부터 강요당하는 것이 아니라, 정말로 완전하고도 온전한 나인 채로 오직 '선택'하게 될 것입니다. 그래서 그때의 당신은 또한 더 좋은 사람들과 함께하게 될 수밖에 없을 것입니다. 왜냐면 당신이 외롭지 않은데, 굳이 아무나와 함께하며 당신의 소중한 시간과 감정을 낭비할 필요와 이유는 이제 당신에게 있어 더 이상은 존재하지 않기 때문입니다. 그래서 당신은 진실로 좋은 사람들과만 오직 함께하게 될 것입니다. 더 좋은 친구들을 만나게 되고, 더 좋은 사람과 연애를 하게 될 것입니다.

그러니 먼저 스스로의 온전함을 완성하십시오. 영원히 나와 함께할 유일한 사람인, 나 자신과 먼저 친해지십시오. 그렇게, 그 무엇보다 나 자신에게 다정한 사람이 되십시오. 그러기 위해서 어제의 나보다 오늘 더 성숙한 사람이 되기 위해 노력할 필요가 있을 뿐입니다. 그러니 오직 '나'에게 기준을 두십시오. 세상의 것들, 다른 사람의 것들, 그런 것들이 나의 기준이 될 때 나는 성숙이 아닌 그 반대 방향으로 걸어갈 수 있을 뿐입니다. 그래서 나는 여전히 외로운 사람일 것이고, 해서 나는 여전히 왜소한 사람일 것입니다. 그래서 여전히 애를 써야만 하는 사람일 것입니다. 하지만 당신이 온전할 때는, 당신의 온전함을 당신이 완성하였을 때는, 그러니까 그때의 당신은 진실로 애를 쓸 필요가 없을 것입니다. 그때는 세상과, 사람들이 당신을 위해 오직 애쓸 것이기 때문입니다.

그러니 꿋꿋이 소중하십시오. 그렇게 당신이, 무엇보다 당신 자신과 친해져서 오직 당신만의 예쁜 삶을 누리며 살아가게 되기를 저는 바랍니다. 그렇게 당신은, 오직 당신만의 아름답고도 예쁜 색으로 더욱 빛날 것이며, 그 빛이 또한 이 세상과 사람들에게 행복을 전해주는 따스함이기를. 그러니까 나만의 색이라는 게, 유별나고도 이기적인 미성숙의 색이 아니라, 더욱 선하고 아름다운 편에 서 있는 예쁘고도 사랑스러운 성숙의 색이기를. 그렇게, 당신이 모든 외로움과 의존에서 벗어나 이제는 진정 온전하기를. 온전함으로써 행복하기를. 무엇보다 그렇게, 꿋꿋이 소중하기를.

34

다정한 신뢰 ..

다정한 생각을 소유하십시오. 우리가 아무런 말도 하고 있지 않을 때, 그리고 아무런 행동도 취하고 있지 않을 때, 그때의 우리에게는 사실 아무런 문제가 없다는 것을 기억하십시오. 당신이 그저 그렇게 존재하고 있을 때는 그 누구도 당신을 미워하거나, 당신으로 인해서 화를 내는 일이 없을 것입니다. 그러니 문제는 언제나 당신의 외부가 아니라 당신의 내부에 있다는 사실을 간직하십시오.

당신이 당신 자신의 마음 안에 품고 있는 생각들, 오직 그것만이 당신의 겉모습을 통해 나오는 말과 행동이 되는 것입니다. 그러니 먼저, 그 생각을 변화시키십시오. 거꾸로 노력하는 것은 당신에게 많은 힘과 노력을 요구할 것이지만, 그럼에도 그것은 결코 당신에게 변화의 기적을 선물해주지는 않을 것입니다. 그것에 대해 충분히 이해하고, 또한 미리 알고 계십시오. 제가 당신의 시간과, 당신의 힘과 에너지를 절약시켜 드리는 것입니다.

그러니 먼저, 당신의 생각을 바라보는 것에서부터 시작하십시오. 당신의 마음 안에 있는 생각들이 오직 예쁘고 다정한 생각들일 때, 당신은 자연스럽게 예쁘고 다정한 말을 하는 사람일 것이고, 또한 예쁘고 다정한 행동을 하는 사람일 것입니다. 그렇다면 지금 당신의 마음에 가득 차 있는 생각들은 무엇입니까. 지금 당신의 마음에 드리워져 있는, 당신에게 원망과 화를 불러내고 있는 사람은 누구입니까.

가장 먼저 떠오르는 한 사람이 있을 것입니다. 그리고 그 사람이 가장 먼저 떠올랐다는 것은, 최근 당신이 그 사람을 원망하느라 내내 마음을 쓰고 아파하고 있었다는 것을 뜻할 것입니다. 어쩌면 제법 오랜 시간 동안 그 사람을 미워하고 있었을 것이고, 그래서 그것으로 인해 사실 가장 아프고 힘들었던 사람이 아마 당신 자신일 것입니다. 그러니 그 사람을 용서하는 것에서부터 시작해보십시오. 그러니까 그 사람을 미워하고 있는 당신 자신의 생각을 용서하는 것에서부터 시작해보십시오. 그 생각과 하나가 된 채로, 그 생각에 힘을 더욱 공급하며 그 생각을 부풀리기보다, 그 생각과 분리가 된 채로 그 생각을 향해 오직 연민을 품어보는 것입니다. 그런 생각을 하고 있는 당신 자신을 가엽게 여겨보는 것입니다. 또 그러한 생각 자체를 가엽게 바라봐보는 것입니다.

가엽게 여기며, 또한 동시에 사랑스럽게 바라보는 것, 그 연민 어린 시선이 당신에게 그것을 내려놓을 수 있는 힘을 가져다줄 것입니다. 그런 식으로 당신이 언제나 그러한 생각 앞에서 하나가 되기보다 분리가 된 채로 그것을 향해 '연민'을 품을 수 있다면, 그러니까 그 연민을 통해서 당신이 그것을 바라볼 수 있다면, 하여 그러한 태도 자체가 당신의 새로운 하나의 습관이 될 수 있다면, 당신은 그것을 정화하는 일에 기필코 성공할 것입니다.

당신의 본질은 언제나 다정함입니다. 하지만 당신의 본질을 가리고 있는 부정성들이 당신의 그 본질 위에 지금은 너무나도 많이 드리워져 있는 채라서, 그래서 지금의 당신은 당신 자신의 본질인 그 다정함에 접근조차 하지 못하고 있는 것입니다. 그래서 지금의 당신에게 필요한 유일한 노력은 당신의 진정한 본질인 다정함이 아닌 태도들을 기꺼이 내려놓고 포기하는 일이 될 것입니다. 그것을 연민을 통해 바라보고, 그렇게 정화하고, 하여 내려놓고 포기할 때, 원래부터 다정하지 않은 적이 없었던 당신 자신의 본질이 그저 드러나 당신과 다시 하나가 될 것이기 때문입니다.

그러니 거꾸로 노력하지 마십시오. 먼저, 당신의 내부 세계에서부터 시작하십시오. 그저 당신의 마음 안에 있는 것들이 바뀔 때, 당신은 다르게 존재하는 법을 몰라서 오직 그렇게 존재하게 될 것입니다. 우리는 우리가 우리 자신의 마음 안에 품고 있는 것, 오직 그것들만을 외부 세상을 향해 투사할 수 있기 때문입니다. 해서 당신의 마음 안에 더 이상 그릇된 욕망이든, 분노든, 이기심이든, 원망이든, 그러한 것이 없다면, 당신이 어떻게 그러한 것들을 세상을 향해 투사한 채 말하고 행동할 수 있겠습니까.

그러니 당신은, 당신의 마음이 오직 다정함밖에 품고 있지 않아서 다정하게 존재할 수밖에 없는 사람이 되십시오. 이것이 우리가 우리의 행동과 언어를 바꾸고자 노력하는 것에 앞서 우리의 마음을 먼저 바꿔야만 하는 이유입니다.

그저 내가 내 마음을 바꾸어 진실로 다정한 사람이 되고 나면, 우리는 다정하지 않음 자체를 허용할 수가 없을 만큼 이미 다정한 사람이 되어버린 채일 것입니다. 그래서 이때는 사실, 그렇게 하고자 노력하는 것이 아니라, 그렇게 하지 않는 것이 불가능해서 그렇게 하고 있는 것일 뿐일 것입니다. 그래서 이때의 당신은 애쓰지 않고도 다정할 수 있고, 다정한 사람으로서 존재할 수가 있는 것입니다. 하여 이러한 다정함 자체가 비로소 당신의 주된 습관으로 굳어지게 되었을 때, 당신은 사람들에게 또한 '다정한 신뢰'를 심어주게 될 것이고, 그 신뢰로 인해서 더 예쁜 관계를 맺게 될 것입니다.

예를 들어서 당신이 어떠한 상황에서 늘 화를 내던 사람이라면, 사람들은 어떠한 일을 한 뒤에 당신이 화를 낼 것이라 자연스레 예상하게 되기 때문에 당신 앞에서는 언제나 조심스럽게 존재하게 될 것입니다. 그러니까 그건 실수로 의자를 끌다가 큰 소리가 났을 때, 혹여나 당신이 화가 났을까 싶어 당신의 표정을 살피는 식으로 존재하게 되는 일인 것이죠. 아, 볼펜을 떨어뜨렸네, 하면서 당신이 어디 있는지 두리번거리게 되는 식으로 말입니다.

그래서 사람들은 당신의 반응을 신뢰하지 않을 것입니다. 사실 사람들에게 당신은, 어쩔 수 없이 함께하는 상황이 아니라면 기피의 대상일 것입니다. 그리고 그건, 당신이 회사의 상사라서 당신과 함께하긴 하지만, 퇴근을 한 뒤에는 결코 당신을 찾지 않게 될 것이라는 말과 동일한 것입니다. 내 마음이 아프고 힘들 때, 당신과 함께 있으면 더 아프고 힘들어질 테니까요. 술 한잔하면서 당신에게 이야기를 털어놓을 생각을 해보니, 벌써부터 한숨이 나오는 것이죠. 그래서 고개를 절레절레 젓게 되는 것입니다. 내가 어떤 말을 하든 담아둔 채 나중에 화내는 식으로 복수하고 말겠지, 이런 생각이 들 테니까요. 술이 좀 취해서 실수로 국물이라도 흘렸다간 무슨 일이 일어날지 몰라! 이런 생각이 들 테니까요. 그게, 당신이 다정하지 않을 때 사람들에게 쌓고 있는 당신의 이미지인 것입니다.

당신이 회사의 상사로서든, 누군가의 부모로서든, 누군가의 동생이나 형, 오빠, 언니, 누나로서든, 연인으로서든, 그것이 무엇이든 당신이 다정하지 않은 사람일 때 당신은 그러한 이미지를 쌓고 있을 것이며, 그래서 사실 그때의 당신은 스스로 고립되고 외로워지길 선택하고 있는 것이나 다름이 없는 것입니다. 그러니 다정하게 존재하십시오. 그렇게 다정한 신뢰를 확보하고, 그로 인해 사람들이 당신에게 찾아오고, 당신으로부터 위로와 응원을 받도록 해보십시오.

그러니까 아빠, 오늘은 무슨 일이 있었는데, 엄마한테는 비밀이야, 라고 말하게 하는 아빠가 되십시오. 그리고 당신이 엄마라면 그와 반대가 되도록 해보십시오. 그렇게 당신이 부모라면, 당신의 자식이 부모 모두에게 자신의 비밀을 털어놓을 수 있을 만큼 당신 둘의 다정함을 신뢰하도록 존재해보십시오. 그때는 아이가 살아가는 데 있어 어떤 시련을 마주하게 되든, 당신들이 존재한다는 그 사실 하나만으로 아이는 그것을 극복하게 될 것입니다. 그리고 그건 당신이 누군가의 연인일 때도 마찬가지입니다.

그러니 그러한 신뢰와 든든함을 주는 다정함을 통해서 오직 관계를 맺고 이어가십시오. 통제하고, 억압하고, 힘으로 누르고, 조종하고, 불안해하고, 집착하고, 떼쓰고, 고집을 부리는 대신에 말입니다. 언제나 힘과 다정함이 맞붙으면, 결국에는 다정함이 승리한다는 것을 잊지 마십시오. 그럼에도 만약 당신이 힘을 선택한다면, 당신은 타인들에게 있어 다정한 신뢰가 없는 사람이 되고야 말 것입니다. 그러니까 그때의 당신은 내가 무엇을 해도 저 사람은 나를 안 좋게 보고 화를 낼 거야, 라는 인식을 상대방에게 심어주게 될 것입니다.

그러니 다정함으로써 진정한 신뢰와 함께 나아가시길 바랍니다. 내가 때로 실수를 해도, 저 사람은 그럼에도 나에게 그것에 대해 다정하게 이야기해 줄 거야, 라고 생각하게 만드는 그 예쁜 신뢰와 함께 말입니다. 그리고 그때가 되면 사람들은 퇴근을 한 후에도 당신을 찾게 될 것입니다. 그 있잖아요, 맨날 화내는 그 사람, 그 사람이 글쎄 오늘도 아무것도 아닌 걸로 저에게 화를 내는 거 있죠, 하면서 말이죠. 그렇다면 당신은 그러한 이야기를 들어주는 사람이 되시겠습니까, 아니면 그러한 이야기의 주인공이 되시겠습니까.

이미 답은 정해졌습니다. 그러니 당신의 마음 안에 있는 그 다정함을 발견하고 드러내는 것에서부터 시작할 것이며, 그러니까 다정함이 아닌 것들을 내려놓는 것에서부터 시작할 것이며, 오직 연민을 통해서 그것을 해내십시오. 당신이 그것을 마침내 해내게 되면, 당신은 다정하게 존재하지 않는 것이 불가능해서 오직 다정할 수밖에 없는 사람이 된 채일 것입니다.

그래서 또한 이 지점에서는 언제나 되짚고 넘어가야 할 것이 또 한 번 생기게 되는 것입니다. 왜냐면 이때는 누가 나를 이용하려고 하는 모습조차도 사실은 조금 귀엽고 사랑스럽게 느껴질 만큼 당신은 다정한 사람인 채일 것이기 때문입니다. 그래서 이 영역은 다정하면서도 순진함을 포함하는 영역이 됩니다. 어쨌든 그런 식으로 몇 번을 순진하게 지내다 보면, 우리는 우리 자신의 다정함 자체를 완전히 잃게 될 만큼 추락하게 되는 경우도 생기는 것입니다.

그래서 저는 이 말은 정말 몇 번을 해도 지나침이 없다고 생각합니다. 다정하되, 순진하지는 말 것. 미워하지 않고 사랑하되, 함께하지는 말 것. 용서하되, 용서했다고 해서 계속해서 용서할 거리를 가져다주는 사람과 함께 지내는 어리석음을 선택하지는 말 것. 바로 이 말 말입니다. 물론 그러한 일련의 경험들을 통해서 순진함 대신에 지혜를 우리의 내면에 채워나가게 될 우리이지만, 그럼에도 이것에 대해 먼저 듣고 안 듣고는 하늘과 땅 차이가 될 거라고 저는 확신합니다.

왜냐면 이 말을 듣기 전의 우리의 순진함은, 그럼에도 사랑과 다정함으로 그들과 함께하고자 할 것이고, 그 과정 안에서 서서히 미움이 다시 올라오기 시작할 때는 끝내 죄책감을 가지게 될 것이기 때문입니다. 하지만 이 말을 들은 뒤의 우리는 그 순진한 죄책감 앞에서 더욱 단호할 줄 아는 사람이 된 채일 것입니다. 해서 저는 그럼에도 아닌 것은 아닌 것이다, 라는 저의 이 말이 언젠가의 당신에게 아주 적절하게 찾아가서 당신을 꼭 지켜주기를 바랍니다.

그러니 다정하되, 아닌 것은 아닌 것입니다. 제가 한때 아주 다정했을 때, 저는 아닌 것은 아니다, 라고 말하지 못할 만큼 순진했었던 기억이 납니다. 아닌 것 자체를 바라보지 못할 만큼 다정해져버린 것이죠. 그렇게 저는 몇 번의 순진함 끝에 다정함 자체를 완전히 상실하게 될 만큼 크게 추락했었고, 하여 오래도록 헤매야만 했었습니다. 해서, 다정해지기 전보다 훨씬 더 많은 원망과 분노를 마음에 지니게 되었고, 그것을 다시 극복하고 회복하는 데는 정말로 엄청난 노력과 시간이 들게 되었던 것이죠. 그야말로 다정하되, 순진하지는 말 것, 그것을 이해하고 배우는 수업을 치른 것입니다.

당신에게도 물론 수업은 있을 것입니다. 하지만 아무것도 모른 채 수업에 임하기보다, 예습을 한 채로 수업에 임할 때 당신은 더욱 우수한 학생이 되어 수업을 듣게 될 것입니다. 그리고 저는 당신이 그럴 수 있길 바랍니다. 그러니 나 자신에 대한 다정함으로 그들을 피하고, 그것에 대해서 죄책감을 가지지 마십시오. 예수님께서도 저와 똑같이 말했다는 것을 기억하세요. 하지만 예수님께서는 그 누구보다 다정하고도 사랑이셨던 분이라는 것을 또한 기억하세요.

테레사 수녀님께서도, 예수님께서도, 때로 화를 내셨습니다. 그리고 저는 그분들의 화가, 실제로 화가 나서 화를 낸 것이 아니라 '화'를 선택하는 것만이 유일하고도 적절한 상황이라 화난 모습을 연기한 것일 거라고 확신합니다. 그것이 무엇이 됐든 간에, 어쨌든 때로 화를 내야만 할 때는 화를 내야만 하는 것입니다. 거절을 해야 할 때는 거절을 해야만 하는 것입니다. 피하고 멀리해야 할 상황과 사람은 피하고 멀리해야만 하는 것입니다. 그 다정한 지혜 앞에서 우리가 죄책감을 가질 이유는 전혀 없는 것입니다.

만약 내가 가고자 하는 길 앞에 사자가 있다면, 우리는 그 길이 아닌 다른 길을 통해서 우리의 목적지를 향해 나아가게 될 것입니다. 하지만 내가 순진해서 사자 앞을 그대로 지나가고자 하는 것은, 그럼에도 사자가 나를 해치지 않을 거라고 믿고 바라는 것은 정말 말 그대로의 순진함이 될 뿐인 것입니다. 그러니 당신 자신을 위험에 빠뜨릴 수 있는 상황들을 스스로 선택함으로써 당신의 '다정함'을 시험에 빠지게 하지 마십시오. 정말로, 시험에 들게 하지 마옵소서, 하고 기도를 하는 데엔 그만한 이유가 있는 것입니다. 그러니 피하지 않는 순진함 대신에 피해갈 줄 아는 지혜를 오직 선택할 것이며, 그것 앞에서 결단코 죄책감을 가지지 마십시오.

어쨌든 당신은 제가 이러한 말을 했음에도 불구하고 그러한 상황에 직면하게 될 것입니다. 왜냐면 당신의 다정함은 순진함을 포함하지 않는 단단한 다정함으로 나아가야만 할 것이고, 하여 당신에게는 그 단단한 다정함을 확인하고 배우는 수업이 필요할 것이기 때문입니다. 그리고 그때는, 지금의 제 말이 당신을 지켜주고 당신과 함께할 것입니다. 당신의 다정함을 지켜줄 것이며, 또한 당신이 순진한 죄책감에 빠져드는 것으로부터 당신을 구할 것이며, 그렇게 가장 적절한 시기에 당신의 마음에서부터 떠올라 당신을 꼭 지켜낼 것입니다. 그럴 수 있기를 저는 바라고 기도할 것이기 때문입니다. 그리고 이 세상에 응답받지 않는 기도는 없기 때문입니다.

그러니 다정하되, 순진하지는 마십시오. 또한 다정하기 위해 먼저 겉으로 도는 노력을 하며 시간을 낭비하지 마십시오. 당신이 바꾸어야 할 것은 다른 무엇이 아니라 오직 당신의 내면일 뿐입니다. 그러니 안에서부터 시작하십시오. 당신의 마음에 품은 생각들, 생각의 습관들, 그러한 사고 체계를 먼저 점검하고 정화하는 것에서부터 시작하십시오. 오직 그러한 생각들에 대해 다정한 연민을 품음으로써 그렇게 하십시오. 그 다정한 연민이 서서히 당신의 마음 안에 있는 무지와 오해, 그리고 환상, 그 모든 어둠을 대체하는 빛이 되어줄 것입니다.

그렇게, 빛이 되십시오. 당신은 당신의 내면이 환해서 외부로 또한 그 빛을 내비치는 사람이 될 필요가 있을 뿐입니다. 그러니 먼저 마음에 빛을 되찾고, 그 빛을 밝히십시오. 그 빛을 가리고 있는 어둠들을 기꺼이 포기하고 내려놓으십시오. 사랑이란, 사랑하고자 애쓰는 것이 아니라, 사랑이 아닌 것들을 내려놓고 포기할 때 저절로 나타나는 빛입니다. 왜냐면 우리는 태초부터 영원히 사랑으로 지어졌으며, 하여 사랑이 아닌 채 존재했던 적이 사실은 단 한순간도 없었기 때문입니다. 그러니 당신이 잊고 있었던 당신 자신의 영원한 이름, 당신의 본질, 태어남의 목적과 존재의 이유, 그것들을 다시 기억해내십시오. 그렇게, 하나의 강렬하고도 예쁜 다정함 자체의 빛이 되어 행복하십시오. 그런 사랑을 사람들과 주고받으십시오.

당신이 우선 빛에 더욱 가까워지고 나면, 당신에게 있어 어둠이란, 애써서 그렇게 되지 않으려고 노력해야 할 영역이 아니라, 그저 마음에 어둠이 없어서 어둠을 선택하는 것이 불가능할 뿐인 영역이 될 것입니다. 그래서 이제 당신에게는 빛이, 사랑이, 다정함이 자연스러운 유일한 상태가 되는 것입니다. 왜냐면 이제는 그게 당신의 유일한 본성이자 본질이 되었기 때문입니다.

그러니 당신이 다정한 사람이 되고 싶다면, 다정한 사람이 되고자 애쓰며 그렇지 못한 당신의 겉모습들을 꾸짖을 것이 아니라, 그저 당신의 마음 안에 있는 다정하지 않은 면들을 거두어내면 그만인 것입니다. 당신의 마음 안에 여전히 이기심과 분노, 욕망이 가득한데, 그렇다면 당신이 다정해지고자 얼마나 노력한들 어떻게 해서 당신이 다정해질 수가 있겠습니까. 그러니 그저 다정함이 아닌 것들을 거두어내십시오. 연민을 통해서 그것들을 정화하십시오. 그때는 다정함이라는 당신의 본성이 알아서 나타나 당신을 채울 것입니다.

그러니 저는 당신이 무엇보다 당신 자신을 아프게 하고 외롭게 만들 뿐인 다정하지 않음을 스스로 선택하며, 그것이 당신을 행복하게 해주는 유일한 것이라 오해한 채 나아가는 일은 없기를 바랍니다. 결국 우리 모두는 오직 자신의 지금에 최선인 것들만을 선택하고 있으며, 그렇게 나의 행복을 위해서 자신이 할 수 있는 최선을 다하고 있는 것입니다. 해서 우리가 믿는 그 '최선'이 무엇인지에 따라서 우리의 행복과 불행이 결정되는 것입니다. 그러니 다정함이 아니라 '힘'이 당신을 행복하게 해주는 유일한 최선이라 믿은 채 스스로 불행해지길 선택하며 나아가는 일은 이제 당신에게는 더 이상 일어나지 않기를 바랍니다.

그 오해를 더 이상 믿지 않을 것이며, 그렇게 그 오해의 어둠에서부터 벗어나 이제는 빛을 향해 나아가는 당신이기를. 그러니까 반드시 그 무지로부터 구원되기를. 하여 이제는 무엇보다 당신이 당신 자신의 행복을 위해 다정함을 선택할 것이며, 그렇게 다정함이 하나의 습관인 사람이 되어갈 것이며, 그로 인해 사람들에게 또한 그 다정함을 쌓아갈 것이며, 하여 오직 다정한 신뢰가 있기를. 해서 이제는 그 다정한 신뢰를 바탕으로 무엇보다 당신이 '좋은' 역할자가 되기를. 그러니까 좋은 남편, 좋은 아빠, 좋은 아내, 좋은 엄마, 좋은 선생님, 좋은 선배, 좋은 연인, 그것이 무엇이든 당신이 좋은 사람이라서 좋은 역할자가 되기를. 그렇게 당신이 진정 행복하기를, 하여 당신과 함께하는 모두가 또한 당신으로 인해 행복해지기를. 무엇보다 다정하게.

35

행복을 향한 정직함..

행복과 사랑은 같은 것입니다. 그러니 행복하고 싶다면 더욱 많이, 하지만 그 무엇보다 진실하게 사랑하십시오. 마음 안에 있는 어둠의 양이 많을수록, 그 어둠이 우리의 마음에 내재되어 있는 빛을 가릴 것이고, 하여 우리는 딱 그만큼만 사랑할 수 있게 될 것입니다. 그리고 우리는 딱 그만큼만 사랑하기 때문에, 딱 그만큼만 행복할 수밖에 없을 것입니다. 그 빛의 크기만큼, 정확히 그 빛의 양만큼 우리는 사랑하며, 또한 행복할 수 있기 때문입니다. 그러니 빛의 양과, 사랑의 양과, 행복의 양은 항상 정비례하는 것이라는 걸 잊지 마세요.

그렇다면 지금 당신이 행복하게 존재하지 못하도록 끝없이 당신의 눈과 마음을 가리는 당신 마음 안에 드리워져 있는 어둠은 무엇입니까. 그것을 정직하게 바라보고, 나에게 그러한 점이 있다는 것을 진실하게 인정하는 것에서부터 시작해보십시오. 그러니까 더 이상 행복을 '사랑이 아닌' 것에서부터 얻을 수 있을 거라는 오해를 숭배하지 마십시오.

당신이 만약 당신의 마음 안에 있는 욕망을 해소함으로써 당신이 행복할 수 있을 거라고 믿는다면, 당신은 다른 사람을 당신 자신의 욕망을 성취할 수단이자 도구로밖에 생각하지 않게 될 것입니다. 그래서 당신은 그 욕망을 성취하기 위해 다정한 척 연기하며 사람들을 구슬리고 조종하는 사람이 될 것입니다. 하지만 그럼에도 당신 자신의 마음 안에는 '진실한 사랑'이 없기에 당신은 여전히 행복하지 못할 것이며, 하여 더 많은 상처를 자신과 타인에게 주며 더 많이 불행한 사람으로서 존재하게 될 것입니다.

당신이 사랑한다고 말하는 사람을 당신은 이용하고, 억압하고, 통제하고, 뒤에서는 그 사람에게 평생 잊을 수 없을 만한 상처가 되는 행동들을 아무렇지 않게 하고 다니고, 그렇게 나중에 당신의 그러한 행동들을 알게 된 상대방은 실제로 당신으로 인해 평생 씻을 수 없는 상처를 얻게 되고, 그렇다면 그것이 어떻게 해서 사랑일 수 있으며, 또한 행복일 수 있겠습니까.

그러니 행복하기 위해서 더욱 진실한 사랑을 하십시오. 당신의 마음 안에 있는 사랑이 아닌 것들을 정직하게 찾아내고, 인정하고, 하여 그것을 극복하십시오. 둘 중 하나입니다. 정직하거나, 정직하지 않거나. 그리고 당신이 당신의 부정성 앞에서 정직하지 않을 것을 선택할 때, 당신은 당신의 잘못 앞에서 뻔뻔한 사람이 될 것이고, 하여 당신은 성숙을 향해 단 한 발도 내딛지 못한 채 제자리걸음만을 하게 될 것입니다. 그러니 정직하십시오. 스스로에게 거짓말을 하지 않는 것에서부터 시작하십시오.

당신의 마음에 화가 많아서 당신이 자주 화를 내는 사람이라면, 하지만 그럼에도 당신이 그 화에 대해서 정직하지 못하다면, 당신은 그 분노라는 감정에 대해 스스로 책임감을 느낀 채 극복하고자 하기보다 그것을 다른 사람들에게 투사한 채 그들을 탓하는 사람이 될 수밖에 없을 것입니다. 그러니까 그때의 당신은 누가 이래서, 세상이 이래서, 그래서 내가 화를 낼 수밖에 없었다고 말하게 될 것입니다. 그래서 당신은 '화'를 극복하고 초월할 만한 시도조차 하지 못한 채 늘 화를 내고, 상처를 주고, 상처를 받고, 하지만 늘 정당화하고, 그렇게 존재하게 될 것입니다. 그러니 당신이 오직 당신 자신의 행복을 위한다면, 반드시 정직하십시오.

진실로 행복을 찾는 사람들에게 있어서 그러한 정당화와 같은 것들은 모두 시간 낭비가 될 뿐입니다. 그것에 시간을 낭비하기에는, 찾고 나아가야 할, 성취해야 할 행복이 앞으로도 너무나도 많기 때문입니다.

제 주변에는 자신의 욕망을 스스로 컨트롤하지 못해 모든 여성을 자신의 성적 욕망을 충족시킬 도구로 생각하는 사람이 있었습니다. 그 사람은 카드 빚 때문에 늘 허덕였는데, 그 카드 빚이라는 게 모두 모텔비였죠. 한 번 잔 사람과는 두 번 다시 자지 않는 것이 그 사람의 원칙이었고, 함께 잠자리를 가진 모든 여성들을 동영상으로 간직하는 것이 또한 그 사람의 '상징'이었습니다. 그리고 그 상징들을 사람들에게 공유하며 내가 이런 사람이다, 하고 자랑을 하고 다니는 것이 그 사람의 '긍지'였죠.

여자가 자신과 함께 자지 않겠다고 말할 때는, 여자에게 화를 내면서까지 모텔에 끌고 가곤 했었습니다. 왜냐면 자신이 이렇게까지 너에게 시간을 쓴 것에 대해서, 넌 이것으로 갚아야 한다는 것이 또한 그 사람의 '주장'이었기 때문입니다. 이것을 위해서 너와 함께하며 너를 꼬드기기 위해 내가 이만큼이나 노력을 했는데, 이것을 하지 못하게 된다면 그건 그에게 있어 정말로 화가 나는 일이 되었기 때문입니다. 그렇게 마음이 여려서 그것 앞에서 어쩔 줄 몰라 하는 상대방은 이 사람에게 있어 다 넘어온 먹잇감에 불과했습니다. 그리고 언젠가 이 사람은 누군가의 신고로 인해서 경찰서에 가게 되었죠.

제가 이 사람을 알게 된 것이 이때였습니다. 저는 그때 한참 출판사와의 소송을 준비하고 있었는데, 그것을 제 지인에게 듣고는 제 변호사에게 자신의 고소 건에 대해서도 덤으로 물어봐달라고 연락을 한 것이었죠. 초면에 그러한 부탁을 할 수가 있다는 것 자체가 저에게는 신기하게 느껴졌었습니다. 그래서 그 일을 정확하게 기억하고 있습니다.

그리고 저는 사실대로 말하면 된다고 말해줬었습니다. 그것이 무엇이든, 사실대로 말하면 되는 것이기 때문입니다. 잘못한 게 없다면 숨길 것도 없는 것이고, 하여 사실대로 말하지 않을 이유가 없을 것이기 때문입니다. 그러고 나서 모든 사람의 상식에 있어 그것이 마땅한 행동이라면 벌을 받을 일도 없는 것입니다. 왜냐면 법이라는 게, 아무리 부당하고 억울한 일을 당해도 증거 하나가 부족하면 그걸로 상대방은 무죄 선언을 받기 때문입니다. 그러니 사실, 무죄보다 유죄가 더 어려운 것입니다.

당신이 만약 친구와 다투어 법정에 서게 된다면, 당신은 친구의 잘못을 증명할 증거가 거의 없을 것입니다. 왜냐면 우리는 보통 그러한 것들을 늘 생각하며 수집하지도 않기 때문입니다. 하지만 당신이 그 친구가 사기꾼이라는 것을 정확하게 느끼고 알게 되었다면, 그때부터는 그것을 수집하게 될지도 모르는 일이죠. 그러니 신뢰가 없는 행동, 잘못된 행동을 정말로 오래도록 지치지 않고 해야 상대방들도 마침내 그것에 대해 대비를 하게 되는 것입니다.

하지만 역시나, 그 사람은 제 예상을 한 치의 오차도 없이 빗나가지 않았습니다. 이 사람은 저에게 자꾸만 자신은 잘못한 게 없다고 말하고 있었기 때문입니다. 내가 뭘 잘못했냐, 법이 잘못됐다, 여자들이 잘못됐다, 이런 것이었죠. 이렇게 잘생긴 나와 함께 자는 것만으로도 영광인 거다, 하면서 말이죠. 그래서 저는 사실대로 말하라고 한 것이었습니다. 네 말처럼 네가 잘못한 게 없다면, 사실대로 말하지 못할 이유 또한 전혀 없을 것이다, 그러니까 이것이 제가 그 사람에게 말한 내용의 전부였던 것이죠.

하지만 사실대로 말하라는 저의 말을 듣고 그는 저에게 아무런 말도 하지 못했죠. 사실대로 말하는 것이 오히려 자신에게 불리하게 작용할 것이라는 걸 사실은 본인도 알고 있었던 것입니다. 그러니까 본인도 사실은 그러한 행동들이 모두 잘못된 것이라는 걸 충분히 알고 있었던 것이죠. 어쨌든 그건, 사실대로 말하기가 힘들 만큼 스스로도 자신의 행동에 대해 떳떳하지가 않은 것이었습니다.

만약 제가 어떠한 일로 경찰서에 갔다면, 저는 사실대로 말했을 것입니다. 그리고 저는 무혐의를 받게 되었겠죠. 실제로 제가 저도 모르게 죄를 지은 것이 있었다면, 그래도 저는 사실대로 말하고 그것에 대해 책임을 졌을 것입니다. 저는 그 사람이 사실대로 말했을지, 그리고 사실대로 말했음에도 무혐의를 받게 되었을지, 그것에 대해 스스로 인정하고 죗값을 치렀을지, 그것에 대해서는 알지 못합니다. 하지만 그것이 그릇된 욕망의 최후라는 것에 대해서는 잘 알고 있습니다. 그리고 그러한 사람에게 있어서 관계란, 언제나 욕망의 충족이냐, 아니냐, 오직 그것에 따라 움직인다는 것을 또한 잘 알고 있죠.

만약 그 사람이 어떠한 사람과 친구 관계를 맺는다면, 아마 그 친구는 돈이 많거나, 혹은 주변에 예쁜 여자가 많거나, 그럴 것입니다. 그러한 수준에서는 그저 대화가 잘 통하고, 마음이 잘 닿는다, 이런 결로는 절대로 친구 관계를 맺으려고 하지 않기 때문입니다. 그래서 그 사람의 유일한 행복의 기준은 '욕망'인 것이고, 하지만 욕망은 결코 우리의 내면을 진정 행복하게 해줄 수 없는 것이기에 그 행복의 기준은 또한 완벽한 오해라고 할 수 있는 것입니다.

하지만 그럼에도 그러한 것들이 행복이라 믿고 살아가는 사람들이, 제 생각에는 지구의 절반 정도는 아주 쉽게 넘을 만큼 많이 있는 것 같습니다. 그러니 당신이 진실로 행복하고 싶다면, 진실로 당신을 행복하게 해주는 것들만을 행복의 기준으로 삼으십시오. 그게 다입니다. 빛을 선택할 것이냐, 어둠을 선택할 것이냐, 사랑을 선택할 것이냐, 사랑이 아닌 것들을 선택할 것이냐, 정직할 것이냐, 정직하지 않을 것이냐, 그러니까 행복할 것이냐, 행복하지 않을 것이냐, 정말로 이것이 다입니다.

그러니 먼저 스스로에게 정직하십시오. 당신이 여태 사랑이 아닌 다른 것들을 행복의 기준으로 삼아왔다면, 그것이 완벽한 오해이자, 결코 충족되지 않을 환상을 추구하는 믿음에 불과했었다는 것을 인정하는 것에서부터 시작하십시오. 그것을 진실로 정직하게 인정하는 것만으로도, 당신은 그 모든 오해와 환상으로부터 그 즉시 해방될 것입니다. 그럼에도 당신이 여전히 빛이지는 않겠지만, 적어도 당신은 여전히 어둠이지도 않게 되는 것입니다.

왜냐면 당신이 스스로 어둠으로 인정한 것에 대해서 또다시 그것을 당연한 듯 선택하기에, 당신은 이제 스스로 떳떳하지 않다고 느낄 것이기 때문입니다. 그저 당연한 듯 정당화하고, 합리화하고, 아무런 고민 없이 그러한 것들을 선택하던 예전과는 달리, 이제는 그것에 대해 당신은 의심을 하기 시작한 것이죠. 이게 정말 옳은 행동일까? 하고 말입니다. 그래서 당신은 서서히 빛을 향해 나아갈 수밖에 없게 됩니다. 그러지 않고서는 이제 머리가 아플 만큼 고민하고 주저해야만 하게 되었기 때문입니다. 그래서 서서히 고민하지 않아도 되는 '빛'을 선택하는 사람이 되어가는 것입니다.

그러니 무엇보다 먼저 자신의 미성숙한 부분들에 대해서 정직하게 인정하는 것에서부터 시작하십시오. 그러니까 그것에 대해서 그 무엇보다 솔직하십시오.

당신이 만약 당신의 남자친구를 사랑한다면, 당신은 남자친구의 어떤 면들을 사랑하며, 또한 어떤 면들로 인해서 함께하고 있습니까. 당신이 만약 당신의 여자친구를 사랑한다면, 당신은 여자친구의 어떤 면들을 사랑하며, 또한 어떤 면들로 인해서 함께하고 있습니까. 그것에 대해서 솔직하게 생각해보십시오. 잘 생겨서, 예뻐서, 돈이 많아서, 나를 우쭐하게 해줘서, 외로움을 달래줘서, 편하게 성욕을 해소할 수 있어서, 등등의 무슨 이유든 간에 솔직하게 바라보고 인정하십시오.

그러고 나면, 당신은 이제 그러한 면들이 아니고서도 그 사람을 사랑하는 더욱 진실한 이유를 만들고 찾아가게 될 것입니다. 그렇게, 서로를 더욱 진실하고도 완전하게 사랑하게 될 것입니다. 서서히, 그리고 반드시 그러한 방향으로 나아가게 될 것입니다. 왜냐면 이제는 내가 나의 어둠을 인정했기에, 상대방을 그런 마음으로 더 이상은 마주할 수 없을 것이기 때문입니다. 그러기엔 떳떳하지가 않을 것이기 때문입니다.

그러니 어떤 상황 안에서도 행복은 사랑의 속성과 함께한다는 것만은 잊지 마십시오. 그리고 사랑의 속성은 빛의 속성과 같다는 것만은 잊지 마십시오. 그것을 마음속에 품고 간직하는 것만으로도, 당신이 앞으로 나아가게 될 방향은 이미 정해진 채일 것입니다. 해서 당신의 삶이든, 당신이 하고 있는 사랑이든, 친구 관계든, 가족 관계든, 일이든, 그것이 무엇이든 이제 당신은 그것들을 통해 오직 행복할 것입니다. 더 이상 당신은 행복이 아닌 것들을 행복으로 오해한 채 그 안에서 당신 자신의 잘못된 믿음과 환상을 해소하기 위해 존재하지는 않을 것이기 때문입니다.

그러니 스스로의 감정과 선택들, 마음 안에 있는 생각들, 그러한 것들을 정직하게 관찰하고, 자신에게 그러한 점이 있다는 것을 인정하는 것에서부터 시작하세요. 인정하는 순간, 적어도 당신은 빛과 어둠의 중간에 서게 되는 것입니다. 빛이라고 할 수도 없지만, 어둠이라고 할 수도 없는 지점 위에 서게 되는 것입니다. 그리고 그때부터는 당신의 선택입니다. 그리고 그 선택은 당신이 이미 행복이 아닌 것들을 스스로 행복이라 믿는 그 무지에서부터 스스로 벗어났기에 이미 정해졌습니다. 그래서 이제 당신은 서서히 빛을 향해 나아갈 수밖에 없습니다. 그렇게, 당신의 운명이 정해지고 확정되는 것입니다. 바로, 빛이자, 행복이자, 사랑으로 말입니다.

그러니 한 발을 내딛으세요. 정당화하고 합리화하느라, 행복하기에도 모자란 시간들을 더 이상은 낭비하지 마세요. 이제는 제자리걸음을 멈추고, 성숙을 향해 한 걸음 한 걸음, 더디더라도 걸어가 보는 것입니다. 그 과정 안에서 당신은 당신의 지난 실수를 바로잡게 될 것이고, 하여 그것에 대해 충분히 뉘우친 채 더욱 온전하고도 진실한 사람이 되어갈 것입니다. 그렇게 당신은 앞으로 두 번 다시는 그러지 않겠다고 무엇보다 진실하게 다짐한 채 나아가게 될 것입니다.

자신의 지난 실수에 대해 진실하게 인정하고, 그것을 남은 삶을 통해 바로잡으며 나아가고 있는 사람을 보신 적이 있으십니까. 그렇다면 그 사람의 눈빛과 마음은 얼마나 겸손하고도 아름다웠습니까. 그것이 바로 진실함으로부터의 교정입니다. 그리고 이 교정이 있기 전까지, 사람들은 결단코 변하는 법이 없습니다. 언제나 또다시 같은 행동을 반복하며 그것에 대해 합리화하고 정당화할 뿐입니다.

그래서 우리는 진실로 자신의 지난 시간의 잘못에 대해 인정하고, 그것에서부터 자신의 행동을 바로잡아 나아가는 사람들을 또한 진심으로 응원하게 되는 것입니다. 나 또한 그럴 수 있었지만, 쉽게 그러지 못했고, 해서 그러한 모습이야말로 진정 겸손한 것이자 아름다운 모습이라는 것을 우리는 진정 알고 있기 때문입니다. 그래서 우리는 그러한 모습에 감동을 받게 되는 것입니다.

그러니 이제는 당신 또한 진실함으로부터 당신의 지난 실수와 지금의 습관들을 교정하며 나아가십시오. 그렇게 반드시 아름다우십시오.

그 예쁜 빛으로 빛나십시오. 하여 진정 행복하십시오.

만약 그럼에도 당신이 성숙을 향해 한 발을 내딛지 않는다면, 당신은 그저 지금의 수준에 머무르며 변명과 정당화, 합리화를 당신 자신의 유일한 습관으로 둔 채 늘 그렇게, 어쩌면 영원히 미성숙하게 살아가게 될 것입니다. 그래서 당신은 어제의 실수를 반복할 것이고, 어제의 잘못됨 앞에서 또다시 뻔뻔할 것이며, 해서 늘 상처를 주는 사람일 것입니다. 무엇보다 그것이 당신 자신을 불행의 늪에 가둘 것이기에 스스로를 아프게 할 뿐인 자기기만에 불과한 것이라는 걸 여전히 모르는 채로 말입니다.

그래서 하나를 보면 열을 알 수 있다는 말이 있는 것입니다. 왜냐면 당신은 누가 아무리 큰돈을 준다고 해도, 당신이 사랑하는 사람과 함께 한 영상을 찍어서 그 사람에게 건네주지는 않을 것이기 때문입니다. 그래서 한 번을 그렇게 하는 사람은, 열 번을 그렇게 할 수 있는 사람인 것입니다. 한 번 약속을 지키지 않는 것에 대해 당연하게 구는 사람은, 앞으로 열 번이 넘도록 약속을 지키지 않을 수 있는 사람인 것입니다. 왜냐면 진실로 정직하게 자기 자신을 바라보고 인정할 줄 아는 그 진실함으로부터의 교정이 일어나기 전까지, 사람은 결단코 변하는 법이 없기 때문입니다.

그러니 당신은 사람들에게 보여주는 당신의 하나가, 아름답고도 예쁜 열을 추측할 수 있게 하는 하나이도록 존재하십시오. 그렇게 예쁘고 다정한 향기가 나는 사람이 되십시오. 아름답고도 겸손한 눈빛을 지닌 사람이 되십시오. 그렇게 당신이, 꼭 사랑으로 인해 행복하고, 행복하기에 빛나고, 빛나기에 더욱 가득 사랑하는 사람이 되기를 바랍니다. 당신에게는 더 이상 행복이 아닌 것들을 행복이라 믿은 채 스스로의 시간을 낭비하며, 그렇게 나와 타인들을 아프게 하는 일은 일어나지 않기를. 당신은 언제나 행복할 자격이 충분한 사람이며, 오직 행복하기 위해서 태어난, 그 무엇보다 소중한 존재이니까.

36

자기 연민에 대하여

　우리가 진실로 행복한 사람이 되기 위해서는 우리의 마음 안에 있는 자기 연민을 진정 초월하고 극복해야만 한다고 저는 생각합니다. 그렇다면 자기 연민이란 무엇일까요. 만약 저에게 그것에 대한 정의를 내려달라고 말한다면, 저는 자기 연민이란, 나를 스스로 불쌍한 사람이라 여기는 마음, 나를 피해자로 여기는 마음, 그래서 사람들 또한 나를 그렇게 여기고 언제나 나에게 위로를 전해줘야만 한다고 믿는 마음, 그것이 자기 연민이라고 말할 것 같습니다.

　그래서 저는 나를 향한 '연민'과 '자기 연민'은 엄연히 다른 것이라고 생각합니다. 나를 향한 연민은, 나의 생각과 나를 분리한 채로 나의 생각을 향해 스스로 연민을 품을 줄 아는 정화와 치유의 마음인 것이고, 자기 연민은, 나의 생각과 나를 분리하지 못해 그저 나 자신을 스스로 왜소하고도 나약한 사람이라 여기는, 하여 그러한 생각과 완전히 하나가 된 채로 자기 연민 자체에 지배를 당한 채 휘둘리는 하나의 자존감 없고도 미성숙한 마음의 상태를 뜻하는 것이기 때문입니다.

　그러니까 쉽게 말해서, 우리는 우리가 동일시하고 있는 '자기 연민'에 대해 '연민'을 품음으로써 그것을 치유하고 정화할 수 있을 것입니다. 어쨌든 우리가 우리의 마음 안에 그러한 자기 연민을 가지고 있을 때, 우리는 우리의 완전함이 아니라 왜소함으로 세상을 살아가고 사람들을 마주하게 됩니다. 그러니까 나는 언제나 위로가 필요한 불쌍한 사람이야, 나는 피해자야, 와 같은 생각에 사로잡힌 채 이 세계를 마주하고 살아가게 되는 것이죠.

그래서 자기 연민이 많은 사람은 언제나 틈만 나면 자신이 왜 불쌍한 사람인지에 대해 이야기를 하며 다른 사람들로 하여금 동정심을 유발하곤 합니다. 하지만 처음에는 그런 이야기를 들어주고 위로를 전해주던 상대방도 계속되는 그러한 이야기에 끝내는 지쳐버리게 되는데, 왜냐면 자기 연민 자체가 낮은 자존감에서 비롯되는 것이고, 낮은 자존감은 언제나 스스로 완전하지 못해 타인들의 에너지를 빼앗아 살아가고자 하는 존재의 방식이기 때문입니다. 그리고 그건 정말이지 내 이야기를 듣고 있는 상대방을 금방 소진시키고 고갈시켜버리는 존재의 방식입니다.

그래서 자기 연민은 사실, 이기적인 존재의 방식입니다. 왜냐면 그건, 나는 불쌍한 사람이야, 하고 끝없이 말하며 타인으로부터 위로와 동정심, 그러한 에너지를 계속해서 갈구하고, 강요하고, 갈취하고, 하여 끝내는 함께하는 사람을 지치게 만듦으로써 자신을 채우고자 하는 온전하지 않음과 함께하는 존재의 방식이기 때문입니다.

또한 우리가 보다 섬세하게 자기 연민을 바라보면, 우리는 자기 연민을 품은 사람들이 자신의 불쌍함, 우울함, 왜소함, 그러한 것들을 낭만적으로 미화하고, 또 자신이 피해자라는 것에 대해 묘한 자부심을 가지고 있다는 것을 이내 알아차릴 수 있을 것입니다. 그건 정말로 나는 세상에서 제일 불쌍한 사람이야! 라고 말하면서 그 불쌍함에 대해 스스로 자부심을 가지는 식인 것입니다. 나는 우울해, 라고 말하면서 자신의 우울함이 어떠한 예술가적인 측면이라도 되는 것처럼 스스로 낭만화하고 미화하면서 말입니다.

그래서 우리가 자기 연민을 극복하려면, 우리는 먼저 자기 연민에서부터 우리가 취하고 있는 자부심, 그리고 그것을 미화하고 낭만화하고자 하는 내 마음의 은밀한 측면을 보다 섬세하게 살피고 인정할 줄 알아야 합니다. 그것을 인정함으로써, 기꺼이 포기할 줄 알아야 합니다.

그래서 저는 자기 연민을 극복하는 것에 대해 사람들에게 성 프란시스의 기도를 추천하는 편입니다. 위로받기보다 위로하며, 이해받기보다 이해하며, 사랑받기보다 사랑하며, 이 구절이 정확히 자기 연민을 극복하게 해주는 마음이 담긴 말이기 때문입니다. 그러니 만약 당신이 자기 연민에 사로잡혀 있다면, 우울증을 이겨내지 못한 채 계속해서 슬픔에 더욱 빠져들고 있다면, 당신에게는 성 프란시스의 기도를 진정 이해하고 그것을 생활화하는 것이 필요하다고 저는 생각합니다. 우울증을 극복하는 유일한 방법은, 더 이상 우울을 스스로 선택하고자 마음먹지 않는 것, 정말로 그것이 다이기 때문입니다.

우울해서 힘든데, 왜 그 우울함을 기꺼이 포기하지 않으려고 합니까. 그건 당신이 행복보다 우울함을 더욱 사랑하며, 그 우울함 자체에서부터 어떠한 자부심, 낭만화, 감정적인 단물을 스스로 취하고 있기 때문일 것입니다. 그러니 우울함을 '기꺼이' 포기하십시오. 그저 더 이상 우울한 생각을 하지 말고, 우울한 생각을 미화하지 말고, 그것을 낭만화하지 말고, 그것에서부터 자부심을 느끼지 않으면 됩니다. 그것이 진실로 나에게 전혀 필요가 없으며 또한 부질없는 감정이라는 것을 진정 이해하고 인정하면 됩니다.

당신이 진실로 더 이상 우울하고 싶지 않다면, 당신은 우울하지 않을 수 있을 것입니다. 그래서 사실 우울함은, 당신이 행복보다 우울함을 스스로 더욱 소중히 여긴 채 그 감정에 끈질기게 매달리고 집착하고 있기 때문에 계속해서 당신의 곁에 있을 뿐인 것입니다. 그러니 이제는 슬픔보다 행복을, 자기 연민보다 진정한 사랑을 더욱 소중히 여기도록 해보세요.

그러니까 이제는 사랑받기보다 사랑하십시오. 이해받기보다 이해하고, 슬픔이 있는 곳에 기쁨을 전해주는 사람이 되고자 노력하십시오. 미움이 있는 곳에 사랑을 주고, 상처가 있는 곳에 용서를 가져다주는 사람이 되십시오. 당신이라는 존재 자체가 평화의 도구가 되도록 겸손하고도 다정하십시오. 더 이상 신세한탄을 하지 말고, 이제는 스스로 온전하십시오. 그 마음이 당신으로 하여금 당신 자신의 우울함을 극복할 수 있는 진정한 힘을 전해줄 것입니다.

스스로의 왜소한 측면에 자꾸 기대고 의지하기보다, 당신에게는 오직 스스로의 위대한 측면에 더욱 기대고 의지할 필요가 있을 뿐입니다. 그럼에도 당신이 자기 연민을 스스로 포기하지 않을 때, 당신은 또한 당신의 관계까지도 그 자기 연민을 통해서 유지하기 위해 애쓰는 사람이 될 것입니다. 나는 불쌍한 사람이니 떠나지 말고 나를 사랑해줘, 나는 이 세상의 피해자니 너마저도 나를 떠난다면 죽어버릴 거야, 이런 식으로 말입니다. 그래서 자기 연민은 나의 왜소한 측면으로 타인들을 억지로 내 곁에 붙들어 두려고 하는 환상의 시도이자 결핍의 오류일 뿐입니다.

그러니 당신이 진실로 상대방을 위한다면, 당신의 자기 연민과 우울함으로 상대방까지도 우울하게 만들지 말고, 그저 당신이 먼저 위로를 하고 사랑을 주는 사람이 되십시오. 그 위대한 면으로 당신이 관계를 맺을 때, 그 관계는 온전함으로 인해 더욱 굳건하고도 건실한 관계가 될 것입니다. 당신이 애쓰지 않아도, 당신은 그 관계를 지켜내게 될 것입니다. 당신이 아무리 애쓰고 집착해도 상대방은 결국 당신의 곁을 떠나가고야 말았을 뿐일 때와는 달리 말입니다.

그러니 나 자신을 위해서 자기 연민을 기꺼이 포기하는 사람이 되십시오. 계속해서 당신이 스스로를 피해자로 여길 때, 우주는 그것에 반응하여 당신에게 앞으로도 왜소한 것들만을 가져다줄 수밖에 없을 것입니다. 그래서 당신은 계속해서 가난해야만 할 것입니다. 왜냐면 당신이 불쌍하기 위해서는 가난함이 필요할 것이기 때문입니다. 그래서 당신은 계속해서 상처를 받아야만 하는 상황에 둘러싸이게 될 것입니다. 왜냐면 당신이 피해자가 되기 위해서 당신에게는 상처받을 만한 상황이 언제나 필요할 것이기 때문입니다.

그러니 당신의 마음에 있는 위대함으로, 오직 위대함을 끌어당기는 사람이 되십시오. 당신이 스스로 온전하고, 스스로 완전할 때, 당신의 세계, 당신의 관계, 그 모든 당신의 우주 또한 더욱 온전하고도 완전해질 것입니다. 그러니 당신의 마음 안에 있는 그 위대한 측면을 발견하고, 당신이 위대한 사람이라는 것을 스스로 인정하는 것에서부터 시작하십시오. 자꾸만 당신 자신을 왜소하고도 나약한 사람이라고 스스로 칭하고 정의하는 대신에 말입니다.

그렇다면 무엇이 진정 당신 자신의 행복을 위한 것이겠습니까. 그러니까 당신은 당신의 행복을 위해서 기꺼이 자기 연민과 우울함, 나 자신의 왜소한 측면들, 그러한 것들을 포기하시겠습니까. 저의 질문에 네, 라고 말하는 것에서부터 시작하십시오.

당신이 스스로 마음먹지 않는다면, 당신은 평생토록 그 우울함과 자기 연민에 시달린 채 불쌍하고도 나약한 사람으로서 이 삶을 살아가고 마무리하게 될 수밖에 없을 것입니다. 또한 당신의 곁에는 진심으로 당신과 함께하고자 하는 사람이 없어서 당신은 언제나 외로움에 시달려야만 할 것입니다.

그렇다면 당신의 우울함을 전시하고 과시함으로써 당신이 얻을 수 있는 것이 무엇입니까. 제 생각에 그때에는 당신에게 진실로 위로가 되고자 노력하는 사람을 당신이 만나게 되기보다, 당신의 우울함을 이용해서 당신에게서 무엇인가를 취하고자 당신에게 접근하는, 오직 그런 사람들만을 당신이 만나게 될 확률이 훨씬 더 높을 것입니다. 그러니까 네가 우울하니까 내가 위로해줄게, 하면서 당신에게 사적인 욕망을 품은 채 무엇인가를 바라고 얻고자 하는 사람들이 더 많을 것입니다.

그러니 온전하지 않음으로 인해, 온전하지 않음을 스스로 끌어당기는 사람으로서 존재하지 마십시오. 그렇게 당신의 삶을 스스로 아프게 하고, 스스로 상처받게 하지 마십시오. 그저 기꺼이 그 모든 나약하고도 왜소한 측면들을 포기하십시오. 정말로 미련 없이 감정의 쓰레기통에 던져버리십시오. 그렇게 털어내고, 진실한 빛과 함께 미소를 지을 줄 아는 아름답고도 자신감 있는 사람이 되십시오. 그때, 당신의 우주는 모든 면에서 순조로워질 것입니다.

성 프란시스의 기도를 매일 아침의 시작과 자기 전의 밤에 읽으십시오. 실제로 제가 우울증에 걸려 허덕일 때, 저는 성 프란시스의 기도를 프린트해서 방에 붙여두고는 시간이 날 때마다 보고 또 봤습니다. 그것이 정말로 도움이 되었습니다.

명심하십시오. 자기 연민과 우울증은, 정말로 내가 더 이상 그것을 선택하지 않을 때 그 즉시 극복할 수 있는 하나의 왜곡된 감정의 오류에 불과한 것이라는 것을요. 그러니 우울한 생각이 떠오르고, 그것에 내가 빠져들어 그것에서부터 피해자적인 생각을 더하고 부풀리고자 나 자신이 준비를 하고 있다는 것을 당신이 스스로 발견하는 그 즉시, 성 프란시스의 기도를 보십시오. 하여 진실로 그것에서부터 벗어나 행복하십시오.

저에게도 더 이상은 가망이 없을 거라고 스스로 생각하던 시절이 있었습니다. 하루하루가 끔찍한 지옥처럼 느껴지고, 숨 쉬는 것마저도 힘이 들 만큼 하루하루가 무섭고, 절망적이고, 무겁고도 고단하게 느껴지던 시기가 있었습니다. 현기증이 날 만큼 저는 우울하고도 지쳐있었습니다. 그때의 저는 이대로 삶이 그저 끝났으면 좋겠다고 생각할 만큼, 우울함 자체와 강렬하게 하나가 되어있었습니다. 하지만 저는 저를 포기하지 않았습니다. 저의 행복을 위해 끝까지 그 우울함과 싸웠습니다. 그러니 당신 또한 당신 자신을 스스로 포기하지 마십시오. 당신은 무엇보다 소중한 사람이고, 사랑받을 자격이 있는 사람이라는 것을 잊지 마십시오.

결국 진정한 치유는 당신 자신의 내면에서부터 일어나야만 하는 것입니다. 그래서 마음가짐을 먼저 바꿔야만 하는 것입니다. 이 세상이 너무나도 끔찍하고 무겁고, 절망스럽고 의미가 없게 느껴지는 그 순간에도, 그럼에도 당신은 그것을 해내야만 하는 것입니다. 그러니까 당신에게 주어진 이 삶을 향한 최소한의 사랑으로, 최소한의 존중으로, 당신 자신에 대한 스스로의 의무와 책임으로 당신은 그것을 해내야만 하는 것입니다.

그러니 해내십시오. 제가 해냈다면, 당신도 해낼 수 있는 것입니다. 그러니 초월하고 극복하십시오. 제가 장담하건대 이 세상에서 당신은, 정말로 충분히를 넘어 벅차게 행복할 자격이 있는 사람이고, 그 무엇보다도 소중한 사람입니다. 그러니 그 자격을 스스로 포기하지 마십시오. 그것을 기꺼이 누리십시오.

당신이 그저 마음 하나만 바꾸게 되면, 당신은 그것을 누리게 될 것입니다. 진실로 당신은 당신의 마음 안에서 행복과 평온함을 찾게 될 것입니다. 그러니 오직 '행복'을 원하십시오. 오직 행복에만 간절하십시오. 그 행복을 위해 이제 당신이 할 수 있는 모든 것들을 하십시오. 행복하지 않기 위해 당신이 하고 있는 이 모든 것들을 이제는 기꺼이 포기한 채 말입니다. 그러니 스스로 우울함에 빠져든 채 이 세상을 마주하는 일을 이제는, 기꺼이 포기하십시오.

결국 당신은 도망가고 있는 것입니다. 마주할 하루하루 앞에서 잘 해낼 자신이 없어서 우울함 속으로 스스로를 숨기고 있는 것입니다. 그리고 그 우울함과 자기 연민을 방어기제로 삼아서 점점 더 꼭꼭 숨은 채 그럼에도 사랑받고 위로받기를 원하고 있는 것입니다.

하지만 이제는 도망가지 마십시오. 기꺼이 하루를 마주하고, 당신에게 주어진 하루를 잘 보내기 위해 당신이 할 수 있는 모든 최선을 다하십시오. 위로받기보다, 위로하는 사람이 되십시오. 사랑받기보다, 사랑을 주는 사람이 되십시오. 이해받기보다, 그저 이해하십시오. 그렇게 자기 연민을 초월하고, 자기 연민을 초월함으로써 오직 자존감이 있으십시오. 그 자존감으로 이 세계와 타인들과의 관계를 마주하십시오. 당신의 마음 안에 있는 그 위대함들, 그것들을 스스로 인정하는 순간 당신은 그렇게 될 것입니다.

이 세상의 모든 성취에는 시간과 노력이 들지만, 유일하게 마음의 성취에는 시간과 노력이 들지 않습니다. 그저 그렇게 하고자 하는 순간, 그렇게 되는 것입니다. 그러니 그렇게 하십시오. 그렇게 하고자 마음먹는 것만이 오직 필요할 뿐입니다. 그렇다면 기꺼이, 그렇게 하시겠습니까? 그러니까 무엇보다 당신 자신의 행복을 위해서 이제는 기꺼이, 그렇게 하시겠습니까? 부디 당신이 환하게 웃으며 '네'라고 말하고 있기를 바랍니다.

그렇게, 진실로 당신이 행복하기를 바랍니다. 나는 이래서 불쌍해, 라고 말하는 대신에, 나는 이래서 행복해, 라고 말하는 당신이 되기를 바랍니다. 그렇게 타인들의 에너지를 빼앗기보다, 타인들에게 에너지를 나눠줄 수 있는 진정한 사랑을 당신이 하게 되기를 바랍니다.

결국 모든 자기 연민은 초월 되어야 하고, 그렇게 우리는 온전하고도 완전하게 행복할 필요가 있습니다. 그러니까 사소하게라도 나를 스스로 불쌍하게 여기고, 하여 타인에게 또한 나를 불쌍한 사람으로 비춰지게 하여 위로를 받고자 애쓰기보다, 우리는 그 모든 작고도 나약한 마음들을 극복한 채 진실로 잘 지낼 필요가 있는 것입니다.

그리고 그것은, 무엇보다 나 자신을 위한 일입니다. 나 자신에 대한 '다정함'으로 꼭 해내야만 하는 일입니다. 스스로에게 다정한 사람은, 자기 자신을 결코 스스로 아프게 하고 상처로 얼룩지게 하지는 않을 것이기 때문입니다. 그러니 저는 당신이 무엇보다 당신 자신에게 스스로 다정한 사람이기를 바랍니다. 그렇게 당신의 안부를 스스로 챙기고, 스스로의 행복을 위해 언제나 진실로, 기꺼이, 최선을 다해 노력하는 사람이기를 바랍니다.

당신은 행복을 조금 오해하고 있었을 뿐입니다. 우울함으로써 사람들에게 위로를 얻고, 우울함으로써 나 자신의 슬픈 모습들을 낭만화하고 미화하고, 그 모든 자기 연민으로 내가 행복할 수 있을 거라고 오해하고 있었을 뿐입니다. 하지만 이제는 행복을 오해하지 마십시오. 하여 행복을 위해, 행복이 아닌 모든 것들을 기꺼이 포기하는 사람이 되십시오.

우주는 모두에게 공평합니다. 그래서 누군가에게는 불행을, 누군가에게는 행복을 주는 일이 결코 없습니다. 오직 우리가 원하는 것들을, 간절히 찾는 것들을 우리 자신에게 줄 뿐입니다. 그래서 구하라, 찾으라, 문을 두드리라, 구하는 이마다 얻을 것이요, 찾는 이가 찾을 것이요, 두드리는 이에게는 열릴 것이니라, 라는 말이 있는 것입니다. 그러니 오직 행복과 평화만을 찾으십시오. 이 세상의 우울한 구석들, 슬픈 구석들, 나를 불쌍하게 만드는 구석들을 애써 찾아내며 그것들을 스스로 구하는 자가 되지 마십시오. 당신이 찾는 그것을, 정확히 우주는 당신에게 가져다줄 것입니다. 그러니 저는 당신이 오직 당신 자신의 진실한 행복만을 원하고 찾는 사람이기를 바랍니다.

　그렇게 당신이, 모든 자기 연민을 초월한 채 진실하고도 온전하게 행복하기를. 그 행복으로 인해, 타인들을 또한 행복하게 해주는 당신이기를. 더 이상 우울함으로써 타인들에게까지 우울함을 전해주는 것을 스스로 행복이라 믿는 오해를 반복하지는 말기를. 그 모든 오해에서부터 구원될 것이며, 하여 오직 진실의 빛과 함께하는 당신이기를. 그렇게, 당신 자신을 향한 최소한의 다정함으로 오직 진정한 행복을 선택하기를. 모든 행복이 아닌 것들을 기꺼이 포기할 줄 아는, 그런 당신이기를. 하여 무엇보다, 당신이 잘 지내기를 바랍니다. 당신의 하루가 그저 안녕하기를 바랍니다.

37

건강한 성생활.

　우리가 한 계단 한 계단 성숙을 향해 나아갈 때, 우리에게는 성생활에 대해 과도한 죄책감을 가지게 되는 시기가 찾아오곤 합니다. 하지만 저는 성적인 욕구 자체에 대해서 죄책감을 가질 필요는 없다고 생각합니다. 중요한 것은 바르고 건강한 방식의 해소이기 때문입니다. 그러니까 성적인 욕구 자체를 스스로 컨트롤하지 못해 왜곡되고 어긋난 방식으로 그것을 해소하는 것은 지양해야 하는 게 맞는 거라고 저는 생각합니다. 술이든, 약물이든 그런 것을 이용해 상대방의 정신이 없을 때 강제로 하는 것들, 혹은 상대방과의 잠자리를 사진이나 영상으로 찍는 행동들, 그런 것들이 우리의 성생활과 함께하게 될 때, 그건 온전한 방향성으로 나아가는 것이 결코 아니기 때문입니다.

　어쨌든 모든 것 앞에서 가장 중요한 것은 결국 결과가 아니라 의도며, 과정입니다. 저는 남자와 여자가 다른 육체를 가지고 있는 것에는 분명 높은 뜻과 이유가 있는 것이라고 생각합니다. 만약 섹스 자체가 잘못된 것이라면, 제가 지금 이곳에서 글을 쓰고 있지도 못했을 것이며, 그 모든 것 이전에 태어나 삶을 마주하게 되는 순간 자체도 없었을 것입니다. 그러니까 여러분과 저, 모두가 존재하지도 못했을 것입니다.

　어쨌든 저는 건강한 성관계란, 두 사람이 서로에게 기울이는 진실한 사랑의 표현이자, 그 친밀함의 표현으로써 행해지는 하나의 예쁘고 다정한 표현의 방식이라고 생각합니다. 정말 사랑하기 때문에 하나가 되고 싶은 욕구 같은 것을 느끼게 되고, 또 가정을 꾸리고 싶은 욕구 같은 것을 느끼게 되는 것이죠. 그리고 그러한 욕구는 건강하고도 아름다운 것입니다. 그러니 성생활 자체에 스스로의 죄책감을 투사하지 마십시오. 그것 자체에는 아무런 문제가 없습니다.

그러니까 우리가 오직 사랑의 표현으로써 성관계를 가질 때, 그건 진실로 서로의 사랑을 향한 확인이자 서로의 사랑에 대한 아름다운 표현, 혹은 치유와 위로의 시간이 될 수 있을 뿐일 것입니다. 해서 우리가 함께하는 서로에게 어떤 마음을 품었고, 그렇게 함께하는 동안 어떠한 시간을 보냈냐가 건강한 성생활의 유일한 기준이 되는 것입니다.

몇십 년을 함께한 부부도, 서로를 사랑하지 않는데 여전히 억지로 그것을 하는 경우도 있고, 또, 서로가 사귀는 사이지만, 여전히 상대방을 이용하고, 또 상대방에게 어떤 것을 강제하는 관계도 있습니다. 그래서 중요한 것은 둘이서 함께하기로 선택했고, 해서 그 선택 안에서 관계를 맺고 있다는 것 자체가 아니라, 함께하고 있는 동안에 서로가 서로에게 어떤 마음을 기울이고 있느냐가 되는 것입니다.

그리고 서로가 서로에게 다정하고 예쁜 마음을 기울이고 있으며, 하여 서로를 향한 온전한 책임을 서로가 다하고 있다면, 둘은 그저 서로와 함께함에 있어 존중과 배려로써 함께할 수밖에 없는 것입니다. 왜냐면 그때는 그러지 않는 것을 스스로 허용할 수가 없을 것이기 때문입니다. 아무리 누군가가 미워도 그 사람에게 폭력을 휘두를 수는 없는 것이죠. 아무리 돈을 벌고 싶어도 누군가에게 사기를 치면서까지 돈을 버는 것은 안 되는 것이죠. 그게 바로 온전함입니다. 그리고 온전한 사람들은, 온전하지 않음을 누군가의 시선이 두렵거나 어떠한 제제가 두려워서가 아니라, 그저 스스로 허용할 수가 없기 때문에 하지 않는 것입니다.

그래서 온전한 둘은, 육체적인 관계 또한 존중과 다정함, 배려로써 함께하게 됩니다. 그러지 않는 것이 불가능하기 때문에 그렇게 하게 됩니다. 그리고 이들에게는 함께함을 선택한 것이 공감과 위로, 다정함, 그런 것을 통해 서로가 서로로부터 위로를 얻고, 하여 더욱 기쁜 상태에 닿는 것에 있는 것이지, 진실로 성적인 욕구 그 자체를 해소하는 것에 있는 것은 결코 아니기 때문에 서로에게 상처를 주는 일 또한 결단코 일어나지 않을 것입니다.

그러니까 상대방에게 내가 그저 성적인 욕구를 해소하는 대상이 되고 있을 뿐이라는 생각들로부터 얻게 되는 마음의 상처, 그런 상처들을 이제 더 이상은 받을 필요가 없게 되는 것입니다. 정말로 사랑하기 때문에, 그 사랑의 표현으로써 그것을 할 것이기에, 둘은 그것을 통해 서로의 사랑을 더욱 확인하게 될 뿐일 것이고, 그러니까 그 안에는 상대방을 이용하고자 하는 이기심이 진실로 이제 더 이상은 존재하고 있지가 않을 것이기 때문입니다. 그래서 중요한 것은 함께한다는 결과 자체가 아니라, 함께하는 시간의 의도며, 그 시간 안의 가치인 것입니다.

우리가 상대방을 진실로 사랑할 때, 우리는 상대방을 쓰다듬고 싶고, 상대방을 만지고 싶고, 하지만 그것으로도 해소가 되지 않아 입을 맞추고 싶고, 끌어안고 싶고, 하지만 그것으로도 해소가 되지 않아 더욱 하나가 되고 싶은 마음의 욕구 같은 것을 느끼게 됩니다. 그리고 그 마음에서 비롯된, 서로가 서로를 허락하고 받아들이는 성관계는 모두가 아름답고도 건강한 것입니다. 그것에 예외는 없다고 저는 생각합니다.

하지만 이와는 반대로, 단순히 성적인 욕구 자체를 해소하기 위해 상대방을 이용하는, 그러니까 상대방에게 상처를 주는 마음에서 비롯된 성관계는 결국 성숙을 통해서 극복하고 치유해야만 하는 이기심이

자, 마음의 병적 오류에 불과한 것이라고 저는 확신합니다.

그러니 사랑에서부터 비롯된 건강한 성생활을 하십시오. 그때는 모두가 성관계 자체에서 비롯되는 쾌감 이상의 황홀함과 아름다운 감각을 느끼게 될 것입니다. 그건 육체와 육체의 마주침을 넘어선, 영혼과 영혼의 마주침이자 예쁜 에너지와 예쁜 에너지의 마주침일 것이기 때문입니다. 그래서 그건 서로를 향한 예쁘고 다정한 마음의 주고받음이며, 그 마음들을 어떠한 행위를 통해서 교류하고 서로에게 전해주는 하나의 표현방식이 됩니다.

그러니 그 표현방식으로써, 그것을 표현하는 수단으로써 하나가 되십시오. 그때는 진실로 둘은 하나가 될 것입니다. 그러니까 육체는 하나가 되었지만, 마음은 여전히 둘인 경우는 이제 진실로 더 이상은 없을 것입니다. 그리고 그 진실한 하나 됨이 주는 아름다운 감각은 모든 육체적인 수준을 넘어선 황홀함과 기쁨일 것입니다.

왜냐면 그건 사실, 가슴과 가슴의 교환이기 때문입니다. 내 가슴에 있는 사랑을 상대방에게 주고, 상대방 또한 상대방의 가슴에 있는 사랑을 나에게 주고, 그렇게 서로의 사랑을 확인하고 나누는 다정함의 교환 말입니다. 그렇다면 그 시간 동안의 눈빛은 또한 얼마나 다정하고도 사랑스러울까요. 저는 여러분 모두가 여러분이 함께하고 사랑하는 사람과 함께 그것을 경험할 수 있기를 바랍니다.

그러니 그것을 경험하게 해주는 사랑으로써 성관계를 가지십시오. 성관계 자체에는 잘못된 것이 없습니다. 그것을 한다고 해서 당신이 나쁜 사람이 되는 것도 결코 아닙니다. 그러니까 오직 중요한 단 한 가지는 당신이 그것을 어떠한 마음으로 하나에 달려있는 것입니다.

사실 저는 우리가 어느 정도의 성숙한 수준을 향해 나아가면서, 그 과정 안에서 자연스럽게 우리의 잘못된 성적인 욕구들을 바로잡아나가게 될 것이라고 생각합니다. 그래서 결국 더 성숙한 사람이, 더 예쁘고 아름다운 성관계를 맺게 되는 것입니다. 그러니 오직 사랑으로써 상대방을 마주하십시오. 내가 할 수 있는 가장 최선의 다정함으로 존재하고, 하여 그 다정함을 바탕으로 이 세상을 마주하고 살아가보는 것입니다. 그렇게 더욱 큰 사랑을 향해 나아가보는 것입니다. 그리고 그것이 바로 성숙한 사람이 하루를 마주하는 마음가짐이라고 할 수 있을 것입니다.

어쨌든 우리는 우리가 존재하는 이유에 대해서도 더욱 기억할 필요가 있습니다. 우리가 존재하는 이유, 즉 성숙하여 더욱 사랑이 되어가는 것, 바로 그것을 우리는 매 순간 간직하고 있을 필요가 있는 것입니다. 내가 진정 내가 마주하고 있는 모든 삶 안에서 오직 성숙하며 나아가겠다는, 그렇게 더욱 진실한 사랑을 향해 나아가겠다는 의도를 품은 채라면, 그때의 나에게 있어 내 육체가 존재하는 이유가 또한 무엇이 되겠습니까. 당연히 그건, '사랑의 실현'이 될 것입니다.

그래서 내가 진정 성숙한 사람이 되었을 때, 그때 우리의 육체가 가지는 유일한 역할이자 기능은 바로 '사랑'을 표현하는 수단이자 도구로써의 기능일 것이며, 해서 그때의 우리는 오직 내 마음 안에 있는, 내 영혼 안에 깃들어있는 다정함을 다른 사람들에게 나누고 공유하는 것만을 내 육체의 유일한 기능으로 사용하게 될 것입니다. 그리고 그것에 대해 가장 정확하게 표현한 시가 있습니다. 바로 '시간이 일러주는 아름다움의 비결'이라는 시입니다. 그리고 이 시는, 샘 레벤슨이 쓰고, 오드리 헵번이 좋아한 시입니다. 그러니 이 시를 한 번 읽어보십시오.

우리가 지닌 육체의 기능이 오직 사랑과 정렬 될 때, 우리의 입은 다정하게 말할 것이며, 우리의 눈은 사람들의 선한 점을 볼 것이며, 우리의 손은 타인의 행복을 위해 움직일 것이며, 우리의 발은 더욱 선한 방향을 향해 걸어가게 될 것입니다. 해서 그때의 우리는 더 이상 우리의 육체를 사랑이 아닌 다른 용도로는 사용하지 않게 될 것입니다. 그렇게 우리의 성생활 또한 오직 '사랑'과 함께 자연스럽게 정렬되어지는 것이죠.

그때는 상대방을 사랑하고, 다정하게 쓰다듬고, 하나가 되고, 그 모든 과정 안에서 나는 오로지 상대방의 기쁨과 행복만을 생각하고, 정말로 그렇게 되는 것입니다. 그러니 내가 태어나 존재하고, 또한 살아가고 있는 궁극적인 이유에 대해서 매 순간 간직하고 있는 채이십시오. 바로 성숙이자 사랑이라는 이유에 대해서요. 그때가 되면 내가 육체를 가진 이유 또한 자연스럽게 그 성숙과 사랑으로써 사람들과 교류하는 일이 되어갈 것입니다.

사실 포르노물을 보는 것에 쓰일 내 눈이 아니며, 혼자서 자위를 하기 위해 있는 내 손이 아닐 것이며, 그런 것이죠. 이성을 탐하고 욕망하기 위해 존재하는 나의 상상력이 아닐 것이며, 그릇되고도 잘못된 방식으로 나의 욕구를 해소하고자 하는 이기심을 위해 존재하는 내 육체 또한 결코 아닐 것입니다. 그러니 당신의 그 몸과 마음을 오직 성숙과 사랑이라는 당신 자신의 유일한 존재의 이유에 빗대어 생각하고 나아가보십시오. 그때는 당신의 상상력, 당신의 손, 당신의 마음, 당신의 눈, 그 모든 것들이 이 세상의 정말로 위대한 일들에 오직 쓰여지게 될 것입니다.

세종대왕께서 한글을 만들고자 마음먹었을 때, 그에게 가장 중요한 것이 무엇이었겠습니까. 그건 내 권력을 지키고자 하는 기득권도, 재물을 모으고자 하는 사적인 욕망도, 나의 사적인 욕구를 채우기 위해 타인을 희생시키는 이기심도 아니었을 것입니다. 그건 오직, 가장 높은 위치에 있는 사람이지만, 그럼에도 스스로를 높이지 않고 그저 하나의 사람으로 생각할 줄 아는 겸손함과, 오직 자기 자신보다도 다른 사람들의 행복을 고려할 줄 아는 인류애와 자비심, 그 진실한 사랑이었던 것이죠. 그게 아니었다면 그 높은 위치에서 잠도 제대로 자지 못하면서까지 무엇 때문에 그것을 만들고 자빠졌겠습니까. 그건 정말 자신의 생명을 갉아먹을 만큼의 열정과 노력을 필요로 한 일이었을 텐데 말입니다.

오직 자신의 사적인 위치와 이득을 위해서만 살아가겠노라고 마음먹은 채 그저 편하게 모든 것을 누리고 살고자 했다면, 모든 것에 취한 채 평생을 누리기만 하며 살 수도 있었을 그런 위치와 자리에서, 권력까지 신하와 아들에게 분배하여 나눠주면서까지, 또한 누군가의 거센 반대가 있을 것을 예상해서 몰래몰래 그것을 해야만 했을 만큼 조심하면서까지, 세종대왕께서 사서 고생을 한 이유는 진실로 무엇이었을까요.

그건 오직 자신의 백성에 대한 사랑과 연민이었을 것입니다. 그리고 그 사랑과 연민이 그것을 행하게 하고 가능하게 한 모든 이유가 되는 유일한 지점이었을 것입니다. 그 사랑의 일 앞에서 권력도, 자신의 건강도, 한낱 이기심도, 사적인 욕망들도, 그 모든 것들이 더 이상은 중요하지가 않았던 것입니다. 그 위대한 사랑 앞에서 그런 것들은 정말이지 너무나 사소하고도 작은 것들로 느껴졌을 것이기 때문입니다. 그래서 그건, 그저 가난하고 못 배운 자신의 백성들이 너무나도 가여워서 속상한 마음, 그 위대한 연민과 사랑, 오직 그곳에서부터 시작된 일이었던 것입니다. 그리고 그 사랑이 그 위대한 업적을 이루게 한 것입니다.

세종대왕께서 이룬 위대한 업적이 어디 한글 하나였습니까. 그러니 세종대왕께서 그렇게 한 것처럼, 당신 또한 당신의 육체를 위대하게 쓰도록 해보십시오. 적어도 타인을 아프게 하는 것이 아니라, 타인을 행복하게 하는 일에 나의 육체를 사용하는 것입니다. 그것이 일이든, 사랑이든, 그 무엇이든 말입니다. 당신의 예쁜 상상력을 이 땅 위에서 실현하게 해주는 하나의 매개체로써 말입니다.

그때가 되면 당신의 육체는 당신의 마음 안에 있는 사랑을 외부로 표현하는 통로가 될 것입니다. 그렇게 마음 안에 있는 다정함을 표현하고, 상대방에게 전해주는 유일한 통로가 되는 것이죠. 그래서 그럴 수 있음에 당신은 또한 당신의 육체에게 더욱 감사하며 나아가게 될 것입니다. 함부로 나의 육체를 쓸 때와는 달리 나 자신의 육체를 더욱 소중하고 귀하게 여기게 될 것입니다.

그러니 내가 존재하는 이유 안에서 나의 육체를 분리하지 마십시오. 내 다정한 마음과 육체를 하나로 사용하십시오. 내 마음 안에 있는 다정한 마음을 외부로 보여주고 표현할 유일한 수단이 바로 우리의 육체인 것이니까요. 그것에 대해 진정 이해해보십시오.

우리가 살아가는 매 순간의 경험들을 통해 배우고 성숙하며 나아가다 보면, 그렇게 우리의 성숙이 제법 많이 무르익게 되고 나면, 우리에게는 서서히 육체에 대한 과도한 애착이 줄어들게 되는 시점이 찾아오게 됩니다. 그러니까 육체를 나라고 생각하기보다 그때는 내 마음, 내 영혼, 나의 생각을 나라고 생각하게 되고, 하여 육체는 서로의 마음과 마음을, 영혼과 영혼을 교류하고 소통할 수 있게 해주는 하나의 매개체로써 자리 잡고 기능하게 되는 것입니다.

그래서 이때가 되면 우리는 성관계를 위한 성관계를 가지려 하기보다, 마음의 표현, 사랑의 확인으로써 성관계를 가지게 되는 것입니다. 비단 성관계뿐만이 아니라, 이때는 모든 육체의 행동과 말 안에 그 다정한 사랑을 담게 될 것입니다. 그게 다정한 생각을 소유한 사람이 자신의 육체를 다정하게 사용할 수밖에 없는 이유입니다. 그러니 최선을 다해 주어진 삶 안에서 성숙하며 당신의 다정함을 완성하십시오. 그때가 되면 당신의 육체는 당신 자신의 마음이 다정한 성숙을 완성한 결과로 자연스럽게 다정하게 사용되고 있을 것입니다.

또한 결국 모든 것이 내 마음 안에 있는 욕망과 매력을 외부로 투사하는 일이라는 것에 대해서 이해해보십시오. 내가 내 마음 안에 어떤 것에 대한 다량의 욕망과 매력을 품고 있기 때문에 우리는 오직 그것으로부터 유혹을 받을 수 있는 것입니다. 그래서 그것을 뿌리치기가 그토록이나 힘든 것입니다.

해서 우리가 우리의 마음 안에 있는 과도한 욕망을 안에서부터 정화하며 나아갈 때, 그러니까 더 이상 외부로 우리 자신의 그릇된 욕망을 투사하지 않을 때, 하여 그저 모든 세계의 있는 그대로를 바라보는 진실한 눈을 더욱 키워나가게 될 때, 오직 그때가 되어서야 우리는 그 유혹 자체로부터 진실로 자유와 독립을 얻게 된 채일 것입니다. 그러니까 성관계 자체가 문제가 되는 것이 아니라, 내가 성관계에 대해 매력을 과하게 투사하는 것에서부터 오는 성적 욕구 해소에 대한 과도한 갈망이 문제가 되는 유일한 지점인 것입니다.

만약 내 마음 안에 돈에 대해 품고 있는 매력이 하나도 없다면, 그것은 나에게 한해 진실로 종이 쪼가리에 불과한 것이 되고야 말겠죠. 어쨌든 유혹을 억제하는 것과, 유혹을 받지 않는 것은 엄연히 다른 일입니다. 유혹이 있지만 이를 악물고 참는 건, 말 그대로 그저 억제일 뿐이고, 그 억제에는 언제나 한계가 있기 때문입니다. 그리고 우리에게 그것이 또한 많은 스트레스를 가져다줄 것이기 때문에 저는 그게 결코 건강한 삶의 방식이라고 생각하지는 않습니다.

그래서 저는 나의 내면에 있는 욕망 자체를 줄이는 것, 그래서 더 이상 억제를 할 필요도 없이 유혹 자체를 받지 않는 것, 그것이 욕망으로부터 자유할 수 있는 유일하고도 온전한 해법이라고 확신합니다. 우리는 언제나 우리의 마음 안에 있는 부정성의 양만큼, 정확히 그만큼 그 부정성을 세상에 투사하는 경향이 있기 때문입니다. 그러니까 마음 안에 분노를 더 많이 품고 있는 사람이 결국 더 많이 분노하게 되는 것입니다.

해서 만약 내 마음 안에 다량의 분노가 정화되지 않은 채 깃들어져 있다면, 우리는 분노하기 위해서 나를 화나게 하는 것만을 계속해서 찾게 될 것이고, 또 나의 외부에 나를 객관적으로 화나게 하는 일이 없을 때에는 그냥 아무런 이유 없이 그저 화를 내버리는 식으로라도 그것을 표출해야만 하게 되는 것이죠. 마음 안에 화는 쌓여있고, 어떻게 해서든 그것을 바깥으로 표출하긴 해야겠고, 그런 것입니다. 어쨌든 그런 식으로 우리의 마음은 작동하는 것 같습니다.

그래서 저는 우리의 마음 안에 있는 부정성의 양 자체를 줄이면, 이 모든 것이 그저 자연스럽게 건강한 균형을 찾게 될 것이라고 생각합니다. 그러니까 내가 더 이상 욕망하지 않는데, 내가 그 욕망을 잘못된 방식으로 해소할 필요라는 게 이제는 도대체 어디에 있겠습니까. 그러니 욕망 자체를 바라보며 그것을 줄여나가보십시오. 어쨌든 과도한 욕망은 우리의 몸과 마음에 해로운 것이니까요. 명상이 그것을 도와줄 것입니다.

모든 세상에 대해 나 자신의 관점, 감정을 투사하지 않은 채 있는 그대로 바라볼 줄 아는 맑고 투명한 시선, 그것이 바로 사랑입니다. 나의 모든 편견과, 잣대와, 관념과, 마음 안의 욕망과, 사적인 이득과, 그러한 것들 없이 그저 바라봐주는 것 말입니다. 그러니 내 마음 안의 부정성을 정화함으로써 더욱 진실한 사랑을 향해 나아가도록 해보세요.

저는 정말로 행복에 간절한 사람만이 진정 행복할 수 있고, 하여 간절하다면 모든 사람이 무조건 행복할 수 있다고 생각합니다. 진짜 정말 간절하다면, 지금 당장 행복한 사람이 되어버리는 것도 정말로 가능한 일입니다. 지금 당장 모든 사람들을 용서하고, 또 모든 욕망을 내려놓고, 그저 모든 것에 감사하기만 하세요, 라고 누군가가 우리에게 말했을 때, 그렇게 하는 것에 있어 그 어떠한 저항도 하지 않고 지금 이 순간 바로 그것을 해낼 만큼 우리가 행복에 간절하다면, 우리는 정말로 지금 이 순간 곧장 모든 것을 초월한 채 행복하게 존재할 수도 있는 것입니다.

하지만 또한 기꺼이 그렇게 할 사람은 아마 별로 없을 것입니다. 왜냐면 누군가를 미워하는 것도, 욕망에 탐닉하는 것도, 아직은 너무 재미있으니까요. 그건 고통스럽지만 동시에 재밌는 일입니다. 그래서 우리는 그것을 쉬이 포기하지 못하는 것입니다. 그러니 미리 알아두십시오. 그 부정성에서 느끼는 재미를 우리가 '기꺼이' 포기할 때, 하여 우리가 더 이상 부정성에 스스로 탐닉하길 선택하지 않을 때, 그때야 비로소 우리는 보다 더 진정하게 행복한 사람이 될 수 있다는 것을요.

그러니 그것을 기억한 채 마주한 매 순간을 통해 천천히 그 행복을 위한 진실한 의지, 간절함을 키워가십시오. 그 의지가, 우리에게 그 '기꺼이'를 가능하게 해줄 유일한 열쇠가 되어줄 것입니다. 그래서 저는 지금 제가 쓰고 있는 이 글들이 여러분에게 그 의지의 씨앗이 되어주기를 바랍니다. 의지의 시작이자, 한 걸음이 되어주기를 바랍니다.

어쨌든 모든 것이 나의 선택이기 때문입니다. 원망하는 것도, 미워하는 것도, 욕망하는 것도, 분노하는 것도, 그것이 무엇이든 내가 그렇게 하길 허락하고 결정했기 때문에 그렇게 하는 것입니다. 그래서 당신이 행복하고 싶다면, 이제 당신에게는 그 선택을 바꿀 필요라는 게 있는 것이고, 하여 그것을 기꺼이 해내야만 하는 것입니다. 그렇게 하고자 하는 데서 오는 모든 저항과 합리화, 정당화를 내려놓은 채 말입니다. 그렇게 하지 않으면 행복할 수가 없는데, 그렇다면 어째서 행복하고 싶다고 말은 그렇게나 간절히 하면서도 행복할 수 없는 선택들만을 반복하는 우리인 걸까요.

어쨌든 하루아침에 내 마음 안의 부정성들을 모두 포기하기는 쉽지 않을 것입니다. 그러니 서서히, 주어진 매 순간에 그렇게 하고자 노력하십시오. 그리고 포기하지 마십시오.

제 경우에, 욕망과 죄책감은 아무리 노력해도 사라지지 않다가, 어느 순간 자고 일어났는데 갑자기 그것이 사라져 있었습니다. 공부를 하는 것이나 다른 노력들은 그 과정이 눈에 보이는데, 이 경우에는 아무런 진전이 없는 것 같다가 하루아침에 큰 진전이 일어난 것입니다. 그저 어떠한 임계점이 있다면, 저의 성숙이 이제는 그러한 것이 필요하지 않은 어떠한 문을 지나간 것 같았습니다. 그리고 그건, 어떠한 선이 있다면, 이 선 뒤에서는 그게 필요한데, 이 선만 지나면 그게 더 이상은 필요하지 않을 거야, 라고 말하는 것과 같은 것이었죠. 비가 쏟아지는 날의 고속도로에서 단 몇 초 더 앞으로 나아갔을 뿐인데 비가 전혀 오지 않는 것처럼 말이죠.

그래서 저는 또한 포기하지 말라는 말을 꼭 해드리고 싶습니다. 포기하지 마십시오. 아무리 헛된 노력 같아도, 헛된 것은 진실로 아무것도 없으니까요.

그리고 그 포기하지 않음을 가능하게 해주는 것이 바로 우리 자신의 간절한 의지라고 저는 생각합니다. 그래서 얼마나 행복한 사람이 되고 싶은지, 사실은 그게 가장 중요한 요소인 것입니다. 어제까지의 나는 누군가를 미워하고 있었는데, 어제까지의 나는 무엇인가에 탐닉하고 있었는데, 갑자기 오늘은 완전히 다른 사람이 되어버리는 것이죠. 그래서 이러한 경험이 있는 사람들은 그것을 '탈바꿈'이라고 정의하기도 합니다. 갑자기 사람이 모든 것에서부터 가벼워져서는 행복해지는 것이죠.

그리고 이러한 탈바꿈은 아픔과 성숙 사이를 자주 오가며 반복하던 사람들에게 예기치 않게 찾아오는 경향이 있습니다. 그래서 자주 아픈 사람들, 그러니까 아픔을 끌어당기는 경향이 있는 사람들이 갑자기 큰 도약을 일으키는 경우가 많이 있는 것입니다. 아픔을 끌어당기는 경향이란, 제 생각에 평생을 살아서 도달해야 하는 행복에 조금 더 빨리 도달하려고 하다 보니, 우리가 겪고 그것을 통해 배워야 할 아픔들을 삶이 한 번에 모아서 우리에게 한꺼번에 던져주는 것이라고 표현하면 좋을 것 같습니다.

그리고 조금 섬세하게 말하자면, 이건 내가 미성숙한 사람이라서 아픔을 자주 겪는 것과는 구분되는 것입니다. 내가 불행한 사람이라서 내 마음 안에 있는 불행을 바깥에 투사하고 있기에 아픈 것과, 그렇지 않은데 아픔이 나에게 자주 다가오는 것은 엄밀하게 말해서 완전히 다른 경우이기 때문입니다.

환생을 믿는 종교에서는, 그래서 이것을 카르마의 초월이라고 부르기도 합니다. 내가 갚아야 할 일정량의 카르마를 빠른 의식의 진보로 인해서 한 번에 갚아야 하는 상황이 생긴 것이죠. 뭐, 여기까지는 조금 어려운 이야기인 것 같아서 줄이도록 하겠습니다.

어쨌든 우리의 마음 안에 있는 욕망의 양만큼, 우리는 욕망의 지배를 받게 되고, 그 욕망을 통해 세상을 바라보게 되는 것입니다. 그래서 그 욕망의 양 자체를 줄이는 것, 그게 우리에게 욕망과 욕망으로 인한 죄책감을 사라지게 해주는 유일한 해답이 되어줄 것입니다.

당신이 만약 당신의 마음 안에 욕망이 생기는 즉시 그것을 바라볼 수 있을 만큼 마음의 준비가 되어있다면, 당신은 욕망의 통제에서부터 끝내 벗어날 수 있을 것입니다. 그러니까 이제는 욕망과 하나가 된 채 그 것에 의해 존재하는 것이 아니라, 오직 분리가 된 채 온전한 나로서 존재할 수 있게 되는 것이죠. 그래서 당락을 결정하는 것은, 찰나의 순간에 그것을 바라볼 수 있느냐 그러지 못하느냐에 달린 것입니다.

성욕이 생길 때의 경우로 예를 들면, 그것이 나의 머릿속에 하나의 이미지 형태로 일어나는 것을 바라보는 그 순간 다른 것을 선택해버리면 됩니다. 그러는 순간 그 이미지는 소멸되어 사라질 것이고, 하여 더 이상 나로부터 에너지를 부여받지 못한 그것은 그 크기가 점차 작아지다 완전히 해체될 것이기 때문입니다. 만약 내가 그것을 바라보는 순간 다른 것을 하지 않고 그것에 더욱 골몰하며 꼬리에 꼬리를 무는 생각을 더하며 이미지를 이어가게 된다면, 그것의 에너지는 점점 커져서 이제 다른 것을 하기에는 이미 늦은 것이 되어버리고야 말 것입니다. 해서 나는 그 이미지를 나와 완전히 동일시한 채 그것에 의해 그것의 꼭두각시 인형으로서 그것을 해야만 하게 되는 것이죠(하지 않고는 안 되게 되는 것이죠). 해서 이 지점에 있어서 이제 더 이상 온전한 나의 선택이라는 것은 존재하지가 않을 것입니다.

그러니까 이 상태에서의 선택은 엄밀하게 말해서 우리의 선택이 아닌, 욕망으로부터 강요된 수동적인 선택이 되어버리고야 말 것입니다. 그리고 우리가 선택할 수 없는 상태, 그것이야말로 진정 자유롭지 않은 상태입니다.

그래서 저는 명상을 통해서 내 마음을 바라보는 연습을 하고, 해서 내 마음에서 올라오는 많은 이미지와 생각들을 내가 스스로 온전히 바라볼 줄 알아야만 비로소 우리가 더욱 큰 자유를 얻을 수 있게 된다고 생각합니다. 만약 내가 진정 자유로운 사람이라면, 어떤 욕망의 이미지가 올라오는 즉시 그것을 할지, 아니면 다른 것을 할지는 오직 내 선택에 전적으로 달린 것이 될 것이기 때문입니다. 하지만 내가 애초에 욕망을 바라보거나 느끼지 못한다면, 그때는 그 가정조차도 불가능할 것입니다. 왜냐면 그때의 나는 말 그대로 욕망과 완전히 하나가 된 채로 존재하고 있을 테니까요.

어쨌든 저는 그 분리의 공간을 만들어주는 것이 바로 명상이라고 생각합니다. 우리가 명상을 통해 그러한 감각을 기르게 되면, 우리는 더욱 예민하게 우리에게 떠오르는 이미지들을 느끼고 바라볼 수 있게 되고, 그렇게 그러한 것들을 바라보는 순간, 이미 욕망과 나는 떨어진 채로 존재하고 있게 되는 것이기 때문입니다. 해서 이때의 우리는 바라보는

'나'와 욕망하고 있는 '내'가 따로 있다는 것을 온전히 느낀 채로 존재하고 있을 것입니다. 그리고 그 분리로부터 마침내 우리는 더욱 자유롭게 선택하며 세상을 살아갈 수 있게 되는 것입니다.

온전한 나의 선택으로, 진짜 나로서 세상을 살아가는 것, 그리고 그것이 바로 진정한 자유입니다. 그러니 꾸준히 나아가십시오. 여러분의 마음이 마침내 무르익고 준비가 되었을 때, 그때는 삶이 여러분을 들어올려 더욱 진정한 행복과 자유, 그리고 사랑이 함께하는 곳에 여러분을 앉힐 것입니다.

우리가 이곳에 태어나 살아가는 유일한 이유가 '성숙'이라면, 성숙하지 못한 채 살았던 많은 시간들에 대해 또한 나의 책임이 있는 것입니다. 그래서 내가 그 책임을 다할 만큼, 그 임계점에 도달할 만큼의 노력을 모두 쏟았을 때, 그때야 비로소 우리는 끝내 그것을 초월하게 되는 것입니다. 물이 마침내 100도가 되어서야 끓기 시작하는 것처럼요. 그러니 하루하루 꾸준하게, 그리고 끊임없이 성숙을 향해 나아가시길 바랍니다. 그 과정 안에서 여러분은 이미 여러분이 상상하는 것보다 훨씬 더 성숙하고 행복한 사람이 되어있을 것입니다.

늘 하루하루를 나아가는 입장이라 내가 그 변화를 느끼지는 못하더라도, 이미 나의 주변과 나를 둘러싼 모든 삶이 나의 그 다정한 노력으로부터 영향을 받기 시작할 것입니다. 물이 아직 끓지는 않지만, 그 온도가 뜨거워지고 있다는 것에는 여전히 변함이 없는 것처럼요. 그러다 마침내 여러분의 성숙이 임계점에 도달해 끓기 시작할 때, 그때는 여러분 스스로도 그 행복을 충분히 느끼고 만끽하게 되실 것입니다.

그러니 그저 더욱 성숙을 향해 나아가고, 더욱 온전한 사람이 되겠다는 마음을 품은 채 하루하루를 보내십시오. 그 과정 안에서 모든 것이 자연스럽게 건강한 균형을 향해 나아가게 될 것입니다. 억제와 죄책감을 무한하게 반복하는 것을 통해서 우리는 그 어떤 문제도 초월하고 극복할 수 없을 것이지만, 그저 성숙하게 되면 힘들이고 강제하지 않아도 자연스럽게 많은 것들을 초월하고 극복할 수 있게 되는 것이니까요.

그러니 성숙한 사람이 되기 위해 그저 하루하루를 보내십시오. 내가 성숙한 사람이 된 만큼, 우리는 상대방을 또한 더욱 진실하게 사랑할 수 있게 될 것입니다. 그래서 성숙한 사람이 된 만큼, 우리는 더욱 건강한 성관계를 하게 될 것이며, 해서 그 성관계는 더욱더 풍부하고도 진정한 즐거움을 우리에게 가져다주게 될 것입니다. 그러니까 그때의 섹스는 우리에게 결코 공허한 마음을 안겨주는 일이 없을 것입니다. 더욱 서로를 채워주고, 서로의 마음 안에 있는 서로를 향한 진실한 사랑을 더욱 확인하게 되고, 오직 그런 하나 됨의 시간이 될 수 있을 뿐일 것입니다.

그러니 나와 상대방을 분리해놓고, 나의 이기심을 채우기 위해 상대방에게 상처를 주고 아픔을 주는 방식이 아니라, 진실로 하나가 되는 사랑을 하십시오. 그것이 건강한 성생활을 누리기 위해 필요한 모든 것입니다. 그것을 위해 성생활을 나쁜 것이라 여기며 죄책감을 느끼는 대신에 그저 사랑으로써 그것을 누리시길 바랍니다.

이 세상에 나쁜 것은 없습니다. 오직 나쁜 의도만이 존재할 뿐이죠. 담배를 피는 것이 나쁜 것이고, 담배를 피지 않는 것은 착한 것이라고 말한다면, 이 세상의 흉악한 범죄자들 중 많은 사람들 또한 착한 사람이 되고, 이 세상의 위대한 위인들 중 많은 사람들 또한 그저 흡연자라는 사실 하나로 인해 나쁜 사람이 되고야 말 것입니다. 그러니 내 마음 안에 있는 왜곡된 지각을 외부에 투사하는 대신에, 그 지각을 바로잡으십시오. 나쁜 것과 그렇지 않은 것을 결정하는 것은 결국 행위 자체가 아니라 마음의 의도인 것입니다.

그러니 오직 사랑만을 모든 행위에 대한 내 의도로 품으십시오. 그러니까 사랑만을 의도하십시오. 그것 하나만으로 모든 것이 이미 건강하고 아름다운 것이 되는 것입니다. 그렇게 오직 사랑이 있는 성생활을 하십시오. 사랑이 아닌 다른 의도로 인해 그것을 하지 마십시오. 그러니까 내가 사랑을 품고 있지 않음에도 계속해서 그것을 하고 싶은 욕구를 느끼고 있는 채라면, 그때는 더욱 온전하고 성숙한 사람이 되기 위해 오직 노력하십시오. 그것을 억제하는 것으로 당신이 해결할 수 있는 것은 진실로 아무것도 없을 것입니다.

강아지를 키우거나, 식물과 함께해보십시오. 그리고 정성과 다정함을 다해 길러보십시오. 당신이 온전한 사람이 되는 데는 그것만으로도 충분할 것입니다. 그리고 맥클라렌 교도소의 pooch 프로젝트에 대해서도 공부하여 보십시오. 그곳에 있던 범죄자들은 그 프로젝트를 통해 강아지를 키우게 되었고, 그 결과 그들이 다시 사회로 나가서의 재범률은 정확히 0%가 되었습니다.

그들은 그 프로젝트를 통해 상대를 존중하며 서로 공감하는 법을 배웠고, 타인을 신뢰하며 또한 자신이 이제는 타인을 배려할 줄 아는 사람이라는 것에 대해 자긍심을 가지게 된 것입니다. 그저 강아지를 통해 사랑을 배웠을 뿐인데, 그 모든 것이 가능해진 것입니다. 그리고 그건, 강아지가 밥을 안 먹어서 배가 고프진 않을까? 하고 걱정하는 마음을 배웠기에 진정으로 가능한 일이 되었던 것이죠.

출소를 하며 자신이 키우던 강아지와 이별을 하는 것이 진심으로 가슴 아프게 느껴진다면, 그러니까 그들이 한 생명에 대한 사랑을 진정 배우게 되었다면, 그들에게 있어 이제 더 이상의 범죄는 불가능한 것이 되는 것입니다. 친구들과 싸우고, 적당히 서운해하고, 그런 수준을 넘어서서 폭행을 저지르거나 하는 식의 범죄는 이제는 더 이상 불가능한 일이 되는 것이죠. 내가 아니라 다른 누군가의 행복을 걱정하는 마음, 그것이야말로 진실한 사랑의 한 부분이기 때문입니다. 그래서 그저 마음 안에 있는 사랑의 양, 빛의 양이 어떠한 계기를 통해 전보다 커지게 되면, 우리는 딱 그만큼 다른 누군가에게 또한 온전한 사랑을 전해줄 수 있는 존재가 되는 것입니다.

그래서 그저 자존감 하나가 높아지면, 사실은 이 세상의 모든 문제가 해결되는 것입니다. 이 세상을 살아가는 모든 사람들의 자존감이 어느 수준까지만 높아져도, 사실 이 세상에서 일어나고 있는 대부분의 문젯거리들 또한 자연스럽게 사라지게 되는 것이죠. 그러니 강아지를 키우고, 강아지를 통해 사랑을 배워보세요. 식물을 키우고, 최선을 다해 식물이 잘 자라도록 염려하는 정성을 쏟아보세요. 그 자체로, 무엇인가를 그 어떠한 대가도 바라지 않고 사랑하는 마음에 대해 당신은 배우게 될 것이고, 하여 당신은 보다 성숙하고도 온전한 사람이 될 것입니다. 그리고 그 결과로 당신은 또한 더욱 예쁜 사랑을 하게 될 것입니다.

식물이 당신으로 인해 잘 자라게 되었다고 해서 당신이 식물에게 생색이라도 내겠습니까. 당신은 그저 식물이 잘 자라는 것 자체를 당신의 유일한 기쁨과 보상으로 생각하게 될 것입니다. 그래서 그 사랑에는 바라는 것이나 어떠한 대가가 없는 것입니다. 그저 어느 날 새싹을 피워낸 식물을 보고는 알 수 없는 소중한 감정을 가슴속에서부터 느끼게 되는 것이죠. 그렇게 진짜 사랑을 배우게 되는 것입니다. 그래서 당신은, 그저 당신으로 인해 누군가가 행복해졌다면 그것으로 되었다는 마음을 배우게 되고, 그 따스한 마음으로 인해 전에는 결코 불가능할 거라 여겼던 온전함과 사랑을 완성하게 되는 것입니다. 정말 식물을 정성과 사랑을 다해 돌보는 데 있어서, 우리는 식물에게 바라는 것이 없습니다. 정말 그렇지 않나요? 그저 잘 자라주면 그걸로 우리는 식물에게 우리가 준 것보다 더 많은 것을 받았다고 생각할 테니까요. 그것만으로 우리가 온전한 사람이 되는 데는 충분한 것입니다.

더하여 명상을 배우고, 명상을 습관화하십시오. 온전하지 않음을 바라보고 내려놓는 힘을 기르는 데는 명상만으로도 충분할 것입니다. 그러니 명상을 통해 비우고, 그 비워진 마음 안에 다정함을 채워 넣도록 해보십시오. 또한 당신을 온전하지 않음으로 유혹하는 환경, 그런 관계, 그러한 것들을 정리하십시오. 당신의 마음에 온전하지 않음에 대한 욕망이 거의 없을 때, 그때의 당신은 그것에 일일이 반응하지 않을 것이지만, 욕망을 온전히 정화하기 전에 당신이 그러한 장소, 사람들과 함께하게 되었을 때, 그때는 자주 흔들리게 될 것이고, 하여 자주 실패하게 될 것이기 때문입니다.

그러니 온전하고도 다정한 그룹에 속하도록 노력하십시오. 그러니까 주말이 되면 당신에게 술 마시면서 헌팅하러 갈래, 오늘 클럽에 같이 가서 따로 나올까, 이런 문자가 오게 하기보다 같이 공원에 가서 산책할래, 예쁜 카페 가서 사진도 찍고 이야기하자, 이런 문자가 오게 해보십시오. 그렇게 온전한 사람들로부터 온전한 영향을 받으십시오. 그것으로 인해 이미 당신의 마음에 있는 온전함은 그 크기가 더욱 커져나가게 될 것입니다.

또한 한 사람과 오래도록 다정하게 사랑하십시오. 그리고 그 사랑 안에서 서로의 다름을 맞춰나가며 하나가 되는 과정, 그 수업에 있어 최선을 다해 열심히 임하십시오. 그럼에도 맞춰지지 않아 헤어지는 인연도 있을 것입니다. 하지만 실망하지 마십시오. 당신은 충분히 후회하고, 아파하게 될 것이고, 그렇게 많은 것들을 배우게 될 것입니다. 해서, 다음 사랑에게는 당신이 이전에 부족해서 후회했던 그 모든 성숙한 마음들을 기울이게 될 것입니다. 또한 이전 사랑의 경험으로 인해 당신은, 당신에게 잘 맞는 사람이 어떤 사람인지에 대해서 더욱 잘 알게 되었을 것입니다.

결국 그 모든 앞선 사랑과 이별은 당신과 영원한 사랑을 하게 될 어떤 한 사람을 향해 나아가는 소중한 과정인 것입니다. 그리고 그건 당신과 헤어진 상대방에게 또한 마찬가지 일입니다. 서로가 서로의 곁에 있는 동안 배우고, 성숙하고, 그러고 나서 또 다른 배움과 성숙을 향해 나아가고, 그런 것이죠. 그리고 그 성숙에는 반드시 정착지가 존재할 것입니다.

그러니 걱정하지 말고, 헤어짐을 두려워하지 말고 사랑하십시오. 그 모든 과정 안에서 당신은 더욱 성숙하고 온전한 사람이 되어갈 것입니다. 그저 그러한 식의 배움의 과정이 필요했던 것뿐이고, 그 배움을 통해 수준을 한 단계 한 단계 옮겨갈 시간이 필요했던 것일 뿐입니다. 그러니 최선을 다해 배우고, 최선을 다해 성숙해나가십시오.

더하여 오직 사랑을 의도하고, 사랑과 정렬하십시오. 하여 당신의 육체를 그 사랑을 표현할 수단으로써 오직 사용하십시오. 당신의 말, 당신의 행동, 당신의 눈빛, 당신의 손, 당신의 걸음, 그것이 무엇이든 이제는 오직 사랑을 표현하고 상대방을 행복하게 해주는 하나의 수단으로써 사용하는 것입니다.

그렇게 당신이 더욱 사랑이 되어가는 그 모든 과정 안에서 당신은, 자연스럽게 더욱 아름답고도 건강한 성생활을 하고 있게 될 것입니다. 성생활을 바라보는 관점 자체도 신뢰와 다정함, 아름다움, 사랑의 표현, 진정한 하나 됨, 친밀함, 이러한 것들로 옮겨가게 될 것입니다. 이때에는 당신의 내면이 더욱 성숙하고 온전해져서, 더 이상 이전의 미성숙한 잣대를 '성'에 투사하고 있지 않을 것이기 때문입니다.

또한 욕망의 유혹이 있기 때문에, 혹은 외로움과 결핍으로 인해 상대방을 필요로 하던 분리의 상태에서 벗어나, 이제는 완전한 둘이서 더욱 완전한 하나가 되는 진실한 결합의 상태로 당신은 당신의 관계를 마주하게 될 것입니다. 이제 당신은 더 이상 상대방을 당신의 어떠한 사심을 채우고 이용할 수단이자 도구로 여기지 않을 것이고, 하여 진실로 상대방을 존중하고, 아끼고, 사랑하고 있는 채일 것이기 때문입니다. 당신의 시선이 이제는 이기심에서부터 더욱 이타심으로 옮겨가게 된 것이죠. 그러니 그것을 경험하게 될 때까지, 결단코 포기하지 마십시오.

그렇게, 육체를 넘어선 곳에 있는 무한한 사랑과 행복이 있는 그 다정하고도 예쁜 지점에 당신이 꼭 도착하기를 바랍니다. 그렇게, 무엇보다 당신이 당신과 함께하고 있는 그 예쁜 사람과 함께 내내 다정하고도 온전하게 존재하기를. 그렇게, 서로가 서로와 함께함으로 인해 이 세상 무엇보다 행복한 사랑을 하길.

38

용서로부터의
이타적 사랑..

    우리가 우리의 마음 안에 있는 '사랑'을 더욱 발견하고 키워나가게 될 때, 우리는 자연스럽게 타인들과의 관계를 또한 긍정적으로 변화시켜나가게 되고, 그 관계 안에서의 부정성도 함께 치유해나가게 됩니다. 왜냐면 우리가 더욱 사랑할 때, 우리는 타인과 나를 분리된 것으로 여기던 이기심을 넘어 더욱 하나로 바라보게 되는 이타심을 향해 나아가게 되기 때문입니다. 타인이 행복하면 나 또한 행복해지고, 타인이 아프면 나 또한 아픔을 느끼게 되는 마음, 그리고 그것이 바로 이타심이라고 할 수 있을 것입니다.

    그러니 이기적이기보다 이타적으로 존재하도록 해보십시오. 그것이 내 마음 안에 있는 사랑을 더욱 발견하게 해줄 것이고, 하여 나를 더욱 완전히 행복하게 만들어줄 것입니다. 내가 이기적으로 존재할 때, 그때의 우리는 타인과의 관계를 나의 사적인 이득을 성취할 수단이자 도구로써 여기게 될 것이고, 해서 타인을 나의 구미에 맞게 조종하려 들게 되고, 나의 기준에 맞게 변화시키려 들게 되고, 그러니까 오직 나의 사적인 이득을 위해 이용하고자만 하게 될 것이기 때문입니다. 그래서 나와 함께하는 타인은 언제나 나로 인해 행복해지기보다 더욱 불행해지게 되는 것이죠.

지금의 내 수준에서는 그럼에도 불구하고 나만 행복하면 그만이야, 라는 생각이 들 수도 있겠지만, 결국 내가 이 수준을 넘어 다른 수준으로 건너가게 될 때는 그 모든 일이 나의 발목을 붙잡는 후회와 아픔으로 남게 될 것입니다. 왜냐면 그것은 결코 진정한 행복이 아니었으며, 행복이었던 적 또한 없었다는 것을 우리는 성숙해나가며 끝내는 알게 될 것이기 때문입니다.

보다 높은 관점에서 우리는 모두 연결되어 있으며, 하여 모두가 하나인데, 어떻게 해서 어느 한쪽은 행복하고, 어느 한쪽은 불행한 것이 진실이 될 수가 있겠습니까. 그래서 그러한 행복의 추구는 그저 나의 미성숙한 지각의 오류에 불과한 것입니다. 그래서 우리가 하루하루의 성숙을 통해 진정한 행복이 무엇인지 배우고 알아가게 될 때, 그 모든 지난날의 미성숙이 언젠가의 나를 반드시 아프게 만드는 날이 오고야 마는 것입니다.

그러니 지금, 그 모든 오류를 바로잡으십시오. 가능하다면 지금 이 순간, 이 글을 통해서 내가 믿었던 오해를 초월하고 오직 진실과 정렬하도록 내 마음을 바로 세우십시오. 결국 당신이 누군가에게 준 아픔은, 고스란히 당신에게 또한 아픔으로 돌아오게 될 것입니다. 왜냐면 언젠가의 당신은 분명 그 모든 지난날의 미성숙에 대해 아파하게 될 것이기 때문입니다. 그래서 후회와 죄책감이라는 벌을 스스로 짊어지게 될 것이기 때문입니다. 그러니 내가 주고 그저 사라지는 아픔은 없는 것이고, 내가 주고 그저 사라지는 다정함 또한 없는 것입니다. 그것이 우리가 지금 이 순간 더욱 이타적으로 존재해야만 하는 이유인 것입니다. 이것을 잊지 마십시오.

언제나 나중의 성숙을 위해 지금을 잘 준비하고 대비하는 것이 가장 온전하고도 지혜로운 삶의 방식이 될 것입니다. 그러니 그 나중을 위해,

언젠가 스스로 후회하게 될 일들을 만들지 마십시오. 당신이 그렇게 온전하고도 다정하게 존재할 때, 당신은 그 나중의 성숙을 또한 더욱 앞당길 수 있게 될 것입니다. 그렇게 더욱 빠르게 행복에 닿게 될 것입니다. 그러니 언제나 진실한 사랑에 대해 배우고 공부하십시오. 그것을 진정 내 것으로 만들기 위해 전심으로 노력하십시오.

내가 더욱 타인을 사랑할 수 있도록 만들어주는 것, 그러니까 타인과 나를 더욱 하나로 여기게 해주는 것, 그리고 그것이 바로 '용서'입니다. 그러니 되도록 많은 것들을 용서하도록 하십시오. 용서는 결국 이 세상에 투사하고 있는 나의 잘못된 관점들을 바로잡는 일이라는 것을 당신은 끝내 알게 될 것입니다. 그래서 용서함으로써 용서받는 자는 사실 상대방이 아니라 나 자신이라는 말이 있는 것입니다.

예를 들어서 상대방이 나와의 약속을 지키지 않아서 내가 매우 화가 나 있는 상태라고 생각해봅시다. 그때 당신은 상대방을 계속해서 미워할 수도 있지만, 또한 당신의 지각을 그럼에도 용서할 수도 있을 것입니다. 그러니까 '약속'을 지키지 않는 것을 잘못된 것이라고 여기고 있는 내 지각을 용서할 수도 있는 것이죠. 그리고 당신이 그것을 진정 용서하게 되었을 때, 당신은 앞으로 약속을 지키지 않는 것에 대해서는 화를 내지 않아도 괜찮은 사람이 되어있을 것입니다. 왜냐면 당신은 그것을 잘못된 것이라 여기고 있는 당신 자신의 지각을 이제는 용서하였고, 하여 적어도 그 부분에 대해서는 당신의 관념이나 틀을 넘어 오직 있는 그대로의 세계를 마주하게 될 것이기 때문입니다.

해서 이제 당신은 당신 자신의 마음 안에 있는 옳고 그름을 바깥으로 투사하기보다, 그 자유롭지 않은 눈과 마음으로 세상을 마주하기보다, 더욱 예쁘고 맑은 시선으로 보다 투명하게 세상과 타인을 바라볼 수 있게 된 채일 것이고, 그러니까 그 자유를 우리에게 가르쳐주는 것이 바로 용서인 것입니다.

결국 상대방이 나와의 약속을 지키지 않은 것이 나를 화나게 하는 것이 아니라, 약속을 지키지 않는 것을 잘못된 것이라고 여기고 있는 나의 시선이, 그 지각이 나를 화나게 만드는 것입니다. 이것에 대해 섬세하게 이해해보십시오.

당신이 그러한 관념을 내면에 더 많이 지니고 있을수록, 해서 그것을 외부에 더 많이 투사하고 있는 채일수록, 그래서 당신은 더 많은 것들을 미워하게 될 수밖에 없는 것입니다. 그렇게 당신은 그것으로 인해 '행복'해지는 것이 아니라, 더욱 많이 제한된 채 오직 더 '불행'할 수 있을 뿐인 것입니다. 왜냐면 그것이 당신의 자유를 상당 부분 빼앗고 있기 때문입니다. 그것으로 인해 당신은 세상을 보다 사랑할 이유를 찾기보다, 더욱 미워해도 될 타당성을 끝없이 얻고 있는 채이기 때문입니다.

만약 당신이 '어른이 들어왔을 땐, 그보다 어린 사람은 깍듯하게 인사를 해야 한다', 라는 관점을 믿고 숭배하고 있다면, 당신은 그 관점으로 인해 당신보다 어리지만 인사성이 좋지 못한 사람을 미워하게 될 것이고, 하여 그 관념과 틀로 인해 당신은 그 부분에서 결코 자유롭지 못하게 되는 것입니다. 그래서 그러한 관점들을 더 많이 지니고 있을수록, 우리는 타인과 더욱 분리된 채 존재할 수밖에 없게 되는 것입니다. 그래서 사실 그러한 관점들은 모두, 당신이 더욱 진실한 사랑을 향해 나아가는 것에 있어 걸림돌이 되는 것들일 뿐입니다. 그러니 그것에 걸려 넘어지지 마십시오. 사뿐히 지나가십시오.

그렇다면 당신이 성숙이라는 길을 향해 걸어가는 데 있어, 당신에게 걸림돌이 되고 있는 당신 자신의 관점들은 무엇입니까. 그것에 대해 면밀하게 살피고 정직하게 검토해보십시오. 그렇게 당신의 발밑에 있는 걸림돌들을 살핀 채 그것들을 치워내고 걷든, 옆으로 지나서 걷든, 뛰어넘든, 하는 신중함의 지혜를 지니십시오. 당신이 그저 당신 자신은 옳은 사람이라 자만한 채 여과 없이 앞으로 나아가게 될 때, 당신은 결국 그 신중하지 못함으로 인해 끝끝내 넘어질 수밖에 없을 것입니다.

결국 모든 것이 하나의 관점일 뿐입니다. 그리고 그 관점이라는 것은 결국 당신의 지금 이 수준만을 반영하고 있을 뿐인 지극히 인간적인 관점일 뿐입니다. 그러니 당신만의 그 관점이, 그것으로 인해 당신이 이 세계를 마음껏 판단하고 미워해도 될 만큼의 자격을 주는 이 세계의 높고도 높은 진실과 일치하는 관점은 결코 아닐 것이라는 것을 진정 받아들이고 이해하십시오. 그것을 이해함으로써 겸손하십시오. 당신이 겸손할수록, 당신은 더욱 많은 것들을 보다 더 가볍게 용서할 수있게 될 것입니다.

미워하는 것이 아니라 용서하는 것, 그리고 그것이 바로 진실의 관점입니다. 그러니 당신만의 관점이 아니라, 높고도 높은 진실의 관점을 택하십시오. 당신만의 관점은 상황에 따라 변하는 것이지만, 진실은 그어떤 상황에서도 변하는 법이 없습니다. 왜냐면 그건 정말 말 그대로 '진실'이기 때문입니다. 그러니까 미워하기보다 용서하는 것, 판단하기보다 이해하는 것, 분리되기보다 하나 되는 것, 이용하기보다 그저 사랑하는 것, 이러한 것들이 보다 진실의 관점에 속한다는 것에는 영원히 변함이 없는 것입니다.

그래서 진실과 정렬되지 않은 당신만의 미성숙한 관점을 당신이 오직 진실이라 믿은 채 숭배하게 될 때, 당신은 지구는 네모다, 와 같은 오류 자체를 진실이라 믿고 따르는 것과 다르지 않은 오류를 스스로 범하고 있는 꼴이 되고야 마는 것입니다. 그렇게 당신은 그 오류로부터 당신 자신의 관점만을 오직 진실이라 믿은 채 지구가 둥글다고 말하고 있는 사람들을 미워하게 되는 것입니다. 그러니까 그것이 바로 지금 당신이 행하고 있는 일들입니다. 그러니 그 오류를 바로잡으십시오. 진실이 당신의 환상과 잘못된 관점, 믿음 체계들 안에 흘러들어와 그것들을 대체하도록 허용하십시오.

당신만의 관점들, 신념 체계들, 그러한 것들은 결국 당신의 현재 수준만을 오직 반영하고 있을 뿐인 하나의 환상입니다. 그래서 그것은 당신의 수준에 따라 변하는 것이 됩니다. 그리고 변하는 것은, 변할 수 있는 것은, 결코 진실일 수가 없습니다. 중력이 이 모든 세계를 단단하게 당기고 유지하고 있는 힘인 것처럼, 진실은 오직 변함없이 이곳에서 우리를 지탱하고 있는 절대불변의 영원한 법칙이기 때문입니다. 그러니 당신의 성숙한 수준에 따라 얼마든지 변할 수 있는 무엇이 맞다, 무엇이 옳다, 그래서 그것이 아닌 것들은 그른 것이다, 틀린 것이다, 하는 이 모든 거짓된 관점과 오류들을 이제는 진정 초월하도록 하십시오.

당신의 성숙이 무르익고, 당신의 온전함이 완성되고, 해서 당신이 당신의 사적인 감정을 완전히 배제한 채 이것은 이것이다, 라고 말할 수 있기 전까지, 그래서 그 모든 것들은 그저 극복하고 초월해야 할 하나의 오류에 불과한 것들이 되는 것입니다. 산은 산이고 물은 물이고, 하여 그것은 그저 그것이다, 하고 말하는 데 있어 타인을 비난하고 깎아내릴 필요가 없는 것은, 그것은 그저 그 자체로 성립되는 진실이기 때문이며, 하여 그러한 진실에는 그 어떠한 감정적인 방어도, 공격도 필요하지가 않기 때문입니다.

그러니 당신은 당신 자신의 그러한 관점들에 대해서 더욱 용서해 보십시오. 마침내 당신은 더욱 있는 그대로의 세계를 살아가고 마주하게 될 것입니다. 그리고 그 세계의 이름은 다름 아닌 아름다움이자, 진실한 사랑이 될 것입니다. 그리고 비로소 당신이 그 세계에 발을 들이게 되었을 때, 당신은 이미 충분히 이타적인 사람이 되어있을 것입니다.

이기심이 있고 이타심이 있습니다. 덜 이기적인 것, 더 이기적인 것이 있고, 덜 이타적인 것, 더 이타적인 것이 있습니다. 그리고 딱 이기적인 것과 이타적인 것을 가르는 정 가운데의 지점이 있을 것입니다. 어쨌든 당신이 그 정 가운데 지점에서 이타적인 마음을 향해 한 발을 내딛게 되었을 때, 이제 당신은 적어도 이타적인 사람이 된 것입니다.

그래서 당신이 얼마나 이타적인 사람이 되었는지, 얼마나 덜 이타적이고 더 이타적 사람인지, 혹은 완전히, 완벽하게 이타적인 사람이 되었는지, 저는 그것에 대해서까지는 신경 쓰지 않습니다. 저에게 중요한 건 당신이 적어도 이타적인 사람이 되었다는 것이기 때문입니다. 그러니까 상대방의 아픔이 당신의 속상함이 되었고, 상대방의 기쁨이 당신의 행복이 되는 어떠한 지점 위에 당신이 서 있다는 것, 그것만이 저에게 중요한 모든 것입니다.

당신은 이제 적어도 부정적이기보다 긍정적인 사람이 되었을 것이고, 해서 타인을 도구로 여기고, 타인을 이용하고, 그렇게 타인에게 상처를 주면서 내가 행복해진다고 믿는 분리와 이기심을 넘어 이제는 새로운 차원에 발을 내디디게 되었을 것이기 때문입니다. 그리고 그것만이 중요한 모든 것입니다. 왜냐면 지금부터 당신은 알아서 더 좋은 방향을 향해 걸어가게 될 것이기 때문입니다.

그래서 당신이 100%의 완벽한 사랑을 하게 되었는지 아닌지, 저는 또한 그것에 대해서까지는 관심이 없습니다. 어쨌든 언젠가의 당신은 지금의 이 변화로 인해 끝내 그곳에 닿게 될 것이기 때문입니다. 이제 남은 것은 오직 시간의 문제이지 방향의 문제는 더 이상 아니기 때문입니다. 그리고 결국 시간이라는 것 또한 환상일진데, 그렇다면 제가 더 이상 무엇을 더 신경 쓰겠습니까. 방향은 정해졌고, 그래서 그것으로 인해 모든 것이 완전하고도 완벽하게 이루어진 것입니다.

시간을 초월한 채 존재하는 영원한 진실의 관점에서는, 그래서 오직 방향만이 중요한 모든 것입니다. 왜냐면 높은 진실의 세계에서는 미래도 과거도 사라질 것이며, 하여 오직 지금 이 순간만이 영원히 존재하고 있을 뿐일 것이기 때문입니다.

어쨌든 저는 약속을 지키지 않는 사람들을 미워하지 않을 것입니다. 하지만 그럼에도 저는 약속을 지키는 사람으로 살아갈 것입니다. 그리고 저는 그들을 미워하지는 않겠지만, 그들과 함께할지 말지에 대해서는 또한 언제나 신중할 것입니다. 여기서 가장 중요한 것은, 이제는 함께할지 함께하지 않을지, 그것을 결정하는 것이 오직, 전적으로 저의 선택이 되었다는 점입니다. 그러니까 저는 더 이상 그 사람을 미워해서, 라는 이유로 함께하지 않음을 선택하지는 않게 된 것이죠.

하지만 만약 제가 그저 선택하는 것이 아니라, 다른 여타의 부정적인 감정에 의해 무엇인가를 선택하게 될 때는, 그건 사실 온전한 선택이 아니라 강요된 하나의 상태가 될 뿐일 것입니다. 너무 싫어서, 그 싫은 감정 때문에 함께하지 않음이 강요되고 있는 것인 거죠. 하지만 이제 저는 저의 선택에 대해 자유를 얻습니다. 제 선택에는 미움, 정당화, 탓하는 마음, 그러한 것들이 이제는 더 이상 없을 것이기 때문입니다. 그래서 이제 그건 정말로 저의 선택일 뿐입니다. 용서했기에 자유를 얻었고, 자유를 얻었기에 무엇을 할지에 대해 그 어떤 죄책감도, 감정적인 미움도, 그것들에 의한 강요도 없이 오직, 그저, 저는 선택하고 있을 뿐일 것이기 때문입니다. 그래서 저는 저의 선택에 대해 또한 최선을 다해 다정할 수 있을 것입니다. 저 자신에 대한 진실한 다정함, 그리고 타인에 대한 진실한 다정함, 오직 그것으로써 무엇인가를 선택하게 될 것입니다.

하지만 제가 만약 타인과의 약속을 철저하게 지키면서, 타인이 나와의 약속을 지키지 않을 때는 그 타인을 비난하고 미워하는 사람이라면, 제가 약속을 잘 지키는 것은 타인에 대한 '다정함'이 아니라 타인에 대한 '엄격함'이 될 것입니다. 그리고 제가 다정함이 아니라 엄격함을 선택할 때, 그것은 저에게 도덕적 우월감을 심어주게 될 것입니다. 그러니까 그건 타인보다 내가 더 옳은 사람이야! 라고 생각하게 만드는 하나의 우월감을 저에게 주는 것이죠.

그리고 만약 제가 그 우월감에 취하게 된다면, 저는 저의 행동을 '타인을 비난할' 도구로 사용하게 될 것입니다. 그래서 그때의 제가 더욱 반듯하게 존재하는 유일한 이유는 나 자신과, 그리고 타인에 대한 다정함이 아니라, 그것을 통해 내가 더 옳은 사람이라는 자부심을 오직 키우고 부풀리기 위해서가 될 것입니다. 해서 그때의 저는 언제나 비난할 사람, 비난할 세계를 필요로 하게 될 것입니다. 그들을 비난함으로써, 저는 제가 옳은 사람이라는 것을 비로소 저와 타인들에게 증명할 수 있게 되기 때문입니다.

그러니까 그때의 저는 그저 스스로 옳은 사람이 되지 못해 타인을 깎아내려야만 내가 옳은 사람이라고 비로소 느낄 수 있는, 그런 왜소한 사람으로서 저에게 주어진 세계를 살아가게 될 것입니다. 그래서 그때의 제가 옳기 위해서는 언제나 잘못된 세상이 필요한 것입니다. 왜냐면 제가 저 자신을 스스로 옳은 사람이라 믿을 수 있을 만큼의 그 진정한 확신, 자존감과 같은 내부의 근원을 저는 진정 소유하지 못했고, 하여 저의 옳음에 대해 저는 언제나 타인의 시선과 평가에 의존해야만 할 것이기 때문입니다. 그래서 그때의 저는 잘못된 다른 것이 있어야, 비로소 제가 옳다고 느끼게 되는 것이죠.

그래서 이때는 타인의 평가가 없을 때에도 나 자신을 스스로 옳은 사람이라 여길 수 있을 만큼 내가 그저 올바른 사람은 결코 아니기에 그것을 외부로부터 증명받기 위해 저는 언제나 생색을 내고 애를 써야만 할 것입니다. 그래서 이러한 식의 존재 방식은 나 자신에 대한 다정함이 결코 아닌 것입니다. 나의 근원을 외부에 스스로 내던진 채 나 자신을 외부의 시선과 평가에 의존하게 만드는 것이 어떻게 해서 나 자신에 대한 다정함이 될 수가 있겠습니까. 그래서 이러한 식의 존재 방식은 그저 나를 스스로 사랑하지 못해 나라는 존재 자체의 주권을 세상에 스스로 떠넘긴 채 그것에 의해 살아가고 있을 뿐인 미성숙에 불과한 것입니다.

그러니 엄격하기보다 다정하십시오. 당신이 비로소 다정한 사람이 되었을 때, 그때의 당신은 당신 내면에 있는 그 다정한 확신, 자신감으로 인해 타인의 평가나 시선, 그리고 그들로부터의 인정과 같은 것들은 더 이상 필요로 하지 않게 될 것입니다. 그러니까 당신의 존재 자체에는 더 이상 타인의 납득 같은 것이 필요하지 않게 되는 것이죠. 왜냐면 당신은 당신 자신이 다정하고 올바른 사람이라는 그 진정한 자신감을 당신의 진짜 근원인 당신 자신의 내면에서부터 이제는 진정 소유하고 있는 채일 것이기 때문입니다. 그러니 이것에 대해 충분히 이해해보십시오.

만약 당신이 당신의 행동에 대해 어떠한 우월감, 자부심을 가지고 있으며, 하여 당신에게 그것을 통해 타인을 비난하고 깎아내리고자 하는 마음이 있다면, 사실 그것은 옳은 것이 아니라 누군가를 미워하기 위해 옳은 척 존재하는 것에 불과한 것이고, 해서 그건 그저 자신의 옳음을 세상과 타인에게 증명하기 위해 누군가의 잘못을 찾고 세며 그들을 미워하고 있을 뿐인 하나의 자존감 없는 태도가 될 수 있을 뿐인 것입니다.

세상에서 잘못된 것들만을 애써 찾아서 비난하고, 그 비난 자체에 탐닉하고, 해서 나는 그들에 비해 잘 살고 있고 옳은 사람이라는 위로를 얻고, 그런 식으로 자신의 도덕적 우월감을 채우고, 하여 계속해서 그러한 자신의 거짓된 이미지를 지키기 위해 사람들에게 내가 옳은 사람이라는 것을 증명하고자 누군가를 더욱 비난하고 깎아내리고, 하지만 내가 그럴수록 나의 내면은 오히려 비워질 뿐이기에 나는 그저 자존감 없는 한 사람의 왜소하고 미성숙한 사람으로서 불행하게 살아가게 될 뿐인 것이고, 그렇다면 진실로 단 한 번도 진짜 성숙한 내면을 추구하고자 하지 않는 이 상태는, 그 자체로 얼마나 시간과 감정을 스스로 낭비하고 있을 뿐인 공허한 수준이겠습니까.

어쨌든 그건, 자존감이 아니라 낮은 자존감에서 비롯된, 나를 증명함으로써 인정받기 위해 발버둥 치고 있을 뿐인 하나의 의존성, 자신감의 결핍, 미성숙한 오류, 그러한 것들에 지나지 않는 것입니다. 언제나 증명받기 위해 애를 써야만 하고, 언제나 내가 옳은 사람이라고 스스로 여기기 위해 타인의 인정과 수긍이 필요하고, 그런 것이죠. 그래서 이 수준에서의 나는 내가 옳은 사람이라는 이미지를 타인에게 자꾸만 강요하게 되는 것입니다. 비난, 미움, 깎아내림, 그러한 부정성을 이용하여 강요하는 것이죠. 왜냐면 타인의 대답 없이, 타인의 인정 없이, 이때의 나는 결코 스스로 옳은 사람이 되지 못하기 때문입니다. 그래서 그 말을 듣기 위해 그토록이나 애를 쓰게 되는 것입니다. 감정적으로 나의 편을 들어주길 떼쓰며 끝없이 생색을 내거나 서운해하면서 말이죠.
그러니 그러는 대신에 그저 올바른 사람이 되어보는 것이 어떻겠습니까. 저 자식은 정말 나쁜 자식이야, 라고 말하면서 내가 옳은 사람이라 느끼기 위해 애를 쓰기보다, 그러니까 이제는 그저 스스로 옳은 사람이 되어보는 것이 어떻겠습니까. 진실에는 그 어떠한 방어도, 공격도 필요하지 않다고 했습니다. 그렇다면 당신이 그렇게 애를 쓰면서까지 지키고자 하는 당신의 환상은 무엇입니까. 그건 진정한 자존감입니까, 아니면 외부의 헛된 상징들입니까. 그러니 더 이상 환상을, 우상을 숭배하지 마십시오. 오직 진실만을 숭배하십시오.
이제 당신은 더 이상 텔레비전을 보면서 화를 내지 않아도 될 것입니다. 그러니까 저 놈 정말 나쁜 놈이구나! 하면서 당신 자신의 도덕적 우월감을 채울 필요가 이제 더 이상은 없게 되는 것이죠. 그렇다면 그건 그 자체로 얼마나 큰 자유를 당신에게 가져다주는 것이겠습니까. 그래서 그것이 바로 나 자신에 대한 다정함인 것입니다. 나 자신에게 스스로 자유를 선물해주는 다정함인 것이죠. 그러니 더 이상 당신에게 화를 내게 만드는 환상과 오류, 진실하지 않은 것들, 그런 것들에 당신의 힘을 넘겨주지 마십시오. 누군가의 무엇이 잘못됐다고 화를 내는 대신에, 그저 그 사람은 그랬다, 라고 말할 수 있을 때까지는 그 어떤 판단도 하지 마십시오. 그 무판단에서부터 시작하십시오.

당신이 진실로 진실하다면, 당신은 당신의 진실을 말하는 데 있어 더 이상 공격적이지도 방어적이지도 않을 것입니다. 그것에 그 어떠한 부정적인 감정도 포함하지 않을 것입니다. 그러니 당신을 감정적이게 만드는 당신의 모든 관점들은, 당신이 그대로 포기하고 버려도 될 '거짓'인 것입니다. 그러니 그 모든 관점을 오직 용서함으로써 그것들로부터 자유를 얻으십시오. 용서가 당신에게 그것을 도와줄 것입니다. 그 모든 거짓된 관점들이 당신으로 하여금 당신이 진정한 사랑을 향해 나아가는 것에, 그러니까 타인과 당신이 진정 하나로 연결되는 것에 오직 방해가 될 뿐인 분리와 이기심을 낳고 있다는 점에 대해서 진정 이해해보십시오. 해서 그 모든 관점들을 그저 용서함으로써 치유를 얻으십시오. 그렇게 더욱 하나가 되는 사랑을 향해 나아가십시오.

약속의 경우를 예로 들어 우리의 관점과, 그 사이의 오류들, 우리가 더욱 사랑을 향해 나아가는 것에 장애가 되는 우리 자신의 태도들, 그러한 것들에 대해 조금 더 살펴보도록 하겠습니다. 다른 예로, 나는 약속에 잘 늦는데, 상대방은 나와의 약속에 늦으면 안 된다고 생각하는 것은 이기적인 태도가 될 것입니다. 그리고 그건, 나는 중요한 사람인데 타인은 나보다 덜 중요한 사람이라고 생각하는, 나 자신에 대한 부풀려진 자기 애착에서 비롯된 오류라고 할 수 있을 것입니다. 그러니까 그건, 타인은 나를 함부로 할 수 없지만, 함부로 해서도 안 되지만, 나는 타인에게 언제나 그래도 된다, 라는 생각이 깔려 있는 과도한 자기 애착으로부터의 이기심인 것입니다.

그래서 이렇게 존재하는 사람들은 대체로 타인이 자신에게 굽신거리고 아첨하기를 바라는 경우가 많습니다. 그것을 통해 자신의 이미지를 계속해서 부풀리는 것이죠. 하지만 당신이 만약 스스로 자신감 있는 사람이라면, 당신은 타인들의 아첨, 굽신거림, 이런 것들에 대해서 그저 부담스럽고 불편하게 느끼게 될 뿐일 것입니다. 왜냐면 그때의 당신이 자신감을 가지고 있는 근원은 타인의 그러한 시선, 태도가 아니라, 오직 당신 자신의 내면에 있을 것이기 때문입니다. 해서 오직 스스로 자신감 없는 사람들만이, 즉 자존감 없는 사람들만이 타인들을 함부로 대할 수 있을 뿐인 것입니다.

그런 사람이 만약 식당에서 밥을 먹는다면, 그 사람은 식당에서 일하는 종업원들에게도 존중과 배려로 행동하기보다 거드름을 피우며 자신이 중요한 사람이라는 것을 계속해서 티를 내며 어떠한 대우를 끊임없이 강요하려고 들 것입니다. 그리고 그건, 상대방이 굳이 물어보지도 않았고, 상대방은 그러한 것들에 대해 전혀 관심도 없는데, 정작 자기 자신만 내가 얼마나 대단한 사람인 줄 알아? 하고 자꾸만 말하는 식일 것입니다. 어쨌든 그 수준에서는 그런 식으로 존중과 배려를, 귀한 대우를 타인에게 끝없이 강요함으로써 얻고자 하는 경향이 있습니다. 그리고 그런 식의 강요는, 언제나 무의식적 압박감을 타인에게 심어주기에 사실 인정받기는커녕, 오히려 자신이 의도한 바와는 완전히 반대되는 생각들만을 타인들로부터 더욱 얻게 될 수 있을 뿐일 것입니다.

어쨌든 강요, 즉 힘은 또 다른 힘을 낳기 때문입니다. 작용과 반작용의 법칙이 힘의 세계에서는 언제나 작용하고 있는 것이죠. 나 진짜 유명하고 부자야! 라고 말하고 티 내고 다니는 사람들 중에는 그래서 시기 질투를 받는 사람은 있어도, 진실한 존중을 받는 사람은 없는 것입니다. 반면에 그보다 훨씬 덜 유명하고, 덜 부자여도, 오직 겸손하고 다정함으로써 사람들로부터 깊은 존경을 받고, 하여 어떤 힘의 반발도 없이 그저 본받고 싶은 사람으로 여겨지는 사람도 있는 것이죠.

그러니까 진정 자존감이 있는 사람들은, 존중과 배려를 강요하고 바라기보다는 그저 존중과 배려를 먼저 줌으로써 그것을 자연스럽게 사람들로부터 이끌어낼 뿐입니다. 진실로 자존감은 애쓰지 않아도 그저 그러한 것들을 얻습니다. 왜냐면 그건 내면의 진정한 자신감에서부터 오는 자연스러운 끌어당김이기 때문입니다. '힘'이 작용해서 또 다른 '힘'을 낳는 것이 아니라, 그저 내게 좋은 것들을 나에게로 자연스럽게 끌어오는 것이죠. 그것이 분리를 낳는 이기심의 원칙과는 반대로 작용하는, 오직 하나가 될 뿐인 이타심의 원칙이 작용하는 방식입니다.

그래서 그때는 좋아해, 나랑 사귀어, 하면서 쫓아다니지 않아도 사람들이 그저 나를 좋아해주고 있는 것이죠. 상대방을 내 곁에 붙들어 두고 싶어서 질투하고 집착하는 내 마음이 오히려 상대방으로 하여금 내 곁에서 더 떠나가고 싶어지게 하는 경직과 압박감을 심어주게 되었을 뿐인 분리와 달리, 하나 됨으로부터의 자존감은 그저 내 존재의 다정한 근원으로부터 상대방이 내 곁에 스스로 있고자 마음먹게 만드는 것이기 때문입니다.

해서 그때의 상대방은 내 곁에 있는 것이 다른 어느 누구의 곁에 있는 것보다 더 행복하다고 느끼고 있기에 내가 애써 집착하지 않아도 내 곁을 떠나가지 않는 것입니다. 그건 정말로 굳이가 되는 것이죠. 굳이 나를 떠나갈 이유가 상대방에겐 없기 때문에 떠나가지 않는 것입니다. 타인과 나를 더욱 하나로 여기는 만큼 이때는 다정함과 배려, 존중이 내 존재 자체의 하나의 습관이 되었을 것이고, 하여 이때의 나는 상대방과 나를 분리시킨 채 나의 목적을 위해 다정한 척하는 것이 아니라, 상대방에게 오직 진실로 다정하고 있을 뿐일 텐데, 그렇다면 그 따스함 앞에서 상대방이 내 곁을 떠나갈 이유라는 게 도대체 어디에 있겠습니까. 그 진실함, 다정함 자체를 수준이 너무 낮아서 오글거림, 약한 것으로 인식하는 온전하지 않은 사람이 아니고서야 이때의 상대방에게는 나를 떠날 이유가 정말로, 굳이 없는 것입니다. 그리고 그것이 바로 하나 됨의 힘인 것입니다.

그러니 더욱 분리된 상태, 나는 나고 타인은 남이다, 하는 이기심에서부터 벗어나 더욱 이타적으로 존재하도록 해보십시오. 내가 나 자신을 타인과 더 많이 분리해놓은 채일수록, 나는 타인을 그만큼 더 이용하고자 하게 되고, 타인에게 어떠한 대우를 그만큼 더 강요하고자 하게 되고, 하여 정확히 그만큼 더 품위 없게 존재하게 될 것입니다. 그러니 이제는 진실함으로부터의 품격을 갖춰보십시오. 그 자존감이라는 품격이 관계 안에서의 당신을 더욱 드높여줄 것입니다.

결국 자기 자신에 대한 다정한 자신감이 없는 사람들만이 상대방이 자신을 떠날까 봐 불안해하고 두려워할 수 있을 뿐인 것이고, 하여 그 불안함과 두려움이 곧이어 과도한 집착, 소유욕과 같은 감정들을 불러오는 것입니다. 어쨌든 자존감이 없어 외부로부터 그것을 강제하고자 하는 마음은 그런 식으로 애를 쓰고 발버둥을 쳐야만 하는 것입니다. 하지만 그렇게 애를 쓰고 발버둥을 쳐봐도, 여전히 이 세상과 관계로부터 자신이 강제하고 원했던 그 어떤 것도 얻지 못한 채 결핍되어 있을 뿐일 것입니다. 결국 그것은 타인들로부터 아첨이나 굽신거림, 이용하고자 하는 마음에서부터 내 곁에 있고자 하는 마음, 오직 그런 거짓된 것들만을 얻을 수 있게 할 뿐, 그게 진실한 존중과 배려를 얻을만한 '힘'이 있는 것은 결코 아니기 때문입니다.

그러니 그저 다정하십시오. 상대방을 진실로 나와 같이 여기기에 하나 된 마음으로부터 배려하고 존중하십시오. 이때는 내가 상대방에게 다정한 것이, 결국 내가 나 자신에게 다정한 것이 될진대, 그렇다면 이때에 이르러 내가 어떻게 다정함이 아닌 다른 것들을 받을 수 있겠습니까. 그러니 애쓰기보다 그저 자존감이 있으십시오. 그렇게 이기적이기보다, 이타적으로 존재하십시오. 당신은 오직 겸손할 것이지만, 그때는 사람들이 당신을 높이 세울 것입니다. 그리고 그것만이, 진정 높을 수 있는 유일한 것입니다.

당신이 이미 다정하고 행복하며, 또한 스스로 충족되고 있으며, 하여 진정 자신감 있는 사람이라면, 굳이 타인들에게 인정과 존중을 강요할 필요가 또한 어디에 있겠습니까. 그런 것들은 그때에 이르러 아무런 의미도 없는 거추장스럽고 귀찮은 것이 될 뿐입니다. 굳이 내가 이런 사람이야, 라고 말하며 하나부터 열까지 자신을 자랑해야 하는 마음의 상태란 얼마나 지루하고 또 귀찮은 것일까요. 그건 정말이지 피곤한 일입니다. 그러니 그러한 일에 당신의 시간과 열정을 탕진하지 마십시오.

그것이 정말로 탕진인 것은, 당신이 아무리 시간과 열정을 쏟아도 당신은 결코 당신이 바라는 것들을 얻지 못할 것이기 때문입니다. 이 세상의 어느 누가 그런 허영심 가득한 사람을 진실하게 사랑하고 존중하고 또 존경하겠습니까. 당신의 기대와는 달리 상대방은 그래서 뭐, 어쩌라고, 이런 생각만을 하고 있을 뿐일 것입니다. 그래 너 잘났다, 잘나서 좋겠다, 그러니 그것에 더해 나에게까지 인정과 존중을 받을 필요는 없겠네, 왜냐면 넌 잘났잖아, 그러니까 이런 식의 생각들 말입니다.

그러니까 그건, 분리로부터의 질투와 미움, 열등감, 이용하고자 하는 마음, 방어와 공격, 이런 것들만을 오직 타인의 마음에 심어주게 될 뿐인 것이고, 하여 다정함이 다정함을 얻을 때와는 정반대로 이때의 당신은 수많은 공격과 방어만을 얻게 될 수 있을 뿐인 것입니다. 그러니 이것이 시간 낭비가 아니라면 도대체 무엇이 시간 낭비가 될 수 있을까요.

그리고 마지막으로, 세상에는 약속에 대한 정확한 개념 자체가 없어서 약속을 잘 지키지 않는 사람들 또한 있을 것입니다. 그러니까 이들은 약속에 대한 옳고 그름 자체가 없어서 타인이 자신과의 약속을 지키지 않는 것에 대해서도 크게 연연하지 않고, 자신 또한 약속을 지키는 것에 대해 크게 집착하지 않는 사람들인 것이죠. 그리고 제 생각에 이러한 사람들은 순수한 사람들입니다. 아직까지 세상의 관념과 세상의 틀에 많은 지배를 받고 있지 않은 사람들인 것이죠.

그러니까 아기들은 약속에 대한 개념이 없습니다. 그것이 옳은 것인지 그른 것인지, 사실 그것에 대해 관심도 없을 것입니다. 그리고 예수님께서는 우리에게 아이에게 배우고, 하나같이 아이와 같은 사람이 되라고 하셨습니다. 그렇게 만약 우리가 이 세상의 관념과 틀, 이러한 모든 것들의 지배에서 벗어나 오직 가장 맑고도 투명한 아이의 눈으로 이 세상을 살아가게 된다면, 우리는 이 세상에서 미워해야 할 그 어떠한 '티'조차 찾지 못할 만큼 순수하게 존재하게 될 것입니다.

그러니 순수하게 존재해보십시오. 용서를 통해 나의 지각, 옳고 그름에 대한 나만의 관념과 틀, 이러한 것들을 바로잡아보십시오. 하지만 그럼에도 당신은 이 세상을 여전히 살아갈 것이기에, 세상의 도리를 지키는 것에 대해 또한 최선을 다해보십시오. 그러니까 세상에 속하지 않은 채, 여전히 이 세상을 살아가십시오. 그때의 당신은 정말 많은 것들을 용서했을 것이지만, 그럼에도 또한 세상의 틀을 여전히 잘 지키는 사람으로서 이 세상을 살아가게 될 것입니다.

저에게는 '저작권'에 대해 과하게 집착하던 시기가 있었습니다. 그러니까 누군가가 저의 글을 베끼고, 그것을 책으로 내고, 그러한 것에 증오심을 품어야만 했던 어떤 한 시기가 있었습니다. 하지만 제가 그 수준을 지나 조금 더 성숙한 사람이 되어보니, 저작권이라는 개념 또한 사실 인간이 만들어낸 하나의 틀이 아닐까, 하는 생각이 더욱 우세하게 되었습니다. 그러니까 하늘의 관점에서 본다면 저작권이라는 게 도대체 무슨 의미가 있겠습니까. 그 관점에서 생각해보면, 제가 좋은 글을 썼는데, 그게 나의 이름으로 알려지든 다른 누군가의 이름으로 알려지든, 어쨌든 알려져서 누군가에게 많이 전해진다면, 그 자체가 축복일 것입니다. 그것에 대해 바로잡아져야 할 것이 있다면, 신께서 그렇게 하실 것이고, 그것에 대해 잘못된 것이 있다면 그 판단 또한 오직 신께서 하실 것입니다. 책임을 묻는 것 또한 신께서 하시겠죠.

그래서 저는 저작권에 대한 저의 관념을 용서했고, 하여 그것을 초월했고, 그로 인해 자유를 얻었습니다. 하지만 그럼에도 물론 저는 타인의 저작권을 침해하지 않을 것입니다. 이것이 속하지 않되, 또한 세상을 최선을 다해 살아가는 것의 의미가 될 것입니다.

우리 인간은, 너무나도 터무니없는 일들에 너무나도 많은 감정과 옳고 그름을 투사하는 경향이 있습니다. 그리고 우리가 그러한 틀을 더 많이 가진 사람일수록, 우리는 그만큼 더 많이 불행한 사람이 되고야 말 것입니다. 왜냐면 그때의 나는 타인들과 정확히 그만큼 더 분리되어있는 채일 것이고, 하여 진실한 사랑으로부터 또한 그만큼 더 많이 떨어진 채 존재하고 있을 것이기 때문입니다. 그러니 당신 자신의 진실한 행복을 위해서라도 그것을 기꺼이 포기하십시오.

저작권을 따지기 위해 누군가를 미워하고, 하여 그를 끌어내리고, 그런 식의 싸움을 하는 것보다, 그저 지금 이 순간 행복한 사람으로서 존재하는 것이 더 지혜로운 삶의 태도가 아니겠습니까. 오직 행복하기 위해 태어나 살아가는 우리일진대, 또한 무엇보다 행복하고 싶다고 스스로 말하는 우리인데, 그러면서도 정작 그러한 일에는 감정과 시간을 써야만 한다고 믿고 있는 것은, 그렇다면 이 얼마나 터무니없는 일이겠습니까.

그러니 그저 나의 행복만을 생각하십시오. 그렇게, 나를 행복하지 않게 만드는, 나의 인상을 찌푸리게 만드는, 내 마음 안에 분노와 증오를 심게 하는 그 모든 것들을 나의 행복을 위해 기꺼이 포기하십시오. 하여 그것들로부터 진정 자유를 얻으십시오.

제가 만약에 저의 저작권을 침해한 사람들을 이런 식으로 용서하지 못했다면, 저는 어쨌든 하늘에서부터 제가 침해한 것들에 대해서도 용서를 구하지 못하게 되었을 것입니다. 제가 저작권에 대해서 완전히 무결할 수 있을까요. 어쨌든 어디선가 영감을 받은 적이 있고, 또 무의식 중에 저 또한 어떤 비슷한 글들을 썼지 않을까요. 그러한 확률이 있지 않을까요. 그러니까 제가 그것에 대해 100% 장담하고 확신할 수 있는 것일까요. 그렇지 않을 것입니다.

고의로 베끼는 것과 모르고 베끼는 것이 다르다 할지라도, 어쨌든 공평한 사람이라면 모르고 했다고 해서 그것을 정당화하지는 않을 것입니다. 그래서 저는 용서함으로써, 또한 용서를 받는 사람이 되기로 선택했습니다. 그러니까 제 눈에 있는 들보는 그 크기가 얼마나 되든 신경쓰지도 않으면서, 다른 사람의 눈에 있는 그 작은 티는 우주 끝까지라도 쫓아가 미워하고자 하는 그 이기심, 분리된 마음을 저는 포기하기로 했습니다. 돌을 던질 자격이 있느냐, 라고 저 자신에게 물었을 때, 저는 저에게 그럴 자격이 있다는 확신이 서지 않았기 때문입니다.

그러니 타인의 티에 대해서는 잊으십시오. 내 눈에 들보를 빼고 나면, 사실 그러한 티는 보이지도 않을 것입니다. 내가 더욱 성숙할수록, 그러한 것들은 너무나도 사사로운 일이 될 것이기 때문입니다. 그러니 이 세상을 담기에 벅찬 내 마음의 그릇이기보다, 세상을 담고도 공간이 흘러넘칠 만큼의 넓은 내 마음의 그릇이 되게 해보세요. 당신의 행복은 그때에 이르러 딱히 세상에 의해 휘둘릴 일이 없게 될 것입니다. 그렇다면 그것이야말로 진정 행복한 사람의 마음이 아니겠습니까. 그것이야말로 진정 행복을 소유하는 일이 아니겠습니까. 그리고 저는 저의 이 글이 당신의 용서를, 그 용서로부터의 자유를 부디 조금이라도 도와줄 수 있기를 진심을 다해 바랍니다.

어쨌든 약속에 대한 개념 자체가 없는 사람들, 보다 순수한 사람들, 그러니까 자신도 약속을 안 지킬 수 있지만, 타인 또한 약속을 안 지켜도 괜찮다고 생각하는 사람들, 당신은 그런 사람들의 경우에는 보다 쉽게 이해하고 넘어갈 수도 있을 것입니다. 그러니까 그들에게는 더 관대할 수도 있을 것입니다. 왜냐면 당신은 당신과 그들이 이 부분에 있어서는 그저 조금 다른 구석이 있는 것이구나, 하고 이때는 너그러이 생각할 수 있을 것이기 때문입니다.
저는 부탁을 하는 걸 별로 좋아하지 않았기 때문에, 부탁을 처음부터 쉽게 하는 사람들을 또한 별로 좋아하지 않았습니다. 부탁을 쉽게 하는 건 좋지 않은 거야, 라는 저만의 틀과 관념에 제가 지배를 받고 있었던 것이죠. 하지만 시간이 흘러 자신의 부탁만 쉽게 하는 사람들도 있지만, 더러는 쉽게 부탁을 하는 만큼, 타인의 부탁을 또한 쉽게 들어주는 다정한 사람들도 있다는 것을 저는 알게 되었습니다. 그러니까 그들은 오히려 그러한 부분에서 더욱 관대하고 이해심이 많은 다정한 사람들이었던 것이죠. 해서 저에게 있어 그들은, 저처럼 세상을 졸라맨 채 예민하게 살아가는 사람들이 아니라, 보다 여유롭고 너그럽게 세상을 살아가고 있는 사람들처럼 보였고, 그래서 저는 그들이 어쩌면 저보다 더 행복한 사람들일 수도 있겠다, 하는 생각을 하게 되었습니다.
그래서 저는 저의 그러한 틀을 포기하기로 했습니다. 그것을 포기했다고 해서, 제가 누군가에게 부탁을 쉽게 하게 될지, 아니면 여전히 그렇지 않을지, 그것에 대해서는 저도 알지 못합니다. 하지만 적어도 제가 부탁을 쉽게 하는 사람은 그만큼 얕고 가벼운 사람이야, 라고 생각하는 편견으로부터는 보다 자유로워질 것이라는 점에 대해서는 확신합니다. 어쨌든 그들은 자신이 약속에 대해 관대한 만큼, 타인이 약속을 지키지 않는 것에 대해서도 공평하게 관대한 것일 뿐인 것이고, 그렇다면 그것은 이기적인 것이 결코 아닌 것입니다. 해서 저에게는 그들이 약속을 지키지 않는다고 해서 그들을 미워할 이유가 전혀 없는 것입니다. 왜냐면 그들은 그저 저와는 다른 부분이 있는 사람들일 뿐이기 때문입니다.

그러니 이 다름에 대해서 보다 생각할 줄 아는 사람이 되어보십시오. 나에게는 이러한 틀이 있지만, 이러한 틀 없이도 세상을 다정하게 잘 살아가는 사람들도 있다는 것에 대해서 한 번 이해해보는 것입니다. 그게 당신이 졸라매고 있는 당신의 예민한 관점을 너그럽게 풀어줄 것입니다. 해서 당신이 그것을 진정 이해하게 될 때, 당신의 마음은 이 세상을 담고도 충분히 여유가 있을 만큼 관대하고도 다정한 마음이 되어있을 것입니다.

그러니 틀렸다, 라고 생각하기보다 다르다, 라고 생각할 줄 아는 사람이 되어보십시오. 당신이 그렇게 생각하는 습관을 지니게 될 때, 당신은 당신과는 다른 모든 사람들 앞에서 그들을 더욱 '이해'하고자 노력하는 사람이 되어있을 것입니다. 어떤 일이 생기자마자 화를 낼 준비를 하며 예민해지던 전과는 달리, 이제는 오직 이해와 용서를 더욱 적용시키는 사람이 되는 것이죠.

그렇게 뇌의 작용 방식 자체가 보다 긍정적으로 변하게 되고, 하여 당신의 생각은 행복한 회로를 거쳐 당신의 마음 안에 무엇이 들어오든, 일단 당신 안에 그것이 들어오기만 하면 그것이 나올 때는 오직 행복으로 변해서 나오게 되는 것입니다. 그래서 당신은 외부의 어떠한 상황 앞에서도 그럼에도 불구하고 행복한 사람이 될 것이며, 해서 그것이 진정 행복한 사람의 마음가짐인 것입니다. 그러니 용서를 하지 않아야 할 이유보다, 용서를 해야 할 이유에 대해 더욱 생각하는 습관, 성향을 지닌 사람이 될 수 있도록 노력해보십시오.

만약 택배 아저씨가 당신에게 전화가 와서는, 부재중인 당신의 집 앞에 무거운 짐을 홀로 놔뒀다며, 당신은 그때 왜 집에 없었냐며 당신에게 화를 냈다고 해봅시다. 그때 당신이 만약 용서를 하지 말아야 할 이유에 대해 더욱 생각하는 습관을 지닌 사람이라면, 당신은 택배 아저씨의 불친절한 태도를 가장 먼저 포착한 채 그것에 골몰하게 될 것입니다. 화를 낼 준비를 시작하는 것이죠. 그러고는 서서히 화를 끌어올리기 시작할 것입니다. 아, 왜 저딴 식으로 말하는 거지, 그게 자기 일 아닌가! 하면서 말이죠. 해서 그러한 생각들이 꼬리에 꼬리를 물고 따라오기 시작하면서, 당신의 마음 안에 들어간 이 하나의 사건은 이제 당신의 내부에서부터 외부로 나오기 시작하며 강렬한 '분노' 자체가 되어 표출되기 시작하는 것입니다. 그리고 결국 그건, 다른 누군가가 아니라 당신 자신의 하루를 예민하게 만드는 것이 될 것이고, 하여 그 하나의 일 때문에 당신은 결국 당신 자신의 하루를 망치게 되고야 마는 것입니다. 그러니까 결국은 당신의 손해인 것이죠.

하지만 반대로 당신이 용서를 해야 할 이유에 대해 먼저 생각하는 사람이라면, 일차적으로 당신의 기분이 나빴을 수는 있지만 어쨌든 그럼에도 당신은 당신의 하루를 망치지 않기 위해, 당신의 행복을 지키기 위해 택배 아저씨의 입장에서 생각해보고자 노력하게 될 것입니다. 그래서 당신은 그래, 날씨도 덥고, 하루 종일 무거운 짐을 나르시느라 얼마나 스트레스를 받았겠어, 어쨌든 내가 진짜 집에 없어서 화가 났든, 아니면 그저 스트레스를 풀 상대가 필요했던 것이든, 그걸로 택배 아저씨의 기분이 조금이라도 해소가 됐다면 내가 들어줄 수도 있는 거지 뭐, 이런 식의 생각을 하게 되겠죠. 그렇게 당신의 마음 안에서 그 사건은 당신 마음 안의 '이해'와 '용서'를 거쳐 그저 그 사건 자체가 되어 나오게 되는 것입니다. 그러니까 이때는 택배 아저씨가 내게 그러한 말을 했다, 라는 사실만이 남을 것이고, 그 사실에 대한 내 모든 부정적인 감정과 입장들은 이제 더 이상은 함께하지 않는 채인 것입니다.

그렇다면 당신은 분노를 창조하는 사람입니까, 용서와 이해를 창조하는 사람입니까. 사실 모든 사건은 그저 그 사건 자체일 뿐입니다. 그리고 그 사건이 당신의 마음에 들어오며 당신이 그것을 어떻게 제작하고 창조하게 될지는, 그러니까 그것을 어떻게 느낄지에 대해서는 오직 당신이 선택하고 결정하는 것입니다. 그렇다면 당신은 당신 자신의 행복을 위해서 무엇을 선택하시겠습니까. 이미 당신은 그 답을 알았을 것인데, 그렇다면 당신은 당신 자신의 행복을 위해서 기꺼이 그 답을 선택하시겠습니까. 그렇지 않을 거라면, 당신은 왜 스스로 불행을 선택하고자 합니까. 그 불행을 통해 당신이 얻고자 하는 감정적인 이득은 무엇입니까. 그것을 자세히 관찰해보십시오. 정직하게 바라보고, 기꺼이 그것을 포기함으로써 내려놓으십시오.

그렇게 당신이 이제는 불행이 아니라 오직 행복의 창조자가 되겠다고 스스로 결심할 때, 당신은 택배 아저씨의 상황에서 차가 막혔었다거나, 우리 집에 오기 전에 배송을 갔던 집에서 안 좋은 일이 있었을지도 모르지, 라거나, 하는 생각을 비로소 할 수 있게 될 것입니다. 그러니 미워할 이유보다, 용서할 이유에 대해 더욱 생각하는 사람이 되십시오. 이해하지 못할 이유보다, 이해할 수 있을 만한 이유를 더욱 찾도록 해보십시오. 그게 당신의 용서를 도와줄 것입니다.

어쨌든 저는 저와의 약속을 지키지 않는 사람들을 미워하지 않을 것입니다. 하지만 또한 그들과 함께하지도 않을 것입니다. 그리고 그것을 가능하게 해주는 것이 바로 용서인 것입니다. 그러니까 저는 용서하고 사랑하되, 여전히 그런 사람들과 함께하지는 않을 것입니다. 왜냐면 저는 저의 시간을 소중하게 생각해주는 사람들과 함께할 때, 비로소 제가 더욱 가치 있고 소중한 사람이라는 생각이 더욱 드는 사람이기 때문입니다. 그래서 저는 그저 저에게 더 잘 맞는, 함께하면서 제가 더 기쁘고 행복하게 존재할 수 있는 사람들과 함께하는 것을 선택할 뿐입니다. 저 자신에 대한 다정함으로써 말이죠. 그리고 이때의 제 선택은, 정말로 '선택'이 될 뿐입니다. 미움과 분노에 의해서 강요된 것이 아니라, 저 자신의 내면에 있는 힘과 결정권으로부터의 제 선택일 뿐인 것이죠.

　제가 처음 출판사를 설립하였을 때, 저에게는 출판사의 책들을 보관하고 유통해주는 배본사가 필요했습니다. 그래서 배본사를 알아보던 중 마침 지인의 소개로 어떤 배본사를 알게 되었고, 저는 그곳과 계약을 하게 되었죠. 하지만 그 배본사의 대표는 실수를 두 차례 정도 했고, 그때마다 그 실수에 대해 거짓말을 했었습니다. 그래서 저는 그 배본사와 함께하지 않는 것을 선택했습니다. 어쨌든 한 번 거짓말을 할 수 있는 사람은, 두 번 거짓말을 할 수도 있는 사람이기 때문입니다. 왜냐면 저는 저의 실수 앞에서 결단코 거짓말을 하지 않을 것이기 때문입니다.

　그리고 그것은 정말로 저의 선택이었습니다. 그들은 몇 차례 저에게 설득을 하고, 그럼에도 함께해달라며 저를 붙잡았지만, 저는 그것 앞에서 또한 단호했습니다. 그러니까 저는 그건 안 되겠습니다. 당신과 앞으로도 함께하는 것은 제 마음이 허락하지 않는 일입니다. 그러니 여기서 서로의 행복을 바라주며 서로 갈 곳을 향해 따로 가는 것이 맞을 것 같습니다. 라고 말하고 뒤를 돌아보지 않기로 선택한 것입니다. 그 순간 저는 정말로 단호했지만, 정말로 미워하지도 않았습니다. 그렇다고 또한 함께하지도 않았을 뿐이었습니다.

　저에게 그건 그저 제가 삶의 경험을 통해 배워왔던 지혜의 실현일 뿐이었습니다. 한 번 그럴 수 있는 사람은, 그리고 그 한 번에 대해 당연하게 생각하는 사람은, 언제나 두 번, 세 번 그렇게 하는 것에 대해서도 크게 연연하지 않는 사람들인 경우가 많았고, 어쨌든 저에게는 제 삶의 경험을 신뢰할 필요가 있었던 것이죠. 그 지혜를 위한 배움과 수업을 겪었는데, 그걸 써먹지 않으면 제가 그 수업에 충실히 임한 이유가 또한 어디에 있겠습니까.

그로부터 몇 달 뒤, 그 배본사의 창고에서는 불이 나는 사고가 생겼고, 그 화재로 인해 창고에 있는 모든 책들이 그렇게 잿더미가 되었다는 소식을 저는 듣게 되었습니다. 하지만 저는 저의 책을 지켜낼 수 있었습니다. 이곳과 함께할 때는 충분히 이런 일이 생길 수도 있다는 가능성에 대해 저는 생각했었고, 그래서 함께하지 않는 것을 선택했기 때문에 저의 책을 지켜낼 수 있었던 것입니다. 그 가능성을 모두 끌어안으면서까지 함께하는 것은 선한 마음이 아니라 순진한 마음일 뿐이기 때문입니다. 어쨌든 저에게는 그러한 경험이 많았기 때문에, 그 모든 경험에서부터 배운 지혜를 통해서 그것을 피할 수 있었던 것이죠.

그럼 그게 미워서 그렇게 하는 것 아니냐고 묻는다면, 저는 정말로 미워하지 않았습니다. 그 모든 일에 대해서 그럴 수 있다고 생각했고, 저렇게 거짓말을 하는 것 또한 어쨌든 저 사람의 입장에서는 최선을 다해 자신의 이익을 지키고자 하는 일이라고 생각했기에 이해했습니다. 저에게 사과를 하는 거래처의 사람들에게 제가 자주 하는 말이 바로 그것입니다. 괜찮아요, 당신은 당신의 입장에서 최선을 다했을 뿐이고, 저는 그래서 당신을 이해해요, 라는 말 말입니다. 그런 식으로 그들의 최선을 진정 이해했기에 저는 그들을 용서할 수 있었던 것입니다. 이해하는 순간, 우리는 곧장 용서를 완성하게 되기 때문입니다.

그리고 용서한 뒤에도 여전히 그들과 함께할지 함께하지 않을지는 이때에 이르러 정말로 그저 하나의 선택이 되는 것입니다. 그러니까 이

때는 그걸 선택하게 하는 것이 우유부단함으로부터의 강요도 아니고, 증오와 미움으로부터의 강요도 아니고, 그저 있는 그대로의 그 상황 자체를 객관적으로 바라보는 온전한 저의 시선일 뿐인 것이죠.

그래서 저는 진실로 미워하지 않았습니다. 그러니까 사실, 용서까지 가지도 않았습니다. 왜냐면 미워한 적도 없었기 때문입니다. 아 그래? 그럼 같이는 못하겠다, 그게 끝이었던 것이죠. 그러니까 그것에 있어서 이게 뭐니 저게 뭐니, 하는 것은 저에게 진실로 없었습니다. 그 순간 저는 그저 그럼에도 여전히 함께하지는 않는 것을 선택한 것뿐이었던 것이죠. 저의 경험에서 여러분 또한 용서하되, 그렇다고 해서 함께하지는 않을 수 있는 지혜를 배우실 수 있기를 바랍니다.

어쨌든 용서는, 우리에게 있는 그대로의 세계를 바라보게 해주는 하나의 기제입니다. 그래서 우리가 이 세상의 모든 것들을 용서하게 되었을 때, 비로소 우리는 이 세상의 모든 것들을 있는 그대로 바라보게 될 것이고, 해서 그때는 더 이상 용서를 할 만한 것을 찾지도 못할 만큼 우리는 용서를 완성한 채일 것입니다. 그러니까 결국은 용서 또한 나의 오해라는 것을 알게 되는 하나의 지점에 우리는 끝내 닿게 되는 것이죠.

그렇다면 사랑이란 무엇이겠습니까. 바로, 있는 그대로의 상대방을 바라보는 일일 것입니다. 그래서 우리가 용서할 때, 우리는 사실 상대방을 더욱 진실하게 사랑하게 되는 것입니다. 용서함으로써, 분리를 넘어 상대방과 더욱 하나가 되는 사랑을 하게 되는 것이죠.

그래서 우리에게는 있는 그대로의 상대방을 바라보기 위해서, 그러니까 상대방을 더욱 진실하게 사랑하기 위해서, 지금 우리에게 있는 그대로의 상대방을 바라보지 못하게 하고 있는 나의 지각을 조금 더 용서할 필요가 있을 뿐인 것입니다. 그러니 당신의 옳고 그름, 그것에 대한 관점, 그 모든 관념들을 내려놓은 채 상대방을 마주해보십시오. 그것을 가능하게 해주는 용서를 더욱 습관화해보십시오. 그것이 당신이 당신의 마음 안에 있는 '사랑'을 더욱 찾을 수 있도록 도와줄 것입니다.

그러니까 용서는 과거를 내려놓는 일입니다. 상대방과 내게 있었던 모든 과거는 이미 지난 일이기에 내려놓고, 오직 상대방의 지금만을 마주하기 위해 노력하는 일인 것이죠. 그래서 사랑은, 지금 이 순간 상대방의 있는 그대로의 모습만을 바라보는 일입니다. 모든 과거를 지나 오직 지금 이 순간만의 상대방을 마주하고 바라보는 일인 것이죠. 그러니까 상대방이 당신에게 한 실수, 당신에게 준 아픔, 당신에게 남긴 상처들, 그 모든 것들 뒤에 있는 그 사람 그 자체를 바라보는 일인 것입니다.

누가 나에게 폭력을 가했을 때, 우리는 그 일에 대한 미움, 증오심 때문에 상대방을 사랑하지 못할 것입니다. 하지만 그 일을 진정 용서함으로써 과거를 내려놓을 수 있다면, 우리는 그럼에도 그 사람을 사랑할 수 있을 것입니다. 하지만 저는 당신에게 그러한 것까지 요구하지는 않을 것입니다. 왜냐면 그것은 저에게도 힘들고 벅찬 일일 것이기 때문입니다. 그러니 그저 사소한 일들, 삶에서 우리가 쉽게 마주치고 겪게 되는 그 작은 일들, 적어도 그러한 것들 정도는 기꺼이 용서해내는 사람이 됩시다. 적어도 그러한 작은 일 하나 때문에 내 하루를 망칠 만큼 사랑과 분리된 채로 존재하지는 맙시다. 무엇보다 '나'를 위해서, 나의 행복을 위해서 그렇게 하는 것입니다. 그러니까 다른 사람이 아니라 오직 나 자신에 대한 다정함으로 그렇게 하는 것입니다. 그러니 기꺼이 그렇게 하십시오. 그 작은 노력의 물결이 당신에게 그 노력의 몇 배가 되는 행복을 안겨줄 것입니다.

그러니 하늘에 재물을 쌓으십시오. 그곳에 쌓는 재물은 좀먹고 녹슬일이 없을 것이며, 도둑들이 들어와 훔쳐갈 일 또한 없을 것입니다. 오직 쌓이고 더 쌓일 것이며, 그 모든 것이 고스란히 나의 행복이 되어줄 것입니다. 그래서 그건 알겠는데, 그럼에도 나에게 상처를 준 사람과 당신이 계속 함께해야겠냐고요?

그건 그저 당신의 선택입니다. 그럼에도 제게 묻는다면, 제가 만약 당신이라면 저는 그러지 않는 것을 선택했을 것입니다. 어쨌든 저의 시간은 한정적이고, 저는 그 시간을 다정하고 소중하게 물들이는 것에만 오직 관심이 있기 때문입니다. 해서 그런 식으로 함께 존재하는 것이 불가능한 사람들을 제가 굳이 미워할 필요는 없겠지만, 그렇다고 그들과 함께할 이유 또한 저에겐 굳이 없는 것입니다. 그건 저에겐 정말 '굳이' 가 되는 것이죠. 다시 저에게 그 질문을 한다면, 제가 이번에는 짧게 대답할 수 있겠군요. 굳이, 왜? 하고 말이죠. 미워하는 것도 굳이 왜지만, 함께하는 것도 굳이 왜가 되는 것이 그래서 가장 적절한 것 같습니다.

어쨌든 그것과는 별개로, 용서하는 일에는 성공하십시오. 사소한 용서란 없습니다. 모든 것을 용서했거나, 하나도 용서하지 않았거나, 오직 이 두 가지만이 있을 뿐입니다. 그래서 조금만 용서하는 것은 용서하지 않은 것입니다. 그러니 완전히 용서하십시오. 그 용서를 통해 이제 당신은 더욱 있는 그대로의 세계를 마주하게 될 것입니다. 그 사람을 통해 배운 용서로 인해, 또한 당신은 새로운 인연 앞에서 더욱 다정하게 존재하게 될 것입니다. 그래서 사실, 그 사람은 당신에게 있어 하나의 선물이었던 것입니다. 바로, '용서를 가르쳐 준 선물' 말입니다. 하여 당신이 그 사람에게, 그 선물에 대해 이제는 감사할 수 있다면, 당신은 그 사람을 이제 완전히 용서한 것입니다.

어쨌든 당신이 용서를 통해 당신의 관념, 오류, 지각을 용서하고, 또한 지난 과거의 아픔과 상처를 용서하게 되었다면, 이제 당신은 비로소 더욱 있는 그대로의 세상을 바라볼 수 있게 된 채일 것입니다. 해서 그 용서를 통해 당신이, 당신이 마주하고 있는 어떤 한 사람을 진실로 있는 그대로 바라보고 마주하게 된다면, 또한 당신은 그 순간 그 사람과 따로 존재하는 것이 불가능하게 되는 것입니다. 왜냐면 그때의 당신은 상대방과 진실로 하나가 된 채 연결되어 있을 것이기 때문입니다.

그래서 이때는 당신에게 이기적으로 존재하는 일이란 사실상 불가능한 일이 됩니다. 왜냐면 당신과 상대방은, 그것이 여전히 완전한 하나는 아닐지라도, 어쨌든 더욱 하나가 되었으며, 하여 상대방을 속상하게 하는 일이 이제는 당신을 또한 속상하게 하는 일이 되었을 것이기 때문입니다. 상대방의 기쁨이 내 기쁨이 되고, 상대방의 속상함이 내 속상함이 되었다면, 그렇다면 이때에 이르러 서로가 함께하며 어떻게 서로로 인해 불행해질 수가 있겠습니까.

그래서 당신이 상대방을 더욱 진실하게 사랑할수록, 그 하나됨이 완성되는 데 걸리는 시간 또한 더욱 빨라질 것입니다. 그러니까 오늘 상대방을 속상하게 한 것이, 몇 달 뒤에 당신을 속상하게 만들 수도 있지만, 당신이 상대방을 더욱 사랑함으로써 상대방과 더욱 하나가 된 채로 존재할 때는 당장 내일 그것이 속상해지는 것입니다. 그리고 그것을 더욱 앞당길수록, 그러니까 당신이 상대방과 더욱 완전히 하나가 된 채로 존재할수록, 당신은 당신이 상대방을 속상하게 한 그 즉시 속상함을 느낄 것이기에 그때는 사실 속상한 일 자체를 만들지 않게 될 것입니다.

해서 그때의 당신은 순도 100%의 사랑을 하게 될 것입니다. 하지만 그것이, 그러니까 100%의 사랑을 하게 되는 것이 우리에게 요구되어지는 노력은 아닐지도 모릅니다. 그렇게 되면 좋겠지만, 어쨌든 우리에게는 '더욱' 그렇게 되는 것, 그러니까 그 방향을 향해 하루하루 더욱 나아가는 것, 그것만이 오직 중요한 것입니다. 적어도 어제는 1%짜리 사랑을 했다면, 오늘은 1.2%짜리 사랑을 하는 것, 그러니까 저는 그것이 지금의 우리에게 필요한 가장 적절한 노력이라고 생각합니다.

그러니 조금 더 용서하고, 조금 더 사랑하도록 해보십시오. 그렇게 당신이 완전히 이타적이지는 않더라도, 그래도 이타적이라고는 말할 수 있을 만한, 그 정도의 수준까지는 닿을 수 있도록 해보십시오. 그리고 그때가 되면 당신은 이미, 적어도 '온전한' 사람일 것입니다. 그래서 당신은 또한 다정한 사람일 것입니다. 그러니까 당신은 이제 상대방이 당신으로 인해 속상하게 된다면, 그것에 대해 당신 또한 염려하게 되는 사람이 된 것입니다. 그래서 당신은 최대한 상대방을 덜 속상하게 하고자 배려하는 사람이 될 것이고, 상대방을 더 기쁘게 하고자 노력하는 사람이 될 것입니다.

그래서 당신은 상대방을 더욱 진실하게 사랑하게 됩니다. 그리고 그 온전한 사랑으로 인해, 당신은 당신 자신과 상대방의 관계를 더욱 긍정적으로 바꾸어나가게 됩니다. 통제하고, 억압하고, 조종하는 식의 부정성이 아니라, 이제는 배려하고, 이해하고, 더욱 존중하는 식의 긍정성을 선택하게 되는 것이죠. 그래서 오직 방향만이 중요한 것입니다. 일단 그 방향을 향해 당신이 나침반을 맞추고 나면, 어쨌든 당신의 목적지는 정해진 것이기 때문입니다. 시간이 얼마나 걸리든, 이제 당신이 도착할 곳은 정해진 것입니다. 그러니 그것에 더해서 제가 걱정할 것이 더 이상 무엇이겠습니까. 당신의 여정이 오직 당신의 행복을 향한 곳으로 이제는 확정되었고, 하여 당신의 목적지 또한 그곳으로 정해졌을진대 말입니다.

어쨌든 그렇게 관계는 치유를 얻게 될 것입니다. 서로가 서로로 인해 여전히 속상한 일은 있겠지만, 그럼에도 서로로 인해 웃는 일이 더 많은 관계가 되는 것이죠. 어제 내가 상처를 줬기에 상대방 또한 그것에 대해 화가 나서 나에게 오늘 상처를 주고, 그래서 나 또한 그것에 대해 화가 나서 내일 더 큰 상처를 주게 되고, 그런 식의 부정적인 악순환은 이제 정말로 막을 내리게 된 것입니다. 오늘부터 이 영화는 관람이 종료

되었으니 다른 영화를 보시길 바랍니다, 이렇게 되는 것이죠. 그리고 이제 당신이 보게 될 새로운 영화의 이름은 이해, 다정함, 사랑, 배려, 존중, 이타심, 이런 것들이 되는 것입니다.

그렇게 당신이 온전함의 영역에 비로소 도달하게 되었을 때, 당신은 피식, 하고 자주 웃게 될 것입니다. 샤워를 하다가 혼자 피식거리게 되고, 정원에서 풀을 뽑다가 혼자 피식거리게 되고, 길을 걷다가 혼자 피식거리게 되고, 그런 일들을 자주 마주하게 되는 것이죠. 왜냐면 당신이 온전하지 않은 채 존재하고 있었을 때, 그때 당신이 했던 그 행동들이 사실은 너무나도 웃긴 행동이었다는 것을 당신은 이제 서서히 깨달아 나가고 있는 채이기 때문입니다. 그래서 그때 그게 뭐라고 그렇게 화를 냈었지, 그때 그게 뭐라고 그렇게 집착을 했었지, 하면서 혼자 피식 웃게 되는 것이죠. 당신의 행동뿐만이 아니라 상대방의 그러한 행동에 대해서도 당신은 그런 식으로 자주 웃게 될 것입니다.

그렇게 당신은, 당신과 상대방의 그 모든 지난 과거에 대해서 용서하게 됩니다. 그리고 그 용서는 정말로 그저 자연스럽게 일어나는 것이 됩니다. 그러니 당신이 더 자주 피식거릴수록, 그건 당신이 그만큼 더 빨리 앞을 향해 나아가고 있다는 신호가 될 것입니다. 정말로 풀을 뽑다가 허리가 아파서 아이고, 하던 중에 갑자기 피식하고 웃게 되는 식인 것이죠. 그러니까 바지를 내리고 소변을 누다가 피식하고는 갑자기 웃게 되는 식인 것입니다. 지난날의 제한되어있었던 나의 행동과 사고방식들, 그리고 상대방의 그러한 행동과 사고방식들이 이제는 너무나도 웃기게 느껴지는 것입니다.

그래서 당신은 보다 더 너그러운 사람이 됩니다. 그때는 결코 웃어서 넘길 수 없는 일들이었는데, 이제 당신은 적어도 당신이 피식, 하고 웃게 된 일들에 한해서는 웃어넘길 수 있는 사람이 된 것이죠. 그래서 이러한 경험은 보통 나이가 많은 할아버지, 할머니께서 자주 겪는 일입니다. 보다 많은 삶의 경험을 통해 보다 많은 것들을 이해하고 웃어넘길 수 있는 사람이 이제는 되었기 때문입니다. 그렇게 시간과 함께 성숙이 차오르고 무르익었기 때문입니다.

그래서 당신이 보다 일찍 그러한 경험을 하게 될 때, 당신은 애늙은 이가 되고야 말 것입니다. 하지만 저는 그럼에도 당신이 애늙은이가 되기를 바랍니다. 우리에게는 보다 빨리 성숙하고 보다 빨리 행복을 완성함으로써, 나중에 정말로 노년에 이르러서는 지금의 이것보다 더 높은 수준의 성숙을 준비하고 대비할 필요가 있기 때문입니다. 언제나 준비하고 대비할 줄 아는 지혜를 가지면 좋다고 앞서 제가 말했던 것처럼, 정말로 미리 준비할수록 우리는 더 많은 곡식을 거두어들이게 될 것입니다. 그야말로 성숙의 추수감사절을 맞이하는 것이죠.

그러니 언제 다가올지 모르는 그 성숙의 관문을 위해 지금부터 준비하십시오. 어쨌든 어제 1%짜리 사랑을 했다면, 오늘은 1.2%짜리 사랑을 하기 위해서 0.2%는 더 용서하는 사람이 되십시오. 그 정도는 당신의 행복을 위해 해내십시오. 그렇게 하나씩 당신의 왜곡된 지각과 시선을 바로잡아나가며 하루하루 더욱 있는 그대로의 세계를 바라보는 눈을 키워가십시오. 하여 용서함으로써 용서받고, 더욱 사랑함으로써 더욱 사랑받고, 그렇게 더욱 하나가 되어가는 사랑을 하십시오. 그렇게 이기심에서부터 서서히 이타심을 향해 나아가고, 그 이타심으로 인해 온전함의 땅에 들어서십시오.

그때는 당신의 온전함으로 인해 당신이 맺고 있는 관계들이 서서히 치유가 되기 시작할 것이고, 해서 당신은 당신에게 주어진 관계를 더욱 오래도록 지키고 유지하게 될 것입니다. 그리고 그 과정 안에서, 자연스럽게 당신의 곁을 떠나가는 관계도 있을 것이고, 당신이 새롭게 맺게 되는 관계 또한 있을 것입니다. 하지만 이제는 또한 그 모든 과정 안에서 미워하지 않고 용서하되, 그럼에도 함께할지 말지는 오직 당신의 선택에 달린 일이 될 것입니다. 그리고 그 선택이 무엇이 됐든, 이제는 그 선택 앞에서 죄책감을 가지지 마십시오. 그렇게 당신 자신을 위한 다정함으로 당신을 지켜나가십시오.

저는 무엇보다 당신이 서서히 당신만의 관점, 틀, 관념, 신념 체계, 이런 것들을 초월함으로써 진정한 자유를 얻게 되기를 바랍니다. 그래서 더 많은 것들을 이해하고 용서할 수 있는 사람이 되기를 바랍니다. 하지만 그럼에도 지킬 것은 지키되, 지키지 않는 사람들과는 또한 함께하지 않을 줄 아는 단호함을, 사실은 단호함이 아니라 나 자신에 대한 다정함을 지닌 당신이기를. 그렇게 점차 타인과 자신을 분리시키는 이기심에서부터 벗어나 타인들과 함께 서서히 하나가 되어가는 진정한 사랑을 당신이 하게 되기를. 하여 당신이 하는 사랑이 또한 상대방의 행복을 진실로 고려하는 다정함 그 자체가 되기를. 그렇게 두 손을 맞잡은 채 오직 서로에게 행복이 되어주는 그런 영원함이 깃든 사랑을 당신이 하게 되기를. 그 무엇보다 당신 자신의 행복을 위해서 그렇게 하기를. 그렇게 영원히, 당신 자신의 다정함을 당신 스스로 지켜낼 것이며, 하여 영원히, 오직 당신이 행복하기를.

39

행복과 구원 ..

우리는 자주 우리가 불행한 원인을 우리가 마주하고 있는 상황이나 사건 탓으로 돌리곤 하지만, 사실 우리가 지금 불행할 수 있는 유일한 이유는 우리 자신이 미성숙한 사람이기 때문이라는 것이 다입니다. 왜냐면 같은 상황, 같은 일을 마주하고 있음에도 그것을 바라보고 마주하는 태도는 각각의 사람이 성숙한 정도에 따라서 너무나도 상이하게 차이가 나는 것이 되기 때문입니다. 그래서 나는 이 일 때문에 내가 불행하다고 믿지만, 그것이 결코 진실이 되지 못하는 것은 나보다 성숙한 사람은 이 일 앞에서 어떠한 마음의 동요도 하지 않은 채 오직 내면의 평화를 유지할 수도 있는 것이기 때문입니다. 그래서 그것이 우리가 우리 자신이 불행한 원인을 이 일 때문이라고 오해해서는 안 되는 이유입니다. 우리가 그렇게 말할 때, 우리는 이 불행의 진정한 원인과 근원을 회피한 채로 오직 존재하지 않는 다른 이유만을 탓하게 될 것이고, 하여 오래도록 시간을 낭비하게 될 것이기 때문입니다.

그러니 존재하지 않는 원인만을 바라보며 오직 그것만을 바꾸고자 시도함으로써 문제를 극복하려 하지 마십시오. 당신이 아무리 노력해도, 그때의 당신은 오직 실패할 수밖에 없을 것입니다. 왜냐면 그때의 당신은 문제의 원인을 완전히 오해했고, 하여 진정한 문제의 원인인 당신의 내면이 아니라, 당신을 둘러싼 외부만을 오직 바꾸고자 헛되이 노력하고 있을 뿐일 것이기 때문입니다. 해서 그때는 당신이 그것을 해결하고자 아무리 노력한들, 그럼에도 근본적인 원인은 여전히 바뀌지 않은 채 그 자리에 있을 것이기에 결국 당신은 제자리걸음만을 하게 될 뿐인 것입니다.

이는 더하기 빼기를 잘하는지 알아보는 시험 문제 앞에서 당신이 출제자의 의도를 완전히 오해한 채 곱하기 나누기만을 하며 문제를 풀고자 할 때, 당신은 그 문제 앞에서 오래도록 끙끙 앓으며 시간을 쓸 것이지만, 그럼에도 결코 문제를 해결하지는 못하는 것과 같은 것입니다. 그렇게 그곳에 시간을 쓰느라 남은 문제들을 풀 시간마저 줄어들게 되겠죠. 어쩌면 이 문제 하나에 너무 오랜 시간을 낭비한 나머지 당신은 끝내 마지막 문제에는 닿아보지도 못한 채 시험을 마무리하게 될 수도 있을 것입니다. 이처럼 삶의 문제 앞에서도 당신이 하나의 문제 앞에서 시간을 너무 오래도록 낭비하게 된다면, 당신은 끝내 마지막 성숙 앞에는 도착해보지도 못한 채 이 삶을 마감하게 될 수도 있는 것입니다.

그러니 오직 당신이 불행한 진정한 원인인 당신 내면의 미성숙함을 바라보고, 그것을 인정하고, 하여 그것을 통해 그 불행의 문제를 해결하십시오. 당신이 그렇게 할 때 결코 실패할 수가 없는 것은, 당신은 이제 문제의 원인을 정확하게 파악하고 있으며, 하여 당신은 그것을 해결하기 위해 오직 마음의 성숙만을 선택하며 나아가게 될 것이기 때문입니다.

당신이 수학 시험을 치를 때는 무수히 많은 문제에 대한 각각의 다른 출제자의 의도가 있을 것이며, 하여 당신은 각각의 문제마다 다른 공식을 적용해서 그것을 해결하기 위해 접근해야 할 것이지만, 삶의 문제는 당신에게 오직 한 가지만을 물어볼 뿐입니다. 내면의 문제를 바라보고 성숙을 선택할래, 아니면 여전히 외부를 탓하며 그곳에 그대로 있을래, 오직 이것만을 물어보는 것이죠.

그러니 삶이라는 출제자가 당신에게 낸 문제 앞에서 당신이 출제자의 의도를 찾느라 헤맬 필요는 전혀 없는 것입니다. 오직 하나의 의도가 있을 뿐이며, 그 의도는 언제나 성숙입니다. 그러니 오직 성숙을 선택하십시오. 그렇게 하는 순간 당신은 그 문제를 곧장 해결하게 될 것입니다. 그러니 다른 것을 선택하며, 다른 것을 바라보며, 다른 것을 통해 애쓰며, 그렇게 더 이상 시간을 낭비하지 마십시오. 그때는 당신이 아무리 노력해도, 당신은 결코 문제를 해결할 수가 없을 것입니다.

이를테면 그런 것입니다. 우리는 우리를 화나게 하는 어떤 일 앞에서 자주 무엇무엇 때문에 화가 나! 라고 말하고, 그래서 그 무엇무엇이 변해야만 비로소 화를 내지 않을 수 있을 거라고 믿고 있는 것이죠. 하지만 진실은, 화를 내고 있는 나의 내면이 변하지 않는 한, 우리는 결코 이 문제를 해결할 수가 없다는 것입니다. 그러니까 만약 내가 더욱 성숙한 사람인 채 존재한다면, 그저 조금만 더 성숙한다면, 나는 그저 이 일 앞에서 여전히 평온함을 유지할 수가 있게 되는 것입니다. 그렇지 않습니까. 하지만 내가 여전히 미성숙한 채라면 그 무엇무엇이 끝내 변하더라도, 우리는 여전히 화를 내야만 하는 상황들에 둘러싸인 채 오직 허덕이고만 있게 될 뿐일 것입니다.

그러니 더 이상 시간을 낭비하지 마십시오. 당신은 오직, 문제의 근본적인 원인에 대해서만 집중하고, 그것에만 초점을 맞추면 됩니다. 제가 당신에게 답을 알려줬고, 당신에게는 이제 정답만을 제출하며 빠르게 성숙해나가는 일만이 남은 것입니다.

그렇게 당신이 마침내 성숙하게 되었을 때, 당신은 비로소 더욱 진정하게 행복한 사람이 된 채일 것입니다. 과거와 같은 일, 사건, 그와 같거나 비슷한 상황들이 여전히 당신에게 일어나고 있을 것이지만, 당신이 그것을 바라보는 시선, 그리고 당신이 그것을 마주하는 태도, 그러니까 당신의 내면이 이제는 완전히 변했기에 당신은 그것을 전과 같이 인식하거나 마주하지는 않을 것이기 때문입니다. 그래서 당신은 행복할 수밖에 없습니다. 하지만 여전히 이 세상의 많은 사람들이 거꾸로 노력하고 있다는 것을, 문제의 원인을 파악하지 못해 시간을 낭비를 하고 있다는 것을 당신은 또한 발견하게 될 것입니다.

그러니 그것을 발견하는 사람이 되십시오. 그러니까 그들과 같이 끙끙 앓으며 치열하게도 애쓰며 하루하루를 살아가는 사람이기보다, 그런 그들을 바라보며 저건 시간을 낭비하는 일인데, 하고 생각하는 사람이 되십시오. 이제 그들과 당신은 다릅니다. 그렇게 당신은 보다 더 높은 차원에서 주어진 삶을 살아가게 됩니다. 그리고 때로 당신은 그들에게 당신의 차원을 알려주며 그들이 진정 행복해질 수 있도록 좋은 조언을 전해줄 수도 있을 것입니다. 하지만 그때 또한 당신은 느낄 것입니다. 아무리 말해줘도, 그들은 그들의 방식을 쉽게 바꾸려 하지 않는다는 것을요.

그러니 지금 저의 글을 읽으며 당신의 방식을 바꾸고자 당신이 생각하고 있음에 당신은 당신 자신에게 감사할 줄 아십시오. 당신은 이것을 받아들이고, 또한 이해하고, 하여 행복을 향해 나아가게 될 텐데, 사실 당신이 그럴 수 있게 태어난 것에 대해 당신은 스스로에게 감사해야 하는 입장인 것입니다. 정말로 아무리 말해줘도 절대로 이것을 받아들이지 못하는 사람들도 세상에는 많이 있기 때문입니다. 그러니 당신이 그럴 수 있음에 감사하십시오. 이미 당신은 축복받았으며, 행운이 넘치는 사람입니다. 그러니 그 감사하는 마음에서부터 시작하십시오.

제가 북한의 김정은에게 가서, 정은씨는 그렇게 살면 불행할 거예요, 그러니 성숙한 마음가짐을 연습해서 꼭 행복한 사람이 되었으면 좋겠어요, 당신이 움켜쥐고 있는 것들이 당신을 행복하게 만든다고 당신은 믿고 있지만, 사실 당신은 스스로 불행을 움켜잡고 있는 것에 불과해요, 그러니 그 불행을 놓아주세요! 라고 말한다면, 저는 아마 그 즉시 총살을 당하게 될지도 모르는 것입니다. 무슨 말인지 이해가 되십니까.

세상에는 절대로, 진정한 행복을 향해 눈을 뜨고 나아갈 수 없는 사람들도 있는 것입니다. 그러니 당신이 제 말을 이해할 수 있고, 제 말을 통해 마음의 변화를 느낄 수 있고, 그러니까 그럴 수 있다는 것은 정말이지 그 자체로 축복인 것입니다. 그래서 제 생각에, 당신은 무조건 행복할 것입니다. 결국은, 끝끝내, 행복할 것입니다. 왜냐면 당신은 행복을 이해하기 때문입니다. 그러니까 곱하기 나누기 문제가 아니라, 더하기 빼기 문제라고! 라고 말해줬을 때, 당신은 아니, 곱하기 나누기가 맞아! 라고 고집을 부리기보다, 아, 더하기 빼기였구나, 하고 다시 돌아올 줄 아는 사람인 것이죠.

그래서 당신은 어긋났었던 당신의 방향을 다시 제대로 맞춘 채 나아가게 될 것입니다. 그리고 중요한 유일한 것이 바로 방향을 맞췄다는 것, 그것에 있는 것입니다. 그러니까 이제 당신은 행복을 향해 당신의 초점을 맞췄기에, 행복이라는 목적지에 도착할 수밖에 없게 되었습니다. 그리고 이제 남은 것은 오직 '시간'인 것이죠. 그러니까 출발지와 도착지는 이미 정해졌습니다. 그래서 당신의 운명 또한 정해진 채인 것입니다. 그러니 이제는 안심하십시오.

시간이 얼마나 걸리든, 이제 당신은 어쨌든 행복에 도착하게 될 것입니다. 그렇게 되도록, 지금 이 순간 당신이 당신 자신의 운명을 선택하고 결정했기 때문입니다. 그리고 평생을 행복을 향해 나아가지도 못하는 사람들도 있는 것입니다. 그러니 행복을 향해 방향을 맞출 수 있다는 것 하나에도 당신은 감사할 줄 알아야 합니다. 그건 정말로 우리가 깊이 감사해야만 하는 축복 그 자체이기 때문입니다.

그리고 만약 당신이 더 빨리 행복에 도착하고 싶다면, 그건 제 생각에 오직 당신의 마음에 달린 일입니다. 그렇게 하기 위해서 당신에게 필요한 것은, 그저 하나의 문제를 푸는 데 드는 시간을 줄이는 것, 바로 그것이 될 것이고, 어쨌든 언제나 문제와 답은 동시에 있는 것이고, 해서 당신이 마음을 먹는다면 당신은 문제를 바라보는 그 즉시, 그것을 곧장 해결할 수도 있을 것입니다.

그래서 당신의 마음을 아프게 하거나, 속상하게 하거나, 산만하게 하거나, 그것이 무엇이든 당신에게 조금이라도 거슬리는 삶의 상황을 당신이 마주했다면, 그것은 이제 당신에게 선물이자 기회가 될 것입니다. 그것을 바로 해결한 채 행복을 향해 속도를 더욱 낼 수 있게 해주는 기회이자 선물이 되는 것이죠. 그러니 속도를 내고 싶다면, 그렇게 하십시오. 당신은 이미 답을 알고 있습니다. 출제자의 의도를 알고 있습니다. 그렇다면 이제 당신에게는 그 문제를 푸는 데 더 이상 많은 시간이 필요하지는 않을 것입니다. 그러니 원한다면, 속도를 내십시오.

그렇게, 당신이 속도를 내며 어느 정도의 성숙에 도달하게 되었을 때, 당신은 문제를 바라보는 즉시 그 문제를 해결하는 방법을 터득하게 될 것입니다. 그저 바라보는 즉시, 그것은 해결됩니다. 왜냐면 이것이 문제인 원인은 바로 이것을 문제로 인식하는 나의 마음일 뿐이기 때문입니다. 그래서 당신이 어떤 성숙의 지점에 도착하고 나서는, 이제 당신은 이것을 더 이상 문제로조차 인식하지 않게 될 것이고, 하여 어떤 일이 당신 앞에 놓여지든 그것은 '문제'가 아니라, 그저 그러한 일로 당신에게 닿게 될 뿐일 것입니다.

그래서 또한 당신은 이제 더욱 있는 그대로의 세계를 바라보고 마주하게 됩니다. 있는 그대로를 바라보는 것, 그리고 그것이 바로 용서이자 사랑입니다. 해서 그 용서와 사랑이, 또한 당신이 도달해야 할 가장 높은 성숙의 수준인 것입니다. 그리고 당신은 그곳을 향해 속도를 낼 수 있습니다. 그렇게, 곧장 모든 세계의 있는 그대로를 바라보고, 그 있는 그대로의 아름다움에 감동을 받는 사람이 될 수도 있습니다. 그러니 원한다면, 그렇게 하십시오.

지금 당신 앞에 서 있는 누군가가 밉다면, 그 사람에게서 '미움'을 보는 당신 자신의 문제를 바라봄으로써 그 '미움'을 해결하고, 하여 그 사람의 있는 그대로를 바라보도록 해보십시오. 그것이 바로 용서가 작용하는 방식입니다. 그렇게 당신은 그 용서를 통해 비로소 그 사람의 있는 그대로를 사랑할 수 있게 될 것입니다. 이것이 다입니다. 해서 이 세상 모든 것 앞에서 당신이 이것을 적용하게 되었을 때, 당신은 이제 이 삶 자체를 초월한 채 오직 무한한 행복과 함께 살아가게 될 것입니다.

진실로 그런 식으로 당신이 나아가게 될 때, 어느 순간 당신은 삶의 거의 대부분의 문제들을 해결한 채일 것입니다. 그래서 당신은 이제 삶에 속하지 않습니다. 당신이 고등학교 수학을 모두 마스터했다면, 이제 당신에게는 더 이상 고등학교 수학과 함께할 필요라는 게 없는 것입니다. 그래서 당신은 삶을 초월하게 됩니다. 여전히 삶 속에서 살아가지만, 더 이상 이 삶의 사건들에 속해 있지는 않게 되는 것이죠. 그리고 그것이 바로 진정한 '자유'입니다. 그 어떤 것에도 휘둘리지 않으며, 그 어떤 것에도 스트레스를 받지 않으며, 하여 그 어떤 것 앞에서도 꿋꿋이 행복한 것, 그러니까 바로 그것이 진정한 자유인 것입니다.

그렇게 당신은 자유로운 사람이 됩니다. 또한 그 자유로부터, 언제나 당신 마음 안에 있는 평화를 누리게 됩니다. 그리고 그것이 바로 구원입니다. 당신의 마음 안에 있는 하나님의 나라를 완성하는 것, 바로 그것이 구원인 것이죠. 그렇게 당신은 비로소 당신 자신의 구원을 완성하게 될 것입니다. 그리고 그것을 위해 예수님께서 이곳에 오신 것입니다. 해서 십자가에 못 박혀 죽으시면서까지 당신을 구원하고자 했던 예수님의 목적 또한 비로소 완성되는 것입니다.

그러니 당신의 구원을 완성하는 것에 당신에게 주어진 하루하루의 초점을 맞춰보십시오. 그 초점과 함께하되, 당신은 그저 전과 똑같이 살아가면 됩니다. 당신은 여전히 일을 하고, 여전히 연애를 하고, 여전히 친구를 만나고, 여전히 밥을 먹을 것입니다. 하지만 그 모든 일 안에서 당신이 그것들을 마주하는 마음이 변함에 따라 당신은 당신 마음 안에 있는 완전한 평화를 더욱 찾고 완성하게 될 것이고, 그렇게 당신은 구원을 향해 나아가게 될 것입니다. 변하는 외부는 없습니다. 그저 이제는 당신이 더욱 행복하고도 다정한 사람이 되었다는 것, 그것이 변하는 모든 것입니다.

그러니까 제 말은, 당신이 당신의 평화를 완성하기 위해서 어디 숲속으로 들어갈 필요도 없고, 저 멀고 가난한 나라에 가서 봉사를 할 필요도 없다는 말입니다. 여전히 전과 같이 이 삶을 살아가세요. 다만 그 삶을 바라보는 방식을 바꾸십시오. 그렇게 전과 같이 세상을 살아가되, 세상에 속하지 말고 세상을 초월한 채 살아가는 것입니다. 그저 지금 이 순간 보다 완전한 평화, 완전한 다정함과 함께 존재하는 것, 진실로 그것이 요구되어지는 모든 것입니다. 그러니까 당신이 포기해야 할 것은 아무것도 없습니다. 그러니 돈도, 여자친구도, 남자친구도, 그것이 무엇이든 포기하지 마십시오. 그저 같은 것을 하고, 같은 하루를 살아가되, 그것을 더 좋은 방식, 다 다정한 관점과 함께하면 되는 것입니다.

저는 당신이 이 모든 길의 끝에서 구원 이상의 성숙을 추구하게 될지 아닐지, 그것에 대해서까지는 관심이 없습니다. 저에게 오직 중요한 것은 당신이 구원되었다는 사실이고, 그곳을 향해 방향을 맞췄다는 사실이기 때문입니다. 그리고 여전히 당신은 당신의 문제 앞에서 아직은 끙끙 앓고 있을 수도 있을 것입니다. 하지만 괜찮습니다. 천천히 나아가세요. 그것이 하루아침에 이루어지지 않는다고 실망하지 마세요. 당신의 성숙이 무르익고, 당신의 때와 조건이 무르익었을 때, 알아서 구원이 찾아와 당신을 끌어안을 것입니다.

그러니 중요한 건 당신의 방향이 정해졌다는 것에 있는 것이지, 그것이 이루어지는 속도에 있는 것은 결코 아닌 것입니다. 시간조차도 사실은 환상이자 오해이기 때문입니다. 그러니까 우리는 시간을 하나의 선으로 인식하고 바라봅니다. 과거, 현재, 미래가 있고, 과거는 왼쪽, 미래는 오른쪽이 되는 하나의 선으로서 시간을 바라보고 이해하는 것이죠. 하지만 보다 높은 관점에서는 오직 하나의 점이 있을 뿐입니다.

그래서 당신이 성숙해나갈수록, 당신에게 시간의 선은 점차 짧은 길이의 선이 되어갈 것입니다. 그러다 어느 순간에 되면 그것은 하나의 점이 되어버리겠죠. 그러니까 그때가 되면 과거와, 현재와, 미래가 오직 하나가 되는 것입니다. 그래서 오직 지금 이 순간만이 존재한다는 말이 있는 것입니다.

그러니 시간에 대해서는 잊으십시오. 그저 천천히, 당신에게 주어진 삶의 문제 앞에서 당신은 오직 최선을 다해 나아가면 될 뿐입니다. 어쨌든 당신이 저의 이 글을 읽음으로써, 당신의 방향이 당신의 영혼에 더욱 새겨졌을 것이기에 저는 이제 걱정하지 않습니다. 이제 당신은 진정한 행복과, 진실한 구원을 향해 나아갈 것이고, 끝내 그것에 도달하게 될 것이기 때문입니다. 그래서 저에게 있어 중요한 것은 오직 당신이 방향을 정했고, 그 방향을 향해 당신이 한 발을 내디뎠다는 것에 있는 것입니다.

그러니 저는 언제나, 제가 쓴 이 글이, 이 글에 담은 제 마음이 당신의 여정을 지켜주기를 소원합니다. 그렇게, 당신이 더 이상은 환상과 오해에 시간을 낭비하지 않기를, 하여 오직 진실의 빛을 통해 나아가기를, 그렇게, 당신이 끝내는 행복하기를 바랍니다. 그러기 위해 오직 문제를 내면에서부터 찾고, 하여 그 문제를 끝내 해결하여 하루하루 다정해지는 당신의 삶과 당신의 하루하루이기를. 그렇게 당신이 모든 면에서 더욱 평화와 사랑, 진정한 행복과 함께하게 되기를. 그렇게 전과 같이 살아가되, 그 삶에 깃든 빛의 양은 결코 전과 같지 않기를. 그렇게 당신이 진정 행복하고, 행복함으로써 당신에게 주어진 구원이 완성되기를. 무엇보다 다정하게.

40

행복의 방정식 ..

우리가 상대방을 진정 사랑하며 나아갈 때, 사실 그것은 결국 나 자신을 사랑하는 것과 같은 것임을 우리는 보다 진실한 방식으로 상대방을 사랑함으로써 점차 알아가게 됩니다. 왜냐면 내가 누군가에게 사랑을 주고자 하는 마음은 내 마음 안에 있는 사랑, 빛, 행복과 같은 것들을 더욱 활성화시키게 되고, 그로 인해 우리는 우리의 내면에 깃들어 있는 어둠을 더욱 거두어내고 그 자리에 오직 빛의 평화를 채워나가게 되기 때문입니다. 그래서 사실 진실한 사랑 앞에서는 주는 것과 받는 것이 같습니다.

이와 같이 우리가 더욱 진실한 사랑에 다가설수록, 우리에게는 주는 것과 받는 것이 결국 같은 것이며, 또한 완전히 하나라는 것을 인식하는 데 드는 시간이 거의 들지 않게 됩니다. 그러니까 주는 동시에, 그 즉시 자신이 준 것을 자신이 받게 되는 어떤 지점에 결국에는 닿게 되는 것이죠.

지금 당장 누군가를 미워해보십시오. 그 미움이 일어나는 장소, 근원은 어디입니까. 그곳은 바로 당신의 마음속일 것입니다. 그렇다면 당신이 누군가를 미워할 때, 그 미움이 들어와 담기는 곳이 결국 어디겠습니까. 그래서 미움을 주는 것은, 결국 미움을 스스로 받는 것이 됩니다.

이처럼 사랑을 주는 것 또한, 사랑을 결국 내게로 가져오는 것이 됩니다. 그리고 우리가 이것을 진정 이해할 때, 우리는 행복의 방정식을 진정 이해하게 되는 것입니다.

그러니까 행복이란 마음 안의 평화라고 할 수 있을 것인데, 그렇다면 당신이 평화롭기 위해서 지금 당신이 해야 할 일은 무엇이 되겠습니까. 바로 상대방의 마음에 평화를 안겨주는 일이 될 것입니다. 그래서 당신은 당신 자신이 평화롭기 위해서 상대방의 마음에 평화를 주고자 의도하게 됩니다. 그리고 그 의도를 당신의 마음에 품는 즉시 당신은 당신의 마음 안에서 평화가 활성화되는 것을 느끼게 되는 것이죠. 그 순간, 당신은 당신의 마음 안에 내재되어 있는 평화가 꿈틀거리는 것을 분명 느낄 수 있을 것입니다. 왜냐면 평화의 근원은 언제나 당신의 마음 안에 있는 것이기 때문입니다.

당신이 상대방에게 돈을 주고자 한다면, 당신에게는 그만한 돈이 있어야 할 것입니다. 이와 마찬가지로 당신이 상대방에게 평화를 주고자 한다면, 당신에게는 또한 그만한 평화가 있어야만 할 것입니다. 하지만 돈과 달리 우리는 태초부터 마음에 한해 억만장자였기 때문에 우리의 마음 안에는 평화와 사랑 같은 것들이 정말로 무한대로 있으며, 하여 주고자 하는 즉시 우리는 그것들을 가져다 쓸 수 있게 되는 것입니다. 우리가 우리의 마음을 저장해두는 은행은 바로 무한한 삶이며, 신이기 때문입니다. 그러니까 우리가 우리의 마음을 저장해두는 금고는 바로 하늘나라에 있는 것이기 때문입니다. 그래서 그 은행에는 정말로 한계가 없습니다.

정말로 그렇습니다. 제 말을 믿기가 힘들다면, 지금 당장 평화를 의도해보세요. 없던 평화가 당장에 생길 것입니다. 신께서는 당신에게 평화를 공짜로 빌려주실 것이고, 당신은 당신의 평화를 되찾는 것으로 그

빚에 대한 모든 의무를 그 즉시 갚는 것입니다. 그게 신께서 운영하시는 은행이 굴러가는 방식입니다. 이러한 이유로 당신은 당신이 주고자 하는 것을 당신의 마음 안에서 그 즉시 발견할 수 있게 되는 것입니다. 그리고 더 많이 주고자 할 때, 당신은 그것을 더 많이 발견하게 됩니다. 그래서 주는 것이 곧 받는 것입니다.

돈을 누군가에게 주고 나면 당신의 통장 잔고는 줄어들게 될 것이지만, 마음의 잔고는 결코 줄어드는 법이 없습니다. 곧장 더 많이 채워지고, 그래서 더 많이 받게 될 뿐입니다. 그러니 마음의 잔고를 부풀리십시오. 빛과, 평화와, 사랑과, 용서와, 행복을 더욱 많이 쌓고 적금하십시오. 나를 위해서, 그보다 훌륭한 재테크가 어디에 있겠습니까. 당신이 더 행복한 사람이 되는 것, 그리고 그것이 신께서 당신에게 청구하는 오직 유일한 이자입니다.

그래서 당신이 신으로부터 사랑과 평화, 행복을 더 많이 끌어다 쓰게 되면, 당신은 결국 더 행복한 사람이 될 것이고, 하여 그것으로 당신은 신께서 운영하시는 은행의 VVIP가 되는 것입니다. 당신만큼 착실하게 잘 빌리고, 잘 갚고, 하여 당신만큼 예쁘고 소중한 고객은 신께 없을 것이기 때문입니다. 정말로 당신은 빌리는 순간 원금과 이자를 동시에 갚게 됩니다. 그래서 신께서 운영하시는 은행에도 행복과 평화가 더욱 넘쳐흐르게 되며, 더하여 당신의 마음에도 행복과 평화가 더욱 넘쳐흐르게 되는 것입니다. 지는 사람 없이 모두가 이기는 것, 그것이 신께서 이 삶을 운영하시는 법칙이기 때문입니다.

그러니 신께 소중한 고객이 되십시오. 언젠가 당신이 삶에서 큰 위기와 시련을 겪게 되었을 때, 그때는 당신이 신과의 이 행복한 거래를 통해 쌓아둔 다정한 신뢰(신께서 운영하시는 은행의 신용등급)로 인해서 신께서는 모든 천사와 성령님을 동원해 당신을 도와주실 것입니다. 왜냐면 당신은 이제 정말로 신의 자녀이며, 신의 VVIP 고객이며, 하여 신께서는 당신을 언제나 챙길 것이기 때문입니다. 그렇다면 이보다 더 든든한 스폰서이자 지원자가 어디 있겠습니까.

어쨌든 당신이 진정 이 행복의 방정식을 이해하게 되었을 때, 당신은 이제 상대방에게 무엇인가를 받기를 더 이상 기대하지 않게 될 것입니다. 왜냐면 받기를 기대하는 결핍은 당신의 마음 안에 있는 그 결핍을 더욱 활성화시킬 뿐일 것이고, 그것이 또한 당신을 더욱 왜소하고도 불행한 사람으로 만들게 될 뿐이라는 것을 당신은 이제 진정 이해하고 있기 때문입니다. 그것을 진정 이해하기에 당신은, 당신이 받고 싶은 것을 오직 주고자 하게 될 것입니다. 사랑을 받고 싶다면 그저 사랑을 주는 식이 되는 것이죠. 그리고 그저 주는 사람이 되고 나면, 사실 그때는 더 이상 사랑을 받고 싶은 마음이 당신의 내면에는 존재하지도 않게 될 것입니다.

왜냐면 당신은 사랑을 그저 줌으로써 이미 당신의 마음에 있는 사랑을 찾고 활성화시켰으며, 또한 그것의 크기를 더욱 키웠을 것이고, 하여 사랑 그 자체가 당신의 마음 안에 이미 가득 차 있게 되었기에 당신에게는 외부에서 그것을 구할 필요가 이제 더 이상은 존재하지 않게 되었을 것이기 때문입니다.

그러니 그저 당신이 받고자 하는 것을 주고자 의도해보십시오. 행복을 주고자 하고, 평화를 주고자 하고, 다정함을 주고자 하고, 사랑을 주고자 하고, 용서를 주고자 해보십시오. 당신이 그러한 것들을 주고자 하는 의도를 마음에 품는 즉시 그것들이 당신의 마음 안에서 활성화되어 고스란히 당신에게 되돌아올 것입니다.

그래서 당신은 더 이상 당신의 부정성을 타인에게 투사하지 않게 됩니다. 왜냐면 그것들을 당신의 마음에 품는 것이 결국 당신 자신을 아프게 하는 일임을 당신은 이제 진정 깨달았기 때문입니다.

지금 이 순간, 곧장 미움을 의도해보십시오. 그러니까 지금 이 순간 아무런 감정이 담겨있지 않은 당신의 마음 안에 분노와 미움을 담아보는 것입니다. 그리고 그것을 담는 즉시 그 감정이 낳는 생각들이 어떤 것들인지를 살펴보십시오. 그렇다면 그러한 생각, 감정들이 당신의 마음 안에 있을 때, 당신이 과연 행복할 수 있겠습니까.

그러니 지금 저의 글과 함께 그것을 실습해봄으로써 진정 그것을 깨달으십시오. 연습하는 마음으로 그러한 것을 잠시 담아보는 것이 당신의 마음에 해가 되지는 않을 것입니다. 그럴 수 있도록 저의 글이 안내하고 지켜줄 것이니 한 번 짧게 실습해보십시오.

증오가 꿈틀거리고, 미움이 꿈틀거리고, 분노와 사악함, 잔인함, 그런 것들이 서서히 꿈틀거리기 시작하더니 끝내는 당신의 내면에 자리를 잡을 것입니다. 당신은 정확히 그것을 발견하고 느낄 수 있을 것입니다. 당신의 눈은 찌푸려질 것이고, 어깨는 긴장될 것이며, 당신의 심장은 더욱 빨리 뛰게 되고, 그렇게 당신의 몸과 마음을 아프게 하는 호르몬이 당신의 신체 안에 분비되기 시작하고, 그런 것이죠.

당신은 잘 몰랐을 것이지만, 당신이 지난 몇십 년 동안 함께 해온 감정들이 바로 그런 것들입니다. 그렇다면 그런 것들이 얼마나 많이, 그리고 자주 당신의 몸과 마음을 아프게 하고 있었을까요. 그럼에도 이렇게 건강하게 존재하고 있음은 정말로 당신의 몸과 마음이 당신을 소중히 여기고 아껴줬기 때문입니다. 당신이 그것들을 내팽개치고 있을 동안에도 그것들은 언제나 당신을 지켜주고 있었던 것입니다. 그러니 감사하십시오. 그리고 앞으로는 오직 '당신'이 당신의 몸과 마음을 지켜주겠노라 각오하십시오.

행복은 그리 멀리 있는 것이 아닙니다. 어쩌면 언제나 우리와 함께 있었던 것이 바로 행복일지도 모릅니다. 그러니까 우리는 행복을 너무나도 오해한 채 행복해지기 위해 숱하게 많은 노력을 해왔지만, 그 모든 노력들이 여태까지 헛되었던 것은 행복의 근원은 언제나 우리의 마음 안에 있는 것이었고, 하지만 그럼에도 우리는 그것을 모르는 채 바깥에서 행복을 찾고자 노력하고 있었기 때문입니다. 그래서 외부를 향한 당신의 이 모든 노력들이, 그럼에도 결코 당신을 행복하게 만들어줄 수가 없었던 것입니다.

아직도 그것에 대해 진정 인정하고 이해하기 위해 더 많은 시간이 필요합니까. 그래도 여전히 저것이 있으면 행복할 텐데, 그러니까 저것을 한 번만 더 추구해볼까, 하는 생각이 드십니까.

그렇다면 당신은 불행에 여전히 미련이 많은 것입니다. 하지만 당신이 진정 행복하고자 한다면, 오직 행복만을 바라고 원한다면, 당신은 이제 불행에 더 이상은 미련이 없어야 할 것입니다. 당신이 불행으로부터 얻고 있는 그 일시적인 만족감, 그것들을 기꺼이 내려놓고 포기해야만 할 것입니다.

지금 이 순간 아무것도 하지 말고 그저 멈추어 선 채로 한 시간 동안 아무런 생각도 없이 오직 침묵과 함께해보십시오. 라고 만약 제가 당신에게 말한다면, 당신은 아마 그렇게 하지 못할 것입니다. 왜냐면 당신은 당신 자신만이 당신 마음의 하나뿐인 주인이라고 생각하고 있을 테지만, 사실 당신은 당신의 마음을 다른 주인에게 내맡긴 무책임한 방관자며, 당신의 마음이 행복하지 않기를 스스로 바라온 학대자일 뿐이기 때문입니다.

그렇지 않다면 당신은 당신의 마음이 행복해지고, 더욱 평화로워지는 것을 왜 계속해서 스스로 방해하고 있습니까. 그런 적이 없다고요? 그렇다면 지금 이 순간 오직 침묵과 함께 존재해보십시오. 그것이 진정한 평화와 행복일진대, 당신은 그 평화와 행복을 오직 지루한 것이라 여긴 채 금방이면 새로운 말, 감정, 영상거리, 미움, 증오, 그러한 생각들, 그 모든 공상 속으로 도망간 채 그것들에게 당신의 마음을 지배하도록 내맡겨 둘 것입니다. 그렇게 또다시 방관자가 되겠죠. 그래서 당신이 정말로 행복하고 싶다면, 당신은 불행에 더 이상은 미련이 없어야만 하는 것입니다. 이제 제 말의 뜻이 이해가 되시나요?

하지만 당신은 여전히 미련이 많을 것입니다. 행복하고 싶다고 말하면서도, 여전히 당신을 결코 행복하게 만들어주지 못할 것들에 시간과 정신을 쏟을 것입니다. 그래서 당신은 사실 행복을 스스로 원하지 않고 있는 것입니다. 당신은 행복보다는 자극과 재미를, 물질과 유흥을, 충격과 불안을, 갈등과 분리를, 욕망과 결핍을 더 간절히 원하고 있을 뿐인 것이죠. 정말로 그렇습니다. 최소한 정직하게 그것에 대해 인정할 줄 알아야, 당신은 앞으로 주어진 삶을 통해 서서히 진정한 행복에 대해 알아가고 닿아갈 수 있게 될 것입니다.

그러니 인정하십시오. 인정하는 순간 그 겸손함으로 인해 당신은 인정하기 전보다 곧장 더 행복한 사람이 될 수 있습니다. 그렇게 하나씩 하나씩 서서히 행복을 되찾고, 진정한 행복을 서서히 당신의 삶에 적용하고, 그로 인해 오직 '당신'이 당신 마음의 영원한 주인이 되게 하십시오. 당신이 그러지 못해 당신의 몸과 마음을 여전히 아프게 하고 있을 동안에도, 그럼에도 당신의 몸과 마음은 당신을 지켜주기 위해 최선을 다하고 있을 거라는 것만은 알고 계십시오. 그것을 안다면, 당신도 조금은 더 노력하게 될 것입니다. 당신의 몸과 마음에 대한 감사로, 그 모든 것에 대한 보답으로 말이죠.

지금의 당신에게는 행복하십시오, 라는 말보다는 아프지 마십시오, 라는 말이 아직은 보다 더 큰 원동력이 될 말일지도 모르겠습니다. 그러니 더 이상은 아프지 마십시오. 당신이 누군가를 너무 오랫동안 미워하

게 될 때, 당신은 그만큼 오래 살지 못하게 될 수도 있습니다! 그러니 아
프지 마십시오. 당신의 몸과 마음을 잘 돌봐주십시오. 몸과 마음에 대해
감사하는 마음으로 그것들을 다정하게 보살펴 주십시오. 일단은 그 마
음을 가지는 것에서부터 시작해보십시오. 그러고는 가능한 자주 행복
의 방정식에 대해 곱씹고 생각해보십시오. 그것을 적용하고자 하루에
10분이라도 노력해보십시오.

그럼에도 당신은 자주 잊을 것이고, 10분도 해내지 못할 것이지만,
그래도 괜찮습니다. 적어도 하고자 하는 마음이 있고, 그래서 1분이라
도 그것에 시간을 썼다면, 당신은 이미 성공한 것입니다. 그 1분이 높은
성숙의 관점에서는 영원과 같은 것이기 때문입니다.

그러니 잊지 마십시오. 주는 즉시 당신은 그것을 받습니다. 적어도
마음에 한해서는 그렇습니다. 사랑을 주면 당신은 사랑을 받고, 평화를
주면 당신은 평화를 받고, 그런 식인 것입니다. 그러니 당신이 진정 원
하는 것을 그저 주고자 의도하십시오. 당신의 눈앞에 사람이 없어도 괜
찮습니다. 그저 눈을 감은 채 그것을 의도하십시오. 그 순간 당신은 그
것을 받을 것입니다. 당신의 마음에 그것이 꿈틀거리는 것을 당신은 느
낄 수 있을 것입니다.

그러니 오직 당신이 받고자 하는 것들을 지금 이 순간 주고자 하십
시오. 그 의도를 마음 안에 품으십시오. 그것이 다입니다. 당신이 주고
자 하는 것들이 오직 행복과, 평화와, 빛과, 사랑의 감정이라면, 당신은
정확히 그것들로 인해 행복에 이를 것입니다.

그렇게, 당신이 서서히 진정한 행복을 향해 나아가며, 하여 서서히
행복이 아닌 것들에는 진정 미련이 없는 사람이 되어가기를 바랍니다.
그렇게 당신은, 당신의 몸과 마음을 스스로 살필 줄 아는, 무엇보다 당
신 자신에게 다정한 사람일 것이며, 하여 당신의 마음을 다른 것들에게
내맡기지 않는, 당신 마음의 진정한 주인이기를. 또한 당신의 마음에게

당신은, 그 무엇보다 다정하고도 온전한 주인이기를. 그렇게 줌으로써 받으며, 하여 당신은, 이 세계의 모든 결핍을 뛰어넘은 채 오직 무한하게 평화롭고 행복하기만 할 뿐인 그런 존재이기를. 그 평온함과 함께 매 순간을 살아가고 사랑하기를. 그렇게 당신의 삶 자체가 오직 행복의 방정식이 되기를.

41

다정함의 시대..

　우리가 관계를 더욱 좋은 방향으로 이끌어가고 싶을 때, 그때의 우리에게 요구되어지는 오직 유일한 것이 바로 다정함입니다. 그러니 다정하고도 다정하십시오. 당신이 만약 강아지를 키운다면, 그리고 당신의 강아지가 만약 사납다면, 그래서 당신의 강아지에게 사료를 주다가 당신이 몇 번 물린 적이 있다면, 이제 당신은 더 이상 당신의 강아지를 신뢰하지 못할 것입니다. 그래서 당신은 이제 강아지에게 사료를 줄 때마다 당신의 강아지가 혹여나 당신을 또다시 물지 않을까 하는 공포, 혹은 두려움, 또는 불안함과 같은 트라우마와 함께인 채일 것입니다. 그래서 당신은 긴장하게 될 것이며, 결코 편안하지 못할 것입니다. 그러니까 당신의 강아지는 당신에게 있어 다정한 신뢰를 쌓지 못한 것입니다.

　제가 어릴 적에는 집을 잘 지키는, 사납고 강한 강아지들이 주인의 사랑을 독차지할 만한 예쁘고 영리한 강아지라는 인식이 우세했었습니다. 하지만 요즘에는 강아지들의 사회화에 대해 사람들이 더욱 많은 관심을 가지고 있으며, 그래서 다른 강아지, 혹은 사람을 함부로 물지 않는 온순한 강아지들이 착하고 예쁜 강아지로 인식되어지고 있습니다. 사람들이 세대를 거쳐 성장하면서 그러한 인식의 변화가 생긴 것입니다.

그래서 만약 당신이 다정하지 않다면, 당신은 이제 자주 고립될 것입니다. 왜냐면 다정함이 이 시대의 트렌드이기 때문입니다. 그리고 점차적으로 더욱 우세한 트렌드가 되어갈 것이기 때문입니다. 그 증명으로, 가부장적이고, 퉁명스럽고, 호전적인 남자가 좋은 남자친구, 혹은 남편이라는 인식은 이제는 다소 낡고 따분한 것이 되었습니다. 그래서 더욱 상냥하고, 다정하며, 상대방을 존중할 줄 아는 사려 깊은 사람, 배려가 많은 사람이 이제는 좋은 남자친구, 남편으로 여겨지고 있으며, 서서히 더욱 그렇게 되어갈 것입니다. 왜냐면 우리 인류는 앞으로도 계속해서 성장해나갈 것이며, 그 성장의 방향이 바로 다정함이기 때문입니다.

과거에 모든 사회의 구성원이 여전히 성장하지 못한 상태일 때, 그때는 가장 강한 사람, 힘이 센 사람이 사회를 지배했었습니다. 그리고 그때는 그것이 당연한 것이었습니다. 하지만 이제는 많은 사람들이 과거의 사회보다 더 발전된 성숙을 마음에 지니게 되었고, 하여 '힘'은 더이상 강한 것이 아니라 자존감이 낮은 사람들이 자신의 두려움을 감추기 위해 사용하는 하나의 방어 기제로 여겨지고 있을 뿐입니다. 그리고 앞으로 더 많은 곳에서, 더 많은 사람들에게서 그렇게 여겨지게 될 것입니다. 그러니 당신은, 오직 다정한 신뢰를 바탕으로 관계를 맺고 나아가십시오.

불과 몇 년 전까지만 해도 모르는 사람에게 꼬리를 흔드는 강아지는 '바보'라고 불리며 놀림을 받곤 했었지만, 지금은 낯선 사람에게도 충분히 친절한 강아지가 착하고 영리한 강아지로 인식되어지고 있다는 점에 대해서 이해해보십시오. 그 시대의 흐름을 읽고, 그 시대의 흐름에 합류해보십시오. 이제 당신이 충분히 다정해도, 당신은 '바보', 혹은 '우유부단한 사람'이라는 말을 듣지 않아도 될 것입니다. 적어도 이제는 당신의 다정함을 존경하고, 또 인정하는 그룹이 충분히 많을 것이고, 앞으로는 더욱 많아질 것이기 때문입니다.

그럼에도 당신이 다정할 때, 당신을 비정상적인 사람이라 치부한 채 바보처럼 여기는 그룹 또한 여전히 있을 것입니다. 하지만 그들의 그러한 사고방식이야말로 이제는 낡고 고리타분한 것이 되었습니다. 그러니 그런 그룹과 그렇지 않은 그룹이 반반이라면, 당신은 이제 당신이 있을 곳을 옮기십시오.

우리는 더 이상 사냥을 하며 생존하지 않습니다. 우리는 더 이상 화살과 칼을 들고 전쟁터에 나서지 않습니다. 총과 전차를 이끌고 다른 나라를 지배하지도 않습니다. 불과 몇십 년 전만 해도 다른 나라를 힘으로 지배하는 것이 당연하게 여겨지던 시대가 있었습니다. 하지만 지금은 그렇지 않습니다. 모든 생명은 존중받아 마땅하다고 믿고 외치는 시대에서 우리는 살아가고 있습니다. 그 거대한 인식의 변화가 불과 몇십 년 만에 이루어진 것입니다. 그렇다면 앞으로 몇 년 뒤에는 어떠한 변화가 있을 예정일까요.

그러니 그 변화의 중심과 흐름에 당신 또한 함께하십시오. 그 반대편에 선 채 여전히 고집을 부리며 힘과 통제가 더욱 강한 것이라고 주장하는 사람으로 남아있지는 마십시오. 다정한 것이 '옳다'라고 명확하게 생각하는 사람은 많지 않을지라도, 이제는 최소한 흐리게라도 다정한 것이 더욱 좋은 방향이라는 것을 사람들은 인식하고 있습니다. 그러니 그 다정함을 바탕으로 나아가십시오.

과거에 세계 대전이 일어났을 당시에는 무기를 대량생산하는 국가가 많은 돈을 벌었습니다. 왜냐면 그때는 그것이 트렌드였기 때문입니다. 하지만 이제는 전쟁을 하겠다고 어느 누가 나설 때, 그 국가에게 다른 국가는 더 이상 무기를 팔아서 이득을 보려 하지 않을 것입니다. 전쟁을 하고자 하는 국가, 그것을 돕는 국가, 그것을 통해 기회를 챙기려는 국가, 우리는 이제 그들을 지지하기보다 그들이 반인류적이라 비난할 것입니다. 정말로 방어가 필요한 전쟁이 아니라면 우리는 그렇게 할 것입니다. 그것이 북한이 전 세계적으로 고립이 된 이유입니다.

하지만 여전히 북한을 지배하는 사람들은 그것이 옳으며, 또한 그것이야말로 진정한 힘이라고 믿고 있을 것이며, 그래서 그들은 트렌드에서 뒤처지고 있는 것입니다. 그것이 북한이 실패한 원인입니다. 지금이라도 무기를 버리고, 독재를 멈추고, 마음을 연 채 다정하겠다고 각오한다면 전 세계가 북한을 지지하고 도와줄 것입니다. 왜냐면 전 세계가 그것을 원하기 때문입니다. 하지만 그 전에 북한에게 손을 내미는 것은, 진실로 순진함이 될 것입니다.

왜냐면 그들이 더욱 성숙한 사람, 국가가 되지 않는 한, 그들은 우리의 다정함을 나약함, 우유부단함, 혹은 바보 같은 것이라 치부할 것이고, 하여 우리의 다정한 의도와 달리 그들은 우리의 다정함을 이용하고자 하기만 할 뿐일 것이기 때문입니다. 왜냐면 지금의 그들은 결코 다정한 그룹이 아니기 때문입니다. 그래서 우리에게는 진실로 보다 더 다정한 그룹과 함께할 필요가 있을 뿐입니다.

저는 그들이 우리와 많은 약속을 했고, 하지만 그들은 그것을 정말로 아무렇지도 않게 어겨왔고, 그러한 것에 대해서 배워왔습니다. 그래서 그것에 더 이상 속지 않는 것이 필요하다고 생각합니다. 우리가 성숙의 차원을 더욱 이해할 때, 우리는 또한 그것을 꿰뚫어 볼 수 있을 것입니다. 왜냐면 그들의 수준이 변하지 않는 이상, 그들의 방식은 결코 전과 다르지 않을 것이기 때문입니다. 그렇다면 그들의 수준이 변했다는 것을 우리가 어떻게 알 수 있을까요.

그들이 세계의 흐름과 질서에 수긍하고, 그것을 받아들이고, 진정 그것을 향해 마음을 열고자 하는 정책을 진실로 실행하고자 할 때만이 우리는 그들의 변화를 인정할 수 있을 것입니다. 그런 마음과 행동을 보여주지 않는 한, 그들은 변하는 척하는 것일 뿐이기 때문입니다. 그래서 우리에게는 더 이상 순진하지 않을 필요가 있으며, 그것에 대해 더욱 지혜롭게 대처할 필요가 있을 뿐일 것입니다.

그들이 독재와 탄압을 기꺼이 포기하지 않는 이상, 그들의 수준은 결국 여전히 극도의 이기심이자, 생명을 존중할 수 없을 만큼의 잔인함에 불과할 것이기 때문입니다. 그런 수준에 있는 사람들이 어떻게 해서 누군가와 한 약속 따위를 지키고자 하겠습니까. 정말로 목숨조차 함부로 쉽게 여기는 사람들일 텐데 말이죠.

그렇다면 이제 곧 다가올 다정함이라는 트렌드 앞에서 당신은 그 트렌드를 타고 흐를 준비가 충분히 되어있습니까. 앞으로는 다정함이 성공합니다. 제가 확신합니다. 그러니 다정한 마음을 미리 준비해두십시오.

당신이 당신의 낡고도 고리타분한 힘의 방식을 기꺼이 버리고자 할 때, 당신은 사람들이 당신을 놀릴 것이라고 짐작할지도 모르겠습니다. 하지만 그와는 반대로 사람들은 당신을 오히려 지지하고 도와줄 것입니다. 적어도 다정한 그룹은 당신에게 그렇게 할 것입니다. 그것이 다정함의 방식이기 때문입니다.

당신이 늘 화가 나 있고 폭력적일 때, 다정한 사람들은 당신이라는 사람 가까이에 자신들이 머물러 있다는 사실 하나만으로도 불편함을 느끼게 될 것입니다. 그래서 당신이 그것을 버리고자 할 때, 그것은 다정한 이들에게 이제는 자신에게 불편함을 주던 유일한 요소 하나가 사라지게 될 것이라는 걸 뜻하는 것이 될 텐데, 그렇다면 그들에게 있어 당신의 그 다정함을 기꺼이 지지하지 않을 이유는 없는 것입니다.

당신의 강아지가 이제는 이빨을 보이며 당신을 위협하던 식의 행동을 그만두겠다고 마음먹을 때, 당신은 다소 순해진 강아지를 발로 걷어차며 더욱 강한 힘으로 위협하지 않을 것입니다. 오히려 잘했다며, 기특하다며 쓰다듬어주겠죠. 그러니 기꺼이 다정하십시오. 괜찮습니다. 당신은 충분히 환영받고 지지받을 수 있으며, 또한 응원받을 수 있습니다.

북한이 이제는 이러한 세계의 흐름에 합류하겠다고 마음먹는다면, 그래서 세계는 그것을 환영할 것입니다. 전 세계를 불안하게 했던 하나의 위협적인 요소를, 불안한 요소를 이제는 더 이상 걱정할 필요가 없어질 것이기 때문입니다. 그것만으로 모든 마음을 다해 북한을 도와줄 충분한 이유가 되는 것입니다(그들이 먼저 변해야 하고, 도움은 그 뒤가 되어야 합니다. 당신이 당신에게 이빨을 보이는 강아지에게 잘했다며 늘 칭찬해주면서 강아지의 요구를 모두 들어준다면, 당신의 강아지는 더욱 엇나가게 될 것입니다. 당신의 아이가 울고 떼를 쓸 때마다 당신이 아이의 요구를 모두 들어준다면, 아이는 울고 떼쓰면 자신이 원하는 것을 얻을 수 있는 거구나, 하고 생각하게 될 것입니다).

그러니 기꺼이 다정하십시오. 누군가가 당신의 다정함을 놀린다면, 그건 당신의 문제가 아니라 오직 그들 자신의 마음이 삐딱한 것의 문제이며, 그래서 그건 오직 그들의 문제일 뿐입니다.

힘과 힘의 시대는 이제 막을 내린 듯 보입니다. 그리고 지금은 힘과 다정함이 충돌하고 갈등하는 시대인 듯합니다. 하지만 힘을 버리고 많은 사람들이 다정함을 선택했듯, 서서히 다정함이 더욱 우세해질 것입니다. 왜냐면 다정함이 더욱 성숙한 태도이기 때문입니다. 그리고 우리 모두는 성숙하기 위해 이 삶에 태어나 살아가고 있으며, 그것이 또한 신께서 우리에게 바라는 유일한 뜻이자 바람이기 때문입니다.

그러니 신께 또한 소중한 사람이 되십시오. 당신이 충분히 다정하고자 마음먹을 때는 사람들뿐만이 아니라 이 삶과 우주, 그리고 신께서조차 당신을 지지할 것입니다. 그렇다면 그 모든 지지를 받는 사람이 또한 성공하게 될 것이라는 건, 너무나도 당연한 일이지 않겠습니까. 그러니 곧 다가올 그 미래를 맞이할 준비를 미리 하고 있으십시오. 그리고 마침내 그 시대가 찾아오면, 당신은 당신이 충분히 다정했던 것에 대한 보상을 충분히를 넘어 벅차게 받게 될 것입니다. 왜냐하면 그때는 당신이 가장 올바른 사람으로 여겨지게 될 것이기 때문입니다.

어떤 때는 전쟁을 지지하는 사람을 옳은 사람으로 여기기도 했었습니다. 그래서 그때는 전쟁을 지지하지 않는 사람이 이상한 사람으로 여겨지곤 했었죠. 하지만 지금은 정확히 그 반대입니다. 그리고 앞으로는 더욱 그렇게 될 것입니다. 하여 다정함의 시대가 마침내 찾아오게 되었을 때, 당신은 더 이상 이상한 사람이 아닐 것입니다. 가장 먼저 준비된 사람일 것이고, 누구보다 가장 먼저 다정한 방식을 선택하고 있었던 사람일 것이고, 하여 많은 사람들이 당신에게 그 다정함을 배우기 위해 찾아올 것입니다.

그러니 다정하십시오. 당신의 행복을 위해서도 당신에게는 다정할 필요가 있는 것입니다. 왜냐하면 당신이 다정할 때, 당신은 이제 더 이상 고민이라는 것을 하지 않게 될 것이기 때문입니다. 그러니까 당신이 여전히 힘과 다정함의 사이에서 갈등하고 있을 때, 그때의 당신은 누군가를 미워할지, 용서할지에 대해 밤낮을 다해 며칠을 고민해야만 할 것입니다. 하지만 당신이 이미 다정함의 편에 확고히 서 있게 되었을 때는 당신에게 있어 이제 더 이상의 고민은 없을 것입니다. 그때는 이미 당신이 선택해야 할 답이 명확하게 정해져 있을 것이기 때문입니다. 그렇다면 고민과 걱정이 없는 마음이야말로 이 세상에서 가장 행복한 마음이 아니겠습니까. 그러니 다정함에 대해 더 이상 고민하지 않아도 될 만큼, 충분히 다정하십시오.

진실한 다정함에는 사실 어떠한 이유라는 게 없습니다. 내가 다정한 사람이라서 다정할 수밖에 없는 것, 그러니까 그것이 그때의 우리가 다정한 모든 이유일 것입니다. 당신이 다정함에 대한 이해가 부족할 때, 당신은 다정함이 어떠한 '행동'적인 존재의 방식이라고 생각할지도 모릅니다. 하지만 당신이 다정함에 대해 더욱 이해할수록 사실 다정함이란 그저 하나의 '마음'적인 것이라는 것을 알게 될 것입니다.

그러니까 당신이 만약 다정함에 대한 이해가 부족하다면, 당신은 어떠한 행동으로 다정함과 다정하지 않음을 분류하고 있을 것입니다. 담배를 피우는 것은 다정하지 않은 것이고, 담배를 피우지 않는 것은 다정한 것이고, 섹스를 하는 것은 다정하지 않은 것이고, 섹스를 하지 않는 것은 다정한 것이고, 뭐 그런 식으로 말이죠. 하지만 다정함은 진실로 그 모든 행동 너머에 있는 것입니다. 그러니까 다정함은 오직 모든 행동에 깃들어있는 한 사람의 '마음'이자 '의도'라 할 수 있는 것입니다.

다정한 사람이 담배를 필 때, 그 사람은 함부로 침을 뱉으며 다른 사람들을 위협하는 눈빛을 지닌 채 담배를 피우지 않을 것입니다. 그리고 꽁초를 아무 데나 함부로 버리지도 않겠죠. 또한 혹여나 담배 연기가 비흡연자에게 불쾌감을 줄까 배려하는 마음에 최대한 사람이 없는 곳을 찾아가 담배를 피울 것입니다. 하지만 다정하지 않은 사람이 흡연을 할 때는 정확히 그 반대가 되겠죠. 그래서 다정함의 유일한 기준은 어떠한 행동 자체가 아니라, 그 행동에 깃든 마음과 의도에 있는 것이라 할 수 있는 것입니다. 그러니까 다정한 사람은 어떤 행동을 하든 다정함의 방식으로 할 것이며, 다정하지 않은 사람은 정확히 그 반대가 되는 것입니다.

그러니까 당신이 다정한 사람일 때, 그때의 당신은 오직 당신이 사랑하는 사람과만 섹스를 할 것이며, 섹스의 목적은 오직 서로의 사랑을 더욱 확인하고 나누는 것이 될 것입니다. 그래서 당신은 그것에 대해 죄책감을 가질 필요 없이 오직 아름답게만 생각할 수 있을 뿐일 것입니다. 왜냐면 당신의 마음과 의도가 오직 아름다울 만큼 다정했기 때문입니다. 하지만 당신이 다정하지 않을 때, 그때의 당신은 상대방을 이용하고, 욕망하고, 조종하기 위해서, 그러니까 오직 당신 자신의 이기심으로부터 섹스를 할 것이고, 그래서 그것은 결코 아름다울 수가 없을 것입니다. 하여 상대방은 상처를 받을 것이고, 당신은 의식적 혹은 무의식적 죄책감과 함께하게 되겠죠.

그것이 전부입니다. 그래서 당신이 일단 다정한 사람이 되고 나면, 당신은 모든 행동 안에서 또한 자동적으로 다정한 품위를 지키게 될 것입니다. 예전에는 물건을 막 던지기도 했다면, 이제 당신은 물건을 살포시 놔두는 사람이 되는 것이죠. 그렇게 하고자 애써서 그렇게 되는 것이 아닙니다. 당신이 다정한 사람이 되었기에 그저 그 다정함이 당신의 모든 행동에 깃들게 된 것일 뿐이고, 하여 자연스럽게 당신은 그러한 변화를 소유하게 되는 것입니다. 그리고 그건, 모든 행위에 깃든 어떠한 폭력성, 힘, 강요, 통제, 불안, 두려움, 자부심, 욕망, 이기심, 이러한 것들을 이제는 당신이 다정함으로 인해 진정 초월했고, 하여 그러한 것들이 더 이상 당신에게는 필요하지 않을 것이기 때문에 일어나는 자연스러운 변화일 뿐입니다.

그래서 당신은 이제 위험한 스포츠보다는 보다 우아하고 고요한 스포츠를 즐기게 됩니다. 왜냐면 내가 다정해지고 나면 자극적인 것은 언제나 나를 불편하게 하는 무엇인가가 되기 때문입니다. 타인에게 불편함을 주지 않을까, 당신이 충분히 배려하는 것처럼, 당신은 이제 당신 자신에게도 또한 불편함을 주지 않도록 충분히 배려하는 사람이 되는 것이죠. 해서 이제 오토바이를 타고 질주를 하거나, 모든 도로를 추월하며 과속 운전을 하거나, 그러한 것은 당신에게 있어 불가능한 행동이 되고야 맙니다. 왜냐면 진실로 그건 스스로의 생명을 스스로 존중하지 못할 만큼 스스로에게 다정하지 않은 사람들만이 할 수 있는 행동들이기 때문입니다.

해서 당신이 더욱 아름답게, 더욱 품위 있게 존재하기 위해 당신에게 필요한 오직 유일한 것은 보다 다정한 사람이 되는 것, 그게 다입니다. 당신이 다정해지고 나면, 당신의 행동, 당신의 생각, 당신의 관계, 그 모든 것들이 그저 알아서 균형을 찾아 나가게 되고, 하여 자연스럽게 좋아질 것이고, 해서 아름답게 물들 수밖에 없기 때문입니다. 그것에 있어 강제할 것은 정말로 아무것도 없습니다. 모든 것이 자연스럽게, 그 어떤 억지적인 노력도 없이 그렇게 되는 것입니다.

왜냐면 다정함이야말로 삶과 신께서 지지하는 바이기 때문입니다. 그래서 우리가 다정하지 않을 때는 삶과 치열하게 싸워야만 했지만, 우리가 다정할 때는 오직 삶과 조화롭게 살아가게 될 뿐입니다. 왜냐면 우리는 이제 삶과 우주, 그리고 신의 방식에 반하는 방식을 더 이상은 스스로 선택하지 않을 것이기 때문입니다.

그래서 당신의 행동에는 더 이상의 강박이 없습니다. 오직 조화롭고, 평화로우며, 평온하고도 다정할 뿐입니다. 당신은 이제 삶의 흐름에 맞서 싸우는 자가 아니라, 삶의 자연스러운 흐름과 리듬에 맞추어 그것을 타고 흐르는 자가 되었기 때문입니다. 그러니 오직 다정함으로써, 다정한 미래를 맞이하십시오. 그러니까 다정한 트렌드를 타고 흐르는 자가 되십시오. 이제는 내가 진짜 다정해도 될까? 라고 고민하지 마십시오.

또한 당신에게 끝없이 다정해도 될까? 라는 고민이 들게 하는 사람들이 당신의 곁에 있다면, 당신이 있을 장소를 옮기십시오. 그때의 당신은 이제, 내가 화를 내도 될까? 라는 고민을 하게 될 것입니다. 왜냐면 당신이 다정한 그룹 안에서 화를 내고자 할 때는 다른 사람들의 눈치를 봐야만 할 것이기 때문입니다. 당신이 화를 내는 순간, 그들은 그 즉시 불편해할 것이고, 그래서 그곳에서는 '화'를 통해서는 아무것도 해결할 수가 없는 것입니다. 당신이 화를 자주 낼수록, 당신은 그만큼 더 고립될 수만 있을 뿐인 것이죠.

그래서 이제 당신은 화를 내지 않고도 충분히 문제에 대해 이야기하는 방법을 배워나가게 됩니다. 다정한 표현방식을 배우게 되는 것이죠. 그리고 그것을 통해 당신은, 내가 다정했음에도 불구하고 사람들은 충분히 나의 이야기에 귀를 기울여준다는 것을 알아가게 될 것입니다. 그렇게 서서히 다정함에 대한 확신을 더욱 가져나가게 될 것입니다. 그것이 다정한 그룹이 당신에게 주는 소중한 배움입니다.

그러니 다정한 그룹과 함께하십시오. 그렇게 당신이 다정함을 더욱 신뢰하게 될 때, 당신의 내면 안에는 다정함이 더욱 우세해질 것이고, 하여 당신은 당신이 키우는 강아지든, 당신이 함께하는 가족이든, 여자친구든, 남자친구든, 그것이 누구든지 간에 이제는 그들에게 다정한 신뢰를 주는 사람으로서 존재하게 될 것입니다. 그러니까 당신은 오늘 아침에 와이프가 차려준 식사가 어제와 같은 메뉴라고 해서 이제는 더 이상 어제와 같이 밥상을 엎지 않을 것입니다. 진실로 그건 얼마나 어린아이 같은 행동이며, 원시적이며, 또한 동물적인 행동이었을까요.

그래서 당신이 다정한 사람이 될수록, 당신은 그러한 미성숙을 당연시 여기는 상태에서부터 이제는 벗어나 오직 다정함만을 신뢰한 채 오직 다정함만을 의지하며 나아가게 될 것입니다. 하여 오직 다정함에 의해 행동하게 될 것입니다. 그리고 그 다정한 습관이 당신과 함께하는 모든 이들에게 또한 당신을 향한 '다정한 신뢰'를 가지게 할 것입니다. 그러니 다정함으로써 다정한 신뢰를 주는 사람이 되십시오.

이제 사람들은 그들 자신이 어떠한 말이나 행동을 당신에게 한 뒤에 당신이 화를 내진 않을까, 하고 더 이상 걱정하지 않습니다. 그래서 당신에게 더 많은 이야기를 하게 되고, 그리고 당신은 그 이야기들을 그저 다정하게 들어주고만 있을 뿐일 것입니다. 사람들은 그래서 이런 말, 저런 말, 당신에게는 그것이 어떤 말이든 당신을 믿고 말하게 될 것입니다. 해서 당신은 사람들에게 공감과 위로를 전해주게 되고, 또 그들의 마음에 평화와 안정을 가져다주는 사람으로서 존재하게 될 것입니다. 당신이 그렇게 존재할 때, 그렇다면 그것을 가장 기뻐할 분이 또한 누구겠습니까.

그래서 이제 당신은 신께 소중한 사람이 됩니다. 그리고 그때가 되면 당신은 더 이상 걱정할 것이 없을 것입니다. 신께서 당신과 함께한다는 그 확신이 있는데, 신께서 당신을 지지하고 지탱해준다는 그 확신이 있는데, 그렇다면 당신이 더 이상 무엇을 더 걱정할 수 있겠습니까. 그래서 당신의 마음에는 보다 무한한 평화가 함께하게 될 것입니다.

그러니 그 평화로써 봉사하십시오. 그저 당신이 평화로운 사람이 되고 나면, 당신의 곁에 있는 모든 이들이 당신으로 인해 평화로워질 것이고, 하여 당신으로 인해 평화로워진 모든 이들이 또한 다른 곳에 가서 그 평화를 나눠줄 것이고, 그래서 그것은 줄어드는 법 없이 오직 커지기만 할 것이고, 하여 그보다 더 크고 위대한 봉사는 이 세상에 없는 것입니다. 물질과 물질의 교환은 얻는 자가 있고 잃는 자가 있을 테지만, 다정함의 교환은 오직 모두가 얻을 뿐이기 때문입니다. 그리고 그것은 줄어드는 법 없이 계속해서 커지고 확장되어만 갈 뿐인 것이죠. 다정함은 이 땅의 재물이 아니라 오직 하늘나라의 재물이기 때문입니다.

그러니 다정함으로써 봉사하고, 다정함으로써 행복하고, 다정함으로써 평화를 얻는 사람이 되십시오. 또한 다정함으로써 성공하는 사람이 되십시오. 당신이 마침내 다정한 신뢰를 쌓는 데 성공한 고객은 당신을 잊지 않고 반드시 다시 찾을 것입니다. 하지만 당신이 그 신뢰를 쌓지 못했을 때, 그 고객은 당신을 두 번 다시 찾아오지 않을 것이고, 당신을 혹여나 찾아오게 된다면, 그것은 오직 '불만 사항'을 당신에게 따지기 위함일 것입니다. 그리고 당신의 다정하지 않음을 주변에 또한 소문을 내겠죠. 이제 충분히 다정해도 되겠다는 마음의 확신이 조금 드십니까?

당신이 다정한 방식을 오직 선택할 때, 또한 그것을 가장 환영할 사람이, 그것으로 인해 가장 기뻐하고 행복해할 사람이 바로 당신의 가족일 것입니다. 그러니까 당신의 와이프, 당신의 신랑이 당신의 그 다정함으로 인해 가장 많이 웃게 될 것입니다. 더욱 위로를 받을 것이며, 매일을 기분 좋게 마무리하고 시작하게 될 것입니다. 당신의 자녀, 당신의 부모, 당신의 형제자매, 그리고 그 모두가 당신으로 인해 더욱 행복해질 것입니다. 그러니 다정함으로써 오직 행복을 선물하십시오.

당신이 다정할 때, 무엇보다 당신은 당신 자신에게 선물이 됩니다. 당신의 다정함으로 인해 당신은 더 이상 불안해하고 두려워하지 않아도 되며, 더 이상 밤새 누군가를 미워하고 증오하느라 아파하지 않아도 될 것이기 때문입니다. 그래서 무엇보다 나 자신에게 다정한 사람이 가장 행복한 사람이 되는 것입니다. 그래서 다정함 자체가 나 자신에게 내가 줄 수 있는 가장 최고의 선물입니다. 그러니 다정함으로써 당신 자신의 행복을 오직 키워가 보십시오. 어떤 세계, 어떤 미래가 당신을 기다리고 있을지 설레이지 않습니까.

지금 선택한 당신의 다정함은, 또한 미래의 당신이 있을 성공의 자리를 더욱 확고히 새기는 일이 될 것입니다. 정말로 이제는 다정함의 시대가 찾아올 것이기 때문입니다. 그리고 그때는 다정함이 가장 최고의 경쟁력이 될 것입니다.

제가 어릴 때는 아이를 키울 때는 무조건 매를 들고 때려야 한다고 말하는 강사가 텔레비전에서 인기가 많았고, 저의 부모님 세대는 그런 사람들로부터 배운 채 그들의 방식을 아이에게 적용하며 아이를 키우곤 했었습니다. 왜냐면 그건 텔레비전에 나올 만큼 유명하고도 공신력 있는 사람이 하는 말이었기 때문입니다. 그래서 부모님들은 자신의 자식을 올바르게 키우기 위해서 그것을 따를 수밖에 없었습니다.

하지만 이제는 그러한 사람이 텔레비전이 나온다면, 그 사람은 인기를 얻기는커녕 오직 많은 비난만을 얻게 될 것입니다. 그리고 그것이 바로 변화의 증거입니다. 아이를 때리면서 키우세요! 라고 말하는 건 이제는 정말 위험한 말이 되었습니다. 강아지가 말을 안 들으면 발로 걷어차버리세요! 라고 말하는 것 또한 이제는 정말 위험한 말이 되었습니다. 예전에는 당연한 듯 믿고 따르던 그 말에 우리는 이제 의구심을 품게 되었으며, 또한 그러한 말을 하는 사람들을 고립시킬 만큼 우리 모두의 온전함이 이제는 더욱 성숙하고 무르익은 채인 것입니다.

그러니 다정함의 시대가 우세해지고, 더욱 확고해질 것이며, 무조건적으로 찾아올 것이라는 제 말을 믿지 못할 이유가 어디에 있겠습니까. 사실 그것이 정말로 우리가 살아가는 시대이며, 우리가 겪고 있는 시대의 변화이며, 또한 곧 맞이할 트렌드이자 흐름이 될 것인데 말입니다.

그러니 그러한 미래를 맞이할 준비를 지금부터 하고 있으십시오. 그 미래를 맞이하기 위해, 그 미래에서 당신이 있을 자리를 확보하기 위해서라도 지금 이 순간부터는 오직 다정하십시오. 그리고 당신이 그렇게 할 때, 당신은 사실 그 미래뿐만이 아니라 하늘나라에서도 당신의 자리를 미리 확보하고 준비하는 사람일 것입니다. 왜냐면 당신은 마침내 신께서도 기뻐하시며 소중히 여기는 사람이 되었기 때문입니다. 그러니 당신의 구원과, 천국을 위해서라도 다정하십시오. 당신의 관계뿐만이 아니라 당신의 성공을 위해서라도 다정하십시오.

제가 집을 알아보러 다닐 때, 제가 함께하고자 선택한 부동산은 다름 아닌 다정한 부동산이었습니다. 왜냐면 다정하지 않은 부동산은 자신의 이득만을 생각하고, 그래서 저의 다정함을 우유부단함이라 생각한 채 오직 이용하고자 하기만 할 뿐이었기 때문입니다. 해서 굳이 제가 그러한 사람들과 함께하며 그들이 살아가는 세계의 법칙에 맞게 저또한 힘을 사용해야 한다면, 차라리 저는 조금 시간이 들더라도 다정한 부동산을 찾아 나서고자 하게 될 것입니다. 그들에게 복비를 주느니, 복비를 주는 게 전혀 아깝게 느껴지지 않는 사람을 만나 복비를 주고 싶을 것이기 때문입니다.

그리고 저는 몇 번에 걸쳐 마침내 다정한 부동산을 찾게 되었습니다. 그래서 저는 그 부동산과 함께 저의 집을 찾아다녔죠. 부동산 사장님은 제 의도, 저의 취향, 저의 성향들, 그러한 것들을 충분히 들어주고 공감한 채 저의 편에 서서 마치 자신의 집을 구하듯 집을 찾기 시작했습니다. 집에 도배를 하고 페인트칠을 하고, 수리를 해야 할 부분이 있다면 제가 혹여나 신경을 쓸까 싶어 모든 업체들에 전화를 해서 미리 견적을 받아보고 가장 저렴하고도 가장 다정한 곳을 찾아 미리 주인과 협의를 하고 있었죠.

그래서 제가 신경을 쓸 일이 거의 없었습니다. 제가 신경을 쓸 것 같은 일이면, 사장님께서 미리 신경을 쓰고 계셨기 때문입니다. 그래서 저는 다음에도 이 부동산을 찾아가게 될 것입니다. 기회가 된다면 다른 사람들에게도 이 부동산을 소개해 주게 될 것입니다. 그래서 이 부동산은 다정하기 때문에, 그 다정함으로부터 반드시 성공할 것이며, 또한 다정한 고객들과 함께 오직 행복할 수만 있을 뿐일 것입니다.

제가 처음에 갔었던 다정하지 않은 부동산은 제가 부동산에 있었던 그 짧은 시간 동안에도 다정하지 않은 고객들과 함께 인상을 찌푸린 채

실랑이를 벌이느라 바빴습니다. 제가 30분 정도 그곳에 있었는데, 그동안만 벌써 두 명의 사람이 불평 사항을 말하러 부동산을 오갔던 것입니다. 그래서 저는 그 모습들을 보며 기다려야만 했죠. 마침내 교통정리가 되고 저와의 상담을 시작하였을 때, 그 부동산은 저를 이용하고자 했고, 저는 그것을 느꼈고, 그것이 저를 인색해지게 만들었고, 하여 저는 마음의 문이 닫혀 그곳과는 함께하지 않아야겠다고 마음먹게 되었던 것입니다.

그 부동산은 저의 마음, 성향보다는 자신의 이득만을 오직 중점적으로 생각한 채 말했고, 하여 그 이기심이 제 마음에 경계심과 방어가 생기도록 한 것입니다. 그건 정말로 집에 손 볼 것이 좀 있던데, 하고 제가 말하면, 그 순간 제 말을 끊고는 일단은 계약하고 나서 그런 건 해도 되니까, 하고 말하는 식이었던 것이죠. 그러니까 그건, 계약을 하고 싶게 해야 계약을 하는 것인데, 계속해서 계약을 강요함으로써 되려 계약을 하고 싶지 않게 만드는 꼴이었습니다.

어쨌든 다정함은 하나가 되며, 다정하지 않음은 분리를 낳습니다. 그래서 다정한 부동산은 마치 자신의 집을 찾듯 제 집을 찾아주고, 자신이 계약을 하듯 제 입장에서 조건들을 고려해준 것이죠. 하지만 다정하지 않은 부동산은 저야 어떻게 되든 말든 자신만 돈을 벌면 그만인 것입니다. 제가 얼마나 불편하게 살든 그런 건 안중에도 없는 것이죠. 그래서 다정함은 이타적이고, 다정하지 않음은 이기적인 방식을 따른다고 할 수 있는 것입니다.

제가 다정한 부동산 사장님과 마침내 함께하게 되었을 때, 저는 정말로 신경을 쓸 일이 없었습니다. 왜냐면 사장님은 충분히 다정했기에 이타적으로 존재하고 있었고, 하여 자신의 것을 찾듯 저의 것을 찾아주었기 때문입니다. 내가 집을 구한다면, 하는 마음으로 집을 찾아주고, 또 내가 만약 집을 계약하게 된다면, 하는 마음으로 계약 조건을 살펴주고, 내가 이 집에 살게 된다면 어떨까를 생각하며 살면서 생길 수 있는 문제 사항들을 미리 꼼꼼히 살피며 처리해주고, 그런 식이었던 것이죠. 그래서 정말로 제가 신경을 쓸 일이 별로 없었습니다. 제가 신경을 쓸 필요가 있었던 일은 오직 언제 이사를 할지와, 사장님에게 언제 밥을 한 번 사줄까, 그것뿐이었던 것이죠.

그러니 다정하십시오. 당신이 충분히 다정할 때, 당신은 끝끝내 성공할 것입니다. 당신이 집을 구하고자 한다면, 당신은 어떤 부동산과 함께하고 싶습니까. 그렇다면 이것에 대한 답만으로도 이미 다정함이 더욱 성공과 가까운 자세라는 것이 충분히 증명된 게 아니겠습니까.

다정함은 오직 '친절'을 서비스로 제공합니다. 같은 가격에, 진실한 '친절'이 서비스로 제공되는 것이죠. 그리고 그 친절이라는 다정한 서비스야말로 우리 모두가 원하는 하나의 상품입니다. 그래서 우리는 그 서비스를 선택할 수밖에 없는 것입니다. 왜냐면 다정함에 끌리는 것, 다정함에 감명받는 것, 다정함과 함께하고 싶은 것, 다정함에 의해 지켜지고 싶은 것, 그것이 바로 우리 인간의 본성이기 때문입니다. 그러니 다정함을 서비스로 주십시오. 진실로 바라는 것 없이 그저 친절하십시오.

더하여 당신의 친절을 나약함, 우유부단함으로 여기는 다정하지 않은 사람이 당신에게 찾아왔을 때는, 그 사람이 고객이라 할지라도 당신은 그들을 거절할 줄도 알아야만 할 것입니다. 당신에게는 저의 서비스를 팔지 않습니다, 라고 말할 줄도 알아야만 하는 것이죠. 아 저에게는 그러한 물건이 없네요, 하고 적당한 핑계를 대면서 말이죠.

왜냐면 그들과 당신이 관계를 맺을 때, 그들은 당신을 지치게 하고 피곤하게 만들 것이기 때문입니다. 그리고 당신의 친절을 이용하고자 할 것이기 때문입니다. 당신이 고객을 가리지 않고 모두 받았기에 그러한 일을 자주 겪게 되다 보면, 당신은 끝내 다정함에 대해 고민을 해야만 했던 그 예전의 수준으로 다시 추락하게 될지도 모르는 것입니다. 다정함이 정말 옳은 것인가? 하고 이제 다시 생각하게 되는 것이죠.

저는 저에게 다정했던 부동산 사장님에게 신발과 옷을 사드렸습니다. 사장님께서는 매일 같은 옷을 입고, 매일 같은 신발을 신고 다녔기 때문입니다. 이렇듯 다정함에, 다정함으로 보답하는 사람들과 함께하십시오. 그것이 아름다운 것입니다. 당신의 성공을 보장해주는 것은 오직 다정한 사람들일 것이고, 다정한 사람들은 당신을 배신하는 법이 없을 것입니다.

그러니 한정적이더라도, 오직 다정한 그룹에서만 머무르십시오. 모든 이들에게 당신의 서비스를 제공하면서까지 부를 욕망할 필요는 없습니다. 그러니 때로 한정적으로 느껴지더라도 더 이상 욕심내지는 마십시오. 그 욕망이 당신을 추락시킬 수도 있다는 것을 언제나 명심하고 있는 채이십시오. 그러니 온전하지 않은 고객, 다정하지 않은 고객 앞에서는 반드시 신중하십시오. 그들은 자주 당신에게 고민이 생기게 할 것이며, 자주 당신을 불행으로 끌어내리고자 할 것이며, 자주 당신을 지치게 만들 것입니다. 그것이 다정하지 않음이 작용하는 방식이자 본성이기 때문입니다.

그러니 당신은 당신 자신에 대한 다정함으로, 그 모든 것 위에 있는 행복에 오직 우선순위를 두십시오. 그 마음으로 당신의 행복과 온전함, 다정함을 지킬 수 있는 성취를 향해 나아가십시오. 행복하지 않은 부자이기보다, 조금 덜 부유하더라도 행복하면서도 풍족한 사람으로 남는 것이 훨씬 더 나은 것입니다. 또한 다정한 곳에서, 다정한 사람들과만 함께해도 당신이 성공하기에는 이미 충분할 것입니다. 그리고 그때의 성공은, 정말로 보람 있고 행복이 함께하는 성공이 될 것입니다. 그렇다면 그것이야말로 진정 가치 있고 아름다운 성공이라 할 만한 것이지 않겠습니까.

어쨌든 당신이 다정하고자 할 때, 당신은 이제 당신의 행복과, 당신의 성공과, 당신의 구원과, 당신의 천국과, 당신을 둘러싸고 있는 모든 관계의 치유를 확정 짓게 될 것입니다. 그러니 고민하지 말고 다정함을 선택하십시오. 그리고 오직 다정한 그룹에 속하십시오.

사실 당신이 다정해지고 나면, 당신은 자연스럽게 다정한 그룹에 속하게 될 것입니다. 왜냐면 다정하지 않은 사람들은 당신을 지치게 하고, 당신의 마음을 자주 불편하게 만들 것이기 때문입니다. 그래서 자연스럽게 당신이 주말에 연락을 하게 되는 사람은 다정하지 않은 사람이 아니라 바로 다정한 사람이 되는 것이죠.

그러니 그저 다정하면 됩니다. 다정함으로써, 곧 다가올 미래의 트렌드를 맞이할 준비를 하고 있으면 됩니다. 서서히 다정한 그룹이 더욱 많아지고, 하여 다정함이 더욱 우세해질 것인데, 그렇다면 당신이 지금부터 다정함으로써 그 미래를 준비한다면 어떤 일이 일어나겠습니까. 그건, 당신이 미래의 고객을 지금부터 무한대로 확보해나가고 있는 일이 될 것이며, 또한 언젠가 당신이 결혼하여 함께하게 될 사람을 다정한 사람으로 거의 무조건적으로 확정지어 나가고 있는 일이 될 것이며, 더하여 당신은 무엇보다 행복할 준비를 시작하고 있는 것이며, 천국에 갈 준비를, 구원을 받을 준비를 하고 있는 것이며, 그 모든 것에 앞서 지금 이 순간 당신이 마주하고 있는 모든 관계를 치유할 최소한의 자세를 또한 벌써부터 지니고 있게 되는 일이라 할 수 있을 것입니다.

미리 준비하는 사람이, 그리고 그 시대의 주인공이 될 것입니다. 그러니 지금부터 준비하십시오. 다정한 자세를, 다정한 마음을, 다정한 사랑을, 다정한 서비스를, 그 모든 다정함을 말입니다. 그 다정함이 당신을 반드시 높이 세울 것입니다. 무엇보다 당신 자신이 행복한 사람이 되어있을 것입니다.

그러니 이제는 다정함을 연습하십시오. 다정함을 내 것으로 진정 소유할 것이며, 하여 오직 다정한 습관, 다정한 신뢰를 지닌 사람이 되십시오. 그것만으로 충분합니다. 남은 모든 일들은 당신의 다정함이 당신을 대신해서 알아서 해결해 줄 것입니다.

그러니 오늘 하루, 상대방을 어떻게 더 기쁘게 해줄지, 행복하게 해줄지를 고민하는 사람이 되십시오. 내가 키우는 강아지의 행복을 염려하는 사람이 되십시오. 그것을 매일 고민하는 사람이 되십시오. 그것이 하나의 습관으로 굳어져 매일 이어지기 시작할 때, 당신의 다정함은 진실로 확정된 것입니다. 왜냐면 다정한 사람들이 하는 생각들이 대체로 그런 생각들이기 때문입니다. 그래서 당신이 그런 생각을 하는 순간, 당신은 이미 다정한 사람이 된 것입니다.

그렇다면 그렇게 되는 데까지 얼마만큼의 시간이 들까요. 사실 진실로 간절히 하고자 한다면, 시간이 전혀 들지 않을 것입니다. 그러니 부디 지금 이 순간, 곧장 당신이 다정하기를 바랍니다. 그렇게 하는 즉시, 당신은 천국을, 구원을, 성공을, 관계 안에서의 치유를, 무엇보다 당신 자신의 행복을 확정 짓게 될 것입니다. 그렇다면 지금 이 순간 그렇게 하지 않을 이유가 어디에 있겠습니까. 그러니 되도록 지금 이 순간 곧장 다정한 사람이 되어버리십시오.

저는 부디 당신이, 당신 자신의 다정함을 소유하는 데 너무 오랜 시간을 들이지는 않기를 바랍니다. 그러니까 당신이 지금 이 순간 곧장 당신 자신의 마음 안에 다정함을 품을 때, 당신은 그 즉시 다정한 사람이 될 것이기에 당신이 오직 지금 이 순간부터 다정하기로 마음먹기를. 그렇게 다정함으로부터 성공할 것이며, 다정함으로부터 치유를 얻을 것이며, 다정함으로부터 신뢰받을 것이며, 다정함으로부터 천국에 이를 것이며, 다정함으로부터 구원받을 것이며, 무엇보다 다정함으로부터 당신이 행복하기를. 당신이 다정한 사람이라서, 그래서 당신은 다정하게 존재하지 않는 법을 몰라서 오직 다정할 수밖에 없는 사람이기를. 그렇게 당신은 하나의 다정한 꽃이 되어 당신을 보고 스치는 모든 이에게 다정한 향기를 전해줄 것이며, 다정한 웃음, 다정한 감동을 전해줄 것이며, 하여 오직 내내, 당신이 다정하고도 예쁘게 피어있기를.

또한 다정하기에 더욱 하나가 되는 사랑을 당신은 하게 될 것이며, 하여 그 진실한 사랑으로 인해 당신과 함께하는 이가 영원한 안정과 확신을 얻게 되기를. 그러니까 당신과 함께하는 이가 오직 당신과 함께하고 있다는 그 이유 하나만으로 자신이 무조건적으로 든든하고도 안전하다고 여기게 되는 그 생각의 확신을, 당신의 다정함으로부터 얻게 되기를. 그러니까 당신의 다정함이 신뢰받기를.

하여 내가 무슨 말을 해도, 내가 어떠한 상황을 마주하게 되더라도, 당신만큼은 나에게 화를 내기보다 오직 다정하게 나를 대해줄 거라는 그 확신, 그러니까 그 다정한 신뢰로 인해 당신과 함께하는 이의 마음이 영원한 치유를 얻게 되기를. 그렇게 살아가고, 그렇게 사랑하며, 하여 그렇게 행복할 것이며, 그 행복으로 인해 타인들에게 또한 행복을 전해주기를.

그때의 당신은 하나의 다정한 통로가 될 것이며, 하여 당신이라는 마음을 통과하는 모든 이들이 당신으로 인해 다정함과 행복을 더욱 얻게 될 것이며, 하여 당신은 다정함으로부터 구원받으며, 또한 다정함으로부터 사람들을 구원하며, 그래서 그때는 신께서 당신을 그 누구보다 소중하게 보살피게 될 것이며, 하여 당신은 당신의 다정함으로 인해 하늘나라에 있는 당신의 자리를 또한 더욱 확고하게 새기게 될 것이며, 그러니까 그것이 바로 구원이며, 천국일 테니까.

그러니 지금 이 순간 당신의 마음이 천국이기를. 그래서 당신의 마음에 누군가가 잠시 쉬어갈 때, 그 사람은 또한 천국을 경험하는 것이며, 그렇게 당신은 이 땅을 초월한 채 존재할 것이며, 하여 하늘나라가 당신에게 임할 것이며, 그렇게 당신은 당신이 이곳에 존재하는 목적과 이유를 끝내 완성하기를.

그러니 그곳에 닿을 때까지, 당신이 오직 다정하기를. 그렇게 당신과 내가 비로소 다정함을 소유하게 되었을 때, 우리가 다시 만날 그곳에서 우리는 서로에게 가장 다정한 미소를 전해주고, 가장 다정한 눈빛으로 서로를 마주하며, 그렇게 이 세상에서 가장 큰 사랑으로 서로를 품고 바라보고 있기를. 그 미래가 우리에게 꼭 오기를. 오직 다정하고도 또 다정함으로써.

42

겸손함에 대해서..

이제 페이지를 보니, 여러분과 이 책을 통해 이렇게 다정한 수다를 떨 수 있는 시간도 얼마 남지 않은 것 같습니다. 그래서 이제 몇 쪽 남지 않은 빈 여백에 어떤 이야기를 쓸지가 고민이 많이 됩니다. 그리고 그 고민 끝에 오늘은 겸손에 대해서 이야기를 해보고자 합니다. 저는 겸손이란, 모든 사람의 상태를 있는 그대로 인정할 줄 아는 마음가짐이라고 생각합니다. 그러니까 겸손은, 내가 이 수준에 있다고 저 수준에 있는 사람을 비난한다거나, 혹은 나와는 다른 수준에 있는 사람에게 너도 나와 같은 수준이 되어라, 라며 내 수준을 상대방에게 또한 강요하는 식의 압박을 하지 않는 마음의 평온함인 것입니다. 그래서 겸손으로부터 우리는 판단하지 않는 지혜를 배워나가게 됩니다.

내가 다정하다고 해서, 다정하지 않은 사람을 비난할 필요가 없는 것은, 비난 자체가 다정함의 속성이 아니기 때문이며, 그래서 그건 다정함의 탈을 쓴 채 다정함 자체를 비난의 도구로 이용하고자 하는 미성숙이 되는 것일 뿐이기 때문입니다. 어쨌든 우리에게는 우리가 이렇게 생겨 먹었다고 해서, 우리와 같이 이렇게 생겨 먹지 않은 다른 사람들을 미워할 필요는 없는 것입니다. 그건 정말 간단한 것입니다. 모두가 자신의 입장에서, 자신의 성숙을 위해 최선을 다하고 있다는 것, 그것만을 우리가 진정 이해하고 간직할 수 있다면 말이죠.

사실 이 세상을 살아가고 있는 모두가 최선을 다해 자신이 추구할 수 있는 최대한의 행복을 추구하고 있을 뿐입니다. 하여 사람들에게 너는 잘못됐다고 지적하는 것은 그들의 마음에 스스로 변화가 있기 전까지는 결국 헛된 시도가 될 뿐일 것입니다. 왜냐면 그들은 현재 자신의 상태에 만족하고 있고, 하여 그것에 에너지를 끝없이 공급하고 있으며, 또한 그것이 자신을 행복하게 해줄 것이라 믿기에 그것을 추구하고 있는 것일 뿐이기 때문입니다. 그것이 행복이 아니라는 것을 자기 자신이 무엇보다 잘 알고 있다면, 어느 누가 구태여 그것을 선택하겠습니까.

그래서 우리가 그들을 위해 할 수 있는 가장 최선은, 기다려주고, 기도해주고, 선한 모범을 보여주는 것, 그것이 전부가 될 것입니다. 정말로 그게 다입니다. 말로써 강요하는 순간, 그들은 튕겨 나가버릴 것이고, 하여 엇나가버릴 것이고, 그렇게 더욱 반항적이 되고야 말 것이기 때문입니다.

그러니 그들을 그저 내버려 두십시오. 모두가 태어나 자신의 위치에서 최선을 다하고 있다는 것을 진실로 이해하고 받아들이십시오. 지금 당장에는 당신과 수준이 너무나도 다른 그들일지라도, 그들에게는 그곳에서부터 배우고 성장해나갈 그들 자신만의 의무와 책임이 있는 것입니다. 하여 당신에게는 그들만의 성장과 그 기회를 빼앗을 자격이 없는 것입니다. 만약 진실로 변해야 할 것이 있었다면, 신께서 이미 그렇게 하셨을 것입니다. 해서 당신이 그것을 진정 이해할 때, 그때야 비로소 당신은 겸손할 수 있을 것이며, 하여 그 겸손이 당신의 마음에 더욱 거대한 평온함을 가져다줄 것입니다.

그러니 오직 겸손하고 너그러우십시오. 다정한 인내심을 기르십시오. 그렇게 평화로우십시오. 당신이 타인에게 전해줄 수 있는 유일하고도 아름다운 변화는, 오직 당신 자신이 평화로움으로써 그들의 마음이 평온하기를 기도하는 것뿐입니다. 우리가 모두 하나라면, 당신이 당신의 마음 안에서 오직 평화를 간직할 때, 사실 그것은 모든 이의 마음에 평화의 파도를 물결치게 하는 일이 될 것이기 때문입니다. 그러니 당신은 그저 당신 자신의 성숙을 완성하는 일에만 집중하면 됩니다.

그저 당신이라는 존재가 보다 성숙했을 뿐인데, 이 세상 전체가 당신의 그 성숙에 영향을 받아 보다 아름다워지기 시작하는 것입니다. 그것이 비록 미세한 변화일지라도, 당신은 분명 그러한 변화를 일으키게 될 것입니다. 그리고 당신이 성숙할수록, 그 변화의 물결 또한 더욱 크고 위대해질 것입니다. 테레사 수녀님이나 간디, 그리고 보다 더 나아가 예수님과 부처님, 이와 같은 분들이 우리에게 전해준 성숙의 물결은 얼마나 거대한 파도였을까요. 여전히 우리는 그들의 물결에 영향을 받고 있으며, 그들의 물결로 인해 더욱 아름다운 사람이 되어가고 있습니다.

그러니 오직 겸손하십시오. 판단하고 강요한다고 해서 달라지는 것은 아무것도 없을 것입니다. 그렇게 해서 변할 세계와 사람들이었다면 이미 변했겠죠. 하지만 그게 가능하지 않기 때문에 세상이 이토록 제각각의 방식으로 흘러가고 있는 것입니다. 이것을 진정으로 이해해보십시오. 당신이 판단하고자 할 때 그 판단으로 인해 달라질 수 있는 유일한 것은, 당신의 마음이 보다 더 못나진다는 것, 오직 그것이 될 뿐입니다.

모든 사람이 그저 최선을 다해 나아가고 있습니다. 누군가는 분노에서부터 성숙하기 위해 분노 안에 오래도록 머무르며 분노에 대해 배우고 있을 것이며, 누군가는 욕망에서부터 성숙하기 위해 욕망 안에 오래도록 머무르며 욕망에 대해 배우고 있을 것입니다. 그리고 그들은 끝내 그 배움을 마치고 새로운 수업을 향해 나아갈 것입니다.

앞선 주제들에서 제가 이야기한 것처럼 보다 높은 관점에서는 결국 시간조차도 초월될 것인데, 그렇다면 그들과 우리가 지금 현재 어떤 성숙의 위치에 서 있든 간에 결국 우리 모두는 끝내 같은 위치, 지점에 서 있게 될 것이고, 그렇다면 결국 처음부터 영원히 우리는 오직 같은 수준에만 있었던 것이 될 것입니다. 시간적이라는 제한적 사고방식 안에서만 조금 더 앞서고, 조금 더 뒤처지는 사람이 있을 뿐인 것이죠. 그렇다면 그것에 대해 우리가 판단할 것이 무엇이겠습니까.

그래서 내가 조금 더 다정한 사람이 되었다고 해서 나보다 덜 다정한 사람을 미워하며 우쭐댈 필요는 전혀 없는 것입니다. 왜냐면 그 사람도 결국에는 다정한 사람이 될 것이고, 하여 우리 모두가 그때는 다정한 사람이 된 채일 것이기 때문입니다. 영원히 오직 지금 이 순간만이 존재하는 가장 높은 차원의 성숙에서는, 그래서 그때가 되면 그저 모든 사람이 다정한 사람이라는 것, 그것만이 기록되고 간직될 뿐일 것입니다. 그러니 앞서 있다고 우쭐댈 필요도, 뒤처졌다고 의기소침할 필요도 전혀 없는 것입니다. 그리고 그 마음가짐이 바로 '겸손'입니다.

그러니 겸손하십시오. 당신이 더 이상 누군가를 판단하지 않을 때, 그때 당신의 마음에 임하게 될 평화가 얼마나 크고도 위대한 것일지를 지금 이 순간 상상해보십시오. 그것을 상상하는 것만으로도 벌써 당신의 마음에 있는 부정성에는 거대한 빛이 임하였을 것이고, 그 빛이 그것들을 물리치고 있을 것이고, 하여 당신의 부정성에 균열을 일으키게 되었을 것이며, 그러니까 그저 앉아서 상상만 했을 뿐인데도 당신은 그 빛의 강렬한 떨림을 마음에서부터 그 즉시 느낄 수 있을 것입니다. 그것이 바로 무한하고도 영원한 평화의 힘입니다.

그러니 그 평화와 함께해보십시오. 그 평화로부터 타인들의 마음에 오직 평온함을 주는 사람이 되어보십시오. 바로 그 마음의 평화야말로 겸손함이 존재하는 너그럽고도 다정한 방식입니다. 그리고 그건, 말로부터의 강요를 진작에 넘어서고 초월한, 오직 내가 된 것으로부터 다른 이들에게 영향을 주는 진정 유일하고도 진실한 변화의 요청이라 할 수 있을 것입니다.

그래서 당신이 겸손할 때, 당신은 있는 그대로의 세계를 더욱 바라보고 사랑하게 됩니다. 여전히 겸손을 소유하지 못한 채일 때의 당신은 이 세상에서 변해야 할 무수히 많은 것들에 초점을 맞춘 채 그것들을 비난하고 깎아내리는 것에만 급급했겠지만, 이제 당신은 겸손함으로써 그것들을 진정 받아들일 수 있게 됐고, 인정할 수 있게 됐으며, 하여 수긍하고 존중할 수 있게 된 것입니다. 그래서 당신은 그것들의 잘못된 점을 바라보기보다, 이제는 그것들 안에 있는 본연의 있는 그대로를, 그 완전함을 바라보게 됩니다. 모든 사람의 수준이 결코 같을 수가 없음을 받아들이고 꿰뚫어 보는 눈, 그것이 바로 겸손의 시선이기 때문입니다.
그래서 사실 겸손은 굽신거리고, 아첨하고, 허리를 굽힌 채 낮은 척하는 것과는 완전히 거리가 먼 또 하나의 자존감 있는 수준입니다. 겸손은 오직 있는 그대로를 우리에게 말할 수 있게 하는 진정 자존감 있는 태도이기 때문입니다. 내가 다정한 사람이라서 나는 다정한 사람이야, 라고 말하는 것, 그러니까 그것이 바로 겸손입니다. 그래서 예수님께서 나는 신의 아들이며, 이 땅의 모든 것을 초월한 신성함 그 자체다, 라고 말하는 것은 오만이 아니라 오직 겸손으로부터의 진실이 되는 것입니다. 부처님께서 나는 깨달았다, 라고 말하는 것 또한 오직 겸손으로부터의 진실인 것이죠. 왜냐면 그건, 보태거나 빼는 것 하나 없이 자신의 수준을 정확히 있는 그대로 말한 것에 불과한 진실 그 자체이기 때문입니다.
하지만 우리가 겸손하지 않을 때, 우리는 우리 자신의 수준에 대해 더하거나 빼는 사람이 되고야 말 것입니다. 그래서 겸손은, 오만과 자기비하, 딱 그 중간에 있는 가장 적절하고도 아름다운 존재의 지점이라 할 수 있을 것입니다. 내가 여전히 부족한 점이 있어서, 그 부족한 점에 대해 방어하지 않고 진실하게 말할 줄 아는 것, 그러니까 그것이 바로 겸손인 것이죠.

그래서 겸손은, 이 세상을 살아가는 가장 진실한 방식입니다. 왜냐면 그건 자존감이 없어 자기 비하를 하는 상태도 아닐 것이며, 과도한 자기 애착으로 스스로의 존재를 과하게 포장하고 부풀리는 팽창된 자아 정체성도 아닐 것이며, 정말로 있는 그대로의 나 자신을 인정하고 받아들일 줄 아는 가장 진실하고도 진실한 평화의 마음가짐이기 때문입니다. 그러니까 그것이 바로 제가 생각하는 겸손한 마음가짐입니다. 진실로 다정하고도 너그러운 마음의 상태이자 내적 평화의 상태, 우리를 그곳에 도달하게 해주는 이 세상에서 가장 진실한 존재의 방식, 바로 그것인 것이죠.

그래서 겸손은 '이해'의 법칙을 따라가게 됩니다. 그러니까 겸손은 모든 사람이 자신의 위치에서 최선을 다해 성숙하고 있으며, 하여 자신에게는 이 세상의 그 무엇도 판단할 필요가 전혀 없다는 마음가짐에서부터 이 세상을 판단하기보다 오직 이해하고자 하는 그 이해의 법칙을 따라가는 것입니다. 있는 그대로의 완전함, 그 아름다움을 진정 바라보기에 더욱 이해하는 사람이 되어가는 것이죠. 그래서 또한 누군가에게 더 이상 변화를 강요하지 않게 됩니다. 이제는 그 사람의 있는 그대로를 받아들이고, 인정하고, 존중하게 되었기 때문입니다.

만약 저의 직원이 매일 저의 집에서 음료를 먹은 뒤에 컵을 설거지하지 않고 그냥 간다고 한다면, 저는 직원의 그 방식을 진실로 이해할 것입니다. 왜냐면 제가 직원에게 그것에 대해 지적을 하는 순간, 직원에게는 이제 두 가지의 선택만이 남게 될 뿐임을 저는 알고 있기 때문입니다. 그리고 그건, 그것에 대해 반항하거나, 아니면 강요로 인해 변하거나, 그 둘 중 하나겠죠.

하지만 저의 직원은 온전하고도 다정한 사람이기에 분명 변화를 선택하게 될 것입니다. 그리고 그건 저를 속상하게 만들겠죠. 그러니까 저는 괜히 말했나, 하는 생각에 설거지를 제가 하는 시간보다 더 오랜 시간을 속상해하는 데 써야만 할 것입니다. 그래서 저는 말해야 하는 건 말하지만, 말하지 않아도 되는 건 굳이 말하지 않는 편입니다. 순간의 감정에 휘둘려서 제가 말을 하고 나면, 그 사람은 그것에 대해 신경을 쓰게 될 것이고, 하여 그것이 제 마음을 더 오래도록 아프게 할 것임을 저는 너무나도 분명하게 알고 있기 때문입니다.

해서 우리가 일단 그러한 생각을 하는 것에 도달하고 나면, 우리는 진실로 더 이상 말할 필요조차 없이 상대방을 완전히 이해하게 되는 어떠한 지점에 닿게 되고, 하여 그 겸손의 상태가 상대방의 방식을 정말로 완전히 존중할 수 있게 만들어주는 것입니다. 그리고 그것이 바로 겸손이 따르는 이해의 법칙인 것입니다. 타인에게는 타인의 최선이 있는 것이고, 해서 만약 타인이 자신에게 다른 최선이 있음을 이미 알고 있었다면 그는 그 최선을 진작에 선택하고 있을 것이기에 그것에 대해서 나에게 필요한 것은 판단이 아닌 오직 이해와 존중일 뿐이다, 바로 이것인 것이죠.

어쨌든 우리 모두가 완전히 같은 수준에서 살아갈 수는 없는 것입니다. 해서 그 가능하지 않은 일을 우리가 가능한 일로 만들고자 통제하기 시작할 때, 우리는 결코 이루어지지 않을 환상을 붙든 채 나와 상대방 모두의 평화를 깨뜨릴 뿐인 오류를 저지르고 있는 것과 다름이 없는 것입니다. 그래서 그와는 반대로 우리가 나와 다른 수준에 있는 사람들을 진실로 이해하고 존중하고자 할 때, 그때야 비로소 우리의 마음은 그 결과로 정말로 완전한 평화를 얻게 되는 것입니다. 이건 이래서 잘못됐어, 저건 저래서 잘못됐어, 라고 하루의 시작부터 끝까지 우리가 누군가를 판단해야 한다면, 그건 우리를 얼마나 많이, 그리고 자주 평화로부터 멀리 떨어뜨려 놓게 될까요.

　그러니 겸손함으로써 평화를 얻으십시오. 당신에게 정말로 타고난 천부적인 재능이 있다면, 당신은 그것에 대해 자만하기보다 그저 선물로 받은 채 태어난 그 재능에 오직 감사하는 것을 선택할 수도 있는 것입니다. 그래서 겸손한 사람이 자주 하는 말 중에는 나는 정말로 운이 좋다, 라는 말이 있습니다. 누구도 할 수 없을 만큼의 최선을 다하고, 하여 그 결과 위대한 성취를 해냈음에도 그들은 그저 운이 좋았다고 말하는 경우가 정말로 많습니다. 왜냐면 이 세상에는 자신보다 더 최선을 다하고도 그러한 성취를 얻지 못하는 사람들 또한 분명히 존재하고 있다는 것을 그들은 알고 있기 때문입니다.

　당신이 정말로 가난한 나라에서 태어났고, 하여 그곳에서 당신은 당신이 할 수 있는 모든 노력을 다해 지금 이 순간 어떠한 성취를 추구하고 있다고 한 번 가정해봅시다. 그리고 그때의 당신의 성공에는 한계가 분명 있을 것입니다. 왜냐면 각 나라마다 얻을 수 있는 기회와 성공의 크기는 저마다 다를 것이며, 하여 어떤 나라에서는 충분히 가능한 것이, 어떤 나라에서는 정말로 한계가 있는 일이 되기도 하기 때문입니다.

　그래서 정말 하나부터 열까지 다 고려를 한다면, 우리는 오직 운이 좋았던 것입니다. 이렇게 살아있는 것 또한 사실 정말로 운이 좋았기 때문이라 할 수 있을 것입니다. 누군가는 정말 예기치 못한 사고를 당해 제가 이 글을 쓰는 순간에도 생명을 잃고 있을 것이며, 그래서 정말 이 순간에 존재하는 것 자체도 엄청나게 운이 좋아야만 가능한 일이기 때문입니다.

　그래서 그 모든 것에 대해 우리는 오직 감사하게 됩니다. 그리고 그 감사하는 마음이 언제나 우리가 자만에 빠지지 않도록 우리를 지켜주는 것이죠. 그래서 겸손한 사람들은 언제나 평화롭습니다. 정말로 온화하고, 부드러우며, 너그러우며, 또한 진실하고도 단호합니다. 그렇다면 이러한 상태야말로 우리가 언제나 듣고 추구해왔던 진정한 자존감의 상태가 아니겠습니까. 그러니 겸손함으로써 오직 진실한 자존감이 있으십시오.

가장 객관적으로 세계를 바라보는 그 시선 자체를 우리가 지닐 수 있도록 해주는 것이 바로 겸손인 것입니다. 그래서 겸손은 나 자신을 정직하게 바라보게 해주고, 하여 우리는 겸손함으로써 더욱 성숙한 사람이 되어나갑니다. 나에게는 나의 부족함에 대해 이제는 정당화하고 변명하기보다 그것을 진실로 인정하고 극복해나가고자 하는 '열린 마음'이 있기 때문입니다. 방어적이고, 공격적이기보다 겸손함으로써 열려 있으며, 하여 정직하고도 진실한 그 다정한 마음가짐이 이제는 나와 함께하고 있는 것이죠.

그래서 겸손한 사람은 자신에게 취하지 않습니다. 정말로 운이 좋아서 잘 되었다고 생각하기에 오직 감사할 뿐이지, 그 모든 것을 자신의 공으로 돌린 채 자만에 빠지지 않기 때문입니다. 정말로 감사할 것이 얼마나 많은지 모릅니다. 내가 태어나 살아있는 것, 건강하게 존재하는 것, 대한민국에서 태어난 것, 잘못된 사고방식에 깊게 빠지지 않을 만큼의 적당한 상식이 있게 태어난 것, 나의 재능, 나의 환경, 나의 존재, 나의 외부, 정말로 이 모든 것들이 그저 내게 주어진 축복이자 선물이기 때문입니다. 하여 우리가 이토록 많은 것에 감사하는데, 이제는 어떻게 행복하지 않을 수가 있겠습니까.

그래서 겸손은 우리를 행복 위에 서 있게 해주는 하나의 사다리차입니다. 그러니까 겸손은, 만약 당신이 엘리베이터가 없는 3층 건물로 이사를 하게 되었다면, 그때의 당신으로 하여금 무거운 짐들을 든 채 힘겹게 계단을 오르내리지 않도록 도와주는 사다리차인 것이죠. 누군가는 불행에서 행복으로 나아가고자 할 때, 그 무거운 짐들을 든 채 끙끙 앓으며 애를 써야만 할 것이지만, 우리가 겸손을 마음에 품을 때, 우리는 그저 그 모든 계단을 곧장 건넌 채 행복에 그 즉시 닿게 될 것이기 때문입니다. 그러니 당신의 수준을 겸손을 통해 아주 가볍고도 쉽게 초월해보십시오.

당신 자신과 당신의 외부에 대해 진실로 정직하고도 있는 그대로 바라보는 그 시선을 당신의 마음속에 간직하는 것, 바로 그것이 겸손일 것이며, 하여 당신이 정직한 사람이 되는 순간 당신에게는 사다리차를 사용할 수 있는 스킬이 곧장 생기게 되는 것입니다. 정말로 그건 삶이 우리에게 주는 보너스 혜택 같은 것입니다. 그러니 그 보너스 혜택을 기꺼이 이용하는 지혜로운 사람으로 존재하십시오. 그것을 이용하기 위해 절대적으로 진실하고도 정직하십시오.

그러니까 당신이 만약 무엇인가를 어떠한 두려움 때문에 하고 있지 않다고 했을 때, 당신은 여태 그 두려움 앞에서 끝없는 변명과 정당화와 합리화를 만들어 낸 채 그 두려움을 방어하기에 바빴을 것입니다. 하지만 이제는 그 두려움에 대해 있는 그대로 인정하고, 또 정직하게 수긍해 보는 것입니다. 두려워서 그랬다는 것을 말이죠. 그것이 바로 나 자신에 대한 절대적 정직함입니다. 그러니 그 정직함을 통해 겸손하고, 그 겸손을 통해 곧장 행복으로 나아가십시오.

당신은 지금 이 순간, 진실로 곧장 행복을 향해 사다리차를 타고 당신의 모든 마음의 짐들을 간편하게 옮길 수 있습니다. 이제 그 기회가 당신에게도 주어졌습니다. 왜냐면 당신이 모르고 있었던 삶의 조항에 대해 제가 밑줄까지 그어가며 당신에게 설명을 해주었기 때문입니다. 이건 너무 작게 적혀있어서 놓치실 수도 있는데 여기 잘 보시면 이러한 조항이 있어요, 꼭 이용해보세요, 공짜 혜택이니까요, 모르고 이용하지 않는 고객들이 정말로 많더라고요, 하고 제가 당신에게 말해준 것이죠.

해서 이것을 당신이 알게 되었는데도 그 혜택을 이용하지 않는다면, 당신에게는 이 혜택이 정말로 혜택처럼 여겨지지 않거나, 아니면 당신은 바보거나, 둘 중 하나일 것입니다. 그리고 당신이 저의 책을 이 뒷부분까지 읽었다면 저는 당신이 행복이라는 혜택에 대해 관심이 아주 없지는 않을 것이라고 생각합니다. 그렇다면 행복 앞에서 바보가 되지 마십시오. 언제까지 알면서도 모르는 체하며 스스로 불행을 선택할 것입니까. 높은 계단을 오르내리며 고생하고 있는 당신의 몸과 마음은 당신에게는 진실로 중요하지가 않은 것입니까.

지금 이 순간 눈을 감고 머릿속으로 하나의 선을 그어보십시오. 제일 왼쪽은 완전한 검은색입니다. 그리고 제일 오른쪽은 완전한 하얀색입니다. 그리고 검은색이 더욱 미성숙한 상태를 뜻하는 것이라면, 하얀색은 더욱 성숙한 상태를 뜻하는 것이라 가정해봅시다. 아마도 우리 모두의 성숙한 정도는 그 사이의 어느 지점에 있는 엷거나 짙은 회색일 것입니다. 그리고 저는 당신이 가능한 짙은 회색이기보다는 엷은 회색의 성숙을 향해 나아가기를 바라는 것입니다. 그리고 그것을 수월하게 가능하게 해주는 것이 바로 겸손이라는 사다리차인 것입니다.

그러니 왼쪽에서 오른쪽으로, 검은색에서 하얀색으로, 오직 겸손을 선택함으로써 재빠르게, 가능한 멀리 이사하십시오. 사다리차를 공짜로 서비스받는다면, 1층이나 2층으로 이사를 하는 것보다, 2층보다 더욱 고층으로 이사를 하는 것이 당신에게 더욱 이득이 될 것입니다. 왜냐면 사다리차를 이용하지 않았을 거라고 생각했을 때, 층수가 더욱 높아질수록 당신에게는 더 많은 시간과 노력이 필요하게 될 것이기 때문입니다. 그래서 사다리차 혜택이 없을 때의 당신은 가능한 1층으로 이사를 하거나, 아니면 기껏 해봐야 2층이나 3층으로 이사를 하겠다고 선택하게 되겠죠. 그래서 그때의 당신의 행복에는 제한이 너무나도 많이 걸려있는 채인 것입니다. 선택지가 너무 적은 것이죠.

하지만 이제는 제가 당신이 선택할 수 있는 선택지의 폭을 더욱 넓혀줬습니다. 이제 당신은 공짜로 사다리차까지도 이용할 수 있게 되었죠. 그렇다면 당신은 더욱 하늘 가까이에서 모든 땅들을 내려다볼 수 있는 그 멋지고도 아름다운 뷰가 펼쳐 보이는 곳을 선택해도 되지 않겠습니까. 그러니 더욱 하얀색으로, 더욱 하늘 가까이로 이사를 가십시오. 그렇게 점점 땅을 초월하고, 하여 땅의 것들에 대한 과도한 집착에서부터 벗어나 진정한 자유를 얻으십시오. 세상 안에서 여전히 살아가되, 세상에 속한 자가 되기보다 세상을 초월한 자가 되는 것입니다. 그 자유가, 당신을 반드시 행복하게 만들어줄 것입니다.

그러니 미움과 증오, 이기심과 통제, 강압과 분리, 허영과 욕망이 있는 검은색에 더 이상 오래 머무르지 마십시오. 사랑과 평화, 이타심과 이해, 용서와 하나됨, 겸손과 감사, 오직 이 모든 하늘의 것들이 있는 하얀색을 향해 수준을 지금 즉시 초월하고 건너뛰는 것입니다. 당신에게는 기회가 주어졌으며, 하여 이제는 선택만이 남았습니다. 그러니 오직 스스로에게 진실하십시오. 그 진실한 시선으로 세상과 사람들, 무엇보다 당신 자신을 바라보십시오. 그 절대적 정직함, 진실함만을 선택하며 이제는 나아가는 것입니다.

해서 이제는 판단하기보다 더욱 이해하는 당신이 되었기에 당신의 마음 안에는 더욱 사랑이 가득 차게 될 것입니다. 여전히 세상은 그대로이지만, 이제는 세상을 바라보는 당신의 관점과 시선이 더욱 진실의 편에 서게 되었기에 세상이 당신에게 한해 더욱 아름다워지기 시작한 것입니다. 그래서 당신은 자주 감동하는 사람이 됩니다. 아름다운 노을, 빗소리, 당신을 위해 준비된 맛있는 식사, 당신과 함께하는 사람들의 사소한 배려, 그 모든 것들에 당신은 감동하게 되는 것이죠.

왜냐면 당신의 마음에 쌓여있던 마음의 짐들이 이제는 줄어들었기에 당신은 당신으로 하여금 그 아름다움을 더욱 바라보게 해주는 '여유'를 되찾게 되었기 때문입니다. 그래서 짙은 회색이었던 당신은 스트레스를 받아 자주 울곤 했었지만, 이제는 엷은 회색이 된 당신은 전과는 반대로 오직 감동을 받아서 자주 울게 됩니다. 정말로 마음 하나가 이사를 했을 뿐인데, 수준 하나가 달라졌을 뿐인데, 당신이 누리는 행복의 농도와 채도, 밀도가 너무나도 확연하게 변해버린 것입니다.

그래서 당신은 이제 더욱 감사하게 되고, 더욱 사랑하게 되고, 더욱 이해하게 되고, 더욱 다정하게 되고, 더욱 평화를 얻게 되고, 하여 더욱 행복한 사람이 됩니다. 더하여 이제는 보다 진실하게 세상을 바라보게 되었기에 당신의 내면에 있는 온전함으로부터 당신은 또한 당신의 마음이 허락하지 않는 것은 단호하게 거절할 줄 알게 됩니다.

만약 저에게 저 사람을 함께 미워하자, 라고 누군가가 말한다면, 저는 단언컨대 그것을 거절할 것입니다. 그래서 저는 자신의 원고를 검토해달라는 누군가의 사소한 요청 앞에서도, 읽어보고 감상평을 남겨드릴 수 있지만 평가는 하지 않겠다고 말합니다. 왜냐면 평가를 하는 것은 제 마음이 허락하지 않는 부분이기 때문입니다. 그래서 저는 읽고 좋았던 부분에 한해 감상평을 알려줍니다. 그리고 그러한 식의 진실함으로부터 거절하고 진실함으로부터 허락하는 것, 그것이 바로 진실한 자존감입니다.

그래서 이제 당신은 비로소 진실한 자존감이 있는 사람이 됩니다. 오직 겸손하기에 더욱 있는 그대로의 세계를 바라보게 되었기 때문입니다. 해서 누군가가 돈이 많다고 그 사람 앞에서 주눅이 들 필요도, 누군가가 나보다 돈이 적다고 그 사람 앞에서 우쭐댈 필요도 이제 더 이상은 없습니다. 그 모든 것이 세상을 있는 그대로 바라보지 못하는 자존감 없는 시선이었을 뿐이며, 하여 나는 그 낮은 자존감의 상태를 이제는 진정으로 초월했기 때문입니다.

해서 그 자유와 평화가 이제 당신의 마음에 임하게 됩니다. 그로부터 당신의 수준은 더욱 하늘에 닿게 되고, 하여 당신은 더욱 많은 것들을 이해하면서도 초월하게 되었으며, 그렇게 세상의 사사로움에 크게 휘둘리거나 연연하는 것 없이 보다 초연하고도 행복하게 살아가게 되는 것입니다. 집착하지 않는 마음, 판단하지 않는 마음, 그 자유가 '있는 그대로를 바라보는 겸손'으로부터 이제 당신의 마음 안에 더욱 확고히 새겨지게 된 것이죠.

그러니 이제는 겸손한 사람이 되어보십시오. 겸손은 세상을 자유롭고도 평화롭게 살아가게 해주는 하나의 마음가짐입니다. 당신이 진정 겸손할 때, 당신을 깎아내리는 누군가의 평가가 당신의 마음에 있는 평화를 어떻게 깨뜨릴 수 있겠습니까. 그것은 감히 그것을 해내지 못할 것입니다. 당신의 주변에 오는 순간 소멸하고 사라지고야 말 것입니다. 왜냐면 당신은 당신 자신에 대해 이미 정직하고도 진실하게 인정하고 수긍한 채일 것이기 때문입니다.

그러니까 당신이 당신의 단점에 대해 이제는 겸손함으로써 스스로 시인할 줄 아는 사람이 되었기에, 그러한 공격 앞에서 당신은 응 맞아, 내가 좀 그런 면이 있지, 라고 대수롭지 않게 말할 수 있을 것이고, 해서 그 순간 상대방은 공격할 대상을 잃게 되었기에 당신을 더 이상 공격하지 못하게 되는 것입니다. 당신이 그것 앞에서 날을 세운 채 방어적으로 굴 때만 상대방 또한 그것을 끝없이 깎아내리며 더욱 거세게 공격할 수 있을 뿐이었던 것이죠. 그리고 그것이 정말 당신 자체의 것이 아니라 상대방의 오해라면, 그건 그저 상대방의 삐딱한 마음을 상징하는 것일 뿐이기에 당신은 이제 그것에 일일이 반응하기보다 그것을 그저 스쳐 지나가게 될 것입니다.

그래서 이제 지적은 당신에게 닿아 공격과 방어를 일으키기보다, 배움의 기회이자 선물이 됩니다. 아, 내게 그런 점이 있었구나, 하고 웃으며 한 번 고쳐보고자 마음먹게 되는 성숙의 계기가 되는 것이죠. 그래서 당신은 그러한 지적에 대해 기분 나빠하기보다 이제는 말해줘서 고마워, 라고 말하게 될 것입니다. 그리고 당신이 생각하였을 때 그것이 정말로 당신에 대한 것이 아닌 말이라면 당신은 상대방의 삐딱하고도 왜곡된 시선과 미성숙에 대해 이제는 미워하기보다 연민을 품게 될 것입니다. 사람에 대해 이렇게나 적대적일 수 있다니, 정말 안타까운 사람이구나, 하면서 말입니다.

그래서 당신은 그 사람을 위해 기도를 할 수도 있을 것입니다. 저 사람의 불행으로부터 저 사람을 구원하여주시옵소서, 하고 말이죠. 혹은 당신은 더욱 힘을 내어 보다 큰 평화와 행복을 찾겠다고 각오하게 될지도 모릅니다. 왜냐면 당신의 마음 안에 있는 평화와 행복이 커질 때, 그 진실의 물결이 저 사람의 마음에 또한 아름다운 영향력을 행사하게 된다는 걸 당신은 이제 진정 알게 되었기 때문입니다.

그래서 분노와 분노가 섞여있는 시위에 함께하기보다, 당신은 그저 집 안에서 더욱 평화로운 사람이 되기를 선택합니다. 그것이 진실로 세상을 바꿀 수 있는 힘이 있는 유일한 것이기 때문입니다. 분노라는 것이 이미 어둠의 쪽으로 기울어져 있는 미성숙의 상태일 것인데, 그것이 어떻게 세상을 아름답게 바꿀 수 있겠습니까. 부수고, 미워하고, 분노하고, 그 모든 부정성과 함께 자신의 권리를 주장하는 건 그래서 결국 일시적인 변화만을 일으킬 수 있을 뿐입니다. 억누르고, 겁주고, 그래서 어쩔 수 없이 따라오게 만드는 것이죠. 하지만 상대방의 마음은 여전히 저곳에 있기 때문에 따라가면서도 그들의 내면에서는 불만이 없을 수가 없는 것입니다.

그러니 강요하기보다 진실로 마음에 변화를 주는 사람이 되십시오.

겸손함으로부터, 진실함으로부터, 오직 다정함과 사랑으로부터 평화의 파도를 일으키십시오. 적어도 당신이 행복한 사람이 되고자 한다면, 그리고 당신이 오직 그것만이 당신이 존재하는 유일한 이유이자 목적임을 진정 이해한 사람이라면, 당신은 기필코 그렇게 할 것입니다. 그러니 분노와 함께하는 것은 행복이 이 삶을 살아가는 유일한 목적이 아닌 이들이 나를 대신해서 그 누구보다 열심히 할 것이니 그건 그저 그들에게 맡겨두십시오.

또 다른 무엇이 있겠습니까. 제 생각에 이것이 제가 생각하는 겸손에 대한 모든 것인 것 같습니다. 그래서 겸손은 용서의 눈빛인 것입니다. 사실 용서라는 게 상대방을 더욱 있는 그대로 바라보게 해주는 하나의 통로이자 다리이기 때문입니다. 상대방이 내게 행한 모든 과거와, 그것에 대해 내가 쌓아둔 그 사람에 대한 모든 정의와 관념들, 그것들을 오직 내려놓은 채 지금 이 순간 내 앞에 있는 이 존재를 있는 그대로 바라보겠다고 마음먹는 것, 그러니까 그것이 바로 용서고, 하여 그 용서를 가능하게 해주는 존재의 방식이 바로 겸손인 것입니다. 왜냐면 겸손은 판단하지 않는 마음이며, 오직 있는 그대로를 바라볼 줄 아는 진실한 시선이기 때문입니다.

그래서 우리는 겸손으로부터 이해하고, 겸손으로부터 더욱 용서하는 사람이 됩니다. 하여 겸손으로부터 더욱 다정한 사람이, 겸손으로부터 더욱 상대방을 진실하게 사랑하는 사람이 됩니다. 우리에게 미안해, 라고 말할 수 있게 하는 것, 그것이 바로 겸손함이기 때문입니다. 내가 상대방의 행복보다 그저 나의 옳음이 더 중요한 사람이라면, 그러니까 나 자신에 대해 과하게 애착을 가지고 있는 오만한 사람이라면, 나는 결단코 미안하다는 말을 하지 못할 것입니다. 미안하느니, 차라리 죽는 게 낫다고 생각하는 지점까지 도달하게 될지도 모르죠. 그리고 그 모든 오류를, 겸손이 해체하고, 해소하여 주는 것입니다.

그러니 겸손함으로써 상대방의 행복을 더욱 지지하고 고취시켜주는 사람이 되십시오. 그러기 위해 당신의 마음에 대해 결코 더하거나 빼는 것 없이 가장 객관적이고도 정직하십시오. 그것이 당신이 자만에 빠지지 않도록, 과도하게 팽창된 자신감의 늪에 빠지지 않도록, 당신을 지켜줄 것입니다. 그렇게, 당신의 마음 안에 무엇보다 평화가 임하길 바랍니다. 그 판단하지 않는 평화로 인해서 당신이 오직 자유를 얻게 되기를 바랍니다.

그 평화로써 오직 이 세계의 평화에 이바지할 것이며, 그렇게 아름답고도 다정한 파도를 일으킬 것이며, 하여 당신이 준 그 모든 평화로 인해 무엇보다 당신 자신이 행복한 사람이 되기를. 더하거나 빼는 것 없이, 당신 자신에게 오직 진실함으로써 당신의 마음이 오직 평온할 뿐이기를. 하여 세상의 의견과 평가에 휩쓸려 의기소침하거나 공격과 방어를 오가는 분노를 이제는 당신의 마음에 품는 일이 당신에게는 없기를. 그렇게, 당신이 오직 겸손으로부터 보호받기를.

그러니까 겸손하기에 이것은 이것이다, 라고 진실하게 말할 줄 알 것이며, 하여 아닌 것은 아닌 것이라고 단호하게 말할 줄 아는 자존감이 당신의 마음 안에 깃들기를. 그 자존감으로부터 당신 자신을 스스로 지켜낼 줄 아는 당신이기를. 그렇게 다정하며, 너그러우며, 진실하고, 또한 때로는 단호할 줄 아는 그 진실의 측면이 바로 당신이라는 존재 그 자체가 되기를. 그렇게 오직 당신 자신의 진실한 태도로부터 타인들에게 존경받는 당신이 되기를. 그렇게, 결코 사라지거나 작아지지 않을 무한한 평화가, 지금 이 순간부터 영원히 당신과 함께하기를. 정말로 영원히, 그렇게.

43

진실로
서로를 사랑하는 관계

사람의 마음을 치유할 수 있는 유일한 것이 바로 진실한 사랑입니다. 여러분 모두에게는 여러분 각자가 다른 사람들에게 숨기고자 하는 마음의 크고 작은 문제들이 있을 것입니다. 그리고 만약 여러분이 여러분을 진실로 사랑하는 사람과 함께하고 있다면, 그 사람은 여러분의 그것에 대고 "괜찮아"라고 말해줄 것입니다. 그래서 우리의 문제들은, 우리를 진실로 사랑해주는 사람 앞에서는 더 이상 문제가 아니게 됩니다. 해서 그 치유와, 치유로부터의 자존감을 선물해주는 것, 그것이 저는 관계 안에서의 진실한 사랑이 지닌 힘이라고 믿습니다.

우리 모두에게는 외모적인 트라우마, 성격적인 트라우마, 그런 것들이 있을 것입니다. 그리고 당신이 만약 당신을 진실로 사랑해주는 사람을 만나게 되었을 때는 이제 그것은 치유를 얻게 되는 것이죠. 왜냐면 그때는 상대방이 당신의 그것에 대고, 괜찮아, 그래도 넌 내게 있어 있는 그대로 충분히 소중한 사람인 걸, 이라고 말해줄 것이기 때문입니다.

그러니 여드름이 좀 있으면 어때, 탈모가 좀 있으면 어때, 살이 좀 쪘으면 어때, 숨기지 않아도 돼, 그럼에도 내가 너를 사랑하는 마음에는 변함이 없을 테니까, 라고 당신에게 말해주는, 그 사랑의 확신을 주는 사람과 함께하십시오. 당신이 여태 문제라고 생각하지 않은 면들까지도 문제로 바라보고 그것에 대해 불만을 표현하는 사람과 함께하기보다 말입니다.

만약 당신이 후자의 사람과 함께하게 된다면, 당신은 어, 내가 이렇게나 못난 사람이었나, 하고 끝없이 생각하게 될 것이고, 하여 당신 자존감의 밑바닥을 마침내 구경하게 될 것입니다. 하나는 당신이 그럼에도 소중한 사람이라는 것을 알게 해줘서 당신 마음의 기쁨과 다정함, 사랑을 더욱 활성화시키고 고취시켜주는 것이고, 다른 하나는 당신이 더욱 자기혐오와 자책, 자기 비난에 시달리고 탐닉하도록 끝없이 당신의 온전함을 훼손하고 추락시키는 것일 텐데, 그렇다면 우리가 함께해야 할 사람은 이미 분명히 정해진 것이 아니겠습니까.

그러니 조금 예민해도 돼, 가끔씩 스트레스를 너무 많이 받을 때는 화를 낼 수도 있지, 그것에 대해 죄책감을 갖지는 마, 사람이니까 그럴 수도 있는 거야, 라고 당신의 외모적인 문제뿐만이 아니라 성격적인 문제에 대해서도 또한 진실로 괜찮다고 말해주는 다정한 사람과 함께하십시오. 그때의 당신은 진실로 당신의 모든 문제에 대해 상대방에게 정직하게 공유할 수 있게 될 것이고, 그렇게 상대방과 함께 그것을 극복하고 치유해나가게 될 것입니다.

제가 자주 하는 말이 있습니다. 바로, 변하지 않아도 괜찮아, 라는 말입니다. 그리고 그건, 때가 되어서 네가 진실로 그런 사람이 되고 싶고, 그리고 그런 사람이 되었다면 그건 괜찮지만, 그게 아니라 나를 위해서 억지로 변하려고 하는 것이라면 그건 넣어둬, 라고 말하는 것과 다르지 않은 것입니다. 아직은 준비되지 않은 상대방이 억지로 애를 쓰며 변하고자 하는 모습은 정말이지 저를 속상하게 만드는 것이 되고야 말 것이기 때문입니다. 그리고 그게 제가 허용할 수 있는 범위를 넘어선 것이었다면, 저는 애초에 그 사람과 함께하지도 않았을 것입니다. 그러니 함께하기로 선택했다면, 우리에게는 상대방의 있는 그대로를 존중하고 사랑해줄 책임이 생기는 것이고, 그렇게 상대방의 성숙을 다정하게 기다려줄 의무 또한 생기게 되는 것입니다.

그렇다면 당신은 지금 당신이 맺고 있는 관계 안에서 그 책임과 의무에 대해 최선을 다하고 있나요? 만약 서로가 서로의 있는 그대로를 존중하고 있지 않다면, 서로는 지금 서로로부터 자신의 있는 그대로의 모습이 상대방으로 하여금 충분히 존중받고 있지 않다는 그 결핍감 때문에 언제나 공허할 수밖에 없을 것입니다. 왜냐면 우리는 언제나 우리 자신을 있는 그대로 아껴주고 바라봐주는 그 다정한 눈빛과 마음에 간절한 채이고, 하여 그 다정함을 받을 때라야 비로소 마음의 안정과 치유를 얻게 되기 때문입니다.

어쨌든 제 생각엔 있는 그대로를 사랑하거나, 아니면 함께하지 않거나, 그 둘 중 하나입니다. 왜냐면 사람은 스스로 깨닫지 않는 이상, 그 어떠한 강제나 통제 앞에서도 결코 변하지 않을 것이기 때문입니다. 그래서 당신의, 상대방을 향해 내내 변해달라고 외치고 있는 그 시도는 상대방에게 압박감과 그로 인한 저항감만을 심어줄 수 있을 뿐, 그 외에 해낼 수 있는 것은 진실로 아무것도 없는 것입니다. 그래서 그건, 저항하는 힘을 낳게 하는 일이고, 하여 그때부터 서로는 끊임없이 서로에게 힘과 힘을 쓰는 다정하지 않은 관계를 이어나가게 되는 것이죠. 정말 아무리 말해도, 아무리 권유해도, 사람은 스스로 배우고 깨닫지 않는 이상 결코 변하지 않을 것입니다. 그러니 그것에 대해 그저 받아들이십시오.

우리 모두는 늘 우리 자신의 행복을 위해 자신이 할 수 있는 최선을 다하며 존재하고 있습니다. 그렇지 않나요? 이것이 최선이기 때문에 이렇게 존재하고 있을 뿐이며, 하여 다른 것이 최선임을 이미 알았더라면 이미 그렇게 존재하고 있을 것이며, 그래서 다르게 살라는 말은, 당신이 아무리 다정한 의도를 가지고 말하더라도 듣는 사람에게는 잔소리가 되어 닿을 뿐인 것이죠. 그래서 사랑하거나, 함께하지 않거나, 둘 중 하나가 있을 뿐이라고 저는 생각합니다.

그러니 사랑함으로써 서로의 문제들을 치유할 수 있는 그런 관계를 만들어나가 보십시오. 그러기 위해서 있는 그대로를 충분히 사랑할 수 있을 만하고 존중할 수 있을 만한 사람과 함께하십시오. 만약 상대방이 있는 그대로를 존중하기에 온전함과는 너무나도 멀리 떨어져 있는 사람이라면, 함께하지 않는 것을 선택하면 됩니다. 사랑하거나, 함께하지 않거나, 오직 둘 중 하나입니다.

어쨌든 당신의 있는 그대로의 모습에 대해 충분히 다정해서 괜찮아, 라고 말해줄 수 있는 사람, 만약 당신이 그런 사람과 함께하게 되었다면 당신은 그 사람과 함께하고 있다는 것 자체만으로 삶의 안정과 평화를 상당 부분 되찾을 수 있게 될 것입니다. 정말로 많은 스트레스를 받았다가도, 마침내 집에 돌아갈 시간이 되면 이제 당신의 마음은 그 사람의 얼굴을 볼 수 있다는 것만으로도 차분해지기 시작하는 것이죠. 그건 얼마나 힘이 있는 것이며, 또한 가치와 의미가 거대하고도 위대한 것일까요.

우리 모두는 인간이기 때문에, 각자의 마음 안에는 '인간적임'이 함께하고 있을 것입니다. 그렇지 않나요? 그러니 그 인간적임을 정말로 인간적으로 바라봐주고 마주해주는 다정한 사람과 함께해보세요. 당신은 더 이상 당신이 인간적이라는 것에 대해 숨기거나 자신감 없지 않아도 될 것입니다. 당신은 그것을 진실하게 상대방에게 털어놓을 수 있을 것이고, 또한 상대방은 그것을 진심을 다해 들어줄 것입니다. 그럴 수도 있지, 괜찮아, 라고 다정하게 말해주면서 말이죠. 그렇다면 그보다 더 가치가 있는 사랑이 어디에 있을까요.

많은 사람들이 관계를 통해 상대방에게 집착하고, 상대방을 통제하고자 하고, 상대방에게 변화를 강요하고 있지만, 그건 진실로 온전한 관계가 아닙니다. 그건 정말이지 계속해서 힘과 힘을 주고받고 있을 뿐인 다정하지 않은 관계에 불과한 것이죠. 그러니까 그건, 내가 이렇게 하라고 했잖아, 내 말을 안 들으니까 이런 문제가 생기는 거 아니야! 라고 시도 때도 없이 말하며 우월감을 채우고, 그렇게 상대방을 주눅 들게 함으로써 거짓 자존감을 부풀리는 식의 악순환만을 계속해서 반복하는 무의미한 감정 소모일 뿐인 것입니다. 그래서 집에 들어가기가 싫어지는 것입니다. 집에 가서 그저 상대방을 마주하는 상상만을 했을 뿐인데, 그 상상만으로도 정말이지 벌써부터 지치고 한숨이 나오게 되니까요.

그러니 오직 서로가 다정함으로 묶이고, 다정함으로 상대방의 마음을 배려하고 마주하는 그런 관계를 맺으십시오. 결국 둘은 함께하기로 선택했고, 이제 남은 것은 둘 중 하나입니다. 평생을 고통받으며 살거나, 아니면 그 고통을 외면하기 위해 함께하기로 했던 약속 자체를 취소를 하거나, 그런 것이죠.

하지만 당신은 이 글을 읽었기에, 적어도 당신에게는 이제 선택지 하나가 더 생기게 된 것입니다. 이제는 관계를 다정함으로부터 치유하고 회복하는 것, 이런 또 다른 선택지 하나가 더 생기게 된 것이죠. 그러니 함께 노력하십시오. 한쪽만 노력하는 것은 힘은 몇 배로 더 들지만, 그럼에도 변화가 일어나지 않을 가능성이 더욱 높을 것입니다. 하지만 둘이서 함께 그런 노력을 할 때는 진실로 서로가 조금씩만 노력하면 됩니다. 그건 정말로 한 명이 예민해진 채 화를 내는 반응을 해야 할 타이밍에 이제는 그것을 인내하고 그럼에도 다정하게 구는 것을 선택하는 일이고, 또한 상대방은 그것에 대해 알아주며 감사의 마음을 표현하는 아름다운 관계의 방식이 되는 것이죠.

해서 기꺼이 서로가 서로를 향해 그런 노력을 하게 될 때, 서로는 어긋나고도 일그러진 다정한 신뢰를 서서히, 그리고 비로소 회복해나가게 될 것입니다. 그러니까 아, 이제는 내가 이런 말을 해도, 이런 행동을 해도 상대방이 이해하고 존중해주는구나, 하고 생각하게 되는 그 신뢰가 형성되기 시작하는 것이죠. 그래서 이제 둘은 서로에게 열린 마음으로 더욱 많은 이야기를 할 수 있게 되고, 또한 이제는 그 이야기라는 것이 그 누구에게도 털어놓을 수 없었던 자신의 마음속 가장 깊숙한 곳의 이야기가 될 수도 있는 것입니다.

그래서 이제 둘은 영원히 함께하며 서로에게 가장 좋은 친구가 되어줍니다. 하여 너만 있으면 난 이 세상 무엇 앞에서도 든든해, 라고 이 시점에서는 진실로 말할 수 있게 됩니다. 정말로 그렇거든요. 내 모든 것을 나누고 털어놓을 수 있고, 그 모든 것을 편견 없이 들어주고 사랑해줄 수 있는 이 세상의 유일한 나의 편이 있다는 것, 그것만으로도 우리에게는 이 세상 모든 문제들을 초월하기에 정말 충분하고도 충분한 것입니다.

해서 돈이 조금 없어도, 누군가가 나에게 스트레스를 줘도, 이제는 대수롭지 않게 느끼게 됩니다. 왜냐면 내 곁에서 나의 사랑스러운 내 편이 함께하고 있다는 것 앞에서, 그 모든 것들은 정말로 사소한 것이 되어버리기 때문입니다. 그런 외부적인 것 없이도 이제 하루를 충분히 사랑스럽고 예쁘게 보낼 수 있고, 그러니까 나를 그렇게 바라봐주는 사람이 있고, 그렇게 나를 항상 싱글벙글 웃게 해주는 사람이 내 곁에 있는데, 더 이상 세상의 어떤 문제가 나를 휘두를 수 있겠습니까.

그러니 그런 진실한 사랑을 주고받을 수 있는 관계를 만들어가고 시작하는 것, 그것이 당신이 연애를 하거나, 결혼을 준비하고 있거나, 혹은 이미 결혼을 했다면 당신에게 있어 가장 중요한 일이 될 것입니다. 이보다 더 중요한 게 또 어디에 있겠습니까. 그러니 순간의 실수로 잘못된 판단을 하지 마십시오. 언제나 '신호'는 여기저기에 있기 마련입니다. 하지만 당신이 당신의 행복보다 더 많은 것들을 우선시할 때, 당신은 그 신호를 못 본 채 외면하거나, 혹은 대수롭지 않게 여긴 채 스스로를 납득시키고 있을 것이고, 해서 그 뒤의 선택은 이미 돌이킬 수가 없을 것입니다.

왜냐면 다정한 사람에게 여러 번이란 없기 때문입니다. 당신이 저를 화나게 했다고 해서 제가 당신에게 폭력을 행사한다면, 그건 다정하지 않은 방식일 것입니다. 그래서 다정한 사람은 그러한 것을 허용할 수가 없습니다. 허용할 수 없기에 여러 번은 없는 것입니다. 사소한 토라짐이나, 예민함, 그런 것들을 넘어선 다량의 부정성을 상대방에게 행사하는 일 말입니다. 그래서 상대방이 당신에게 온전함과 아주 멀리 떨어진 행동을 몇 차례씩이나 취했다면, 그 사람은 다정하지 않은 사람인 것입니다.

그러니까 당신에게 그러한 신호를 여러 차례 주는 사람이 있다면, 하지만 그럼에도 당신이 그 사람의 외모나 경제적인 요건들, 혹은 결혼할 시기에 대한 압박과 두려움, 그러한 외부적인 요소들을 그 사람의 내면보다 더욱 우선시하느라 그 다정하지 않음의 신호들을 끝내 무시하고 못 본 채 해버린다면, 그때의 당신은 스스로의 불행을 어쩌면 평생 스스로 확정 짓는 선택을 하고 있는 것일지도 모르는 것입니다. 그러니 잔가지들을 모두 자르세요. 오직 다정함이라는 내면만을 가장 첫 번째에 두십시오. 그것만을 두고 상대방과 함께할지 하지 않을지에 대한 고민을 하십시오. 그것에는 실패가 없을 것입니다.

한 번 엮이는 순간, 그것만으로 당신의 온전함이 송두리째 날아가 버리게 될 만큼의 악의적인 사람도 이 세상에는 있는 것입니다. 하지만 당신이 그런 사람을 앞에 두고, 몇 차례의 신호가 있었지만 그럼에도 순진했기 때문에, 혹은 다른 감정적인 이득들을 취하기 위해 그러한 것들을 무시해버린다면, 정말로 당신은 그 사람과 함께하는 평생토록 당신의 온전함을 훼손당하게 될 것입니다. 해서 그건 정말이지 당신 스스로 당신 자신이 평생 불행하기를 선택하는 일과 다름이 없을 것입니다.

그들이 누군가에게 악의적이고 적대적인 유일한 이유는, 그들 자신이 그런 사람들이기 때문입니다. 정말로 그것이 다입니다. 그래서 그런 신호를 당신이 느끼지 못할 수는 없을 것입니다. 함께하는 동안 많은 상황들을 함께 마주하게 될 것이고, 그때마다의 순간적인 반응이 분명 있을 것이기 때문입니다. 해서 그 반응 앞에서 당신이 물음표를 던졌던 적이 몇 번 있다면, 그 사람은 제 생각에 당신과는 잘 맞지 않는 사람일 것입니다. 그건, 당신의 온전함에서 이해하기에 훨씬 벗어난 생각을 그 사람이 그 자신의 마음속에 지니고 있다는 증명이 될 것이고, 하여 아마도 관계가 더욱 오래도록 지속될수록 그 사람은 그것을 당신에게 드러내는 것에 있어 더욱 서슴없게 될 것이며, 그렇게 곧 당신을 향해 그 사람은 그 자신의 온전하지 않음을 쏟아내게 될 것이기 때문입니다.

그래서 가족 관계가 어떤지를 보라는 말이 있는 것입니다. 가장 익숙하고 평생을 오래도록 함께한 가족에게 다정한 사람이, 당신에게 또한 평생 다정한 사람이 될 확률이 진실로 높기 때문입니다. 이랬니 저랬니, 정말로 탓할 만한 것이 있어서 무엇인가를 탓할 수도 있겠지만, 진실로 온전한 사람은 그럼에도 탓하는 법이 없을 것입니다. 그러니까 온전한 사람이라면 가족들에 대한 증오와 원망을 마음 안에 쌓아둔 채 그것을 곱씹고 있지 않을 것이며, 자신이 정말로 함께할 수 없을 만큼 자신의 가족들이 온전하지 않은 사람들이라면 그저 그 관계를 과감하게 끊어버릴 수는 있을지언정 애매하게 그 관계를 이어가며 원망과 증오를 쌓고, 그렇게 그것을 표출하고 있지는 않을 것입니다.

그래서 자신의 가족 관계 안에서 폭력적이거나, 원망과 분노가 많거나, 그런 사람은 당신과 함께하게 될 시간 안에서도 그러한 성향을 지니게 될 확률이 아주 높을 것이라고 저는 생각합니다. 정확히는 지니게 되는 것이 아니라 이미 지니고 있는 그러한 것들을 서서히 드러내는 것이라고 말하는 것이 맞을 것입니다. 결국 원망과 분노 또한 나의 마음 안에 있는 것이며, 하여 원망과 분노가 마음에 거의 없는 사람들은 세상에게서 그러한 것들을 결코 찾지 못할 것이기 때문입니다. 정말로 잘못된 것을 잘못된 것이라 판단할 수는 있겠지만, 그 안에 과도한 분노와 적대적인 감정들, 자기 연민, 그러한 것들이 이제는 더 이상 함께하고 있지는 않은 채인 것이죠.

왜냐면 온전함은 그러한 다량의 부정성을 진실로 허용하지 않기 때문입니다. 허용하지 않기 때문에 두 번 그럴 수는 없는 것입니다. 당신 자신이 온전하지 않아서 온전한 사람을 끝없이 온전하지 않음으로 끌어당겨 상대방 또한 온전하지 않음의 영역으로 추락하게 만든 경우가 아니라면 말이죠.

저는 대한민국의 의사이자 프로그래머였으며, 한때는 존경받는 벤처기업인이었고, 또한 대학교수 출신의 정치인인 한 사람이 그렇게 추락한 것을 보았습니다. 순박하고, 옳고 그름을 따지는 것보다는 진실함 자체에 관심이 많았던 그는 어느 순간부터 자신의 온전함을 잃은 채 옳고 그름에 골몰하기 시작했고, 저는 그가 그렇게 변해가는 그 모습과 과정들을 바라볼 수 있었죠. 그는 끊임없이 누군가에게 화를 내고 그 사람을 원망하기 시작했습니다. 그리고 그런 모습들이 많은 사람들에게 실망감을 안겨주게 되었습니다.

그에게 사람들이 실망하게 된 유일한 이유는, 사실 원래는 그가 그 누구보다 온전한 사람이었고, 또한 그 온전함으로부터 성공하고 존경받은 정말이지 몇 안 되는 사람 중 한 명이었기 때문이었습니다. 하지만 그는 끝내 그것을 지키지 못했고, 하여 많은 사람들의 지탄을 받게 된 것이죠.

하지만 사실 저는 그 순간에 그 사람을 판단하지 않았습니다. 그보다는 저토록 온전했던 그를 온전하지 않음으로 이토록이나 추락하게 만든 다른 누군가의 온전하지 않음을 더욱 느끼고 바라보았던 것이죠. 얼마나 온전하지 않은 사람과 함께했기에 저만큼이나 온전함을 잃은 채 추락하게 되었을까, 그런 생각을 했고, 또한 이제는 순진함에서 보다 단단한 마음을 이러한 일련의 과정을 통해 배워서 더욱 멋진 사람이 되겠다 싶어 그저 응원했습니다.

결국 그는 원망과 증오 안에서 머무르는 그 시간들의 불행을 그 스스로 버티지 못해 다시 자신의 온전함을 회복하고자 노력하게 될 것이고, 하여 그가 온전함을 되찾게 되었을 때는 보다 단단한 온전함을 마음에 지닌 채일 수 있을 것이라고 저는 생각했기 때문입니다. 그것을 저는 그저 느낄 수 있었습니다.

어쨌든 제 말은, 우리가 어떤 부류의 사람들과 특별한 관계를 맺게 될 때, 우리는 그 즉시 추락하게 될 수도 있다는 것입니다. 거의 모든 사람의 존경을 받던 사람조차도 그것 앞에서 예외가 되지는 못한 것이죠. 그러니 나는 예외일 거야, 라는 방심은 금물입니다. 끝없이 이용하고, 끝없이 거짓말하고, 그렇게 끝없이 용서할 거리를 가져다주는 사람들이 이 세상에는 분명 존재하기 때문입니다. 그러니 그런 사람들을 피하십시오. 그리고 당신 자신 또한 그런 사람이 되지 마십시오.

당신의 온전함이 순진할 때, 당신은 때로 그런 사람들까지도 포용하고자 노력하게 될 것입니다. 하지만 그럼에도 당신은 끝끝내 그 사람들을 포용하지 못할 것입니다. 왜냐면 그들은 그들 자신이 성숙하여 당신과 같이 온전한 사람이 되고자 노력하기보다, 이미 온전한 당신을 마지막의 마지막까지 이용하고자 하기만 할 것이고, 그런 식으로 그들이 머무르고 있는 온전하지 않음의 영역으로 당신까지도 끌어내리고자 끝없이 시도하고만 있을 뿐일 것이기 때문입니다.

그래서 온전하지 않은 사람들, 그들이 나쁜 사람들이냐고요? 아니요, 그들은 그저 '그런' 사람들일 뿐입니다. 나쁘고 좋은 것이 아니라 그저 당신과는 너무나도 다른 수준에 있는 사람들인 것이죠. 당신이 엷은 회색이라면, 그들은 짙은 회색을 띤 사람들일 것입니다. 더욱 검은색에 가까운 곳에 서 있는 사람들인 것이죠. 해서 그저 위치와 수준이 다른 것이지, 그것에 있어 나쁘고 좋은 것은 없습니다. 그래서 단지 함께하기에 적절하고 적절하지 않음이 있을 뿐입니다.

하지만 만약 당신이 끝내 그들과 함께하기를 기어이 선택한다면, 당신은 그들을 서서히 나쁜 사람이라 여기고 판단하게 될 것이고, 그래서 당신의 마음에는 좋음과 나쁨이 선명하게 새겨지게 될 것입니다. 그래서 당신에게는 용서해야 할 것들이 너무나도 많이 생기게 되는 것이죠.

왜냐면 용서는 나쁨과 좋음의 기준을 허물고, 무너뜨리고, 바로잡고, 하여 모든 것을 있는 그대로 바라보게 해주는 존재의 방식인데, 당신이 온전하지 않은 사람과 함께하게 될 때 당신은 그 용서를 완성하게 되기보다 더욱 오래도록 용서하지 못한 상태에 머무르게 될 것이기 때문입니다. 그러니까 나빠, 미워, 원망해, 증오해, 이런 것들이 마음에 다시 싹트고 자리 잡게 되는 것이죠. 그래서 그때는 저건 잘못된 거야! 라고 생각하게 되는 그 마음의 먹구름들이 당신이라는 존재의 빛을 더욱 두텁게 가리게 되는 것입니다. 그렇게 말 그대로 당신에게는 용서할 것들이 그만큼 더 많이 생기게 되는 것이죠.

지금 현재 당신이 이미 많은 것들을 용서한 채라면, 사실 당신의 현재와 미래에는 용서할 만한 일들이 그다지 많지는 않을 것이며, 또한 그 용서를 해내는 것이 그리 어렵지도 않을 것입니다. 하지만 당신이 또다시 무수히 많은 용서를 해야만 하는 어떠한 지점, 상황, 관계 안에 놓이게 된다면, 당신의 마음 안에 있던 평화와 여유는 서서히 흔들리기 시작할 것이며, 하여 당신의 마음은 다시 쫓기게 될 것이며, 그렇게 다시 원점으로 돌아가 용서를 해야 할 무수히 많은 일들을 다뤄야만 하게 되는 것이죠.

그렇게 그 지점으로 완전히 추락하게 된 뒤에는, 사실 용서를 하고자 하는 마음조차도 존재하지 않게 될 것입니다. 그때는 그저 미워하고 원망하고 후회하기에도 바쁠 것이기 때문입니다. 정말로 미워하기에도 하루가 모자라기에 미워'만' 하게 되는 것이죠. 그래서 우리에게는 기도가 필요한 것입니다. 오, 제가 저 스스로를 시험에 빠지게 하지 마옵소서! 라는 방심 금물의 기도가 말이죠.

그것이 제가 온전하지 않은 사람, 다정하지 않은 사람들과는 결단코 함께하지 말라는 이유입니다. 그들이 나빠서가 아닙니다. 그저 그들과 당신이 어울려서 좋을 게 없기 때문입니다. 물의 성분은 H2O이며, 낮은 온도일 때는 얼음이라는 고체가 되고, 높은 온도일 때는 수증기라는 기체가 될 것입니다. 그리고 그것이 얼음이든 수증기이든, 혹은 그 사이의 어떤 온도를 지닌 물이든, 그 모두의 성분이 똑같이 H2O라는 것에는 변함이 없을 것입니다.

이와 같이 우리가 모두 사람이라는 것에는 여전히 변함이 없습니다. 다만 성숙의 수준이 조금씩 다를 뿐인 것이죠. 그러니까 얼음은 나쁜 것이지만 수증기는 좋은 것이다, 라고 말할 수는 없는 것처럼, 우리 또한 수준에 따라 좋고 나쁜 것이 되는 게 아니라, 그저 조금 '다른' 부분이 있어서 서로 '다른' 수준에서 살아가고 있는 것일 뿐인 것입니다.

어쨌든, 늑대가 배가 고파서 저를 위협하기 전까지, 저는 늑대를 나쁘다고 말하지 않을 것입니다. 하지만 마침내 늑대가 저를 물고 나면, 적어도 저의 주관적인 삶의 기준에 한해서 저는 그때부터 늑대를 나쁘다고 말할 수도 있게 될 것입니다. 그리고 이제 저에게는 늑대를 나쁘다고 여기는 그 시선을 용서해야 하는 일이 생기게 되는 것이죠. 그래서 늑대는 늑대대로 살게 하고, 저는 저대로 사는 것, 그것이 서로에게 좋은 것입니다. 그때의 저는 여전히 평화로울 것이고, 하여 늑대를 미워할 만한 이유가 저에게는 전혀 존재하지 않을 것이며, 따라서 저에게는 늑대를 용서해야 할 필요조차 전혀 없을 것이기 때문입니다.

그렇기 때문에 저에게는 굳이 배고픈 늑대에게 다가가서 손을 내밀 필요가 없는 것입니다. 또한 늑대가 멋있게 생겼다며, 혹은 늑대가 불쌍하다며 저희 집에 데려올 필요 또한 없는 것입니다. 그저 멀리서 먹을 것을 던져주거나 하는 하루의 친절을 베풀 수는 있겠죠. 당신 또한 길을 걷다가 쓰러져 있는 사람에게 손을 내밀어서 그를 일으켜줄 수는 있겠지만, 그렇다고 그 사람에게 연락처를 알려주며 친하게 지내자, 라고 말할 필요는 전혀 없는 것입니다. 그러니까 충분히 친절하되, 다정한 사람이되, 여전히 함께하지 않을 수도 있는 것입니다.

당신이 그를 일으켜준 뒤에, 그 사람은 다시 그 사람의 길을 가고, 당신은 당신의 길을 갈 것입니다. 그렇지 않나요? 그래서 당신은 여전히 다정하고 친절한 사람일 수 있지만, 또한 특별한 관계에 놓이는 것 앞에서는 신중할 수도 있는 것입니다. 어쨌든 모든 함께함에 대한 선택은 오직 당신의 몫인 것이고, 일단 함께하기로 선택했다면 당신은 그 선택에 대하여 모든 책임과 의무를 다해야만 할 것입니다. 그 선택이 때로 당신을 아프게 하는 선택이었을지라도 당신에게 원망할 자격이 없는 것은, 그것 또한 오롯이 당신의 선택이었던 것이기 때문입니다.

그러니 특별한 관계를 허용하기 전에 성급하게 당신의 마음을 먼저 주기보다, 그 사람과 함께해도 될지에 대해 충분히 고려할 수 있을 만한 넉넉한 시간을 가지십시오. 그 사람의 외모, 분위기, 이런 것들에 휩

쏠려 그저 마음을 주고 감정적인 사랑에 빠지기보다, 당신에게는 그 사람 자체를 알아가는 시간이 더욱 많이 필요한 것입니다. 당신이 상대방에게 당신 마음의 전부를 먼저 주지만 않는다면, 당신은 객관적이고도 온전하게 존재할 수 있을 것이고, 하여 당신에게는 그 사람이 당신에게 주는 '신호'에 대해 살펴볼 충분한 시간과 마음적인 여유가 있게 될 것입니다.

어쩌면 평생을 함께할지도 모르는 사람입니다. 그러니 사전에 이러한 시간을 가지는 것은 당연히 필요한 일이고, 무엇보다 그건 당신 자신에 대한 최소한의 다정함일 것입니다. 그러니 당신의 삶에 있어 가장 중요한 이 일 앞에서 우유부단함으로써 그른 선택을 하지는 마십시오. 어쨌든 당신이 당신에게 오직 다정하고도 온전한 사람과 함께하는 것을 무엇보다 당신 스스로 선택할 줄 알아야, 당신은 비로소 행복과 평화, 치유를 얻을 수 있을 것입니다.

그러니 당신부터가 먼저 상대방에게 다정하십시오. 그리고 당신과 함께할 사람을 또한 다정한 기준을 가지고 선택하십시오. 모든 것이 선택입니다. 당신은 그 사람과 함께하길 선택할 수도 있고, 함께하지 않기를 선택할 수도 있습니다. 그러니 그 선택 앞에서는 언제나 신중하십시오. 누군가를 아프게 하고, 또 상처 주는 것 자체에서 감정적인 이득을 추구하는 사람들도 이 세상에는 있는 것입니다. 그것을 잊지 마십시오. 그건 정말로 그들이 이 세상을 살아가는 하나의 존재 방식일 뿐입니다. 그것에 다른 이유는 없습니다. 그것이 그 사람들이 추구하는 가장 큰 행복이기에 그들은 그것을 추구하고 있는 것일 뿐입니다.

그래서 이해하려고 하지 말라, 라는 말이 있는 것입니다. 때로 당신이 이해하려고 해도, 결코 이해할 수 없는 선택을 당연한 듯하는 사람 또한 이 세상에는 있을 것이고, 해서 그들은 자주 당신의 마음 안에 물음표가 떠오르게 할 것입니다. 그러니 그들을 이해하려고 하지 마십시오.

당신과 그들은 다른 사람입니다. 그들이 당신과 함께하고자 할 때 그들에게는 마음적으로 어떠한 손해도 없을 것이지만, 당신에게는 진실로 큰 손해가 있을 것입니다.

왜냐면 그들은 원래 그곳에 있었고, 당신은 원래 다른 곳에 있었고, 하지만 그들은 당신 쪽을 향해 나아가려고 하기보다 당신을 그들 쪽으로 끌어당기려고만 할 뿐일 것이기 때문입니다. 그러니 당연한 듯 당신 또한 그들을 피하면 되는 것입니다. 정말로 그것이 가장 최선입니다.

그리고 그건 사랑하는 관계뿐만이 아니라 당신의 사업 안에서도 잊어서는 안 되는 하나의 지혜로운 태도가 될 것입니다. 왜냐면 때로 당신이 아무런 문제 없이 최선의 온전함으로 존재하고 있는 그 어떤 순간에도 어떤 이들은 당신의 명성을 깎아내리고자 할 것이기 때문입니다. 그러니까 제 주변의 모든 사람들이 저를 좋아하고, 저를 존중하고, 저와 함께할 때는 언제나 마음적으로 무엇인가를 배우게 된다며 진실로 제게 고마워하는 그 어떤 순간에도 저를 실제로 잘 알지도 못하는 어떤 한 사람은 저를 끝없이 깎아내리고, 저의 실체를 다른 모든 사람들이 또한 알아야 한다며, 그것이 '정의'라며 저를 재판대 위에 올려놓고자 할 수도 있는 것입니다.

그것이 실제로 저에게 일어난 일입니다. 그리고 저는 저의 상식에서는 이해할 수 없는 그 소송에서 두 차례의 무혐의가 나왔지만, 그럼에도 그 소송은 현재까지도 여전히 진행 중에 있습니다. 형사 소송을 두 번하고, 그것이 안 되니 민사 소송을 건 것이죠. 그것이 정말로 '정의'라면, 그 정의를 실현하는 데 있어서 온갖 거짓말과 또한 엄청난 액수의 돈을 요구하는 것과, 그런 것들은 없었으면 좋았을 것입니다. 어쨌든 그 사람이 내세우는 정의 뒤편의 내용을 자세히 들여다보면, 돈을 줘, 라는 말과 돈을 받기 위한 거짓말들이 오직 있을 뿐이었습니다.

그리고 그 거짓말을 읽고 저를 마주한 수사관은 처음에는 저를 정말로 나쁜 사람이라고 생각했었죠. 하지만 서서히 드러나는 진실 앞에서 수사관은 저에게 오히려 정신적으로 힘이 들더라도 절대로 합의는 해주지 말라는 조언을 해주게 되었습니다. 그건, 그 사람의 변호사까지도 이게 다 거짓말인 걸 알았으면 이 소송, 절대 맡지 않았을 것이다, 죄송합니다, 하고 사과를 할 만큼의 거짓말이었던 것이죠. 그래서 그 사람은 변호사를 교체했습니다. 왜냐면 자신의 거짓말을 들어줘야 하는 또 다른 변호사가 그 사람에게는 필요했기 때문입니다.

그래서 그 사람의 새로운 변호사는 그 사람의 거짓말만을 또다시 듣고 소송에 나갈 것이고, 하여 진실 앞에서 오직 무릎 꿇는 일만이 남게 된 것입니다. 차라리 거짓말을 하고자 한다면, 자신의 변호사에게도 이게 거짓말이긴 한데, 라고 사실대로 말하며 전략을 짜는 것이 더 유리한 부분이 많았을지도 모르는 일이죠.

어쨌든 그런 사람들은 그저 이유 없이 적대적이고 악의적입니다. 정말로 그것에는 상식적인 이유라는 게 없습니다. 그저 저를 깎아내릴 수 있는 것이라면, 그것이 무엇이든 하나라도 찾아내기 위해 최선을 다하며 하루를 보내고 있는 것이죠. 깎아내리고, 돈을 뜯고, 그것이 그런 사람들이 이 삶을 살아가는 오직 유일한 이유이자 목적인 것입니다. 그 노력과 정성을 다른 곳에다 쏟았다면, 저에게 그러한 돈을 갈취하고자 할 필요도 없이 이미 성공할 수도 있었을 텐데 말이죠.

만약 당신이 그런 고객과 함께하게 된다면, 당신은 그 사람들에게 정말로 최선의, 그리고 최고의 서비스를 제공하겠지만, 그럼에도 그들은 당신을 깎아내릴 것이고, 하여 당신의 명성에 먹칠을 할 것입니다. 그들은 그저 자신들의 마음 안에 불만이 너무나도 가득 차 있기에, 모든 것을 향해 그 불만을 품고 또 표출을 해야지만 주어진 하루를 겨우 살아갈 수 있을 뿐인 사람들이기 때문입니다. 그러니 피하십시오. 당신은 분명 느낄 수 있을 것입니다. 그 사람의 말과 행동, 감정들 안에 포함되어 있는 그 여러 차례의 신호들을 말입니다.

그러니 그것을 섬세하게 느끼고, 하여 그런 부류의 사람들을 단호하게 거절할 줄 아십시오. 일단 엮이는 순간, 당신이 몇 년 동안 고생하게 될지에 대해서 저는 장담할 수가 없습니다. 저는 삼 년째 고생을 하고 있지만, 이 고생은 지금까지도 여전히 진행 중에 있으며, 아마도 영원한 끝에 닿을 때까지는 앞으로도 최소 몇 년은 더 걸리게 될 것 같습니다. 그래서 제 생각에 가장 최선은, 애초에 엮이지 않는 것, 바로 그것입니다.

제가 어떤 펜션에 놀러 갔을 때, 어떤 한 손님은 펜션의 사장님에게 주차장에 천장이 없다며 고함을 지르며 화를 내고 있었습니다. 비도 안 오고, 날씨도 이렇게나 좋은데, 천장이 없으면 안 되는 것이었을까요. 정말로 그 차가, 깨끗하고 반짝 빛나는 차였나고요? 아니요, 이미 먼지 투성이에 여기저기에서 낡은 흔적이 보이는 오래된 차였습니다. 그리고 무엇보다 그 옆에 있는 다섯 대가 넘는 차의 주인들은 주차장에 천장이 없음에 대해서는 정말로 아무런 생각이 없었을 것입니다.

어쨌든 그 사람은 주차장에 천장이 없다며 환불을 해달라고 요구하고 있었고, 그 사람의 부모님과 남편은 그냥 좋게 좋게 잘 쉬다가 가자, 그러려고 왔잖아, 하고 그 사람을 달래고 있었습니다. 하지만 그럼에도 그 사람은 멈추지 않았습니다. 환불을 안 해주면 소비자보호센터에 고발을 할 것이며, 또 정신적 피해보상까지 요구를 할 것이니 뭐니 하며 온갖 욕에 고함을 지르며 그렇게 펜션 사장님에게 따지고 있었던 것이죠.

그건 정말로 저와, 또 펜션 사장님과, 펜션에 온 다른 손님들이 오히려 그 사람의 그러한 욕설과 분노의 감정에 대한 정신적 피해보상을 요구해야 하는 것이 아닐까, 하는 그런 생각이 들 만큼의 소란이었습니다.

펜션 사장님께서는 알겠다, 환불은 해주겠다, 하지만 전액 환불은 힘들고 반만 환불을 해주겠다고 했지만, 그 배려가 상대방에게는 더 큰 화를 불러일으키는 파렴치한으로 닿을 뿐이었습니다.

그래서 그때는 그저 전액 환불을 해주는 것이 가장 최선일 것입니다. 그러니까 이러한 상황에서의 가장 최선은, 무슨 일이 있더라도 더 이상, 1분 1초라도 이러한 사람과 함께하지 않는 것, 엮이지 않는 것, 그런 건더기를 주지 않는 것이 될 것입니다. 왜냐면 그 사람은 정말로 소비자센터에 고발도 할 것이고, 또 블로그나 이런 곳에 안 좋은 리뷰도 악의적으로 올릴 것이고, 그리고 그 내용들은 모두 자신은 아무런 잘못이 없고, 오직 펜션 사장님께서 악마라는 식의 내용일 것이기 때문입니다

어쨌든 법적으로 문제가 없기에 환불을 해줄 일은 안 생기겠지만, 그동안 마음고생을 얼마나 많이 해야 할까요. 그래서 그때의 최선은, 알겠습니다, 돈을 모두 돌려드릴 테니 그냥 가주세요, 라고 말하는 것, 바로 그것이 될 것입니다. 아예 엮이지 않는 것, 엮일 만한 건더기 자체를 주지 않는 것 말이죠. 그래도 말을 안 듣는다면 웃돈을 줘서라도 보내야 합니다. 그게 진실로 장기적으로 보면 더 큰 이득이 될 것입니다. 왜냐면 우리가 그들과 엮이게 될 때, 그때는 여태 아무런 문제 없이 평화로웠던 내 마음 안에 이제는 그들과 함께했던 시간에 대한 후회와 원망, 그 곱씹음이 생기기 시작할 것이고, 하여 그것이 제법 오래도록 우리의 행복을 어지럽히게 될 것이기 때문입니다. 용서할 거리 하나가 더 생기게 되는 것이죠.

어쨌든 어떠한 관계 안에서든 그러한 부정성은, 온전하지 않음은, 다정하지 않음은, 당신이 할 수 있는 최선을 다해 피하십시오. 그러한 신호가 오는 즉시, 어떠한 핑계나 변명을 만들어내든 그 사람과의 관계 자체를 도로 무르십시오. 단 하루라도, 아니 하루의 일 분이라도 그런

사람과 엮이게 될 때는 하루의 기분 전체가, 아니 며칠, 몇 달의 기분 전체가 거대한 불행으로 바뀌게 되기도 하는 것입니다. 그렇다면 당신이 만약 평생을 그런 사람과 함께해야만 하게 된다면, 그건 정말 얼마나 지치고 힘든 일이 될까요.

그러니 오직 다정한 사람과 함께 다정한 신뢰를 바탕으로 다정하고도 행복한 관계를 맺으시길 바랍니다. 그러니까 당신이 진실로 사랑할 수 있고, 또한 있는 그대로의 그 자신을 충분히 존중할 수 있을 만한 그런 온전한 사람과 함께하십시오. 그리고 그 사람으로부터 당신 또한 진실한 사랑을 받으십시오. 그렇게 당신이 지니고 있어왔던 당신 자신의 모든 트라우마와 결함들까지도 치유를 얻을 수 있는, 그런 진실한 빛이 함께하는 사랑을 당신이 하게 되기를 저는 바랍니다. 정말로 그런 사랑을 하게 될 때, 당신의 삶에 있어 그만한 행복은 없을 것이며, 또한 정확히 그것과 반대가 되는 사랑을 할 때, 그만한 불행 또한 이 세상에 더는 없을 것이기 때문입니다.

당신이 평생을 함께하기로 선택한 사람이 아침부터 밤까지 정말로 사소한 일 하나를 물고 늘어진 채 당신에게 화를 내고 불평을 하고, 그것을 살아가며 마주하게 되는 매일에 반복한다고 생각해보십시오. 당신의 평생은 얼마나 지옥이 되겠습니까. 그리고 그 반대가 된다면 그건 그 자체로 얼마나 천국이겠습니까.

그러니 '다정한 지향'이 마음 안에 있는 사람과 함께하십시오. 더욱 다정한 사람이 되고자 내적으로 늘 노력하고 살피는 그 지향이 있는 사람과 당신이 함께하게 될 때, 둘은 함께함으로써 더욱 큰 다정함을 내면에서부터 찾고 만들어가게 될 것입니다. 그렇게 하루하루 함께하는 시간을 더해갈수록 둘은 서로에게 더욱 큰 사랑이 되어주게 될 것입니다.

해서 함께하는 서로의 마음 안에 그 다정한 지향이 있는 사랑만이 오직 영원을 향해 나아갈 수 있는 사랑인 것입니다. 그러니까 그때는 어제는 괜찮다, 라고 말해주지 못했는데, 그것이 하루 내내 마음이 쓰여 오늘 밤에는 미안해, 라고 말하게 되고, 또 그럼에도 내가 너를 사랑하는 마음에는 변함이 없다며 정말 변하지 않아도 괜찮아, 라고 말하게 되는 것이죠. 그래서 둘은 함께함으로써 더욱 큰 성숙을 향해 나아갈 수밖에 없게 되는 것입니다.

우리가 태어나 살아가는 유일한 목적인 성숙을 사랑하는 사람과 두 손을 맞잡은 채 함께 완성해나간다는 것, 그건 그 자체로 얼마나 아름다운 일일까요. 그리고 때로 어떤 관계 안에서는 함께하기로 선택했다는 것, 오직 그것 하나만으로 우리가 존재하고 살아가는 유일한 이유인 성숙 자체를 영원히 포기해야만 하는 일이 생기기도 하는 것입니다. 그래서 그것이 다정한 지향이 마음 안에 있는 사람과 우리가 오직 함께해야만 하는 이유입니다.

저는 둘이 함께하며 '성숙'을 향해 나아가지 못할 거라면, 차라리 혼자서 성숙을 향해 나아가는 것이 맞는 것이라고 봅니다. 왜냐면 우리가 태어나 존재하는 유일한 이유는 결혼도, 연애도 아니라 오직 우리 존재의 성숙을 완성하는 일이기 때문입니다. 그 일 앞에서 결혼과 연애는 두 번째가 되는 것이죠.

그러니 두 번째를 우선시하느라 첫 번째를 포기하지 마십시오. 첫 번째를 함께할 수 있는 두 번째를 완성해나가십시오. 그렇게 첫 번째와 두 번째가 나란히 정렬될 때, 오직 그것만이 유일하게 가치가 있고 함께할 만한 의미가 있는 관계가 될 것입니다. 그 사랑은 진실로 함께함으로써 서로의 마음에 더욱 안정과 치유를 가져다주고, 하여 각자에게 주어진 그 첫 번째를 더욱 단단하게 완성할 수 있게 해주는 두 번째가 되어줄 것이기 때문입니다.

그러니 내가 함께할 사람이 다정한 지향이 있는 사람인지, 또한 이 사람과 함께할 때 내가 내 삶의 유일한 과제인 '성숙'을 더욱 완성하며 나아갈 수 있을지, 그것에 대해 충분히 고민해보십시오. 그리고 그 고민에 대한 확신을 당신에게 주는 사람과 당신이 함께한다면, 당신의 관계에 실패란 결코 존재하지 않을 것입니다.

당신이 허용하지 못하는 것들을 기꺼이 허용하는 사람, 그렇게 당신의 마음 안에 자주 물음표가 생기게 하는 사람, 그런 사람은 적어도 당신과 감성적으로 연결되기는 쉽지 않은 사람일 것입니다. 그래서 그런 사람과 정말로 깊은 대화를 주고받으며 함께 행복과 치유를 얻는 시간을 당신이 보내기란 기대하기가 힘들 것입니다. 그건 정말로 감수성이 어느 정도 일치할 때라야 가능한 일이기 때문입니다.

누가 그렇다더라, 라며 상대방이 신나게 누군가를 험담하고 있을 때, 나도 그러한 험담 자체에 어느 정도 흥미가 있어야 둘의 그러한 대화는 비로소 시간 가는 줄 모를 만큼의 재밌는 대화가 되겠죠. 하지만 한쪽은 그런데 다른 한쪽은 그런 것에 전혀 관심이 없는 사람이라면, 제 생각에 한쪽은 신이 날 수도 있겠지만 관심이 없는 쪽은 오직 지루할 수 있을 뿐일 것입니다.

왜냐면 그러거나 말거나 한쪽은 험담을 계속해서 할 것이고, 그러거나 말거나 험담에 관심이 없는 쪽은 그럼에도 어쨌든 최선을 다해 상대방의 이야기를 들어주고 있을 것이기 때문입니다. 함께하고 있다는 그 시간에 대한 온전한 책임이 있는 사람은 전혀 공감할 수 없는 이야기 앞에서도 공감을 해보고자 최선을 다해 노력하고 있을 것이기 때문입니다. 그렇기에 내가 공감하지 못하는 이야기들을 애써 들어주며 그것에 공감하고자 노력하는 것만큼 진이 빠지고 사람을 지치게 만드는 일 또한 없을 것입니다. 그건 정말로 나를 소진시키는 시간이 되는 것이죠.

그래서 제 생각에 그건 순진함입니다. 상대방을 위해 나를 저버리

는 순진함인 것이죠. 그렇다면 상대방에게 또한 당신이 상대방에게 주
는 그 온전한 책임만큼의 진심이 당신을 향해 있을까요? 없을 것입니
다. 왜냐면 우리는 우리가 오직 온전한 사람이 된 만큼, 정확히 그만큼
만 상대방을 향해 진실함과 진심을 줄 수가 있기 때문입니다. 그러니 잘
맞지 않는 관계 앞에서 애써 책임을 다하기보다, 당신 자신을 지키는 일
에 가장 먼저 책임을 다하는 사람이 되십시오.

당신이 때로 애매하게 좋은 사람이 되었을 때, 그때의 당신은 모든
사람을 향해 당신 자신의 모든 책임을 다하고자 노력하게 될 것입니다.
하지만 그것 또한 결국에는 당신이 넘고 지나가야 할 하나의 수준입니
다. 그래서 당신은 끝내 그러한 수준을 극복하고 초월하게 될 것입니다.
지금 당장에는 보다 단호하게 거절할 줄도 알아야 한다고 말하고 있는
저의 이러한 말들이 차갑게 들린다면, 예수님께서도 그렇게 말했다는
것을 기억하세요.

만약 제가 당신이라면, 저는 그런 사람과 함께하는 시간 안에서 그
럼에도 그것이 배려랍시고 그 사람의 이기심과 온전하지 않음에 맞추
어주며 아첨을 하느니, 저 자신을 지키기 위해서 그 자리를 뜰 것입니
다. 왜냐면 저는 저의 배려가, 결코 그러한 상대방에게는 배려로 닿을
수 없을 것이란 걸 분명하게 이해하고 있기 때문입니다. 그래서 그건 배
려라는 저의 예쁜 마음을 스스로 지키지 못한 채 스스로 저버리는 나 자
신에게 다정하지 않은 태도가 될 뿐인 것이죠.

하지만 저에게도 그러지 못했던 시간이 있었고, 하여 저 또한 수많
은 일들과 경험, 그 안에서의 배움들을 통해 이제야 비로소 그렇게 할
수 있게 된 것이니, 만약 당신이 그럼에도 상대방을 위해 최선을 다하는
것이 당신 자신이 스스로 취할 수 있는 가장 최선의 존재 방식이라고 여
기고 있다면, 당신은 당신만의 그 최선을 다하며 그것에서부터 배워보

는 것도 좋을 것 같습니다.

하지만 만약 그 최선을 다하는 동안 서서히 당신의 마음 안에서 물음표가 자주 떠오르고, 자주 한숨이 나오고, 하여 때로 그 시간이 버티기가 힘들어 자주 지치고 예민해진다면, 그것을 느끼는 즉시 제 말이 맞았다는 것을 인정하고 저의 말을 따르시면 됩니다. 그 이상의 시간은 낭비하지 마십시오. 당신이 받을 상처와 후회들, 그것들이 또한 저를 속상하게 할 것이기 때문에 제가 당신을 지켜주는 것입니다.

어쨌든 저는 서로가 함께함으로써 서로의 마음을 진실의 빛으로 더욱 채워주는 그런 사랑을 당신이 하게 되기를 오직 바랄 뿐입니다. 오직 그 사랑 안에 있는 관계만이 진실로 서로를 사랑하는 관계라 할 수 있을 것이며, 하여 그것만이 영원토록 서로를 사랑하게 될 오직 유일한 관계일 것이기 때문입니다.

그러니 함께 다정함으로 더욱 나아가며, 그렇게 다정한 성숙을 이루어내고, 또한 서로를 향한 다정함으로 서로의 마음을 치유하고, 하여 그 모든 다정한 신뢰를 바탕으로 함께하는 시간 안에서 오직 안정과 든든함만을 서로에게 주는 그런 사랑을 당신이 하게 되기를. 그리고 그 사랑은 서로가 서로에게 "괜찮아"라는 말을 자주 건네는, 서로를 향한 진실하고도 있는 그대로의 사랑이기를. 그러니까 부디 그런 관계 안에 당신이 놓여져, 당신의 하루에는 속상한 일보다 웃는 일이 더욱 많기를.

그러니까 모든 하루의 끝에서 그 사람과 함께하는 것을 상상하는 것만으로도 치유와 회복을 얻는, 그런 사랑을 당신이 하게 되기를. 부디 그렇게, 사랑으로부터 더욱 사랑을 되찾고, 하여 함께 맺어진 그 인연으로 인해 둘은 둘에게 남겨진 이 성숙이라는 삶의 유일한 과제를 두 손을 맞잡은 채 더욱 완성하며 나아가게 되기를. 그렇게 오직 행복만이 있는 그곳에 마침내 닿아, 당신 둘이라는 아름다운 이름의 인연이 오직 영원히 아름답게 굳어지기를.

오직 다정함을 향한 지향이 있는 사람들만이 영원한 사랑을 할 것이며, 하여 그 지향이 없는 사람들은 영원히 서로에게 고통을 줄 수만 있을 뿐일 것이기에, 그 무엇보다 당신과 당신이 함께하는 그 사람이 만들어갈 관계 안에는 각자의 마음 안에 '다정한 지향'이 꼭 깃들어 있기를. 해서 하루하루 서로에게 더욱 다정한 사람이 되기 위해 노력하는 서로일 것이며, 하여 그 노력으로 인해 마침내 지고의 다정함을 이루어내게 될 서로이기를. 서로가 함께함으로써 그렇게, 성숙이라는 이름의 우리 자신의 존재의 이유와 목적을 끝내는 완성하게 되기를. 그런 사랑을 당신이 하기를. 그러니까 당신과 당신의 사랑은 부디 서로가 서로에게, 그런 사람이기를.

44

다정한 의무 ..

관계를 만들어가고 지켜나가고 있는 우리 모두에게는 서로를 향해 기울여야 할 다정한 의무라는 것이 있습니다. 그리고 그 다정한 의무란, 상대방이 변하지 않는 걸 알지만, 그럼에도 상대방에게 대하는 나의 다정함에는 변함이 없는 것, 그 다정한 책임 앞에서 최선을 다하는 것, 그렇게 상대방의 성숙을 너그럽게 기다려줄 줄 아는 마음가짐이라고 할 수 있을 것 같습니다.

제가 처음 회사를 설립하고 나서의 초창기에, 저는 저의 직원에게 그러한 다정한 의무에 대해서 충분한 책임을 다하지 못했었습니다. 일적으로 제가 생각하기에 '옳은' 방식들에 대해 직원에게 강요했고, 그렇게 직원에게 제가 생각하는 옳음에 맞추어 변하기를 자꾸만 기대하곤 했었던 것이죠. 그래서 어느 순간부터 직원과 저 사이에는 알 수 없는 미묘한 벽 같은 것이 생기게 되었습니다. 그러니까 서로가 서로를 향해 마음의 문을 끝내 닫아두게 되어버린 것이죠.

그래서 우리는 서로에게 진실한 사랑과 마음, 그 정성을 기울이는 것에 대해서 인색해지게 되었고, 하여 우리의 관계는 수동적이고 닫혀 있는 것이 되어버렸습니다. 변하지 않는 직원을 바라보는 저도 스트레스를 받았고, 있는 그대로를 존중받지 못한 채 끝없이 잔소리를 들어야

했던 직원 또한 마찬가지로 스트레스를 받아야만 했었던 것이죠. 그래서 어느 순간부터 저의 직원은 제가 시키는 것만을 하는 수동적인 사람이 되어버렸습니다. 창의성과 새로운 것을 해보겠다는 열정이 완전히 식어버린 것이었죠.

그것은 정말이지 악순환의 연속이었습니다. 하지만 그럼에도 그것을 제가 깨닫는 데까지는 자그마치 일 년이라는 시간 정도가 걸렸던 것 같습니다. 그래서 저는 직원에게 진실하게 사과를 했고, 그 후로는 제 모든 진심을 다해 저의 옳음에 대한 관념을 내려놓고 직원의 방식을 존중하기 시작했습니다. 그렇게 서서히 우리는 서로에 대한 '다정한 신뢰'를 회복하게 되었고, 그로 인해 직원의 마음이 저에게 열리기 시작했고, 하여 직원은 마침내 더욱 능동적이며 창의적으로 일하게 되었죠.

결국 그 전의 일 년간 제가 직원에게 바랐던 그 모든 변화의 시도들은 직원의 마음을 끝내 단 하나도 변화시키지 못했었던 것입니다. 압박감과 저항감, 저에 대한 닫힌 마음들만을 오직 만들어내었을 뿐이었던 것이죠. 그래서 저에게는 새로운 원칙이 생기게 되었습니다. 그리고 그 원칙이란, 사람은 스스로 깨닫기 전까지는 결코 변하지 않는다, 그러니 상대방의 방식을 있는 그대로 존중하자, 못하는 것을 잘하게 만들려고 하기보다는 잘하는 것을 더욱 칭찬해줘서 그것에 대해 더욱 뛰어난 사람이 될 수 있도록 이끌어주자, 그리고 함께하기에 너무나도 어긋나있는 사람이라면 변화를 강요하기보다 애초에 함께하는 것을 선택하질 말자, 하는 것입니다.

진실로 우리가 다정한 의무에 대해 최선을 다할 때, 상대방은 어느 순간 알아서 변하게 되어있습니다. 시간은 더딜지라도 상대방에게는 서서히 나의 다정한 기다림에 대한 고마움이 생기기 시작할 것이고, 하여 그 마음들이 아, 내가 이때는 이렇게 행동하는 게 더 올바른 것이겠구나, 하는 하나의 깨달음을 가져다주는 것이죠. 그리고 그 자발적 깨달음만이 사람을 진실로 변화시킬 수 있는 유일한 것이라고 저는 확신합니다.

그러니 당신이 이미 어떠한 관계를 맺었고, 또 그 관계를 계속해서 이어갈 생각이라면 서로는 서로에 대한 다정한 의무에 대해 오직 최선을 다하십시오. 내가 끝없이 강요하고 통제해도 상대방은 나를 위해 자신의 마음이 아닌 겉모습만을 눈치를 보며 바뀐 척할 수 있을 뿐, 그것이 결코 그 안의 마음들까지 변화시킬 수는 없다는 것을 지금 이 순간 받아들이십시오.

그것을 우리가 진실로 받아들일 때, 우리는 관계 안에서 이제는 진정 평화롭게 존재할 수 있게 될 것입니다. 왜냐면 변화가 일어날 것이라는 기대가 이제는 없기에 우리에게는 그것을 일으키려는 욕구 자체가 이미 사라진 채일 것이고, 하여 우리의 마음은 비로소 상대방을 보다 너그럽게 기다려주고 바라봐줄 수 있을 만큼의 다정한 준비를 끝마친 채일 것이기 때문입니다. 해서 우리의 그 다정한 눈빛과 태도가 상대방의 마음에 닿아 이제는 상대방의 마음을 우리를 향해 더욱 열려 있는 것으로 만들어주는 것이죠.

'닫힌 마음' 대 '열린 마음', 그 두 가지 중 무엇이 진실로 승리하는 방식인지에 대해 한 번 생각해보십시오. 상대방이 나에게 닫혀있을 때, 상대방은 나에게 마음을 쓰는 것 자체를 인색하게 여기게 될 것이고, 또한 그 인색함은 서서히 관계를 수동적으로 만들어가게 될 것입니다. 하지만 열린 마음은 상대방이 나를 위해 기꺼이 무엇이든 할 수 있게 만드는 능동적인 방식입니다. 바로, 사랑인 것이죠. 그리고 우리는 우리가 미워하는 사람을 위해서는 아무것도 해줄 마음이 없을 것이지만, 우리가 사랑하는 사람을 위해서는 기꺼이 우리의 모든 것을 다 해주고자 할 것입니다. 그러니 이제는 그 사랑을 받는 사람이 되어보십시오.

직원이 저를 사랑하게 되자, 직원은 저에게 말이 많아졌습니다. 오빠, 저번 주말에는 이런 일이 있었어요, 이런 말들을 하기 시작하고, 오늘은 이걸 만들어봤어요, 어때요? 라는 말을 하기 시작하고, 또 때로는 부모님께서 아프신데 오늘은 좀 쉬어가고 내일 출근해도 괜찮을까요? 하는 부탁을 하기도 하고, 마침내 그러한 식의 변화가 일어나게 된 것이죠. 저에게 부탁하길 어려워하던 직원이 이제는 쉽게 부탁을 할 수 있게 되었고, 저에게 사적인 이야기를 하는 것을 꺼려하던 직원이 이제는 서슴없이 자신의 사적인 이야기들을 하게 된 것입니다.

그리고 우리는 우리가 진정 사랑하는 사람에게 그러한 이야기를 털어놓게 됩니다. 그렇지 않나요? 그래서 사랑하기 때문에, 내가 배려하고 다정하게 기다려준 만큼 상대방 또한 나를 위해 진심 어린 마음으로 무엇인가를 하고자 노력하게 되는 것입니다. 그것이 제가 생각하는 다정한 의무를 우리가 다했을 때의 결과물입니다. 그렇다면 이보다 더 아름답고 가치 있는 결과물이 이 세상 어디에 또 있을까요?

우리는 모두 마음속 깊숙이 오직 우리 자신의 '행복'을 위해서 살아가고 있을 것입니다. 우리가 원하는 것은 오직 '행복'이고, 하여 우리가 이 삶을 통해 진실로 찾고 있는 것 또한 우리 자신의 '행복'인 것이죠. 그러니 행복하십시오. 다른 무엇인가가 나를 행복하게 해줄 것이라는 오해를 이제는 벗어던지고 오직 진실한 행복만을 추구하십시오. 그렇다면 나를 행복하게 만들어줄 거라 여태 믿어왔기에 당신이 추구해왔던 진짜 행복의 대체물들은 무엇입니까. 상대방이 나를 위해 변하면 내가 행복해질 거라는 오해, 누군가가 나를 우러러보면 내가 행복해질 거라는 오해, 그것이 무엇이든 이제는 내가 만들어뒀던 그 모든 행복의 대체물들을 기꺼이 포기하십시오.

진실한 행복이란, 오직 다정함과 사랑이 되어가는 과정에서부터 오는 성숙의 기쁨입니다. 그러니 그 외의 모든 대체물, 오해, 상징들을 이제는 기꺼이 포기한 채 오직 진실한 행복만을 추구하십시오. 이게 이루어진다면 나는 비로소 행복해질 거야, 라고 생각하는 것들은 사실 모두가 하나같이 오해입니다. 왜냐면 그건, 내가 바라는 것이 끝내는 이루어지지 않을 때, 그때의 나는 불행하고 말 거야, 라는 지금 이 순간의 불안함과 두려움을 내포하고 있는 말이기 때문입니다.

하지만 행복은 미래에 있는 것이 아닙니다. 행복은 오직 지금 이 순간 우리가 우리 자신의 것만을 추구하고 찾고자 마음먹을 때 그저 드러나는 평화이자 빛입니다. 그러니 태초부터 영원히 나이고, 나였으며, 앞으로도 나일 것만을 찾고 추구하세요. 그리고 그것은 다름 아닌 다정함이자, 사랑이자, 너그러움이자, 지금 이 순간의 감사가 될 것입니다. 해서 당신이 지금 당신 자신의 마음 안에 이미 깃들어 있는 그것들을 그저 찾고 이끌어내겠다고 마음먹을 때, 당신은 그 즉시 그것들을 당신의 마음 안에서 찾고 발견할 수 있게 될 것입니다.

그래서 행복은 지금 이 순간 우리가 당장에 성취할 수 있는 것이며, 하여 지금 이 순간 우리가 가질 수 없는 것들은 그 모두가 예외 없이 행복의 대체물이자 내가 만들어낸 오해, 환상이라고 할 수 있는 것입니다. 그러니 지금 당신이 마주하고 있는 관계 안에서도 오직 진실한 행복만을 추구해보십시오. 다정한 의무에 대해 최선을 다함으로써 다정한 신뢰를 회복하고, 그렇게 상대방으로부터 진실한 사랑을 받는 사람이 되는 것, 그것이 바로 우리가 취할 수 있는 관계 안에서의 유일한 행복 추구의 방식이라고 할 수 있을 것입니다.

변하길 기대하고, 변하길 강요하는 것, 그것이 관계를 향한 것이든, 내 삶의 미래를 향한 것이든, 그 모든 것들은 우리가 지금 이 순간에 만족하지 못할 때 나타나는 결핍의 마음들입니다. 하지만 행복은 욕망 분의 만족인 것이고, 하여 우리가 지금 이 순간에 만족하기보다 지금이 변하길 더욱 욕망하고 기대할수록 우리의 불행은 커져만 가게 되는 것이죠.

그러니 불행을 키우지 마십시오. 상대방의 존재 자체에 대해 있는 그대로 만족하는 방법을 배우십시오. 다정하게 바라봐주고, 다정하게 기다려주고, 다정하게 상대방의 말을 들어주고, 또한 다정한 언어로 상대방에게 말하십시오. 그리고 그 모든 것은 상대방이 변하길 바라기보다, 상대방의 지금 있는 그대로의 모습에 내가 오직 감사하고 만족할 때 자연스럽게 나타나는 다정함의 태도일 것입니다.

그러니 오직 다정하십시오. 다정하거나, 혹은 결코 다정해서는 안 될 것 같은 사람과는 관계 자체를 아예 맺질 않거나, 그 둘 중 하나만을 선택하십시오. 하여 당신의 세계 안에 오직 다정함만이 존재하도록 당신이 당신의 세계를 재창조하십시오. 당신이 마주하고 있는 모든 세계는 당신이 만들어낸 것입니다. 그러니 앞으로 당신이 마주할 세계 또한 당신이 바꿀 수 있는 것입니다. 그러니까 모든 것이 결국 당신의 선택입니다. 그렇다면 당신은 지금, 어떠한 세계를 꿈꾸고 있나요?

당신이 꿈꾸고 있는 그 세계가 앞으로의 당신 자신의 현실이 되도록 당신의 지금을 예쁘게 리모델링해보세요. 때로 주변의 환경이 너무 살기가 시끄럽다면 우리는 이사를 갈 수도 있을 것입니다. 모든 건물을 허물고 신축으로 집을 새로 지어야 하는 사람도 있을 것이며, 간단한 인테리어만으로도 집을 예쁘게 꾸미는 데 있어 충분한 사람도 있을 것입니다. 그것이 무엇이든 당신의 세계를 다정하게 꾸며보십시오. 그리고 그 다정한 세계 안에서 오직 행복하십시오.

외부의 집을 다시 짓는 데에는 수많은 시간과 돈이 들 테지만, 내부의 집을 다시 짓는 데에는 그 어떤 외부적인 것도 필요하지 않을 것입니다. 지금 이 순간, 그저 당신의 마음을 새롭게 고쳐먹는 것만으로도 그것은 그 즉시 완성될 수 있는 것이기 때문입니다.

그렇게 당신의 선택으로 인해 당신의 내부가 예쁘고 향기롭게 재창조되기 시작할 때, 당신이 마주할 외부 또한 그와 같이 자연스럽게 변해가게 될 것입니다. 왜냐면 외부의 모든 것이 사실 당신 내면의 투사이기 때문입니다. 어떤 사람은 비가 올 때 비가 온다고 화를 낼 테지만, 어떤 사람은 그 자체의 분위기와 아름다움을 만끽할 뿐인 것처럼 말이죠.

그래서 당신이 행복해지는 데 있어 진실로 외부는 중요하지가 않은 것입니다. 오직 당신의 내면이 다정해지기 시작할 때, 당신의 외부 또한 자연스럽게 다정함으로 물들어 갈 것이기 때문입니다. 그래서 매 순간이 당신에게 어떤 선택을 할 것인지를 묻고 있는 것입니다. 지금 이 순간, 다정함을 선택함으로써 더욱 다정함이 우세한 사람이 될래? 아니면 여전히 다정하지 못해 너와 함께하고 있는 타인을 불행하게 만드는 사람으로 남아 있을래? 하고 말이죠. 그렇다면 당신의 대답은, 당신의 선택은 무엇입니까.

매 삶이 당신에게 가져다주는 그 선택지 앞에서 당신이 비로소 기꺼이 다정하겠다고 답할 때, 그 다정한 선택으로 인해 당신의 마음 안에는 다정함이 더욱 우세해지기 시작할 것이고, 하여 당신은 그 어떠한 순간 앞에서도 다정하게 존재하게 되는 다정한 습관을 지니게 될 수 있을 것입니다. 그리고 그 다정한 습관이 곧이어 다정한 자신감으로 이어질 것입니다. 삶의 어떤 상황 앞에서도 나는 흔들림 없이 다정하게 존재할 수 있을 거라는 그 내면의 확신, 그것에서부터 오는 다정한 자신감으로 말입니다.

그리고 그 다정한 자신감이 내면에 깃들어 있는 사람은 더 이상 자신의 관계를 결핍으로 마주하지 않습니다. 왜냐면 자신의 마음이 이미 다정함으로 물들었기에 완전해졌으며, 또한 스스로 충족되어지고 있으며, 하여 바깥으로 투사할 내면의 결핍 자체가 이제는 거의 없거나 아예 없을 것이기 때문입니다.

그러니 지금 이 순간 삶이 당신 앞에 가져다준 이 선택지 앞에서 다정하겠다고 대답하십시오. 당신을 예민하게 만드는 외부의 상황 앞에서도 이제는 그럼에도 다정하겠다고 당신은 대답할 수 있을 것입니다. 그리고 그 결과로 옆집이 공사를 하여 아침마다 쿵쾅거리는 소리 때문에 잠을 제대로 자지 못할 때, 예전에는 하루 종일 화가 나고 스트레스를 받아서 예민함과 함께 하루를 보냈지만, 이제는 그 소리를 있는 그대로 받아들일 수 있게 되는 것입니다. 있는 그대로 받아들이는 것, 그리고 그것이 바로 다정함입니다.

그러니 당신과 함께하는 사람, 당신에게 주어진 어떤 상황들, 그것들에 대한 당신 자신의 모든 저항과 변화의 기대를 내려놓은 채 오직 있는 그대로의 그 자체를 받아들이고 수긍하여 보십시오. 그 즉시 당신의 마음은 평온함을 얻을 것입니다. 해서 이제 당신의 마음이 평온함을 얻었기 때문에 당신은 더 이상 예민하게 굴지 않습니다. 그래서 당신은 다정하고자 애쓰지 않아도 다정할 수밖에 없는, 다정함 자체가 하나의 습관인 사람이 되어갑니다. 그것에서부터 당신은 자연스럽게 모든 관계 안에서 당신에게 주어진 다정한 의무에 대해서도 최선을 다하는 사람이 되어가는 것이죠.

그러니 당신이 다정해서 외부에 또한 당신 자신의 다정함을 투사하는 사람이 되십시오. 그렇다면 지금 이 순간 당신에게 다정할지 말지를 고민하게 만드는 문제는 무엇입니까. 그 문제 앞에서 이제는 고민하지 마십시오. 답은 이미 정해졌습니다.

어쨌든 모든 것이 내면의 투사입니다. 그래서 우리는 우리가 마주하고 있는 바깥 세계를 통해 사실은 우리 자신의 내면을 바라보고 깨달을 수 있는 하나의 성숙할 기회를 얻고 있는 것입니다. 그렇다면 지금 내가 다정하지 않은 시선으로 마주하고 생각하고 있는 내 바깥의 세계는 무엇입니까. 그것을 용서함으로써 정화하십시오. 또한 당신에게 자꾸만 화를 내게 만들고, 하여 당신의 마음을 자꾸만 답답하게 만들고, 그렇게 당신의 지금을 자주 속상하게 만들고 있는 사람은 누구입니까. 이 질문을 읽는 동안 이미 그 사람이 당신의 내면에 떠올랐을 것입니다. 그리고 그 사람이 바로, 당신이 용서하고, 용서를 배우고, 용서를 완성해야 할 한 사람인 것입니다.

그러니 그 사람을 통해 용서를 배우십시오. 만약 용서를 한 뒤에도 그 사람이 자꾸만 용서할 거리를 당신에게 가져다준다면, 마지막으로 한 번만 더 용서하고 이제는 함께하지 마십시오. 하지만 당신의 마음 안에 더 이상 그 사람을 향한 원망은 없어야 할 것입니다. 그렇게 외부의 세계를 통해 발견하고 마주한 내 마음의 부정성들을 하나둘 치유하십시오. 하여 당신의 마음 안에 있는 먹구름들을 거두어내고 태초부터 영원히 빛나고 있었던 그 사랑 자체를 드러내십시오. 그렇게 당신은, 당신이 다정하기 때문에 다정한 세계를 바라보고 마주할 수밖에 없는 사람이 되십시오.

외부에서 우리가 보고 느끼는 모든 것들이 바로 우리 자신의 안에 있는 것들의 투사입니다. 해서 내가 삐딱하게 바라보고 생각하고 있는 그 외부의 것들을 통해 우리는 우리의 마음 안에 있는 삐딱함을 발견할 수 있을 것이며, 하여 용서를 통해 우리의 마음 안에 있는 그 삐딱함을 교정함으로써 우리는 우리 자신의 왜곡된 시선에 대한 구원과 자유를 얻을 수 있는 것입니다. 그래서 그것이 바로 나 자신의 시선에 대한 용서인 것입니다.

그리고 우리가 이 용서를 통해 더욱 많은 것들을 있는 그대로 바라보게 될 때, 우리의 마음에는 타인을 우리 자신의 잣대로 판단하고자 하

는 그 잣대 자체가 서서히 지워지기 시작할 것이고, 그렇게 비로소 우리
는 상대방의 있는 그대로를 더욱 아껴주고 사랑할 줄 아는 다정한 사람
이 되어가는 것입니다. 그래서 사실 용서란, 상대방을 용서하는 것이 아
니라 바로 나 자신의 마음 안에 있는 투사와 비판하고자 하는 성향을 용
서하는 일이며, 하여 우리는 용서를 통해 상대방과 더욱 편견 없이 하나
가 되는 사랑을 하게 되는 것입니다.

그래서 더욱 용서할수록, 우리는 더욱 다정한 사람이 되어갑니다.
더욱 열린 마음을 주고받게 되며, 서로의 있는 그대로를 더욱 그대로 받
아들여주고 사랑할 수 있게 되는 것이죠. 그러니 지금 당신의 마음 안
에 다정할지 말지에 대해서 고민을 하게 만드는 사람이 있다면, 그 사
람을 통해 용서를 배우십시오. 그렇게 당신의 다정함은 더욱 성숙하고
단단해져 갈 것입니다.

그렇다면 사실 지금 당신이 용서해야 할 그 사람은 당신이 미워해
야 마땅한 사람이 아니라, 나에게 용서를 가르쳐줘서 고마워, 라며 오직
감사해야 할 선물일 것이며, 또한 내게 용서를 가르쳐 주는 교사이자 안
내자라고 할 수 있을 것입니다. 그러니 그 선물에 감사하십시오. 당신이
진실로 그 사람을 당신에게 용서를 가르쳐 주는 선물이라 여기게 될 때,
그 순간 이미 당신은 그 사람에 대한 모든 미움을 극복한 채일 것이며,
하여 당신에게 주어진 용서를 또한 완성한 채일 것입니다.

당신이 여전히 많은 것을 용서하지 못해 많은 편견 안에서 살아가
고 있으며, 하여 그 당신만의 편견을 통해 세상을 판단하고 외부를 탓하
는 사람이라면, 저는 당신과는 함께하지 않을 것입니다. 왜냐면 당신은
저에게 당신의 그러한 시선을 투사할 것이며, 그것이 우리가 서로에게
미운 감정이 들도록 부추기게 될 것임을 저는 분명하게 알고 있기 때문
입니다. 그래서 저는 마음 안에 부정성이 많은 사람보다, 마음 안에 다

정함이 우세한 사람과만 오직 함께할 것입니다. 다정한 사람은, 자신의 다정함을 저에게 투사한 채 저를 오직 다정하고 사랑스럽게 바라봐 줄 것이기 때문입니다.

어떤 사람에게는 저의 어떤 실수가 그냥 넘어갈 수 없을 만큼 화가 나는 일이 되겠지만, 어떤 사람에게는 그저 정말 귀엽고 사랑스러워 미소 짓게 하는 순수함으로 보여지겠죠. 그래서 저는 마음 안에 다정함이 우세한 사람과만 오직 함께할 것입니다. 그것이 저 자신에 대한 다정한 의무를 또한 스스로 다하는 일일 것이기 때문입니다. 저에게는 저 스스로를 다정하지 않은 사람들로부터 지켜내야만 하는, 저 자신을 아끼고 사랑하는 데서부터 오는 스스로에 대한 다정한 의무 또한 있는 것이기 때문입니다.

그것이 제가 저를 신뢰하지 않는 사람을 신뢰하지 않는 이유이기도 합니다. 왜냐면 누군가를 계속해서 의심하고, 하여 타인에게 마음 주기를 어려워하는 사람은 사실, 그 사람의 외부가 실제로 믿을만하지 못한 것투성이라서가 아니라, 자기 자신이 스스로 믿을만하지 못한 사람이기 때문에 그런 경우가 많기 때문입니다. 스스로가 타인의 신뢰를 쉽게 저버리는 사람이기 때문에, 자신의 그러한 상태를 타인에게 또한 투사하는 것이죠.

그래서 저는 순진한 사람들을 좋아합니다. 순진해서 쉽게 믿고, 순진해서 쉽게 마음을 주는 사람들은 자신의 마음 안에 어떠한 불신이나 욕망을 위한 이용, 그러한 것들이 없기 때문에 오직 순진하게 존재할 수 있는 것이기 때문입니다. 그리고 저는 그 순진한 사람들의 순수한 마음을 오직 다정함으로 지켜주는 것이죠. 그래서 우리는 서로가 서로에게 어떠한 방어도, 의심도 없이 오직 진실하고도 순수한 마음을 기울일 수 있을 것이며, 해서 그렇게 서로의 곁에서 서로의 마음을 지켜주며 오직 다정하고도 행복하게 존재할 수 있게 되는 것입니다.

하지만 순진한 사람들은 자신의 순수함을 지켜주지 못하는 사람들에게 또한 자신의 모든 마음의 신뢰를 줄 것이기 때문에 웃긴 이야기지만 저는 여러분에게는 순진해서는 안 된다고 말합니다. 순진해도 되는 사람이 있고, 순진해서는 결코 안 되는 사람도 이 세상에는 있는 것인데, 순진한 사람들은 때로 그것을 전혀 구분하지 않기 때문입니다. 그래서 저와 함께하기에는 그들도, 저도, 서로가 서로로부터 안전하며, 하여 서로에게 다정한 의무를 다하는 데 있어 어떠한 거리낌도 없을 것이지만, 때로 그들이 다정하지 못한 사람들에게까지도 자신의 다정한 의무를 다하고자 할 때는 비로소 문제가 생기게 될 수도 있는 것이죠.

어쨌든 그들 자체는 다정하고 안전한 사람입니다. 그 다정함을 끝없이 훼손하는 사람들에게까지 자신의 다정한 의무를 다하고자 최선을 다하게 되는, 그리고 그 최선 끝에 상처와 아픔만을 오직 얻게 되는 그 순간을 마주하게 되기 전까지는 말이죠. 그전까지는 아마 그들은 끝끝내 다정한 사람일 것입니다. 그래서 저는 그런 사람들과 함께할 때는 다정하지 않음에 대한 조심성에 대해 자주 말해주는 편입니다.

어쨌든 제가 함께하고 싶고, 지켜주고 싶고, 사랑하고 싶은 사람은 바로 이러한 다정한 사람들입니다. 그 사람이 순진하든, 단호한 다정함의 수준까지 올라왔든, 그것이 무엇이든 그들은 제가 다정해도 되고, 그 다정한 의무에 대해 최선을 다해도 되는 유일한 사람들이기 때문입니다. 그리고 저는 그들의 다정함을 지켜줄 어떠한 강한 책임 같은 것을 느끼고 있는 것이죠. 왜냐면 그들은 때로 너무 순진해서 제가 걱정을 하지 않으면 안 되는 순간을 자주 만들곤 하기 때문입니다.

당신의 주변에는 당신이 모든 마음을 연 채 그 어떠한 조건도 계산적으로 재고 따지지 않고 오직 전적으로 다정할 수 있는 사람이 몇 명이나 있습니까. 한 사람이라도 있다면, 저는 당신의 관계가 충분히 성공적이라고 말해줄 것입니다. 서로가 서로를 향해 다정한 의무를 다하고 있기에, 서로가 서로를 향해 정말 진실하게 모든 마음을 연 채 솔직할 수 있는 것, 그것이 바로 오직 다정함으로 맺어진 인연인 것이고, 하여 그러한 인연이 이 세상에 한 사람이라도 있다는 것만으로도 우리는 살아가는 데 있어 엄청난 힘과 치유를 얻게 되기 때문입니다.

그러니 내가 먼저 내 모든 마음을 연 채 다정함에도 충분히 안전한, 그런 다정한 사람과 함께하십시오. 당신의 다정함을 우유부단함이나 나약함으로 여긴 채 당신에게 기득권을 행사하거나 당신을 이용하고자 하는 사람들과 함께하기보다 말입니다.

단 한 사람의 다정한 인연, 내 모든 다정한 의무를 거리낌 없이 지켜도 되는 사람, 그저 모든 것을 다해 신뢰할 수 있고, 하여 나의 있는 그대로의 모습을 여과 없이 보여줄 수 있는 사람, 그런 사람이 당신의 곁에 한 사람이라도 있다면, 사실 또 다른 둘이 필요가 없을 만큼 당신은 그 인연을 통해서 그 무엇보다 큰 안전함과 평화를 보장받을 수 있을 것입니다.

임금님 귀는 당나귀 귀라고 말하는 것에 내 목숨이 걸려있지만, 그럼에도 이 사람에게만큼은 그 비밀에 대해 그저 말할 수 있게 되는 것이죠. 그리고 그것을 말한 뒤에 혹여나 그 비밀이 다른 곳에 새어나가게 되진 않을까, 하고 밤에 잠을 설치지 않아도 되는 것입니다. 그리고 몇 십 년이 지나도 그 이야기는 소문이 나질 않는 것이죠. 그러니 그러한 신뢰를 주는 사람과 함께하십시오. 이제는 당신의 비밀, 당신의 고민, 당신의 아픔과 상처, 그 모든 트라우마들까지도 믿고 공유할 수 있는 그런 관계를 찾고 만들어가는 것입니다.

당신의 마음속 깊은 고민들을 털어놓을 사람이 당신의 곁에 없을 때, 당신은 정말로 숲에 가서라도 큰 소리로 당신의 고민들을 털어놓고 외쳐야만 할지도 모릅니다. 임금님 귀는 당나귀 귀야! 라고 말하면서 말이죠. 그렇다면 그건 얼마나 외롭고 고단한 인생이겠습니까.

그러니 서로가 서로에게 기울여야 마땅한 그 다정한 의무에 대해 둘 모두가 기꺼이 최선을 다하는 그런 인연을 만들어가십시오. 그 한 사람의 인연이 당신의 곁에 있다는 것만으로도 당신은 당신의 생명을 더욱 연장하게 될 것입니다. 스트레스가 줄어들어 장수하게 되는 것이죠. 또한 스스로 생명을 끊는 것에 대한 고민도 이제는 사라질 것입니다.

그것이 어디 장수뿐이겠습니까. 당신이 당신의 일이나 혹은 어떤 사람과의 문제로 인해 받은 스트레스를 당신이 신뢰하는 그 한 사람에게 털어놓고 위로받을 수 있다면, 당신은 그 즉시 그것을 해소한 채 다시 씩씩하게 세상을 마주하고 살아가게 될 것입니다. 스트레스는 이곳에서 받고, 그것을 푸는 것은 저곳인 것이죠. 어쨌든 임금님의 당나귀를 보고 받은 스트레스를 임금님에게 풀 수는 없는 노릇이니까요. 그래서 그 하나의 관계, 인연이 당신이 당신의 삶을 온전하게 지켜나가는 것에 있어서도 가장 큰 힘이 되어주는 것입니다.

그래서 당신의 연인, 가족이 당신에게 그런 사람이라면 당신은 이제 더 이상 세상으로부터 아파하지 않아도 되는 사람이 되는 것입니다. 그 모든 외부의 문제로부터 불가침성을 얻게 되는 것이죠. 그러니까 그저 당신은 사랑과 행복을 당신 자신의 마음에 품은 채 오직 다정하고도 온전한 마음으로 세상을 살아갈 수 있게 되는 것입니다. 당신이 당신의 마음속 깊숙한 곳의 이야기를 털어놓을 수 있는 인연이 당신의 곁에 있는 것만으로도 당신은 당신에게 주어진 스트레스들을 더욱 잘 처리하고 해결할 수 있게 되기 때문입니다. 해서 이제는 더 이상 세상으로부터 받은 스트레스들을 안에 쌓아둔 채 곪도록 방치하지 않아도 되는 것이죠.

그래서 저는 당신의 마음을 온전하고도 완전하게 열 수 있는 사람을 당신이 만나는 것, 그리고 상대방 또한 당신을 향해 그 자신의 모든 마음을 열 수 있도록 당신이 만들어주는 것, 그것이 예쁜 관계를 만들어가는 데 있어 필요한 모든 것이라고 생각합니다. 그리고 그건 당신이 다른 무엇이 아니라 당신 자신의 진실한 행복 자체를 그 무엇보다 우선시하게 될 때 자연스럽게 취하게 되는 하나의 존재 방식이라고 저는 확신합니다. 그러니 오직 진실한 행복만을 우선시하십시오.

제가 글을 쓰고 있는데, 누가 옆에서 말을 걸면 저는 집중력이 흐려져서 제가 영감을 받아서 쓰고 있던 글을 잠시 멈춰야만 하는 상황이 생길 것입니다. 그때 만약 제가 저의 행복보다 저의 글을 우선순위에 두고 있다면 저는 스트레스를 받게 되겠죠. 하여 상대방에게 예민하게 굴게 될 것입니다. 제발 조용히 좀 해주면 안 되겠니? 하면서 말이죠.

하지만 만약 그 상황에서 제가 저의 우선순위를 오직 저 자신의 행복에만 두게 된다면 그것의 이야기는 이제 완전히 달라지게 될 것입니다. 글이야 어떻게 되든 말든 상대방에게 다정하게 대하는 것이 이 관계를 행복하게 만들어주는 가장 첫 번째 조건이 될 것이기에 그때의 저는 예민함 대신에 오직 다정하게 존재하는 것을 선택하게 될 것이기 때문입니다. 예민하게 구는 것보다 다정하게 구는 것이 저 자신의 진실한 행복을 위한 것임이 분명하기 때문입니다. 어쨌든 예민한 채 상대방에게 조용히 해달라고 강요하는 것과, 다정하게 이해를 부탁하고 권유하는 것은 그것을 말하는 결과는 같더라도 그 과정에 담긴 마음이 하늘과 땅 차이였기에 상대방의 마음에 또한 불행을 가져다줄지, 행복을 가져다줄지를 판가름하게 될 것이기 때문입니다.

그러니까 그것이 무엇이든 모든 상황과 일, 관계, 그 모든 것 안에서 다른 무엇이 아니라 오직 스스로의 행복을 가장 우선순위로 두는 것, 그 습관을 기르는 것에서부터 시작하십시오. 결국 행복하기 위해서 살아가고 있는 우리인데, 행복하고 싶다고 말하면서 사실은 행복이 아닌 것들을 스스로 선택하는 모순을 우리는 또한 자주 저지르고 있으며, 하여 그 모순과 오류로부터 스스로 벗어나고자 다짐하고 노력하는 것, 그것이 관계를 회복하는 데 있어 필요한 가장 첫 번째가 될 것입니다.

그런 말이 있죠. 내가 행복해지고 나면 내가 맺는 관계 또한 자연스럽게 행복해질 수밖에 없다는 말. 그러니 당신 스스로가 먼저 행복해져 보십시오. 내가 이미 행복한 사람이 되었는데 상대방에게 예민하게 굴 필요가 이제는 어디에 있겠습니까. 모든 것이 충족되었고, 또한 모든 것이 완성되어 있으며, 하여 내게 주어진 모든 것에 대해 내가 오직 감사하고만 있는데, 그러니까 그때는 더 이상 이 세상의 어떤 점을 향해 내가 불평불만을 쏟을 수가 있겠습니까.

그러니 무엇보다, '나 자신'에 대한 다정한 의무를 먼저 완성하십시오. 그렇게 당신 자신의 행복을 위해 최선을 다하고, 하여 그 행복을 끝내 지켜내고, 당신이 오직 그렇게 존재할 때, 당신의 관계는 당신의 마음 안에 있는 그 행복으로 인해 자연스럽게 행복과 다정함으로 물들게 될 것입니다. 정말로 그것이 다입니다. 거기에 더해서 무엇이 더 필요하겠습니까.

그러니 오직 스스로 행복한 사람이 되십시오. 그때가 되면 당신은 알아서 다정한 의무에 대한 책임을 스스로 다하고 있을 것입니다. 그러니까 당신 자신이 만들어낸 행복에 대한 환상, 행복의 대체물들, 그것들을 기꺼이 진실한 행복을 위해 포기하는 것이 필요할 뿐입니다. 그 자리 안에 진짜 행복이 들어올 수 있도록 웃으며 자리를 비워주고 양보해주는 것이죠. 당신이 오직 진실한 행복만을 원하고 찾고 있다면, 당신에게는 상대방에게 다정하게 굴지 않을 이유가 이제는 진실로 없는 것입니다. 당신이 이미 행복한 사람이 되었다면, 당신이 관계 안에서 너그럽지 못할 이유도 이제는 진실로 없는 것입니다.

오직 모든 것에 만족하고 감사하기에 당신의 마음 안에 결핍이 전혀 없다면, 당신은 또한 상대방에게 '변화'를 바랄 만한 타당한 이유를 이제는 전혀 느끼지 못하게 될 것이기 때문입니다. 그러니까 상대방이 어떻게 생겨먹었든, 이제 당신은 그저 상대방의 있는 그대로를 존중하고 사랑할 수 있는 사람이 된 것이죠. 하여 너그럽게 수용하고 이해할 수 있는 것이죠.

당신이 행복하지 못하였을 때, 하여 무수히 많은 결핍과 불안을 마음 안에 품고 있었을 때, 그때의 당신이 이 세상과 관계를 어떻게 마주하곤 했었는지를 기억해보십시오. 당신은 끔찍이도 상대방을 괴롭히며 존재하고 있었을 것입니다. 혹시 지금 이 순간에도 그렇게 존재하고 있지는 않나요? 그렇다면 당신은 이 세상에서 자신이 가장 아끼고 사랑하는 사람이 바로 이 사람이라면서 그 사람에게 아픔과 상처만을 주며 존재하는 모순을 저지르고 있는 것입니다. 그러니 그 모순과 오류로부터 이제는 영원한 해방을 얻으십시오. 당신의 외부가 아니라 오직 당신의 마음 안에서부터 무한한 사랑과 감사를 찾고 발견하겠다고 다짐함으로써 말입니다.

그렇게 서서히 당신이 당신 자신의 마음 안에서부터 행복을 찾고 발견하는 방법을 배우게 될 때, 당신은 더 이상 당신의 내면에 있는 결핍을 외부로 투사하지 않게 될 것입니다. 그 자유로 인해 당신은 오직 평온함과 다정함으로 관계를 마주하게 될 것입니다. 그렇다면 우리에게 있어 그보다 가치 있는 일이 또 있을까요? 그러니 오직 지금 이 순간부터 당신에게 주어진 모든 것들에 대해 그저 감사하십시오. 그렇게 안에서부터 진정 행복할 줄 아는 지혜로운 사람이 되십시오.

당신이 비로소 스스로 행복할 줄 아는 사람이 되었을 때, 당신은 이제 당신 마음 안의 '평화'를 외부에 투사하게 될 것입니다. 그리고 그때의 당신은 변화를 기대하기보다 있는 그대로를 존중할 줄 아는 사람이 되어있을 것입니다. 당신의 있는 그대로의 모습에 누군가가 계속해서 토를 달며 당신이 부족하고 못났다며 나무랄 때, 그 순간 당신의 기분은 어땠나요. 그리고 당신은 지금 당신이 마주하고 있는 관계 안에서 어떻게 존재하고 있나요.

결국 당신이 비로소 보다 더 성숙한 사람이 되었을 때, 당신은 상대방의 있는 그대로를 사랑해주지 못해 상처를 줬던 그 모든 지난 세월에 대해 후회하고 자책하게 될 것입니다. 그러니 너무 많은 후회거리를 만들지는 마십시오. 지금 이 순간부터는 관계 안에서의 다정한 의무에 대해 오직 최선을 다하겠다고 마음먹으십시오. 당신이 행복한 사람이라서 상대방에게 또한 그 행복을 전해줄 수밖에 없는 다정한 사람이 되었을 때, 이제 당신은 관계 안에서 더 이상 집착할 필요가 없을 것입니다. 당신의 관계는 당신의 애씀과 억지 없이도 이제는 그저 조화로울 것이기 때문입니다.

혈액순환이 제대로 되지 않을 때 우리의 몸이 아픈 것처럼, 당신의 마음이 당신의 부정성으로 인해 꽉 막혀있을 때는 당신의 관계 또한 닫혀 순환이 제대로 되지 않을 것이며, 하여 당신은 그 관계 안에서 오직 아픔만을 주고받을 수 있을 뿐일 것입니다. 그러니 당신이 마주하고 있는 관계 안에서 그 예쁜 순환을 가로막는 벽을 이제는 더 이상 창조하지 마십시오. 오직 열린 마음만을 주고받는 다정한 관계를 맺으십시오. 그것을 위해 당신 스스로의 행복을 먼저 찾으십시오. 하여 당신의 관계 안에는 서로에게 인상을 찌푸리며 대립해야만 하는 인색함이 아닌, 오직 웃으며 서로에게 활짝 열려 있을 뿐인 다정함만이 함께하기를 진심으로 바라겠습니다.

그러니까 당신의 마음 안에 있는 그 모든 결핍과 오류들을 해소하는 감사와 사랑, 그리고 평온함만이 당신과 오직 함께하기를. 하여 당신 자신에게 먼저 다정한 당신이 되었기에 타인에게 또한 다정할 수밖에 없는 당신이기를. 그렇게 당신은, 당신이 스스로 세워둔 모든 행복의 대체물과 환상들을 이제는 완전히 허문 채 오직 진실한 행복만을 당신의 마음 안에 두기를. 그렇게 당신의 세계를 아름답고도 예쁘게 재창조하기를. 하여 이제는 관계 안에서의 다정한 신뢰를 회복할 것이며, 그로 인해 상대방이 당신에게 자신의 사적인 이야기들을 털어놓는 시간이 많아지기를. 그러니까 당신을 향한 다정한 수다가 많아지기를.

그렇게 당신은 상대방에게 위로와 힘을 전해주는 사람일 것이며, 또한 당신과 함께하는 모든 이들 또한 당신에게 그런 다정한 사람이기를. 그렇게 오직 다정함으로부터 당신이 행복하기를. 해서 모든 것을 기꺼이 다 해줘도 아까움이 생기지 않는 그런 사랑을 주고받는 당신과 당신의 곁이기를. 그러니까 서로를 향해 서로의 마음이 진실하게 열려 있기를. 하여 그 관계는 모든 외로움과 결핍 너머의 완전함일 것이며, 또한 진실한 사랑이기를. 마지막으로 그 관계 안에 있는 서로의 유일한 의무란, 오직 서로를 향한 다정한 의무일 것이며, 그렇게 당신이, 당신과 함께하는 그 당신의 사람이, 그 사랑 안에서 오직 영원히 행복하기만 하기를. 무엇보다 다정하고도 다정하게.

45

성공 안에서의 성숙..

스스로 성공하는 사람이 되어보십시오. 저는 작은 원룸에서부터 시작해서 알바를 하며 모든 것을 혼자서 시작했습니다. 저의 부모님께서는 경제적으로 저를 충분히 도와주실 수 있었고, 또한 기꺼이 도와주고 싶어 하셨지만 제가 그것을 거절했습니다. 왜냐면 저는 멋진 사람이 되고 싶었기 때문입니다. 그러니까 저에게는 저의 성공으로부터 많은 사람들의 패배의식을 치유하고 그들을 고쳐시켜주고 싶은 마음의 욕구가 있었습니다.

아시다시피, 이 세상에는 적의를 가진 많은 사람들이 있습니다. 그리고 그들은 그저 누군가가 성공을 했다는 이유만으로 성공한 이들을 미워하곤 하죠. 거기에 다른 이유는 없습니다. 정말로 누군가가 잘 됐다는 것, 그것이 그들의 마음 안에 있는 모든 미움의 이유입니다. 우리가 우리 자신이 실패한 원인을 스스로의 외부에 둘 때, 우리는 우리의 실패 자체에 대한 정당한 변명과 타당화를 얻을 수 있고, 하여 그 회피로 인해 일시적으로나마 마음의 편안함을 얻을 수 있게 되기 때문입니다. 내 탓이 아니라 이 사회의 구조 탓이야, 이미 성공한 사람들 때문이야! 라고 말하는 순간, 앞으로 자신이 성공할 수 있는 기회는 영영 사라지게 되겠지만, 그럼에도 잠시나마 위로를 받을 수는 있는 것이죠.

그래서 그들이 주장하는 평등은 모두가 함께 잘 사는 평등이 아니라 모두가 함께 가난해지는 평등입니다. 그리고 저는 그런 이들에게 너도 마음만 먹으면 충분히 성공할 수 있어! 라는 것을 가르쳐주고 싶었습니다. 그래서 저는 스스로 성공한 멋진 사람이 되고 싶었던 것입니다. 그리고 저는 제 나이에 충분히 성공했다고 생각합니다. 그러니 부모님께서 나에게 물려준 것이 없다고 불평하지 마십시오. 대한민국이 성공하기가 너무 힘든 나라라며 불평하지 마십시오. 사실 대한민국처럼 기회가 많은 건강하고도 안전한 나라는 이 세상에 거의 없다고 봐도 무방합니다.

어쨌든 저는 스스로 성공했고, 부모님께 저의 성공으로부터 얻을 수 있었던 그 모든 외부적인 보상들을 오히려 선물로 드렸습니다. 왜냐면 저는 부모님께서 저를 키워주시고, 또 제가 이렇게 잘 자랄 수 있도록 보살펴주신 은혜를 꼭 갚고 싶었기 때문이었습니다. 늘 감사함과 다정함으로 보답해도 제 마음은 언제나 부모님께 더 많은 것들을 해주고 싶어 했기 때문입니다. 그래서 그건 사실 '돈'이 아니라 제 성취를 부모님께 선물로 드린 것이었습니다. 그 마음, 저의 성숙과 나아감, 그 모든 열정에 대한 보상을 말이죠.

정말로 성공은 저에게 있어 하나의 배움이자, 내면의 성취였으며, 또한 긍지였을 뿐, 그 이상의 의미는 전혀 없었습니다. 그저 제가 제 꿈을 제 모든 마음을 다해 사랑해왔던 그 모든 과정의 결과로 저에게 자연스럽게 주어졌던 외부적인 보상일 뿐이었던 것이죠.

그래서 저는 제가 더 유명해지는 것에 대해서도 크게 욕심을 내지 않았습니다. 방송 프로그램에서 섭외가 온 적도 있었지만 저는 거절했죠. 저는 그렇게 생각했습니다. 제가 유명해지고 나면 저에게는 글을 쓸 시간이 더욱 줄어들게 될 것이고, 잠시 카페에 가서 커피를 마실 때에도 신경을 써야만 하는 일이 더욱 자주 생기게 되고야 말 거야, 라고 말이죠.

그러니까 그때의 저는 친구와 편하게 이야기를 할 때에도 누군가가 저에게 편견을 가질까 봐 걱정해야만 하는 사람이 될 것입니다. 어쨌든 그런 외부적인 겉옷은 다소 저를 성가시게 하는 하나의 겉치레가 될 뿐이라고 저는 생각했습니다. 그 모든 일, 생각들이 저에게 일어난 것이 제가 스물여섯 살 때였습니다. 그러니 부모님을 탓하고 나라를 탓하기보다, 스스로 성공하고, 오히려 나를 낳아준 부모님께 경제적으로 지원을 해주는 사람이 되어보십시오.

그리고 당신이 어느 정도 성공을 하고 나면, 당신은 또한 세금을 많이 내게 될 것입니다. 해서 세금이 얼마나 나올까, 이제는 그것을 걱정하게 되겠죠. 그러니 세금에 대해서 걱정하는 사람이 되어보십시오. 그저 당신이 성공했다는 이유만으로 당신은 세금을 더 많이 내게 될 것이고, 하여 당신은 당신과 함께 살아가는 주변 사람들의 삶이 더욱 편리해질 수 있도록 자연스럽게 기여하는 사람이 될 것입니다.

그러니 성공에 대해 열등감이나 죄책감을 가지기보다 성공함으로써 편리를 누리고, 또한 그 편리를 나눠주는 사람이 되십시오. 정말로 당신이 성공하게 되면, 당신은 보다 편리하게 이 세상을 살아가게 될 것입니다. 단, 당신이 돈에 대해 과하게 집착하지만 않는다면요. 만약 당신이 돈에 대해 크게 집착하지 않을 수 있다면, 그때는 당신이 누릴 편리가, 당신의 성공으로 인해 당신에게 주어지는 외부적인 보상의 전부가 될 것입니다. 그러니 돈에 대해 집착하기보다, 그저 편리하게 그것을 누리십시오.

돈 자체가 당신 삶의 유일한 목적이 되어서는 안 되는 것입니다. 그것은 진실로 당신이 더욱 편리하고 풍족하게 세상을 살아갈 수 있도록 해주는 하나의 수단이 될 뿐, 그 이상도 그 이하도 아닙니다. 그것에 부여하는 당신 마음 안의 욕망과, 그 욕망으로 인해 생기는 매력의 투사가 없다면, 정말로 물질이 당신에게 가지는 의미는 딱 거기까지가 될 것입니다.

해서 당신이 이 점에 대해 진정 이해하게 되었을 때, 이제 당신은 당신의 성공을 진실로 누리는 사람이 될 것입니다. 그러니 명심하십시오. 돈에 대해 집착하는 사람은, 자신이 가난할 때도, 부자일 때도 모두 마찬가지로 돈에 대해 집착할 수 있을 뿐, 결코 돈으로 인해 이 세상의 편의를 누리는 자가 되지는 못한다는 것을요.

중요한 건 내 마음 안에 있는 물질에 대한 집착과 욕망의 투사이지, 물질 자체가 아니기 때문입니다. 따라서 물질에 대한 탐닉은 그저 스스로의 내면 안에 있는 결핍으로 인해 일어나는 하나의 오류일 뿐, 외부가 어떠해서 생기는 것이 결코 아닌 것입니다. 그러니 그 집착을 정화하십시오. 당신이 부자든 아니든, 당신이 집착하지 않을 때 당신은 더욱 편리하게 외부를 누리고 이용하게 될 것이고, 해서 그 마음의 자유가 바로 행복입니다.

리들리 스콧 감독의 올 더 머니라는 영화를 시청해보십시오. 그 영화가 돈에 대해 과도하게 집착하는 상태가 어떤 것인지를 당신에게 알려줄 것입니다. 어쨌든 당신에게 물질에 대한 과도한 집착이 없을 때, 당신은 더욱 자유롭게 편의를 누리는 사람이 될 수 있을 것입니다. 그러니까 이제 당신은 욕망으로부터의 그 어떠한 강요도 없이 오직 당신의 온전함을 바탕으로 '선택'할 수 있게 되는 것이죠. 무엇을 취할지 취하지 않을지, 이제 그것은 전적으로 당신의 선택에 달린 것이 되는 것입니다.

제가 유튜브 채널을 만들고 얼마간의 시간이 지나자, 저는 유튜브를 통해 수익을 창출할 수 있게 되었습니다. 하지만 저는 제 영상에 있는 모든 광고를 스스로 중단하고 제외시켰습니다. 일일이 그것을 신경 쓴다는 게 다소 귀찮은 부분이 있기는 했지만 영상을 보는 사람들의 영상을 보는 동안의 집중과 감동을 위해서, 그러니까 오직 제 독자들을 위한 배려로써 저는 그렇게 했습니다. 그리고 그렇게 하는 데 있어 저에게는 그 어떤 미련도, 결핍 또한 없었습니다. 그러니까 저에게 있어 그것은 그저 하나의 '선택 사항'이었던 것이죠.

제가 만약 돈에 대해 과하게 집착을 하는 사람이었다면, 저는 구독자들의 감동 따위는 생각도 하지 않은 채 어떻게 해야 조금이라도 더 많은 광고를 삽입할 수 있을까, 오직 그것만을 고민하고 있었을 것입니다. 그러니까 그때의 저는 애초에 돈만을 위해서 무엇인가를 하는 사람으로서 존재하고 있었을 것입니다. 그렇다면 그건 얼마나 작고도 인색한 마음이자 존재의 방식입니까. 해서 그러한 집착이 저의 자유와, 그 자유에 대한 선택의 폭을 줄일 것이고, 하여 그때의 저는 정확히 그만큼 더 불행하게 살아갈 수밖에 없게 되는 것입니다.

그리고 이건 광고를 하고 안 하고의 문제가 아니라, 광고를 하고 안 하고에 대해 자유롭게 선택할 수 있느냐 아니냐의 문제인 것입니다. 어쨌든 저는 그것에 대해 다정함과 온전함을 바탕으로 자유롭게 선택할 수 있었던 것이죠. 저 또한 광고가 필요하다면 광고를 할 것입니다. 광고를 해서 더 많은 수익을 얻게 되었을 때, 그 수익을 통해 저는 더 많은 편리를 누리게 될 것이고, 또한 더 많은 위대한 성취를 하게 될 수도 있을 것이기 때문입니다. 하지만 독자들의 매일 밤을 위로하기 위한 영상에 광고를 넣는 것은 적합하지 않을 것 같다는 게 그때 당시에 제 온전함이 내린 결론이었던 것이죠.

어쨌든 그래서 저는 돈에 대한 집착이 있는 억만장자보다, 돈에 대한 집착이 없는 가난한 사람이 더욱 세상을 편리하고도 행복하게, 넉넉하고도 다정하게 살아간다고 생각하는 편입니다. 해서 만약 당신이 외부를 쫓느라 당신의 내면을 잃어버릴 것 같다면, 차라리 무소유를 추구하는 것이 당신의 행복에는 더욱 이로울 것입니다.

누군가는 버스를 타고 출퇴근을 하면서도 이토록 발전되어 편리해진 인류의 문명 자체에 감사하고 있을 것이며, 누군가는 비행기를 타고 해외여행을 다닐 때도 자신이 퍼스트 클래스를 타지 못했다며 불평을 하고 있을 것입니다. 해서 그건 정말로 그저 마음의 상태일 뿐인 것입니다. 따라서 우리가 아무리 많은 돈을 벌었다고 하더라도 그 돈에 대한 집착 자체를 초월하지 못한다면 우리는 여전히 공허하고 결핍된 채일 수밖에 없는 것입니다. 그래서 그때는 더 많이, 더 많이를 끝없이 외치는 사람으로서 존재하게 되겠죠.

그러니 돈에 속하기보다 돈을 초월함으로써 돈을 진정 소유하는 사람이 되십시오. 당신이 돈에 대한 관점 자체를 진정 소유하게 되었을 때, 당신은 돈 자체의 매력에 더 이상 흔들리지 않을 수 있을 것이며, 하여 당신은 그것에 대한 전적인 자유를 얻게 될 것입니다. 어제는 몇억 원이 있었는데, 오늘은 몇백 원밖에 없어도 당신의 하루에 달라지는 것은 이제 없는 것이죠. 당신은 여전히 평온할 것이며, 여전히 감사할 수 있을 것입니다. 그러니 휘둘리기보다, 소유하는 사람이 되십시오. 그렇게 진정 소유함으로써 그것을 넉넉하게 누리십시오.

과거의 사람들은 영적인 것에 대해 보다 경건하고도 엄격한 잣대를 적용하는 경향이 있었지만, 저는 진정 영적인 삶이란, 우리가 살아가고 마주하는 이 현실과의 적절하고도 아름다운 조화라고 생각합니다. 그것이 현대 사회를 살아가는 우리에게 필요한, 보다 세련된 방식의 영적 삶의 추구라고 저는 생각합니다. 그러니까 그건 이 삶에서 벗어나 스스로 고립된 채 홀로 결가부좌를 하고 명상을 하는 것이 아니라, 이 삶 안에서 하루하루의 다정함과 마음의 평온함, 그리고 그 안에서의 진정한 자유를 추구하는 방식이 되는 것이죠.

평생 명상을 하여도 어떠한 의식의 진전도 이루지 못하는 사람들도 많이 있습니다. 왜냐면 명상의 상태에서 벗어나는 즉시, 그들은 곧장 타인에게 인색하고도 까탈스러운 사람으로 되돌아가기 때문입니다. 그래서 진정한 성숙은 명상을 하고 있지 않은 상태에서도 유지가 되는 단단한 다정함이라 할 수 있을 것입니다.

저는 명상을 할 때만 유지되는 평온함보다, 우리가 이 현실 사회를 살아가며 지켜내는 우리 마음 안의 그 단단한 다정함이 보다 더 성숙한 의식이라고 확신합니다. 명상이 우리가 우리 자신의 마음을 더욱 바라보고 이해할 수 있게 많은 도움을 주는 것은 분명하지만, 그것이 결코 성숙의 전부를 우리에게 선물해줄 수는 없는 거니까요. 그래서 주어진 삶을 살아가며 자신의 내면 안에 자신이 간직할 수 있는 최대한의 다정함과 평온함을 담은 채 존재할 줄 아는 사람이 가장 성숙한 사람이라고 할 수 있을 것입니다.

그러니 오직 다정함과 함께 성공하십시오. 성공을 혐오하고, 그것에 죄책감을 가지는 것이 당신의 성숙에 기여하는 바는 아마 없을 것입니다. 그러느니 차라리 성공을 해내고, 그 성공에도 불구하고 흔들리지 않는 다정함과 평온함을 유지하는 마음의 연습을 하는 것이 더욱 발전된 상태로 당신을 이끌어줄 것이라 저는 믿습니다.

그래서 저는 되도록 성공해보기를 권유하는 편입니다. 때로 성공에 취하는 순간도 찾아오겠지만, 오직 행복을 추구하고자 하는 영적인 지향이 있는 사람들은 그 모든 과정 안에서 또한 배우고, 그렇게 끝내는 그 무한한 성취 안에서도 충분한 조화와 균형을 찾아낼 수 있을 거라고 저는 믿기 때문입니다.

어쨌든 성공을 겪어보지 않는 것보다는 겪어보는 것이 우리에게 훨씬 더 큰 성숙을 선물해줄 것입니다. 많은 돈을 소유해보기도 하고, 그 돈에 탐닉해보기도 하고, 욕망해보기도 하고, 하지만 그럼에도 그것이 나의 행복에 기여하는 바가 없다는 것을 우리는 성공 안에서 진정 실습해볼 수가 있기 때문입니다. 그러니까 그것이 오직 공허함과 무가치함을 더해줄 뿐이라는 것을 배워보는 것이죠. 해서 당신이 그것을 진정 배우고 이해하게 될 때, 더 이상 당신의 마음 안에는 돈에 대한 죄책감과 혐오는 존재하지 않을 것입니다. 당신은 이제 그것을 진정 초월했을 것이기 때문입니다.

저에게는 대한민국을 탓하고, 가족을 탓하고, 환경을 탓하는 많은 또래 친구들이 있었습니다. 그리고 그들 중 많은 이들이 저로 인해서 그것들을 정화하고 초월했습니다. 왜냐면 저는 그 모든 것에도 불구하고 해내었기 때문입니다. 그래서 그들은 저의 성취에서부터 영감을 받고, 희망을 얻었습니다. 저에게 어떻게 해서 잘 되었냐고 물어보는 친구들도 많았죠. 그때마다 저는 내가 해냈다면, 너도 해낼 수 있다고 말해줬습니다. 그리고 그들은 그들에게 공유된 제 경험과 초월로 인해 비로소 탓하는 것을 멈추고, 더욱 긍정적인 의지와 함께 나아갈 수 있게 된 것이죠. 그렇게 그들은 서서히 성공에 닿아가기 시작했습니다.

그러니 한 발을 내딛으십시오. 탓한 채 도망가는 것을 이제는 멈추고 오직 나아가십시오. 그 모든 과정 안에서 배우고, 더욱 성숙한 사람이 되십시오. 하여 패배의식과 열등감을 마음에 품어 사람들에게 부정적인 영향을 주는 사람으로서 존재하기보다, 이제는 희망과 용기의 빛으로 사람들을 고쳐시켜주는 사람으로서 존재해보십시오. 그때는 그저 당신과 함께 있는 것만으로도 사람들은 자신의 기분이 좋아지고 있다고 느끼기 시작할 것입니다. 왜냐면 그때의 당신은 자기 연민과, 열등감과, 패배의식을 진정 초월한 채일 것이고, 하여 그 열린 마음과 조화로운 상태가 당신이 맺고 마주하는 사람들을 자연스럽게 고취시켜줄 것이기 때문입니다.

해서 사람들은 이제 당신에게서 느껴지는 생명력 있는 빛에 끌리기 시작할 것이고, 또한 그 빛에 영향을 받기 시작할 것입니다. 진실로 당신과 함께 머물러 있는 시간을, 그래서 사람들은 사랑하게 될 것입니다. 사람들은 당신의 말과 당신의 얼굴에 묻어있는 그 환하고 다정한 느낌을 좋아할 수밖에 없을 것이기 때문입니다. 열린 마음, 조화로운 사고, 밝고도 다정한 생각들, 확신에 가득 찬 성취, 그것이 하나의 물결이 되어 사람들의 마음에서 파동을 일으키기 시작하는 것이죠.

그래서 사실 그때의 사람들이 좋아하는 건 당신의 '성공'이 아니라, 당신이 성공을 향해 나아가는 과정 안에서 일어난 당신 내면의 '성숙' 그 자체인 것입니다. 그러니까 진실로 사람들은 당신의 외부가 아니라 당신 내면의 수준에 끌리게 되는 것이며, 오직 그것에서부터 고취되기 시작하는 것입니다. 아무리 성공하더라도, 그 성숙을 지니지 못한 사람에게는 그래서 사람들은 매력을 느끼지 못하는 것입니다. 오직 불편해하거나, 혹은 사적인 이득을 위한 계산으로 그 불편함을 감수하는 것만이 그곳에는 존재하고 있을 뿐인 것이죠.

그러니 진정 빛이 나는 성공을 향해 나아가기를 바랍니다. 그것이 당신을 성숙으로 이끌어줄 것이고, 그 성숙이 사람들에게 빛과 환희를 또한 선물할 것이고, 하여 당신의 성공은, 그저 당신이 그 자리, 그 위치에 서 있는 것만으로도 사람들에게 하나의 축복이 되어주는 성공이 될 것입니다. 그렇다면 그건 그 자체로 얼마나 아름답고도 위대한 일이겠습니까.

모든 사람들이 당신의 성공을 존경하고, 그 성공에서 영감을 받고, 하여 꿈과 희망을 얻게 되는 것, 제 생각에 그건 그 자체로 하나의 위대한 치유입니다. 그러니 사람들에게 그 치유와 빛이 되어주는 성공을 해보십시오. 그때는 당신이 추구하는 그 성공을 향한 모든 발걸음이 인류 전체를 끌어올리게 될 만큼의 봉사이자 헌신 그 자체가 될 수 있을 것입니다. 하여 그때의 당신은 당신 자신이 인류의 평화와 행복에 이바지하고 있다는 그 보람, 자존감, 긍지로 인해 행복과는 결코 떨어질 수 없는 성공을 해내게 될 것입니다.

성공했음에도 여전히 행복하지 않다면, 그렇다면 그것을 도대체 어떤 가치가 있는 성공이라 할 수 있겠습니까. 그래서 그건 결코 진정한 성공이 될 수 없는 반쪽짜리로 남을 것입니다.

또한 당신은 성공함으로써 성공한 사람들의 마음을 더욱 헤아릴 줄 아는 사람이 되어갈 것입니다. 제가 아는 어떤 친구는 저에게 그런 말을 한 적이 있었습니다. 자기가 아는 언니가 요가 선생님으로 일하고 있었는데, 그 언니는 정말 성실하고 늘 열심히 살아가는 언니였는데, 어느 순간 잘 되더니 오래도록 사귀던 남자친구와 헤어졌다는, 그런 말을 말이죠. 이어서 그 친구는 그 언니를 비난하기 시작했습니다. 그리고 그건, 역시 사람은 잘 되고 나면 변한다는 식의 비난이었죠. 그 이야기를 듣다가 저는, 그 언니가 그 남자친구와 헤어진 건 어쩌면 외로워서일지도 몰라, 라고 대답했습니다.

왜냐면 오랜 시간 동안 함께했기에 끝없이 남자친구에게 어떠한 의지와 원동력을 심어주고 싶었지만 여전히 남자친구는 나태했고, 해서 그 언니는 그러한 사람과 함께 대화를 하는 것에서 위로를 받을 수 없었기에 끝내는 그 외로움에 지쳐서 헤어짐을 선택한 것일지도 모르는 것이니까요. 제 생각에는 그랬습니다. 잘 돼서 헤어진 게 아니라, 외로워서 헤어진 것이 맞는 것이죠.

하지만 성공을 소유하지 못한 사람들은 그러한 식으로 성공한 사람의 마음을 깎아내리는 것을 좋아합니다. 그게 성공하지 못한 자신의 지금 상태에 대한 어떤 묘한 위로를 전해주기 때문입니다. 그리고 그건, 나는 성공하지는 못했지만, 그럼에도 도덕적으로는 더 옳아! 라는 위로인 것이죠(애초에 그런 식의 도덕성에 탐닉하는 사람들은, 그 도덕성으로 남을 비하하고 깎아내리는 것 자체가 이미 도덕적으로 올바르지 않다는 점에 대해서는 평생 깨닫지 못하는 경향이 있습니다. 깨닫지 못하는 게 아니라, 어쩌면 깨달으려 하지 않는다는 것이 더욱 적절한 표현일 것 같습니다).

하지만 또한 그런 식으로 성공한 사람을 깎아내리는 사람들이 실제로는 더욱 속물인 경우가 많이 있습니다. 오히려 그런 사람들이 자신이 자주 비난하곤 했던 행동을 나중에는 아무렇지도 않게 하고 있는 경우가 많이 있는 것이죠. 물질적으로 더 성공한 사람이 잘해주니 자신과 오래도록 함께해 왔던 연인과 정말로 헤어지고 그를 떠나는 식으로 말입니다. 그리고 그때의 헤어짐이야말로 정말로 계산적인 헤어짐이라 할 수 있을 것입니다.

어쨌든 저에게도 그러한 외로움이 많이 있었습니다. 제가 성공하는 과정 안에서 어떠한 문제들이 생겼을 때, 아 누구 때문에 오늘은 좀 스트레스를 받았어, 라고 말하면 제 친구들은 그럼 섹스나 하고 버려, 라는 식의 실없는 말이나 하곤 했었던 것이죠. 그렇다면 그런 친구들과 제가 어떤 이야기를 나눌 수 있겠습니까. 대체로 제 주변의 친구들은 제 여자 동료에 대해서는 그런 식으로밖에 말하지 않았습니다. 그리고 그게 저의 기분을 자주 상하게 만들었죠. 제가 스트레스를 받든 아니든, 어쨌든 그 사람은 저와 함께하는 저의 소중한 동료였기 때문입니다.

그래서 저는 제 연인에 대해서도 친구들에게 말한 적이 없습니다. 혹시나 친구들이 가벼운 말로 제 여자친구에 대해서 말하면 그것을 제가 참을 수 없을 것 같았고, 해서 그러한 상황 자체를 애초에 만들지 않기 위해 노력한 것이죠. 제가 구태여 여자친구 이야기를 하는 바람에 제가 사랑하는 사람이 혹여나 훼손되는 상황을 저는 만들고 싶지가 않았던 것입니다. 하지만 저의 친구들은 늘 자신의 여자친구에 대해 오히려 먼저 가볍게 이야기를 하고, 잠자리에 대해서까지 서슴없이 이야기하고, 또 그러한 사진을 보여주며 자랑하고, 그랬던 것이죠.

그래서 저는 외로웠습니다. 제가 잘 되고 나서는 야 나 차 한 대만 사주면 안 되냐? 하던 친구들, 그것을 당연한 듯 거절하자 저를 비난하던 친구들, 그런 친구들도 있었죠. 제가 그들을 떠나게 된 건, 정말로 그들이 성공하지 못한 사람들이어서가 아니라, 그들의 내면의 의식 자체가 너무나도 미성숙하고 가난했기 때문입니다. 저에게는 주어진 삶을 통해 최선을 다해 성숙하며 꿈을 이루어나가는 그 진실한 과정이 있었지만, 제 친구들에게는 그것이 부재했고, 해서 시간이 지날수록 친구들과 제가 삶을 마주하는 시선은 너무나도 큰 차이가 나는 것이 되었던 것입니다.

어쨌든 그래서 저 또한 그 요가를 하는 언니의 이야기처럼 제가 멀리한 친구들에게서 그러한 뒷이야기들을 자주 들어야만 했습니다. 잘 되더니 우리 연락은 이제 받지도 않네, 하는 식의 이야기 말입니다. 하지만 여전히 저에게는 성공한 친구보다 성공하지 못한 친구들이 더 많이 있습니다. 그리고 제가 함께하는 친구들은 그 모두가 성공하지는 못했더라도 내면이 예쁘고 온전한 사람들입니다. 그러니 성공하면 변한다는 말을 모든 사람에게 적용하는 것은 다소 무리가 있는 억지가 될 것입니다. 해서 저는 당신 또한 진정 성공함으로써 그 외로움을 이해할 줄 아는 사람이 되길 바랍니다. 그때의 당신은 괜한 열등감에 성공한 사람들을 깎아내리기보다, 그들을 더욱 존중하고 이해할 줄 아는 사려 깊은 마음을 당신 자신의 마음에 지니게 된 채일 것이기 때문입니다.

그렇다면 그 요가를 하는 언니가 자신의 남자친구와 헤어졌던 유일한 이유는, 자신의 남자친구가 결코 성공할 수가 없을 만큼의 가난한 내면의 상태를 지니고 있었기 때문이 아닐까요. 그러니까 남자친구의 끝없는 합리화, 나태함, 패배의식, 열등감, 그러한 것들이 그녀 자신을 끝없이 소진시키고 지치게 만들었기 때문이 아닐까요. 그러니까 그녀의 남자친구는 자신보다 훨씬 노력해서 성공한 자신의 여자친구에게 축복을 해주기보다 오히려 질투를 하고, 하여 그녀에게 더욱 집착하며 그녀를 억누르곤 했었던 것은 아닐까요. 해서 무엇보다 마음을 나눌 수 없었고, 하루를 공유할 수 없었고, 그러한 외로움과 결핍이 끝내 그녀로 하여금 헤어짐을 선택하게 만들었던 것은 아닐까요.

그리고 당신이 만약 성공을 소유하게 된다면, 저와 같은 이 시선을 당신 또한 지니게 될 수 있을 것입니다. 왜냐면 당신이 정말 온전함을 바탕으로 성공할 때, 당신은 자주 외로울 것이기 때문입니다. 그래서 이제는 당신 또한 그 외로움을 진정 바라보고 이해할 줄 아는 사람이 되는 것이죠. 그렇다면 이게 패배의식에 젖어 누군가를 깎아내려야만 하는 내면의 가난함보다 훨씬 더 성숙하고 발전된, 따뜻하고도 다정한 태도이자 시선이 아니겠습니까. 그러니 성공함으로써, 성공한 자들의 마음과 시선을 진정 소유하십시오. 그것이 당신을 훨씬 더 나은 사람으로 만들어줄 것입니다.

성공을 향해 나아가며, 그 성공을 진실로 소유해나가는 과정 안에서 당신은 또한 여러 가지 시행착오를 겪게 될 것이지만, 그럼에도 당신은 그 모든 과정을 통해 배우고 성숙해서 끝내는 그것들을 극복하고 초월해나가게 될 것입니다. 그렇게 이제 당신은 돈을 그저 당신의 하루를 더욱 편리하게 만들어주는 하나의 수단으로써 생각할 수 있게 되는 어떠한 지점에 마침내 도달하게 될 것입니다. 돈이 넉넉하기 때문에 맛있는 것을 먹을 수 있고, 맛있는 식사를 또한 지인들에게 대접할 수 있고, 그런 것이죠.

정말로 그것이 다입니다. 당신이 누릴 수 있는 편의와 넉넉함, 풍족함, 그 이상의 돈에 대해서는 이제 당신은 관심도 없을 것입니다. 그때는 그저 당신이 풍족할 수 있음에 오직 감사하고만 있을 뿐이겠죠. 하여 마침내 당신이 이 지점에 도달하고 나면, 당신은 차고 넘치는 물질 안에서도 당신 마음 안의 평화를 꿋꿋이 지켜낼 수 있게 될 것입니다. 그리고 그것이 바로 성공 안에서의 진정한 자존감입니다.

실제로 이미 평생을 넉넉하게 살고도 남을 만큼의 돈을 벌어놓고도 여전히 불안해하고, 경쟁하고, 더 많은 것을 욕망하는 사람들 또한 이 세상에는 많이 있으며, 그렇다면 그들은 사실 얼마나 불쌍한 사람들일까요. 어쨌든 그럼에도 당신은 당신이 외부적으로 성공해나가는 그 모든 과정 안에서 그 성공 안에서의 진정한 자존감을 서서히 배우고 지니게 될 것입니다.

이 글을 읽기 전의 당신에게 이 수업은, 당신이 평생토록 수업을 들음에도 결코 이수하지 못할 하나의 영원한 과제가 되었을지도 모르겠지만, 이제 당신은 성공과 행복 사이의 조화와 균형에 대해 더욱 생각하는 사람이 되었을 것이고, 그래서 당신의 수업 시간은 크게 단축되었을 것입니다. 야자까지 할 필요는 이제 없습니다. 그리고 때로 당신이 온전한 길 위에서 크게 벗어날 때는 제 글이 문득 떠올라 당신을 지켜줄 것입니다.

정말로 성공했지만, 여전히 돈에 대해 과도하게 집착하는 사람들이 이 세상에는 많이 있는 것입니다. 하여 그 집착에서부터 자유를 얻는 수업을 끝내 이번 생까지 이수하지 못해 다음 생에까지 연장해야만 하는 사람들도 많이 있는 것이죠. 그래서 그들에게는 보충 수업 또한 필요한 것입니다. 그러니 아까 제가 추천했던 리들리 스콧 감독의 올 더 머니라는 영화를 꼭 한 번 시청해보시길 바랍니다. 당신은 이 영화를 통해 제가 말하는 집착의 상태가 무엇인지 명확하게 느끼고 알 수 있게 될 것입니다.

어쨌든 중요한 것은 돈이 아니라 우리의 행복입니다. 그렇다면 우리는 끝내 돈에 대한 집착에서 벗어나야만 할 것입니다. 그것을 위해 우선 성공에 대한 갈망은 있지만 여전히 성공하지 못해 열등감을 느끼고 있는 지금의 상태에서 벗어나야만 할 것이고, 그러기 위해서는 성공을 소유해 봐야만 할 것이며, 그렇게 성공을 소유한 뒤에는 물질에 대한 집착을 진정 초월하고 극복해 봐야만 할 것입니다.

왜냐면 그 모든 진정한 성공을 향해 나아가는 일련의 과정을 통해 우리의 마음 안에는 자연스럽게 보다 높은 자유가 깃들기 시작할 것이고, 하여 그 자유로부터 우리는 비로소 완전한 행복에 닿게 될 것이기 때문입니다. 해서 그때가 되어서야 이 수업은 완전히 완료되고 완성될 것입니다.

그러니 당신이 진실로 성공해 보지 않은 채로도 성공을 이미 소유하고 있는 사람이 아니라면, 성공을 향해 나아가보십시오. 그 과정 안에서 성공과 행복의 조화에 대해 배우고 진정 소유해보십시오. 그 모든 걸음 안에서 당신의 마음속에서 솟아오르는 끝없는 집착과 욕망들, 그 모든 것들을 느낀 채 정화하고, 그렇게 더욱 다정하고도 자유로운 사람이 되어가 보는 것입니다. 그 수업이, 우리가 성공을 추구해 볼 만한 유일한 이유입니다. 그리고 정말로 그 수업을 치른 사람과 치르지 않은 사람의 사고방식은, 그 균형과 조화의 수준에서 크게 차이가 날 것입니다.

해서 당신은 서서히 당신의 외부와 내부를 적절히 조율해나가게 될 것입니다. 그렇게, 그럼에도 불구하고 행복하기 위해선 어떤 마음을 가져야만 하는지에 대해 배워나가게 될 것입니다. 그래서 마침내 당신은 더욱 조화롭게 당신에게 주어진 외부를 살아가게 되는 것이죠. 그러니까 당신은 그것에 탐닉하지도, 집착하지도 않으면서 여전히 그것들을 넉넉하게 누릴 수 있게 될 것입니다. 그러니까 그 마음을 일단 배우고 소유하고 나면, 그때는 당신의 외부가 풍족하든 풍족하지 않든 그런 것에 관계없이 당신은 언제나 풍족한 사람인 채일 것입니다.

결국 풍족함이란, 오직 내면의 풍족함을 외부로 투사하는 형태의 마음 안의 넉넉함이기 때문입니다. 그래서 그때는 돈은 많이 가지고 싶지만, 그럼에도 여전히 돈을 가지지 못한 강제적 가난의 상태가 아니라, 돈이 정말 필요가 없어서 모든 성공을 벗어던지고 자발적으로 가난을 선택하는 그 자유로부터의 가난이 가능해지는 것입니다. 그게 테레사 수녀님이나 법정 스님이나 간디와 같은 사람들의 영역입니다. 정말로 외부에 대한 그 어떠한 미련이나 집착도 없을 만큼 완전하게 그것을 초월했기에 더 이상 그것에는 관심이 없는 것이죠.

하지만 태어나서부터 그렇게 태어난 사람이 아니라면, 어쨌든 우리는 그것을 이 삶을 통해서 배우고 익혀나가야만 합니다. 그래서 성공에 대한 집착이 있지만 여전히 성공하지 못해 패배의식과 열등감, 불평불만을 마음에 지니고 있는 사람들에게 진정 필요한 것은 바로, 성공의 경험입니다. 더하여 그 성공을 진정 소유하기 위한 노력과 열정이며, 그 과정 안에서의 초월입니다.

가난이 싫지만 여전히 가난하고, 하지만 가난한 자신이 부끄러워 내내 자신의 가난을 합리화하고 변명하고, 그래서 외부를 탓하고 성공한 사람들을 깎아내리고, 어쨌든 그러한 상태 안에서 존재할 바에는 가난에서 벗어나고자 모든 마음을 다해 노력하는 하루의 열정과 진취적인 의지를 가지는 것이 우리의 성숙에는 더욱 이로운 것이죠.

사실 외부는 전혀 중요하지 않습니다. 하지만 당신이 성공을 소유하지 못했을 때, 그때의 당신은 여전히 외부를 중요하다고 여기고 있는 채일 것입니다. 해서 그때의 당신은 돈만 많으면 난 정말로 행복할 거야!

라고 생각하게 될 것이고, 하여 돈이 많은 사람들이 정말로 그건 아니라고 당신에게 아무리 말해줘도, 당신은 그것에 대해 '너희는 아무것도 몰라'라고 말하게 되는 것이죠.

그러니 진실로 많은 돈을 가져보십시오. 하지만 그럼에도 그것은 결코 그것 자체만으로는 당신을 행복하게 만들어주지 못할 것입니다. 왜냐면 진실로 행복은 그것과는 전혀 무관한 것이기 때문입니다. 그러니까 외부 안에는 당신의 내면을 채워줄 만한 진실한 힘이 애초에 깃들어 있었던 적이 없기 때문입니다.

사실 행복은 내가 가진 물질의 양과 비례하는 것이 아니라, 내가 내게 주어진 삶에 얼마나 만족하는지, 그 만족의 양과 비례하는 것입니다. 해서 만족할 줄 아는 사람이 더 행복한 사람이 됩니다. 부자여도 만족하지 못하면 여전히 불행할 것이고, 가난해도 만족할 줄 안다면 행복할 수 있는 것이죠. 이것을 믿기 힘들겠다면 돈을 많이 가져 보는 것, 그 외에 다른 배움의 방식은 없을 것입니다.

그러니 최선을 다해 성공하고, 그 성공 안에서 느끼고 배우십시오. 정말로 당신이 아무리 성공해도, 여전히 당신의 내면이 인색하고도 가난하다면 당신은 끈질긴 욕망과 집착에서 여전히 벗어나지 못해 공허하고도 불행한 사람일 것입니다.

제가 아는 어떤 기업의 회장님은 자신의 업계에서 최고로 성공했지만, 그럼에도 여전히 회의실에서 재떨이를 집어 던지며 직원들에게 고함을 지르곤 하죠. 오늘 아침에도 그랬을지도 모르는 일입니다. 미수금도 못 받는 자식들아! 하면서 말이죠. 몇백억이 있는데, 300만 원이 모자라다고 재떨이를 던지는 것입니다. 그렇다면 그 안에 어떤 행복이 있겠습니까. 그래서 그 회장님에게 경영수업을 받고 있는 아들은, 저에게 자살을 하고 싶다며, 너무 힘들다고 늘 털어놓곤 했었습니다. 그래서 그 회장님은 그렇게 부자지만, 여전히 아들에게조차 존경받지 못하는 아버지인 것입니다. 그래서 그건 정말로 '돈만 많은 상태'일 뿐인 것입니다.

여러분도 누군가가 돈만 많다고 해서 그 사람을 존경하지는 않을 것입니다. 그러니 진정 존경받을 만한 성공을 추구하십시오. 당신의 통장에 잔고가 100만 원밖에 없다고 하더라도, 당신이 그것을 누릴 수 있고, 그것에 감사할 수 있다면, 제 생각에 당신은 몇백억이 있지만 여전히 재떨이를 던져야만 하는 회장님보다는 훨씬 더 행복한 사람일 것입니다.

이렇듯 외부적으로 크게 성공했음에도 여전히 자존감 없고, 감사할 줄 모르고, 다정하지 못해 사람들을 함부로 내려다보고, 경멸하고, 그런 사람들이 이 세상에는 많이 있는 것입니다. 하지만 진정 자존감 있는 사람은 사람들에게 결코 함부로 대하지 않습니다. 그들은 오직 존중과 친절로 사람들을 대할 뿐입니다.

정말로 상대방이 어떤 직업을 가지고 있고, 어떠한 환경에서 살아가고 있든, 그 사람이 '사람'이라는 것 하나만으로 우리에게는 그 사람을 존중해야 하는 충분한 이유가 있는 것입니다. 함께하고 안 하고는 자유이지만, 그렇다고 해서 존중하지 않고 경멸할 이유 또한 없는 것이기 때문입니다. 정말 그렇지 않나요?

그러니까 제 말은, 외부를 탓하기보다 모든 것의 근원이 오직 당신의 내면에 있다는 것을 진정 깨달음으로써 외부의 그 어떠한 조건, 환경에도 불구하고 스스로 해내는 위대한 성취를 향해 나아가고, 그 과정 안에서 진정 성공과 외부를 소유하는 사람이 되어볼 필요가 있다는 말입니다. 당신을 성공으로 이끌어줄 수 있는 진정한 힘이 있는 곳, 그것은 바로 당신의 내면입니다. 그러니 그 내면에서부터의 위대한 성취로 인해 많은 사람들에게 꿈과 희망을 전해주는 사람이 되어보십시오.

모두가 할 수 없다고 말할 때, 그리하여 모두가 불가능할 거라고 믿는 것을 당신이 끝끝내 해내게 되었을 때, 바로 그것이 사람들에게 또한 위대한 영감을 주게 될 의지의 원천이 되는 것입니다. 그저 당신이 해냈다는 사실 하나로, 사람들은 패배의식, 열등감, 성공에 대한 혐오, 적대감에서부터 벗어나 더욱 긍정적인 의지와 용기를 지닌 사람이 되는 것이죠.

그러니 안 된다고 말하는 쪽에 서서 스스로를 한계 짓기보다, 그 한계를 뛰어넘는 사람이 되어보는 것이 어떻겠습니까. 안 된다고 말하는 쪽에 서서 성공한 사람들을 미워하고, 또한 그들을 미워할 무수히 많은 이유들을 지어내고 창조하며, 하여 그런 식으로 끝없이 그들을 끌어내리고자 하는 왜소함을 선택하기보다, 그러니까 당신만큼은 그저 성공한 사람이 되어보는 것이 어떻겠습니까.

저의 친구 중에는 제가 성공하자마자 저를 미워하게 된 친구가 있었습니다. 아침부터 밤까지 매일 누워서 야한 옷을 입은 여성들이 나오는 인터넷 방송을 보고, 그 사이의 모든 시간에 먹고 자기만 하는 것이 전부인 그 친구는 제가 성공했다는 그 이유 하나만으로 저를 미워하기 시작한 것이죠.

제가 성공하기 전에, 그 친구가 대기업에 취직하게 된 다른 친구를 신랄하게 비판했었던 기억이 납니다. 그런 애들이 그런 곳에 취직하니까 이 세상이 이 모양 이 꼴인 거야. 전쟁이라도 일어나서 그런 애들은 다 죽어야 해! 그러고는 나 같은 사람이 세상을 이끌어가야지! 하면서 말이죠. 열심히 준비해서 대기업에 들어간 친구를, 매일 성적인 자극을 주는 인터넷 방송만을 보며 살아가는 사람이 성공했다고 욕할 자격이 있는 것일까요? 그렇다면 정말로 그 친구가 세상을 이끌어가게 될 때 더 좋은 세상이 올 수 있는 것일까요?

실제로 그 친구는 저와 그렇게 가까운 친구도 아니었는데, 심지어 제가 힘들게 노력하고 있을 때 넌 안 될 거라며 늘 무시만 하던 친구였는데, 어쨌든 그 친구는 제가 성공하자마자 저에게도 마찬가지로 그런 식의 원망을 품게 된 것입니다. 그렇게 저는, 제가 성공하는데 마음적으로라도 보탬이 된 것이 하나도 없는 사람들이 이 세상에서 저의 성공을 가장 미워하고, 질투하고, 하지만 동시에 저의 성공으로 인한 보상은 또한 함께 나누길 바라는 사람들이라는 것을 제 모든 성공의 과정 안에서 배우게 된 것이죠.

우리 모두는 우리가 성공할 수 있다면 기꺼이 성공할 것입니다. 넓은 정원이 있는 집, 하루를 걱정할 필요가 없을 만큼의 넉넉한 돈, 그런 것들을 가질 수가 있다면 기꺼이 가지고자 할 것입니다. 그래서 나에게 있어 그것이 불가능할 거라 여겨지기에 성공한 사람들을 깎아내리며 비난하는 식으로 경건한 사람인 척할 필요는 없는 것입니다.

돈과 성공에 대한 혐오 자체가 사실은 모순입니다. 진실로 내게 그러한 것이 전혀 소중하지 않으며, 또한 거추장스럽게 느껴진다면, 그저 나는 다른 삶의 방식을 선택하면 될 뿐이기 때문입니다. 그러니까 사과를 좋아한다고 해서 바나나를 좋아하는 사람을 비난할 이유는 전혀 없는 것입니다. 그저 내가 좋아하는 것을 나는 계속해서 좋아하면 되는 것이기 때문입니다. 그리고 내가 사과를 좋아하듯, 또한 바나나를 좋아하는 사람의 취향을 우리는 충분히 존중해줄 수가 있는 것이죠.

어쨌든 제가 사과를 좋아한다고 해서 바나나를 좋아하는 사람을 미워해야만 한다면, 저는 사과를 좋아하기 때문에 사과를 좋아하는 게 아니라, 사과를 좋아하는 저의 이미지를 타당화하고, 더욱 옳은 것으로 정당화하고, 하여 합리화하기 위해서 사과를 좋아하는 척하고 있는 것일 뿐인 것입니다.

그래서 그때의 저에게는 바나나를 미워해야만 할 필요가 있는 것입니다. 왜냐면 바나나를 미워함으로써 제가 사과를 좋아하는 모습에 대해 저는 더욱 큰 위로와 정당화, 변명을 얻을 수 있게 되기 때문입니다. 바나나는 이래서 먹으면 안 돼, 그래서 사과를 먹는 나는 옳은 것이지, 하는 식으로 끝없이 도덕적 우월감을 채우면서 말이죠. 그렇다면 그러한 관점만이 존재하는 세계 안에, 도대체 어떠한 자유와 성숙, 행복이 있을 수 있겠습니까.

그러니 그저 내가 좋아하는 것을 우리는 좋아하면 됩니다. 성공을 사랑하고, 돈을 사랑하십시오. 하지만 그것에 집착하지는 마십시오. 당신이 진실로 누군가를 사랑할 때, 당신은 그 사람의 행복을 염려할 것입니다. 해서 그 사람의 방식을 존중할 것이며, 통제하고 집착하기보다 받아들이고 이해하고자 할 것입니다. 그것이 진실한 사랑이 작용하는 방식이기 때문입니다.

그러니 당신은 당신의 외부 또한 그렇게, 그저 사랑하십시오. 그것을 욕망하고, 그것에 탐닉하고, 그것에 집착하고, 하여 그것이 당신의 뜻대로 되길 끝없이 통제하고자 하는 것은 사랑이 아닙니다. 사랑은 오직 기쁨으로 누리는 것이며, 감사함으로 즐기는 것이기 때문입니다. 해서 불안하기에 옭아매고, 더 많은 것을 원하기에 끝없이 기대하고, 그런 식의 나의 환상을 투사하는 욕망이 사랑이 될 수는 없는 것입니다. 그러니 사랑과 욕망의 구분 앞에서 언제나 진실하십시오. 그것이 당신의 외부든, 당신의 관계든, 그 무엇이든 말입니다.

어쨌든 당신은, 오직 마음이 풍족함으로써 스스로 부유한 사람이 되십시오. 그렇게 온전한 상식을 바탕으로 성공을 향해 나아가십시오. 그 성공으로 온전하지 않은 많은 이들의 마음을 온전함으로 이끌어주고, 그들의 마음을 치유해주는 사람이 되십시오. 부자가 될 수 있다면, 부자가 되십시오. 그럼에도 겸손하고 감사할 줄 아는 부자이십시오. 그러니까 성공의 위대한 증거, 그 자체가 되어보십시오.

저의 성공은 실제로 정말로 많은 이들에게 성공에 대한 희망을 가져다주었습니다. 그리고 저는 이 책이, 더 많은 이들을 성공으로 이끌어주기를 바랍니다. 해서 저는 당신이 성공하지 못한 지금의 상태를 탓하고, 성공한 누군가를 미워한 채 그들의 성공을 끌어내리고자 노력하고, 또한 그들의 성공을 빼앗고자 노력하고, 그러는 대신에 성공을 당신의 내면에 진정 소유함으로써 성공에 대한 열등감을 극복하고, 하여 다른 모든 이들이 또한 당신과 같이 성공할 수 있도록 성공의 희망을 전해주는 사람이 되기를 바랍니다. 하여 그 모든 희망, 고취, 건강한 성취, 이러한 것들을 통해 당신의 미래는 더욱 많은 이들에게 존경받고 사랑받는 위대한 미래이기를 바랍니다.

그리고 그 미래를 맞이하기 위하여 우리에게 필요한 것은, 성공하지 못한 지금의 상태를 탓하는 것이 아니라 진정 성공에 닿음으로써 그 성공을 소유하는 것입니다. 그러니 누군가의 성공을 시기 질투하는 대신에 그들이 성공한 방식을 모방하십시오. 그렇게 그들에게서 배우고, 그들이 해낸 것을 나 또한 해내도록 해보십시오.

실제로 제가 작가가 되고 나서 희망이 없을 것만 같던 출판 시장은 새로운 희망과 길을 되찾게 되었습니다. 제가 작가로서 활동한 방식이, 많은 이들에게 나도 작가로서 성공할 수 있고, 또한 출판사로서 성공할 수 있다는 희망을 준 것이죠. 그렇게 많은 이들이 저의 성공을 모방하여 성공했습니다. 그리고 저는 그것에 대해 그들을 견제하지 않았습니다. 저의 글을 베끼는 것과, 저의 성공을 베끼는 것은 완전히 다른 것이기 때문입니다.

그들이 오직 자신들의 사적인 이득을 위해서 저의 방식을 모방한 것이든 아니든, 이 지점에서 그러한 것은 중요하지 않습니다. 적어도 그들은 저의 방식을 통해 성공했고, 그렇게 그들은 적어도 패배의식에서부터 벗어나 성공에 대한 자신감을 가졌을 것이고, 하여 그들의 성공이 다른 많은 이들에게 또한 자신감을 심어줄 수 있을 것이고, 어쨌든 지금의 이 주제에서는 바로 이 부분만이 중요한 것입니다.

그들의 양심이 어떻니 저떻니 하는 것은 사실 우리가 상관할 바가 아니라 오직 그들 자신의 선택이자 책임일 뿐입니다. 만약 그들이 양심은 어긴 채 오직 저의 성공만을 따라 했다면, 그럼에도 이 책을 읽고 있을 그들이 이 책을 통해서 그들의 양심까지도 되찾을 수 있기를 저는 바랍니다.

어쨌든 적어도 자신이 성공하지 못했다는 패배의식, 그리고 열등감과 같은 것들에 시달린 채 성공한 자들을 끌어내리기 위해 공격하는 것보다는, 그런 식으로라도 성공을 소유해 보는 것이 더 나은 것이라고 저는 생각합니다. 그 일련의 성공 과정에서부터 배우고, 그 모든 과정 안에서 온전함을 향해 더욱 나아가며, 하여 그들은 결국 적절한 균형, 더욱 완전한 온전함, 그런 것들을 찾아나갈 수 있을 것이기 때문입니다. 그럴 수도 있고 아닐 수도 있겠지만, 어쨌든 그들에게는 적어도 그럴 기회가 있는 것입니다.

하지만 만약 당신이 성공하고자 노력은 하지도 않은 채 그들의 성공을 미워만 하며 존재하고 있다면, 당신에게는 성공과 성숙, 그 두 가지의 기회 모두가 사라지게 될 것입니다. 이것을 잊지 마십시오. 적어도 그들에게는 이제 성숙만이 남은 것입니다. 하지만 당신에게는 성공과 성숙, 이 두 가지의 과제가 모두 남아 있는 것입니다. 그렇다면 차라리 당신은 성숙한 채 존재하십시오. 그럼 당신에게도 성공 하나만이 남을 것인데, 그때의 당신은 성공에 대해 딱히 아무런 관심이 없을지도 모릅니다. 결국 가장 위대한 성공은 바로 내면의 성숙이기 때문입니다.

그러니 그들을 미워하고, 그들에게 적대감을 가지는 대신에 그들을 인정하고, 그들을 존중하십시오. 당신이 성공에 대해 관심이 있든

없든, 어쨌든 열등감에 사로잡혀 누군가를 끌어내리고자 하는 것은 미성숙한 삶의 방식입니다. 그러니 그럴 거라면 차라리 성숙과 함께 존재하십시오.

웃기는 이야기지만, 당신이 그들에게 열등감을 가진다면 사실 당신은 그 누구보다 성공을 미워하는 척하고는 있지만 사실은 성공을 가장 원하고 욕망하는 사람이 바로 당신 자신이라고 스스로 세상과 사람들에게 밝히는 꼴이 되는 것입니다. 왜냐면 당신이 그것에 대한 욕망, 하여 그것을 이루지 못한 결핍, 그런 것들을 가지고 있지 않을 때 당신에게는 그것에 대해 집착을 하거나 그것을 미워하거나 할 이유 또한 전혀 없을 것이기 때문입니다.

그래서 사실 돈을 가장 미워하는 것처럼 보이는 사람들이 가장 원하는 것이 또한 바로 '돈'인 것입니다. 진정 돈에 대한 관점을 초월한 사람들은 사실 돈에 대한 그 어떠한 집착도, 매력도, 혐오도 느끼지 않을 것이기 때문입니다. 그래서 속으로는 돈을 욕망하지만, 지금 현재 돈이 없어 그것을 혐오하는 채 존재하는 것, 그것이 바로 온전하지 않음이 세상을 살아가는 방식 그 자체의 모순인 것입니다. 스스로까지 그렇게 속이면서 끝없이 합리화하며 존재하는 것이죠.

그러니 성공한 사람들의 인성이 어떻니 저떻니 하는 이야기는 적어도 이 주제에서는 잠시 덮어둡시다. 오직 그들의 성공한 방식에 대해서만 당신은 배우면 됩니다. 그리고 당신은 그것에 더하여 올바른 균형, 온전한 양심, 그러한 것들을 함께 가진 채 성공을 소유하면 되는 것입니다.

누구나 성공할 수 있습니다. 다른 누군가의 도움 없이도 스스로 성공할 수 있습니다. 그러니 이제는 탓하는 것을 그만두십시오. 탓하는 것을 그만두는 것, 그것이 성공에 있어 필요한 가장 첫 번째가 되는 것입니다. 그러니 그 첫 번째를 해내십시오.

당신이 만약 그 첫 번째를 끝내 해내지 못한다면, 당신에게 있어 성공은 적어도 이번 생에는 힘든 것이 될지도 모르겠습니다. 그러니까 성공하고 싶지만 성공하기 위한 노력은 아무것도 하기 싫다면, 당신은 사실 성공하고 싶은 게 아니라 그저 성공한 다른 사람들을 미워함으로써 성공하지 못한 지금의 내 상태에 대한 열등감을 회피하는 것, 오직 그것만을 하며 존재하고 싶은 사람이 되는 것입니다.

그렇다면 평생 그렇게 질투하고 부러워하고만 살고 싶으십니까. 그런 것이 아니라면 더 이상 시기 질투하지 마십시오. 더 이상 열등감을 가지지 마십시오. 그것을 소유함으로써, 그것을 진정 뛰어넘으십시오. 당신이 이미 부자일 때, 당신은 부자에 대해 질투를 할 필요가 전혀 없게 될 것입니다. 그래서 테레사 수녀님께서도 그럼에도 불구하고 성공하라고 말씀하신 것입니다. 당신이 성공하면, 당신을 공격하고 질투하는 많은 이들이 생길 것입니다. 하지만 그럼에도 불구하고 성공하십시오. 이렇게 말씀하신 것이죠. 왜냐면 당신이 성공하지 못하면, 당신은 질투를 받는 자가 아니라 질투를 하는 자가 될 것이고, 어쨌든 질투를 하면서 사는 것보다는 질투를 받으며 사는 것이 훨씬 더 발전된 상태이기 때문입니다.

제가 어느 정도 성공에 닿아갈 때, 저의 나아감에 얼마나 많은 반대 힘이 작용한 줄 아십니까. 여기서도 저기서도 저에게 찾아와 저의 성공을 빼앗고, 저를 끌어내리고, 저의 외부적인 보상을 갈취하고자 찾아왔었습니다. 정말로 그건, 저의 성공에 대해 아무런 도움도 주지 않은 사람들이 찾아와, 내 덕에 성공을 했으니 돈 다 내놔, 하는 식이었던 것이죠.

어쨌든 정말로 내가 원하지 않은 많은 상황들이 찾아올지도 모르는 것이 성공이고, 그게 바로 성공의 무게인 것입니다. 하지만 그럼에도 불구하고 성공하십시오. 성공하지 못한 채 성공한 사람들을 괴롭히는 사람으로서 살아가는 것보다는 그저 성공한 사람으로서 존재하는 것이 더 나은 것이기 때문입니다. 그것이 훨씬 더 아름답고 멋진 존재의 방식 아니겠습니까. 내면의 가난함, 왜소함 대신에 내면의 무한함, 위대함과 함께 정렬된 채 나아가는 것 말입니다.

그러니 내면에 있는 어둠을 조금 더 거두어내고, 빛의 양을 더욱 키워보십시오. 하루하루 조금씩만 그렇게 해보십시오. 당신의 마음 안에 있는 적대감, 열등감, 패배감, 시기 질투하는 마음, 이런 것들은 모두 어둠입니다. 그러니 당신에게는 오직 성공을 소유함으로써 그 모든 어둠을 지워낼 만큼의 빛을 내면에 지닐 필요가 있을 뿐입니다.

당신이 진정 성공을 소유하고 나면, 당신은 성공에 더 이상 그 어떠한 매력이나 혐오감도 투사하지 않게 될 것입니다. 왜냐면 당신은 그것에 대해 이제는 진정 이해하고 있는 채일 것이기 때문입니다. 그곳에 있었고, 그곳에서 그것과 함께 살아봤고, 하여 성공은 그저 이런 것이구나, 하고 충분히 느낄 만큼 느꼈고, 또한 재미를 볼 만큼 재미도 봤고, 그래서 이제 더 이상의 흥미는 없는 것이죠. 그러한 이유로, 오직 성공을 해보지 못한 사람만이 그것에 대해 혐오하거나 강한 매력을 느낄 수 있을 뿐인 것입니다.

내가 이미 성공 자체가 되어 성공과 나란히 존재해봤는데, 그래서 그것에 대해 정말로 섬세하게 관찰하고 이해하게 되었는데, 그러니까 그것 자체가 완전한 내 것이 되었는데, 그렇다면 이제는 내게 있어 그것에 대한 강한 집착을 가질 필요라는 게 어디에 있겠습니까. 하물며 적대감이나 혐오감을 가질 필요는 또한 어디에 있겠습니까.

우리는 진정 우리 자신이 된 바, 그러니까 정말로 나인 것에 대해서는 더 이상 매력이나 혐오를 느끼지 않습니다. 왜냐면 그것은 '나' 자체이기 때문입니다. 내가 충분히 자존감 있고 온전하며, 하여 나 자신에게 충분히 다정하고도 나를 스스로 존중하는 사람이 되었는데, 그렇다면 이제는 내가 나인 바에 대해서 혐오할 필요라는 게 어디에 있겠습니까. 하물며 이미 나인 것에 대해 매력을 투사할 이유라는 것은 또 어디에 있겠습니까.

내가 이미 사람일 때 우리는 사람이 되고 싶다고 말하지 않습니다. 이처럼 이제 성공은 나에게 있어 그저 당연한 하나의 상태일 뿐인 것입니다. 그래서 그것을 진정 소유한 사람들은 그것이 너무나도 당연한 것이기 때문에 그것에 대해 어떠한 매력도, 집착도, 혐오도 투사하지 않는 것입니다. 그건 정말로 너무나도 나 자체이기 때문입니다. 그러니 성공이 당연하고, 부를 너무나도 당연하게 소유한 사람이 되십시오. 그렇게 성공에 대한 모든 관점 자체를 초월한 채 그것에서부터 진정한 자유를 얻으십시오. 하여 오직 행복하십시오.

그 결과 당신이 비행기를 탈 때 여전히 일반석 티켓을 예약할지, 아니면 퍼스트클래스를 예약할지, 저는 알지 못합니다. 하지만 제가 분명하게 아는 것은, 정말로 태어나서부터 퍼스트클래스가 당연한 사람들은 그것들이 항상 너무나도 당연했기 때문에 앞으로도 그들에게는 그러한 것이 당연할 것이라는 점입니다. 부자인 상태가 너무나도 당연하기 때문에 부자일 수밖에 없는 것이죠. 부자가 아닌 채 존재하는 방법에 대해서 그들은 전혀 알지 못하기 때문입니다.

그러니 가난하게 존재하는 것이 당연할 수밖에 없는 의식의 상태에서부터 진정 벗어나 부를 가지고 소유한 상태가 당연한 사람이 되어보십시오. 당신에게는 너무나도 큰 사치라 그들을 미워할 만한 이유가 되는 퍼스트클래스가 그들에게 있어 결코 사치가 아닌 것은, 당신의 일반석보다 그들의 퍼스트클래스가 그들에게는 더 당연한 것이기 때문입니다. 이것에 대해 충분히 이해해보십시오.

당신은 일반석을 살 때도 돈에 대해서 생각을 해야 하지만, 그들에게는 퍼스트클래스를 예약함에 있어서도 돈에 대해서 생각을 할 필요가 없는 것입니다. 그렇다면 무엇이 더 사치겠습니까. 사실 그들에게는 정말로 그들 자신의 편의를 위해 아무렇지도 않게 그 정도를 해도 될 부가 있는데, 그렇다면 그들이 그렇게 한다는 점이 어떻게 해서 당신에게 그들을 미워할 만한 타당한 이유가 될 수 있겠습니까. 돈은 오직 우리의 삶을 더욱 편리하게 해주는 하나의 도구일 뿐이고, 하여 그들은 자신들의 편의를 위해 그 돈을 사용하고 있는 것일 뿐입니다. 오히려 그렇게 생각하는 당신이 그들보다 더 돈을 편의가 아니라 하나의 목적 자체로 생각하고 있는 것일지도 모르는 것이죠.

그러니까 당신에게는 '돈' 자체가 당신이 추구하고 살아가는 단 하나의 목표이자 성공의 지점이 되어버린 것입니다. 그리고 그러한 것이 당신에게 오직 단 하나의 목표가 될 수 있는 유일한 이유는, 당신에게는 그것을 소유해 본 그 하나의 '경험'이 부재하기 때문입니다. 그래서 당신에게는 그것을 소유해 볼 필요가 있는 것입니다. 물론, 당신이 이미 돈에 대해 그 어떠한 열등감도, 매력도, 적대심도, 자부심도 가지고 있지 않다면, 그때는 예외적으로 이러한 소유의 수업을 치를 필요가 없을 것입니다. 이미 당신은 그것에 대한 수업을 치르지 않아도 될 만큼 그 부분에 대해서 성숙한 채일 것이기 때문입니다.

하지만 만약 당신이 성공 자체에 대해 부정적인 감정을 가지고 있다면, 그것을 소유함으로써 극복하십시오. 소유함으로써 초월하십시오. 돈은 정말로 우리를 더욱 편리하게 해주는 하나의 수단일 뿐, 그 자체가 목적이 될 만한 어떠한 이유나 매력이 있을 만큼 결코 대단한 것이 아닙니다. 정말로 사실이 그렇습니다. 그래서 저는 돈에 대해서는 크게 연연하지 않습니다. 그건 정말 아무것도 아니기 때문입니다.

하지만 돈이 풍족하게 있을 때 이 세상의 편의를 더욱 많이 누릴 수 있다는 점에 대해서 또한 저는 부정하지 않습니다. 나 자신의 건강을 위해 아낌없을 수 있고, 내가 일하는 환경을 위해 아낌없을 수 있고, 부모님이 경제적으로 어려울 때 도움이 되는 것에 대해서 또한 아낌없을 수 있는 것이죠. 내가 좋아하는 옷을 걱정 없이 살 수 있고, 정원이 있는 집에서 살아갈 수 있고, 그런 것이죠. 그러니 당신이 성공한다면, 그 성공의 대가로 찾아오는 경제성에 대해 아낌없이 누리십시오. 그러기 위해서라도 성공해보십시오.

제 생각엔 이것들이 성공 안에서의 성숙에 대한 모든 것입니다. 진정 성공함으로써, 성공에 대한 모든 부정성을 극복하고 초월하는 것, 그리고 그 성공에 대한 자격과 보상으로써 주어지는 그 모든 외부적인 풍요를 그저 누리는 것, 또한 온전함과 진실함을 바탕으로 나의 성공을 지키는 것, 하여 내가 이루어낸 그 모든 것들을 통해 많은 이들에게 또한 꿈과 희망이 되어주는 것, 그렇게 성공했다는 그 사실 하나만으로도 존경받을 수 있을 만큼의 위대한 성취를 이루어내는 것, 그것에 더하여 마음의 인색함 없이 너그럽고도 진취적인 사람이 되는 것, 그렇게 진정 성공을 소유하고, 하여 소유했기에 이제는 외부의 조건이나 상황에 의해 흔들리지 않을 만큼의 단단한 자존감을 가지는 것, 바로 그것입니다. 그러니까 그것이 바로 성공이 우리에게 주는 모든 수업인 것입니다.
만약 지금 내가 이미 성공하지 않음에도 외부의 관점에 대해 진정 초월하고 소유한 사람이라면 그때의 나에게는 성공을 추구해봐야겠다는 생각 자체가 들지 않을 수도 있습니다. 어쩌면 성공은 나의 평온함에는 전혀 도움이 안 되는 거추장스러운 것처럼 느껴질 수도 있겠죠. 하지만 진실로 내 수준이 그러한 상태에 닿은 것이 아니라면 제 생각에 우리에게는 성공을 한 번은 이루어낼 만한 필요가 있을 것 같습니다.

어쨌든 저는 당신이 성공이라는 것을 해보고는 싶지만 여전히 성공하지 못해 성공한 사람들에 대해 자격지심을 가지고, 하여 열등감과 질투를 느끼고, 그렇게 그들의 성공을 공격하고 깎아내리려고 하는 사람일 바에는 차라리 성공한 사람이 되기를 바랍니다. 하여 당신은 당신 마음 안에 있는 모든 인색함과 불평, 가난을 끌어당기는 왜소함, 그러한 것들을 오직 초월한 채 그 어떠한 한계도 없이 오직 자유롭기를. 그렇게 당신은, 집착하는 자가 아니라 오직 누리는 자이기를. 하여 그 자유와 함께 무엇보다 당신이 행복하기를. 또한 그렇게 되어가는 그 모든 과정 안에서의 성숙을 통해 타인에게 또한 영감과 용기, 그리고 의지와 희망을 전해주는 당신이기를.

그렇게 당신은, 당신이라는 존재 자체만으로 타인들의 성숙을 고취시켜줄 수 있을 만큼의 진정한 힘이 내면에 있는 사람이기를. 하여 당신의 성공은 위대하고도 온전하며, 진실하고도 멋진 내면의 진정한 자존감으로부터의 성공이기를. 그렇게 그 어떤 외부의 조건에도 불구하고 당신은 스스로 성공한 멋지고도 아름다운 사람일 것이며, 하여 당신이 성공한 데에는 그저 당신 내면이 성공할 만한 성향을 지니고 있는 채라서, 라는 이유가 오직 전부이기를. 그러니까 당신은 당신이라는 존재, 오직 그것에서부터 성공한 사람이기를. 그렇게 더욱 많은 건강과 풍요로움과 편의 속에서 당신은 또한 타인의 복지에도 이바지하는 따뜻한 사람이기를. 그런 다정한 성공을 당신이 꼭 이루어내기를. 그렇게, 그 어떤 '그럼에도 불구하고' 앞에서도 당신은 오직 성공한 사람이기를. 하여 그 위대한 하나의 발자취 그 자체가 바로, 당신, 이 되기를.

46

마지막 강연..

이제 마지막 글을 써야 할 시간이 된 것 같습니다. 호흡이 긴 글들을 읽느라 정말 수고하셨습니다. 제 모든 글들이 그럼에도 여러분의 마음 안에 진심의 꽃 한 송이를 피워냈기를 제 모든 마음의 소원을 다해 바라봅니다.

제가 주로 이 책을 통해 이야기를 했던 건 진실한 행복에 관한 것이었고, 제가 만약 강연을 했다면 이런 이야기들을 주로 여러분들과 나누게 되지 않았을까 싶어 행복에 관한 주제로 글을 채워나가게 되었던 것 같습니다. 해서 이 책을 여기까지 읽으신 분들은 이미 이 책을 읽기 전보다 더욱 행복한 마음을 지니고 계신 채일 거라고 저는 확신합니다.

어쨌든 여러분이 비로소 행복한 사람이 되었을 때, 여러분은 이 책의 제목처럼 여러분 자신의 마음 안에 마침내 '다정한 신뢰'를 지닌 채로 세상과 삶을 마주하고 살아가게 되실 것입니다. 왜냐면 여러분이 여러분의 삶을 살아가며 마주하게 된 어떠한 일에 대한 습관적인 반응이 이제는 전과 같은 부정성이 아니라 다정함으로 변했을 것이고, 하여 그 다정한 반응을 세상을 향해 쌓아가게 될 것이고, 그렇게 여러분은 마침내 이 삶의 모든 것들로 하여금 다정한 신뢰를 얻고 있는 채일 것이기 때문입니다.

이제는 누가 여러분에게 무슨 말을 했다고 해서 화를 내거나 상대방의 멱살을 잡을 필요는 더 이상 없습니다. 그럼에도 불구하고 여러분은 다정할 것이고, 하지만 결코 다정해서는 안 될 것 같은 사람이라면 함께하지 않을 것이고, 어쨌든 이제 여러분에게는 다정함만이 함께하고 있는 채일 것이기 때문입니다. 그래서 이제 여러분과 함께하는 모든 생명들은 여러분이 자신에게 무조건적으로 다정한 사람일 것이라는 그 영원한 신뢰를 가지게 될 것이고, 하여 여러분을 둘러싼 이 모든 세계가 여러분을 통해서 더욱 다정함으로 물들어가게 될 것이라고 저는 확신합니다.

그러니 그 다정함의 통로가 되어보십시오. 그 통로가 되기 위해서 먼저 여러분이 여러분 자신에게 다정하십시오. 그렇게 나 자신부터가 행복한 사람이 되십시오. 이미 모든 것을 다 가졌다고 느끼는 그 행복을 여러분이 여러분의 마음 안에 비로소 지니게 되었을 때, 이제 여러분은 더 이상 세상으로부터 스트레스를 받지 않게 될 것입니다. 그러거나 말거나 여러분은 웃을 수 있을 것입니다. 그리고 그 여유를 우리에게 주는 것이 바로 행복인 것입니다. 해서 그 행복이 바로 여러분을 다정한 신뢰로 이끌어 줄 가장 첫 번째 열쇠이자 과제가 되는 것입니다.

그러니 꼭 여러분에게 주어진 그 행복의 수업을 먼저 완성하시길 바랍니다. 그 완성을 제가 돕기 위해, 이 마지막 장에는 우리가 행복한 사람이 되기 위해서는 어떤 마음가짐이 필요한지에 대해 간략하게 정리해보고자 합니다. 어쨌든 이 책은 이것으로 졸업입니다. 그리고 이제 여러분은 이론을 배웠으니 이 이론들을 바탕으로 실습해보십시오. 그렇게, 부디 여러분이 행복하기를.

1.) 더욱 감사하십시오.

감사한다는 건 내가 더 이상 내게 주어진 삶을 향해 불만을 품지 않는다는 것과 같은 말이 될 것입니다. 그러니까 감사는 지금 이 순간을 있는 그대로 수용하고 받아들이는 마음과 같은 것이죠. 어쨌든 여러분이 더욱 감사할 줄 아는 사람일 때, 여러분은 곧장 그만큼 더 행복한 사람이 될 수 있을 것입니다.

지금 이 순간에 우리가 감사하지 못한다는 건, 그래서 지금 이 순간을 우리가 회피하고 있다는 것과 같은 말이 될 것입니다. 끝없이 모바일이든, SNS든, 컴퓨터든, TV든, 수다든, 그것이 무엇이든 지금을 회피하기 위해 온갖 수단을 동원하는 것, 하여 신의 음성과 침묵, 그 고요함으로부터 도망치는 것, 그러니까 그것이 바로 높은 관점에서의 감사하지 않는 상태인 것입니다.

그러니 지금 이 순간을 더욱 받아들이고 수용하는 사람이 되어보십시오. 침묵과 함께 온전히 존재하는 연습을 해보십시오. 명상을 해보고, 그 명상이 끝난 뒤에도 그러한 마음의 고요를 살아가는 삶 안에 적용해보십시오. 예를 들어서, 여러분은 운전을 하면서도 여러분의 마음을 오직 침묵시킨 채 운전할 수도 있을 것입니다. 저 자식이 끼어드네? 하면서 화를 내거나, 어젯밤 나를 짜증 나게 했던 일을 곱씹으며 운전을 하거나 하는 대신에 말입니다. 어쨌든 그 모든 것들이 운전을 하고 있는 지금 이 순간에 대해 감사하지 않는 상태인 것입니다.

우리가 감사할 때, 그래서 우리는 지금을 더욱 즐기고 누리는 사람이 될 것입니다. 한평생이 백 년이라면, 이제 여러분은 그 백 년을 몇백 년처럼 살아가게 되는 것이죠. 왜냐면 진정 '살아가는 시간'은 그 시간 안에 온전히 머무는 것이 될 텐데, 그렇다면 여러분이 지금까지 살아온 시간을 모두 더한다면 그게 며칠이나 되겠습니까. 그래서 여러분은 남들보다 더 많은 시간을 가진 자가 될 것입니다.

또한 말 그대로의 감사를 실천해보십시오. 나에게 주어진 환경, 내 곁에 있는 사람, 나를 둘러싼 외부적인 조건들, 그것이 무엇이든 그것들에 대해 감사해보는 것입니다. 마음속으로 고마워, 고마워, 하면서 말이죠. 그렇게 감사하다 보면, 숨을 쉬고 있다는 그 사실 하나에도 감사하게 되는 순간이 찾아오는데, 그 감사가 바로 궁극의 완전한 감사가 될 것입니다. 그러니까 내가 존재하고 있다는 그 사실 자체에 대한 감사 말입니다. 그러니 최대한 많은 것들을 향해 감사하는 마음을 품어보십시오. 행복은 욕망 분의 만족이라고 했습니다. 해서 덜 욕망하고, 더 많이 감사하는 사람이 될 때, 여러분은 딱 그만큼 더 행복한 사람이 되어있을 것입니다.

2.) 더욱 용서하십시오.

사실 우리가 누군가를 미워하는 이유는, 우리의 마음 안에 이 세상이 완벽했으면 좋겠다, 하는 믿음과 기대심이 있기 때문입니다. 해서 우리는 누군가가 실수를 하거나, 도덕적으로 올바르지 않거나, 그런 것들을 통해 누군가를 미워하게 되는데, 그래서 그 밑바탕의 전제에는 모든 사람이 이미 완벽한 사람이어야 한다는 믿음과 기대심이 잠재되어 있는 것입니다.

하지만 이 세상의 그 어떤 사람도 이미 완벽하지는 않습니다. 그래서 이 지구라는 별에 우리가 태어날 수 있었던 것입니다. 그러니까 우리가 이미 완벽했다면, 사실 우리는 이곳에서 태어나는 순간 자체를 마주하게 되지도 않았을 것입니다. 왜냐면 우리 모두는 그 완벽함을 향해 더욱 나아가고 성숙하기 위해서, 오직 그 이유 하나로 이곳에 태어난 것이기 때문입니다.

그러니 그것에 대해 충분히 이해하고 받아들이십시오. 이미 당신마저도 완벽한 사람이 아닙니다. 그런데 왜 다른 사람들이, 이 세상이 완벽하길 기대하는 것입니까. 그러니 완벽하지 못한 것 안에 숨겨져 있는 아름다움을 바라보는 법을 배우십시오. 그 시선을 당신이 배우게 될 때, 당신은 이제 완벽하지 않아서 이 세상이 완벽하게 아름답다고 말하게 될 것입니다.

어쨌든 당신이 타인의 완벽하지 않음을 용서하지 못할 때, 당신은 우리가 이 지구라는 별에 태어난 이유와 존재하고 있는 목적 자체를 부정하고 있는 것과 다름이 없는 것입니다. 그렇다면 이미 진실인 것을 부정하는 것으로 어떻게 행복한 사람이 될 수가 있겠습니까. 그러니 절대 불변의 진실을 받아들임으로써 더욱 용서하는 사람이 되십시오. 예수님께서도 용서를 받으려면 먼저 용서해야 한다고 하셨습니다. 해서 당신의 용서는 사실 당신 자신을 향한 용서가 되는 것입니다. 그래서 용서하는 것의 최대 수혜자는 용서를 받는 자가 아니라 용서를 하는 자가 되는 것이고, 하여 용서를 하는 자는 용서를 하는 데서부터 오는 행복과 마음 안의 자유와 평화, 그 자체를 선물로 받게 되는 것입니다.

그러니까 당신이 여전히 용서하지 못한 채일 때, 그때의 당신은 아침에 눈을 뜨자마자 당신이 용서하지 못하고 있는 어떠한 사람이나 일을 떠올린 채 화를 내야만 할 것이고, 그 분노를 자기 전까지 이어가야만 할 것이고, 하여 그 불행을, 마침내 용서를 해내게 되는 순간까지 반복해야만 할 텐데, 그렇다면 그것이 당신의 행복에 조금이라도 기여하는 바가 어디에 있겠습니까. 그러니 그저 용서하십시오. 결코 용서할 수 없을 거라고 믿어지는 일까지도 그저 용서해버리십시오. 잊고, 치워버리십시오.

지금 눈을 한 번 깜빡이십시오. 됐습니다. 이제 눈을 감기 전에 있었던 일들에 대해서는 완전히 잊는 것입니다. 그러고는 새 삶을 살아가십시오. 다시는 과거를 당신의 마음에 품지 마십시오. 그러니까 오직 당신 자신의 행복을 위해서 그렇게 하십시오. 지나간 일은 어차피 돌이킬 수 없으며, 그것을 나의 상상력으로 아무리 편집한다고 한들, 그 편집이 현실이 되지는 못한다는 것을 받아들이십시오.

어쨌든 방금 저와 함께 눈을 깜빡였을 때, 그 깜빡임 이전에 있었던 일들에 대해서는 이제 모두 다 잊는 것입니다. 저와 약속하십시오. 그렇게 당신이 당신에게 주어진 한두 가지의 일들을 용서하기 시작할 때, 이제 당신의 마음 안에는 용서가 더욱 우세해지기 시작할 것입니다. 이전에는 미움이 더 우세했기에 아무렇지 않게 미움을 선택했는데, 이제는 용서가 서서히 더 우세해지기 시작하는 것이죠.

그렇다면 용서가 완전히 우세해지게 되었을 때, 그때 당신의 마음에 깃들게 될 그 무한한 평온함을 한 번 상상해보십시오. 그때는 진실로 당신의 마음 안에 무엇인가가 들어오는 그 즉시, 당신은 1초 만에 그것을 용서하게 될 것입니다. 그렇다면 그러한 마음은 얼마나 큰 행복을 담고 있는 마음이겠습니까.

그러니 용서함으로써 용서가 하나의 습관인 사람이 되십시오. 한 번, 두 번 용서를 한 뒤에는 그토록이나 어려웠던 용서가 이제 당신에게는 별것도 아닌 일이 되어있을 것입니다. 이제는 용서가 보다 쉬워진 것이죠. 그러니 그 마음의 여유와 평온함으로 세상을 담고 살아가십시오.

어쨌든 당신이 더욱 용서하는 사람이 되었을 때, 당신은 사실 용서란, 당신 자신의 시선에 대한 오류와 투사를 바로잡는 일이라는 것을 깨닫게 될 것입니다. 그러니까 그건, 이것이 잘못된 것이라 믿는 당신 마음속 믿음 체계와, 당신 마음 안에 있는 부정성을 당신의 바깥을 향해 투사하는 그 오류 자체를 용서하는 일인 것이죠. 그래서 그것이 용서하는 자가 용서를 받는 자가 된다는 말의 진정한 의미입니다.

그러니 용서함으로써 당신 마음 안의 오류를 바로잡으십시오. 그렇게 그 오류로부터 스스로를 구원하십시오. 그때, 당신의 마음 안에는 마침내 천국이 도래할 것입니다. 그리고 그 천국 안에서 당신은, 사실 용서라는 것 또한 당신이 만들어낸 하나의 환상이었음을 깨닫게 될 것입니다. 진정 당신의 마음 안에 천국이 임하였을 때, 당신은 당신 바깥의 그 무엇에서도 용서를 할 만한 점 자체를 발견하지 못하게 될 것이기 때문입니다. 그래서 이제 당신의 시선은 구원을 얻게 됩니다. 태초의 맑고도 투명한 상태로 다시 돌아간 것이죠. 그러니 그 아름다운 시선을 위하여 용서해보십시오. 무엇보다 당신이 더 행복한 사람이 될 것입니다.

3.) 합리적인 사람이 되십시오.

당신이 충분히 합리적이지 못해 감정적인 사람일 때, 당신은 그만큼 자신이 누릴 수 있는 많은 것들을 포기하게 될 것입니다. 예를 들어서 당신이 회사를 다닌다고 했을 때, 당신이 충분히 합리적인 사람이 아니라면 당신은 결코 꾸준할 수가 없을 것입니다. 그러니까 당신은 당신 자신의 감정을 제대로 컨트롤하지 못해 쉽게 변덕을 부리게 될 것이고, 해서 아 오늘은 피곤한데 그냥 회사에 가지 말아야겠다, 라고 말할 수도 있는 사람이 되는 것이죠.
그래서 합리적이지 못한 사람은 경제적으로 또한 궁핍해질 수밖에 없습니다. 계속해서 스스로 가난을 창조하기 때문입니다. 그건 정말로 다음 날 출근을 해야 하는데 신나게 술을 마시고는 다음 날 바로 퇴사를 해버리는 식인 것입니다. 하지만 합리적인 사람에게 있어 사실 그러한 사고방식이란 결코 이해할 수가 없는 것이 될 것입니다. 왜냐면 그러한 일이 합리적인 사람에게는 결코 허용되지도 않을뿐더러, 일어나지도 않을 것이기 때문입니다. 그러니 합리적이십시오. 순간의 감정에 휘둘려 그릇된 판단을 하지 마십시오.

어쨌든 부정적인 감정에 우리 자신의 마음이 자주 사로잡히고 현혹될 때, 우리는 그만큼 자주 그릇된 선택을 하게 될 것입니다. 그 부정적인 사고 안에서 최선의 지혜를 발휘한답시고 궁리를 해봐야 이미 그 틀 자체가 부정성일 텐데, 그렇다면 그 안에서 할 수 있는 선택이라는 게 지혜의 언저리에라도 닿을 수 있겠습니까. 그러니 오직 부정성의 바깥에서 사고하고 생각할 줄 아는 사람이 되십시오. 쉽게 화내고, 쉽게 폭력적이 되고, 쉽게 누군가를 미워하고, 쉽게 누군가와의 인연을 끊고, 어쨌든 그 모든 것이 감정적인 것입니다. 그래서 합리적인 사람은 그러한 감정적인 상황 자체를 부담스럽게 여기는 경향이 있습니다.

해서 감정적인 사람은 사랑을 시작할 때도 자신의 감정을 컨트롤하지 못해 상대방에게 잔뜩 부담감을 심어줄 것이고, 하여 자신은 좋다고 한 행동이 되려 상대방을 도망가게 만들기 일쑤일 것입니다. 자신이 생각하기에는 그게 충분히 낭만적이라고 느끼겠지만, 제가 앞서 말했듯 그 생각의 틀 자체가 이미 감정 안에 있는 것인데, 그렇다면 그 안에서 어떤 지혜로운 궁리라는 것을 해볼 수가 있겠습니까.

그러니 그 감정 안에 속하기보다 감정의 바깥에서 감정을 초월한 채 세상을 바라보는 연습을 해보십시오. 당신이 당신의 감정에서 더욱 자유로워질 때, 당신은 이제 보다 합리적일 수 있을 것이고, 또한 더욱 감성적인 사람이 될 수 있을 것입니다. 이제는 감정적으로 울그락불그락한 사람이 아니라, 감성적으로 분위기 있는 사람이 되는 것이죠. 느긋하게 커피 한잔하면서 세상을 관찰할 줄 아는 것, 그리고 그게 바로 감성적인 태도입니다.

그러니 당신은 합리적인 사람이 됨으로써 당신에게 주어진 것들 앞에서 꾸준한 사람일 것이며, 하여 그 꾸준함으로 오래도록 신뢰를 지키는 사람이 되십시오. 그러니까 언제나 온전한 이성이 있으십시오. 그로 인해 당신은 마음적으로나 경제적으로나 더욱 풍요로운 현실을 살아가게 될 것입니다.

4.) 다정하십시오.

다정한 사람이 되라는 말은 정말 몇 번을 강조해도 모자람이 없는 말입니다. 왜냐하면 다정함이란, 이 세상을 살아가는 가장 아름답고도 사랑스러운 존재의 방식이기 때문입니다. 그러니까 당신이 누군가에게 다정할 때, 당신과 함께하는 그 사람은 그 다정함으로 인해 자신의 마음 안에 있는 모든 아픔과 지난 상처들을 치유받고, 그 치유로부터 행복해지고, 그렇게 되는 것입니다. 그래서 그건, 당신의 다정한 눈빛 앞에서 상대방이 더 사랑스럽고 예쁜 사람이 되는 것과 같은 것입니다. 왜냐하면 사람은 그 사랑이 담긴 눈빛 앞에서 모두가 어린아이와 같이 되기 때문입니다. 더 애교가 많아지고, 더 사랑스럽게 행동하게 되고, 그렇게 되는 것이죠.

그러니 다정함으로써 그 치유와 사랑을 전해주는 눈빛을 지닌 사람이 되십시오. 당신이 그런 사람일 때, 당신은 이미 상대방으로부터 다정한 신뢰를 확보한 채일 것입니다. 그러니까 다정함이 우세하고, 하여 다정한 습관을 지니고 있고, 그 습관 자체가 하나의 삶을 살아가는 태도가 되어 모든 사람을 향해 다정하고, 그렇게 당신은 상대방에게 '나에게 가장 다정한 사람'이라는 타이틀을 지닌 사람이 되는 것이죠.

그래서 상대방은 당신에게 다정한 수다를 떨게 됩니다. 왜냐하면 상대방은 이제 당신의 반응 자체를 완전하게 신뢰하기 때문입니다. 내가 이러한 행동을 했을 때, 이러한 말을 했을 때, 이 사람은 내게 화를 낼 거야, 가 아니라 그럼에도 나를 예쁘게 봐줄 거야, 라고 생각하게 되는 그 예쁜 신뢰를 당신은 상대방에게 주고 있는 것이죠. 그래서 당신은 상대방에게 위로와 든든함을 주는 사람이 됩니다. 정말로 당신의 존재 자체만으로 상대방은 그러한 힘을 받게 되는 것입니다. 그렇다면 그건 얼마나 위대하고 아름다운 일입니까. 그러니 오직 다정하십시오.

당신이 또한 당신 자신을 향해서도 다정한 신뢰가 있을 때, 그러니까 나는 어떠한 상황 앞에서도 다정하게 존재할 수 있어! 와 같은 당신 자신을 향한 믿음이 당신에게 있을 때, 당신은 다정한 자신감까지도 함께 지닌 채 세상을 살아가게 될 것입니다. 그리고 그건, 그 어떤 시련이 나를 향해 찾아오더라도 그럼에도 나는 내 마음 안의 다정함만큼은 잃지 않을 수 있어, 라는 확신을 지닌 채 살아가는 일입니다. 그리고 그것이 바로 진정한 자존감입니다.

그러니까 진정한 자존감이란, 나의 삶을 스스로 내던진 채 부정성과 하나가 되기보다 언제나 나 자신에게 스스로 다정할 줄 아는 것이며, 그렇게 내 마음 안에 예쁘고 다정한 생각만을 담을 줄 아는 것이며, 해서 우리는 바로 그 다정함에서부터 결코 흔들리지 않는 단단한 자존감을 얻게 되는 것입니다.

하여 그 자존감이 있는 사람들은 세상에 휘둘리지 않은 채 더욱 자유롭게 존재하고 살아가게 됩니다. 어쨌든 그럼에도 불구하고 마음 안에 다정함이 우세하기에 그 어떤 상황 앞에서도 다정한 생각을 할 수가 있는 것입니다. 그래서 또한 쉽게 무너지지 않는 것이죠. 그렇다면 그 단단함이야말로 진정한 자존감이 아니겠습니까. 그리고 그것이야말로 내가 나 자신에게 줄 수 있는 가장 최고의 다정함이 아니겠습니까.

그러니 다정함으로써 다정한 습관을 지니고, 다정한 습관을 지님으로써 다정한 신뢰를 확보하고, 그 모든 과정 안에서 다정한 자신감과 함께하는 사람이 되어보십시오. 그때의 당신은 행복하고 싶지 않아도 행복할 수밖에 없을 것입니다. 그리고 당신은 당신과 함께하는 상대방에게 또한 행복을 전해줄 수밖에 없게 될 것입니다. 만약 상대방이 당신의 다정한 눈빛 자체를 불편해하는, 그러니까 당신과의 의식 수준 차가 너무나도 심하게 나는 사람만 아니라면 말이죠. 때로 이 세상에는 다정함 자체를 불편해하는 사람들도 있으니까요. 지나가다가 내 어깨에 한 번 부딪히기만 해 봐라, 하고 벼르고 있는, 그러니까 늘 화가 나 있는 사람들 말입니다.

어쨌든 보다 동물적인 세상에서는 다정함이 통하지 않을 수도 있습니다. 남녀 관계에서도 텃세 부리길 좋아하고, 그 텃세, 질투, 집착에서부터 사랑받고 있음을 느끼고, 그러니까 될 수 있는 한 사납게 존재하는 그러한 존재의 방식이 가장 큰 멋이고, 뭐 그런 곳 말입니다. 그래서 다정함을 불편해하는 사람과 다정하지 않음을 불편해하는 사람, 그 둘은 서로가 서로와 함께함에 있어 잘 맞을 수가 없는 것입니다.

그러니 다정함이 통하지 않는 사람들에게는 다정함을 주지 마십시오. 당신이 다정해도 되는 사람에게만 다정하십시오. 그렇게 다정함만이 지배하는 당신만의 세계를 만들어가십시오. 그때, 당신의 행복은 확정될 것입니다. 온유한 자는 복이 있나니, 그들이 땅을 기업으로부터 받을 것임이요, 라고 예수님께서 말씀하셨습니다. 그리고 그 온유함이 바로 다정함입니다. 해서 그 다정함의 보상이 바로 하늘의 땅인 것입니다. 그러니까 당신이 한 번 다정할 때, 당신은 하늘의 땅, 그러니까 천국을 한 평 더 신으로부터 받게 되는 것이죠.

그러니 최대한 다정함으로써 땅 부자가 되십시오. 그렇게 신께 VVVIP가 되십시오. 하여 신께서 바라보시고, 신께서 소중히 여기시고, 신께서 더욱 아끼시는 사람이 되십시오. 그때, 당신의 천국은 확정될 것입니다. 그러니까 그때가 되면 당신의 마음속에 천국이 임할 것이며, 또한 그 천국이 바로 지금 이 순간의 무한한 행복인 것입니다.

그러니 다정함으로써 구원받고, 다정함으로써 천국에서 살아가는 자가 되십시오. 다정함으로써 신을 당신의 지원자로 확정 짓고, 다정함으로써 오직 사랑받으십시오. 그렇게 이 땅 위에서 당신을 통하는 모든 것들이 다정함으로 물들어 행복해지게 하십시오. 그게 바로, 다정함입니다. 그리고 그게 바로, 진정한 행복입니다. 그러니 다정함으로써 행복하십시오.

5.) 성공하십시오.

최고의 성공은 바로 행복입니다. 그것을 잊지 마십시오. 하지만 당신은 여전히 이 삶 안에서 많은 것들을 성취하고 싶은 열정이 있을 것입니다. 그렇다면 행복과 함께하는 성공을 이루어내십시오. 그러니까 당신의 재능, 탁월함, 능력, 그러한 것들을 최대한으로 발전시켜 그것을 통해 동료 인간들에게 봉사하십시오. 또한 당신의 작품, 당신의 일 안에 최대한의 사랑과 정성을 담고, 그것을 최대한의 다정함으로 서비스하십시오. 그 온전함으로 나아가십시오. 그때의 당신은 충분히 행복과 함께하는 성취를 해낼 수 있을 것입니다. 그리고 그것이 제가 생각하는, 단 하나의 유일하게 가치 있는 성공입니다.

당신이 만약 최고가 되는 것에는 관심이 없지만, 여전히 물질적으로는 부자가 되고 싶다면 당신은 오직 '돈'을 쫓아 나아가게 될 것입니다. 그래서 당신이 돈을 많이 벌게 되었을지, 그렇지 않을지에 대해서까지는 저도 알지 못합니다. 하지만 당신이 그렇게 해서 많은 돈을 벌었다 하더라도, 그때는 당신이 여전히 왜소한 사람일 것이라는 건 제가 압니다. 해서 그때는, 사람들 또한 당신을 존경하지 않을 것입니다. 그러니까 그때의 당신은 오직 '돈'만 많은 사람일 뿐, 그 이상도, 그 이하도 아닌 것입니다. 그래서 당신은 여전히 결핍된 채일 것이고, 하여 여전히 많은 것들을 향해 불평불만을 품은 채일 것입니다. 그러니까 여전히 더,

더, 더를 외치고 있겠죠.

그리고 제 생각에 그건, 진실로 성공이 아닙니다. 진정한 성공의 밑바닥에도 닿지 못할 만큼의 수준 없는 상태일 뿐입니다. 해서 그때의 당신은 더 많은 물질로 사람들의 호감과 존경을 사고자 오직 노력할 테지만, 그럼에도 그것을 얻지 못해 여전히 진정한 자신감을 내면에 소유하고 있지 못할 것이고, 하여 실수로 지갑이나 시계, 차를 놔두고 외출을 한 날에는 한낱 두려움 많은 왜소한 사람으로서 존재하게 되고야 말 것입니다.

그러니 돈보다는 당신의 성숙을 추구하십시오. 마음적인 성숙 말고도, 일적으로도 당신은 충분히 성숙하며 나아갈 수 있습니다. 당신의 재능에 대해 당신이 할 수 있는 최고의 사랑과 정성으로 임하는 것, 하여 당신의 손을 거쳐 나오는 그 하나의 작품이 그 자체로 하나의 사랑이자 예술이 되도록 만드는 것, 그 아름다움으로 사람들의 마음에 감동을 주는 것, 그리고 그것이 바로 성숙과 함께하는 성취입니다. 그러니 오직 온전함과 다정함을 다해 성취하십시오. 그리고 할 수 있는 가장 최고로 진실하십시오. 그때는 당신이 존재하고 있는 수준, 그 품격이 사람들을 끌어당길 것입니다.

그래서 사실 그때는, 당신이 그곳에 있다는 것, 그 존재함 하나만으로 당신은 성공하게 될 것입니다. 그러니까 바로 당신의 존재 자체가 성공의 유일한 근원이자 이유가 되는 것입니다. 그러니 그 위대한 성공을 해내고 소유하는 자가 되십시오.

당신이 그 위대함을 바탕으로 성공할 때, 당신에게는 언제나 자존감이 함께할 것입니다. 그러니까 그때는 머리를 감지 않고, 세수도 하지 않고, 그렇게 추리닝을 입고 외출을 할 때에도 당신은 여전히 자신감 있는 채일 것입니다. 당신의 옆으로 이 세상에서 가장 비싼 외제차가 지나갈 때도 당신은 흔들리지 않을 수 있는 것이죠. 왜냐면 당신은 이제 진정한 자존감을 소유했기 때문입니다. 나는 그저 나인 것만으로 위대한 성취를 해낸 사람이라는 그 자신감, 그 자신감으로부터의 자존감, 바로 그것을 말입니다.

그렇다면 왜소함 대 위대함, 당신의 선택은 무엇입니까. 당신이 오직 돈만을 추구할 때, 당신은 당신의 양심을 파는 것에 있어서도 고민하지 않는 사람이 될 것입니다. 그리고 당신이 오직 진실함만을 바탕으로 나아갈 때 또한 당신은 당신의 양심을 지키는 것에 있어 고민하지 않아도 되는 사람일 것입니다. 그 사이에 여러 가지 수준이 있을 테지만, 그렇다면 이왕이면 진실하기 때문에 고민하지 않는 사람이 되는 것이 더 낫지 않겠습니까.

사기를 칠까, 말까, 하는 고민 앞에서 곧장 사기를 치는 사람도 있을 것이고, 그것을 며칠 동안 고민해야만 하는 사람도 있을 것이고, 단 한 번의 고민도 없이 사기를 치지 않는 사람도 있을 것입니다. 그러니 당신은 고민 없이 온전한 사람이십시오. 그때의 당신은 오직 확신과 함께 나아가게 될 것입니다. 그렇다면 고민이 없는 그 나아감이란 얼마나 가볍고 행복한 상태이겠습니까. 그래서 그때의 당신은 행복할 수밖에 없는 것입니다. 적어도 나는 진실한 사람이라는 그 자신감이 당신과 언제나 함께하고 있을 것이기 때문입니다.

그리고 또한 진실함은 성공의 가장 중요한 요소 중 하나입니다. 당신이 누군가에게 물건을 사고자 한다면, 당신은 진실한 사람에게 물건을 살 것입니까, 아니면 사기꾼에게 물건을 살 것입니까. 그것을 구분하지 못해 사기꾼에게 물건을 샀다면, 당신은 그 사기꾼에게 또다시 찾아갈 의향이 있습니까.

그래서 진실함은 결코 일시적이지 않습니다. 그것은 오래도록 꾸준히 고객을 확보하고, 그 모든 과정 안에서 자신의 고객을 지키고, 더하여 고객을 늘려가는 그 영원함을 바탕으로 나아가는 성공이기 때문입니다. 그러니 자존감과 함께할 수도 없으며, 또한 일시적일 뿐인 가치 없는 성공을 추구하기보다, 오직 자존감 있으며, 또한 영원히 당신과 함께할, 하여 당신을 지켜줄 그 성공을 추구하십시오.

그러니 행복이 아닌 것들을 포함하는 성공은 이제는 당신의 삶 안에서 배제하십시오. 하여 한 번만 눈을 감을까, 하고 고민하는 사람이지 마십시오. 언제나 빛나는 눈을 뜬 채, 진실함과 온전함, 다정함을 바탕으로 결정하는 사람이 되십시오. 그때는 두 번을 넘어 세 번이 있을 것입니다. 세 번을 넘어 영원이 또한 있을 것입니다.

그래서 그 방식은 당신에게 광고비를 줄여줄 것입니다. 그때는 당신의 고객이 알아서 당신의 상품을 광고해줄 것이기 때문입니다. 이 사람, 정말 믿을만하고 진실한 사람이야, 그래서 이 사람을 통해 나온 제품은 확실해, 하고 여기저기 소문을 내고 다니면서 말이죠. 그래서 진실함이야말로 가장 최고의 광고가 되는 것입니다.

어쨌든 당신이 당신의 상품에 자신이 없어 오직 광고로 그것을 사람들에게 강제적으로 팔고자 할 때, 당신은 수없이 많은 반대 힘을 받게 될 것입니다. 그때는 상품에 실망했다는 전화와 리뷰가 빗발치게 되는 것이죠. 그럼에도 당신이 그래도 돈은 많이 벌었잖아, 하고 오직 만족할 수 있다면, 그때의 당신은 정말로 가치 없는 인생을 살아가고 있는 거라고 제가 대신해서 확신해드릴 수 있을 것 같습니다.

그런 식으로 당신이 돈, 돈, 돈을 외칠 때, 당신의 회사는 또한 야근을 하게 될 것입니다. 그때의 당신은 조금이라도 직원에게 월급은 덜 주고, 조금이라도 일은 더 많이 시키는 사람인 채일 것이기 때문입니다. 그래서 그것이 바로 회사를 서서히 망하게 하는 다정하지 않은 방식인 것입니다. 서서히 좋은 직원들은 지쳐서 당신의 회사를 그만두게 될 것이고, 그래서 당신은 당신의 회사를 잘 모르는 새로운 직원들과 매일 무엇인가를 해야만 하게 되는 것이죠. 그럼에도 당신은 돈, 돈, 돈을 외치고 있기 때문에 당신의 직원들에게 매일같이 화를 내게 될 것입니다. 그게 바로 과도한 욕망이 지배하는 상태의 결말입니다. 오직 돈만을 쫓는 왜소한 사람의 결말인 것이죠. 그렇다면 그곳에 어떠한 아름다움과 행복이 존재할 수 있겠습니까. 당신의 고객도, 당신의 직원도, 무엇보다 당신 자신도, 그 모두가 당신으로 인해 오직 아프고 실망할 수만 있을 뿐일 것입니다.

그러니 오직 행복을 바탕으로 하는 성공을 추구하십시오. 당장에 조바심을 내지 않아도, 서서히 당신은 보다 확실하고 단단한 성공을 해내게 될 것입니다. 당신을 존경하고 사랑하는 직원들, 당신의 일을 신뢰하고 기다리는 고객들, 그때는 그들과 당신이 함께하게 될 텐데, 그렇다면 더 이상 무엇이 걱정이겠습니까. 그러니 행복과 함께하는 영원하고도 진실한 성공만을 추구하고 해내십시오. 그것만이 우리의 삶 안에서 우리가 유일하게 시도해볼 만한 가치가 있는 성공일 것입니다. 그것을 잊지 마십시오. 그렇게, 진정한 자신감과 멋, 아름다움, 빛과 함께 오직 행복하십시오.

6.) 건강하십시오.

당신이 건강하지 않을 때, 당신은 당신의 그 무엇에도 불구하고 불편하게 살아가게 될 것입니다. 그러니까 당신이 어떻게 생긴 사람이든, 당신이 무엇을 하는 사람이든, 당신이 무엇을 소유하고 있든, 그런 것에 관계없이 그때의 당신은 불편함을 느끼고 있는 채일 것입니다. 아침에 일어나 기지개를 펴는 게 당장에 힘든데, 어떻게 하루가 편안할 수가 있겠습니까.

건강이 행복의 필수 조건이 되는 것은 아니지만, 어쨌든 건강해서 나쁠 것은 없습니다. 그래서 저는 건강하지 않음을 불행이라 말하지 않고, 불편함이라고 말하고 있는 것입니다. 왜냐면 당신이 아주 높은 성숙에 닿게 되었을 때, 그때의 당신에게는 육체가 더 이상 중요하지 않게 여겨질 수도 있기 때문입니다. 그때의 당신은 몸이 아무리 아파도 여전히 행복한 사람일 수도 있을 것이기 때문입니다. 하지만 그건 우리 중 대부분의 사람들이 닿을 만한 수준이 아니기 때문에 논외로 하겠습니다. 어쨌든 그럼에도 불구하고 건강해서 좋은 것은 있지만, 건강하다고 해서 나쁜 것은 없는 것입니다.

또한 우리는, 자신의 건강을 보살피는 마음가짐에 있어서도 사실 각자의 성숙한 수준을 반영하고 있는 채일 것입니다. 그러니까 어떤 사람은 아픈 게 두려워서 자신의 건강에 과도하게 집착하고 있을 것이고, 어떤 사람은 오직 자신의 몸을 아끼고 사랑하는 마음에서부터 자신의 건강을 돌보고 있을 것입니다. 그러니 당신은 보다 성숙한 마음으로 당신의 몸을 보살피십시오.

당신으로 하여금 이 삶을 경험할 수 있게 해주는 하나의 매개체이자 선물, 그것이 바로 당신이 이 삶으로부터 그저 받은 당신의 육체입니다. 그러니 그 육체에 대해 오직 감사하는 마음으로 보살피십시오. 매일 당신의 육체를 아끼고 사랑하는 마음으로 햇볕을 쬐고, 또 매일 어느 정도 산책을 하고, 그것만으로도 당신은 당신의 건강을 상당히 오래도록 지켜낼 수 있게 될 것입니다. 왜냐면 그저 걷는 것보다, 내 몸을 아끼고 사랑하는 마음으로 걷는 것이 우리를 더욱 건강하게 만들어줄 것이기 때문입니다. 우리 자신의 육체를 향한 스스로의 감사와 사랑이, 우리의 마음 안에 있는 스트레스를 대폭 감소시켜주는 것이죠.

해서 당신이 시간에 쫓기는 맘으로 스트레스와 함께 여기저기를 돌아다닐 때, 그때의 당신은 당신의 육체가 활동하고 있는 상태를 충분히 느끼고 누리지 못할 것이기 때문에 그건 제대로 된 운동이 될 수가 없을 것입니다. 그러니 조금이라도 당신의 몸을 온전히 느끼며, 당신에게 떨어지는 바람과 햇살, 혹은 비를 느끼며 걸으십시오. 그때의 당신은 당신의 육체와 마음, 그 모두의 기분이 좋아지고 있음을 느낄 수 있을 것입니다. 하여 그 기분 좋음이 곧장 당신의 건강으로 이어질 것입니다.

스트레스가 당신의 육체를 아프게 만들 것이라는 사실에 대해 당신은 충분히 수긍할 수 있을 것입니다. 왜냐면 적어도 이십 년, 삼십 년 정도 이상을 살아온 우리는 스트레스로 인해 아파 본 경험이 있을 것이기 때문입니다. 그러니 스트레스를 줄이십시오.

당신에게 가장 큰 스트레스를 주는 감정이 바로 '미움'일 것입니다. 해서 당신이 누군가를 당신의 마음 안에서 미워하고 있을 때, 그 미움은 당신의 오장육부를 아프게 할 것입니다. 그러니 되도록 많은 것들을 용서하십시오. 그 사람을 위해서가 아니라, 당신의 몸을 위해서, 당신이 아프지 않기 위해서 그렇게 하십시오. 그때는 용서가 보다 더 쉬워질 것입니다.

당신이 그 사람을 미워해서 얻을 수 있는 거라고는 스트레스와 질병일 뿐일 것인데, 그렇다면 무엇을 위해서 그 미움에 그토록이나 집착하는 것입니까. 그러니 이제는 당신 자신의 행복과 건강을 위해서라도 그 미움을 내려놓으십시오. 그렇게 평온함과 함께 나아가보십시오. 그 여유와 느긋함이 당신을 더욱 건강하게 만들어줄 것입니다.

어쨌든 당신의 몸에 이미 어떤 문제가 생겼다면, 당신은 당신이 할 수 있는 모든 것을 다해 그것을 치유해야만 할 것입니다. 그러니 최선을 다해 예방하되, 예방하지 못했다면 최선을 다해 치유하십시오. 믿을 수 있는 의사에게 가서 치료를 받을 것이며, 또한 스트레스를 더 이상 받지 않을 것이며, 그러기 위해 누군가를 더 이상 미워하지 마십시오. 그렇게 신체적인 치료와 마음적인 치료를 모두 함께하십시오. 당신의 치료가 일 년짜리였다면, 제 생각에 어쨌든 이제 일 년보다는 많이 단축될 것입니다.

이 세상에서 기적적으로 치유를 얻은 많은 사람들이 하는 공통적인 말이, 더 이상 자신이 처한 이러한 상황에 대해 저항하지 않기로 마음먹었으며, 하여 완전히 받아들였다, 하는 말입니다. 그러니 내려놓고, 받아들이고, 최선을 다해 치료를 받으며, 그렇게 당신의 몸을 치유하십시오.

어쨌든 건강하면 좋은 것입니다. 건강하지 않아서 좋은 것은 없는 것입니다. 그러니 최선을 다해 나의 몸을 아끼고 사랑하는 마음으로, 나의 육체를 잘 보살펴주십시오. 당신의 육체는 당신이 신으로부터 그저 받은 선물이라는 것을 잊지 마십시오. 하여 감사하고, 사랑하고, 보살피고, 어디가 안 좋으면 최선을 다해 치유하고, 그것이 다입니다.

백 년을 살아간다고 하면, 백 년 동안 단 한 가지의 육체적인 문제도 일으키지 않을 수는 없겠지만, 적어도 건강하게 살아갈 수는 있는 것입니다. 그러니까 우리가 타고 다니는 차로 예를 들자면, 이제 내가 타고 있는 차가 더 이상 새 차는 아니지만, 그렇다고 해서 이 차를 타고 다니는 데 있어서 큰 불편함 또한 없는 것입니다. 여기저기 부품도 바꾸고 오일도 교환해주고 한다면 오래도록 편안하게 차를 타고 다닐 수는 있는 것이죠. 어딘가 삐걱거리긴 하지만, 그럼에도 운전을 해서 목적지에 도착하는 데에는 지장이 없는 것입니다. 그렇다면 그것으로 된 것입니다. 그러니 건강함으로써 편안하게 살아가십시오.

그것이 행복의 모든 조건이 되지는 않겠지만, 어쨌든 당신이 건강할 때 당신의 삶이 더 편안해질 것이라는 데에는 이견이 없을 것입니다. 그러니 그 편안함을 건강함으로써 누리십시오. 당신이 언젠가 지나가게 될 마지막 성숙의 관문에 닿기 전까지, 당신은 건강할 필요가 있을 것입니다. 그곳을 지나고 나면 이제 건강 따위는 당신에게 아무런 중요성도 가지지 않겠지만, 그곳을 지나고자 할 때는 당신의 건강한 육체가 또한 뒷받침이 되어야 할 부분도 분명히 있을 것이기 때문입니다. 어느 순간에는 며칠, 아니 몇 달, 몇 년을 오직 명상만을 한 채 그 관문 앞에서 시험을 치르게 될 수도 있을 것이기 때문입니다.

그래서 그 시험을 버텨내기 위해서는 건강한 육체 또한 어느 정도는 필요한 것입니다. 왜냐면 당신이 명상을 할 때, 당신이 건강하다면 당신은 불편함 없이 오래도록 명상을 해낼 수 있을 것이기 때문입니다. 물론 깊은 명상의 상태에서는 몸의 불편함에 저항하지 않을 수 있지만, 그것보다는 저항하지 않고자 신경을 쓸 필요조차 없는 건강함이 더 편안한 것이죠. 그러니 최선을 다해 당신의 육체를 보살펴주세요. 그저 조금 더 감사하고, 조금 더 사랑해주세요.

식스팩이 있는 멋진 몸을 만들 필요는 없습니다. 그저 조금 더 걷고, 조금 더 음미하고, 조금 더 자연과 함께해보는 것, 그것만으로도 충분합니다. 그러니까 그 잠깐의 시간도 할애하지 못할 만큼 육체에 소홀하지는 말라는 말입니다. 그 모든 것을 떠나서라도, 신께서 당신에게 주신 그 선물을 함부로 방치해둬서는 안 되는 것입니다. 그러니 그 귀한 선물을 소중하게 여기고 사랑해주십시오. 나 자신에 대한 진실한 사랑, 그것이 건강을 지키는 데 필요한 태도의 모든 것이 될 것입니다. 그러니 사랑하십시오. 그렇게 건강하고, 건강함으로써 편안하게 이 삶을 즐기시길 바랍니다.

7.) 거절할 줄 아십시오.

많은 분들이 거절하지 못해 속앓이를 하는 경우를 많이 봐왔습니다.

하지만 당신의 거절이, 당신의 온전함을 바탕으로 내린 판단이라면 죄책감 없이 거절하십시오. 그 마음을 연습하십시오. 그러니까 온전하지 않은 상대방의 요구를 당신이 거절했을 때, 상대방이 당신을 미워할까 걱정하지 마십시오. 그 요구가 온전하지 않다는 것 자체로 이미 상대방이 당신으로 하여금 진실에서부터 멀리 떨어져 있는 것을 요구하고 있는 것일 텐데, 그것을 들어주지 않는다며 또한 당신을 미워하기까지 한다면 그건 거의 어둠에 가까운 수준일 것입니다. 그러니 그 계기를 통해 그 사람을 멀리할 기회를 얻으십시오.

당신이 순진해서 거절하지 못한 것 또한 당신의 '동의'이자 '허락'입니다. 그래서 순진했음에는 남을 탓할 수가 없는 것입니다. 이것을 또한 잊지 마십시오. 왜냐면 당신이 우유부단해서였든 순진해서였든 어쨌든 당신은 당신의 의지로 상대방의 온전하지 않은 요구를 들어준 것이기 때문입니다. 그렇다고 한다면 그래서 나중에 상대방을 원망한들 그게 다 무슨 소용이겠습니까.

상대방은 이렇게 말할 것입니다. 그럼 해주질 말지 네가 해줘놓고 왜 내 탓이야! 하고 말이죠. 그러니 언제나 온전함을 바탕으로 판단하고, 그 온전한 판단 앞에서는 망설임이 없는 사람이 되십시오. 그러기 위해 당신의 마음 안에 있는 온전함의 수준을 더욱 드높이십시오. 당신이 더욱 온전한 사람이 될수록, 당신에게는 이걸 들어주는 것이 맞는 걸까, 아닌 걸까, 하는 고민의 시간이 더욱 줄어들게 될 것입니다. 왜냐면 완전한 온전함으로부터의 결정에는 시간이 드는 법이 없기 때문입니다. 그러니 더욱 온전함으로써 고민을 많이 하지 않는 사람이 되십시오.

누군가가 불법을 저질러서라도 큰돈을 벌 수 있다며 당신에게 함께 하자고 요청했을 때, 그것이 정말로 영원히 걸리지 않을 수 있는 것이라 할지라도 이제 당신은 그것을 거절하는 데 있어 고민하지 않을 것입니다. 왜냐면 당신의 온전함이 그것을 허락하지 않기 때문입니다. 그러니까 우리는 법이 두려워서 불법을 저지르지 않는 것이 아니라, 우리 자신의 온전함이 허락하지 않기에 그것을 하지 않는 것일 뿐입니다. 정말 그렇지 않나요? 그러니 온전함을 바탕으로 하는 거절에 익숙해지십시오.

만약 당신이 거절하는 것에 익숙하지 않다면 당신은 그래서 거절을 잘 하지도 못할뿐더러 거절을 하는 데도 오랜 시간을 써야만 하게 될 것입니다. 그때의 당신은 이런저런 예쁜 핑계를 대며 최대한 상대방의 기분이 상하지 않도록 거절하고자 노력할 것이기 때문입니다. 하지만 이미 당신의 예쁜 마음을 이용하려고만 하는 사람 앞에서는 진실로 당신의 예쁜 마음이란 것은 결코 예쁘게 닿지 못할 것입니다. 그 사람은 어차피 당신의 배려를 우유부단함이라 여긴 채 조금 더 고집부려서 이용해보자, 라고 생각하고만 있을 뿐일 것이기 때문입니다. 그러니 예쁜 마음이 예쁘게 닿을 수 있는 사람에게만 예쁘게 행동하면 되는 것이고, 당신에게는 당신 자신의 예쁜 마음을 스스로 지켜낼 줄 알아야만 하는 당신 자신을 향한 다정한 의무도 있는 것입니다. 그것을 잊지 마세요.

어쨌든 모든 선택은 내가 하는 것입니다. 당신이 싫지만 그럼에도 불구하고 상대방을 배려하기 위해 YES를 외쳤다면, 그것 또한 전적인 당신의 결정으로 이루어진 YES인 것입니다. 그러니 아름다운 결과를 이루어낼 수 있는 YES만을 외치십시오. 그리고 당신의 온전함이 허락하는 한에서, 당신과는 잘 맞지 않는 것이긴 하지만 그럼에도 당신이 상대방을 배려하고 싶다면, 그때는 그 배려를 예쁘게 간직하고 고마워할 줄 아는 사람에게만 오직 그럼에도 불구하고의 YES를 외치십시오. 그때는 상대방의 알아줌, 고마움 하나로도 당신은 서운하지 않을 수 있을 것입니다. 그러니까 그때는 그래, 그거면 됐지 뭐! 하고 당신은 아름답게 생각할 수도 있을 것입니다.

그래서 그 배려는 실제로 예쁜 헌신이자 다정한 사랑이 되어 서로의 마음 안에서 물들게 될 것입니다. 그러니 마지막까지 그 예쁜 마음을 잃지 않게 해줄 수 있을 만한 사람에게만 예쁘게 행동하면 되는 것입니다. 내가 경제적으로 정말 힘든 와중에도 상대방을 위해 돈을 빌려줬는데, 상대방이 자기가 쓸 돈은 있는데 내게 갚을 돈은 없는 사람이라면 당신의 마음에는 어느 순간 원망이 생길지도 모르는 것입니다. 그래서 당신이 이제 갚아! 라고 했는데 그럼에도 상대방은 싫어! 라고 말하는 것이죠.

그렇다면 그때의 예쁜 마음은 결과적으로 하나의 인연을 망가뜨리고 사라지게 하는 마음이 되고야 말 것입니다. 예쁜 마음에서 시작해서 원망과 증오로 끝나게 되는 것이죠. 그러니 당신이 그럴 거라면, 혹은 상대방이 당신으로 하여금 그렇게 되도록 만들만한 사람인 것 같다면 그때는 NO를 외치고, 그 NO에 대해 죄책감을 가지지 마십시오. 그 결과 생각보다 사람들은 온전한 판단으로 거절할 줄 아는 사람을 오히려 더욱 존중하고 사랑한다는 것을 당신은 알게 될 것입니다.

거절하면 상대방이 나를 미워할까 봐 거절하지 못했고, 하지만 그때는 그럼에도 상대방에게 사랑을 받지도 못한 것입니다. 하지만 이제는 거절할 줄 앎에도 불구하고 상대방이 나를 존경하고 사랑하기 시작하는 것이죠. 왜냐면 온전함은 진실함이기 때문입니다. 그리고 사람들은 그 진실함에 언제나 끌림을 느끼기 때문입니다. 그러니 우유부단한 매력 대신에 진실한 매력을 지닌 사람이 되어보는 것이 어떻겠습니까. 그렇게 당신을 지키고, 상대방을 지킬 줄 아는 단단한 사람이 되어보면 어떻겠습니까. 그 와중에도 당신이 충분히 예쁘기만 해도 될 사람에게는 예쁜 마음만 줄 수도 있는 것입니다.

그러니 거절하는 방법을 배우십시오. 사람들은 아닌 것은 아닌 것이다, 라고 말할 줄 아는 사람에게, 그러니까 그 거절이 정말로 진실한 방향성을 포함한 거절이며, 하여 그 온전함으로부터의 거절을 해낼 줄 아는 사람에게 더욱 끌려 한다는 것을 잊지 마십시오. 그러니 당신은 그런 사람이십시오. 이제는 관계 앞에서 끌려다니지 않아도, 관계가 당신을 쫓아다닐 것입니다. 그리고 그게 진정한 멋이자 매력이자 자존감입니다. 그러니 그 자존감을 바탕으로, 관계 안에서 오직 진실한 사랑을 주고받으며 더욱 행복하십시오.

8.) 당신인 것만을 원하십시오.

당신이 진정 행복하고 싶다면, 당신이 아닌 것들을 원하지 마십시오. 이미 당신'인' 것, 당신'인' 바만을 당신이 원할 때, 당신은 그 즉시 행복할 것입니다. 하지만 당신이 결코 당신이지 않은 것을 원할 때는 그것을 아무리 찾고 추구해도 끝내 행복의 끝자락에도 닿지 못하게 될 것입니다. 왜냐면 처음부터 영원히, 그곳에는 행복이 있었던 적이 없기 때문입니다. 그저 당신이 그곳에 행복이 있을 거라고 끝없이 투사하고, 합리화하고, 오해하고, 하여 그 환상을 진실이라 믿어왔던 것일 뿐인 것이죠. 그러니 이제는 행복을 오해하지 마십시오.

그렇다면 이미 당신인 것에는 어떤 것들이 있을까요. 사랑, 평화, 감사, 받아들임, 용서, 이해, 이러한 것들이 있을 것입니다. 그러니 당신의 마음 안에서 사랑을 드러내고, 평화를 발견하고, 감사를 나타내고, 받아들임을 통하고, 용서를 끌어내고, 이해를 의도하십시오. 당신이 그것만을 오직 원하고 찾겠다고 마음먹는 순간, 당신은 그 즉시 그것을 찾게 될 것입니다.

그러니 지금 누군가가 밉다면, 지금 이 순간 당신의 마음 안에 있는 용서와 이해, 사랑을 원하고 이끌어내보십시오. 언제나 당신의 마음 안에는 그러한 것들이 있었고, 하여 당신이 바라보려고 하지 않았을 뿐 당신이 원할 때면 또한 언제나 당신은 그것들을 사용할 수 있었다는 것을 알게 될 것입니다. 그러니 지금 이 순간, 그 즉시 행복한 사람이 되세요.

그렇다면 저의 이러한 말을 듣는 순간 당신의 마음에 떠오르는 가장 첫 번째 저항은 무엇입니까. 행복하라고? 하지만 난... 하는 식의 무수히 많은 왜소한 마음들이 당신의 마음 안에서 떠오르고 있을 것입니다. 그렇다면 이제는 그 하지만을, 그럼에도 불구하고 내려놓도록 하십시오. 그러한 것들이 바로 행복에 대한 스스로의 저항입니다. 그러니까 당신이 하지만, 이라고 말할 때 당신은 난 아직은 조금 더 불행하고 싶어, 라며 스스로 불행을 추구하겠다는 말을 하고 있는 것입니다. 그러니 불행에 더 머무르고 싶어 하는 당신 자신의 왜소함을 느끼고, 그 자기 연민을 기꺼이 포기하십시오.

그러니까 난 아직은 걔를 조금 더 미워할래, 난 아직은 가난해서 행복할 수가 없어, 난 아직은 행복할 자격이 없는 사람이야, 하는 식의 난 아직은, 난 아직은... 그 끝없는 아직은을 지금 이 순간 쓰레기통에 버려버리십시오. 왜냐면 그 모든 것이 당신 마음 안의 왜소함으로부터의 저항이기 때문입니다. 불행의 미묘한 즐거움에 스스로 취해 행복보다 불행을 더욱 우선시하는 오류이자 왜곡인 것이죠. 그러니 그 오류로부터 오직 스스로를 구원하십시오.

누군가가 나는 정말 행복하고 싶은데, 하지만 이래서 불행할 수밖에 없어, 라고 당신에게 말했을 때, 당신은 그러한 느낌을 받은 적이 있을 것입니다. 예를 들어 당신은 이렇게 말해준 것이죠. 진짜 행복하고 싶으면 걔랑 헤어지면 되잖아, 혹은 더 이상 그 사람을 미워하지 않으면 되잖아, 라고 말이죠. 하지만 당신이 그 말을 했을 때, 상대방은 근데 그건... 하면서 이유를 대며 스스로 행복을 선택하지 않으려고 하는 자신의 저항을 끝내 합리화하고 정당화하고 있는 채였을 것이며, 그래서 당신은 그런 느낌을 받게 된 것입니다. 아, 얘는 행복할 마음이 없구나, 하는 느낌을 말이죠. 그러니 그러한 관찰을 당신 자신에게도 적용해보십시오.

당신은 행복할 마음이 있습니까? 그렇다면 행복하기 위해서 지금 무엇을 해야 한다고 생각하십니까? 이미 당신은 당신이 행복해지는 법에 대해 누구보다 잘 알고 있을 것입니다. 그러니 잔가지들은 모두 자르십시오. 정말로 우리가 행복해지고 싶다면, 우리는 오직 우리의 '행복'만을 원해야 할 것입니다. 하여 우리가 우리 자신의 행복만을 오직 원할 때, 그때의 우리에게는 그럼에도 불구하고 행복하지 못할 수도 있다는 가능성은 이제, 영원히 존재하지 않을 것입니다.

왜냐면 행복은 마음의 것이며, 하여 당신이 원하고 찾고자 하기만 하면 그저 드러나는 것이기 때문입니다. 지금 이 순간 당신에게 주어진 모든 것에 만족하고 감사해보십시오. 지금 이 순간 당신의 곁에 있는 모든 사람들을 용서하고 사랑해보십시오. 기꺼이 그렇게 해보십시오. 당신이 행복해지는 데는 정말로 1초라는 시간조차도 필요하지 않았다는 것을 당신은 알게 될 것입니다. 해서 행복에는 그 어떠한 외부적인 조건도 필요하지 않다는 것을 당신은 또한 알게 될 것입니다.

그러니까 내가 오직 나의 행복만을 원할 때, 그리고 내가 추구하는 행복에 나의 오해가 깃들어있지 않을 때, 그러니까 돈이든, 복수의 완성이든, 우쭐대기 위한 욕망의 성취든, 혹은 내 마음 안에 있는 부정성의 정당화든, 그것이 무엇이든 이러한 것들을 통해 내가 행복할 수 있을 거라는 오해가 내 마음 안에 이제는 진실로 존재하지 않을 때, 그때 우리의 행복에는 실패란 없을 것입니다.

그러니 진실로, 오직 나의 행복만을 원하고 추구하십시오. 지금 이 순간 완성할 수 없는 행복은 더 이상 원하지 마십시오. 그것을 아무리 쫓고 추구해도, 그 안에는 처음부터 행복이 있었던 적이 없기에 당신은 그곳에서는 행복을 결코 발견할 수 없을 것입니다. 그러니 헛되고도 시간을 낭비하는 그 환상의 추구를 이제는 멈추십시오. 그렇게, 오직, 기꺼이, 지금 이 순간 행복한 사람이십시오.

9.) 고민하지 마십시오.

우리 모두는 완전한 빛과 완전한 어둠 사이의 어느 지점 위에서 스스로의 성숙을 위해 최선을 다해 나아가고 있을 것입니다. 누군가는 욕망 안에서 배우고 있을 것이며, 누군가는 분노 안에서 배우고 있을 것이며, 하지만 누군가는 더 나아가 평화와 사랑 안에서 배우고 있을 것입니다. 그리고 우리는, 더욱 빛의 편에 가까이 서게 될 때 더욱 행복한 사람이 됩니다.

더 많이 욕망하고, 더 많이 미워하는 사람보다, 더 많이 이해하고, 더 많이 사랑하는 사람이 보다 행복한 사람일 거라는 것에는 이견이 없을 것입니다. 그러니까 이것은 우리 모두가 이미 누군가에게서 배우지 않아도 스스로 알고 있는 내용인 것입니다. 그러니 그걸 알고만 있지 말고 적용하는 지혜로운 사람이 되십시오.

당신이 빛과 어둠 사이의 애매한 영역에 있을 때, 당신은 고민이 많은 사람일 것입니다. 사기를 칠까 말까, 미워할까 말까, 한 대만 때릴까 말까, 이용할까 말까, 이런 고민을 늘 하면서 살아가고 있는 것이죠. 그 고민 안에서도 당신이 보다 어둠의 쪽에 서 있다면 당신은 결국 사기를 치고, 미움을 선택하고, 폭행을 선택하고, 상대방을 당신 자신의 사적인 욕망을 성취하기 위해 이용하는 것을 선택하고, 그럴 것입니다. 하지만 당신이 더욱 빛의 편에 서 있다면, 그럼에도 당신은 무수히 많은 고민 끝에 그래도 사기는 치면 안 될 것 같아, 하는 식으로 생각하게 될 것입니다.

그러니 당신이 이미 아는 '행복의 조건'을 진정 인정하고 당신 자신의 마음에 각인시킴으로써 이제는 고민하지 않는 사람이 되십시오. 그러니까 오직 빛의 편에 더욱 다가서십시오. 그때의 당신은 사랑하고, 이해하고, 용서하고, 다정하게 구는 일 앞에서 이제는 고민하지 않을 것입니다. 한 달을 넘게 고민해야만 하던 일들이, 이제는 일주일, 며칠, 몇 시간, 몇 초, 끝내는 시간이 전혀 필요하지 않은 일이 되는 것이죠. 그렇다면 그때, 당신의 행복은 얼마나 명확하고도 확실한 것이 되겠습니까. 그러니 당신의 마음 안에서 빛이 더욱 우세할 수 있도록, 당신이 마주하고 있는 상황, 선택지 앞에서 오직 지금, 빛을 선택하십시오.

매 순간이 선택입니다. 그러니 지금 한 번 미소를 짓는 것, 지금 편의점에서 무엇인가를 사고 있다면 친절하게 종업원에게 인사를 건네는 것, 지금 내 옆에 있는 사람에게 다정하게 말하는 것, 지금 내 머릿속에 있는 내가 미워하고 있는 누군가를 용서하겠다고 마음먹는 것, 그것에서부터 시작해보십시오.

1초 뒤의 지금도, 그 1초 뒤의 지금도, 당신에게는 빛을 선택할지 어둠을 선택할지에 대한 선택지가 하늘에서부터 쏟아지고 있는 것입니다. 그래서 매 순간이 선물인 것입니다. 빛을 선택함으로써 더욱 빛이 될 수 있는 기회라는 선물인 것이죠. 그러니 그 선물을 이제는 끌어안으십시오.

당신이 그 선물을 바라보지 못해 어둠을 선택할 때, 당신은 하늘에서 쏟아지는 선물을 하나도 받지 못할 테지만, 당신이 그 선물을 바라봄으로써 그 보따리 안에 있는 빛을 오직 선택할 때는 이제 모든 선물이 당신의 것이 되는 것입니다. 그렇게 하늘에서 당신의 땅을 더욱 넓히고 확장시켜 나가게 되는 것이죠. 어느 순간 땅부자가 된 당신은 신의 눈에도 띄어서 너, 정말 재테크 잘하고 있구나, 그럼 내가 이런 선물도 줄게, 하고 신께서도 당신을 챙기는 사람이 될 것입니다. 그래서 그때의 당신은 기적을 선물로 받는 사람이 되는 것이죠. 해서 다른 사람들은 결코 이해할 수 없는 기적적인 일들이 당신에게는 일상처럼 일어나게 될 것입니다.

그러니 오직 빛을 선택하십시오. 당신의 마음 안에 빛의 영역을 더욱 키우고, 밝히고, 확장시키십시오. 그렇게 당신의 마음 안에서 비로소 빛이 더욱 우세해지게 되었을 때, 이제 당신은 빛을 선택하는 데 있어 고민이 없을 것입니다. 그러니까 그때의 당신은 지금 이 순간 행복하게 존재하는 데 있어 고민이 없는 사람이 된 채일 것입니다. 해서 이제는 행복하게 존재하지 않는 법을 몰라 행복하게 살아갈 수밖에 없게 되는 것이죠. 그렇게 당신의 행복이 확정되는 것입니다. 그래서 이제 신께서도 당신을 더욱 보살피고 돌볼 수밖에 없는 것입니다.

왜냐면 당신은 이제 신께서 무작위로 뿌리고 있는 하늘의 선물을 진정 선물로 바라보고 감사히 여길 줄 아는 사람이 되었기 때문입니다. 어 선물이다, 용서해야지. 어 선물이다, 사랑해야지. 어 선물이다, 이해해야지. 이런 식으로 당신은, 그 모든 선물 보따리를 풀며 그 선물 안에 담긴 선택지를 기꺼이 완수함으로써 그 모든 선물들을 끌어안고 있는 것이죠. 그리고 그때마다 당신은 당신의 천국을 더욱 넓히고 확정 짓고 있는 것입니다. 해서 어느 순간 당신의 천국이 신께서 보지 않으려고 해도 보일 만큼 커졌을 때는 이제 신께서도 당신을 눈여겨볼 수밖에 없게 되는 것입니다.

그래서 당신은 마침내 신께 소중한 사람이 됩니다. 그렇다면 그 천국이 당신의 마음 안에 임했는데, 당신이 어떻게 행복하지 않을 수가 있겠습니까. 그러니 고민이 없는 사람이 되십시오. 어제까지 당신이 누군가를 미워할지 말지에 대한 고민을 하고 있었다면, 그러니까 이제는 고민 없이 용서하십시오. 매 순간이 선택입니다. 그리고 저는 매 삶의 순간 앞에서 당신이 내릴 선택이 부디 행복의 선택이길, 빛을 확정 짓는 선택이길 바랍니다. 그렇게, 스스로 불행을 선택하는 자가 아니라 스스

로 행복을 선택할 줄 아는 지혜가 당신의 마음에 깃들기를. 하여 당신은
행복하지 않을 수가 없어 행복한 사람이길.

10.) 간절한 사람이 되십시오.

아첨 받기보다, 진정 간절해서 함께하고 싶은 마음이 생기는 사람
이 되십시오. 그러니까 내면의 성숙, 온전함, 진실함으로부터 사람들에
게 존경받는 사람이 되십시오. 그때는 당신이 외부를 쫓지 않아도, 외부
가 당신을 찾아와 당신을 높이 세울 것입니다. 그게 성공이든, 관계든,
그 무엇이든 말입니다.

많은 사람들이 저에게 종교가 무엇인지 묻곤 합니다. 그리고 그들의
마음 안에는, 자신이 믿고 있는 종교를 저 또한 믿고 있기를 바라는 마
음이 있을 것입니다. 왜냐면 저는 좋은 사람이기 때문입니다. 하여 저에
게 종교를 물어본 사람의 마음 안에는, 자신의 종교 단체 안에 있는 그
누구보다 제가 좋은 사람으로 보여지기에, 자신의 종교에 대한 믿음을
흔들림 없이 지키기 위해서라도 제가 그 종교를 믿고 있었으면 하는 바
람이 있는 것이죠. 하지만 아쉽게도 저에게는 종교가 없습니다. 그리고
그건, 그 사람에게 있어 정말로 아쉬운 일일 것입니다.

그러니 언제나 아쉬운 사람이 되십시오. 나와 함께하지 않기에는
정말로 아쉬운 사람, 우리가 그런 사람이 될 때, 그때는 우리가 굳이 쫓
아다니지 않아도 사람들이 우리를 귀찮게 할 것입니다. 나와 어디 같이
갈래요? 나와 계약하실래요? 우리랑 이 프로젝트를 함께하지 않으실래
요? 라고 말하면서 말이죠. 그래서 이때의 당신은 그저 당신의 존재 그
자체만으로 성공하는 사람이 되는 것입니다.

그러니 간절하고도 아쉬운 사람이 되십시오. 당신의 마음 안에 진
실한 자존감이 깃들어있지 않을 때, 그때의 당신은 어쨌든 무엇인가를

내내 쫓는 사람으로서 존재하게 될 것입니다. 그리고 그건 품격 없는 얄팍한 존재의 방식입니다. 여기저기를 기웃거리며 자신에게 이득이 될 것 같은 순간에만 꼬리를 이리저리 흔들며, 그렇게 살아가는 일인 것이죠. 자신에게 이득이 되지 않을 것 같다고 판단이 되는 누군가 앞에서는 오만하고도 우쭐하게 존재하면서 말입니다. 그러니까 그건 어떤 명함을 건네받을 때는 90도로 허리를 굽혀 인사를 하지만, 어떤 명함을 건네받을 때에는 아, 뭐, 하면서 상대방을 무시하는 사람이 되는 일인 것입니다.

그래서 그때의 당신은 찾아지는 사람이 아니라 쫓아다니는 사람일 것이고, 하여 당신은 아첨하거나, 아첨 받을 수는 있지만, 진실로 누군가를 존경하거나, 그 누군가로부터 진실한 존경을 받지는 못하는 사람이 된 채일 것입니다. 그래서 당신은 결핍되어 있을 것이며, 하여 외로울 것이며, 하지만 당신은 끝내 그 외로움을 회피하며 더욱 큰 이기심과 욕망을 향해 탐닉하는 사람이 될 것입니다. 어둠과 어둠, 먹구름과 먹구름, 그 속으로 더욱 깊이 들어가 이제는 행복하고 싶다는 마음 자체가 존재하지 않을 만큼 당신은 '사적인 이득'만을 추구하는 사람이 되어버린 것이죠.

그때의 당신은 그래서 모든 부분에 있어서 제한적이 된 채일 것입니다. 열린 마음을 가지는 것에 있어서도, 누군가에게 진실로 다정하게 대하는 것에 있어서도, 사랑, 용서, 관용, 너그러움을 선택하는 것에 있어서도 당신은 제한적인 사람이 되는 것이죠. 그래서 사람들은 당신을 '닫혀 있는' 사람으로 여기게 될 것입니다. 꽉 막혀 있고, 또 어딘가 잘 안 통하는 사람, 너무 겉핥기만 하는 사람, 그런 사람으로 여기게 되는 것이죠.

하여 당신은 간절한 사람이 아니라 기피되는 사람이 됩니다. 주말에 누구랑 같이 카페에 가지? 하는 고민이 생길 때면 일단 당신의 연락처 앞에서는 고개를 젓게 되는 것이죠. 그러니까 그때의 당신은 사람들에게 '꼭' 함께하고 싶은 사람이 아니라, '굳이' 함께해야만 하나? 하고 고민하게 만드는 사람인 것입니다. 그게 당신이 진실함, 온전함, 다정함을 오래도록 선택하지 않은 채 그 반대의 것들만을 추구하며 살아왔을 때의 결과가 될 것입니다. 다정하지 않음을 쌓고, 진실하지 않음을 쌓고, 온전하지 않음을 쌓아온 삶의 결과물은 언제나 그러한 식이기 때문입니다.

어쨌든 그 벽이 높으면 높을수록 그것을 허물기란 더욱 힘든 일이 될 것입니다. 그러니 오직 지금 이 순간부터 간절한 사람이 되겠다고 마음먹으십시오. 그때는 당신이 하고자 하는 것, 당신이 나아가고자 하는 것, 그런 것에 당신이 청하지 않아도 사람들이 먼저 흥미를 가지고 관심을 가지게 될 것입니다. 왜냐면 그때는 진실로 당신이 하는 것이라면 무엇이든 다 좋아 보일 것이기 때문입니다. 나도 저 사람을 따라 하면, 저 사람을 따라다니면 저렇게 멋진 사람이 될 수 있지 않을까? 행복하고 다정한 사람이 될 수 있지 않을까? 하는 식으로 사람들은 생각하게 되는 것이죠.

그렇다면 그때의 당신에게 있어 무엇인가를 쫓을 필요라는 것이 어디에 있겠습니까. 성공이 당신을 찾아오고, 사람들이 당신을 찾아올 것인데, 그러니까 그때의 당신에게 있어 외로움이나 실패 따위가 함께할 만한 공간 자체가 이제는 어디에 있겠습니까. 그러니 욕망하기보다 끌어당기는 사람이 되십시오. 이제는 당신 존재 자체의 빛, 멋, 그런 것들을 통하여 진실로 존경받는 사람이 되어보는 것입니다.

그러니까 다른 무엇보다 내면이 아름다우십시오. 그 내면의 품격으로 인해 사람들에게 예쁜 영향력을 주는 사람이 되십시오. 그때의 당신은 결단코 실패할 수 없을 것입니다. 당신의 행복에 있어서도, 관계 안에서의 기쁨에 있어서도, 일 안에서의 성취에 있어서도, 오직 당신의 존재 방식으로 인해 당신은 이제 성공할 수밖에 없는 것입니다. 그러니까 당신이라는 존재가 되어온 바, 하여 당신이라는 존재가 서 있는 그곳, 바로 그 지점이 내부와 외부의 모든 성공을 이끌어내는 유일한 지점이 되는 것입니다. 그러니 그저 그곳에 있으십시오. 하지만 그곳이, 오직 당신으로 인해 아름다운 곳이 되도록 더없이 아름답게 존재하십시오.

하여 당신은, 당신이 있는 그곳에서 오직 아름다우며, 행복하며, 또한 빛나며, 그로 인해 성취하며, 그렇게, 당신이라는 존재 그 자체로부터의 성공을 해내십시오. 무엇보다 당신 자신의 진정한 자존감과 그로 인한 행복을 위해서.

11.) 있는 그대로를 받아들이십시오.

당신을 둘러싼 외부든, 당신이 함께하고 있는 관계든, 그것이 무엇이든 있는 그대로를 받아들이는 방법을 배우십시오. 방법은 간단합니다. 그저 그렇게 하겠다고 마음속으로 의도하는 것, 그것이 전부입니다. 당신이 그렇게 하겠다고 마음먹는 순간 당신은 당신의 외부에게서 있는 그대로의 아름다움을 바라보기 시작할 텐데, 그건 외부에 원래부터 있었지만 당신이 끝내 바라보려 하지 않았던 그 본연의 아름다움이 당신의 의도로 인해 드러나기 시작하기 때문에 오직 가능해지는 일인 것입니다.

어쨌든 당신의 마음을 바꾸는 건 쉽지만, 당신의 외부를 바꾸는 건 어렵고도 때로 불가능한 일일 것입니다. 그러니 비가 오는 날씨를 탓하기보다 비가 오는 날씨를 받아들여 보는 것이 어떻겠습니까. 당신과 함께하는 사람이 이런저런 이유로 싫다며 불평하면서 함께하기보다, 상대방의 좋은 점만을 더욱 생각하고 바라봐주는 것이 어떻겠습니까. 무엇보다 그게, 당신을 더욱 행복하게 만들어주는 방식이 아니겠습니까.

그러니 단점을 지적해서 주눅 들게 하는 사람이기보다 장점을 칭찬함으로써 고취시켜주는 사람이 되십시오. 어쨌든 당신의 입맛에 맞게 타인을 변화시키고자 당신이 마음먹을 때, 당신은 자주 화를 낼 수밖에 없게 될 것입니다. 왜냐면 상대방은 당신의 끝없는 통제, 억압, 변화의 요구 앞에서 그럼에도 오직 변하지 않기 위한 저항만을 하고 있을 뿐일 것이기 때문입니다.

힘이라는 게 그런 것입니다. 당신이 무엇인가를 밀면, 그것은 밀리지 않기 위해 버티는 것이죠. 그게 작용과 반작용의 법칙입니다. 그러니 상대방에게 힘을 쓰기보다 그저 다정하게 바라봐주십시오. 당신이 그저 받아들여주고 있는 그대로를 바라봐줄 때, 그 사랑의 눈빛이 상대방으로 하여금 당신을 향해 그 자신의 마음을 더욱 열도록 만들어줄 것이고, 하여 상대방은 당신에게 더욱 다가서게 될 것입니다. 당신을 더욱 사랑하게 될 것이고, 당신의 다정함을 더욱 신뢰하게 될 것입니다.

어쨌든 당신이 변화를 강요할 때는 그럼에도 그 변화를 이루어내지도 못한 채 스트레스만을 서로가 받을 뿐이었는데, 이제는 강요하지 않아도 상대방이 당신을 향해 더욱 다정하게 변해가기 시작하는 것입니다. 그 변화가 당신의 입맛에 맞는 변화인지 아닌지, 그것까지는 제가 알지 못합니다. 하지만 적어도 그 변화란, 상대방이 자신의 모든 진심을 다해 당신을 아끼고 사랑하는 마음에서부터 시작되는, 오직 당신에게 기쁨이 되기 위한 다정한 마음에서부터의 변화일 거라는 점에 대해서는 제가 확신합니다.

그러니 있는 그대로를 사랑하지 못해 미움받기보다, 있는 그대로를 사랑함으로써 있는 그대로의 사랑을 또한 받는 사람이 되는 것이 더 현명한 태도가 아니겠습니까. 이 세상의 모든 사람들이 하나 같이 자신을

'있는 그대로' 사랑해주고 바라봐주는 그 눈빛을 받지 못해 외로움에 허덕이고 있으며, 또한 결핍된 채 아파하고 있습니다. 그러니 당신은 그 눈빛으로 상대방의 마음을 치유하는 사람이 되십시오.

사실 당신에게 있어 다른 선택지란 없습니다. 왜냐면 당신이 있는 그대로를 사랑하지 않겠다고 마음먹더라도, 그럼에도 결코 상대방은 당신을 위해 변하지 않을 것이기 때문입니다. 그러니 그 이루어지지 않을 환상을 추구하는 일을 이제는 포기하십시오. 그 점에 대해 충분히 이해하고 받아들이십시오. 그리고 당신의 삶에 대해서도 불평불만하기보다 그저 받아들여보십시오. 당신의 마음 안에 그 즉시 평온함과 평화가 싹트기 시작할 것입니다.

그러니 내 외부는 이렇게 됐어야만 해, 앞으로는 이렇게 되어야만 해, 라고 말하면서 끝없이 탓하고 원망하고, 그렇게 불평불만하며 살아가는 왜소하고도 인색한 사람으로 존재하기보다, 오직 위대한 외부가 당신을 향해 찾아오도록 끌어당기는 위대한 사람이십시오. 그때가 되면 당신의 마음 안에 있는 그 위대함이 외부의 풍요를 또한 끝없이 끌어당길 것입니다.

가난한 사람들을 보면, 그들이 가난할 수밖에 없는 이유를 금방이면 알아차릴 수 있습니다. 왜냐면 그들의 사고방식 자체가 인색하기 때문입니다. 가난해서 인색하게 사고하는 것이 아니라, 인색하기 때문에 가난한 것입니다. 결국 우리의 외부를 창조하는 것은 우리 자신의 내부이기 때문입니다.

그러니 제한적이고, 인색하고, 닫혀 있으며, 또한 왜소한 사람이기보다 무한하며, 넉넉하며, 열려 있으며, 하여 위대한 사람으로서 존재하십시오. 그러기 위해 첫 번째로 당신이 해야 할 것이 바로 '받아들임'입니다. 그저 눈을 감고 편하게 앉아 호흡을 하며 당신을 둘러싼 모든 것에 대해 있는 그대로 감사하며, 그렇게 있는 그대로를 받아들여보십시오. 얼마나 무한하고도 위대한 힘이 당신의 마음 안에 잠재되어있었는지, 당신은 이내 느낄 수 있을 것입니다. 그리고 그 힘이 바로 위대한 외부를 창조하는 힘입니다. 그러니 그 힘을 바탕으로 나아가십시오. 그 모든 것 이전에, 당신 자신의 행복을 위해서 받아들이는 법을 배우십시오.

당신이 받아들일 때, 당신은 또한 이 삶을 더욱 느끼며 살아가게 될 것입니다. 길을 걸을 때도 걱정과 두려움, 혹은 원망과 증오, 그것이 무엇이든 그러한 상념에 잠긴 채 걷기보다 진실로 길을 걷는 그 순간순간들을 정성을 다해 느끼며 걷게 되는 것이죠. 그러니 받아들임으로써 진정 살아가는 자가 되십시오. 그렇게, 당신의 관계 안에서도, 당신의 삶 안에서도, 진정 살아가고, 살아 있으며, 하여 진정 사랑하는 자가 되시길 바랍니다. 해서 당신의 무한함, 그 풍요와 다정함으로 인해 당신이 더욱 자주, 더욱 활짝 웃게 되기를. 그로 인해 당신의 곁에는 언제나, 행복이 함께하기를.

12.) 더욱 사랑하십시오.

결국 우리가 태어나 살아가는 유일한 이유와 목적은 다름 아닌 더욱 사랑하는 사람이 되기 위해서입니다. 그 성숙을 위해서 우리는 태어나 모든 삶의 경험들을 통해 배우고 있으며, 그렇게 더욱 큰 사랑을 하는 사람이 되어가고 있는 것입니다. 그러니 당신의 유일한 존재의 이유인 사랑과, 그 사랑의 완성을 늘 마음 안에 간직한 채 나아가십시오.

당신이 그것을 잊지 않을 때, 그러니까 당신에게 있어 이 삶을 살아가는 가장 높은 우선순위가 늘 사랑에 있을 때, 당신은 당신의 손과 마음과 눈과 그 모든 당신의 기능들을 오직 사랑을 위하여 쓰게 될 것입니다. 해서 그때의 당신이 만약 어떠한 일을 하고자 한다면, 그 일을 당신이 선택하게 된 가장 첫 번째 이유가 바로 타인에 대한 연민이 되는 것이죠. 누군가의 아픔을 보고, 그 아픔이 아파서 당신은 그 사람들을 위해 무엇인가를 하겠다고 이제는 마음먹게 되는 것입니다. 당신의 사적인 이득이나, 이기심, 욕망과 같은 하찮은 이유에서가 아니라 말이죠.

그래서 당신은, 당신의 일을 통해서 사람들을 행복하게 해주는 사람이 될 것이고, 하여 사람들은 당신의 상품을 구매하면서도 당신에게 감사하게 될 것입니다. 그래서 당신은 오직 진실함과 사랑을 바탕으로 성취하고, 성공하게 될 것이며, 더하여 그 모든 과정 안에 있는 떳떳함과 자존감이 또한 당신이 지치지 않도록 당신을 늘 채워주게 될 것입니다.

그러니 사랑을 의도하십시오. 당신이 하는 일, 당신이 마음에 품은 생각, 당신이 마주하고 있는 사람에 대한 당신의 태도, 그것이 무엇이든 그것 안에서 당신은 당신의 유일한 기능인 사랑을 실천하며 나아가는 것입니다. 그때의 당신은 더 이상 당신의 사적인 이득을 위해 타인을 이용하고, 하여 그들을 아프게 하는 사람으로서 존재할 수가 없을 것입니다. 그러니까 이제는 내 성적인 욕구를 해소하기 위해 상대방에게 다정하게 구는 것이 아니라, 오직 상대방을 아끼고 사랑하기 때문에 상대방에게 진실로 다정하고자 하는 사람이 되는 것이죠.

그래서 그 순간 당신의 다정함에는 '사심'이라는 게 없을 것입니다. 하여 이제 당신의 다정함은 오직 진심이자 진실이 됩니다. 그리고 그때의 다정함이야말로 우리가 흔히 생각하고 말하는 사랑 너머의 진정하고도 유일한 사랑이 될 것입니다. 그러니 그 사랑을 해내십시오. 당신은 이제 당신의 마음에 가득 찬 그 사랑의 빛으로 인해 무조건적으로 행복한 사람이 될 것입니다.

애초에 당신이 당신의 이득을 목표로 시작한 일이 아니라 사람들의 행복을 목표로 시작한 일이 이 일이라면, 그 일을 통해 부자가 되지 못했다고 해서 당신에게 실망감을 느낄 이유라는 게 이제는 또한 어디에 있겠습니까. 단 한 사람이라도 당신의 것을 통해 기뻐했다면, 그것만으로 당신은 오직 만족하게 될 것이고, 하여 당신의 마음은 뜨겁게 채워지고만 있을 뿐일 것인데 말입니다. 그리고 그것이 세종대왕님께서 자신의 아픈 몸을 이끌고서라도 한글을 만들고자 한 이유입니다. 또한 그것이 테레사 수녀님께서 그 위험하고도 가난한 인도의 캘커타에서 사랑의 집을 차린 이유입니다. 그러니까 그것이 예수님께서 십자가에 못 박히신 이유입니다.

사랑하기 때문에, 오직 사랑으로 인해서, 그 모든 아픔과 고난을 기꺼이 짊어지고 타인들의 행복을 살핀 것입니다. 그렇게 자신의 육체, 자신의 마음을 오직 '사랑'하는 일 앞에 헌신한 것이죠. 그렇다면 당신은 그 위대한 사랑까지는 아니더라도, 최소한 다정한 사람이 되는 데에는 성공하십시오. 이제는 당신의 연인, 당신의 가족, 당신의 동료, 당신의 친구, 당신의 고객들에게 행복을 주는 사람으로서 존재해 보는 것입니다. 당신을 통해 그들에게 기쁨이 흘러들어가고, 하여 당신으로 인해 그들에게 웃는 일이 많아진다면, 그건 그 자체로 의미 있는 일이 아니겠습니까.

부드럽게 말하고, 진솔하게 들어주고, 그들을 위한 진심 어린 격려를 해주고, 사실 그것만으로도 당신은 당신이 충분히 행복해질 만큼의 사랑을 당신 자신의 내면에 소유하게 될 것입니다. 어쨌든 순도 100%의 행복까진 아니더라도 그때의 당신은 98% 정도는 행복한 사람이 되는 것이죠.

그렇다면 그 98%를 제외한 2% 안에서 걱정과 불평, 욕망, 사적인 이기심, 그러한 것들이 일어난다고 한다면, 또한 그게 얼마나 거대한 것일 수 있겠습니까. 그건 당신의 행복을 방해하기에는 너무나도 작아서 모든 사람들이 당신의 그것을 바라보며 귀엽다고 말할 정도의 수준일 것입니다. 정말로 당신이 2% 정도로만 상대방에게 서운해할 때, 그때의 상대방은 당신을 귀엽다고 여길 것입니다. 하지만 당신이 98%로 서운해할 때, 그때의 상대방은 당신으로 인해 아파할 수밖에 없을 것입니다. 그때의 당신은 고함을 지르고 물건을 던지며 나 서운해! 하고 표현하고 있을 테니까요.

그러니 당신이 할 수 있는 최대한으로 다정하십시오. 당신이 비로소 그렇게 존재할 때, 당신의 다정함을 통해 상대방은 자신이 사랑받고 있다고 느낄 것이고, 하여 당신은 상대방에게 정서적인 안정감, 든든함을 주는 사람일 것입니다. 하여 그것 하나만으로 상대방은 이 세상을 포기하지 않은 채 꿋꿋이 살아갈 수 있는 힘을 얻게 되는 것이죠. 그러니 그 다정한 힘을 전해주는 사람이 되십시오.

또한 다정하고 또 다정함으로써 상대방이 당신에게 귀여운 사람이 되게 해보십시오. 당신이 다정할 때, 상대방은 당신에게 자주 애교를 부리게 될 것입니다. 왜냐면 상대방에게는 그럼에도 당신만큼은 자신을 사랑스럽게 바라봐줄 것이라 믿는 그 '다정한 신뢰'가 당신을 향해 있을 것이기 때문입니다. 해서 그저 당신 앞에만 서면 말 또한 귀엽고 예쁘게 하게 되는 것입니다. 당신의 다정함이 좋지만, 때로 그게 자신을 쑥스럽게 만들기도 하기 때문입니다.

그래서 다정함은, 상대방의 어린아이 같은 면을 드러내어주는 따뜻함입니다. 차갑고 거친 세상 안에서 물어뜯길까 봐 결코 드러내지 못했던 순진함을 당신 앞에서는 두려움 없이 활짝 꺼내어 놓을 수 있게 하는 따뜻함인 것이죠. 그래서 사랑은, 거센 바람은 옷깃을 더욱 여미게 했지만, 따뜻한 태양은 두터운 겉옷을 내려놓게 했다는 우화와 같은 것입니다. 당신이 힘을 쓸 때 상대방은 당신을 향해 더욱 방어적이 되고, 더욱 고집을 부리게 되고, 하여 당신의 눈치를 볼 수는 있겠지만, 그럼에도 결코 당신에게 그 자신의 진심을 주지는 않을 것이기 때문입니다.

그러니까 그때의 상대방은 당신에게서 받은 힘에 대한 반작용으로 당신을 향해 미움과 복수심을 품게 될 수는 있겠지만 결단코 당신을 존중하거나 사랑하거나 하는 그 자신의 진심을 주지는 않을 것입니다. 해서 그때는 미는 힘이 있고, 그것에 저항하는 힘이 있고, 오직 그 힘과 힘의 대립만이 영원히 반복되고 있을 뿐일 것입니다. 하지만 당신이 상대방을 그저 사랑할 때는 당신과 상대방은 그러한 식의 줄다리기를 할 필요가 이제 더 이상은 없을 것입니다. 그때는 끙끙거리며 밀고 당기던 줄을 내려놓고, 그것이 시간 낭비임을 이제는 깨달아 그저 벤치에 앉아 서로에게 기댄 채 오직 다정한 이야기를 나누고만 있을 뿐일 것이기 때문입니다.

그러니 더 이상 시간을 낭비하지 마십시오. 사랑하기 위해 태어나 사랑을 완성하기 위해 살아가는 당신의 시간을 사랑하지 않는 일에 쓰느라 낭비하지는 말라는 말입니다. 그러니까 당신은, 사랑함으로써 오직 사랑받는 사람이 되십시오. 또한 당신이 방어 없이 순진해도 되고, 그 어떠한 계산도 없이 사랑해도 되는 다정한 사람과 당신 또한 함께하십시오. 그러니까 되도록 모든 사람을 사랑하되, 모든 사람과 함께하지는 마십시오.

그렇게 오직 사랑과 사랑에 둘러싸여 당신 존재의 유일한 이유와 목적을 완성해나가며, 또한 그 모든 과정 안에서 세상에서 가장 예쁜 표정으로 자주 웃으십시오. 그렇게 더욱 사랑스럽게 살아가십시오. 당신은 사랑하기 위해 태어났고, 사랑받기 위해 태어났으며, 하여 그 모든 사랑의 통로가 되기 위해 살아가고 있음을 잊지 마십시오. 해서 그 사랑으로부터 오직 보호받으며, 그 사랑으로부터 오직 구원받으십시오. 하여 당신의 천국을 확정 지으십시오.

그렇게, 사랑이 당신이 살아가는 모든 행동과 생각의 근원이 되어 당신은, 오직 행복할 수밖에 없는 사람이기를. 하여 당신이 당신 존재의

유일한 이유와 목적을 완성한 채 이제는 이 땅을 졸업하기를. 해서 당신
이 새롭게 살아가게 될 그 땅의 이름은 오직 천국이기를. 그러니까 사랑
함으로써, 오직 그 사랑으로 인해, 당신의 천국이 완성되기를.

내가 다정하지 못했던 그 모든 시간의 기억들은
결국 언젠가 후회와 아픔이 되어 내게로 다시 돌아오는 것이기에,
지금 이 순간 내내 다정할 것. 그렇게, 다정한 신뢰가 있을 것.

이 책을
마무리하며..

　　결국 또 두꺼운 책 한 권을 완성하게 되었습니다. 저에게는 얇고, 글이 많이 없는 책을 쓰기란, 그렇지 않은 책을 쓰기보다 더욱 어려운 일인 것 같습니다. 한마디 말이라도 더해주고 싶고, 그 말을 여러분이 혹여나 이해하지 못했을까 싶어 한 번이라도 더 설명을 하게 되고, 그런 마음들이 쌓여 제가 긴 글을 쓰고 있게 만들기 때문입니다. 그래서 이것이 여러분들을 향한 저의 다정입니다. 하지만 그럼에도 앞으로는 더 많은 책을 써나가는 과정 안에서 배우며, 하여 그 경험들로부터 더욱 그 양과 다정함의 균형을 잘 맞출 줄 아는 작가로 거듭나도록 노력하겠습니다.

　　이 책의 제목은 사실 이 책을 거의 완성해나갈 때쯤 정하게 되었습니다. 그래서 책의 후반부가 되기 전에는 다정한 신뢰와 크게 관련이 없어 보이는 주제 또한 있을 테지만, 사실 그 또한 다정한 신뢰의 한 부분이었음을 여러분들이 이 책을 덮게 되는 순간에는 이해하게 되셨을 거라고 생각합니다. 왜냐면 이 책의 모든 내용이 우리로 하여금 더욱 다정한 신뢰를 지닌 사람이 되도록 이끌어준다는 점에는 여전히 변함이 없을 것이기 때문입니다.

여러분의 다정한 신뢰는 안녕하신가요? 저에게는 때로 다정하지 못해 상대방에게 다정한 신뢰를 쌓지 못했던 순간이 많이 있었습니다. 그리고 언제나 제가 그 수준을 넘어 더욱 성숙한 사람이 되었을 때는 그러한 기억들이 저에게 더욱 아픔이 되는 후회를 가져다주곤 했었죠. 때로 예민하게 굴었던 기억들, 때로 이기적으로 굴었던 기억들, 그런 기억들이 저를 아프게 했던 날들이 참 많았습니다. 그러니 여러분께서는 이 책을 통해 그러한 후회와 아픔을 줄여내실 수 있기를 바랍니다.

참 예쁜 말인 것 같습니다. 다정한 신뢰라는 말, 말입니다. 내가 내내 다정해서, 상대방이 나로 하여금 다정한 반응을 예상하게 되는 신뢰, 그러니까 그건 얼마나 예쁜 신뢰일까요. 우리는 때로 쉽게 예민해지기도 하고, 또 쉽게 화를 내기도 해서, 그로 인해 우리에게는 상대방에게 다정한 신뢰를 쌓지 못했던 날들도 많이 있을 것입니다. 하여 상대방은 내가 무엇을 하고 나면 이 사람은 나에게 화를 낼 거야, 하는 반응을 우리로부터 예상하게 되고, 해서 상대방에게는 우리의 눈치를 보며 존재하곤 했었던 날들도 참 많이 있을 것입니다. 그러니까 그 숨 막히는 공기를, 우리가 다정한 신뢰를 미처 쌓지 못했을 때 우리는 상대방에게 전해주게 되는 것입니다. 그래서 그때는 나와 함께하는 사람이 나로 인해 행복해지기보다, 나로 인해 더 자주 아프게 되고야 마는 것이죠.

언젠가, 내가 누군가에게 다정한 신뢰를 주지 못해 그 누군가를 아프게 했던 그 모든 기억들은, 그래서 고스란히 내게로 다시 돌아와 나를 아프게 하는 것이 되고야 마는 것입니다. 그리고 그것이, 이 세상에는 사라지는 다정함도, 사라지는 다정하지 못했던 마음도 결코 존재하지 않는 이유입니다. 그렇다면 모든 것이 간직되어지고, 모든 것이 기억되어지는 것이 우리의 태도라면, 이왕이면 다정하면 좋지 않겠습니까. 복잡한 이유, 거창한 이유가 아니더라도, 그러니까 그저 다정하면 좋지 않겠습니까. 나의 행복과, 나와 함께하는 내 곁의 행복을 위하는 그 한 가지 이유만으로라도 말입니다.

더하여 저는 이 책이 여러분의 삶을 더욱 간단명료하게, 그러니까 더욱 단순하게 만들어줬기를 또한 기대합니다. 우리의 머릿속에 고민이 많아 살아가는 일 자체가 복잡하고 불안해지는 이유 또한 우리가 다정한 사람이 여전히 되지 못해서이기 때문입니다. 그러니까 욕망, 이기심, 사적인 이득, 뭐 이런 것들로 인해서 대체로 우리의 머릿속은 복잡함으로 물들게 되는 것이죠. 그것이 아니라면 우울함, 자기 연민, 분노, 원망과 같은 부정적인 감정들 때문일 것입니다. 하지만 여러분이 오직 다정하겠다고 마음먹는다면, 이제는 그러한 고민을 할 필요라는 게 여러분에게 있어 더 이상 어디에 있겠습니까. 이미 어떻게 살아갈지에 대한 답이 너무나도 분명하게 정해진 채일 텐데 말입니다. 그러니 단순하게 살아가십시오. 간단명료하게 선택하십시오. 그때는, 매 순간 하늘에서 쏟아지고 있는 여러분의 성숙을 위한 선택지 앞에서, 이제 여러분은 어떤 답을 쏠지에 대해 더 이상 고민하지 않는 사람이 되어있을 것입니다. 여러분의 진정한 행복을 위한 답에 대해 여러분은 이제 더욱 확신하고 있을 것이며, 하여 더욱 명확해진 채일 것이기 때문입니다.

어쨌든 저는 여러분이 그저 행복하기를 소원합니다. 조금만 속상하고, 그보다는 웃는 일이 더 많기를 바랍니다. 여전히 순수하지만, 그럼에도 이제는 순진하지는 않기를 바랍니다. 온전하기를 바라고, 또한 진실하기를 바랍니다. 다정하고도 예쁘기를 바랍니다. 더욱 성취하고, 그 성취 안에서 또한 자존감이 있기를 바랍니다. 그리고 그 모든 성숙의 과정 안에서, 무엇보다 건강하기를 바랍니다. 더하여 더욱 이해하고, 더욱 용서하고, 더욱 사랑하기를 바랍니다. 그 모든 다정한 태도로부터, 오직 다정한 신뢰가 있기를 바랍니다. 하여 삶의 그 어떠한 순간과 상황 안에서도 나는, 그럼에도 다정한 사람일 수 있다는 그 다정한 자신감으로 여러분이 여러분의 하루를 살아가게 되기를 바랍니다. 또한 여러분의 관계 안에서 여러분에게 주어진 다정한 의무 앞에서도 여러분께서 결코 소홀함이 없기를 바랍니다. 그게 다입니다. 제가 이 책에 쓴 모든 것이 이 한 문단 안에 있습니다. 그러니 길든 짧든, 복잡하든 단순하든, 그러니까 그것이 무엇이 됐든 간에 어쨌든, 저는 여러분이 그저 행복하기만을 내내 소원하겠습니다.

프롤로그에서 말했던 원래 집필하고 있던 새 책을 잠시 덮어두고 이 책을 먼저 완성하게 되었습니다. 해서, 다음에는 그 책으로 인사를 드릴 수 있도록 하겠습니다. 언제나 아껴주시고 기다려주신 그 소중한 마음에 정말 제 모든 진심을 다해 감사드립니다. 그리고 오래도록 기다리게 해서 죄송합니다. 그 무엇보다 다정하게, 여러분을 사랑합니다. 그리고 이 책이, 여러분들을 향한 제 다정입니다.

감사합니다.

- 김지훈 작가 올림.

다정한 신뢰

1판 01쇄 인쇄 ｜ 2021년 03월 22일
1판 01쇄 발행 ｜ 2021년 03월 29일

지은이 ｜ 김지훈

발행인 ｜ 김지훈
기획편집 ｜ 김지훈
책임디자인 ｜ 김진영
표지그림 ｜ 김진영

발행처 ｜ (주)진심의꽃한송이
주소 ｜ (03707) 서울특별시 서대문구 연희로11가길 36, 1층 2호
대표전화 ｜ 02-337-8235 ｜ 팩스 ｜ 02-336-8235
등록 ｜ 2018년 8월 30일 제 2018-000066호

ⓒ 2021 by 김지훈
ISBN 979-11-964842-9-3 (03810)